Kate Atkinson

Una y otra vez

Kate Atkinson es una reconocida autora británica que en 1995 ganó el premio Whitbread por su primera novela, *Entre bastidores*, a la que siguieron *Juegos de interior* y *Una historia singular*.

En su incursión en el género policíaco, Atkinson creó al detective Jackson Brodie, un espléndido personaje que protagoniza *Esperando noticias* y *Me desperté temprano y saqué al perro*, cuyas aventuras han sido llevadas a la pequeña pantalla por la BBC.

Una y otra vez es la novela que marca la vuelta de la gran autora a la ficción pura y dura, un paso más en su carrera que ha sido aplaudido por el público y la crítica.

Una y otra vez

Una y otra vez

Kate Atkinson

Traducción de Patricia Antón

VINTAGE ESPAÑOL
Una división de Random House LLC
Nueva York

PRIMERA EDICIÓN VINTAGE ESPAÑOL, MARZO 2015

Información de catalogación de publicaciones disponible en la Biblioteca del Congreso de los Estados Unidos.

Vintage Español ISBN en tapa blanda: 978-1-101-87326-7
Vintage Español eBook ISBN: 978-1-101-87327-4

Para venta exclusiva en EE.UU., Canadá, Puerto Rico y Filipinas.

www.vintageespanol.com

Impreso en los Estados Unidos de América
10 9 8 7 6 5 4 3 2 1

Para Elissa

¿Qué ocurriría si un día o una noche un demonio se deslizara furtivamente en la más solitaria de tus soledades y te dijese: «Esta vida, como tú la vives ahora y como la has vivido, deberías vivirla aún otra vez e innumerables veces…»? ¿No te arrojarías al suelo, rechinando los dientes y maldiciendo al demonio que te ha hablado de esta forma? ¿O quizá has vivido una vez un instante infinito, en que tu respuesta habría sido la siguiente: «Tú eres un dios y jamás oí nada más divino»?

NIETZSCHE, *La gaya ciencia*

πάντα χωρεῖ καί οὐδέν μένει.
Todo fluye y nada permanece.

PLATÓN, *Crátilo*

«¿Y si tuviéramos la oportunidad de vivir una y otra vez —preguntó Teddy— hasta que nos saliera bien? ¿A que sería maravilloso?»

EDWARD BERESFORD TODD

Una y otra vez

Sed valientes y preparaos para luchar

Noviembre de 1930

La recibió una bocanada de humo de tabaco y aire bochornoso cuando entró en el café. Fuera llovía, en los abrigos de pieles de algunas mujeres del local aún temblaban gotitas cual delicado rocío. Un regimiento de camareros con delantales blancos se movía rítmicamente de un lado a otro satisfaciendo las necesidades de los ociosos *Münchner*: café, pasteles y cotilleos.

Estaba en una mesa al fondo, rodeado por sus seguidores y aduladores habituales. Había una mujer que ella nunca había visto, una rubia platino con permanente y muy maquillada; una actriz, por la pinta que tenía. La rubia encendió un cigarrillo convirtiendo el gesto en un acto fálico. Todo el mundo sabía que a él le gustaban las mujeres recatadas y de aspecto saludable, preferiblemente bávaras. Con aquellos vestiditos tiroleses y calcetines hasta la rodilla, santo Dios.

La mesa estaba a rebosar. *Bienenstich*, *Gugelhupf*, *Käsekuchen*. Él tomaba una porción de *Kirschtorte*. Le encantaban los pasteles. No era de extrañar que estuviera tan pálido y demacrado, le sorprendía que no fuera diabético. El cuerpo blando y repelente bajo la ropa (ella lo imaginaba como masa de repostería) nunca se exhibía en público. No era un hombre varonil. Sonrió al verla y se incorporó un poco.

—*Guten Tag, gnädiges Fräulein* —dijo, e indicó la silla a su lado.

El lameculos que la ocupaba se levantó de un salto para cederle el sitio.

—*Unsere Englische Freundin* —le dijo él a la rubia, que soltó una lenta bocanada de humo y la observó sin interés.

—*Guten Tag* —saludó por fin. Era berlinesa.

Ella dejó el bolso, con su pesada carga, en el suelo junto a la silla y pidió *Schokolade*. Él insistió en que probara el *Pflaumen Streusel*.

—*Es regnet* —repuso ella por todo comentario—. Llueve.

—Sí, llueve —contestó él en inglés con mucho acento. Y rió, satisfecho con su intento.

Todos los que estaban sentados a la mesa rieron también.

—Bravo —exclamó alguien—. *Sehr gutes Englisch*.

De aparente buen humor, él se dio golpecitos en los labios con el índice y esbozando una sonrisita, como si oyera mentalmente una melodía.

El *Streusel* estaba delicioso.

—*Entschuldigung* —murmuró ella, y hurgó en el bolso para sacar un pañuelo con las esquinas bordadas y sus iniciales, «UBT»; un regalo de cumpleaños de Pammy.

Se dio educados toquecitos en los labios para limpiarse las migajas de *Streusel* y volvió a inclinarse para dejar el pañuelo en el bolso y sacar el pesado objeto que anidaba en él: el viejo revólver de servicio de su padre en la Gran Guerra, un Webley Mark V.

Un movimiento ensayado cien veces. Un solo disparo. La rapidez lo era todo, y sin embargo hubo un instante, una burbuja suspendida en el tiempo cuando ya empuñaba el arma apuntándole al corazón, en el que todo pareció detenerse.

—*Führer* —dijo, rompiendo el hechizo—. *Für Sie.*

Por toda la mesa se desenfundaron pistolas para apuntarla a ella. Un aliento. Un disparo.

Ursula apretó el gatillo.

Se hizo la oscuridad.

Nieve

11 de febrero de 1910

Una bocanada de aire gélido, una estela glacial en la piel recién expuesta. Sin previo aviso, se encuentra fuera y el mundo húmedo y tropical que conocía se ha evaporado. Está a merced de los elementos. Una gamba pelada, una nuez sin cáscara.

No respira. El mundo entero se reduce a esto, a un solo aliento.

Los pequeños pulmones son como alas de libélula que no consiguen henchirse en el ambiente ajeno. No hay aire en la tráquea comprimida. En la diminuta voluta nacarada de una oreja zumban mil abejas.

Pánico. Una niña ahogada, un pájaro abatido.

*

—El doctor Fellowes ya debería estar aquí —gimió Sylvie—. ¿Cómo es que no ha llegado? ¿Dónde está?

Grandes gotas de rocío le perlaban la piel, como un caballo acercándose a la meta en una dura carrera. El fuego en la chimenea rugía como el de la caldera de un barco. Las gruesas cortinas de brocado se habían corrido para dejar fuera al enemigo, la noche. El murciélago negro.

—Supongo que el pobre hombre se habrá quedado atascado en la nieve, señora. Hace un tiempo espantoso. Habrán cerrado la carretera.

Sylvie y Bridget tenían que afrontar solas tan dura prueba. Alice, la criada, había ido a visitar a su madre enferma. Y Hugh, cómo no, andaba de aquí para allá buscando a su hermana Isobel, la bala perdida, *à Paris*. A Sylvie no le apetecía recurrir a la señora Glover, que roncaba como un cerdo hozador en su habitación, en la buhardilla. Imaginaba que dirigiría el parto como un sargento mayor en pleno desfile. El bebé llegaba antes de hora. Creía que se retrasaría como los demás. Hasta los planes mejor trazados se tuercen, ya se sabe.

—Ay, señora —exclamó de repente Bridget—, pero si está toda azul.

—¿Es una niña?

—Trae una vuelta de cordón. Madre mía, se ha estrangulado, la pobrecita.

—¿No respira? Déjeme verla. Tenemos que hacer algo… ¿Qué podemos hacer?

—Ay, señora Todd, no hay nada que hacer, se nos ha ido. Ha muerto sin tener la posibilidad de vivir. Lo siento muchísimo. Ahora será un angelito en el cielo. Ay, ojalá estuviera aquí el señor Todd… Lo siento mucho. ¿Le parece que despierte a la señora Glover?

Un corazoncito. Un corazón diminuto que latía desbocado, detenido en pleno vuelo como un pájaro abatido en el cielo. Un solo disparo.

Se hizo la oscuridad.

Nieve

11 de febrero de 1910

—Por el amor de Dios, muchacha, deja de correr de aquí para allá como un pollo sin cabeza y tráeme agua caliente y toallas. ¿Es que no sirves para nada? ¿Dónde te criaste, en un establo?

—Perdone, señor. —Bridget hizo una pequeña reverencia como si el doctor Fellowes fuera de la realeza.

—¿Es una niña, doctor? ¿Puedo verla?

—Sí, señora Todd. Una pequeñita preciosa y pizpireta.

Sylvie se dijo que el doctor Fellowes había forzado la máquina con aquella aliteración. No era un hombre afable ni en sus mejores momentos. La salud de sus pacientes, en especial cuando llegaban a este mundo o lo abandonaban, parecía destinada a irritarlo.

—Con la vuelta de cordón que llevaba, habría muerto. He llegado a la Guarida del Zorro justo a tiempo. Se ha salvado por un tris, literalmente.

Levantó las tijeras quirúrgicas para que Sylvie las admirara. Eran pequeñas y finas y con las puntas afiladas y curvas.

—Tris, tris —bromeó.

Aunque vagamente, dadas las circunstancias y el agotamiento que sentía, Sylvie tomó nota mental de comprar unas tijeras así, por si se daba una emergencia similar (algo bien poco probable, cierto). O una navaja, bien afilada, para llevarla encima en todo momento, como la niña ladrona de *La reina de las nieves*.

—Ha tenido suerte de que llegara a tiempo —insistió el médico—, antes de que cerraran las carreteras por la nevada. He mandado llamar a la señora Haddock, la comadrona, pero tengo entendido que se ha quedado bloqueada a las afueras de Chalfont Saint Peter.

—¿Ha dicho Haddock? —preguntó Sylvie, y frunció el entrecejo. ¿No había un pez de la familia del bacalao con ese nombre?

Bridget soltó una carcajada y se apresuró a murmurar:

—Perdón. Perdone, señor.

Sylvie supuso que tanto ella como Bridget estaban al borde de la histeria. No era sorprendente.

—Irlandesa palurda —musitó el doctor Fellowes.

—Bridget no es más que una criada, y una niña. Y le estoy muy agradecida; todo ha sucedido muy deprisa. —Cómo le apetecía estar sola; nunca lo estaba, se dijo Sylvie, y añadió de mala gana—: Supongo que tendrá que quedarse a pasar la noche.

—Pues sí, supongo que sí. —Tampoco a él parecía hacerle mucha gracia.

Sylvie exhaló un suspiro y le sugirió que fuera a la cocina a tomar una copa de brandy, y quizá un poco de jamón y unos pepinillos.

—Bridget se ocupará de servirle.

Sylvie quería librarse de él. Había traído al mundo a sus tres hijos (¡tres!) y no le gustaba un ápice. Solo un marido debería ver lo que él veía. Toqueteaba y hurgaba con sus instrumentos en los lugares más delicados y secretos de una mujer. (Pero ¿habría preferido que una partera con el nombre de Haddock trajera al mundo a su hija?) Los médicos para mujeres deberían ser siempre mujeres. Qué cosa tan improbable.

El doctor no se decidía a irse; tarareando por lo bajo, supervisaba a una sonrojada Bridget mientras lavaba y envolvía en pañales a la recién nacida. Bridget era la mayor de siete hermanos, de modo que sabía cómo desenvolverse con un crío. Tenía catorce años, diez menos que Sylvie. Cuando Sylvie tenía catorce aún llevaba falda corta y estaba como loca por su poni, Tiffin. No sabía de dónde venían los bebés, e incluso en su noche de bodas seguía sin tener ni idea. Su madre, Lottie, se lo había insinuado, pero se quedó corta en cuanto a la exactitud anatómica. Las relaciones conyugales parecían estar vinculadas, misteriosamente, con el vuelo de las alondras al alba. Lottie era una mujer reservada. Algunos habrían dicho narcoléptica. Su marido, el padre de Sylvie, Llewellyn Beresford, se dedicaba a hacer retratos de la alta sociedad, pero no era en absoluto bohemio. Nada de desnudos o conductas turbias en su casa. Había pintado a la reina Alejandra cuando todavía era princesa; según él, era muy simpática.

Vivían en una bonita casa en Mayfair, con Tiffin en unas caballerizas cerca de Hyde Park. En sus momentos más sombríos, Sylvie se animaba imaginándose de vuelta en aquel soleado pasado, montada a lomos de Tiffin en su silla de amazona, trotando por Rotten Row una límpida mañana de primavera, con los árboles en flor.

—¿Qué me dice de un té caliente y una tostadita con mantequilla, señora Todd? —le preguntó Bridget.

—Sería estupendo, Bridget.

Por fin pusieron a la niña, envuelta como la momia de un faraón, en brazos de Sylvie, que le acarició la sedosa mejilla.

—Hola, chiquitina —musitó.

El doctor Fellowes apartó la mirada para no ser testigo de tan almibaradas demostraciones de afecto. Si de él dependiera, todos los niños se criarían en una nueva Esparta.

—Bueno, la verdad es que no me vendría mal un pequeño refrigerio. ¿No quedará un poco de la excelente salsa de encurtidos de la señora Glover, por casualidad?

Cuatro estaciones colman un año

11 de febrero de 1910

Un rayo de sol deslumbrante, que hendía las cortinas cual reluciente espada, despertó a Sylvie. La señora Glover la encontró postrada entre encajes y cachemira cuando entró en la habitación llevando con orgullo una enorme bandeja de desayuno. Solo una cuestión de cierta importancia conseguía llevar a la señora Glover tan lejos de su guarida. Una solitaria campanilla de invierno medio congelada languidecía en un jarroncito en la bandeja.

—¡Ah, una campanilla de invierno! —exclamó Sylvie—. La primera flor que asoma la cabeza, pobrecita. ¡Qué valiente es!

La señora Glover, que no creía que las flores fueran capaces de dar muestras de valor, ni de hecho de ningún rasgo de personalidad, loable o no, era una viuda que solo llevaba unas semanas con ellos en la Guarida del Zorro. Antes de su llegada, la cocinera era una tal Mary, una mujer bastante vaga y que quemaba los guisos. La señora Glover tendía más bien a dejar la comida cruda. En el próspero hogar de la infancia de Sylvie, a la cocinera la llamaban simplemente «cocinera», pero la señora Glover prefería que la llamaran «señora Glover». Eso la volvía irreemplazable. Sylvie seguía pensando con terquedad en ella por su cargo y no por su nombre.

—Gracias, cocinera. —Al ver que la señora Glover parpadeaba despacio, como un lagarto, se corrigió—: Señora Glover.

La señora Glover dejó la bandeja en la cama y descorrió las cortinas. Había una luz extraordinaria: la derrota del murciélago negro.

—Cuánta luz —dijo Sylvie protegiéndose los ojos con la mano.

—Cuánta nieve —añadió la señora Glover meneando la cabeza quizá mostrando asombro o aversión; con ella no siempre era fácil adivinarlo.

—¿Dónde está el doctor Fellowes? —quiso saber Sylvie.

—Ha habido una emergencia. Un toro ha pisoteado a un granjero.

—Qué horror.

—Unos hombres del pueblo han intentado sacar su automóvil de la nieve con sus palas, pero por fin se ha acercado mi George y lo ha llevado en el carro.

—Ah —repuso Sylvie como si comprendiera de pronto algo que la intrigaba.

—Para que luego digan que los motores sirven de algo, por muchos caballos que tengan. —La señora Glover soltó un bufido un poco vacuno—. Ya ve qué pasa cuando se confía en estas máquinas modernas.

—Mmm —murmuró Sylvie, un poco reacia a enfrentarse a opiniones tan rotundas. Le sorprendía que el doctor Fellowes se hubiese marchado sin examinarlas, ni a ella ni a la niña.

—Ha venido a verla, pero estaba usted dormida —dijo la señora Glover.

Sylvie se preguntaba a veces si la señora Glover era capaz de leer el pensamiento. Una idea absolutamente espantosa.

—Pero primero ha desayunado —añadió la cocinera con tono de aprobación y desaprobación a un tiempo—. Y vaya apetito tiene ese hombre.

—Pues yo me comería un caballo —repuso ella, riendo.

No era verdad, por supuesto. Pensó brevemente en Tiffin. Cogió los cubiertos de plata, pesados como armas, dispuesta a atacar los riñones con picante y especias de la señora Glover.

—Qué delicia —comentó (¿lo eran?), pero la señora Glover ya andaba inspeccionando al bebé en su cuna. («Regordeta como un lechón», según ella.) Distraídamente, se preguntó si la señora Haddock seguiría bloqueada en algún lugar a las afueras de Chalfont Saint Peter.

—Me han dicho que el bebé casi se muere —dijo la señora Glover.

—Bueno…

La línea entre la vida y la muerte era muy fina. El padre de la propia Sylvie, el retratista de la alta sociedad, resbaló una noche, tras unas copas de buen coñac, en una alfombra de Isfahán en el rellano de un primer piso. A la mañana siguiente lo encontraron muerto al pie de las escaleras. Nadie lo oyó caer ni gritar. Acababa de empezar un retrato del conde de Balfour. Nunca lo terminó, obviamente.

Después resultó que había sido más derrochador de lo que creían su mujer y su hija. Jugaba en secreto, y había distribuido pagarés por toda la ciudad. No aseguró el porvenir de su familia en el caso de una muerte inesperada, y la preciosa casa en Mayfair pronto estuvo plagada de acreedores. Más que una casa, resultó un castillo de naipes. Hubo que desprenderse de Tiffin. Eso le rompió el corazón a Sylvie y le produjo más pena de la que había sentido por su padre.

—Creía que su único vicio eran las mujeres —comentó su madre encaramada temporalmente a una caja de embalar, como si posara para una piedad.

Se sumieron en una pobreza refinada y educada. La madre se volvió cada vez más pálida y menos interesante, las alondras dejaron de volar para ella y se fue apagando, consumida por la tuberculosis. Un hombre a quien conoció Sylvie en el mostrador de la oficina de correos la rescató, a sus diecisiete años, de convertirse en modelo de artistas. Era Hugh. Una joven promesa en el próspero mundo de la banca. La personificación de la respetabilidad burguesa. ¿Qué más podía desear una chica preciosa pero sin un céntimo?

Lottie murió con menos alboroto del que se esperaba, y Hugh y Sylvie se casaron discretamente el día en que ella cumplió los dieciocho. («Así no olvidarás nunca nuestro aniversario», dijo Hugh.) Pasaron la luna de miel en Francia, una deliciosa *quinzaine* en Deauville, y luego se instalaron en una dicha semirrural en una casa cerca de Beaconsfield, de un estilo que recordaba vagamente a Lutyens. Tenía todo lo que se podía pedir: una gran cocina, un salón con puertas acristaladas que daban al jardín, un precioso saloncito y varios dormitorios que esperaban llenar de niños. Hasta había una pequeña habitación en la parte de atrás para que Hugh la utilizara como estudio. «Ah, un sitio para refunfuñar a gusto», bromeaba.

La casa estaba rodeada por otras similares a una discreta distancia. Había un prado y más allá un bosquecillo con un río que lo atravesaba. La estación de ferrocarril, poco más que un simple apeadero, permitía que Hugh estuviera en su escritorio del banco en menos de una hora.

—Bienvenida a Sleepy Hollow —bromeó Hugh cuando cruzó el umbral con Sylvie en los galantes brazos.

Era una vivienda relativamente modesta (en absoluto como Mayfair) pero, aun así, un poco por encima de sus posibilidades, una imprudencia financiera que los sorprendió a ambos.

—Deberíamos ponerle nombre a la casa —dijo Hugh—. Los Laureles, Los Olmos, El Pinar.

—Pero no tenemos esos árboles en el jardín —señaló Sylvie.

Estaban ante las puertas acristaladas de la casa recién adquirida, contemplando una franja de hierba crecida.

—Necesitamos un jardinero —declaró Hugh.

La casa estaba vacía, solo habitada por el eco. Aún no habían empezado a llenarla con alfombras de Voysey y tapicerías de Morris y todas las demás comodidades estéticas de un hogar del siglo XX. Sylvie habría vivido con mucho gusto en Liberty's antes que en aquella casa que aún no tenía nombre.

—¿La Finca Verde, Buenavista, el Valle Soleado? —propuso Hugh rodeando con el brazo a su esposa.

—No.

El anterior propietario de aquella casa sin nombre se había ido a vivir a Italia después de la venta.

—Imagínate —comentó Sylvie con tono soñador.

Ella había estado en Italia unos años antes, en un magnífico recorrido turístico con su padre mientras su madre fue a Eastbourne a causa de sus pulmones.

—Está llena de italianos —repuso Hugh, desdeñoso.

—Pues sí. Diría que en eso reside su atractivo —contestó ella soltándose de su brazo.

—¿La Cumbrera, El Caserío?

—Para de una vez.

Un zorro surgió de los matorrales y cruzó el jardín.

—Ay, mira —exclamó Sylvie—. Parece muy manso, debe de haberse acostumbrado a que la casa esté desocupada.

—Confiemos en que no venga detrás una partida de caza. Se ve un poco escuálido.

—Es una zorra. Y está amamantando crías, mírale las tetas.

Hugh parpadeó al oír aquel término tan burdo de labios de su mujer recién desposada y virginal. (Eso suponía. Eso esperaba.)

—Mira —musitó Sylvie. Dos cachorros aparecieron en la hierba y se revolcaron en pleno juego—. ¡Ay, qué animalitos tan bonitos!

—Hay quien los consideraría alimañas.

—Quizá para ellos seamos nosotros las alimañas. La Guarida del Zorro, así debería llamarse la casa. Nadie más tiene una casa con ese nombre, ¿y no se trata precisamente de eso?

—¿Tú crees? —le preguntó Hugh, no muy seguro—. ¿No suena un poco a fantasía? A cuento para niños: *La guarida del zorro*.

—Un poco de fantasía no hace daño a nadie.

—Pero hablando con propiedad, una «guarida de zorros» es una «zorrera», ¿no?

«De modo que en esto consiste el matrimonio», se dijo Sylvie.

Dos niñitos se asomaron con cautela a la puerta.

—Ah, estáis ahí —dijo Sylvie, sonriendo—. Maurice, Pamela, venid a saludar a vuestra nueva hermanita.

Se acercaron a la cuna con cierto recelo, como si no supieran muy bien qué podía contener. Sylvie recordó haber sentido algo similar al ver el cuerpo de su padre en el elaborado ataúd de roble y latón (que sus colegas de la Real Academia de Bellas Artes tuvieron la generosidad de pagar). O quizá era la señora Glover quien les imponía un poco.

—Otra niña —dijo Maurice con tono tristón.

Tenía cinco años, dos más que Pamela, y era el hombre de la casa hasta que Hugh regresara. «Está fuera por negocios», informaba Sylvie a la gente, aunque en realidad había cruzado el canal a toda prisa para rescatar a la insensata de su hermana pequeña de las garras del hombre casado con quien se había fugado a París.

Maurice hundió un dedo en la carita del bebé, que despertó y soltó un chillido de alarma. La señora Glover le dio un pellizco a Maurice en la oreja. Sylvie se estremeció, pero el pequeño encajó el dolor con estoicismo. Sylvie se dijo que tenía que hablar en serio con la señora Glover cuando se sintiera un poco más fuerte.

—¿Qué nombre va a ponerle? —quiso saber la señora Glover.

—Ursula. Voy a llamarla Ursula. Significa «osita».

La señora Glover asintió con la cabeza, sin definirse al respecto. Las clases medias se regían por sus propios criterios. Su propio y fornido hijo llevaba el simple nombre de George. Del griego «el que labra la tierra», según el párroco que lo bautizó, y en efecto, George trabajaba como labrador en la cercana finca de Ettringham Hall, como si el nombre que llevaba hubiese conformado su destino. Aunque lo cierto es que la señora Glover no era muy proclive a pensar en el destino. Ni en los griegos, ya puestos.

—Bueno, yo tengo que seguir con lo mío. Para comer habrá un buen pastel de carne, y después un pudin egipcio.

Sylvie no tenía ni idea de qué era un pudin egipcio. Se imaginó pirámides.

—Tenemos que conservar las fuerzas —añadió la señora Glover.

—Sí, desde luego —repuso Sylvie—. ¡Y probablemente debo dar de mamar a Ursula otra vez por esa misma razón!

Sintió irritación ante sus propios e invisibles signos de exclamación. No conseguía entender por qué, pero se daba cuenta de que muchas veces adoptaba un tono en exceso alegre con la señora Glover, como si intentara restablecer un equilibrio natural entre los humores.

La señora Glover no pudo evitar un pequeño estremecimiento al ver asomar los pechos de Sylvie, pálidos y con venitas azules, de la espumosa blonda del camisón. Hizo salir a los niños apresuradamente de la habitación.

—Gachas —anunció con severidad.

—Está claro que Dios quería volver a llevarse a este bebé —dijo Bridget cuando entró un rato después con una taza de caldo de carne humeante.

—Nos han puesto a prueba —dijo Sylvie— y hemos dado la talla.

—Por esta vez —concluyó Bridget.

Mayo de 1910

—Un telegrama.

Hugh entró de forma inesperada en el cuarto de los niños, arrancando a Sylvie del agradable sueñecito en que se había sumido mientras amamantaba a Ursula.

Se apresuró a taparse.

—¿Un telegrama? ¿Se ha muerto alguien? —preguntó, pues la expresión de Hugh insinuaba una catástrofe.

—Es de Wiesbaden.

—Ah, entonces es que Izzie ha tenido el bebé.

—Ojalá el muy sinvergüenza no hubiese estado casado —dijo Hugh—. Así podría haber hecho de mi hermana una mujer decente.

—¿Una mujer decente? ¿Existe tal cosa? —(¿Lo dijo en voz alta?)—. Además, es muy joven para casarse.

Hugh frunció el entrecejo. Ese gesto lo volvía más guapo.

—Solo dos años más joven que tú cuando te casaste conmigo.

—Y sin embargo, en cierto sentido, mucho mayor —murmuró Sylvie—. ¿Va todo bien? ¿Está bien el bebé?

Cuando Hugh dio con ella y la llevó a rastras al tren de París al canal para conducirla de regreso a Inglaterra, resultó que Izzie ya estaba sin duda *enceinte*. Adelaide, la madre de ambos, dijo que habría preferido que unos tratantes de blancas hubiesen secuestrado a Izzie a que su hija se arrojara con semejante entusiasmo en brazos del libertinaje. A Sylvie, la idea de la trata de blancas le resultaba bastante atractiva; se imaginaba a lomos de un corcel árabe, raptada por un jeque del desierto y tendida en un diván acolchado, envuelta en sedas y velos, tomando dulces y sorbetes con el burbujeante sonido de fondo de riachuelos y fuentes. (Suponía que en realidad no era así.) Un harén le parecía una idea excelente, por lo de compartir las tareas domésticas de una esposa y otras cosas.

En cuanto Adelaide, dada al heroicismo victoriano en sus reacciones, vio el voluminoso vientre de su hija pequeña, le cerró literalmente la puerta y la despachó de vuelta al otro lado del canal para esperar allí la llegada de su vergüenza. El bebé sería dado en adopción lo antes posible, «a alguna respetable pareja alemana que no pueda tener hijos». Sylvie trató de imaginarse renunciando a un hijo. («¿Y nunca volverá a saberse de él?», preguntó. «Eso espero, desde luego», contestó Adelaide.) Ahora enviarían a Izzie a un colegio para señoritas en Suiza, donde la enseñarían a comportarse en sociedad; un poco tarde, en más de un sentido.

—Un niño —anunció Hugh, haciendo ondear el telegrama como una bandera—. Un niño sano, etcétera.

La primera primavera de Ursula estaba ya en pleno apogeo. En su cochecito, bajo el haya, contemplaba las formas vacilantes que creaba la luz entre las tiernas hojas verdes cuando el viento mecía suavemente las ramas. Las ramas eran brazos y las hojas parecían manos. El árbol danzaba para ella. «Mécete, mi niña —la acunaba Sylvie—, en la copa del árbol.»

«Yo tenía un arbolito —canturreaba Pamela, ceceando— y no daba más fruto que una nuez de plata y una pera dorada.»

Una liebre diminuta pendía de la capota del cochecito, girando de aquí para allá, con el sol arrancando destellos a su piel plateada. Era una liebre sentada en un cestito que antaño adornaba el extremo del sonajero de la propia Sylvie; el sonajero en sí, como su infancia, había desaparecido hacía mucho tiempo.

Ramas desnudas, brotes nuevos, hojas: el mundo que Ursula conocía se desvanecía ante sus ojos. Fue testigo de su primer ciclo de estaciones. Había nacido con el invierno grabado en los huesos, pero este dio paso a la intensa promesa de la primavera con los capullos a punto de estallar, al calor indolente del verano, al moho y los hongos del otoño. Ursula vio todo eso desde el marco limitado de la capota del cochecito. También vio los adornos fortuitos que las estaciones traían consigo: sol, nubes, pájaros, una bola de críquet trazando un silencioso arco en lo alto, un par de arcos iris, una lluvia más frecuente de lo que le habría gustado. (A veces tardaban un poco en rescatarla de los elementos.)

En cierta ocasión incluso hubo estrellas y una luna creciente, asombrosas y aterradoras en igual medida, cuando se olvidaron de ella una noche de otoño. Hubo que reprender severamente a Bridget. El cochecito se dejaba fuera hiciera el tiempo que hiciese, pues Sylvie había heredado la obsesión por el aire fresco de su propia madre, Lottie, quien de joven pasó una temporada en un sanatorio en Suiza, sentada en una terraza, envuelta en una manta, contemplando las cumbres nevadas de los Alpes.

El haya dejó caer lluvias de hojas quebradizas y broncíneas

que llenaron el cielo sobre Ursula. Un día ventoso y turbulento de noviembre, una figura amenazadora se asomó al cochecito.

—Gu, gu, gu —canturreó Maurice haciéndole carotas, y trató de pincharla a través de las mantas con un palo—. Bebé estúpido.

El crío procedió entonces a enterrarla bajo una montañita de hojas. Ursula se estaba quedando dormida otra vez bajo su nueva y frondosa manta cuando la cabeza de Maurice recibió un repentino manotazo.

—¡Ay! —exclamó el crío, y desapareció.

La liebre de plata dio vueltas y vueltas y unas manazas arrancaron a Ursula del cochecito.

—Aquí está —dijo Hugh, como si la hubiesen perdido, y volviéndose hacia Sylvie, añadió—: Como un erizo en plena hibernación.

—Pobre pequeñina —apostilló ella riendo.

De nuevo llegó el invierno. Ursula lo reconoció de la vez anterior.

Junio de 1914

Ursula llegó a su quinto verano sin sufrir más percances. A su madre le producía alivio que, a pesar de sus aterradores comienzos en la vida (o quizá debido a ellos), se hubiera convertido, gracias al vigorizante régimen de Sylvie (o tal vez a pesar de él), en una niñita en apariencia formal. Ursula no le daba demasiadas vueltas a las cosas, como solía hacer Pamela, ni demasiado pocas, como tenía por costumbre Maurice.

«Es como un soldadito», se dijo Sylvie al ver a Ursula desfilar por la playa siguiendo a Maurice y Pamela. Qué chiquitines se veían; sí, eran pequeños, ya lo sabía, pero a veces la pillaba desprevenida el alcance de lo que sentía por sus hijos. El más pequeño y reciente de todos ellos, Edward, estaba confinado a un moisés, junto a ella en la arena, y aún no había aprendido a armar barullo.

Habían alquilado una casa en Cornualles durante un mes. Hugh pasó con ellos la primera semana, y Bridget se quedó de principio a fin. Bridget y Sylvie se las apañaban para cocinar entre las dos (bastante mal), puesto que Sylvie le dio el mes libre a la señora Glover para que se fuera a casa de una de sus hermanas, a quien la difteria le había arrebatado un hijo. De pie en el andén,

Sylvie exhaló un suspiro de alivio al ver desaparecer las anchas espaldas de la señora Glover en el interior del vagón de tren.

—No hacía falta que fueras a despedirla —dijo Hugh.

—Ha sido por el placer de verla marchar —repuso ella.

Había un sol ardiente y fuertes brisas marinas y una cama dura a la que Sylvie no estaba acostumbrada y en la que yacía toda la noche sin que la molestaran. Compraban pasteles de carne, patatas fritas y empanadillas de manzana, que comían sentados en una estera en la arena con la espalda apoyada contra las rocas. El alquiler de una caseta en la playa resolvía el problema siempre peliagudo de amamantar a un bebé en público. A veces Bridget y Sylvie se quitaban las botas y se atrevían a chapotear en la orilla con los dedos de los pies; otras, se sentaban en la arena bajo enormes sombrillas y leían. Sylvie estaba leyendo un libro de Conrad, mientras que Bridget tenía un ejemplar de *Jane Eyre* que le dio Sylvie, puesto que no se le ocurrió llevar una de sus emocionantes novelas góticas habituales. Bridget resultó ser una lectora muy vital, que soltaba frecuentes jadeos de horror o se revolvía presa de la indignación y, al final, de puro placer. *El agente secreto* parecía bastante árido en comparación.

Era además una muchacha de tierra adentro y pasaba mucho tiempo preocupándose por si la marea estaba alta o baja, aparentemente incapaz de comprender su carácter previsible.

—Cambia un poquito cada día —le comentó Sylvie con paciencia.

—Pero ¿para qué diantre cambia?

—Pues... —Sylvie no tenía ni idea, de modo que concluyó con tono resuelto—: ¿Por qué no debería cambiar?

Los niños volvían de pescar con sus redes en los charcos entre las rocas del otro extremo de la playa. Pamela y Ursula se detuvieron a medio camino y chapotearon con los pies en la orilla, pero Maurice apretó el paso y echó a correr hacia Sylvie para luego dejarse caer, levantando un remolino de arena. Sujetaba un pequeño cangrejo de la pinza, y Bridget soltó un chillido de alarma al verlo.

—¿Queda pastel de carne?

—Esos modales, Maurice —lo reprendió Sylvie.

Cuando acabara el verano, el niño iría al internado. Eso le hacía sentir cierto alivio.

—Ven, vamos a saltar olas —dijo Pamela.

Pamela era mandona, pero lo era con simpatía, y Ursula casi siempre se apuntaba a sus planes la mar de contenta, y aunque no lo estuviera, se apuntaba de todas formas.

Un aro pasó rodando por la arena, como llevado por el viento, y Ursula quiso correr tras él para devolvérselo a su propietario.

—No —dijo Pamela—. Ven, vamos a chapotear.

Dejaron las redes en la arena y se internaron en las olas de la orilla. No importaba cuánto calor hiciera al sol, el agua estaba siempre helada, era un misterio. Soltaron los grititos y jadeos de costumbre y luego se cogieron de la mano para esperar a que llegaran las olas. Cuando lo hicieron, fueron decepcionantes, solo pequeñas ondas con un ribetito de encaje. De manera que se internaron más en el agua.

Ahora no había olas propiamente dichas, solo una ondulación en el agua que tironeaba de ellas hacia arriba y las levantaba para luego pasar de largo. Ursula aferraba con fuerza la mano de Pamela cada vez que el mar se ondulaba hacia ellas. El agua les llegaba ya a la cintura. Pamela se internó más, un mascarón de proa que se abría paso en el embate de las olas. El agua ya le llegaba a Ursula a las axilas, y se echó a llorar y tiró de la mano de Pamela, tratando de impedir que siguiera adelante.

—Cuidado, vas a hacer que nos caigamos las dos —la reprendió Pamela mirando atrás.

Y así, no vio la enorme ola que se alzaba a su espalda. Un instante después rompía encima de ellas y las zarandeaba de aquí para allá, tan livianas como hojas.

Ursula sintió que tiraban de ella hacia el fondo, más y más hondo, como si estuviera en mar abierto y no a la vista de la orilla. Sus piernecitas pedaleaban debajo de sí, tratando de encontrar asidero en la arena. Ojalá pudiera plantar los pies y luchar contra las olas, pero ya no había arena en la que plantarse, y empezó a tragar agua y a hacer aspavientos, presa del pánico. Alguien acudiría en su busca, ¿no? Bridget o Sylvie, y la salvaría. O Pamela... ¿dónde estaba?

No acudió nadie. Y solo había agua. Agua y más agua. Su corazoncito indefenso latía desbocado, un pájaro atrapado en su pecho. En la voluta nacarada de una oreja le zumbaban mil abejas. No respiraba. Una niña ahogada, un pájaro abatido del cielo.

Se hizo la oscuridad.

Nieve

11 de febrero de 1910

Bridget cogió la bandeja del desayuno para llevársela.

—Ay, deje la campanilla de invierno —le pidió Sylvie—. Mire, póngamela aquí, en la mesita de noche.

También se quedó a la niña consigo. La lumbre ardía con fuerza y la intensa luz que arrojaba la nieve a través de la ventana parecía alegre y curiosamente solemne al mismo tiempo. La nieve caía contra las paredes de la casa, oprimiéndolas, enterrándolas. Estaban envueltas en su capullo. Imaginó a Hugh abriendo con heroísmo un túnel en la nieve para llegar a casa. Ya llevaba fuera tres días, buscando a su hermana, Isobel. El día anterior (ahora parecía que hiciera siglos) había llegado un telegrama de París en el que se leía: LOCALIZADA PRESA STOP VOY TRAS ELLA STOP, aunque Hugh no era aficionado a la caza. Tenía que mandarle un telegrama ella también. ¿Qué le diría? Algo enigmático. A Hugh le gustaban las adivinanzas. ÉRAMOS CUATRO STOP TÚ NO ESTÁS PERO AÚN SOMOS CUATRO STOP (Bridget y la señora Glover no figuraban en la cuenta de Sylvie). O algo más prosaico. EL BEBÉ YA AQUÍ STOP TODOS BIEN STOP. ¿Lo estaban, todos bien? La niña había estado a punto de morir. Se había visto privada de aire. ¿Y si no estaba del todo bien? Esta noche le ganaron la partida a la muerte. Se preguntó cuánto tardaría la muerte en buscar venganza.

Finalmente se quedó dormida y soñó que se había mudado a una casa nueva y que andaba buscando a sus hijos, que deambulaba por las habitaciones desconocidas gritando sus nombres, pero sabía que habían desaparecido para siempre y que nunca los encontraría. Despertó sobresaltada, y la alivió comprobar que al menos el bebé seguía a su lado en el gran campo nevado que era la cama. La niña. Ursula. Sylvie tenía el nombre pensado; Edward, de haber sido un niño. Los nombres de los niños eran cosa suya, a Hugh no parecía importarle gran cosa cómo se llamaran, aunque suponía que tenía sus límites. Sherezade, quizá. O Ginebra.

Ursula abrió los lechosos ojos y pareció fijar la vista en la cansina campanilla de invierno.

—Duérmete, niña —canturreó Sylvie.

Qué calma reinaba en la casa. Qué engañoso podía ser eso. Era posible perderlo todo en un abrir y cerrar de ojos, en un santiamén.

—Hay que evitar a toda costa tener pensamientos negativos —le dijo a Ursula.

Guerra

Junio de 1914

El señor Archibald Winton había plantado su caballete en la arena y trataba de plasmar en el lienzo un paisaje marino con acuosos trazos en azul y verde; azules de Prusia y cobalto, verdes viridiana y glauconita. Pintó un par de gaviotas algo emborronadas en el cielo, un cielo imposible de distinguir de las olas debajo de él. Se imaginaba enseñando la pintura a su regreso a casa, diciendo: «Es de estilo impresionista, ya se entiende».

El señor Winton, soltero, trabajaba como oficinista con rango en una fábrica de alfileres en Birmingham, pero era un romántico por naturaleza. Formaba parte de un club de ciclismo y todos los domingos huía pedaleando lo más lejos posible de la contaminación de Birmingham, y pasaba las vacaciones anuales a la orilla del mar para respirar un aire benigno y creerse un artista durante una semana.

Se dijo que intentaría añadir un par de figuras a su pintura, pues así le daría un poco de vida y de «movimiento», ya que su profesor del curso nocturno (asistía a clases de dibujo) lo había animado a introducirlas en su obra. Aquellas dos niñitas en la orilla le servirían. Como llevaban sombrero, no necesitaría plasmar sus facciones, una técnica que todavía no dominaba.

—Ven, vamos a saltar olas —dijo Pamela.

—Ay —exclamó Ursula echándose atrás.

Pamela le cogió la mano y tiró de ella hacia el agua.

—No seas tonta.

Cuanto más se acercaban al agua más miedo sentía Ursula, hasta que el pánico la abrumó, pero Pamela se reía y se internaba chapoteando en las olas y solo pudo seguirla. Intentó pensar en algo que hiciera volver a su hermana a la playa —un mapa del tesoro, un hombre con un perrito—, si bien era demasiado tarde. Se levantó una ola enorme, curvándose sobre sus cabezas, y las hundió en las profundidades de aquel mundo acuoso.

Sylvie se llevó un susto cuando alzó la mirada del libro y vio a un hombre, un extraño, caminando por la arena hacia ella con una de sus hijas bajo cada brazo, como si fueran gansos o gallinas. Las niñas estaban empapadas y llorosas.

—Se han internado demasiado en el agua —dijo el hombre—, pero se recuperarán.

Invitaron al salvador de las niñas, un tal señor Winton, oficinista («con rango»), a té y pasteles en un hotel con vistas al mar.

—Es lo menos que puedo hacer —dijo Sylvie—. Se ha estropeado usted las botas.

—No es para tanto —repuso con modestia el señor Winton.

—Oh, desde luego que sí, lo es.

—¿Contentos de estar de vuelta? —preguntó Hugh, sonriendo de oreja a oreja, cuando los recibió en el andén.

—¿Lo estás tú de que hayamos vuelto? —respondió Sylvie, un poco a la defensiva.

—En casa hay una sorpresa para vosotros —dijo Hugh. A Sylvie no le gustaban las sorpresas, todos lo sabían—. Adivinad qué es.

Un perrito, supusieron; nada que ver con el motor de petróleo que Hugh había hecho instalar en el sótano. Bajaron todos en tropel por los empinados peldaños de piedra para contemplar aquella presencia aceitosa y palpitante con sus hileras de acumuladores de cristal.

—Que se haga la luz —dijo Hugh.

Pasaría mucho tiempo antes de que cualquiera de ellos pudiese accionar un interruptor de la luz sin esperar volar por los aires. El trasto solo daba luz, por supuesto. Bridget tenía la esperanza de una aspiradora que reemplazara su Ewbank, pero el voltaje no era suficiente.

—Gracias a Dios —comentó Sylvie.

Julio de 1914

Desde las puertas acristaladas que daban al jardín, Sylvie observaba a Maurice levantar una red de tenis improvisada, tarea que parecía consistir sobre todo en liarse a golpes de mazo con cuanto tenía a la vista. Los niños pequeños eran un misterio para ella. La satisfacción que les producía arrojar palos o piedras sin parar, la acumulación obsesiva de objetos inanimados, la brutal destrucción del frágil mundo que los rodeaba; nada de eso parecía guardar relación con los hombres en que supuestamente debían convertirse.

Una ruidosa cháchara en el vestíbulo anunció la garbosa llegada de Margaret y Lily, antaño amigas del colegio y ahora conocidas poco frecuentadas, que traían regalos con vistosos lazos para el recién nacido, Edward.

Margaret era una artista que había convertido su soltería en una militancia; cabía pensar que era la amante de alguien, una posibilidad escandalosa que Sylvie no le había mencionado a Hugh. Lily era fabianista, una sufragista de la alta sociedad que no arriesgaba nada por sus creencias. Sylvie se llevó una tranquilizadora mano a su precioso cuello blanco al imaginarse a mujeres siendo sujetadas mientras les metían tubos en la garganta. El marido de Lily, Cavendish (un nombre más propio de un hotel que de un hombre, sin duda), arrinconó en cierta ocasión a Sylvie; la apretó contra una columna con su cuerpo cabrío y que olía a puro, sugiriéndole algo tan escandaloso que, incluso ahora, al pensarlo, ella enrojecía de vergüenza.

—Ah, qué aire tan fresco —exclamó Lily cuando Sylvie las hizo salir al jardín—. Pero qué rural es todo esto.

Se inclinaron sobre el cochecito zureando como palomas —de las urbanas, las de más baja estofa— y con tantas expresiones de admiración por el bebé como las que soltaron ante la esbelta figura de Sylvie.

—Llamaré para que traigan el té —dijo Sylvie, ya cansada.

Tenían un perro. Un mastín francés grandote y manchado al que llamaban Bosun. «El nombre del perro de Byron», comentó Sylvie. Ursula no tenía idea de quién era ese misterioso Byron, pero no mostró interés en reclamar al perro para sí. Bosun tenía un pelaje suelto y suave que se ondulaba bajo sus deditos, y su aliento olía al pescuezo que la señora Glover, para su indignación, tenía que guisar para él. Según Hugh, era un buen perro; un perro responsable, de los que sacaban a la gente de edificios en llamas y rescataban a personas que se ahogaban.

A Pamela le gustaba disfrazar a Bosun con un gorro y un chal viejos y fingir que era su bebé, aunque ahora tenían uno de verdad, un niño, Edward. Todos lo llamaban Teddy. Aquel nuevo bebé parecía haber pillado por sorpresa a su madre. «No sé de dónde ha salido.» La risa de Sylvie parecía un hipo. Estaba tomando el té en el jardín con dos amigas del colegio «de mis tiempos en Londres» que habían acudido a ver al recién nacido. Las tres llevaban preciosos y ligerísimos vestidos y grandes sombreros de paja y, sentadas en sillas de mimbre, tomaban té y el pastel de jerez de la señora Glover. Ursula y Bosun se sentaron en la hierba a una educada distancia, a la espera de las migajas.

Maurice tendió una red y, sin demasiado entusiasmo, intentaba enseñar a Pamela a jugar al tenis. Ursula estaba enfrascada en hacer una corona de margaritas entrelazadas para Bosun. Sus dedos eran regordetes y torpes. Sylvie tenía los dedos finos y hábiles de una artista o una pianista. Tocaba el piano en el salón («Chopin»). A veces cantaban un canon después del té, pero Ursula nunca conseguía entonar su parte cuando tocaba. («Menuda imbécil», soltaba Maurice. «La práctica hace la perfección», decía Sylvie.) Cuando abría la tapa del piano, olía como el interior de una maleta vieja. A Ursula le recordaba a su abuela, Adelaide, que se pasaba los días envuelta en negro y tomando sorbitos de Madeira.

El recién nacido estaba arrebujado en el enorme cochecito bajo el haya. Todos habían ocupado en su día tan magnífico emplazamiento, si bien ninguno lo recordaba. Una diminuta liebre plateada colgaba de la capota y el bebé descansaba arropado con una colcha «bordada por las monjas», aunque nadie aclaró nunca de qué monjas se trataba ni por qué habían empleado sus días en bordar patitos amarillos.

—Edward —dijo una de las amigas de Sylvie—. ¿Teddy, como un osito de peluche?

—Sí, Ursula y Teddy, mis dos ositos —repuso Sylvie, y soltó su risa como un hipo.

A Ursula no la convencía lo de ser un oso. Habría preferido ser un perro. Se tendió boca arriba y contempló el cielo. Bosun soltó un impresionante gruñido y se tumbó a su lado. Las golondrinas acuchillaban el azul celeste con su temerario vuelo. Oía el delicado tintineo de las tazas contra los platillos, el traqueteo de un cortacésped empuñado por el Viejo Tom en el jardín de al lado, el de los Cole, y captaba el perfume dulzón y un poco picante de las clavelinas en el parterre y el aroma embriagador de la hierba recién cortada.

—Ah —soltó una de las amigas londinenses, estirando las piernas para revelar unos tobillos finos enfundados en medias blancas—. Un verano largo y caluroso. ¿No os parece una delicia?

Un indignado Maurice perturbó la paz cuando arrojó la raqueta a la hierba, donde rebotó con un ruido sordo y un pequeño chirrido.

—¡No puedo enseñarle, es una niña! —exclamó, y se alejó hecho un basilisco hacia los matorrales, que empezó entonces a aporrear con un palo, aunque él imaginaba hallarse en la jungla con un machete.

Pasado el verano, Maurice iría al internado. Era el mismo al que había acudido Hugh, y su padre antes que él. («Y así sucesivamente hasta remontarnos a la guerra de los Siete Años, supongo», comentó Sylvie.) Hugh dijo que eso lo convertiría en un hombrecito, pero a Ursula le parecía que Maurice ya lo era. Hugh contó que cuando lo mandaron al internado se dormía todas las noches llorando, y sin embargo parecía dispuesto a someter a Maurice a la misma tortura. Maurice sacó pecho y declaró que él no lloraría.

(—¿Y nosotras? —preguntó Pamela, preocupada—. ¿También tendremos que ir internas a una escuela?

—No, a menos que os portéis muy mal —respondió Hugh, riendo.)

Pamela, con las mejillas arreboladas, apretó los puños y puso los brazos en jarras.

—¡Qué cerdo eres! —bramó, furiosa ante la indiferente retirada de Maurice. Hizo que la palabra «cerdo» sonara mucho peor de lo que era. Los cerdos eran bastante agradables.

—Pammy —dijo Sylvie sin alterar la voz—. Pareces una pescadera.

Ursula se acercó un poquito más a donde estaba el pastel.

—Ay, ven aquí —le dijo una de las mujeres—, deja que te vea.

Ursula trató de escabullirse, pero Sylvie la agarró para que se quedara donde estaba.

—Es mona, ¿a que sí? —comentó la mujer—. Se parece a ti, Sylvie.

—¿Las pescaderas juegan al tenis? —le preguntó Ursula a su madre, y las amigas de Sylvie soltaron risas alegres y encantadoras.

—Qué niñita tan salada —dijo una.

—Sí, es divertidísima —repuso Sylvie.

—Sí, es divertidísima —dijo Sylvie.

—Los niños son muy graciosos, ¿verdad? —comentó Margaret.

Son mucho más que eso, se dijo Sylvie, pero ¿cómo explicarle la magnitud de la maternidad a alguien que no tenía hijos? Se sentía una matrona en compañía de esas mujeres, las amigas de una breve adolescencia acortada por la tranquilidad del matrimonio.

Bridget salió con la bandeja y empezó a recoger el servicio del té. Por las mañanas llevaba un vestido de rayas para hacer las tareas domésticas, pero por las tardes se ponía uno negro con puños y cuello blancos, y un delantal y una pequeña cofia a juego. La habían ascendido del puesto de fregona. Alice se había marchado para casarse y Sylvie contrató a una muchacha del pueblo, Marjorie, de trece años y bizca, para las tareas más duras.

(—¿No podríamos salir adelante con solo dos? —protestó débilmente Hugh—. ¿Con Bridget y la señora G? Tampoco es que lleven una mansión.

—No, no podríamos —contestó Sylvie, y ahí acabó la cuestión.)

La cofia blanca le iba grande a Bridget y no paraba de deslizarse y taparle los ojos como si se los hubieran vendado. Cuando cruzaba de nuevo el jardín se quedó de repente cegada por la cofia y dio un traspié de music hall del que se recobró justo a tiempo y cuyas únicas víctimas fueron el azucarero y las pinzas de plata, que salieron disparados para dejar terrones como dados ciegos desparramados por la hierba. Maurice soltó una risotada ante el contratiempo de Bridget.

—Maurice, deja de hacer el payaso —lo reprendió Sylvie.

Observó cómo Bosun y Ursula recogían los terrones desperdigados, el perro con la gran lengua rosácea y Ursula, con gesto algo excéntrico, con las pinzas, que le costaba manejar. Bosun se los zampó sin masticar. Ursula, en cambio, los chupaba despacio, uno por uno. Sylvie sospechaba que el destino de Ursula era convertirse en la rara de sus hijos. Ella era hija única, y con frecuencia la perturbaba la complejidad de las relaciones fraternales entre sus propios hijos.

—Deberías venirte a Londres —dijo Margaret de pronto—, pasar unos días en mi casa. Nos divertiríamos muchísimo.

—Pero los niños… El bebé… No puedo dejarlos.

—¿Por qué no? —quiso saber Lily—. Tu niñera podrá apañárselas unos días, ¿no?

—Es que no tengo niñera. —Lily paseó la vista por el jardín, como si pudiese acechar una niñera entre las hortensias, y Sylvie añadió—: Tampoco quiero tenerla.

(¿O sí quería?) Ser madre era su responsabilidad, su destino. A falta de otra cosa (¿y qué otra cosa podía haber?), era su vida. El futuro de Inglaterra se aferraba a su seno. Reemplazarla no era algo que se hiciera a la ligera, como si su ausencia significara poco más que su presencia.

—Además, le estoy dando el pecho al bebé —añadió.

Ambas mujeres parecieron perplejas. De manera inconsciente, Lily se llevó una mano a los senos, como para protegerlos de una agresión.

—Era designio del Señor —dijo Sylvie, aunque no creía en Dios desde que había perdido a Tiffin.

Hugh acudió en su rescate, cruzando el jardín a grandes zancadas como un hombre con una meta en la vida.

—A ver, ¿qué pasa aquí? —preguntó, riendo.

Cogió a Ursula para lanzarla al aire una y otra vez, y solo paró cuando la niña empezó a ahogarse con un terrón de azúcar. Entonces sonrió a Sylvie—. Tus amigas —dijo, como si ella pudiese olvidar quiénes eran. Y, depositando a Ursula en el suelo, añadió—: Es viernes por la tarde. Los trabajos del hombre han llegado a su fin y ya va siendo hora, oficialmente, de bajar un poco la guardia. ¿Les apetecería a estas encantadoras damas pasar a algo más fuerte que el té? ¿Ginebra con tónica, quizá?

Hugh tenía cuatro hermanas menores que él y se sentía cómodo entre mujeres. Con eso le bastaba para conquistarlas. Sylvie sabía que su intención era acompañarlas, no cortejarlas, pero a veces se preguntaba adónde podía llevarlo semejante popularidad, o adónde lo habría llevado ya.

Maurice y Pamela llegaron a un entente. Sylvie le pidió a Bridget que sacara una mesa a la pequeña pero útil terraza para que los niños cenaran fuera, huevas de arenque y una forma rosácea que apenas había cuajado y se estremecía sin control. A Sylvie se le revolvió un poco el estómago al verla.

—Comida de críos —dijo Hugh con entusiasmo, viendo comer a sus hijos. Y añadió con tono distendido—: Austria ha declarado la guerra a Serbia.

—Qué tontería —repuso Margaret—. Pasé un fin de semana maravilloso en Viena el año pasado. En el Imperial, ¿lo conocéis?

—Íntimamente, no —bromeó Hugh.

Sylvie lo conocía, pero no lo dijo.

La luz declinó para convertirse en un delicado velo. Sylvie, meciéndose entre una suave bruma de alcohol, se acordó de pronto del fallecimiento de su padre, inducido por el coñac, y batió palmas como si pretendiera matar una mosca molesta.

—Hora de ir a la cama, niños.

Observó a Bridget empujando con torpeza el pesado cochecito por la hierba. Sylvie exhaló un suspiro, y Hugh la ayudó a levantarse de la silla y la besó en la mejilla cuando estuvo en pie.

Sylvie abrió el diminuto tragaluz de la agobiante habitación. Se referían a esa estancia como «el cuarto del bebé» pero no era más que un cajón embutido en una esquina del alero, mal ventilado en verano y gélido en invierno, y por tanto inadecuado para un tierno niñito. Al igual que Hugh, ella pensaba que había que endurecer a los niños cuanto antes para que encajaran mejor los golpes que les daría la vida. (La pérdida de una preciosa casa en Mayfair, de un poni adorado, de la fe en una deidad omnisciente.) Se sentó en la butaca de terciopelo con tapizado capitoné y amamantó a Edward.

—Teddy —murmuró con cariño mientras el niño succionaba con fruición, atragantándose, hasta sumirse en un sueño saciado.

Era cuando más le gustaban los niños, de bebés; estaban radiantes y nuevos, como las rosáceas almohadillas en la pata de un gatito. Pero este crío era especial. Besó la pelusa en su cabecita.

En el aire suave, unas palabras flotaron hasta ella.

—Todo lo bueno tiene un final —oyó decir a Hugh mientras escoltaba a Lily y Margaret al interior de la casa, para cenar—. Tengo entendido que nuestra artística cocinera, la señora Glover, ha preparado raya al horno. Pero quizá os gustaría ver primero mi motor de petróleo.

Las mujeres parlotearon como las colegialas tontorronas que seguían siendo.

Unos gritos y palmadas de emoción despertaron a Ursula.

—¡Electricidad! —oyó exclamar a una de las amigas de Sylvie—. ¡Qué maravilla!

Compartía con Pamela una habitación en la buhardilla. Tenían dos camitas gemelas con una jarapa y una mesita de noche entre ambas. Pamela dormía con los brazos por encima de la cabeza y a veces gritaba como si la pincharan con un alfiler (una bromita horrible que a Maurice le encantaba). Al otro lado de la pared, por una parte, tenían a la señora Glover, que roncaba como un tren, y por la otra, a Bridget, que se pasaba toda la noche murmurando. Bosun dormía al otro lado de la puerta de las niñas, siempre de guardia incluso en sueños. A veces gemía con suavidad, aunque no sabían si de gusto o de dolor. La buhardilla era un lugar atestado de gente y no muy tranquilo, que digamos.

Ursula volvió a despertarse cuando las visitantes se despedían. («No es natural que esa niña tenga un sueño tan ligero», decía la señora Glover como si fuera un defecto de carácter que debiera corregirse.) Se levantó de la cama y fue hasta la ventana sin hacer ruido. Si se subía a una silla, algo que tenían expresamente prohibido, vería a Sylvie y sus amigas en el jardín, con los vestidos aleteando como polillas en la creciente oscuridad. Hugh esperaba ante el portón de atrás para escoltarlas camino abajo hasta la estación.

A veces, Bridget llevaba a los niños andando a la estación para que recibieran a su padre cuando llegaba del trabajo en tren. Maurice decía que de mayor quizá sería maquinista de tren, o tal vez se convirtiera en explorador del Antártico como sir Ernest Shackleton, que estaba a punto de zarpar en su gran expedición. O quizá solo sería banquero, como su padre.

Hugh trabajaba en Londres, ciudad que Sylvie visitaba muy de vez en cuando para pasar una tensa tarde en el salón de la abuela en Hampstead, con las peleas entre Maurice y Pamela crispándole los nervios, de modo que siempre estaba de mal humor en el tren de regreso a casa.

Cuando todos se hubieron ido y sus voces se perdían en la distancia, Sylvie cruzó de vuelta el jardín hacia la casa, poco más que una sombra ahora que el murciélago negro desplegaba sus alas. Sin que ella lo viera, un zorro le siguió el rastro un trecho, con un decidido trote, y después giró y desapareció entre los matorrales.

—¿Has oído algo? —preguntó Sylvie. Estaba incorporada sobre las almohadas, leyendo una de las primeras obras de Forster—. ¿Habrá sido el bebé?

Hugh ladeó la cabeza. A ella le recordó momentáneamente a Bosun.

—No.

El bebé solía dormir toda la noche de un tirón. Era un angelito, pero no en el cielo, gracias a Dios.

—Es el más bueno de todos —comentó Hugh.

—Sí, creo que este deberíamos quedárnoslo.

—No se parece a mí.

—No —admitió ella de buen grado—. No se te parece en nada.

Hugh rió y le dio un beso cariñoso.

—Buenas noches, voy a apagar la luz.

—Creo que leeré un poquito más.

Poco después, una calurosa tarde, fueron a ver cómo cosechaban el trigo.

Sylvie y Bridget emprendieron la marcha campo a través con las niñas; Sylvie llevaba al bebé en un cabestrillo que Bridget había improvisado con un chal envolviéndole el torso.

—Como una campesina irlandesa —comentó Hugh, divertido.

Era sábado y, liberado de los sombríos confines de la banca, estaba tendido en la tumbona de mimbre en la terraza de la parte de atrás de la casa, aferrando el *Anuario Wisden del críquet* como si fuera un cantoral.

Maurice había desaparecido después del desayuno. A sus nueve años, era libre de ir a donde quisiera con quien le apeteciera, aunque solía andar en compañía exclusiva de otros niños de nueve años. Sylvie no sabía qué hacían, pero al final del día volvía cubierto de mugre de los pies a la cabeza y con algún trofeo poco apetecible, como un tarro con ranas, un pájaro muerto o el cráneo blanqueado de algún pequeño animal.

Cuando se pusieron en marcha, cargadas con el bebé y cestas de picnic, pamelas y sombrillas, hacía mucho que el sol había comenzado su empinado ascenso en el cielo. Bosun trotaba a su lado como un pequeño poni.

—Madre mía, vamos cargadas como refugiados —comentó Sylvie—. Como los judíos al salir de Israel, quizá.

—¿Los judíos? —repitió Bridget con una mueca de desagrado en sus feúchas facciones.

Teddy durmió durante toda la excursión en la mochila improvisada mientras cruzaban cercas y avanzaban dando traspiés por senderos llenos de barro que el sol había secado. Bridget se desgarró el vestido con un clavo y dijo que tenía ampollas en los pies. Sylvie se planteó quitarse el corsé y dejarlo en la cuneta, e imaginó el asombro de quien lo encontrara allí. Acudió a ella un súbito recuerdo, insólito en un campo con vacas a la radiante luz del día; Hugh desabrochándole el corsé en el hotel en Deauville donde pasaron la luna de miel, mientras los sonidos llegaban hasta ellos a través de la ventana abierta: gaviotas chillando en pleno vuelo y un hombre y una mujer discutiendo en áspero y enérgico francés. En el barco de regreso desde Cherburgo, Sylvie ya llevaba en su seno el diminuto homúnculo que se convertiría en Maurice, aunque ignoraba por completo que así fuera.

—¿Señora? —dijo Bridget, interrumpiendo su ensueño—. ¿Señora Todd? No son vacas.

Se detuvieron a admirar los caballos de tiro de George Glover, dos enormes percherones llamados Samson y Nelson que resoplaron y sacudieron la cabeza al advertir que tenían compañía. Ursula se inquietó un poco, pero Sylvie le dio una manzana a cada animal, y las cogieron con delicadeza de la palma de su mano con los grandes labios rosados y aterciopelados. Sylvie dijo que eran tordos rodados y mucho más hermosos que la gente.

—¿Incluso más que los niños? —le preguntó Pamela.

—Sí, especialmente que los niños —contestó Sylvie, y rió.

Encontraron a George echando una mano con la cosecha. Cuando las vio, cruzó el campo a grandes zancadas para saludarlas.

—Señora —le dijo a Sylvie quitándose la gorra. Se enjugó el sudor de la frente con un gran pañuelo a topos rojos. Tenía pedacitos de cascarilla pegados a los brazos; el sol le había vuelto el vello que los cubría tan dorado como la cascarilla—. Qué calor hace —añadió por decir algo.

Miró a Sylvie bajo el largo mechón de pelo que siempre le caía sobre los preciosos ojos azules. Sylvie pareció sonrojarse.

Además de su propia comida —sándwiches de pasta de arenque y de requesón al limón, cerveza de jengibre y tarta de semillas—, llevaban los restos del pastel de cerdo del día anterior, que la señora Glover mandaba a George junto con un tarro de su famosa salsa de encurtidos. La tarta de semillas ya estaba un poco dura porque Bridget había olvidado meterla de nuevo en la lata para pasteles y estuvo fuera toda la noche en la cálida cocina.

—No me sorprendería que las hormigas hubiesen puesto huevos en ella —comentó la señora Glover.

Cuando llegó el momento de comérsela, Ursula cogió cada semilla, y las había a montones, para comprobar que no fuera un huevo de hormiga.

Los jornaleros hicieron una pausa para tomar el almuerzo, a base de pan, queso y cerveza básicamente. Bridget se ruborizó y soltó una risita al tenderle el pastel de cerdo a George. Pamela le contó a Ursula que, según Maurice, Bridget estaba colada por George, aunque a ambas les pareció que Maurice era una fuente de información bastante insólita en cuestiones del corazón. Tomaron el picnic en el linde de los rastrojos; George espatarrado con comodidad mientras daba bocados dignos de un caballo al pastel de cerdo, Bridget observándolo con admiración como si fuera un dios griego, y Sylvie ocupada con el bebé.

Sylvie fue en busca de un sitio discreto donde amamantar a Teddy. Las chicas criadas en casas bonitas en Mayfair no andaban agazapándose detrás de un seto para dar el pecho a sus hijos. Como campesinas hibernesas, sin duda. Recordó con cariño la caseta en la playa de Cornualles. Cuando por fin encontró un sitio adecuadamente resguardado al abrigo de un seto, Teddy daba alaridos y apretaba los puñitos de boxeador contra la injusticia del mundo. Justo después de que el crío se le aferrara al pecho, Sylvie levantó por casualidad la mirada y vio a George Glover salir de entre los árboles en el otro extremo del campo. Se detuvo y se quedó mirándola como un ciervo asustado. Tardó unos instantes en moverse, y entonces se quitó la gorra.

—Sigue haciendo calor, señora —comentó.

—Sí, desde luego —repuso ella alegremente, y luego lo observó dirigirse con prisa hacia la portezuela de cinco listones que dividía el seto en medio del campo y saltarla con la misma facilidad que un cazador rebasando un obstáculo.

Desde una prudente distancia, observaron cómo la enorme cosechadora se tragaba de manera ruidosa el trigo.

—Es hipnótico, ¿verdad? —comentó Bridget. Había aprendido el término poco antes.

Sylvie sacó el bonito reloj de bolsillo de oro, un artículo muy codiciado por Pamela.

—Madre mía, mirad qué hora es —dijo, aunque nadie lo miró—. Tenemos que volver ya.

Justo cuando emprendían la marcha, George Glover exclamó:

—¡Eh, esperen! —y cruzó el campo a medio galope hacia ellas. Llevaba algo dentro de la gorra. Dos conejitos.

—¡Oh! —soltó Pamela, llorosa de emoción.

—Gazapos —dijo George Glover—. Estaban acurrucados en medio del campo. Su madre ya no está. ¿Por qué no os los quedáis? Uno para cada una.

En el camino a casa, Pamela llevó los dos conejitos en el delantal, que sujetaba orgullosa ante sí como hacía Bridget con la bandeja del té.

—Qué bien se os ve —comentó Hugh cuando entraron por la cancela del jardín, agotadas—. Doradas y acariciadas por el sol. Parecéis auténticas campesinas.

—Más rojas que doradas, me temo —repuso una atribulada Sylvie.

El jardinero estaba en plena faena. Se llamaba Viejo Tom («Como un gato —decía Sylvie—. ¿Lo llamarían antes Joven Tom?»). Trabajaba seis días por semana y repartía el tiempo entre ellos y otra casa cercana. Esos vecinos, los Cole, se dirigían a él como «señor Ridgely». No daba indicios de qué apelativo prefería. Los Cole vivían en una casa muy parecida a la de los Todd y el señor Cole, al igual que Hugh, era banquero.

—Judío —dijo Sylvie con el mismo tono con que decía «católico», intrigada pero un poco inquieta ante semejante exotismo.

—No creo que sean practicantes —repuso Hugh.

¿Practicantes de qué?, se preguntó Ursula. Pamela tenía que practicar las escalas de piano todas las tardes antes del té, y no era muy agradable oír cómo aporreaba las teclas.

Según su hijo mayor, Simon, el señor Cole había nacido con un apellido muy distinto, demasiado complicado para las lenguas inglesas. El hijo mediano, Daniel, era amigo de Maurice, pues aunque los adultos no tuvieran amistad, los niños se conocían bien. Simon, «un empollón» (decía Maurice), le echaba una mano con las matemáticas a Maurice las tardes de los lunes. Sylvie no sabía muy bien cómo recompensarlo por tan desagradable tarea, desconcertada al parecer ante su condición de judío.

—Según lo que le dé, igual los ofendo, ¿no? —especulaba—. Si le doy dinero, pueden pensar que hago alusión a su reputación de tacaños. Si le doy dulces, es posible que pongan reparos porque siguen una dieta estricta.

—No son practicantes —insistió Hugh—. No son observantes.

—Benjamin es muy observante —intervino Pamela—. Ayer encontró un nido de mirlos.

Al decir eso, miró furibunda a Maurice. Cuando estaban mirando maravillados los preciosos huevos azules con motitas marrones, apareció y los cogió para cascarlos contra una piedra. Le pareció una broma estupenda. Pamela le arrojó una piedra pequeña (bueno, bastante pequeña), que le dio en la cabeza.

—Hala, para que veas qué siente uno cuando le rompen la cáscara.

Maurice tenía ahora un feo tajo y un cardenal en la sien.

—Me he caído —respondió brevemente cuando Sylvie quiso saber cómo se lo había hecho.

Por naturaleza, hubiese acusado a Pamela, pero entonces habría salido a la luz el pecado inicial y Sylvie lo habría castigado con severidad por romper los huevos. Lo había pillado antes rompiendo huevos y le dio un buen sopapo. Sylvie decía que debían «venerar» la naturaleza, no destruirla, pero, por desgracia, Maurice no era de los que veneraban nada.

—Simon está aprendiendo a tocar el violín, ¿verdad? —dijo Sylvie—. Los judíos suelen ser muy musicales. Quizá podría darle unas partituras o algo así.

Esa discusión sobre los riesgos de ofensa al judaísmo había tenido lugar en torno a la mesa del desayuno. Hugh siempre parecía algo sorprendido al encontrarse a sus hijos sentados a la misma mesa que él. No había desayunado con sus padres hasta los doce años, cuando se consideró que podía abandonar el cuarto de los niños. Era el sólido producto de la educación de una eficiente niñera, que dirigía su propia casa dentro de la casa de Hampstead. Por su parte, Sylvie siempre cenaba tarde de pequeña, a base de *canard à la presse*, precariamente encaramada a varios cojines y arrullada por las velas vacilantes y los destellos de la cubertería, mientras la conversación de sus padres flotaba sobre su cabeza. Ahora suponía que no había sido una infancia del todo normal.

El Viejo Tom estaba cavando una zanja, que según él era para un nuevo bancal de espárragos. Hugh había abandonado hacía rato el anuario del críquet para ir en busca de frambuesas con un gran cuenco de esmalte blanco que tanto Pamela como Ursula reconocieron como el que había usado Maurice hacía poco para meter renacuajos, aunque ninguna de las dos mencionó semejante hecho. Sirviéndose un vaso de cerveza, Hugh comentó:

—Qué sed da esto de trabajar en el campo.

Todos rieron. Excepto el Viejo Tom.

La señora Glover salió a exigirle al Viejo Tom que desenterrara unas cuantas patatas para acompañar los medallones de buey. Cuando vio los conejitos soltó bufidos enfurruñados.

—Ni siquiera son suficientes para un estofado.

Pamela se puso a chillar y hubo que calmarla con un sorbo de la cerveza de Hugh.

En un rincón apartado del jardín, Pamela y Ursula hicieron un nido con hierba y algodón, lo decoraron con pétalos de rosa y metieron dentro con mucho cuidado a los conejos. Pamela les cantó una nana, pues sabía afinar muy bien, si bien los animalitos estaban dormidos desde que George Glover se los había dado.

—A lo mejor son demasiado pequeños —dijo Sylvie.

¿Demasiado pequeños para qué?, se preguntó Ursula, pero Sylvie no dijo una palabra más.

Se sentaron en la hierba a comerse las frambuesas con nata y azúcar. Hugh alzó la vista al cielo, muy azul.

—¿Habéis oído ese trueno? Va a haber una tormenta tremenda, la siento acercarse. ¿Usted no, Viejo Tom?

Levantó la voz al preguntarlo para que el Viejo Tom, bastante lejos de ellos, en el huerto, pudiera oírlo. Hugh pensaba que, como jardinero que era, el Viejo Tom tenía que saberlo todo sobre el tiempo. Pero siguió cavando sin decir nada.

—Está sordo —concluyó Hugh.

—No, no está sordo —dijo Sylvie.

Trituraba frambuesas para preparar una espesa crema rojo garanza, hermosa como la sangre, y de forma inesperada pensó en George Glover. Un hijo de la tierra. Recordó las manos fuertes y cuadradas, sus preciosos tordos rodados como enormes caballitos balancines, y la forma en que se había recostado en la verde ribera para comer, con una pose como la del Adán de Miguel Ángel en la capilla Sixtina pero tendiendo la mano hacia otro pedazo de pastel de cerdo y no hacia la mano de su Creador. (Cuando Sylvie había acompañado a su padre, Llewellyn, a Italia, se quedó asombrada ante la gran cantidad de cuerpos masculinos disponibles en forma de arte para contemplarlos.) Imaginó a George Glover comiendo manzanas de su mano, y se rió.

—¿Qué pasa? —quiso saber Hugh.

—Qué muchacho tan guapo es ese George Glover.

—Entonces tiene que ser adoptado —comentó Hugh.

Esa noche, en la cama, Sylvie abandonó a Forster para dedicarse a actividades menos cerebrales, entrelazando las acaloradas extremidades en el lecho conyugal, más como un jadeante venado que como una alondra en pleno vuelo. En lugar del cuerpo liso y nervudo de Hugh pensaba en los bruñidos miembros de centauro de George Glover.

—Estás muy... —dijo un agotado Hugh, y contempló la cornisa del dormitorio hasta dar por fin con la palabra adecuada—: animada.

—Será cosa de tanto aire fresco —contestó Sylvie.

Dorada y acariciada por el sol, se dijo cuando se sumía poco a poco en el sueño, y entonces, de forma insólita, acudió a su mente un fragmento de Shakespeare. «Los dorados amantes con toda su alegría / polvo serán al llegar su día», y de pronto sintió miedo.

—Aquí llega por fin la tormenta —dijo Hugh—. ¿Apago la luz?

Por la mañana, el llanto de Pamela arrancó a Sylvie y Hugh de su sueño de domingo. Ursula y ella se despertaron temprano, llenas de emoción, y corrieron al jardín para encontrarse con que los conejos habían desaparecido; solo quedaba la esponjosa borla de una cola diminuta, con el blanco manchado de rojo.

—Zorros —anunció la señora Glover con cierta satisfacción—. ¿Qué esperabais?

Enero de 1915

—¿Se ha enterado de las últimas noticias?

Sylvie exhaló un suspiro y bajó la carta de Hugh, con sus páginas tan quebradizas como hojas secas. Solo hacía unos meses que había partido hacia el frente, y sin embargo apenas recordaba ya que estaba casada con él. Hugh era capitán en la infantería ligera de Oxford y Buckinghamshire. El verano anterior trabajaba como banquero. Qué absurdo parecía.

Sus cartas eran alegres y cautas («los hombres son maravillosos, vaya personalidad tienen»). Antes mencionaba a esos hombres por su nombre («Bert», «Alfred», «Wilfred»), pero desde la batalla de Ypres se habían convertido simplemente en «hombres», y Sylvie se preguntaba si Bert, Alfred y Wilfred estarían muertos. Hugh nunca mencionaba las muertes, era como si estuvieran de excursión o de picnic («Esta semana ha llovido un montón, hay barro por todas partes. ¡Confío en que ahí tengáis mejor tiempo que nosotros!»).

—¿A la guerra? ¿Que te vas a la guerra? —le gritó cuando se alistó, y cayó en la cuenta de que nunca le había gritado hasta entonces. Quizá debió haberlo hecho.

Si iban a entrar en guerra, comentó Hugh, no quería mirar

atrás y saber que se la había perdido, que otros se habían ofrecido a defender el honor de su país y él no.

—Puede ser la única aventura que corra en mi vida —añadió.

—¿Aventura? —repitió ella, incrédula—. ¿Y qué me dices de tus hijos y de tu mujer?

—Pero si hago esto por vosotros —repuso Hugh, y pareció exquisitamente afligido, un Teseo incomprendido, que hizo que ella sintiera una intensa aversión en ese momento—. Para proteger mi casa y mi hogar. Para defender todo aquello en lo que creemos.

—Acabo de oírte decir «aventura» —comentó Sylvie volviéndole la espalda.

Aun así, había ido a Londres a despedirlo, cómo no. Se vieron zarandeados por una enorme multitud que hacía ondear banderas y vitoreaba como si ya se hubiera obtenido una gran victoria. La sorprendió el virulento patriotismo de las mujeres en el andén; la guerra debería convertir en pacifistas a todas las mujeres, ¿no?

Hugh la aferró contra sí como si fueran novios y solo subió al tren en el último momento. El tumulto de hombres de uniforme se lo tragó al instante. «Su regimiento», se dijo. Qué extraño. Al igual que la multitud, Hugh le pareció ridículamente eufórico.

Cuando el tren emprendió la lenta y esforzada marcha para salir de la estación, la nerviosa multitud prorrumpió en bramidos de aprobación, entre un frenético ondear de banderas y gorras y sombreros lanzados al aire. Sylvie solo pudo clavar la mirada en las ventanillas de los vagones que pasaban, primero despacio y luego más y más deprisa hasta que quedaron reducidos a un borrón. No vio a Hugh, y supuso que él tampoco la vio a ella.

Permaneció en el andén después de que todos se hubiesen ido, mirando fijamente el punto en el horizonte donde había desaparecido el tren.

Sylvie dejó la carta y cogió las agujas de tejer.

—¿Se ha enterado de la noticia? —insistió Bridget. Estaba poniendo los cubiertos en la mesa del té.

Sylvie frunció el entrecejo ante su labor de punto y se preguntó si quería enterarse de una noticia por boca de Bridget. Cerró un punto en la manga ranglán del práctico suéter gris que tejía para Maurice. Todas las mujeres de la casa invertían ahora una cantidad desmesurada de tiempo en tejer bufandas y mitones, guantes, calcetines y gorros, chalecos y suéteres, para que sus hombres estuviesen abrigados.

La señora Glover se sentaba junto a los fogones por las noches a tejer guantes lo bastante grandes para los cascos de los caballos de tiro de George. No eran para Samson y Nelson, por supuesto, sino para el propio George, uno de los primeros en alistarse, como la señora Glover decía con orgullo a la mínima oportunidad, para la irritación de Sylvie. Hasta Marjorie, la criada, se había sumado a la moda de hacer punto y trabajaba después del almuerzo en lo que parecía un trapo de cocina, aunque llamarlo «punto» era generoso.

—Hay más agujeros que lana —fue el veredicto de la señora Glover antes de darle un sopapo y decirle que volviera al trabajo.

Bridget se aficionó a hacer calcetines deformes —era absolutamente incapaz de tejer un talón— para su nuevo amor. Le había «entregado el corazón» a un mozo de cuadra de Ettringham Hall que se llamaba Sam Wellington. «Ay, es chapado a la antigua pero muy buen mozo», decía, y acto seguido se reía como una loca de su bromita, varias veces al día, como si la contara por primera vez. Le enviaba a Sam Wellington postales sentimentales con ángeles flotando en el aire sobre llorosas mujeres sentadas en su saloncito ante una mesa con tapete de felpilla. Sylvie le había insinuado que debería mandar misivas más alegres a un hombre que estaba en la guerra.

Bridget tenía una fotografía de Sam Wellington, un retrato de estudio, en un mueble al que no acababa de encajarle el nombre de «tocador». Tenía un sitio de honor junto al viejo juego esmaltado de peine y cepillo que le había dado Sylvie cuando Hugh le regaló un conjunto de tocador de plata por su cumpleaños.

Un inevitable retrato similar de George adornaba la mesita de noche de la señora Glover. Embutido en un uniforme y contra un fondo de estudio que a Sylvie le recordaba a la costa de Amalfi, George Glover ya no se parecía al Adán de la capilla Sixtina. Sylvie pensó en todos los hombres que se habían sometido ya al mismo ritual, un recuerdo para madres y novias, la única fotografía que les tomarían en su vida a algunos de ellos. «Podrían matarlo —decía Bridget de su galán—, y yo olvidarme de qué aspecto tenía.» Sylvie tenía muchas fotografías de Hugh. Su vida estaba bien documentada.

Todos los niños, excepto Pamela, se encontraban arriba. Teddy dormía en su cuna, o quizá estaba despierto en su cuna, pero fuera cual fuese su estado no daba la tabarra. No sabía qué andaban haciendo Maurice y Ursula ni le interesaba, siempre y cuando reinara la paz en el salón aparte de algún sospechoso golpetazo en el techo y el ruido metálico de las cacerolas en la cocina, donde la señora Glover dejaba bien claros sus sentimientos con respecto a algo: la guerra o la incompetencia de Marjorie, o ambas cosas.

Desde que empezaron los enfrentamientos en el continente, las comidas se servían en el salón, cuya discreta mesa se habían apropiado, y no en el comedor de estilo neorregencia, demasiado extravagante para tiempos de guerra. («No utilizar el comedor no nos hará ganar la guerra», dijo la señora Glover.)

Sylvie le hizo un gesto a Pamela, que cumplió obedientemente las mudas órdenes de su madre y siguió a Bridget en torno a la mesa para recolocar los cubiertos. Bridget no distinguía entre derecha e izquierda o arriba y abajo.

La contribución de Pamela para las fuerzas expedicionarias había adoptado la forma de una fabricación en serie de bufandas de longitud extraordinaria y poco práctica. Sylvie quedó agradablemente sorprendida por la capacidad para la monotonía de su hija mayor. Le sería muy útil en la vida.

Sylvie perdió un punto y musitó un juramento que sobresaltó a Pamela y Bridget.

—¿Qué noticia es esa? —preguntó por fin con desgana.

—Han caído bombas en Norfolk —respondió Bridget, orgullosa de transmitir la información.

—¿Bombas? —Sylvie alzó la vista de su labor de punto—. ¿En Norfolk?

—Un ataque con zepelín —explicó Bridget con autoridad—. Los cabezas cuadradas de los alemanes son así. No les importa a quién matan. Son más malos que la tiña, y se comen a los bebés belgas.

—Bueno… —dijo Sylvie, recuperando el punto perdido—, es posible que se exagere un poco con eso.

Pamela titubeó con un tenedor de postre en una mano y una cuchara en la otra, como si estuviera a punto de atacar uno de los densos pudines de la señora Glover.

—¿Que comen bebés? —repitió horrorizada.

—No —respondió Sylvie con irritación—. No seas tonta.

La señora Glover llamó a gritos a Bridget desde las profundidades de la cocina, y la muchacha salió pitando. Acto seguido, Sylvie la oyó gritar a ella en el hueco de la escalera para llamar a los otros niños:

—¡La cena está servida!

Pamela exhaló el suspiro de alguien que ha vivido ya una vida entera y se sentó a la mesa. Miró fijamente el mantel.

—Echo de menos a papá.

—Yo también, cariño —dijo Sylvie—. Yo también. Vamos, no seas tontorrona y ve a decirles a los demás que se laven las manos.

En Navidad, Sylvie había preparado una gran caja de cosas para Hugh: los inevitables calcetines y guantes; una de las interminables bufandas de Pamela y, como antídoto, una de cachemira de doble capa tejida por la propia Sylvie y rociada con su perfume favorito, La Rose Jacqueminot, para llevarle recuerdos de casa. Imaginó a Hugh en el campo de batalla acercando la bufanda a la piel, un galante caballero que entraba en liza enarbolando el favor de una dama. Ese sueño caballeresco supuso un consuelo, era preferible a imaginar actos más sombríos. Habían pasado un fin de semana glacial en Broadstairs, envueltos en polainas, corpiños y pasamontañas, y oído el retumbar de los cañones al otro lado del canal.

La caja de Navidad contenía asimismo un bizcocho de la señora Glover, una lata de galletas de chocolate y menta un poco deformes elaboradas por Pamela, cigarrillos, una botella de buen whisky de malta y un libro de poemas —una antología de poesía inglesa, en su mayor parte pastoril y poco complicada—, así como regalos hechos a mano por Maurice (un avión de madera de balsa) y un dibujo de Ursula con un cielo azul, hierba verde y la diminuta y distorsionada figura de un perro. «Bosun», escribió Sylvie en la parte superior. No tenía ni idea de si Hugh había recibido la caja.

La Navidad fue bastante sosa. Llegó Izzie y habló un montón sobre nada (o más bien sobre sí misma) antes de anunciar que se había unido al Destacamento de Ayuda Voluntaria y partiría hacia Francia en cuanto pasaran las fiestas.

—Pero Izzie —dijo Sylvie—, si tú no sabes cuidar de nadie ni cocinar ni escribir a máquina ni hacer nada útil.

Sus palabras fueron más duras de lo que pretendía, pero la verdad es que Izzie era bastante lela. («Una frívola charlatana», fue el veredicto de la señora Glover.)

—Vaya, pues se acabó —dijo Bridget cuando se enteró del zafarrancho de combate de Izzie—, cuando llegue Cuaresma ya habremos perdido la guerra.

Izzie nunca mencionaba a su bebé. Lo habían adoptado en Alemania y Sylvie suponía que era ciudadano alemán. Qué extraño que solo fuera un poco menor que Ursula pero, oficialmente, fuera el enemigo.

Y entonces, por Año Nuevo, uno por uno, todos los niños contrajeron la varicela. Izzie subió al primer tren con destino a Londres en cuanto a Pamela le salió el primer grano en la cara. «Pues vaya con esa Florence Nightingale», le comentó Sylvie a Bridget con irritación.

Pese a sus deditos regordetes y torpes, Ursula se había sumado al frenesí por hacer punto que reinaba en la casa. Por Navidad le regalaron una muñeca francesa para tejer llamada La Reine Solange, que según aclaró Sylvie significaba «Reina Solange», aunque también dijo que «dudaba» de que hubiese habido nunca una reina con ese nombre en la historia. La Reina Solange era de madera pintada con colores regios y llevaba una elaborada corona amarilla en cuyas puntas se sujetaba la lana. Ursula era una súbdita devota y se pasaba todo su tiempo libre, que era mucho, creando largas serpentinas de lana que no tenían otro propósito que acabar en tapetitos y fundas de tetera torcidas. («¿Dónde están los agujeros para el pitorro y el asa?», le preguntaba Bridget.)

—Precioso, cariño —dijo Sylvie examinando un tapetito que se le desenroscaba con lentitud en las manos, como si despertara de un largo sueño—. La práctica hace la perfección, no lo olvides.

—¡La cena está servida!

Ursula ignoró la llamada. Estaba subyugada por la realeza, sentada en la cama con las facciones contraídas por la concentración mientras urdía hebras en la corona de la Reina Solange. Era un viejo resto de estambre beige, pero, como decía Sylvie, «qué se le va a hacer».

Maurice debería haber vuelto al internado, pero la varicela fue especialmente virulenta en su caso y todavía tenía la cara cubierta de pequeñas cicatrices como si lo hubiera picoteado un pájaro.

—Unos días más en casa, jovencito —dijo el doctor Fellowes, pero, en opinión de Ursula, Maurice gozaba de muy buena salud.

Se paseaba inquieto por la habitación, aburrido como un león enjaulado. Encontró una zapatilla de Pamela y la pateó por ahí como si fuera una pelota de fútbol. Luego cogió un adorno de porcelana, la figura de una dama con miriñaque que tanto apreciaba

Pamela, y la arrojó hacia arriba, tan alto que rebotó en la pantalla de vidrio de vaselina de la lámpara con un alarmante tintineo. Ursula dejó caer la labor de punto y se llevó las manos a la boca, horrorizada. La dama del miriñaque aterrizó con suavidad en el grueso edredón de satén acolchado de Pamela, pero no antes de que Maurice se hubiese hecho con la muñeca de tejer abandonada, con la que empezó a correr de aquí para allá fingiendo que era un avión. Ursula observó a la Reina Solange volar por la habitación, con la estela de lana que surgía de sus entrañas ondeando tras ella como un fino estandarte.

Y entonces Maurice hizo algo verdaderamente perverso. Abrió la ventana de la buhardilla, dejando entrar una inoportuna ráfaga de aire frío, y lanzó la muñequita de madera a la noche hostil.

De inmediato, Ursula cogió una silla, la plantó ante la ventana, se encaramó a ella y se asomó. Iluminada por el haz de luz que emanaba de la ventana, vio a la Reina Solange sobre la pizarra, en el valle que formaban los dos tejados de la buhardilla.

Maurice, ahora convertido en piel roja, saltaba de una cama a otra profiriendo gritos de guerra.

—¡La cena está servida! —bramó Bridget con mayor urgencia desde el pie de las escaleras.

Ursula los ignoró a ambos y, con el corazón de heroína palpitándole en el pecho, se encaramó a la ventana con dificultad, decidida a rescatar a su soberana. Las tejas de pizarra estaban resbaladizas por el hielo, y apenas había puesto un piececito calzado con zapatilla en la pendiente bajo la ventana cuando patinó. Soltó un gritito y tendió una mano hacia la reina al pasar de largo a toda velocidad, con los pies por delante, como quien se desliza por un tobogán pero sin el tobogán. No había parapeto alguno para frenar su descenso, nada para impedir que saliera disparada a las negras alas de la noche. El corazón casi le dio un vuelco de emoción al verse lanzada al aire sin fondo, y luego ya no sintió nada.

Se hizo la oscuridad.

Nieve

11 de febrero de 1910

La salsa de encurtidos era del color de la piel con ictericia. El doctor Fellowes cenaba en la mesa de la cocina a la luz de una lámpara de aceite que soltaba un humo muy molesto. Untó de salsa de encurtido una rebanada de pan con mantequilla, a la que añadió una gruesa loncha de jamón grasiento. Pensó en la pieza de panceta que reposaba al fresco en su propia despensa. Él mismo había elegido el cerdo, señalándoselo al granjero; lo que vio no fue un animal vivo sino una lección de anatomía: un conjunto de chuletas de lomo y codillo, carrilladas, tripa y enormes pedazos de jamón para cocer. Carne. Pensó en el bebé al que había rescatado de las garras de la muerte con las tijeras quirúrgicas. «El milagro de la vida —le dijo a la tosca criada irlandesa ("Bridget, señor") y añadió—: Pasaré aquí el resto de la noche, por la nieve.»

Se le ocurrían muchos sitios en los que preferiría estar que en la Guarida del Zorro. ¿Por qué se llamaba así? ¿Por qué iba uno a celebrar la morada de un animal tan taimado? De joven había participado en las cacerías, un jinete gallardo con su atuendo escarlata. Se preguntó si la muchacha entraría en su habitación por la mañana con una bandeja con té y tostadas. La imaginó vertiendo agua caliente en la palangana y lavándolo de arriba abajo ante la chimenea como había hecho su madre décadas atrás. El doctor Fellowes era obstinadamente fiel a su esposa, pero sus pensamientos campaban por sus respetos.

Bridget lo precedió escaleras arriba con una vela. La llama oscilaba y parpadeaba mientras seguía el flacucho trasero de la criada hasta una gélida habitación de invitados. La muchacha encendió una vela para él sobre el armario para el orinal y luego desapareció en las oscuras fauces del pasillo con un precipitado «Buenas noches, señor».

Se tendió en el frío lecho, con la salsa de encurtidos repitiéndole de manera desagradable. Deseó estar en su casa, junto al cuerpo caliente y flácido de la señora Fellowes, una mujer a quien la naturaleza no había otorgado la elegancia y que siempre olía un poco a cebolla frita. Lo cual no era necesariamente algo desagradable.

Guerra

20 de enero de 1915

—¿Vais a bajar o qué? —preguntó Bridget, enfadada. Esperaba impaciente en el umbral, con Teddy en brazos—. ¿Cuántas veces tengo que deciros que la mesa está servida?

Teddy se revolvió entre los brazos que lo sujetaban con fuerza. Maurice hizo caso omiso, enfrascado como estaba en una compleja danza de guerra de los pieles rojas.

—Baja de esa ventana, Ursula, por el amor de Dios. ¿Qué hace abierta? Hace un frío que pela, os vais a morir.

Ursula había estado a punto de lanzarse por la ventana en pos de la Reina Solange, decidida a rescatarla de la tierra de nadie del tejado, cuando algo la hizo titubear. Un asomo de duda, un pie que resbalaba y la sensación de que el tejado estaba muy alto y la noche era inmensa. Y entonces apareció Pamela: «Dice mamá que te laves las manos para cenar», seguida por Bridget, subiendo con estrépito por las escaleras con su cantinela «¡La cena está servida!», y toda esperanza de rescate se perdió.

—En cuanto a ti, Maurice —continuó Bridget—, eres poco más que un salvaje.

—Soy un salvaje —repuso el niño—. Soy un apache.

—Por mí puedes ser el rey de los hotentotes si te da la gana, ¡pero la mesa sigue estando servida!

Maurice soltó un último y desafiante grito de guerra antes de bajar metiendo ruido por las escaleras y Pamela utilizó una vieja red de lacrosse atada a un bastón para recuperar a la Reina Solange de las gélidas profundidades del tejado.

La cena consistía en gallina hervida. Para Teddy, un huevo pasado por agua. Sylvie exhaló un suspiro. Ahora que criaban gallinas, estas aparecían en los menús de muchas comidas de una forma u otra. Tenían un gallinero y un corral vallado en lo que iba a convertirse en un bancal de espárragos antes de la guerra. El Viejo Tom los había dejado, aunque Sylvie había oído decir que «el señor Ridgely» aún trabajaba para los vecinos, los Cole. Quizá no le gustaba que lo llamaran Viejo Tom, después de todo.

—Esta no es una de nuestras gallinas, ¿verdad? —preguntó Ursula.

—No, cariño —respondió Sylvie—. No lo es.

La carne de la gallina estaba dura y correosa. La señora Glover no cocinaba igual desde que George había resultado herido en un ataque con gas venenoso. Seguía en un hospital de campaña en Francia, y cuando Sylvie preguntó si estaba grave, la cocinera contestó que no lo sabía.

—Qué horror.

Sylvie se dijo que si ella tuviera un hijo herido lejos de casa, habría salido en su busca. Para cuidar y curar al pobre muchacho. Si se hubiera tratado de Maurice quizá no, pero con Teddy seguro que sí. Solo pensar en Teddy herido e indefenso le daban ganas de llorar.

—¿Estás bien, mamá? —le preguntó Pamela.

—Sí, claro —contestó ella.

Hurgó entre los restos de la gallina hasta dar con el hueso de la suerte y se lo ofreció a Ursula, quien dijo no saber qué deseo pedir.

—Bueno, en general solemos pedir que nuestros sueños se hagan realidad.

—No, mis sueños no —repuso Ursula con una expresión de alarma en la cara.

—No, mis sueños no —dijo Ursula pensando en el cortacésped gigante que la perseguía por las noches y en la tribu de pieles rojas que la ataba a una estaca y la rodeaba con arcos y flechas.

—Esta sí que es una de nuestras gallinas, ¿no? —intervino Maurice.

A Ursula le gustaban las gallinas, le gustaba la calidez de la paja y las plumas del gallinero, le gustaba hurgar bajo los cuerpos calentitos y macizos para encontrar un huevo más caliente incluso.

—Es Henrietta, ¿no? —insistió Maurice—. Era vieja. Según la señora Glover, estaba lista para la cazuela.

Ursula inspeccionó su plato. Le tenía un cariño especial a Henrietta. La tajada de carne blanca y dura no le dio ninguna pista.

—¿Henrietta? —chilló Pamela, presa de la alarma.

—¿La has matado tú? —le preguntó Maurice a Sylvie—. ¿Ha salido mucha sangre?

Ya habían perdido varias gallinas por culpa de los zorros. Sylvie decía que le sorprendía que las gallinas fuesen tan estúpidas.

«No más que la gente», comentaba la señora Glover. Los zorros se habían llevado también al conejito de Pamela el verano anterior. George Glover había rescatado dos y Pamela insistió en hacerle un nido al suyo en el jardín, pero Ursula se rebeló y se llevó al suyo al interior de la casa para meterlo en la casa de muñecas, donde lo tiró todo y dejó cagaditas como bolitas de regaliz. Cuando Bridget lo descubrió, se lo llevó a uno de los cobertizos y no volvieron a verlo.

De postre había brazo de gitano de mermelada y crema; la mermelada era de las frambuesas del verano anterior. El verano solo era un sueño ahora, comentó Sylvie.

—Bebé muerto —dijo Maurice con esa terrible brusquedad suya, que el internado no había hecho sino fomentar. Se metió una cucharada de pudin en la boca y añadió—: Así llamamos en la escuela al brazo de gitano de mermelada.

—Esos modales, Maurice —lo reprendió Sylvie—, y haz el favor de no ser tan malo.

—¿Bebé muerto? —repitió Ursula dejando la cuchara y mirando horrorizada el plato que tenía delante.

—Los alemanes se los comen —dijo Pamela con tono tristón.

—¿Los pudines? —preguntó Ursula, desconcertada. ¿No los comía todo el mundo, incluido el enemigo?

—No, a los bebés —repuso Pamela—. Pero solo los belgas.

Sylvie observó el brazo de gitano, con su relleno de mermelada rojo como la sangre, y se estremeció. Por la mañana había visto a la señora Glover partirle el pescuezo a la pobre Henrietta contra un palo de escoba, despachando a la vieja gallina con la indiferencia de un verdugo profesional. Qué se le va a hacer, se dijo Sylvie.

—Estamos en guerra —dijo la señora Glover—, no es momento de ponerse tiquismiquis.

Pamela no quería dejar el tema.

—¿Era ella, mamá? —insistió en voz baja—. ¿Era Henrietta?

—No, cariño. Palabra de honor que no era Henrietta.

Un urgente repiqueteo en la puerta de atrás evitó que siguiera la discusión. Todos se quedaron muy quietos, mirándose unos a otros como si los hubieran sorprendido en pleno crimen. Ursula no supo muy bien por qué.

—Que no sean malas noticias, por favor —rogó Sylvie.

Lo eran. Segundos después, les llegó un grito terrible de la cocina. Sam Wellington, el buen mozo, estaba muerto.

—Qué espantosa es esta guerra —murmuró Sylvie.

Pamela le dio a Ursula el resto de una de sus madejas de lana de tres cabos y Ursula prometió que tejería mediante la Reina Solange un tapetito para el vaso de agua de Pamela como agradecimiento por el rescate.

Cuando se fueron a la cama esa noche pusieron sobre la mesita de noche a la dama del miriñaque y a la Reina Solange una junto a la otra, valerosas supervivientes de un encuentro con el enemigo.

Armisticio

Junio de 1918

Cumpleaños de Teddy. Nacido bajo el signo de cáncer. Un signo enigmático, decía Sylvie, aunque sabía que esas cosas eran «bobadas». «Pero los cuatro lo son», decía Bridget, quizá tratando de que sonara a chiste.

Sylvie y la señora Glover preparaban una fiestecita «sorpresa». A Sylvie le gustaban todos sus hijos, Maurice quizá no tanto, si bien sentía absoluta adoración por Teddy.

Teddy ni siquiera sabía que era su cumpleaños porque llevaban días con instrucciones estrictas de no mencionarlo. A Ursula le costaba creer que fuera tan difícil guardar un secreto. Sylvie era toda una experta. Les dijo que se llevaran fuera al «homenajeado» mientras ella lo ponía todo a punto. Pamela se quejó de que a ella nunca le habían dado una fiesta sorpresa.

—Pues claro que sí, solo que no te acuerdas —repuso Sylvie.

¿Sería verdad? Pamela frunció el ceño ante la imposibilidad de saberlo.

Ursula no tenía ni idea de si le habían hecho nunca una fiesta sorpresa, o de hecho una fiesta que no fuera sorpresa. El pasado era un revoltijo en su cabeza, no una línea recta como para Pamela.

—Venid todos, vamos a dar un paseo —propuso Bridget.

—Sí —dijo Sylvie—, llevadle un poco de mermelada a la señora Dodds, ¿queréis?

Arremangada y con el cabello recogido en un pañuelo, Sylvie se había pasado todo el día anterior ayudando a la señora Glover a hacer mermelada, cociendo frambuesas del jardín en cazos de cobre con el azúcar que habían arañado de sus raciones.

—Es como trabajar en una fábrica de munición —comentó mientras llenaba un tarro tras otro de mermelada hirviendo.

—No exactamente —murmuró para sí la señora Glover.

El huerto había producido una cosecha extraordinaria; Sylvie había leído libros sobre cómo cultivar frutales y declaró que estaba hecha toda una jardinera. La señora Glover dijo con tono amenazador que era fácil cultivar frutos rojos, que esperase a probar con las coliflores. Para el trabajo duro en el huerto, Sylvie contrató a Clarence Dodds, quien fuera amigo de Sam Wellington, el buen mozo. Antes de la guerra, Clarence había sido ayudante de jardinería en la finca de Ettingham. El ejército lo repatrió por invalidez y ahora llevaba una máscara de hojalata cubriéndole media cara y decía que quería trabajar en una tienda de ultramarinos. Ursula se encontró por primera vez con él cuando preparaba un bancal para zanahorias y soltó un gritito descortés cuando el joven se volvió y le vio la cara. La máscara llevaba un ojo abierto pintado de azul como el de verdad.

—Esto asustaría hasta a un caballo, ¿verdad? —dijo Clarence, y sonrió.

Ursula deseó que no lo hubiera hecho, porque la máscara no le cubría la boca. Tenía unos labios fruncidos y extraños, como si se los hubiesen cosido en el último momento después de nacer.

—Yo soy uno de los afortunados. El fuego de artillería es endemoniado.

A Ursula no le pareció muy afortunado.

Las zanahorias apenas habían echado sus plumosas umbelas y Bridget ya salía con Clarence. Cuando Sylvie desenterrara las primeras patatas rey Eduardo, Bridget y Clarence estarían comprometidos y, como el joven no podía permitirse un anillo, Sylvie le dio a la muchacha uno con piedras engarzadas que según ella tenía «desde siempre» y nunca se ponía.

—Solo es una baratija, la verdad, no vale gran cosa —dijo, aunque Hugh lo había comprado para ella en New Bond Street cuando nació Pamela sin escatimar el coste.

La fotografía de Sam Wellington fue desterrada a una vieja caja de madera en el cobertizo.

—No puedo quedármela —le dijo una atribulada Bridget a la señora Glover—, pero tampoco puedo deshacerme de ella, ¿no?

—Podrías enterrarla, como en la magia negra —sugirió la señora Glover, pero a Bridget la idea le produjo escalofríos.

Emprendieron el camino a casa de la señora Dodds, cargadas de mermelada y con un magnífico ramo de guisantes de olor granates, cuyo cultivo era motivo de orgullo para Sylvie.

—Son de la variedad Senator, por si a la señora Dodds le interesa —le dijo a Bridget.

—No le interesará —comentó la joven.

Maurice no iba con ellas, por supuesto. Había salido con la bicicleta después de desayunar, con el almuerzo en la mochila, y pasaría el día desaparecido, con sus amigos. Ursula y Pamela tenían bien poco interés en la vida de Maurice, y él ninguno en absoluto en las de sus hermanas. Teddy era un hermano muy distinto, leal y cariñoso como un perro, y se le prodigaban las consiguientes caricias.

La madre de Clarence seguía empleada en la finca, en condiciones «casi feudales» según Sylvie, y tenía una casita en su terreno, una vivienda estrecha y antiquísima que olía a agua estancada y yeso viejo. El techo estaba tan húmedo que el temple se hinchaba y colgaba como un pellejo muerto. Para pellejo muerto el de Bosun, al que se había llevado el moquillo el año anterior y estaba enterrado bajo una rosa borboniana que Sylvie encargó especialmente para su tumba. «Se llama rosa Louise Odier, si os interesa saberlo», dijo. Ahora tenían otro perro, una cachorrita de podenco, negra y sinuosa, que se llamaba Trixie, aunque podría haberse llamado Lío porque Sylvie siempre andaba riendo y diciendo «Uy, qué lío se va a armar». Pamela había visto a la señora Glover darle una buena patada a Trixie con su botaza y Sylvie tuvo que «tener unas palabras» con ella. Bridget no dejó que Trixie fuera a casa de la señora Dodds, dijo que no querría ni oír hablar del asunto.

—Ella no cree en perros.

—Los perros no son precisamente un artículo de fe —repuso Sylvie.

Clarence las recibió en la verja de entrada a la finca. La mansión en sí estaba a millas de distancia, al final de una larga avenida de olmos. Los Daunt llevaban siglos viviendo allí y aparecían en ocasiones en ferias y mercadillos, además de adornar con su fugaz presencia la fiesta navideña en el casino del pueblo. Tenían su propia capilla, de modo que nunca se los veía en la iglesia, aunque ahora no se los veía en ningún sitio porque habían perdido tres hijos, uno tras otro, en la guerra y casi se habían aislado del mundo.

Era imposible no quedarse mirando la cara de hojalata de Clarence («cobre galvanizado», corrigió). Vivían aterrorizados por la posibilidad de que se la quitara. ¿Se la quitaría al acostarse por las noches? Si Bridget se casaba con él, ¿vería el horror que había debajo?

—No se trata tanto de lo que hay debajo —oyeron a Bridget decirle a la señora Glover— como de lo que no hay.

La señora Dodds («la vieja matrona Dodds», la llamaba Bridget, como si saliera de una canción infantil) preparó té para los mayores, un té, según Bridget contó después, «más aguado que el agua del cordero». A Bridget le gustaba el té «tan fuerte que la cuchara se aguante de pie». Ni Pamela ni Ursula lograron averiguar qué podría ser el agua del cordero, pero sonaba bien. La señora Dodds les sirvió leche cremosa de una gran jarra esmaltada; procedía de la lechería de la finca y aún estaba caliente. A Ursula le revolvió un poco el estómago.

—La señora dadivosa —musitó la señora Dodds cuando Clarence le tendió la mermelada y los guisantes de olor.

—Vamos, madre —la reprendió él.

La señora Dodds le pasó las flores a Bridget, que sostuvo el ramo como una novia hasta que la mujer añadió:

—Ponlas en agua, tontorrona.

—¿Bizcocho? —La madre de Clarence repartió finos pedazos de pan de jengibre que parecía tan húmedo como su casita. Y, mirando a Teddy como si fuera un animal poco común, añadió—: Es agradable ver niños.

Teddy era un niñito muy tenaz y eso no lo distrajo de su leche con bizcocho. Tenía un bigote blanco, y Pamela se lo limpió con el pañuelo. Ursula sospechaba que en realidad a la señora Dodds no le parecía agradable ver niños; de hecho, sospechaba que en la cuestión de los niños compartía las opiniones de la señora Glover. Excepto en el caso de Teddy, por supuesto. Teddy le gustaba a todo el mundo. Incluso a Maurice. A veces.

La señora Dodds observó el anillo nuevo que adornaba la mano de Bridget tirándole del dedo hacia sí como quien tira de un hueso de la suerte.

—Rubíes y diamantes —comentó—. Muy elegante.

—Son piedras diminutas —repuso Bridget a la defensiva—. Solo es una baratija, en realidad.

Las niñas ayudaron a Bridget a fregar los platos y dejaron que Teddy se las apañara solo con la señora Dodds. Lo lavaron todo en un gran fregadero de piedra en la antecocina que tenía una bomba en lugar de un grifo. Bridget les contó que, cuando era niña en «el condado de Kilkenny», tenían que ir andando hasta un pozo a buscar agua. Colocó con mucha gracia los guisantes de olor en un viejo tarro de mermelada Dundee y lo dejó sobre el escurridero de madera. Una vez que hubieron secado la vajilla con un trapo viejo y raído de la señora Dodds (húmedo, por supuesto), Clarence preguntó si les gustaría acercarse a la mansión para ver el jardín cercado por un muro.

—Deberías dejar de ir allí, hijo —dijo la señora Dodds—, solo consigue alterarte.

Entraron por una vieja puerta de madera en el muro. La puerta estaba atrancada y Bridget soltó un gritito cuando Clarence arremetió con el hombro contra ella para abrirla. Ursula esperaba algo maravilloso (fuentes burbujeantes, terrazas, estatuas, senderos, cenadores y arriates de flores hasta donde alcanzara la vista), pero era poco más que un campo lleno de maleza, con zarzas y cardos campando por doquier.

—Sí, es una jungla —admitió Clarence—. Este era el jardín de las cocinas. Antes de la guerra trabajaban doce jardineros en la mansión.

Solo los rosales que trepaban por los muros florecían todavía, y los árboles del huerto estaban cargados de fruta. Las ciruelas se pudrían en las ramas. Por todas partes zumbaban avispas excitadísimas.

—Este año no las han recogido. Tres hijos varones han muerto en esta maldita guerra. Supongo que no les apetecía mucho un pastel de ciruela.

—Eh —lo reprendió Bridget, y chasqueó la lengua—, ese lenguaje.

Había un invernadero al que apenas le quedaban cristales, y en su interior vieron melocotoneros y albaricoqueros marchitos.

—Qué pena, jolín —soltó Clarence.

Bridget volvió a chasquear la lengua.

—Delante de las niñas, no —dijo, como hacía Sylvie.

—Todo se ha echado a perder —prosiguió Clarence ignorándola—. Dan ganas de llorar.

—Bueno, pues podrías recuperar tu empleo aquí, en la mansión. Estoy segura de que les gustaría. Digo yo que puedes trabajar igual de bien con… —Bridget titubeó e indicó con un vago ademán la cara de Clarence.

—No quiero recuperar mi empleo —repuso él con aspereza—. Mis tiempos como sirviente de un noble rico se han acabado. Echo de menos el jardín, no la vida. El jardín era una cosa bella, un gozo eterno.

—Podríamos tener nuestro propio jardín. O un huertecito arrendado.

Bridget parecía pasar mucho tiempo tratando de animar a Clarence. Ursula supuso que ensayaba para el matrimonio.

—Sí, claro, ¿por qué no? —dijo Clarence, aunque la perspectiva no pareció hacerle mucha gracia. Cogió una manzanita ácida que había caído antes de hora y la arrojó con fuerza como si fuera un jugador de críquet. Fue a dar contra el invernadero y rompió uno de los pocos cristales que quedaban—. Mierda.

Bridget lo amenazó con la mano.

—Las niñas —siseó.

(«Una cosa bella —diría Pamela con admiración esa noche, cuando se lavaban la cara antes de acostarse con la pesada pastilla con fenol—. Clarence es un poeta.»)

Por el camino de regreso a casa, Ursula aún olía el perfume de los guisantes de olor que se habían quedado en la cocina de la señora Dodds. Le parecía un terrible desperdicio dejarlos donde nadie los apreciaba. A esas alturas se había olvidado por completo de la celebración del cumpleaños y quedó casi tan sorprendida como Teddy cuando llegaron a casa y se encontraron el pasillo decorado con banderines y a una radiante Sylvie cargada con un regalo envuelto que era a todas luces un avión de juguete.

—Sorpresa.

11 de noviembre de 1918

—Qué melancólica es esta época del año —comentó Sylvie sin dirigirse a nadie en particular.

Todavía había una gruesa capa de hojas en el jardín. El verano volvía a ser un sueño. A Ursula empezaba a darle la impresión de que todos los veranos eran un sueño. Caían las últimas hojas y la gran haya era casi un esqueleto. El armisticio parecía haber dejado a Sylvie más descorazonada que la guerra. («Todos esos pobres muchachos que se han ido para siempre. La paz no hará que vuelvan.»)

Tenían fiesta en la escuela por la gran victoria, y los hicieron salir a jugar al jardín bajo la llovizna matutina. Había vecinos nuevos, el comandante Shawcross y su señora, y se pasaron gran parte de la húmeda mañana escudriñando a través de huecos en el seto tratando de vislumbrar a sus hijas. No había otras niñas de su edad en el vecindario. Los Cole solo tenían varones. No eran brutos como Maurice, mostraban buenos modales y nunca eran desagradables con Ursula y Pamela.

—Creo que están jugando al escondite —informó Pamela a su vuelta del frente Shawcross.

Ursula trató de ver a través del seto y el malévolo acebo le arañó la cara.

—Me parece que son de nuestra misma edad —dijo Pamela—. Incluso hay una pequeña para ti, Teddy.

El niño arqueó las cejas.

—Oh —dijo. A Teddy le gustaban las niñas. A las niñas les gustaba Teddy.

—Eh, esperad, hay otra —anunció Pamela—. Se están multiplicando.

—¿Mayor o más pequeña? —quiso saber Ursula.

—Más pequeña, pero más que una niña es un bebé. La lleva una de las mayores.

Las matemáticas de tanta niña estaban confundiendo a Ursula.

—¡Cinco! —jadeó Pamela, en lo que por lo visto era el recuento definitivo—. Cinco niñas.

A esas alturas, Trixie se las había apañado para colarse por debajo del seto y oyeron los gritos de excitación que acompañaron su aparición al otro lado.

—Y digo yo —soltó Pamela levantando la voz—, ¿nos devolvéis a nuestra perra?

Ese día la comida consistía en salchichas rebozadas con pudin de Yorkshire y pastel de merengue.

—¿Dónde andabais? —quiso saber Sylvie—. Ursula, tienes ramitas en el pelo. Pareces una pagana.

—Es acebo —respondió Pamela—. Estábamos en la casa de al lado. Hemos conocido a las niñas Shawcross. Son cinco.

—Sí, ya lo sé. —Sylvie las fue contando con los dedos—. Winnie, Gertie, Millie, Nancy y…

—Beatrice —añadió Pamela.

—¿Os han invitado? —preguntó la señora Glover, siempre insistente con los buenos modales.

—Hemos encontrado un hueco en el seto.

—Pues por ahí entran esos malditos zorros —gruñó la señora Glover—. Vienen del bosquecillo.

Sylvie frunció el entrecejo ante el lenguaje de la señora Glover pero no dijo nada porque, oficialmente, estaban de celebración y de buen humor. Sylvie, Bridget y la señora Glover brindaban «por la paz» con copas de jerez. Ni Sylvie ni la señora Glover parecían tener muchos motivos de alegría. Tanto Hugh como Izzie seguían en el frente, y Sylvie decía que no creería que Hugh estaba a salvo hasta que lo viera entrar por la puerta. Izzie había conducido una ambulancia durante toda la guerra, aunque no conseguían imaginarla haciendo algo así. George Glover estaba sometido a «rehabilitación» en una institución en algún lugar de las montañas de los Cotswold. Su madre había ido a visitarlo pero era reacia a hablar del estado de su hijo, y solo dijo que George ya no era el mismo de antes.

—No creo que ninguno de ellos sea ya el mismo de antes —repuso Sylvie.

Ursula trató de imaginarse siendo otra Ursula, pero le resultó absolutamente imposible.

Dos chicas del Ejército de Tierra de Mujeres habían ocupado el puesto de George en la finca. Ambas eran aficionadas a los caballos, de Northamptonshire, y Sylvie comentó que, de haber sabido que permitirían a las mujeres trabajar con Samson y Nelson, ella misma habría solicitado el empleo. Las chicas habían venido varias veces a tomar el té, sentándose en la cocina con las polainas llenas de barro, para disgusto de la señora Glover.

Bridget ya llevaba puesto el sombrero, lista para salir, cuando Clarence apareció con timidez en la puerta de atrás musitando unas palabras de saludo para Sylvie y la señora Glover. La «feliz pareja», como se refería a ellos la señora Glover sin el menor asomo de enhorabuena, iba a coger el tren a Londres para participar en las celebraciones de la victoria. Bridget estaba mareada de pura emoción.

—¿Está segura de que no quiere venir con nosotros, señora Glover? Apuesto a que habrá una buena juerga.

La señora Glover puso los ojos en blanco como una vaca insatisfecha. Prefería «evitar las multitudes» por la epidemia de gripe. Un sobrino suyo había caído redondo en plena calle; perfectamente sano en el desayuno y «a mediodía ya estaba muerto». Sylvie dijo que no debían temer a la gripe. «La vida debe seguir su curso», afirmó.

Tras marcharse Bridget y Clarence hacia la estación, la señora Glover y Sylvie se sentaron a la mesa de la cocina a tomarse otro jerez.

—Conque una buena juerga, pues vaya —comentó la señora Glover.

Cuando apareció Teddy, con una inquieta Trixie pisándole los talones, y anunció que estaba muerto de hambre y preguntó si se habían olvidado de la comida, el merengue del pastel se había desplomado y estaba todo quemado. La última baja de la guerra.

Intentaron permanecer despiertas hasta que volviera Bridget, pero se quedaron dormidas sobre sus libros de cabecera. Pamela se hallaba bajo el hechizo de *Tras el viento del norte*, mientras que

Ursula se abría paso en *El viento en los sauces*, del que le gustaba muchísimo el Topo. Ursula era misteriosamente lenta cuando se trataba de leer y escribir («La práctica hace la perfección, cariño») y prefería que Pamela le leyera en voz alta. A ambas les gustaban los cuentos de hadas y tenían todos los libros de Andrew Lang, los doce volúmenes de distintos colores, que Hugh les había comprado en cumpleaños y navidades. «Son cosas bellas», decía Pamela.

El ruidoso regreso de Bridget despertó a Ursula, y esta a su vez despertó a Pamela, y las dos bajaron de puntillas a la cocina, donde una alegre Bridget y un Clarence más sobrio las obsequiaron con relatos sobre los festejos, el «mar de gente» y la multitud que se había quedado ronca de tanto llamar al rey («¡Queremos al rey! ¡Queremos al rey!», exclamó Bridget en una demostración entusiasta) hasta que apareció en el balcón del palacio de Buckingham.

—Y las campanas —añadió Clarence—. Nunca había oído nada parecido, todas las campanas de Londres tañían para celebrar la paz.

Bridget había perdido el sombrero en medio de la multitud, así como unas cuantas horquillas y el botón superior de la blusa.

—Había tanta gente que me levantaban los pies del suelo —comentó encantada.

—Madre mía, vaya jaleo —dijo Sylvie apareciendo en la cocina, soñolienta y adorable con su chal de encaje y el pelo cayéndole cual cuerda deshilachada por la espalda.

Clarence se ruborizó y se miró las botas. Sylvie preparó chocolate caliente para todos y escuchó a Bridget con indulgencia hasta que ni siquiera la novedad de estar levantados a medianoche consiguió mantenerlos despiertos.

—Mañana hay que volver a la normalidad —dijo Clarence, y le dio a Bridget un osado beso en la mejilla antes de volver junto a su madre.

En general, había sido un día fuera de lo corriente.

—¿Tú crees que la señora Glover se enfadará porque no la hayamos despertado? —le susurró Sylvie a Pamela cuando subían por las escaleras.

—Se pondrá furiosa —respondió ella, y las dos se rieron como conspiradoras, como mujeres.

Cuando volvió a dormirse, Ursula soñó con Clarence y Bridget. Caminaban por un jardín lleno de maleza, buscando el sombrero de Bridget. Clarence lloraba, con lágrimas reales en el lado sano de la cara, mientras que en la máscara eran lágrimas pintadas, como gotas de lluvia artificiales en la pintura de una ventana.

Al despertarse a la mañana siguiente, estaba ardiendo y le dolía todo el cuerpo.

—Está hirviendo, como una langosta —anunció la señora Glover, pues Sylvie la hizo entrar para que le diera una segunda opinión.

Bridget también estaba en cama. La señora Glover cruzó los brazos con gesto de desaprobación bajo el pecho voluminoso y sin embargo nada invitador.

—No me extraña —dijo.

Ursula confió en que la cocinera no tuviera que cuidarla nunca.

Su respiración era áspera y rasposa y sentía un nudo cada vez más grande en el pecho. El mundo retumbaba y se retiraba como el mar en una gigantesca caracola. Todo era agradablemente confuso. Trixie estaba tumbada en la cama a sus pies y Pamela le leía historias de *El libro rojo de los cuentos de hadas*, pero las palabras iban y venían sin que tuvieran sentido. La cara de Pamela se emborronaba y se veía nítida otra vez. Entró Sylvie y trató de darle un consomé, pero su garganta parecía demasiado estrecha y lo escupió todo sobre las sábanas.

Se oyó el chirrido de unos neumáticos en la gravilla.

—Será el doctor Fellowes —le dijo Sylvie a Pamela levantándose, y añadió—: Quédate con Ursula, Pammy, pero no dejes entrar a Teddy, ¿de acuerdo?

La casa se hallaba más silenciosa que de costumbre. Como Sylvie no volvía, Pamela dijo:

—Voy a buscar a mamá, no tardaré.

Ursula oyó murmullos y lloros procedentes de algún lugar de la casa, aunque no significaban nada para ella.

Estaba sumida en un sueño inquieto y extraño cuando el doctor Fellowes apareció de pronto junto a la cama. Sylvie, sentada al otro lado, le cogía la mano.

—Tiene la piel lila —dijo—. Como la de Bridget.

Una piel lila tenía que ser bastante bonita, como *El libro lila de los cuentos de hadas*. La voz de Sylvie sonaba rara, ahogada y llena de pánico como aquella vez que había visto al chico de los telegramas acercándose por el sendero pero resultó que solo era un telegrama de Izzie para desearle a Teddy feliz cumpleaños. («Qué desconsiderada», dijo Sylvie.)

Ursula no podía respirar y sin embargo olía el perfume de su madre y oía su voz murmurándole suavemente al oído como el zumbido de una abeja en un día de verano. Estaba demasiado cansada para abrir los ojos. Oyó el frufrú de la falda de Sylvie cuando se apartó de su cabecera, seguido por el ruido de la ventana al abrirse.

—Trato de que te llegue un poco de aire —dijo Sylvie volviendo a su lado, y la abrazó contra la crujiente blusa de cloqué con sus seguros aromas a almidón y a rosas.

La fragancia del humo de una hoguera de leña entraba por la ventana de la pequeña habitación en la buhardilla. Ursula oyó el chacoloteo de unos cascos seguido por un repiqueteo mientras el carbonero vaciaba sus sacos en la carbonera. La vida seguía su curso. Una cosa bella.

Un aliento, era cuanto necesitaba, pero se negó a llegar.

La oscuridad se cernió rápidamente, una enemiga al principio, si bien luego se convirtió en amiga.

Nieve

11 de febrero de 1910

Una mujer corpulenta y con los antebrazos de un fogonero despertó al doctor Fellowes cuando dejó con estrépito una taza con su platillo sobre la mesita junto a la cama y descorrió las cortinas, aunque fuera todavía estaba oscuro. El doctor tardó unos instantes en recordar que estaba en la gélida habitación de invitados de la Guarida del Zorro y que la intimidante mujer de la taza y el platillo era la cocinera de los Todd. Indagó en el polvoriento archivo de su memoria en busca de un nombre que unas horas antes era capaz de recordar con facilidad.

—Soy la señora Glover —dijo ella, como si le hubiese leído el pensamiento.

—Sí, claro. La mujer de los excelentes encurtidos.

Sentía la cabeza llena de paja. Lo incomodaba saber que bajo la liviana colcha solo llevaba la ropa interior. Advirtió que la chimenea de la habitación estaba fría y vacía.

—Se necesitan sus servicios —dijo la señora Glover—. Se ha producido un accidente.

—¿Un accidente? ¿Le ha pasado algo al bebé?

—Un toro ha pisoteado a un granjero.

Armisticio

12 de noviembre de 1918

Ursula se despertó sobresaltada. La habitación estaba a oscuras, pero le llegaban ruidos de algún lugar del piso de abajo. Una puerta que se cerraba, risitas, pies que se arrastraban. Oyó la risa aguda e inconfundible de Bridget, como un cacareo, y la sonora voz de bajo de un hombre. Bridget y Clarence, que habían vuelto de Londres.

Su primer instinto fue levantarse de la cama y despertar a Pamela para que pudieran bajar a interrogar a Bridget sobre los festejos, pero algo la detuvo. Tendida en la oscuridad, escuchando, sintió que la recorría una oleada de terrible, tremendo, temor como si estuviese a punto de ocurrir algo verdaderamente peligroso. Era la misma sensación que había tenido al internarse en las olas detrás de Pamela cuando estaban de vacaciones en Cornualles, justo antes de la guerra. Las rescató un desconocido. Después de ese episodio, Sylvie se aseguró de que todos fueran a clases de natación en la piscina cubierta del pueblo, donde un ex comandante de la guerra de los Bóers les ladraba órdenes, y los niños le tenían tanto miedo que se mantenían a flote por no contradecirlo. Sylvie solía contar la historia como si hubiera sido una travesura divertidísima («¡El heroico señor Winton!») cuando Ursula, de hecho, aún recordaba con claridad el terror que sintió.

Pamela murmuró algo en sueños.

—Chist —susurró Ursula.

Pamela no debía despertarse. No debían bajar a la cocina. No debían ver a Bridget. Ursula no sabía por qué, ni de dónde venía aquella espantosa sensación de temor, pero se tapó la cabeza con las sábanas para ocultarse de lo que hubiese allí fuera. Confió en que estuviese fuera y no dentro de ella. Se dijo que fingiría estar dormida, si bien en cuestión de minutos lo estaba de verdad.

Por la mañana desayunaron en la cocina porque Bridget estaba en la cama; se encontraba mal.

—No me extraña —dijo la señora Glover sin la más mínima piedad mientras servía las gachas—. No quiero ni pensar a qué hora habrá llegado, y dando tumbos.

Sylvie bajó con una bandeja que ni se había tocado.

—Me parece que Bridget no está nada bien, señora Glover.

—Habrá bebido demasiado —repuso la cocinera cascando huevos como si los castigara.

Ursula tosió y Sylvie le dirigió una mirada severa.

—Creo que deberíamos llamar al doctor Fellowes —le dijo a la señora Glover.

—¿Por Bridget? Esa chica está más sana que un caballo. El doctor Fellowes saldrá con cajas destempladas en cuanto note el tufillo a alcohol.

—Señora Glover —insistió Sylvie con el tono que utilizaba cuando hablaba muy en serio y quería que la gente escuchara («No entréis en casa con los zapatos llenos de barro», «Nunca seáis crueles con otros niños, por mucho que os provoquen»)—. Creo que Bridget está enferma de verdad.

La señora Glover pareció comprenderlo de pronto.

—¿Puede ocuparse usted de los niños? —concluyó Sylvie—. Voy a telefonear al doctor Fellowes, y luego subiré a quedarme con Bridget.

—¿Y los niños no van al colegio?

—Sí, claro que sí —repuso Sylvie—. Bien pensado, quizá no. O sí, sí que irán. No sé…, ¿deberían ir?

Se quedó en el umbral de la cocina, presa de la inquietud y la vacilación, mientras la señora Glover esperaba con sorprendente paciencia a que tomara una decisión.

—Creo que hoy se quedarán en casa —anunció por fin—. Ya sabe, por las aulas llenas de niños y todo eso. —Inspiró profundamente y miró hacia el techo—. Pero que se queden aquí abajo, de momento.

Pamela miró a Ursula arqueando las cejas. Ursula las arqueó a su vez, aunque no supo muy bien qué trataban de comunicarse. Supuso que era el espanto al verse al cuidado de la señora Glover.

Tuvieron que sentarse a la mesa de la cocina para que la señora Glover pudiera «echarles un ojo» y entonces, pese a sus violentas protestas, les mandó sacar los libros del colegio y hacer deberes: matemáticas para Pamela, letras para Teddy («C de codorniz, Ll de lluvia»), mientras que Ursula tuvo que ponerse a mejorar su «atroz» caligrafía. A esta última le pareció muy injusto que alguien que solo escribía listas de la compra con una letra muy burda («sebo, betún para la cocina, chuletas de cordero y magnesia Dinneford») pudiera juzgar su propia y pésima caligrafía.

Entretanto la señora Glover estaba más que ocupada en aplastar una lengua de ternera, a la que había quitado la grasa y el hueso antes de meterla en la prensa, una actividad mucho más fascinante que escribir «Arrecia un céfiro veloz que desconcierta al valiente Jim» o «Los cinco magos peleones se incorporaron de un salto».

—Odiaría estar en un colegio donde ella fuera la directora —musitó Pamela, que batallaba con sus ecuaciones.

Los distrajo la llegada del chico de la carnicería, que hizo sonar ruidosamente el timbre de la bicicleta para anunciar su presencia. Era un muchacho de catorce años llamado Fred Smith y a quien tanto las niñas como Maurice admiraban muchísimo. Las niñas indicaban su fervor llamándolo Freddy, mientras que Maurice daba muestras de su aprobación y camaradería dirigiéndose a él con el nombre de Smithy. Pamela declaró una vez que Maurice estaba loquito por Fred, y la señora Glover, que lo oyó por casualidad, le dio un golpetazo en las pantorrillas con un batidor. Pamela se quedó desconcertaba, pues no tenía ni idea de por qué la habían castigado. El propio Fred Smith, con mucha deferencia, las llamaba «señoritas» a ellas y «señorito Todd» a Maurice, aunque ninguno de ellos parecía interesarle lo más mínimo. Para la señora Glover era «el joven Fred» y para Sylvie, «el chico de la carnicería», aunque a veces lo llamaba «ese chico tan simpático de la carnicería» para distinguirlo del ayudante anterior del carnicero, Leonard Ash, «un verdadero granuja» según la señora Glover, que lo había pillado robando huevos del gallinero. Leonard Ash murió en la batalla del Somme tras haber mentido sobre su edad para alistarse, y la señora Glover comentó que lo tenía bien merecido, lo cual no dejaba de parecer una brutal justicia.

Fred le tendió un paquete de papel blanco a la señora Glover.

—Su tripa —dijo, y luego depositó sobre el fregadero de madera el cuerpo largo y blando de una liebre—. Ha pasado cinco días colgada. Es una belleza, señora Glover.

Y hasta la señora Glover, poco proclive a las alabanzas incluso en las mejores circunstancias, reconoció la superioridad de la liebre abriendo una lata y permitiendo que Fred eligiera el bollito de frutos secos más grande de sus entrañas habitualmente inaccesibles.

La señora Glover, con la lengua ya a salvo en la prensa, procedió de inmediato a desollar la liebre, un proceso inquietante y sin embargo hipnótico, y solo cuando el pobre animal quedó despojado del pelaje y expuesto, desnudo y reluciente, repararon en la ausencia de Teddy.

—Ve a buscarlo —le dijo la señora Glover a Ursula—. Y así podréis tomaros un vaso de leche y un bollito de frutos secos, aunque sabe Dios que no habéis hecho nada para merecerlo.

A Teddy le encantaba esconderse, y como no respondió al llamarlo por su nombre, Ursula buscó en sus escondrijos favoritos, detrás de las cortinas del salón y debajo de la mesa del comedor; como no había ni rastro de él, empezó a subir por las escaleras hacia los dormitorios.

El sonoro tañido del llamador de la puerta principal reverberó tras ella en los peldaños. Desde la curva de la escalera vio a Sylvie aparecer en el vestíbulo y abrirle la puerta al doctor Fellowes. Supuso que su madre no aparecía por arte de magia sino que había utilizado las escaleras de atrás. El doctor Fellowes y Sylvie se enfrascaron en una intensa conversación en susurros, probablemente sobre Bridget, pero Ursula no distinguió las palabras.

Teddy no estaba en la habitación de Sylvie (hacía tiempo que habían dejado de pensar en ella como la habitación de ambos padres). Tampoco en la de Maurice, con su generoso tamaño para alguien que se pasaba más de media vida en el colegio. No se encontraba en ninguna de las dos habitaciones de invitados ni en el pequeño dormitorio del propio Teddy, ocupado casi por entero por el tren de juguete. Ni en el cuarto de baño ni en el mueble de la ropa blanca. Tampoco había rastro de Teddy bajo las camas, en los vestidores o en los muchos armarios, ni yacía inmóvil como un cadáver bajo el gran edredón de Sylvie, su truco favorito.

—Abajo hay pastel, Teddy —ofreció a las habitaciones vacías. La promesa de pastel, verdadera o no, solía bastar para hacer salir a Teddy de su escondrijo.

Ursula se encaminó a la angosta escalera de madera que llevaba a las habitaciones de la buhardilla, y en cuanto puso un pie en el primer peldaño sintió una súbita punzada de temor en las entrañas. No supo de dónde venía, o por qué.

—¡Teddy! Teddy, ¿dónde estás?

Trató de levantar la voz, pero solo brotaron susurros.

No se hallaba en la habitación que compartían ella y Pamela, ni en la de la señora Glover. Ni en el trastero, antaño cuarto de los niños y ahora hogar de arcones y baúles y cajas de embalar con ropa y juguetes viejos. Solo quedaba sin explorar la habitación de Bridget.

La puerta estaba entreabierta, y Ursula tuvo que obligar a sus pies a dirigirse a ella. Al otro lado de esa puerta entornada había algo terrible. No quería verlo, pero sabía que debía hacerlo.

—¡Teddy! —exclamó presa del alivio cuando lo vio: sentado en la cama de Bridget con el avión del cumpleaños en la rodilla—. Te he buscado por todas partes.

Trixie estaba tumbada en el suelo junto a la cama y se levantó de un brinco cuando la vio.

—Me ha parecido que podía hacer que Bridget se sintiera un poquito mejor —dijo Teddy acariciando el avión. Tenía mucha fe en el poder curativo de trenes y aviones de juguete. (Aseguraba que de mayor sería piloto.)—. Creo que Bridget está dormida pero con los ojos abiertos.

Y así era. Los tenía muy abiertos, y miraban al techo sin verlo. Había una fina película azul sobre esos ojos inquietantes y la piel lucía un extraño tono lila. En las acuarelas de Winsor and Newton de Ursula, eso era violeta cobalto. Advirtió la punta de la lengua de Bridget asomándole entre los labios y tuvo una fugaz visión de la señora Glover metiendo la lengua de ternera en la prensa.

Ursula nunca había visto un cadáver pero supo con absoluta certeza que Bridget se había convertido en uno.

—Baja de la cama, Teddy —dijo con cautela, como si su hermano fuera un animal salvaje a punto de echar a correr.

Ursula empezó a temblar, y no solo porque Bridget estuviese muerta, aunque eso ya era bastante malo, sino porque allí había algo más perverso incluso. Las paredes desnudas, la fina colcha de jacquard en el armazón de hierro de la cama, el juego de cepillo y peine esmaltados sobre el tocador, la jarapa en el suelo, todo parecía de pronto enormemente amenazador, como si en realidad no fueran los objetos que parecían ser. Oyó a Sylvie y al doctor Fellowes en las escaleras, Sylvie hablando con tono insistente y el doctor con menor preocupación.

—Ay, Dios mío —jadeó Sylvie cuando entró y los vio en la habitación de Bridget.

Arrancó a Teddy de la cama y luego cogió a Ursula del brazo para sacarla al pasillo. Trixie, meneando la cola con excitación, brincó tras ellos.

—Id los dos a tu habitación —ordenó Sylvie—. No, id a la habitación de Teddy. No, id a mi habitación. Vamos, ahora mismo.

Parecía frenética, no se asemejaba en absoluto a la Sylvie a la que estaban acostumbrados. Luego volvió a entrar en la habitación de Bridget y cerró la puerta con contundencia. La oyeron intercambiar susurros con el doctor Fellowes.

—Ven —dijo Ursula por fin, y cogió a Teddy de la mano.

El niño se dejó llevar dócilmente escaleras abajo hasta la habitación de Sylvie.

—¿Has dicho que había pastel? —preguntó.

—Teddy tiene la piel del mismo color que Bridget —dijo Sylvie.

Sentía un nudo de terror en el estómago. Sabía qué veían sus ojos. Ursula solo estaba pálida, aunque los párpados cerrados se veían oscuros y la piel lucía un extraño brillo enfermizo.

—Cianosis heliotrópica —anunció el doctor tomándole el pulso a Teddy—. ¿Y ve esas manchas caoba en las mejillas? Me temo que estamos ante el tipo más virulento.

—Basta, por favor, basta —siseó Sylvie—. No me dé clases como si fuera un estudiante de medicina. Soy la madre de estos niños.

Cómo odiaba al doctor Fellowes en ese momento. Bridget yacía arriba en su cama, todavía caliente pero más muerta que el mármol de una tumba.

—Es la gripe —continuó implacable el doctor Fellowes—. Ayer su criada se mezcló con la multitud, en Londres..., las condiciones perfectas para que se propague la infección. Puede llevárselos en un abrir y cerrar de ojos.

—Pero a este no —dijo Sylvie con furia, aferrando la mano de Teddy—. A mi niño, no. —Y entonces, tendiendo una mano para acariciar la frente ardiente de Ursula, se corrigió—: A mis niños, no.

Pamela se asomó en el umbral y Sylvie la echó con un ademán. La niña rompió a llorar, pero Sylvie no tenía tiempo para lágrimas. En ese momento, en presencia de la muerte, no.

—Tiene que haber algo que yo pueda hacer —le dijo al doctor.

—Puede rezar.

—¿Rezar?

Sylvie no creía en Dios. La deidad bíblica le parecía una figura absurda y vengativa (Tiffin, etcétera), no más real que Zeus o el gran dios Pan. Sin embargo, acudía diligentemente a la iglesia todos los domingos y evitaba alarmar a Hugh con sus heréticas ideas. No quedaba más remedio, y comentarios por el estilo. Ahora rezó, con desesperada convicción pero sin fe, y sospechó que no supondría diferencia alguna en ningún sentido.

Cuando de las ventanillas de la nariz de Teddy brotó una espuma levemente sanguinolenta, como la baba que dejan ciertas chinches en las plantas, Sylvie profirió un sonido de animal herido. La señora Glover y Pamela, que escuchaban al otro lado de la puerta, se cogieron de la mano en un raro momento de unidad. Sylvie arrancó a Teddy de la cama, lo aferró contra su pecho y aulló de dolor.

«Dios santo —se dijo el doctor Fellowes—, esta mujer llora a su hijo como una salvaje.»

Sudaban juntos en una maraña de las sábanas de lino de Sylvie. Teddy estaba espatarrado sobre las almohadas. Ursula tuvo deseos de abrazarlo, pero estaba demasiado caliente, de modo que lo agarró del tobillo como si tratara de impedir que huyera. Sentía los pulmones como si los tuviera llenos de crema, y la imaginó espesa, amarilla y dulce.

Al caer la noche habían perdido a Teddy. Ursula supo en qué instante murió, lo sintió dentro de sí. Oyó proferir a Sylvie un único gemido de desdicha, y entonces alguien se llevó a Teddy de la cama, y aunque solo era un niñito, fue como si le hubieran arrebatado un peso enorme y se sintió muy sola. Oyó los sollozos ahogados de Sylvie, un ruido espantoso, como si alguien le hubiera cortado un miembro.

Cada aliento estrujaba la crema en sus pulmones. El mundo se desdibujaba, y empezó a tener una sensación de expectativa, como si fuera Navidad o su cumpleaños, y entonces llegó el murciélago negro de la noche y la envolvió con sus alas. Un último aliento, y ya no hubo más. Tendió una mano hacia Teddy, olvidando que ya no estaba.

Se hizo la oscuridad.

Nieve

11 de febrero de 1910

Sylvie encendió una vela. Reinaba una oscuridad invernal, eran las cinco de la mañana según el pequeño reloj de sobremesa que había en la repisa de la chimenea del dormitorio. El reloj, inglés («Mejor que uno francés», según las enseñanzas de su madre), había sido uno de los regalos de boda de sus padres. A la muerte del retratista de sociedad, cuando acudieron los acreedores, la viuda se ocultó el reloj bajo la falda, lamentándose de la desaparición del miriñaque. Lottie pareció repicar a la hora y cuarto, para desconcierto de los acreedores. Por suerte no estaban en la habitación cuando dio la hora en punto.

La recién nacida estaba dormida en su cuna. De pronto le vinieron a la cabeza unos versos de Coleridge: «Hijo mío, que a mi lado duermes en tu cuna». ¿De qué poema eran?

La lumbre casi se había extinguido en la chimenea, solo quedaba una llamita danzando sobre el carbón. La niña empezó a soltar gemidos como maullidos y Sylvie se levantó con cuidado de la cama. Dar a luz era un acto brutal. De haber recaído en ella el diseño de la raza humana, habría hecho las cosas de forma muy distinta. (Un haz de luz dorada a través de la oreja para la concepción, quizá, y una escotilla bien estanca en algún lugar modesto para la fuga nueve meses después.) Abandonó el calor de la cama y cogió a Ursula de la cuna. Y entonces, rompiendo el silencio, amortiguado por la nieve, le pareció oír el leve relinchar de un caballo y sintió un eléctrico zumbido de placer en el alma ante aquel sonido desacostumbrado. Llevó a Ursula hasta la ventana y descorrió una pesada cortina lo suficiente para escudriñar el exterior. La nieve había desdibujado el paisaje familiar y el mundo estaba cubierto por un manto blanco. Y ahí, bajo su ventana, se encontró con el fantástico espectáculo de George Glover cabalgando a pelo en uno de sus preciosos percherones (Nelson, si no se equivocaba) por el sendero vestido de invierno. Se veía magnífico, como un héroe de la Antigüedad. Sylvie corrió la cortina y decidió que las tribulaciones de la noche probablemente le habían afectado al cerebro y la hacían tener alucinaciones.

Se llevó a Ursula a la cama consigo, y la niña hozó en busca de su pezón. Sylvie era partidaria de amamantar a sus propios hijos. El mero concepto de biberones de cristal y tetinas de goma se le antojaba poco natural, pero eso no significaba que no se sintiera una vaca lechera. La pequeña mamaba despacio y con vacilación, confundida por la novedad. Sylvie se preguntó cuánto faltaría para el desayuno.

Armisticio

11 de noviembre de 1918

«Querida Bridget, he cerrado las puertas y pasado los cerrojos. En el pueblo hay una banda de lardones…» ¿Se escribía así, o era «ladrones»? Ursula mordisqueó el extremo del lápiz hasta que se astilló. Indecisa, tachó «lardones» y escribió «rateros». «En el pueblo hay una banda de rateros. ¿Me haces el favor de quedarte en casa de la madre de Clarence?» Y, por si acaso, añadió: «Tengo dolor de cabeza, así que no llames a la puerta». Firmó la nota como «señora Todd». Esperó a que no hubiese nadie en la cocina, y entonces salió y clavó el papel en la puerta de atrás.

—¿Qué hacías? —quiso saber la señora Glover cuando volvió a entrar.

Ursula se sobresaltó; la señora Glover podía ser tan silenciosa como un gato.

—Nada. Solo miraba, a ver si volvía Bridget.

—Madre mía —soltó la señora Glover—, pero si aún faltan horas, volverá en el último tren. Y ahora espabila, que ya hace mucho que tendrías que estar en la cama. Esto parece el Liberty Hall con todos sus sindicalistas.

Ursula no sabía qué era ese Liberty Hall, pero parecía un buen sitio donde vivir.

A la mañana siguiente no había rastro de Bridget en la casa. Y, por extraño que pareciera, tampoco lo había de Pamela. Ursula sintió una abrumadora oleada de alivio tan inexplicable como el pánico que la había llevado a escribir la nota la noche anterior.

—Anoche dejaron una nota absurda en la puerta, una travesura —dijo Sylvie—. Bridget se quedó fuera. La letra se parece mucho a la tuya, ¿sabes, Ursula? Supongo que no podrás explicarlo, ¿no?

—No, no puedo —repuso Ursula con rotundidad.

—He mandado a Pamela a casa de la señora Dodds en busca de Bridget.

—¿Que has mandado a Pamela? —repitió Ursula, horrorizada.

—Sí, a Pamela.

—¿Pamela está con Bridget?

—Sí —contestó Sylvie—, con Bridget. ¿Se puede saber qué te pasa?

Ursula salió corriendo de la casa. Oyó a Sylvie gritando tras ella, pero no se detuvo. En sus ocho años de vida nunca había corrido tanto, ni siquiera cuando Maurice la perseguía para darle un pellizco de monja. Subió hacia la casita de la señora Dodds por el sendero lleno de barro, y cuando se encontró ante Pamela y Bridget estaba sucia de la cabeza a los pies.

—¿Qué pasa? —le preguntó Pamela, muy preocupada—. ¿Es papá?

Bridget se santiguó. Ursula rodeó a Pamela con los brazos y se echó a llorar.

—Pero ¿qué pasa? Cuéntamelo —insistió Pamela, a quien se le había contagiado el temor de su hermana.

—No lo sé —dijo Ursula—. Es que estaba muy preocupada por ti.

—Qué tontorrona —repuso Pamela con afecto, abrazándola.

—Me duele un poco la cabeza —intervino Bridget—. Volvamos a casa.

Poco después, se hizo de nuevo la oscuridad.

Nieve

11 de febrero de 1910

—Un milagro, según el matasanos —le dijo Bridget a la señora Glover mientras celebraban la llegada del bebé ante el té de la mañana.

Por lo que a la señora Glover concernía, los milagros eran propios de la Biblia, no de la carnicería del parto.

—A lo mejor se planta en tres —comentó.

—¿Y por qué va a hacer eso cuando tiene bebés tan preciosos y sanos y en la casa hay dinero para todo lo que quieran?

Ignorando semejante argumento, la señora Glover se levantó de la mesa.

—Bueno, tengo que prepararle el desayuno a la señora Todd.

Cogió un cuenco con riñones que había dejado en remojo en leche en la despensa y empezó a quitarles la grasienta capa blanca como si fuera un saco amniótico. Bridget observó la leche blanca veteada de rojo y sintió una inusitada aprensión.

Antes de irse, el doctor Fellowes ya había desayunado, a base de panceta, morcilla, pan frito y huevos. Llegaron unos hombres del pueblo para intentar sacar su coche a golpes de pala, y como no lo lograron, alguien corrió en busca de George, que acudió al rescate a lomos de uno de sus enormes percherones. En los pensamientos de la señora Glover apareció brevemente san Jorge, pero la imagen volvió a esfumarse por ser demasiado descabellada. Con considerables dificultades, izaron al doctor Fellowes para montarlo tras el hijo de la señora Glover y ambos partieron a lomos del caballo levantando nieve, no tierra.

Un toro había pisoteado a un granjero, pero el hombre aún estaba vivo. Al padre de la señora Glover, un lechero, lo había matado una vaca. La señora Glover, que era joven y valiente y aún tenía que conocer al señor Glover, encontró a su padre muerto en el cobertizo para ordeñar. Aún vio la sangre en la paja y la expresión de sorpresa en la cara de la vaca, la favorita de su padre, Maisie.

Bridget se calentó las manos en la tetera.

—Bueno, será mejor que me ocupe de mis riñones. Ve a buscarme una flor para la bandeja del desayuno de la señora Todd.

—¿Una flor? —preguntó una desconcertada Bridget mirando la nieve a través de la ventana—. ¿Con este tiempo?

Armisticio

11 de noviembre de 1918

—Ay, Clarence —dijo Sylvie cuando abrió la puerta de atrás—. Me temo que Bridget ha tenido un pequeño accidente. Ha tropezado con el escalón y se ha caído. Me parece que solo se ha torcido el tobillo, pero dudo que pueda ir a Londres a los festejos.

Sentada junto a la cocina en la silla Windsor de respaldo alto de la señora Glover, Bridget daba sorbitos a un brandy. Con el pie sobre un taburete, disfrutaba del dramatismo de su relato.

—He entrado por la puerta de la cocina. Venía de tender la ropa, aunque no sé por qué me he tomado la molestia porque se ha puesto a llover otra vez; entonces he notado unas manos que me empujaban por la espalda. Y de pronto aquí estaba, espatarrada en el suelo, muerta de dolor. —Y añadió—: Han sido unas manitas, como las manos de un niñito fantasma.

—Vaya, no me digas —repuso Sylvie—. En esta casa no hay fantasmas, ni niños ni de otra clase. ¿Has visto algo, Ursula? Estabas en el jardín, ¿no?

—Pero si la muy tonta solo ha tropezado —intervino la señora Glover—. Ya sabe lo torpe que es. —Y, con cierta satisfacción, añadió—: En cualquier caso, se acabó tu jolgorio en Londres.

—No, qué va —repuso Bridget con firmeza—. No pienso perderme este día por nada del mundo. Ven aquí, Clarence. Dame el brazo, que cojear sí puedo.

Se hizo la oscuridad, etcétera.

Nieve

11 de febrero de 1910

—Ursula, por si te interesa —dijo la señora Glover. Servía cucharadas de gachas en sendos cuencos ante Maurice y Pamela, sentados a la gran mesa de madera de la cocina.

—Ursula —repitió Bridget, y por su tono pareció agradarle—. Es un buen nombre. ¿Le ha gustado a la señora la campanilla de invierno?

Armisticio

11 de noviembre de 1918

De algún modo, todo parecía familiar.

—Lo llaman *déjà vu* —comentó Sylvie—. Es un truco de la mente. La mente tiene misterios impenetrables.

Ursula estaba segura de acordarse de cuando estaba en el cochecito bajo el haya.

—No, nadie puede acordarse de cuando era tan pequeño —dijo Sylvie.

Y sin embargo Ursula recordaba las hojas meciéndose en la brisa como grandes manos verdes y la liebre de plata que pendía de la capota y daba vueltas ante su cara. Sylvie exhaló un suspiro.

—Desde luego tienes una imaginación muy viva, Ursula.

Ursula no supo si aquello era un cumplido o no, pero lo cierto es que muchas veces confundía lo real con lo que no lo era. Y luego estaba ese miedo tan horroroso, ese espantoso terror que abrigaba en su interior. El tenebroso paisaje que llevaba dentro.

—No te obsesiones con esas cosas —zanjó Sylvie cuando la niña trató de explicárselo—. Ten pensamientos positivos.

Y había veces en que sabía qué iba a decir alguien antes de que lo dijera o qué incidente trivial estaba a punto de ocurrir, si alguien dejaría caer un plato o arrojaría una manzana contra un invernadero, como si esos episodios hubiesen pasado ya muchas veces. Las palabras y las frases se repetían como un eco, los extraños parecían viejos conocidos.

—Todo el mundo siente cosas raras de vez en cuando —le dijo Sylvie—. No lo olvides, cariño, ten pensamientos positivos.

Bridget le prestaba un poco más de atención y declaraba que tenía «un sexto sentido». Había umbrales entre este mundo y el otro, decía, pero solo ciertas personas podían atravesarlos. Ursula tenía la impresión de que no quería ser una de esas personas.

La Navidad anterior, Sylvie le había tendido a Ursula una caja con un envoltorio y un lazo muy bonitos que volvían invisible el contenido.

—Feliz Navidad, cariño.

—Ah, qué bien, un comedor para la casa de muñecas —dijo Ursula, que un comentario enseguida le acarreó problemas por haber curioseado en los regalos antes de hora.

—Pero si no hice eso —le repitió obstinada más tarde a Bridget en la cocina, donde la criada trataba de poner coronitas de papel blanco en los muñones de las patas del ganso de Navidad. (A Ursula el ganso le recordó a un hombre del pueblo, un muchacho en realidad, a quien le habían volado los pies en Cambrai.)—. Yo no miré, es que ya lo sabía.

—Ah, pues claro —repuso Bridget—. Tú tienes un sexto sentido, desde luego.

La señora Glover, que batallaba con el pudin de ciruelas, soltó un bufido de desaprobación. En su opinión, con cinco sentidos bastaba y sobraba, añadir otro ya era el colmo.

Las hicieron quedarse en el jardín toda la mañana.

—Pues vaya manera de celebrar la victoria —comentó Pamela cuando buscaron refugio de la lluvia bajo el haya.

Solo Trixie lo estaba pasando bien. Le encantaba el jardín, sobre todo por la cantidad de conejos que, pese a gozar de la atención de los zorros, disfrutaban todavía de las ventajas del huerto. Antes de la guerra, George Glover había regalado dos conejitos a Ursula y Pamela. Ursula convenció a su hermana para criarlos dentro de casa y los escondieron en el armario de su habitación, donde les daban de comer con un cuentagotas que encontraron en el armario de las medicinas, hasta que un día salieron dando brincos y le dieron un susto de muerte a Bridget.

—Un *fait accompli* —fue el comentario de Sylvie cuando le enseñaron los conejos—. Pero no podéis tenerlos dentro de casa. Tendréis que pedirle al Viejo Tom que les haga una conejera.

Los conejos habían escapado tiempo atrás, por supuesto, y se multiplicaron alegremente. El Viejo Tom les puso veneno y trampas, aunque no sirvió de mucho. («Madre mía —dijo Sylvie una mañana, mirando por la ventana a los conejos que desayunaban como si tal cosa en el jardín—, esto parece Australia».) Maurice, que estaba aprendiendo tiro en la escuela como cadete de las Fuerzas Aéreas, se había pasado las largas vacaciones del verano anterior disparando al tuntún contra ellos desde la ventana de su dormitorio con la vieja escopeta de caza Westley Richards de Hugh. Pamela se enfureció tanto que le puso en la cama parte de sus propios polvos picantes (Maurice se pasaba la vida en tiendas de artículos de broma). Culparon de inmediato a Ursula, y Pamela tuvo que decir que era cosa suya, si bien Ursula estaba dispuesta a cargar con el muerto. Pamela era de esa clase de personas que se empeñan en ser justas.

Oyeron voces en el jardín de al lado; tenían vecinos nuevos, los Shawcross, a quienes aún no conocían.

—Ven, a ver si conseguimos echar un vistazo. Me pregunto cómo se llamarán.

«Winnie, Gertie, Millie, Nancy, y el bebé, Bea», pensó Ursula, pero no dijo nada. Guardar secretos empezaba a dársele tan bien como a Sylvie.

Bridget sostuvo el alfiler del sombrero entre los dientes y se llevó los brazos a la cabeza para ajustárselo. Le había cosido un nuevo ramillete de violetas de papel, especialmente para la victoria. Estaba de pie en lo alto de las escaleras, canturreando «K-K-Katy» para sí. Pensaba en Clarence. Cuando estuvieran casados («en primavera», decía él, aunque poco antes había dicho «antes de Navidad»), ella se marcharía de la Guarida del Zorro. Tendrían su propia casita, sus propios niños.

Las escaleras, según Sylvie, eran muy peligrosas. La gente se mataba en ellas. Siempre les había dicho que no jugaran en las escaleras.

Ursula correteó de puntillas por la alfombra del pasillo. Inspiró sin hacer ruido y entonces, con ambas manos ante sí, como si tratara de parar un tren, se lanzó contra los riñones de Bridget, que volvió la cabeza y abrió mucho la boca y los ojos cuando vio a Ursula. Bridget salió volando y se precipitó escaleras abajo en un tremendo frenesí de brazos y piernas. Ursula evitó por los pelos no caer tras ella.

La práctica hace la perfección.

—Me temo que el brazo está roto —dijo el doctor Fellowes—. Vaya caída la que te has pegado por esas escaleras, muchacha.

—Siempre ha sido muy torpe —intervino la señora Glover.

—Me ha empujado alguien —puntualizó Bridget. Le estaba saliendo un enorme chichón en la frente y se sujetaba el sombrero, con las violetas aplastadas.

—¿Alguien? —repitió Sylvie—. ¿Quién? ¿Quién iba a empujarla escaleras abajo, Bridget? —Contempló los rostros en la cocina—. ¿Teddy?

Teddy se tapó la boca con una mano, como si quisiera impedir que se le escaparan las palabras.

Sylvie se volvió hacia Pamela.

—¿Pamela?

—¿Yo? —Pamela se llevó ambas manos al corazón con gesto santurrón, como una mártir.

Sylvie se volvió hacia Bridget, quien indicó a Ursula con un leve gesto con la cabeza.

—¿Ursula? —Sylvie frunció el entrecejo.

Ursula miró al frente con cara inexpresiva, una objetora de conciencia a punto de ser fusilada.

—Ursula —insistió Sylvie con tono severo—, ¿sabes algo sobre esto?

Había hecho algo perverso: empujar a Bridget escaleras abajo. Podría haberse matado, y ella sería ahora una asesina. Solo sabía que tenía que hacerlo. Sintió aquel miedo tan espantoso y tuvo que hacerlo.

Salió corriendo de la habitación y se escondió en uno de los sitios secretos de Teddy, el armario bajo las escaleras. Al cabo de un rato se abrió la puerta y entró Teddy y se sentó a su lado en el suelo.

—Yo no creo que hayas empujado a Bridget —dijo, y deslizó una cálida manita en la suya.

—Gracias, pero sí, lo he hecho.

—Bueno, pues te sigo queriendo.

Podría no haber salido nunca de aquel armario, pero resonó el llamador de la puerta principal y de pronto hubo un gran alboroto en el vestíbulo. Teddy abrió la puerta para ver qué pasaba. Luego retrocedió para informar a Ursula.

—Mamá está besando a un hombre, y está llorando. Él también llora.

Ursula asomó la cabeza del armario para presenciar semejante fenómeno. Se volvió hacia Teddy, perpleja.

—Creo que ese podría ser papá.

Paz

Febrero de 1947

Ursula cruzó la calle con cautela. La superficie era traicionera, llena de baches y de surcos y grietas de hielo. Las aceras eran aún más peligrosas, poco más que macizos de nieve sucia y apisonada o, peor incluso, toboganes creados por los niños del barrio, que no tenían nada mejor que hacer que divertirse porque las escuelas estaban cerradas. «Dios, qué amargada me he vuelto», se dijo Ursula. La maldita guerra. La maldita paz.

Al meter la llave en la cerradura del portal, ya estaba agotada. Salir de compras nunca le había parecido tan duro, ni siquiera en los peores días de los bombardeos alemanes. Tenía la cara casi en carne viva por aquel viento cortante y los dedos de los pies dormidos a causa del frío. Hacía semanas que la temperatura no pasaba de cero, hacía más frío incluso que en 1941. Se imaginó tratando de recordar ese frío glacial en algún momento del futuro y supo que nunca podría revivirlo en su memoria. Era casi físico, casi esperabas que se te quebraran los huesos, que se te cuarteara la piel. El día anterior había visto a dos hombres tratando de abrir una alcantarilla con lo que parecía un lanzallamas. Tal vez no habría un futuro de deshielo y calor, quizá eran los inicios de una nueva glaciación. Primero venía el fuego y luego el hielo.

Menos mal que la guerra le había hecho perder cualquier interés en la moda. Llevaba, en capas sucesivas de dentro hacia fuera, una camiseta de manga corta, una camiseta de manga larga, un suéter, una rebeca y encima su viejo y raído abrigo de invierno, comprado nuevecito en Peter Robinson dos años antes de la guerra. Por no mencionar, claro está, la sosa ropa interior de costumbre, una gruesa falda de tweed, leotardos de lana gris, guantes, mitones, bufanda, gorro y las viejas botas forradas de piel de su madre. Le daría lástima a cualquier hombre que decidiera de pronto asaltarla. «Tampoco sería mala cosa que pasara eso, ¿eh?», comentó Enid Barker, una de las secretarias, ante el consuelo y el alivio de la enorme tetera. Enid había hecho pruebas para el papel de intrépida joven londinense en algún momento en torno a 1940 y lo interpretaba con entusiasmo desde entonces. Ursula tenía pensamientos más mezquinos y se lo reprochaba a menudo. Enid era de buena pasta. Mostraba una destreza increíble a la hora de mecanografiar tablas, algo a lo que Ursula nunca le pilló el tranquillo cuando estudiaba secretariado. Había hecho un curso de mecanografía y taquigrafía hacía ya muchos años…, todo lo anterior a la guerra parecía pertenecer a la antigüedad (la suya propia). Resultó sorprendentemente hábil; de hecho, el señor Carver, el director de la escuela de secretariado, le sugirió que la taquigrafía se le daba lo bastante bien para formarse como taquígrafa en el tribunal de lo penal en Londres. Habría supuesto una vida muy distinta, quizá mejor. Por supuesto, no había forma de saber esas cosas.

Subió penosamente por las escaleras sin iluminar hasta su piso. Ahora vivía sola. Millie se había casado con un oficial de las Fuerzas Aéreas estadounidenses y se había mudado al estado de

Nueva York («¡Una esposa de guerra, yo! ¿Quién iba a decirlo?»). Una fina capa de hollín y algo que parecía grasa cubría las paredes de la escalera. Era un edificio antiguo, en el Soho nada menos («No queda otro remedio», oyó decir a su madre). A la vecina de arriba la visitaban muchos caballeros, y Ursula se había habituado a los crujidos del somier y otros ruidos extraños que le llegaban a través del techo. Sin embargo, era una mujer agradable que siempre tenía un simpático saludo a punto y nunca se saltaba su turno de barrer las escaleras.

En sus orígenes el edificio ya había sido dickensiano de tan lúgubre y ahora se veía incluso más dejado de la mano de Dios. Pero lo cierto era que toda la ciudad de Londres tenía ese aspecto. Se veía triste y mugrienta. Recordó a la señorita Woolf diciendo que no creía que «la pobre y vieja Londres» volviera a estar limpia nunca más. («Todo está terriblemente venido a menos.») Quizá tenía razón.

«Desde luego no parece que hayamos ganado la guerra», comentó Jimmy cuando acudió a visitarla, con esa pinta de estraperlista con la ropa norteamericana, tan reluciente que parecía una promesa personalizada.

Ursula estaba dispuesta a perdonarle a su hermano pequeño aquel vigor del Nuevo Mundo, pues había pasado una guerra muy dura. ¿No lo había sido para todos? «Una guerra larga y dura», había prometido Churchill. Cuánta razón tenía.

Aquel alojamiento era temporal. Tenía dinero para algo mejor, pero la pura verdad era que no le importaba. Solo disponía de una habitación, con una ventana sobre el lavamanos, un calentador de agua, un baño compartido pasillo abajo. Todavía echaba de menos el viejo piso en Kensington que había compartido con Millie.

Un bombardeo del gran ataque aéreo de mayo de 1941 las había obligado a dejarlo. Ursula pensó entonces en Bessie Smith cantando aquello del «zorro sin su madriguera», aunque lo cierto es que volvió a vivir allí durante unas semanas, sin techo. Hacía un frío que pelaba, pero ella era una buena campista. Había aprendido a serlo con la Bund Deutscher Mädel, la rama femenina de las Juventudes Hitlerianas, si bien no era un hecho que una anduviese aireando por ahí en aquellos tiempos oscuros.

No obstante, había una encantadora sorpresa esperándola. Un regalo de Pammy, una caja de madera llena de patatas, puerros, cebollas, una enorme col de Saboya verde esmeralda (una cosa bella) y, encima de todo, media docena de huevos en un nido de algodón dentro de un viejo sombrero de fieltro de Hugh. Unos huevos muy bonitos, marrones y con motitas, tan preciosos como gemas sin tallar y con diminutas plumas pegadas aquí y allá. «De la Guarida del Zorro, con cariño», se leía en la etiqueta sujeta a la caja. Era como recibir un paquete de la Cruz Roja. ¿Cómo demonios habría llegado hasta allí? Los trenes no circulaban y lo más probable era que Pamela estuviese incomunicada por la nieve. Mayor enigma incluso era cómo se las habría apañado su hermana para cosechar todo aquello en invierno, con «la tierra dura como el acero» como en el poema de Christina Rossetti.

Cuando abrió la puerta, encontró un pedazo de papel en el suelo. Tuvo que ponerse las gafas para leerlo. Era una nota de Bea Shawcross. «He venido a visitarte pero no estabas. Volveré a pasar. Besos, Bea.» Lamentó haberse perdido la visita de Bea; habría sido una forma más agradable de pasar una tarde de sábado que vagando por un distópico West End. Más que cualquier otra cosa, le produjo una alegría inmensa ver una col. Aunque la col, de manera inesperada como solía ocurrir en momentos como ese, desenterró a su vez el recuerdo no deseado de un paquetito en el sótano de Argyll Road, y volvió a sumirse en el desánimo. Qué altibajos tenía últimamente. Vamos, arriba ese ánimo, que parece mentira, por el amor de Dios.

Dentro del piso hacía incluso más frío. Le habían salido sabañones, horribles y dolorosos. Tenía frío hasta en las orejas. Deseó tener unas orejeras, o un pasamontañas, como aquellos de lana gris que Teddy y Jimmy solían llevar al colegio. Había un verso en «La víspera de Santa Inés», ¿cómo era? Algo sobre efigies de piedra en una iglesia con gélidas capuchas y mallas. Antaño hacía que sintiera frío cada vez que lo recitaba. Había aprendido el poema entero de memoria en el colegio, una hazaña que ahora le sería probablemente imposible, ¿y qué sentido había tenido hacerlo, después de todo, si no conseguía recordar ni un verso completo? De pronto anheló poseer el abrigo de pieles de Sylvie, un visón desechado, que era como un animal grandote y simpático y ahora pertenecía a Pamela. Sylvie había elegido morir el día de la victoria aliada. Mientras otras mujeres reunían comida de aquí y allá para diversas celebraciones y bailaban en las calles de Gran Bretaña, ella se tendió en la cama que fuera de Teddy cuando era niño y se tomó un frasco entero de somníferos. No dejó nota alguna, aunque la familia que dejaba atrás tuvo bastante claros su intención y sus motivos. En la Guarida del Zorro se ofreció un espantoso té fúnebre por ella. Pamela dijo que aquella era la salida del cobarde, pero Ursula no estaba tan segura. Pensaba que demostraba una claridad admirable. Sylvie era una baja más de la guerra, otra estadística.

«¿Sabes una cosa? —dijo Pamela—. Yo solía discutir con ella

porque decía que la ciencia había vuelto peor el mundo, que consistía en hombres que inventaban nuevos métodos para matar a la gente. Pero ahora me pregunto si no tendría razón.»

Y aquello fue antes de Hiroshima, por supuesto.

Ursula encendió la estufa de gas, una pequeña Radiant un poco patética que parecía de principios de siglo, y puso monedas en el contador. Corrían rumores de que se estaban acabando los peniques y los chelines. Se preguntó por qué no podían fundir armamento. Convertir fusiles en rejas de arado y cosas por el estilo.

Sacó las cosas de la caja de Pammy y las colocó sobre el escurridero, como si fuera el bodegón de un pobre. Las hortalizas estaban sucias pero no había mucha esperanza de quitarles la tierra puesto que las tuberías estaban congeladas, incluso en el pequeño calentador Ascot, aunque la presión del gas era tan baja que de todas formas tampoco habría podido calentar el agua. «Y el agua es como una piedra.» En el fondo de la caja encontró media botella de whisky. La buena de Pamela, siempre tan considerada.

Cogió agua con un cazo del cubo que había llenado en la fuente provisional en la calle y lo puso sobre el hornillo, pensando que cocería un huevo, si bien le llevaría una eternidad porque solo había un diminuto fleco azul en torno al quemador. Circulaban advertencias sobre la presión del gas, por si volvía a salir gas la luz piloto se hubiese apagado.

¿Tan malo sería que te gasearan?, se preguntó. Pensó en Auschwitz. Y Treblinka. Jimmy había sido un comando y al final de la guerra lo destinaron, un poco de rebote según él (aunque todo lo que tenía que ver con Jimmy era un poco de rebote), al regimiento antitanque que liberó Bergen-Belsen. Ursula insistió en que le contara qué encontró allí. Él se mostraba reacio y probablemente le ocultó lo peor, pero saberlo era necesario. Había que dar testimonio. (Oyó mentalmente la voz de la señorita Woolf: «Debemos recordar a esa gente en el futuro, cuando estemos a salvo».)

El recuento de los muertos fue cosa suya durante la guerra, el flujo interminable de cifras que representaban a las víctimas de los bombardeos pasaba por su escritorio para que las pusiera en orden y dejara constancia de ellas. Parecían abrumadoras, pero las cifras más altas —los seis millones de muertos, los cincuenta millones de muertos, el sinfín de almas— resultaban del todo incomprensibles.

Ursula había cogido agua el día anterior. Ellos habían instalado… —¿Quiénes? ¿Quiénes eran «ellos»? Tras seis años de guerra, todos se habían acostumbrado a seguir «sus» órdenes, vaya pueblo tan obediente era el inglés…— Pues ellos habían instalado una fuente provisional en la calle de al lado, y Ursula llenó una tetera y un cubo del grifo. La mujer que tenía delante en la cola se veía elegantísima con su envidiable marta cibelina hasta los pies, de un gris plateado, y sin embargo ahí estaba, esperando con paciencia bajo el frío glacial con sus cubos. Parecía fuera de lugar en el Soho, pero quién sabía cuál sería su historia.

La mujer del pozo. Le pareció recordar que Jesús había tenido una conversación especialmente conflictiva con la mujer del pozo. Era de Samaria, y no tenía nombre, por supuesto. Recordaba que tuvo cinco maridos y vivía con un hombre que no era su esposo, pero la Biblia del rey Jacobo no decía qué les había pasado a aquellos cinco. Quizá la mujer había envenenado el pozo.

Se acordaba de Bridget contándoles que cuando era niña, en Irlanda, todos los días iba andando hasta un pozo en busca de agua. Para que luego hablen del progreso. Qué rápido podía disolverse la civilización en sus elementos más feos. Miren si no a los alemanes, el pueblo más culto y bien educado, y sin embargo... Auschwitz, Treblinka, Bergen-Belsen. Dadas las mismas circunstancias, los ingleses podrían haber hecho lo mismo, si bien eso no podía saberse, en realidad. La señorita Woolf creía que...

—Y digo yo —soltó la mujer de la marta cibelina interrumpiendo sus pensamientos—, ¿entiende usted por qué mi agua está como un cubo de hielo y esta no? —Tenía un acento cristalino.

—No lo sé —repuso Ursula—. Yo no sé nada.

La mujer se rió.

—Oh, yo me siento igual, créame.

Ursula pensó que era alguien a quien quizá le gustaría tener como amiga, pero entonces una mujer detrás de ellas dijo:

—Venga, muévase, querida.

Y la mujer de la marta cibelina levantó los cubos, tan fuerte como una granjera y dijo:

—Bueno, hay que ir tirando, adiós.

Encendió la radio. La emisión del Tercer Programa se había suspendido de manera indefinida. Era una guerra contra el clima. Tenías suerte si conseguías sintonizar la emisora local o la de música con la cantidad de cortes de electricidad que había. Necesitaba ruido, el sonido de una vida familiar. Jimmy le dio su viejo gramófono antes de irse, pues Ursula había perdido el suyo junto con la mayoría de sus discos en Kensington, una pena. Se las había apañado para rescatar un par, milagrosamente intactos, y puso ahora uno de ellos en el plato. «Preferiría estar muerto y enterrado.» Se echó a reír.

—Qué alegre, ¿no? —dijo en voz alta.

Escuchó los arañazos y siseos del viejo disco. ¿Era así como se sentía ella?

Echó un vistazo al reloj, el viejo reloj dorado de sobremesa de Sylvie. Se lo había llevado a casa después del funeral. Solo eran las cuatro. Dios, cómo se arrastraban los días. Captó una emisora, de noticias, y apagó la radio. ¿Qué sentido tenía oírlas?

Había pasado la tarde recorriendo Oxford Street y Regent Street en busca de algo que hacer, aunque en realidad solo quería salir de la celda monástica de su habitación de alquiler. Todas las tiendas se veían tenebrosas y lúgubres. Lámparas de parafina en Swan and Edgar, velas en Selfridges; los rostros demacrados y oscuros de gente que parecía salida de una pintura de Goya. No había nada que comprar, o al menos nada que ella quisiera, y las cosas que sí quería, como unos bonitos botines con ribete de piel y pinta de calentitos, eran escandalosamente caras (¡quince guineas!). Qué deprimente. «Es peor que durante la guerra», decía la señorita Fawcett del trabajo. Iba a marcharse para casarse, todos habían colaborado para comprarle un regalo de boda, un jarrón bastante soso, pero Ursula quería regalarle algo más personal, más especial, aunque no se le ocurría qué y confiaba en que quizá daría con el obsequio preciso en los grandes almacenes del West End. Pues no.

Había entrado en un Lyon's para tomarse una taza de té aguado, como el agua del cordero, habría dicho Bridget. Y un simple bollo en el que encontró solo un par de pasas secas y duras y algún resto de margarina, y trató de imaginar que se comía algo maravilloso, un exquisito *Cremeschnitte* o una porción de *Dobostorte*. Supuso que los alemanes no estaban para pasteles en esos momentos.

Sin querer, pronunció en murmullos *Schwarzwälder Kirschtorte* (qué nombre tan extraordinario, qué pastel tan extraordinario) y atrajo la atención indeseada de una mujer sentada a una mesa vecina que se abría paso estoicamente en un gran bollo glaseado.

—¿Es una refugiada, querida? —le preguntó, sorprendiendo a Ursula con su tono compasivo.

—Algo así —contestó.

Mientras esperaba a que se cociera el huevo —el agua seguía solo tibia—, rebuscó entre los libros, que nunca había sacado de las cajas después del suceso de Kensington. Encontró el de Dante que le había regalado Izzie, de piel roja bellamente repujada pero con las páginas manchadas, un volumen de Donne (su favorito), *La tierra baldía* (una poco corriente primera edición que le había birlado a Izzie), unas *Obras completas* de Shakespeare, sus adorados poetas metafísicos y, por último, al fondo de la caja, su maltrecho ejemplar de la escuela de Keats, con una dedicatoria en la que se leía: «Para Ursula Todd, por sus esfuerzos». Supuso que serviría también para un epitafio. Pasó las maltratadas páginas hasta que encontró «La víspera de Santa Inés».

¡Ah, qué frío tan glacial!
El búho aterido pese a sus plumas;
la liebre temblando entre la hierba helada,
callaba el rebaño en su lanudo redil.

Lo leyó en voz alta, y las palabras hicieron que se estremeciera. Debería leer algo que la hiciera entrar en calor, sobre Keats y sus abejas: «Pues les colmó el estío las pegajosas celdas». Keats debió haber muerto en suelo inglés. Dormido en un jardín inglés en una tarde de verano. Como Hugh.

Se comió el huevo mientras leía un ejemplar del *Times* del día anterior que le había dado el señor Hobbs del departamento de correo una vez que lo acabó, un pequeño ritual cotidiano que tenían. Las dimensiones del periódico, recientemente disminuidas, lo volvían un poco ridículo, como si las noticias en sí fueran menos importantes. Aunque en realidad lo eran, ¿no?

Al otro lado de la ventana caían copos de nieve cenicienta y espumosa. Pensó en los parientes de los Cole en Polonia, elevándose de Auschwitz como una nube volcánica, describiendo círculos en torno a la Tierra y nublando el sol. Incluso ahora, cuando la gente ya sabía lo de los campos y todo eso, seguía reinando el antisemitismo. «Judiaco», había oído llamar a un chico en la calle el día anterior, y cuando la señorita Andrews eludió contribuir al regalo de boda de la señorita Fawcett, Enid Baker bromeó al respecto diciendo «Vaya judía», como si fuera el insulto más moderado posible.

En los últimos tiempos, la oficina era un sitio aburrido y proclive a la irritación, quizá por culpa de la fatiga que causaban el frío y la falta de alimentos buenos y nutritivos. El trabajo era tedioso, una interminable recopilación y permutación de estadísticas que había que archivar en algún sitio, supuestamente para que los historiadores del futuro las estudiaran con minuciosidad. Maurice habría dicho que aún estaban haciendo limpieza y poniendo orden en la casa, como si las víctimas de la guerra fueran trastos que había que guardar y olvidar. Hacía más de un año y medio que Defensa Civil había puesto fin al estado de alerta, y sin embargo Ursula no se había librado todavía de las minucias de la burocracia. Los molinos del Señor (o del gobierno) molían despacio y sumamente fino, desde luego.

El huevo estaba delicioso, sabía como si se hubiera puesto aquella misma mañana. Encontró una vieja postal, una imagen del pabellón de Brighton (comprada en una excursión de un día con Crighton) que nunca había enviado, garabateó unas palabras de agradecimiento para Pammy —«¡Maravilloso! Ha sido como un paquete de la Cruz Roja»— y la dejó de pie sobre la repisa de la chimenea, al lado del reloj de Sylvie; y junto a la fotografía de Teddy. De Teddy y los demás tripulantes del Halifax una tarde soleada. Estaban repantigados en viejas butacas. Jóvenes para siempre. El perro, Lucky, se veía tan orgulloso como un pequeño mascarón de proa sobre la rodilla de Teddy. Cómo la animaría tener todavía a Lucky. Conservaba la Cruz al Vuelo Distinguido de Teddy, apoyada contra el cristal del marco de la foto. Ursula también tenía una medalla, pero no significaba nada para ella.

Al día siguiente echaría la postal al correo de la tarde. Suponía que tardaría siglos en llegar a la Guarida del Zorro, cómo no.

Las cinco en punto. Llevó el plato al fregadero y lo dejó con los otros platos sucios. La nevada cenicienta se había convertido en ventisca contra el cielo oscuro, y fue a correr la fina cortina de algodón en un intento de que desapareciera. Pero se enganchó sin remedio en la guía, y desistió antes de que todo el montaje se viniera abajo. La ventana era vieja y ajustaba mal, y dejaba entrar una corriente lacerante.

Se fue la luz, y tanteó en la repisa de la chimenea en busca de la vela. ¿Podían ir peor las cosas? Se llevó la vela y la botella de whisky a la cama, se acostó bajo las sábanas con el abrigo todavía puesto. Qué cansada estaba.

La llama en la pequeña estufa Radiant vaciló de manera alarmante. ¿Tan mal iban a ponerse las cosas? «Extinguirse sin pena, a medianoche.» Había formas mucho peores. Auschwitz, Treblinka. El Halifax de Teddy cayendo del cielo envuelto en llamas. La única manera de impedir las lágrimas era seguir bebiendo whisky. La buena de Pamela. La llama en la Radiant parpadeó y se apagó. Y la luz piloto también. Se preguntó cuándo volvería el gas, y si el olor la despertaría, si se levantaría para volver a encender la estufa. No había esperado morir como un zorro congelado en su guarida. Pammy vería la postal, sabría que le estaba agradecida. Ursula cerró los ojos. Se sentía como si hubiera pasado despierta cien años o más. De verdad que estaba muy cansada, cansadísima.

Empezó a hacerse la oscuridad.

Nieve

11 de febrero de 1910

Cálido, lechoso y nuevo, el olor fue como el canto de una sirena para Queenie la gata. En sentido estricto, Queenie pertenecía a la señora Glover, aunque en su circunspección no era consciente de ser propiedad de nadie. Era una enorme gata tricolor y había llegado a la casa con la señora Glover en una bolsa de lona estampada; fijó su residencia en su propia silla de estilo Windsor, una réplica más pequeña de la de su dueña, junto a los grandes fogones. Tener su propia silla no le impedía dejar pelos en todos los demás asientos disponibles de la casa, incluidas las camas. Hugh, a quien no le gustaban mucho los gatos, se quejaba a menudo del misterioso modo en que «la bestia sarnosa» se las apañaba para depositar pelos en sus trajes.

Más maliciosa que la mayoría de los gatos, Queenie arremetía simplemente contra uno cuando se le acercaba, como una liebre luchadora. Bridget, que tampoco era amante de los gatos, decía que la gata estaba poseída por un demonio.

¿De dónde venía aquel olor nuevo y delicioso? Queenie bajó con suavidad por las escaleras y entró en el dormitorio principal. Las brasas de un fuego de considerables dimensiones mantenían caliente la habitación. Aquel era un buen sitio, con la blanda colcha de la cama y el suave y rítmico movimiento de los cuerpos dormidos. Y allí encontró una camita perfecta para un gato, y calentita ya gracias a un perfecto cojín del tamaño de un minino. Queenie amasó con las pezuñas la carne blanda, en una súbita vuelta a sus tiempos de cachorro. Se hizo un cómodo ovillo con un profundo ronroneo de puro placer retumbándole en la garganta.

Los pinchazos de unas agujas clavándose en su finísima piel la arrancaron del sueño. El dolor era una sensación nueva y nada grata. Y de pronto le cayó algo encima, algo que le llenó la boca, taponándola, asfixiándola. Cuanto más se esforzaba en respirar, más imposible resultaba. Estaba aplastada, indefensa, sin aliento. Caía y caía, un pájaro abatido.

Queenie había ronroneado ya hasta sumirse en una placentera inconsciencia cuando la despertó un chillido y se encontró con que la agarraban para arrojarla al otro extremo de la habitación. Entre gruñidos y bufidos, retrocedió hacia la puerta, pues el instinto le decía que no saldría vencedora en aquella batalla.

Nada. Estaba floja e inerte, la pequeña caja torácica no se movía. El corazón de la propia Sylvie palpitaba en su pecho como si tuviera un puño dentro que quisiera salir a golpes. ¡Qué sensación de peligro! Era como una emoción aterradora, una marea que la recorría.

Por puro instinto, apoyó los labios contra la cara del bebé, cubriéndole la boquita y la nariz. Exhaló con suavidad. Luego otra vez, y otra más.

La niña volvió a la vida. Así de simple. («Estoy seguro de que fue una coincidencia —diría el doctor Fellowes cuando le contaran aquel milagro médico—. Parece muy poco probable que se pueda revivir a alguien utilizando ese método.»)

Bridget volvió a la cocina del piso de arriba, adonde había llevado un caldo de carne, e informó fielmente a la señora Glover:

—Me dice la señora Todd que le diga a la cocinera, o sea, a usted, señora Glover, que tiene que deshacerse de la gata. Lo mejor será que haga que la maten.

—¿Que la maten? —respondió indignada la señora Glover.

La gata, reincorporada a su sitio habitual junto a los fogones, levantó la cabeza y le dirigió una mirada torva a Bridget.

—Solo le repito lo que ha dicho.

—Por encima de mi cadáver —repuso la señora Glover.

La señora Haddock daba sorbitos a un vaso de ron caliente con gesto elegante, o eso esperaba. Era el tercero, y empezaba a notar el calor en las entrañas irradiándose hacia fuera. Iba de camino a ayudar en un parto cuando la nieve la había obligado a refugiarse en el reservado del Blue Lion, a las afueras de Chalfont Saint Peter. No era la clase de lugar donde habría considerado entrar, como no fuera por necesidad, pero había un buen fuego en el reservado y la compañía estaba resultando sorprendentemente cordial. Había jaeces de latón y jarras de cobre que brillaban y lanzaban destellos. Visible desde el reservado, en el otro extremo de la barra, se hallaba la zona pública del bar, donde la bebida parecía fluir con especial libertad. Aquella zona era muchísimo más bulliciosa. Alguien se lanzó a cantar, y la señora Haddock se sorprendió al descubrir que daba golpecitos con el pie para acompañar la melodía.

—Debería ver la nevada —comentó el dueño inclinándose a través de la pulida superficie de la gran barra de latón—. Podríamos quedarnos aquí incomunicados durante días.

—¿Durante días?

—Yo de usted me tomaría otra copita de ron. Esta noche no va a salir corriendo a ningún sitio.

Como un zorro
en una madriguera

Septiembre de 1923

—¿Así que ya no ves al doctor Kellet? —le preguntó Izzie abriendo la pitillera esmaltada para revelar una pulcra hilera de cigarrillos Black Russian—. ¿Un pitillo? —ofreció, tendiéndosela. Se dirigía a todo el mundo como si fuera de su misma edad. Era una actitud seductora y perezosa al mismo tiempo.

—Tengo trece años —dijo Ursula, lo que en su opinión respondía a ambas preguntas.

—Hoy en día, con trece años se es bastante adulta. Y ya sabes, la vida puede ser muy corta —añadió, sacando una larga boquilla de ébano y marfil. Recorrió el restaurante con mirada distraída, a la espera de que un camarero le diera fuego—. Echo de menos aquellas visitas tuyas a Londres. Lo de acompañarte a Harley Street y luego al Savoy a tomar el té. Era todo un gusto para las dos.

—Hace más de un año que no veo al doctor Kellet. Me consideran curada.

—Pues qué suerte. Por mi parte, *la famille* considera que soy incurable. Tú eres una *jeune fille bien élevée*, por supuesto, y nunca sabrás lo que es ser el chivo expiatorio de los pecados de todos los demás.

—Ay, no sé. Creo que me hago una idea.

Era sábado y almorzaban en Simpson's.

—Dos damas dándose la gran vida —comentó Izzie ante los dos grandes bistecs de ternera sangrante que tenían delante y que les habían cortado allí mismo.

La madre de Millie, la señora Shawcross, era vegetariana, y Ursula imaginó su espanto ante aquel enorme pedazo de carne. Hugh decía de la señora Shawcross («Roberta») que era bohemia; la señora Glover decía que era una chiflada.

Izzie se inclinó hacia el joven camarero que se había acercado a toda prisa a encenderle el pitillo.

—Gracias, querido —murmuró mirándolo a los ojos de un modo que lo hizo enrojecer tanto como la carne que había en el plato. Luego dirigiéndose a Ursula y despachando al camarero con un indiferente ademán, añadió—: *Le rosbif.* —Siempre salpicaba la conversación con palabras francesas («De jovencita pasé un tiempo en París. Y la guerra, por supuesto...»)—. ¿Hablas francés?

—Bueno, lo estudiamos en la escuela —repuso Ursula—. Pero eso no quiere decir que lo hable.

—Estás hecha una graciosilla, ¿no es eso? —Izzie dio una buena calada a la boquilla, frunciendo el arco de Cupido del labio, de un (increíble) rojo subido, como si estuviera a punto de tocar la trompeta, y exhaló una bocanada de humo. Varios hombres que se sentaban cerca se volvieron para mirarla con fascinación. Le guiñó un ojo a Ursula—. Apuesto a que las primeras palabras francesas que aprendiste fueron *déjà vu*. Pobrecita mía. A lo mejor te dejaron caer cuando eras un bebé y te diste un golpe en la cabeza. Supongo que a mí me pasó eso. Venga, ataquemos esto ya, me muero de hambre, ¿tú, no? Se supone que estoy de broma, pero la verdad es que el aguante de una tiene un límite —concluyó cortando la carne con entusiasmo.

Aquello suponía un cambio a mejor, pues cuando se había encontrado con Ursula en el andén en Marylebone, Izzie tenía mal color y dijo que se sentía «un pelín mareada» por culpa de las ostras y el ron («nunca combinan bien») de la «vergonzosa» velada anterior en un club en Jermyn Street. Ahora, con las ostras en apariencia olvidadas, comía como si le fuera la vida en ello, aunque aseguraba, como de costumbre, que «cuidaba la silueta». También aseguraba estar «sin blanca» y sin embargo era tremendamente derrochadora con su dinero. «¿Qué sentido tiene vivir si no puedes divertirte un poco?», decía. («Por lo que yo sé, lo único que hace en la vida es divertirse», se quejaba Hugh.)

La diversión —y los placeres concomitantes— era necesaria, según Izzie, para endulzar el hecho de que ahora hubiese «engrosado las filas de los trabajadores» y tuviera que «aporrear» una máquina de escribir para ganarse el pan.

—Madre mía, cualquiera diría que cava en una mina de carbón —comentó una indignada Sylvie tras una insólita y bastante atribulada comida familiar en la Guarida del Zorro.

Cuando Izzie se hubo marchado, Sylvie metió mucho ruido con los platos de postre de Worcester que recogía para ayudar a Bridget y añadió:

—Lo único que hace es soltar tonterías, que es a lo que se dedica desde que aprendió a hablar.

—Son reliquias de familia —murmuró Hugh mientras rescataba la vajilla de Worcester.

Izzie se las había apañado para conseguir un empleo («Sabe Dios cómo», decía Hugh), consistente en escribir una columna semanal en un periódico —«Aventuras de una soltera moderna», se titulaba la columna— sobre el tema de ser una «solterona».

—Todo el mundo sabe que ya no hay hombres suficientes con quienes salir, así de simple —comentó mientras la emprendía con un panecillo en la mesa de comedor estilo neorregencia en la Guarida del Zorro.

—Pues tú no pareces tener problema en encontrarlos —murmuró Hugh.

—Los pobres chicos están todos muertos —continuó Izzie, ignorándolo. Untó mantequilla en el panecillo sin el más mínimo respeto por la dura tarea de la vaca—. No puede hacerse nada al respecto, tenemos que seguir adelante sin ellos como mejor sepamos. La mujer moderna debe valerse por sí misma sin la perspectiva o el apoyo de una casa y un hogar. Debe aprender a ser independiente en el aspecto emocional y en el financiero y, sobre todo, de espíritu.

—Tonterías. —Volvía a tratarse de Hugh.

—Los hombres no son los únicos que tuvieron que sacrificarse en la Gran Guerra.

—Ellos están muertos y tú no, he ahí la diferencia. —El frío comentario salió de labios de Sylvie.

—Por supuesto —prosiguió Izzie, consciente de la señora Glover junto a su codo con una sopera de caldo de carne Brown Windsor—, las mujeres de las clases bajas siempre han sabido lo que es trabajar.

La señora Glover le dirigió una mirada torva y aferró aún más fuerte el cucharón. («Caldo Brown Windsor, qué delicia, señora Glover. ¿Qué le pone para que sepa así? ¿De verdad? Qué interesante.»)

—Pero vamos camino de una sociedad sin clases, claro. —El comentario de Izzie iba dirigido a Hugh, aunque suscitó un bufido de desdén de una señora Glover que aún no se había aplacado.

—¿O sea que esta semana te toca ser una bolchevique? —quiso saber Hugh.

—Ahora todos somos bolcheviques —contestó alegremente Izzie.

—¡Y en mi mesa nada menos! —repuso Hugh, y se rió.

—Qué estúpida es —comentó Sylvie cuando Izzie se hubo marchado por fin hacia la estación—. ¡Y todo ese maquillaje que lleva! Cualquiera diría que está en el escenario. Claro que siempre ha creído estar en un escenario. Ella misma es su propio teatro.

—Y el pelo —añadió Hugh con tristeza.

Ni que decir tenía que Izzie se había cortado el pelo a lo paje antes que cualquiera de sus conocidas. Hugh había prohibido de manera expresa a las mujeres de su familia que se cortaran el pelo. Casi justo después de que hubiera dictado tan paternal mandato, Pamela, que no solía tener una actitud rebelde, fue al pueblo con Winnie Shawcross y las dos volvieron con el cabello a lo *garçon*. («Es más cómodo para jugar», fue la razonable explicación de Pamela.) Pamela conservó sus gruesas trenzas, aunque no se sabía muy bien si como reliquias o como trofeos.

—Se han amotinado las tropas, ¿no es eso? —dijo Hugh.

Como ninguno de los dos era muy dado a discutir, ahí acabó la conversación. Las trenzas estaban ahora en el fondo del cajón de la ropa interior de Pamela.

—Nunca se sabe, a lo mejor sirven para algo.

A nadie en la familia se le ocurrió para qué.

Los sentimientos de Sylvie con respecto a Izzie iban más allá del cabello o el maquillaje. Nunca le había perdonado lo del bebé. Ahora tendría trece años, la misma edad que Ursula.

—Un pequeño Fritz o Hans. Lleva en las venas la misma sangre que mis hijos. Pero, por supuesto, a Izzie lo único que le interesa es ella misma.

—Aun así, no puede ser absolutamente frívola —repuso Hugh—. Supongo que en la guerra vio cosas espantosas. —Como si él no las hubiese visto.

Sylvie meneó la cabeza con brusquedad. Fue como si tuviese un halo de mosquitos en torno a la preciosa melena. Sentía cierta envidia de la guerra de Izzie, incluso de la parte espantosa.

—Continúa siendo una estúpida.

Hugh se rió.

—Pues sí, lo es.

La columna de Izzie parecía consistir en su mayor parte en un simple diario de su propia y ajetreada vida personal salpicada por algún que otro comentario de sociedad. La semana anterior se había titulado «¿Hasta dónde pueden subir?» y hablaba sobre «el ascenso de las faldas de la mujer emancipada», pero consistía sobre todo en los consejos de Izzie para tener unos tobillos bonitos, algo imprescindible. «De espaldas en el último peldaño de una escalera, póngase de puntillas y deje que los talones desciendan más allá del canto.» Pamela hizo prácticas toda la semana en la escalera de la buhardilla y declaró no haber conseguido la más mínima mejora.

Casi contra su voluntad, Hugh sentía la necesidad de comprar el periódico de Izzie todos los viernes y leerlo en el tren de regreso a casa, «solo para echarle un vistazo a lo que anda diciendo» (y luego arrojaba el ofensivo artículo sobre la mesa del vestíbulo, de donde lo rescataba Pamela). Abrigaba el temor de que Izzie escribiera sobre él, y su único consuelo era que utilizaba el seudónimo Delphine Fox, que era «el nombre más ridículo» que Sylvie había oído nunca.

—Bueno —dijo Hugh—, Delphine es su segundo nombre, se lo pusieron por su madrina. Y Todd significaba antiguamente lo mismo que Fox, «zorro», así que supongo que la cosa tiene cierta lógica. No es que la esté defendiendo.

—Pero yo me llamo así, está en mi certificado de nacimiento —se defendió Izzie con expresión dolida al ser objeto de un ataque ante la licorera del aperitivo—. Y viene de Delfos, del oráculo, ya sabéis. Así que encaja bastante bien, diría yo. («¿Ahora es un oráculo? —diría Sylvie—. Si ella es un oráculo, yo soy la suprema sacerdotisa de Tutankamón.»)

A través de Delphine, Izzie había mencionado ya en más de una ocasión a «mis dos sobrinos» («¡Tremendos granujas, los dos!»), pero sin citar nombres.

—Por el momento —fue el sombrío comentario de Hugh.

Se había inventado unas cuantas «anécdotas divertidas» sobre esos sobrinos claramente ficticios. Maurice tenía dieciocho años (los «tenaces chiquillos» de Izzie tenían nueve y once), aún estaba en el internado y no había pasado más de diez minutos con Izzie en toda su vida. En cuanto a Teddy, tendía a evitar situaciones que pudieran convertirse en anécdotas.

—¿Quiénes son esos dos niños? —le preguntó Sylvie ante la interpretación sorprendentemente caprichosa del lenguado Véronique de la señora Glover. Tenía a su lado en la mesa el periódico doblado y daba golpecitos con el dedo en la columna de Izzie como si pudiera estar impregnada de gérmenes—. ¿Se supone que se basan en algún sentido en Maurice y Teddy?

—¿Y qué pasa con Jimmy? —intervino Teddy dirigiéndose a Izzie—. ¿Por qué no escribes sobre él?

Jimmy, muy vivaracho con su suéter azul cielo tejido a mano, se estaba metiendo en la boca una cucharada de puré y no parecía muy interesado en que se escribiera gran literatura sobre él. Era un hijo de la paz; después de todo, la guerra que acabaría con todas las guerras se había librado por Jimmy. Una vez más, Sylvie aseguró que aquella nueva incorporación a la familia la había pillado por sorpresa («Creía que cuatro era el juego completo»). Antaño no sabía de dónde venían los niños, ahora no parecía saber muy bien cómo impedir que siguieran llegando.

(—Jimmy es un accidente, supongo —comentó.

—Pues yo conducía despacito —contestó Hugh, y los dos rieron.

—Ya está bien, Hugh —repuso Sylvie.)

La llegada de Jimmy tuvo el efecto de que Ursula se sintiera aún más distanciada del núcleo familiar, como un objeto en el borde de una mesa demasiado llena. Un cuco, había oído a Sylvie decirle a Hugh. «A veces Ursula parece un cuco un poco torpe.» Pero ¿cómo podías ser un cuco en tu propio nido?

—Tú eres mi verdadera madre, ¿no? —le preguntó a Sylvie.

—Sin la menor duda, cariño —contestó ella riendo.

—La rara de la familia —le dijo al doctor Kellet.

—Bueno, siempre tiene que haber una —respondió él.

—No quiero que escribas sobre mis hijos, Isobel —dijo Sylvie con vehemencia.

—Son imaginarios, Sylvie, por el amor de Dios.

Pues tampoco quiero que escribas sobre mis hijos imaginarios. —Levantó el mantel para mirar el suelo y preguntó de mal talante a Pamela, sentada frente a ella—: ¿Qué haces con los pies?

—Hago círculos con los tobillos —respondió Pamela, indiferente ante la irritación de su madre.

Pamela se mostraba bastante descarada últimamente, aunque también bastante razonable, una combinación que parecía planeada para fastidiar a Sylvie. («Cómo te pareces a tu padre», le dijo aquella misma mañana ante una insignificante diferencia de opinión. «¿Y por qué tiene que ser eso algo malo?», quiso saber Pamela.) Hizo una pausa para quitarle un pegote de puré de la rosada mejilla a su hermano Jimmy.

—En el sentido de las agujas del reloj y luego al revés. Según la tía Izzie es la manera de tener unos tobillos bien torneados.

—Nadie con dos dedos de frente seguiría los consejos de Izzie. («¿Perdona?», dijo Izzie.) Además, eres demasiado joven para tener los tobillos bien torneados.

—Vaya —repuso Pamela—, pues tengo casi la misma edad que tú cuando te casaste con papá.

—Oh, fantástico —intervino Hugh, aliviado al ver a la señora Glover en el umbral, esperando para hacer una gran entrada con el *riz impératrice*—. Hoy tiene usted encima al fantasma de Escoffier, señora Glover.

La señora Glover no pudo evitar echar un vistazo detrás de sí.

—Oh, fantástico —dijo Izzie—. Un bizcocho de galletas. En Simpson's siempre puedes confiar en que te sirvan postres de niños. Antiguamente teníamos un piso entero dedicado a cuarto de los niños, ¿sabes? Toda la planta superior de la casa.

—¿En Hampstead? ¿En la casa de la abuela?

—Exacto. Yo era la pequeñita, como Jimmy ahora.

Izzie se encogió un poco, como si recordara de pronto algo muy triste que hasta entonces había relegado al olvido. En un acto de solidaridad, la pluma de avestruz en su sombrero se estremeció levemente. Pero volvió a animarse al ver la salsera de plata llena de crema.

—¿De modo que ya no tienes esas sensaciones tan raras? ¿El *déjà vu* y todo eso?

—¿Quién, yo? —repuso Ursula—. No. O a veces, ya no tanto, supongo. Eso era antes, ya sabes, digamos que ya no me pasa.

¿Ya no le pasaba? Nunca estaba segura del todo. Sus recuerdos parecían una cascada de ecos. ¿Podían los ecos caer en cascada? Quizá no. Siguiendo el consejo del doctor Kellet, había intentado (en general sin conseguirlo) aprender a ser precisa con el lenguaje. Echaba de menos aquella hora tan íntima (*tête-à-tête*, según él. Más francés) de las tardes de los jueves. Tenía diez años la primera vez que fue a verlo y se había sentido liberada lejos de Guarida del Zorro y en compañía de alguien que le prestaba a ella y solo a ella toda su atención. Sylvie, o Bridget la mayoría de las veces, la metía en el tren, y al final del trayecto la esperaba Izzie, pese a que tanto Sylvie como Hugh dudaban que pudiera confiársele el cuidado de una niña.

(—Ya he notado que la conveniencia suele ir por delante de la ética —le dijo Izzie a Hugh—. Personalmente, si tuviera un crío de diez años, no creo que me sintiera del todo cómoda dejándolo viajar solo.

—Resulta que sí tienes un crío de diez años —puntualizó Hugh.

El pequeño Fritz.

—¿No podríamos tratar de encontrarlo? —preguntó Sylvie.

—Es una aguja en un pajar —repuso Hugh—. Hay alemanes para dar y vender.)

—Pues echaba de menos verte —continuó Izzie—, por eso pedí que te dejaran venir a pasar el día. Para serte sincera, me sorprendió que Sylvie accediera. Entre tu madre y yo siempre ha habido cierta… *froideur*, digamos. Consideran que soy mala, y una chiflada, y que relacionarse conmigo es peligroso. En cualquier caso, me pareció que podía intentar elegirte a ti entre el rebaño, por así decirlo. Me recuerdas un poco a mí. (¿Era eso algo bueno?, se preguntó Ursula.) Podríamos ser buenas camaradas, ¿no te parece?

»Pamela es un poco aburrida, con tanto tenis y tanta bicicleta, no me extraña que tenga esos tobillos tan gruesos. *Très sportive*, seguro que sí, pero aun así. ¡Y las ciencias! Son muy poco divertidas. Y los chicos son…, bueno, pues chicos, pero tú me pareces interesante, Ursula. Todas esas cosas raras que tienes en la cabeza, lo de conocer el futuro. Como si fueras nuestra pequeña vidente. Quizá deberíamos plantarte en un carromato gitano, darte una bola de cristal, cartas del Tarot. Ya sabes, el marinero fenicio ahogado de Eliot y todo eso. No verás algo en mi futuro, ¿verdad?

—No.

—La reencarnación —dijo el doctor Kellet—. ¿Has oído hablar de ella?

Ursula, a sus diez años, negó con la cabeza. Había oído hablar de muy pocas cosas. El doctor Kellet tenía un piso muy bonito en

Harley Street. La habitación donde hizo pasar a Ursula tenía las paredes cubiertas hasta media altura de paneles de roble dorado, una gruesa alfombra con dibujo en rojo y azul en el suelo y dos grandes butacas de piel ante una buena lumbre de carbón. El doctor llevaba un traje de tweed con chaleco, y sujeto a este un gran reloj de oro de bolsillo. Olía a clavo y tabaco de pipa y mostraba una expresión levemente divertida, como si estuviera a punto de ofrecerle unas magdalenas o leerle un buen cuento, pero lo que hizo fue sonreír de oreja a oreja y decirle:

—Bueno, me dicen que trataste de matar a la criada, ¿no es eso?

(«Vaya, así que por eso estoy aquí», se dijo Ursula.)

El doctor le ofreció un té, que preparó en un rincón en lo que llamó un samovar.

—No soy ruso ni mucho menos, soy de Maidstone, pero visité San Petersburgo antes de la revolución.

Era como Izzie en el sentido de que te trataba como si fueras adulta, o al menos daba esa sensación, pero ahí acababa el parecido. El té era negro y amargo, y no había quien se lo bebiera si no le echabas un montón de azúcar y lo acompañabas con las galletas de la lata de Huntley and Palmers que había en una mesita entre los dos.

Se había formado en Viena («¿dónde si no?»), si bien según él seguía su propio camino. Dijo que no era discípulo de nadie, aunque había estudiado «con todos los buenos maestros y sentía gran admiración por ellos».

—Hay que avanzar, hay que ir abriéndose paso en el caos de nuestros pensamientos. Hay que unir el yo dividido.

Ursula no tenía ni idea de qué hablaba.

—¿Y la criada? ¿La empujaste por las escaleras?

Le pareció una pregunta muy directa viniendo de alguien que hablaba de avanzar y abrirse paso poco a poco.

—Fue un accidente. —Le costaba pensar en Bridget como «la criada», para ella era Bridget. Y de aquello hacía siglos.

—Tu madre está preocupada por ti.

—Solo quiero que seas feliz, cariño —le dijo Sylvie después de concertar la cita con el doctor Kellet.

—¿No soy feliz? —le preguntó Ursula, extrañada.

—¿A ti qué te parece?

Ursula no lo sabía. No estaba segura de tener un rasero según el cual medir la felicidad o la infelicidad. Albergaba oscuros recuerdos de haber sentido euforia, de haber caído al vacío, pero pertenecían a ese mundo de sombras y sueños que siempre estaba presente y que sin embargo era imposible definir.

—¿Es como si hubiera otro mundo? —quiso saber el doctor Kellet.

—Sí, pero es también este mismo.

(—Ya sé que dice cosas muy raras, pero ¿un psiquiatra? —le dijo Hugh a Sylvie. Frunció el ceño—. Solo es pequeña, no es una deficiente.

—Claro que no. Solo necesita que la recompongan un poco.)

—¡Y *voilà*, recompuesta estás! Qué maravilla —dijo Izzie—. Aunque ese doctor de la mente era un poco bicho raro, ¿no? Qué tal si probamos la tabla de quesos, el stilton es tan fuerte que parece a punto de echar a andar por cuenta propia, ¿o nos vamos ya para mi casa?

—Estoy llenísima —repuso Ursula.

—Yo también. Entonces vamos para allá. ¿Pago yo la cuenta?

—Yo no tengo dinero, tengo trece años —le recordó Ursula.

Salieron del restaurante y, para el asombro de Ursula, Izzie recorrió un corto trecho Strand abajo y se montó al volante de un reluciente descapotable, aparcado de cualquier manera ante el pub Coal Hole.

—¡Tienes un coche!

—Sí, qué bien, ¿verdad? Aunque no es que lo haya pagado exactamente. Anda, sube. Es un Sunbeam, un modelo deportivo. Mucho mejor que conducir una ambulancia, desde luego. Una maravilla con este tiempo. ¿Te parece que tomemos la ruta panorámica, por la orilla del río?

—Sí, por favor.

—Ah, el Támesis —exclamó Izzie cuando el río apareció ante sus ojos—. Por desgracia, ya no queda una sola ninfa. —Hacía una preciosa tarde de finales de septiembre, fresca como una manzana—. Londres es maravilloso, ¿no te parece?

Izzie conducía como si estuviera en el circuito de Brooklands. Era aterrador y emocionante al mismo tiempo. Ursula supuso que si Izzie se las había apañado para conducir durante toda la guerra sin sufrir un rasguño, quizá saldrían ilesas del trayecto por el Victoria Embankment.

Al aproximarse al puente de Westminster, tuvieron que aminorar la marcha a causa de la multitud, cuyo flujo se vio interrumpido por una manifestación mayormente silenciosa de parados. YO LUCHÉ EN EL EXTRANJERO, se leía en una pancarta sostenida en alto. Otra proclamaba: TENGO HAMBRE Y QUIERO TRABAJAR.

—Qué mansos son —comentó Izzie con desdén—. En este país nunca habrá una revolución. O ninguna más, en cualquier caso. Ya le rebanamos la cabeza a un rey una vez y nos sentimos tan culpables que desde entonces intentamos compensarlo.

Un hombre de aspecto harapiento pasó junto al coche y le gritó algo incomprensible a Izzie, aunque el significado quedó claro.

—*Qu'ils mangent de la brioche* —murmuró Izzie—. Sabes que María Antonieta nunca dijo eso en realidad, ¿no? Es una figura vilipendiada por la historia. Nunca debes creer todo lo que digan sobre una persona. En general, la mayor parte serán mentiras, como mucho verdades a medias.

Resultaba difícil saber si Izzie era monárquica o republicana. «Más vale no adherirse demasiado a ninguno de los dos bandos», decía.

El Big Ben dio las tres con solemnidad mientras el Sunbeam se abría paso entre la multitud.

—*Si lunga tratta di gente, ch'io non avrei mai creduto che morte tanta n'avesse disfatta.* ¿Has leído a Dante? Deberías hacerlo. Es muy bueno.

¿Cómo sabía tantas cosas Izzie?

—Oh, porque acabé el colegio —dijo como quien no quiere la cosa—. Y pasé algún tiempo en Italia después de la guerra. Tuve un amante, por supuesto. Un conde venido a menos, es más o menos *de rigueur* cuando estás allí. ¿Estás escandalizada?

—No. —Sí que lo estaba. No le sorprendía que entre su madre e Izzie hubiera cierta *froideur*.

—La reencarnación es uno de los pilares de la filosofía budista —comentó el doctor Kellet entre una calada y otra de su pipa de espuma de mar.

Todas las conversaciones con el doctor Kellet quedaban puntuadas por dicho objeto, ya fuera gestualmente —señalaba mucho tanto con la boquilla como con la cazoleta de cabeza turca (fascinante)— o mediante el necesario ritual de vaciarla, llenarla, darle golpecitos, encenderla, etcétera.

—¿Has oído hablar del budismo?

No, Ursula no había oído hablar de él.

—¿Cuántos años tienes?

—Diez.

—Claro, estás muy nueva. Quizá estás recordando otra vida. Por supuesto los discípulos de Buda no creen que uno vuelva a ser la misma persona y en las mismas circunstancias, como a ti te parece que haces. Supongo que lo que se hace es cambiar de sitio en la escala, para arriba o para abajo, o de lado a veces. El objetivo es el nirvana. La no existencia, por así decirlo.

A sus diez años, a Ursula le parecía que el objetivo debería ser precisamente existir.

—La mayoría de las religiones antiguas —prosiguió el doctor— se aferraban al concepto de lo circular, la serpiente que se muerde la cola y todo eso.

—Yo estoy confirmada —dijo Ursula, tratando de poner su granito de arena—. Por la Iglesia anglicana.

Sylvie dio con el doctor Kellet porque se lo había recomendado la señora Shawcross, la vecina, a través de su marido el comandante. Según este, el doctor Kellet había hecho una gran labor con hombres «necesitados de ayuda» a su regreso de la guerra (en cierto modo se insinuó que el propio comandante necesitó «ayuda»). Ursula se cruzaba a veces con algunos de esos pacientes. En cierta ocasión se trató de un joven abatido que miraba fijamente la alfombra de la sala de espera y musitaba para sí; en otra, de uno que seguía incansablemente con el pie un ritmo que solo él podía oír. La recepcionista del doctor Kellet, la señora Duckworth, una viuda de guerra que había sido enfermera durante la contienda, siempre era muy amable con Ursula, ofreciéndole caramelos de menta y preguntándole por la familia. Un día, un hombre entró dando tumbos en la sala de espera, aunque el timbre de la puerta de abajo no había sonado. Parecía desconcertado y un poco violento, pero se limitó a quedarse plantado en el centro de la habitación, mirando a Ursula como si nunca hubiese visto una niña, hasta que la señora Duckworth hizo que se sentara en una silla, tomó asiento a su lado y le rodeó los hombros con el brazo.

—Vamos, vamos, Billy, ¿qué tienes? —le preguntó, como habría hecho una madre cariñosa, y Billy le apoyó la cabeza en el pecho y se echó a llorar.

Si Teddy lloraba cuando era más pequeñito, Ursula no podía soportarlo. Parecía desgarrarla por dentro, abrir en ella un abismo aterrador y lleno de pena. Todo su afán era asegurarse de que el niño no volviera a sentir ganas de llorar. Aquel hombre en la sala de espera del doctor Kellet tuvo en ella el mismo efecto. («Así te sientes todos los días cuando eres madre», decía Sylvie.)

El doctor Kellet salió en ese momento de su consulta y dijo:

—Pasa, Ursula, ya veré después a Billy.

Pero cuando Ursula salió de su visita Billy ya no estaba en la sala de espera.

—Pobre hombre —dijo con tono tristón la señora Duckworth.

La guerra, le contó el doctor a Ursula, había hecho que mucha gente buscara sentido a su vida en otros sitios.

—La teosofía, los rosacruces, la antroposofía, el espiritualismo. Todos necesitan encontrar sentido a la pérdida de los seres queridos.

El propio doctor Kellet había sacrificado a un hijo, Guy, capitán en el Regimiento Real del Oeste de Surrey, a quien perdió en Arras.

—Hay que aferrarse a la idea del sacrificio, Ursula. Puede volverlo un objetivo más elevado. —Le enseñó una fotografía, no de un soldado de uniforme, sino de un muchacho con vestimenta blanca de críquet posando orgulloso con el bate ante sí—. Podría haber jugado en el equipo del condado —añadió con tristeza—. Me gusta pensar en él, en todos ellos, jugando un eterno partido en el cielo. Una tarde perfecta de junio, siempre justo antes del descanso para el té.

A ella le pareció una lástima que todos aquellos jóvenes nunca tomaran el té. Bosun estaba en el cielo, junto con Sam Wellington, el buen mozo, y Clarence Dodds, que había muerto de gripe española con asombrosa rapidez el día después del armisticio. Ursula no lograba imaginar a ninguno de ellos jugando al críquet.

—Yo no creo en Dios, por supuesto —continuó el doctor Kellet—, pero sí creo en el cielo. —Y, con un hilo de voz, añadió—: Uno tiene que creer en él.

Ursula se preguntó cómo se suponía que todo aquello la recompondría a ella.

—Desde un punto de vista más científico, es posible que en la parte de tu cerebro responsable de la memoria haya algún pequeño defecto, un problema neurológico que te lleve a pensar que repites experiencias. Como si se hubiese quedado bloqueado algo.

Le explicó que en realidad no moría y volvía a nacer, que solo creía que le pasaba eso. Ursula no conseguía ver qué diferencia había. ¿Estaba bloqueada? Y, de ser así, ¿dónde?

—Sin embargo, no queremos que el resultado sea que andes matando a los pobres sirvientes, ¿no?

—Pero eso fue hace mucho tiempo. Y desde entonces no he intentado matar a nadie.

—Está siempre de capa caída —dijo Sylvie en su primer encuentro con el doctor Kellet, la única vez que acudió con ella a la consulta en Harley Street, aunque era obvio que ya había hablado con él sin estar Ursula presente. Se preguntaba qué habrían dicho sobre ella—. Y está constantemente triste. Puedo entender un sentimiento como ese en un adulto…

—¿De veras? —interrumpió el doctor Kellet inclinándose hacia ella e indicando interés con la pipa de espuma de mar—. ¿Lo está usted?

—El problema no soy yo —repuso Sylvie con su sonrisa más cortés.

«¿Soy yo un problema?», se preguntó Ursula. Además, su intención no había sido matar a Bridget, sino salvarla. Y si no había sido salvarla, quizá pretendía sacrificarla. ¿No decía el doctor Kellet que el sacrificio era un objetivo más elevado?

—Yo en tu lugar me ceñiría a directrices morales tradicionales —aconsejó el médico—. El destino no está en tus manos. Sería una carga muy pesada para una niña pequeña. —Se levantó de la butaca y añadió otra paletada de carbón a la lumbre—. Según ciertos filósofos budistas, una rama conocida como zen, a veces ocurre algo malo para impedir que suceda algo aún peor. Pero, por supuesto, hay situaciones en las que se hace imposible imaginar nada peor.

Ursula supuso que estaba pensando en Guy, perdido en Arras, para entonces verse privado eternamente del té y los sándwiches de pepino.

—Prueba esto —dijo Izzie rociando a Ursula con un atomizador de perfume—. Chanel número cinco. Está muy de moda. Todo lo que ella hace está de moda. «Sus raros perfumes sintéticos.»

Se rió como si acabase de contar un chiste estupendo y roció el baño con otra nube invisible. Era muy distinto a los aromas florales con los que se ungía Sylvie.

Por fin habían llegado al piso de Izzie en Basil Street («un *endroit* bastante aburrido, pero Harrods queda muy a mano»). El baño era de mármol rosa y negro («Lo diseñé yo misma, encantador, ¿verdad?») y en él todo eran esquinas y cantos pronunciados. Ursula no quiso ni pensar en lo que podía pasarle a una si resbalaba y se caía allí dentro.

En el piso, todo se veía nuevo y reluciente. No se parecía en absoluto a la Guarida del Zorro, donde el tictac en apariencia lento del reloj de pie marcaba el paso del tiempo y la pátina de los años brillaba en los suelos de parquet. Las figuras de Meissen, con dedos de menos y los pies desconchados, y los perros de Staffordshire con las orejas cortadas por accidente, tenían bien poco que ver con los sujetalibros de baquelita y los ceniceros de ónice en las habitaciones de Izzie. En Basil Street todo se veía nuevo y parecía digno de una tienda. Hasta los libros eran nuevos, novelas y volúmenes de ensayo y poesía de escritores de los que Ursula nunca había oído hablar.

—Hay que estar al día —dijo Izzie.

Ursula se contempló en el espejo del baño. Izzie estaba detrás, como si fuera Mefistófeles y ella Fausto.

—Madre mía, te estás volviendo muy guapa —dijo, y luego se dedicó a retocarse el peinado—. Tienes que cortarte el pelo, deberías venirte a mi *coiffeur*. Es buenísimo. Corres el riesgo de parecer una lechera, cuando creo que en realidad vas a ser encantadoramente pícara.

Izzie bailoteaba por la habitación canturreando «Quisiera bailar el shimmy como mi hermana Kate».

—¿Sabes bailar el shimmy? Mira, es fácil.

No lo era, y acabaron derrumbadas en la cama sobre el edredón de satén, muertas de risa.

—Hay que pasarlo bien, ¿a que sí? —soltó Izzie en una atroz imitación del acento cockney.

El dormitorio estaba hecho un desastre, con ropa por todas partes: enaguas de satén, camisones de *crêpe de Chine*, medias de seda, zapatos desparejados abandonados en la alfombra, una fina capa de polvos cosméticos en todas partes.

—Puedes probarte cosas si quieres —dijo Izzie con despreocupación—, aunque eres menuda comparada conmigo. *Jolie et petite*.

Ursula declinó el ofrecimiento, temiendo quedar hechizada. Era la clase de ropa que podía convertirte en alguien completamente distinto.

—Bueno, ¿qué hacemos? —le preguntó Izzie, aburrida de pronto—. ¿Jugamos a las cartas? ¿A la báciga?

Cruzó brincando la habitación hasta la sala de estar y se acercó dando tumbos a un gran objeto cromado y reluciente que parecía salido del puente de mando de un transatlántico y que resultó ser un mueble bar.

—¿Una copa? —Miró a Ursula con expresión dubitativa—. No, no me lo digas, solo tienes trece años. —Suspiró, encendió un cigarrillo y miró el reloj—. Es tarde para una sesión matinal en el cine, y pronto para una actuación de tarde. En el Duke of York representan *London Calling!*, se supone que es muy divertida. Podríamos ir a verla, y coges el tren más tarde para volver a casa.

Ursula acarició las teclas de la máquina de escribir Royal que había sobre un escritorio junto a la ventana.

—Mi herramienta de trabajo —comentó Izzie—. Quizá debería incluirte en la columna de esta semana.

—¿De verdad? ¿Y qué dirías?

—No sé, supongo que me inventaría algo. Es lo que hacen los escritores. —Sacó un disco del armarito del gramófono y lo puso en el plato—. Escucha esto. Nunca has oído nada parecido.

Cierto, nunca había oído nada igual. Empezaba con un piano, pero no se parecía en nada a las piezas de Chopin o Liszt que Sylvie tocaba tan bien (y Pamela, a su manera algo pedestre).

—Lo llaman honky tonk, creo. —Empezó a cantar una mujer, con voz rasposa y acento norteamericano. Parecía haber pasado la vida en prisión—. Esa es Ida Cox. Es negra. ¿A que es extraordinaria?

Lo era.

—Canta sobre la desgracia de ser una mujer. —Izzie encendió otro cigarrillo y dio una larga calada—. Dice que ojalá pudiera encontrar a alguien podrido de dinero con quien casarse. «Una buena renta es la mejor receta para ser feliz.» ¿Sabes quién dijo eso? ¿No? Pues deberías saberlo. —De pronto estaba irritable, como un animal no domesticado del todo. Sonó el teléfono y añadió—: Salvada por la campana. —Y procedió a conversar con febril animación con su invisible interlocutor. Acabó la llamada diciendo—: Será una delicia, cariño, nos vemos dentro de media hora. —Se volvió hacia Ursula—. Te llevaría con el coche, pero voy a casa de Claridge y queda a millas de Marylebone, y después tengo que ir a una fiesta en Lowndes Square, de modo que me resulta imposible llevarte a la estación. Puedes coger el metro hasta Marylebone, ¿verdad que sí? ¿Sabes cómo? Coges la línea de Piccadilly hasta Piccadilly Circus y haces transbordo a la de Bakerloo para llegar a Marylebone. Ven, vamos, saldré contigo.

Cuando llegaron a la calle, Izzie inspiró profundamente, como si la hubieran liberado de una reclusión a la fuerza.

—Ah, el crepúsculo. La hora violeta. Qué preciosidad, ¿a que sí? —Le dio un beso a Ursula en la mejilla—. Ha sido maravilloso verte, tenemos que repetirlo. ¿Llegarás bien desde aquí? *Tout droit* hasta Sloane Street, gira a la izquierda y ¡tachán!, allí mismo verás la parada de metro de Knightsbridge. Bueno, ¡hasta prontito!

—*Amor fati* —dijo el doctor Kellet—, ¿has oído hablar de eso?

A Ursula le pareció que la llamaba «amorfa», y se sintió perpleja; tanto ella como el propio doctor eran más bien flacos. Nietzsche («un filósofo»), según el doctor, sentía interés por dicho concepto.

—La simple aceptación de lo que nos ocurre, sin considerarlo ni bueno ni malo.

»*Werde, der du bist* —continuó, dando golpecitos con la pipa para echar la ceniza en la chimenea, de donde Ursula supuso que alguien la barrería—. ¿Sabes qué significa eso?

Ursula se preguntó a cuántas niñas de diez años había conocido el doctor Kellet.

—Significa que tienes que llegar a ser tú mismo —explicó mientras metía briznas de tabaco en la cazoleta de espuma de mar. (El ser antes del no-ser, supuso Ursula.)—. Nietzsche sacó esa idea de Píndaro. «γένοι οἷος ἐσσὶ μαθών.» ¿Sabes griego? —Ahora sí que la había dejado perpleja—. Significa que debes llegar a ser tú mismo, una vez que hayas comprendido quién eres.

Ursula, que no había oído bien el nombre, pensó que podía referirse a Pinner, el lugar adonde se había retirado la antigua niñera de Hugh para vivir con su hermana encima de una tienda en un viejo edificio de la calle mayor. Una tarde de domingo, Hugh los llevó allí a ella y a Teddy en su magnífico Bentley. La niñera, Nanny Mills, daba un poco de miedo (aunque a Hugh no, por lo visto) y se pasó mucho rato interrogando a Ursula sobre sus modales e inspeccionándole las orejas a Teddy por si las tenía sucias. La hermana era más simpática y no paró de servirles vasos de refresco de flor de saúco y rebanadas de pan de leche untadas con mermelada de mora.

—¿Cómo está Isobel? —preguntó Nanny Mills frunciendo mucho los labios.

—Izzie es Izzie —contestó Hugh, una respuesta que, si repetías muy deprisa como hizo Teddy después, sonaba como un pequeño enjambre de avispas.

Por lo visto, hacía mucho tiempo que Izzie había llegado a ser ella misma.

A Ursula le pareció poco probable que Nietzsche hubiese obtenido nada de Pinner, y mucho menos sus creencias.

—¿Lo has pasado bien con Izzie? —quiso saber Hugh cuando la recogió en la estación.

Había algo tranquilizador en la figura de Hugh con el sombrero de fieltro gris y el largo abrigo de lana azul marino. La observó con detenimiento, en busca de cambios visibles. Ursula se dijo que más valía no contarle que había cogido el metro sola. Supuso una aventura aterradora, una noche oscura en el bosque, pero sobrevivió a ella, como cualquier heroína que se preciara. Se encogió de hombros.

—Hemos ido a comer a Simpson's.

—Mmm —repuso Hugh, como si tratara de descifrar el significado de sus palabras.

—Hemos oído a una cantante negra.

—¿En Simpson's? —preguntó Hugh, perplejo.

—En el gramófono de Izzie.

—Mmm —repitió Hugh.

Abrió la puerta del coche y Ursula se instaló en el precioso asiento de piel del Bentley, casi tan tranquilizador como el propio Hugh. A Sylvie, el coche le parecía un despilfarro. Y, en efecto, era carísimo. La guerra había vuelto algo mezquina a Sylvie: los restos de jabón se hervían en agua para la colada, las sábanas gastadas en el centro se cortaban por la mitad y se les daba la vuelta para recoserlas, los sombreros se arreglaban. «Si de ella dependiera, viviríamos de huevos y pollo», decía Hugh. Por su parte, él se había vuelto menos prudente desde la guerra, un rasgo de la personalidad que, según Sylvie, quizá no fuera «el más apropiado para un banquero». «Carpe diem», decía Hugh, a lo que Sylvie respondía: «Nunca fuiste de los que aprovechan las oportunidades».

—Izzie tiene un coche —dijo Ursula.

—No me digas. Seguro que no es tan magnífico como esta bestia. —Dio cariñosas palmaditas en el salpicadero del Bentley. Mientras se alejaban de la estación añadió en voz baja—: No deberías fiarte.

—¿De quién? ¿De mamá? ¿Del coche?

—De Izzie.

—No, seguramente tienes razón —admitió Ursula.

—¿Cómo la has encontrado?

—Bueno, ya sabes, incurable. Después de todo, Izzie es Izzie.

Cuando llegaron a casa encontraron a Teddy y Jimmy jugando una civilizada partida de dominó en la mesa del salón mientras Pamela estaba en la casa de al lado con Gertie Shawcross. Winnie era un poco mayor que Pamela y Gertie un poco menor. Pamela dividía su tiempo entre ambas pero rara vez estaba con las dos a la vez. Ursula, que sentía devoción por Millie, lo encontraba muy raro. Teddy quería mucho a todas las niñas Shawcross pero la pequeña Nancy le había robado el corazón.

No había ni rastro de Sylvie.

—No lo sé —contestó Bridget con indiferencia cuando Hugh le preguntó dónde estaba.

La señora Glover les había dejado un estofado de cordero sin muchas pretensiones en la cocina económica para que se mantuviera caliente. La cocinera ya no vivía con ellos en la Guarida del Zorro. Había alquilado una casita en el pueblo para cuidar de George además de ocuparse de ellos. George apenas salía de casa. «Pobrecillo», decía Bridget cuando hablaba de él, y costaba no estar de acuerdo con esa descripción. Tenía la apuesta cabeza («antaño leonina», decía Sylvie con tristeza) caída sobre el pecho y un hilillo de baba colgando de la boca. «Pobre diablo —decía Hugh—, más le valdría que lo hubiesen matado.»

A veces uno de los niños acompañaba a Sylvie —o a una más reacia Bridget— en sus visitas durante el día. Se les hacía raro ir a ver a George a su casa cuando su madre estaba en la de ellos, atendiéndolos. Sylvie se afanaba en taparle bien las piernas con la manta, le llevaba un vaso de cerveza y le limpiaba la boca como hacían todos con Jimmy.

Había otros veteranos de guerra en el vecindario, visibles gracias a la cojera o a que les faltaba un miembro. Cuántos brazos y piernas se habían perdido en los campos de Flandes sin que nadie los reclamara; Ursula los imaginaba echando raíces en el barro y brotando para convertirse de nuevo en hombres. Un ejército que volvía clamando venganza. («Ursula tiene pensamientos morbosos», había oído a Sylvie decirle a Hugh. Se había aficionado a escuchar a hurtadillas, era la única manera de averiguar qué pensaba la gente en realidad. No oyó la respuesta de Hugh porque Bridget entró armando ruido en la habitación, furiosa porque la gata —Hattie, hija de Queenie y con el mismo carácter endiablado de su madre— había robado el salmón hervido que debería haber constituido el almuerzo.)

También había quienes tenían heridas menos visibles, como los hombres en la sala de espera del doctor Kellet. En el pueblo había un ex soldado llamado Charles Chorley que sirvió en el Regimiento Real del Este de Kent y había vivido toda la guerra sin sufrir un arañazo, y un día, en la primavera de 1921, apuñaló a su mujer y a sus tres hijos mientras dormían, para luego pegarse un tiro en la cabeza con el máuser que le había quitado a un soldado alemán después de matarlo en Bapaume. («Un desastre espantoso —fue el parte del doctor Fellowes—. Estos tipos deberían pensar un poco en la gente que tiene que limpiar después.»)

Bridget, por supuesto, cargaba con «su propia cruz», pues había perdido a Clarence. Al igual que Izzie, se había resignado a la soltería, aunque lo llevaba de manera menos alocada. Todos habían asistido al funeral de Clarence, incluso Hugh. La señora Dodds se mostró tan comedida como de costumbre y se estremeció al tocarle Sylvie el brazo en un gesto de consuelo, pero cuando ya se habían alejado de la enorme fosa de la tumba (que no era una cosa bella, en absoluto), la señora Todd le dijo a Ursula que «una parte de él murió durante la guerra. Esta solo era la parte que quedaba, que trataba de ponerse al día», y se llevó un dedo a la comisura del ojo para eliminar una huella de humedad, pues llamarlo lágrima habría sido demasiado generoso. Ursula no sabía por qué la eligió a ella para semejante confidencia, quizá simplemente porque era la persona que tenía más cerca. Desde luego no esperaba respuesta, ni la obtuvo.

—Podría decirse que es una ironía —comentó Sylvie— que Clarence sobreviviera a la guerra y haya muerto de una enfermedad. («¿Qué habría hecho yo si uno de vosotros hubiera cogido la gripe?», decía a menudo.)

Ursula y Pamela dedicaron un tiempo considerable a discutir si a Clarence lo habrían enterrado con la máscara o sin ella. (Y si había sido sin ella, ¿dónde estaba ahora?) No les parecía adecuado preguntarle a Bridget algo así. Bridget dijo con amargura que la vieja señora Dodds por fin tenía a su hijo para ella sola y había impedido que otra mujer se lo quitara. («Un poco duro por su parte, quizá», murmuró Hugh.) La fotografía de Clarence, una copia de la que se había tomado para su madre, antes de que Bridget lo conociera, antes de que pusiera rumbo a su destino, se unió ahora a la de Sam Wellington en el cobertizo.

—Las filas interminables de los muertos —dijo Sylvie, furiosa—. Todo el mundo quiere olvidarlos.

—Yo desde luego que sí —repuso Hugh.

Sylvie volvió a tiempo para la carlota de manzana de la señora Glover. Sus propios manzanos, un pequeño huerto que había plantado al final de la guerra, empezaban a dar fruto. Cuando Hugh le preguntó de dónde venía, contestó algo poco concreto sobre Gerrards Cross y se sentó a la mesa.

—La verdad es que no tengo un hambre terrible.

Hugh la miró a los ojos e indicó a Ursula con la cabeza.

—Izzie —dijo. Una exquisita comunicación taquigráfica.

Ursula esperó todo un interrogatorio por parte de Sylvie, pero esta se limitó a decir:

—Madre mía, me había olvidado de que estabas en Londres. Me alegra ver que has vuelto de una pieza.

—Intacta —repuso alegremente Ursula—. Por cierto, ¿sabes quién dijo «Una buena renta es la mejor receta para ser feliz»? —La sabiduría de Sylvie, como la de Izzie, era un poco aleatoria pero muy amplia, «señal de que una ha aprendido lo que sabe en las novelas y no mediante una educación», según decía.

—Austen —contestó de inmediato su madre—. En *Mansfield Park*. Pone esas palabras en boca de Mary Crawford, por quien manifiesta desdén, cómo no, pero creo que la tía Jane creía en realidad esas palabras. ¿Por qué?

Ursula se encogió de hombros.

—No, por nada.

—«Hasta que vine a Mansfield nunca había imaginado que un párroco rural pudiera aspirar a tener un paseo flanqueado por setos, ni nada por el estilo.» Qué maravilla. Siempre he pensado que eso del paseo flanqueado por setos indica una clase particular de persona.

—Nosotros tenemos un paseo flanqueado por setos —le recordó Hugh, pero Sylvie lo ignoró y siguió hablando con Ursula.

—Deberías leer a Jane Austen, de verdad que sí. Ahora ya tienes edad para hacerlo.

Sylvie parecía muy contenta, un estado de ánimo que de algún modo no cuadraba con el cordero que seguía en la mesa en su anodino cuenco marrón, con blancos charquitos de grasa blanca formándose en la superficie.

—Francamente —soltó Sylvie con repentina aspereza, tan cambiante como el tiempo—, hay una decadencia moral generalizada, incluso en la propia casa de uno.

Hugh arqueó las cejas y, antes de que Sylvie tuviera ocasión de llamar a Bridget, se levantó de la mesa y se llevó él mismo a la cocina el cuenco de estofado. La pequeña criada para todo, Marjorie, que ya no era tan pequeña, había puesto pies en polvorosa recientemente, y Bridget y la señora Glover tenían ahora que echarse al hombro la carga de cuidar de ellos. («Tampoco es que exijamos tanta atención, digo yo —comentó Sylvie con irritación cuando Bridget mencionó que no le habían subido el sueldo desde el final de la guerra—. Debería estar agradecida.)

Aquella noche, en la cama —Ursula y Pamela todavía compartían el atestado dormitorio en la buhardilla («como presas en una celda» según Teddy)—, Pamela preguntó:

—¿Por qué no me ha invitado a mí también, o en lugar de a ti? —Puesto que se trataba de Pamela, lo dijo con verdadera curiosidad, sin malicia.

—Le parezco interesante.

Pamela se rió.

—El caldo de carne de la señora Glover también le parece interesante.

—Ya lo sé. No me siento halagada.

—Es porque tú eres guapa y lista —repuso Pamela—, mientras que yo solo soy lista.

—Eso no es verdad y tú lo sabes —dijo Ursula, siempre ardiente defensora de Pamela.

—No me importa.

—Dice que me incluirá en su periódico la semana que viene, pero supongo que no lo hará.

Al relatarle a Pamela sus aventuras de la jornada en Londres, Ursula omitió una escena que había presenciado sin que Izzie lo advirtiera, ocupada como estaba en maniobrar con el coche en plena calle delante del pub Coal Hole. Una mujer con un abrigo de visón salió del hotel Savoy del brazo de un hombre muy elegante. La mujer reía alegremente de algo que el hombre acababa de decir, pero de pronto se soltó de su brazo para hurgar en el bolso, sacar el monedero y dejar un puñado de monedas en el tazón de un ex soldado que había en la acera. El tipo no tenía piernas y estaba encaramado a una especie de carrito de madera improvisado. Ursula había visto a otro hombre sin piernas en un artilugio similar en el exterior de la estación de Marylebone. De hecho, cuanto más se fijaba, más amputados veía en las calles de Londres.

Un portero del Savoy salió pitando para echarse encima del hombre sin piernas, que se escabulló empujándose con las manos por la acera como si fueran remos. La mujer que le había dado dinero regañó al portero —Ursula llegó a verle las bonitas e impacientes facciones—, pero entonces el hombre elegante la cogió con suavidad del codo y se la llevó Strand arriba. Lo destacable de aquella escena no fue el contenido sino los personajes. Ursula no había visto antes al hombre elegante, pero la inquieta mujer era, sin el menor asomo de duda, Sylvie. Parecía hallarse muy lejos de Gerrards Cross.

—Bueno —concluyó Izzie cuando por fin tuvo el coche en la dirección adecuada—, ¡vaya maniobra tan complicada!

Cuando salió la semana siguiente, Ursula no figuraba en la columna de Izzie, ni siquiera una Ursula ficticia. Había escrito sobre la libertad que podía proporcionarle a la mujer soltera ser propietaria de un «cochecito». «Los gozos de la carretera son tanto mayores que el de verse atrapada en un sucio autobús o seguida por un extraño en un oscuro callejón. Al volante de un Sunbeam no hace falta andar mirando con nerviosismo por encima de un hombro.»

—Pues qué macabro, digo yo —comentó Pamela—. ¿Crees tú que le ha pasado? ¿Que la ha seguido un extraño por la calle?

—Supongo que montones de veces.

Ursula no volvió a convertirse en la «camarada especial» de Izzie; de hecho, no volvieron a saber de ella hasta que apareció en la puerta en Nochebuena (estaba invitada pero no la esperaban) y declaró estar metida «en un pequeño aprieto», un estado que precisó que Hugh se encerrara con ella en el estudio, del que salió una hora después con expresión casi escarmentada. No llevó regalos y se pasó toda la comida de Navidad fumando y revolviendo con desgana la comida en el plato.

—Renta anual de veinte libras —dijo Hugh cuando Bridget dejaba en la mesa el pudin empapado en brandy— y gasto anual de veinte y media equivale a miseria.

—Ay, cállate ya —soltó Izzie, y se alejó haciendo aspavientos antes de que Teddy acercara siquiera la cerilla al pudin.

—Eso es de Dickens —le dijo Sylvie a Ursula.

Por la mañana, una Izzie algo contrita le dijo a Ursula a modo de explicación:

—*J'étais un peu dérangée*. Soy tonta, la verdad. Me he metido en un pequeño lío.

A principios de año el Sunbeam desapareció y la vivienda en Basil Street se cambió por otra en el barrio menos recomendable de Swiss Cottage (un *endroit* más aburrido incluso); aun así, Izzie siguió siendo Izzie, sin lugar a dudas.

Diciembre de 1923

Jimmy estaba resfriado, de modo que Pamela dijo que se quedaría en casa con él y harían adornos de Navidad con los tapones plateados de las botellas de leche mientras Ursula y Teddy recorrían el sendero en busca de acebo. En el bosquecillo abundaba el acebo, pero quedaba más lejos y hacía un tiempo tan malo que preferían pasar fuera el menor rato posible. La señora Glover, Bridget y Sylvie estaban encerradas en la cocina, inmersas en el drama de preparar la cena de Navidad.

—No cojáis ramas sin bolitas —ordenó Pamela cuando salían—. Y acordaos de traer también un poco de muérdago.

Iban preparados con tijeras de podar y unos guantes de jardinería de Sylvie, de piel, pues en las excursiones de la Navidad anterior habían aprendido la lección. Su objetivo era el enorme acebo del campo en el otro extremo del sendero, ya que se habían quedado sin el práctico seto del jardín, que después de la guerra se había reemplazado con matas de alheña, más manejables. Todo el vecindario era ahora menos agreste y más suburbano. Sylvie decía que el pueblo no tardaría en extenderse tanto que se verían rodeados de casas.

—La gente tiene que vivir en alguna parte —decía Hugh, y no le faltaba razón.

Pero aquí no —insistía Sylvie.

Hacía un viento desagradable y llovía, y Ursula habría preferido quedarse delante de la chimenea del salón con la festiva promesa de los pasteles de carne de la señora Glover perfumando la casa entera. Incluso Teddy, que solía ver el lado bueno de las cosas, caminaba con desconsuelo a su lado, encorvado para protegerse de los elementos como un menudo e inquebrantable caballero templario con su pasamontañas de punto gris.

—Esto es horroroso —dijo.

Solo Trixie disfrutaba con la excursión; husmeaba entre los setos y escarbaba en las cunetas como si le hubieran encomendado la misión de desenterrar tesoros. Era una perra ruidosa, muy aficionada a ladrar por motivos que por lo visto solo ella conocía, de modo que cuando, muy por delante de ellos en el sendero, empezó a soltar delirantes gañidos, no le hicieron ni caso.

Al llegar a su altura, Trixie se había calmado un poco. Montaba guardia ante su trofeo.

—Será algo muerto, supongo —dijo Teddy. A la perra se le daba especialmente bien desenterrar pájaros en estado de descomposición o los cuerpos disecados de mamíferos—. Quizá una rata o un ratón de campo. —Y entonces, al advertir la verdadera naturaleza del hallazgo en la cuneta, soltó un elocuente—: ¡Oh!

—Yo me quedaré aquí —dijo Ursula—, y tú ve corriendo a casa a buscar a alguien.

Pero cuando vio alejarse la pequeña y vulnerable figura de Teddy, corriendo solo por el sendero desierto con el temprano anochecer invernal cerniéndose ya sobre ellos, le dijo a gritos que la esperara. ¿Quién sabía qué espanto los acechaba? A Teddy y a todos ellos.

No supieron muy bien qué hacer con el cuerpo durante las fiestas, y por fin decidieron llevarlo a la enorme fresquera de la finca de Ettringham Hall y dejarlo allí hasta pasada la Navidad.

El doctor Fellowes, que acudió con un agente de policía, declaró que la niña no había muerto por causas naturales. Tenía ocho o nueve años; ya le habían salido los dientes incisivos definitivos, aunque antes de morir se los habían hecho saltar. No se había denunciado la desaparición de ninguna niña pequeña, al menos en la zona. Se especuló que podía tratarse de una gitana, aunque Ursula pensaba que los gitanos se llevaban a los niños, que no los dejaban atrás.

Ya era casi fin de año cuando lady Daunt accedió de mala gana a que se la llevaran. Al ir a buscarla a la fresquera, la encontraron decorada como una reliquia, con flores y pequeñas prendas de recuerdo en el cuerpo, con la piel limpia y el cabello cepillado y adornado con cintas. Además de los tres hijos varones sacrificados en la Gran Guerra, los Daunt habían tenido una hija que murió tiempo atrás, en la más tierna infancia, y la custodia del pequeño cadáver hizo revivir aquel viejo dolor a lady Daunt, que pasó un tiempo medio loca. Quiso enterrar a la niña en los jardines de la finca, aunque esto suscitó murmullos de desaprobación entre los habitantes del pueblo, que insistieron en que fuera enterrada en el cementerio.

—No pueden ocultarla como si fuera la mascota de lady Daunt —dijo alguien.

Una mascota bastante rara, se dijo Ursula.

Ni la identidad de la niña ni la de su asesino se descubrieron nunca. La policía interrogó a todo el mundo en el vecindario. Los agentes aparecieron una noche en la Guarida del Zorro, y Pamela y Ursula casi se colgaron de la barandilla en sus esfuerzos por oír qué decían. De ese modo se enteraron de que ningún habitante del pueblo era sospechoso y de que a la niña le habían hecho «cosas terribles».

Al final la enterraron el último día del año, pero no antes de que el párroco la hubiese bautizado, debido a la sensación generalizada de que no podía dársele sepultura sin un nombre, aunque siguiera empeñada en seguir siendo un enigma. Nadie sabía por lo visto cómo se había llegado al nombre de Angela, pero parecía apropiado. Casi todo el pueblo acudió al funeral y muchos lloraron más sinceramente por Angela de lo que lo habían hecho nunca por los de su propia sangre. Hubo más tristeza que temor, y Pamela y Ursula hablarían muchas veces de por qué todos a cuantos conocían habían sido considerados inocentes.

Lady Daunt no fue la única en verse extrañamente afectada por aquel asesinato. También a Sylvie le produjo una inquietud particular, más fruto de la rabia que de la tristeza, al parecer.

—No es solo que la mataran, aunque sabe Dios que eso ya es bastante terrible, es que encima nadie la ha echado en falta.

Teddy tuvo pesadillas durante semanas y se colaba de madrugada en la cama de Ursula. Ellos dos serían para siempre quienes la habían encontrado, quienes habían visto el piececito descalzo, magullado y sucio, sobresaliendo entre unas ramas muertas de olmo, el cuerpecito envuelto en su fría mortaja de hojas.

11 de febrero de 1926

—Felices dieciséis —le dijo Hugh mientras le daba un cariñoso beso—. Muchas felicidades, osita. Tienes toda la vida por delante.

A Ursula le daba la impresión de que también tenía cierta parte de la vida por detrás, pero había aprendido a no expresar esa clase de sensaciones. Habían previsto ir a Londres para tomar el té de la tarde en el Berkeley (estaban en las vacaciones de mediados de trimestre), pero Pamela acababa de torcerse un tobillo en un partido de hockey y Sylvie se estaba recuperando de un ataque de pleuresía que la había obligado a pasar una noche en el hospital rural («Me temo que tengo los pulmones de mi madre», un comentario que a Teddy le parecía muy gracioso cada vez que le venía a la cabeza). Y Jimmy acababa de pasar una amigdalitis, afección a la que era propenso.

—Están cayendo como moscas —comentó la señora Glover mientras preparaba una masa de mantequilla y azúcar para el bizcocho—. ¿Quién será el siguiente?

—De todas formas, tampoco hay por qué ir a un hotel para tomar un té en condiciones —aseguró Bridget—. Aquí es igual de bueno.

—Mejor —añadió la señora Glover.

Aunque, evidentemente, ni a Bridget ni a la señora Glover las invitaron al Berkeley y, además, Bridget nunca había estado en un hotel de Londres, ni en ningún hotel de ningún sitio, exceptuando la ocasión en que entró en el Shelbourne para admirar el vestíbulo antes de coger el transbordador en Dún Laoghaire para trasladarse a Inglaterra, «hace una eternidad». Por otro lado, la señora Glover aseguraba conocer «requetebién» el Midland de Manchester, al que uno de sus sobrinos (de los cuales, por lo que se veía, tenía una cantidad inagotable) las había llevado a ella y a sus hermanas a cenar «más de una vez».

Casualmente, Maurice estaba pasando allí el fin de semana, aunque se le había olvidado («si es que alguna vez lo ha sabido», comentó Pamela) que era el cumpleaños de Ursula. Cursaba el último año de derecho en Balliol y, según Pamela, estaba «más imbécil que nunca». Sus padres tampoco parecían apreciarlo demasiado.

—Porque seguro que es hijo mío, ¿no? —oyó Ursula que Hugh le soltaba a Sylvie—. ¿No tuviste una aventurilla en Deauville con aquel tipo tan aburrido de Halifax, el dueño del molino?

—Menuda memoria tienes —repuso Sylvie con una carcajada.

Pamela le robó tiempo a los estudios para hacerle una tarjeta preciosa, un *découpage* de flores recortadas de las revistas de Bridget, y también preparó una hornada de sus famosas (al menos en la Guarida del Zorro) galletas «morenitas». Estaba estudiando para el examen de ingreso en Girton.

—Alumna de Girton —decía con un brillo en los ojos—. ¿Os imagináis?

Pamela estaba a punto de acabar el sexto curso en el colegio al que ambas acudían, y a Ursula le faltaba poco para empezarlo. Se le daba bien la filología clásica. Sylvie aseguraba que no les veía ninguna utilidad ni al latín ni al griego (nunca los había aprendido y daba la impresión de que esa carencia la afectaba). A Ursula, en cambio, le resultaban muy atractivas las palabras que ya no eran más que susurros procedentes de las necrópolis de imperios antiguos. («Vamos, que se llaman lenguas muertas por algo, ¿no?», comentaba una irritada señora Glover.)

También invitaron a Millie Shawcross a tomar el té; llegó pronto, tan animada como siempre. Su regalo consistió en una serie de preciosos lazos para el pelo, que había comprado en la mercería del pueblo con su propio dinero. («Ahora ya nunca podrás cortarte el pelo», le dijo Hugh a Ursula con cierto tono de satisfacción.)

Maurice se presentó a pasar el fin de semana con dos amigos: Gilbert y un estadounidense, Howard («Llamadme Howie, como hacen todos»), que tendrían que compartir la cama del cuarto de invitados, lo cual, por lo visto, ponía nerviosa a Sylvie.

—Podéis dormir uno del derecho y otro del revés —les dijo con aspereza—. O uno de los dos podría dormir en una cama plegable con el Gran Ferrocarril del Oeste. —Así llamaban al tren eléctrico de Teddy, de la marca Hornby, que ocupaba toda la antigua habitación de la señora Glover en la buhardilla.

A Jimmy se le permitió formar parte de la diversión.

—¿Este quién es, tu compinche? —le preguntó Howie a Teddy mientras le alborotaba el pelo a Jimmy con tanto brío que el crío perdió el equilibrio.

Que Howie fuera estadounidense le confería una especie de

glamour, aunque era Gilbert quien tenía las facciones algo melancólicas y exóticas de una estrella de cine. Tanto su nombre (Gilbert Armstrong) como su padre (juez de un tribunal supremo) y su educación (en Stowe) conformaban unas credenciales impecablemente inglesas, pero su madre descendía de una antigua y aristocrática familia española («Gitanos», sentenció la señora Glover, pues para ella, básicamente, lo eran todos los extranjeros).

—Madre mía —le susurró Millie a Ursula—, nos han venido a visitar los dioses.

Se llevó las manos cruzadas al corazón y las movió como si fueran alas.

—Sin contar a Maurice —puntualizó Ursula—. A él lo habrían echado del Olimpo por sacar de quicio a todo el mundo.

—La prepotencia de los dioses —añadió Millie—. Qué título tan bueno para una novela.

Sin duda, Millie quería ser escritora. O artista, o cantante, o bailarina, o actriz. Cualquier cosa que le permitiera convertirse en el centro de atención.

—Niñas, ¿se puede saber sobre qué andáis cotorreando? —les preguntó Maurice, que era muy sensible a las críticas, según algunos incluso hipersensible.

—Sobre ti —contestó Ursula.

Las chicas solían considerar atractivo a Maurice, lo cual no dejaba de sorprender a las mujeres de su familia. Tenía un cabello rubio que parecía haberse ondulado con un rizador y un físico robusto conseguido gracias al remo, pero costaba obviar su falta de simpatía. Gilbert, en cambio, llegó a besarle la mano a Sylvie. («¡Oh! —exclamó Millie—. ¡No podría hacer mejor las cosas!»)

Maurice le presentó a Sylvie diciendo: «Esta es mi vieja», y Gilbert respondió:

—Es usted demasiado joven para ser la madre de nadie.

—Lo sé —confirmó Sylvie.

(«Menudo fresco», dictaminó Hugh. «Un mujeriego», añadió la señora Glover.)

Daba la impresión de que los tres jóvenes llenaban la Guarida del Zorro como si la casa hubiera menguado de pronto; tanto Hugh como Sylvie respiraron de alivio cuando Maurice les propuso salir a «dar una vuelta por la finca».

—Buena idea —dijo Sylvie—, así os cansaréis y os quitaréis ese exceso de energía.

Los tres salieron a todo correr al jardín con actitud olímpica (más en la vertiente deportiva que en la sagrada) y empezaron a darle vigorosas patadas a una pelota que Maurice encontró en el armario del recibidor. («Es mía», aclaró Teddy, aunque sin dirigirse a nadie en concreto.)

—Van a destrozar el césped —comentó Hugh, que los observaba aullar como gamberros mientras arrancaban la hierba con los zapatos de cuero.

—Ay —soltó Izzie cuando llegó y vio a aquel atlético trío a través de la ventana—. Caramba, qué guapos, ¿no? ¿Me puedo quedar uno?

Izzie, cubierta de piel de zorro de la cabeza a los pies, declaró: «He traído regalos»; un anuncio innecesario, dado que se presentó cargada con toda clase de paquetes de diversos tamaños y envueltos en papel caro «para mi sobrina preferida». Ursula miró a Pamela y se encogió de hombros con gesto triste; esta puso los ojos en blanco. Ursula llevaba meses sin ver a Izzie, desde una fugaz visita en coche a Swiss Cottage, a finales de verano y acompañando a Hugh, para llevar una caja de verduras del fertilísimo huerto de la Guarida del Zorro. («¿Un calabacín? —dijo Izzie mientras examinaba el contenido de la caja—. ¿Se puede saber qué hago yo con esto?»)

Antes de aquello había pasado un largo fin de semana con ellos, pero prácticamente no le había hecho caso a nadie a excepción de Teddy, con quien dio largos paseos y a quien acribilló a preguntas.

—Creo que, de todos los miembros del rebaño, lo ha elegido a él —le comentó Ursula a Pamela.

—¿Para qué? —quiso saber Pamela—. ¿Para comérselo?

Cuando fue sometido a interrogatorio (por Sylvie y de forma intensa), Teddy se mostró perplejo por haber recibido esa atención especial.

—Se ha limitado a preguntarme a qué me dedico, cómo es el colegio, qué aficiones tengo, qué me gusta comer. Sobre mis amigos. Cosas así.

—A lo mejor quiere adoptarlo —le dijo Hugh a Sylvie—. O venderlo. Estoy seguro de que pagarían bien por Ted.

—No digas esas cosas, ni en broma —respondió Sylvie con gran vehemencia.

Pero Izzie se desentendió de Teddy con la misma rapidez con que lo había elegido, y nadie volvió a pensar en el tema.

El primer regalo que abrió Ursula fue un disco de Bessie Smith que Izzie puso enseguida en el gramófono, en el que normalmente solo se reproducían obras de Elgar y la preferida de Hugh, *El Mikado*.

—El «St. Louis Blues» —dijo Izzie con talante de maestra—. ¡Escuchad esa corneta! A Ursula le encanta este tipo de música.

—¿Ah, sí? —le preguntó Hugh a su hija—. No tenía ni idea.

A continuación, la muchacha desenvolvió una preciosa traducción de Dante, encuadernada en cuero rojo y con grabados. Después apareció una mañanita de satén y encaje comprada en Liberty, «como sabéis, una tienda por la que vuestra madre siente una afición desmedida». Sylvie declaró que la prenda resultaba «demasiado adulta», y que «Ursula lleva franela de algodón». Luego vino un frasco de Shalimar («Lo nuevo de Guerlain, divino»), que recibió el mismo veredicto por parte de Sylvie.

—Mira quién fue a hablar, la que se casó de niña —replicó Izzie.

—Tenía dieciocho años, no dieciséis —respondió Sylvie apretando los labios—. Algún día comentaremos a qué te dedicabas tú a los dieciséis, Isobel.

—¿A qué? —quiso saber Pamela, sumamente interesada.

—*Il n'avait pas d'importance* —aseguró Izzie con gesto de desdén.

Por último, de aquel cuerno de la abundancia surgió una botella de champán.

—¡Y para eso sí que es demasiado joven, sin duda!

—Esto hay que meterlo en hielo —dijo Izzie pasándosela a Bridget.

Un perplejo Hugh se quedó mirando de hito en hito a Izzie y le preguntó:

—¿Estas cosas las robas?

—Anda, música de negros —dijo Howie cuando los tres muchachos volvieron del exterior.

Los chicos se apiñaron en el salón; desprendían un leve olor a fogata y a otra cosa menos definible («Esencia de macho», musitó Izzie olisqueando el aire). Ya era la tercera vez que Bessie Smith giraba en el plato, y Hugh dijo:

—Al cabo de un rato empieza a gustarte…

Howie se puso a bailar de forma un tanto rara, algo bárbara, siguiendo el ritmo, y luego le susurró algo al oído a Gilbert. Este soltó una carcajada, bastante grosera para ser una persona de sangre azul, por muy extranjera que fuera; Sylvie dio unas palmadas, propuso: «Chicos, ¿os apetecen unas gambas en conserva?», y los condujo al comedor, donde vio, demasiado tarde, la suciedad de las pisadas que habían ido dejando por toda la casa.

—Es que ellos no estuvieron en la guerra —dijo Hugh, como si eso explicara la presencia de las huellas de barro.

—Lo cual me alegra enormemente —repuso Sylvie con firmeza—. Por mal que nos acaben saliendo.

—Bueno —anunció Izzie después de que cortaran y repartieran la tarta—, me queda un último regalo…

—Por amor de Dios, Izzie —la interrumpió Hugh, que ya no podía contener la exasperación—. ¿Quién va a pagar todo esto? Tú no tienes dinero, estás hasta el cuello de deudas. Habías prometido que aprenderías a ahorrar.

—¡Por favor! —intervino Sylvie.

Toda conversación referente al dinero (incluso el de Izzie) mantenida delante de desconocidos le producía rechazo y horror. Su ánimo se ensombreció de repente. En ese momento se acordó de Tiffin.

—Si lo voy a pagar todo —protestó Izzie con actitud grandilocuente—. Y este regalo no es para Ursula, sino para Teddy.

—¿Para mí? —intervino él, sobresaltado al verse convertido en el centro de atención.

El chico estaba pensando en lo rica que sabía la tarta y calibrando cuántas posibilidades tenía de que le pusieran otra ración y, desde luego, no le apetecía en absoluto que lo obligaran a asumir el menor protagonismo.

—Sí, para ti, tesoro —confirmó Izzie.

Teddy se alejó de forma muy ostensible tanto de Izzie como del regalo que ella colocó en la mesa, delante de él.

—Vamos —lo animó Izzie—, ábrelo. No va a explotar.

(Aunque sí que lo haría.)

Con suma cautela, el niño rasgó el caro papel. Ya sin él, el regalo resultó ser exactamente lo que parecía cuando estaba envuelto: un libro. Ursula, que ocupaba la silla de enfrente, intentó ver el título, que estaba al revés: *Las aventuras de…*

—*Las aventuras de Augustus* —leyó Teddy en voz alta—, de Delphie Fox.

—¿Delphie? —preguntó Hugh.

—¿Por qué para ti todo tiene que ser una aventura? —le preguntó una irritada Sylvie a Izzie.

—Porque la vida es una aventura, por qué va a ser.

—Pues yo diría que más bien es una carrera de resistencia —repuso Sylvie—. O de obstáculos.

—Ay, querida —intervino Hugh, con súbita actitud solícita—, tampoco creo que sea para tanto.

—Bueno, volvamos al regalo de Teddy —dijo Izzie.

El grueso cartón de la cubierta era de color verde, las letras y los dibujos lineales se habían trazado en dorado; en las ilustraciones aparecía un chico, más o menos de la edad de Teddy, que llevaba una gorra de colegial, y que tenía un tirachinas y un perrito, un desastrado terrier west highland. El niño iba desaliñado y su expresión era rebelde.

—Ese es Augustus —le dijo Izzie a Teddy—. ¿Qué te parece? Para crearlo me he inspirado en ti.

—¿En mí? —repitió el chico, espantado—. Pero si yo no soy así. Hasta el perro está mal.

Ocurrió algo sorprendente.

—¿Alguien quiere que lo acerque al centro? —preguntó Izzie como si tal cosa.

—No te habrás comprado otro coche, ¿no? —dijo Hugh con tono quejumbroso.

—Lo he aparcado al principio del sendero de entrada —contestó Izzie dulcemente—, para que no os molestase.

Todos se precipitaron a la puerta para inspeccionar el vehículo, aunque Pamela, que seguía con muletas, fue cojeando y se quedó rezagada.

—Los pobres y los tullidos, los ciegos y los cojos —le dijo a Millie.

Esta soltó una carcajada.

—Para dedicarte a la ciencia, conoces muy bien la Biblia —comentó.

—Conviene conocer al enemigo —fue la réplica de Pamela.

Hacía frío y a nadie se le ocurrió ponerse el abrigo.

—Aunque la temperatura es bastante suave para esta época del año —declaró Sylvie—. Nada que ver con la que hacía cuando naciste. Madre mía, nunca he visto tanta nieve.

—Ya —dijo Ursula.

Lo de la nieve del día de su nacimiento se había convertido en una leyenda familiar. Había oído la historia tantas veces que le parecía recordarla.

—Solo es un Austin —dijo Izzie—. Un turismo de carretera, pero tiene cuatro puertas. Muchísimo más barato que un Bentley, eso sí; un coche para la plebe si lo comparamos con los caprichos que te das tú, Hugh.

—Te lo habrán fiado —soltó él.

—De eso nada, ya lo he pagado todo, y en efectivo. Tengo editor, tengo dinero, Hugh. No hace falta que te preocupes por mí.

Mientras todos admiraban (o no, en el caso de Hugh y Sylvie) el vehículo de intenso tono cereza, Millie anunció:

—Me voy ya, que esta noche tengo un espectáculo de baile. Muchas gracias por la estupenda merienda, señora Todd.

—Vamos, te acompaño —dijo Ursula.

De regreso a casa, en el trillado atajo al fondo del jardín, la joven tuvo un encuentro inesperado (eso sí fue sorprendente, y no lo del turismo Austin) cuando casi se tropezó con Howie, que estaba a cuatro patas y rebuscaba algo entre los arbustos.

—No encuentro la pelota —dijo a modo de disculpa—. Era de tu hermano pequeño. Creo que se nos ha perdido en… —Se sentó sobre los talones y paseó la mirada por el agracejo y los arbustos de las mariposas que lo rodeaban, sin saber cómo seguir.

—En el paseo flanqueado por setos —lo ayudó Ursula—. Es lo que pretendemos tener.

—¿Cómo dices? —le preguntó poniéndose en pie con un único y preciso movimiento; de pronto, fue obvio cuánta altura le sacaba.

Daba la impresión de que practicara el boxeo. De hecho, tenía un cardenal debajo de un ojo. Fred Smith, que había sido empleado del carnicero pero ahora trabajaba en los ferrocarriles, también boxeaba. Maurice había ido con un par de amigos al East End para animar a Fred en un combate de aficionados. Por lo visto la cosa acabó en pelea de borrachos. Howie olía a ron de laurel (igual que Hugh) y había algo brillante y nuevo en él, como una moneda recién acuñada.

—¿La has encontrado? —le preguntó Ursula—. La pelota, quiero decir.

Le pareció que su propia voz sonaba como un graznido. Pensaba que, de los dos, el guapo era Gilbert, pero al verse delante de la fuerza simple y bien definida de Howie, semejante a la de un animal de grandes proporciones, se sintió tonta.

—¿Cuántos años tienes? —quiso saber él.

—Dieciséis. Hoy es mi cumpleaños. Acabas de comer pastel.

Claramente, ella no era la única tonta.

—Jolín —soltó Howie, y ella no supo muy bien qué quería decir, aunque dio la sensación de que quería transmitir asombro, como si llegar a los dieciséis fuera toda una hazaña—. Estás temblando.

—Hace un frío que pela.

—Yo te puedo calentar —aseguró él.

Entonces (y ahí llegó lo sorprendente) la asió de los hombros, la atrajo hacia sí y (en una acción para la que tuvo que inclinarse mucho) la besó en la boca con sus grandes labios. En realidad, «besar» parecía una descripción demasiado cortés para lo que Howie estaba haciendo. Con la lengua enorme, como la de un buey, trataba de rebasar la barrera que formaban sus dientes, y se quedó perpleja al percatarse de que él esperaba que abriera la boca para poder meterle la lengua. Seguro que se ahogaría con ella. Sin querer, se acordó del molde que la señora Glover tenía en la cocina para prensar lenguas de ternera.

Ursula no sabía muy bien qué hacer; se estaba mareando por culpa del ron de laurel y de la falta de oxígeno. Pero entonces oyeron gritar a Maurice desde muy cerca:

—¡Howie! ¡Que nos vamos sin ti, chico!

La boca de Ursula quedó liberada y, sin decirle nada a ella, el chico respondió a gritos: «¡Ya voy!», tan fuerte que a Ursula le dolieron los oídos. Luego la soltó y se alejó abriéndose paso entre los arbustos con energía; ella se quedó recuperando el aliento.

Volvió a la casa deambulando y aturdida por completo. Todos seguían en el sendero de entrada; pese a que tenía la sensación de que habían pasado horas, suponía que solo habían transcurrido unos minutos, como en los mejores cuentos de hadas. En el comedor, Hattie lamía con delicadeza los restos de la tarta. En *Las aventuras de Augustus*, que estaba sobre la mesa, había una mancha de azúcar glaseado. Ursula aún sentía el pulso acelerado por la impresión que le habían causado las pretensiones amorosas de Howie. Que la besaran el día de su decimosexto cumpleaños, y sin haberlo pretendido en lo más mínimo, se le antojaba un logro considerable. No cabía duda de que estaba cruzando la arcada triunfal que llevaba a la plenitud como mujer. ¡Si se hubiera tratado de Benjamin Cole, entonces la cosa habría sido perfecta!

Apareció Teddy, el «pequeñín», muy fastidiado.

—Me han perdido la pelota.

—Ya lo sé —dijo Ursula.

El crío abrió el libro por la primera página, donde, con una caligrafía florida, Izzie había escrito: «Para mi sobrino Teddy, mi querido Augustus particular».

—Qué rollo —dijo el niño, poniendo mala cara.

Ursula cogió una copa de champán medio llena, cuyo borde ornaba una mancha de carmín; vertió la mitad del contenido en un vasito y se lo pasó a Teddy.

—Salud —brindó.

Entrechocaron los vasos y los apuraron.

—Feliz cumpleaños —dijo Teddy.

Mayo de 1926

A primeros de mes, Pamela, que ya iba sin muletas y volvía a jugar al tenis, supo que había suspendido el examen de Cambridge.

—Me dejé llevar por los nervios —comentó—. Cuando vi que no sabía responder a varias preguntas, me vine abajo y lo suspendí. Debí haber estudiado más...; si hubiera mantenido la calma y pensado con detenimiento, probablemente lo habría conseguido.

—Hay otras universidades, si te empeñas en ser una marisabidilla —dijo Sylvie. Aunque nunca lo habría expresado abiertamente, el mundo académico le parecía inútil para las chicas—. Al fin y al cabo, la vocación principal de una mujer es la de ser madre y esposa.

—¿Preferirías verme esclava de un fogón que de un quemador de Bunsen?

—¿Qué ha hecho la ciencia por el mundo, aparte de perfeccionar la manera de matar a la gente? —inquirió Sylvie.

—Pues lo de Cambridge es un verdadero escándalo —intervino Hugh—. Maurice va camino de licenciarse con sobresaliente y es un auténtico negado.

Para compensarla por su decepción, Hugh le compró a Pamela una bicicleta Raleigh de chica; Teddy quiso saber qué obtendría él si suspendía un examen.

—Cuidado, ya hablas como Augustus —repuso Hugh, riendo.

—¡Ay, no, por favor! —exclamó Teddy, avergonzado ante la más mínima mención del libro.

Para desazón de todos, pero en particular para la de Teddy, *Las aventuras de Augustus* había resultado un tremendo éxito; volaba de los estantes de las librerías y se había reeditado tres veces según Izzie, que había obtenido ya un «sustancial chequecito» por los derechos de autor y se había mudado a un piso en Ovington Square. También le hicieron una entrevista para un periódico en la que mencionaba a su «modelo», el «encantador bribonzuelo de mi sobrino».

—¡Pero no menciona mi nombre! —exclamó Teddy aferrándose a la esperanza.

Izzie le había hecho un regalo de conciliación consistente en un nuevo perro. Trixie había muerto unas semanas antes, y Teddy la lloraba desde entonces. El perro en cuestión era un terrier west highland como el de Augustus, una raza que ninguno de ellos habría escogido. Izzie lo bautizó ya con el nombre de Jock, que lógicamente, aparecía grabado, en la chapa de su costoso collar.

Sylvie sugirió cambiarle el nombre por el de Pilot.

—El perro de Charlotte Brontë —le dijo a Ursula a modo de aclaración.

(«Algún día —le confesó Ursula a Pamela—, mi único vínculo con nuestra madre consistirá exclusivamente en los nombres de los grandes escritores del pasado», a lo que Pamela respondió: «Creo que ya ocurre».)

El perrito ya respondía al nombre de Jock y no parecía sensato confundirlo, así que Jock se quedó; con el tiempo todos llegaron a quererlo más que a ninguno de los perros que habían tenido, a pesar de su fastidiosa procedencia.

Maurice apareció un sábado por la mañana, esta vez solo con Howie a remolque; no había rastro de Gilbert, a quien había excluido por «una indiscreción». Cuando Pamela quiso saber cuál, Sylvie declaró que la definición misma de indiscreción implicaba no hablar de ella.

Desde su último encuentro, Ursula pensaba en Howie con bastante frecuencia. No tanto en su aspecto físico —los pantalones anchos, la camisa de cuello sin almidonar, el pelo con brillantina— como en el hecho de que hubiese sido tan considerado en su intento de encontrar la pelota perdida de Teddy. Su amabilidad suavizaba un poco su personalidad extraordinaria y alarmantemente ajena, que lo era además en tres sentidos: grande, hombre y norteamericano. A pesar de sus sentimientos ambivalentes, Ursula no pudo evitar un ligero estremecimiento cuando lo vio saltar sin esfuerzo de su descapotable, aparcado ante la puerta principal de la Guarida del Zorro.

—Eh, hola —soltó él al advertir su presencia, y Ursula se dio cuenta de que su imaginario galán ni siquiera sabía su nombre.

Como por arte de magia, Sylvie y Bridget hicieron aparecer una cafetera y un plato de bollitos.

—No nos quedamos —le dijo Maurice a Sylvie.

—¡Gracias a Dios!, no tenía suficiente para alimentar a dos gigantones.

—Vamos a Londres para echar una mano con la huelga —comentó Maurice.

Hugh manifestó sorpresa. Dijo que no sabía que las ideas políticas de Maurice incluyeran estar de parte de los obreros, y Maurice, a su vez, se sorprendió de que su padre pudiera pensar siquiera que ese fuera el caso. Iban a conducir autobuses y trenes, y lo que hiciera falta, «para que el país siguiera en marcha».

—No sabía que supieras conducir un tren, Maurice —dijo Teddy, a quien de repente su hermano le parecía interesante.

—Bueno, pues fogonero —repuso Maurice con irritación—. No puede ser tan difícil.

—No se llaman fogoneros, se llaman bomberos —intervino Pamela— y son verdaderos profesionales. Pregunta a tu amigo Smithy.

Esa observación, por alguna razón, hizo que Maurice se enfadara todavía más.

—Intentas sostener una civilización que agoniza —dijo Hugh, tan a la ligera como quien hace una observación sobre el clima—. La verdad es que no tiene sentido.

Ursula abandonó la estancia en ese punto. Si algo encontraba más aburrido que pensar en política era conversar sobre política.

Y entonces, para su asombro, volvió a pasar. Cuando subía por las escaleras de atrás de camino a la buhardilla, en busca de algo inocente —un libro, un pañuelo (después nunca conseguiría recordarlo)—, Howie, que bajaba por ellas, casi se la llevó por delante.

—Buscaba un lavabo.

—Bueno, solo tenemos uno —repuso Ursula—, y no se llega subiendo por… —pero antes de poder acabar la frase se encontró inmovilizada contra el maltrecho papel floreado de la escalera, que llevaba allí desde que se construyó la casa.

—Eres una chica muy guapa —dijo Howie. El aliento le olía a menta.

Y, una vez más, tuvo que aguantar los apretones y empujones del grandullón de Howie; aunque en esa ocasión no era su lengua tratando de metérsele en la boca sino algo indescriptiblemente más íntimo.

Intentó decir algo, pero antes de que brotara sonido alguno, él le tapó la boca (media cara, de hecho) con la mano y sonrió de oreja a oreja.

—Chist —susurró, como si fueran conspiradores en un juego.

Con la otra mano le hurgaba bajo la ropa, y Ursula soltó un gritito de protesta. Entonces empezó a embestirla, como hacían los novillos de Lower Field contra la valla. Forcejeó para liberarse, si bien él era el doble de grande que ella, incluso el triple; parecía un ratón en las fauces de Hattie.

Intentó ver qué hacía él, pero estaba tan pegado a ella que solo veía la gran mandíbula cuadrada y la sombra de una barba incipiente, imperceptible desde lejos. Ursula había visto a sus hermanos desnudos, sabía qué tenían entre las piernas —unas criadillas arrugadas, un pequeño pitorro—, y parecía tener muy poco que ver con aquel doloroso pistón que se le clavaba dentro como un arma de guerra. Su cuerpo se desgarraba. La arcada que debía cruzarse para ser mujer ya no parecía tan triunfal como antes, solo brutal y despiadada.

Y entonces Howie soltó un rugido, más de buey que de chico de Oxford, y empezó a subirse los pantalones con una amplia sonrisa en la cara.

—Caray con las chicas inglesas —dijo, meneando la cabeza y riendo.

Blandió un dedo, casi reprendiéndola, como si eso tan repugnante que acababa de ocurrir hubiese sido cosa suya.

—¡Eres fenomenal! —exclamó. Volvió a reír y bajó los peldaños de tres en tres, como si su descenso apenas se hubiera visto interrumpido por aquel extraño encuentro.

Ursula se quedó observando el papel pintado. Nunca se había fijado en que las flores eran de glicinia, la misma flor que crecía en la arcada sobre el porche de atrás. Aquello debía de ser lo que en la literatura describían como «desflorar», se dijo. Siempre le había parecido una palabra bastante bonita.

Cuando volvió abajo, media hora más tarde (una media hora llena de pensamientos y emociones sin duda más intensos de lo habitual para un sábado por la mañana), Sylvie y Hugh se encontraban en el umbral de la entrada, despidiendo con deferente ademán el capó trasero del coche de Howie que se perdía en la distancia.

—Gracias a Dios que no se han quedado —dijo Sylvie—. Creo que no habría podido con las fanfarronadas de Maurice.

—Qué imbéciles —soltó Hugh alegremente y, al ver a Ursula en el vestíbulo, añadió—: ¿Va todo bien?

—Sí —repuso ella. Cualquier otra respuesta habría sido demasiado horrorosa.

A Ursula le resultó más fácil de lo que esperaba relegar al olvido aquel suceso. Después de todo, ¿no había dicho la propia Sylvie que la definición de indiscreción implicaba no hablar de ella? Ursula imaginó un armario en su mente, uno esquinero, de pino. Metió a Howie y las escaleras de atrás en un estante de arriba y echó la llave con firmeza.

Una chica debería ser más sensata y no dejarse pillar en esas escaleras de atrás (o entre los arbustos) como la heroína de una novela gótica, de esas que tanto le gustaban a Bridget. Aunque quién iba a suponer que la realidad resultaría tan sórdida y sangrienta. Él tenía que haber percibido algo en ella, algo impúdico, que incluso ella misma ignoraba. Antes de archivar el incidente, lo había revivido una y otra vez, intentando dilucidar por qué era culpa suya. Debía de llevar algo escrito en la piel, en la cara, que algunas personas podían interpretar y otras no. Izzie lo había visto. «Algo malvado se avecina.» Y ese algo era ella misma.

El verano siguió su curso. Pamela obtuvo una plaza en la Universidad de Leeds para estudiar química y aseguró que estaba contenta porque en las provincias la gente sería más «directa» y no tan «esnob». Jugaba mucho al tenis con Gertie y participaban en campeonatos de dobles mixtos con Daniel Cole y su hermano Simon, y le dejaba con frecuencia la bicicleta a Ursula para que pudiera dar largos paseos con Millie, ambas chillando como locas cuando descendían las colinas sin pedalear. A veces, Ursula daba relajados paseos por los senderos con Teddy y Jimmy, con Jock describiendo círculos alrededor de ellos. Ni Teddy ni Jimmy parecían tener la necesidad de ocultar sus vidas a sus hermanas como había hecho Maurice.

Pamela y Ursula llevaban a Teddy y a Jimmy a Londres, a pasar el día, al Museo de Historia Natural, al Museo Británico, a Kew; aunque nunca le decían a Izzie que estaban en la ciudad. Izzie había vuelto a mudarse, a una casa grande en Holland Park («un *endroit* bastante artístico»). Un día, cuando paseaban por Piccadilly, vieron un montón de *Las aventuras de Augustus* en el escaparate de una librería, junto a «una fotografía de la autora, la señorita Delphie Fox, tomada por el señor Cecil Beaton», en la que Izzie aparecía como una estrella de cine o una belleza famosa.

—¡Jesús! —exclamó Teddy, pero Pamela, pese a hallarse *in loco parentis*, no corrigió su lenguaje.

Se volvió a montar un mercadillo en los jardines de Ettringham Hall. Los Daunt habían desaparecido, al cabo de mil años, sin que lady Daunt se recuperara nunca del asesinato de la pequeña Angela, y la mansión pertenecía ahora a un hombre más bien misterioso, un tal señor Lambert, que según unos era belga, según otros escocés, pero con quien nadie había mantenido una conversación suficientemente larga para averiguar sus orígenes. Se rumoreaba que había hecho su fortuna durante la guerra, aunque todos decían que era una persona tímida y poco sociable. Los viernes por la noche también se celebraban bailes en la sala comunal del pueblo, y Fred Smith apareció en uno de ellos; impecable sin su habitual capa de hollín, sacó a bailar, por este orden, a Pamela, Ursula y a las tres hermanas mayores Shawcross. Había un gramófono en lugar de orquesta, y solo se bailaban cosas pasadas de moda, nada de charlestón o *black bottom*, si bien era agradable dejarse llevar por la pista bailando el vals con un sorprendentemente diestro Fred Smith. Ursula se dijo que no estaría nada mal tener como pretendiente a alguien como Fred, aunque era obvio que Sylvie jamás habría tolerado tal cosa. («¿Un ferroviario?»)

En cuanto pensó en Fred en ese aspecto, la puerta del armario se abrió de golpe y vomitó la espantosa escena de las escaleras de atrás.

—Cuidado —dijo Fred Smith—. Pareces un poco indispuesta, señorita Todd.

Ursula le echó la culpa al calor e insistió en salir a tomar un poco de aire fresco. De hecho, últimamente se sentía algo mareada. Sylvie lo atribuía a un catarro de verano.

Maurice obtuvo su esperado sobresaliente («¿Cómo?», se preguntaba una desconcertada Pamela) y volvió a casa durante unas semanas para holgazanear un poco antes de ocupar su plaza en uno de los bufetes de Lincoln's Inn para formarse como abogado. Por lo visto, Howie había vuelto «con los suyos» a la casa de veraneo en el estrecho de Long Island.

Maurice parecía un poco molesto por no haber sido invitado.

—¿Qué te ha pasado? —le preguntó Maurice a Ursula una tarde, cuando estaba espatarrado en una tumbona en el césped leyendo *Punch* y se embutía en la boca un pedazo casi entero del pastel de mermelada de la señora Glover.

—¿Qué quieres decir con qué me ha pasado?

—Te has convertido en una vaquilla.

—¿Una vaquilla?

Era cierto que los vestidos de verano se le estaban quedando pequeños de manera alarmante; incluso parecía tener las manos y los pies hinchados.

—Gordura infantil, cariño —comentó Sylvie—. Incluso yo pasé por eso. Menos pasteles y más tenis, he ahí el remedio.

—Estás horrible —opinó Pamela—. ¿Qué te pasa?

—No tengo ni idea.

Y entonces se le ocurrió una posibilidad verdaderamente terrible, algo tan vergonzoso, tan irreparable, que sintió un tremendo ardor en las entrañas con solo pensarlo. Rebuscó hasta dar con el libro de Sylvie *La reproducción explicada a niñas y jovencitas*, de la doctora Beatrice Webb, que en teoría Sylvie guardaba bajo llave en un arcón en su habitación, pero que no estaba cerrado en realidad porque había perdido la llave hacía tiempo. La reproducción parecía ser lo último que la autora tenía en la cabeza. Aconsejaba distraer a las jovencitas ofreciéndoles «pan casero, pasteles, avena cocida, pudines y mucha agua fría con que rociarse de manera regular las partes pudendas». Obviamente, no servía de gran cosa. Ursula se estremeció al recordar «las partes pudendas» de Howie y cómo habían encajado con las suyas en una repugnante fusión. ¿Era eso lo que hacían Sylvie y Hugh? No lograba imaginar a su madre aguantando algo semejante.

Consultó a escondidas la enciclopedia médica de la señora Shawcross. Los Shawcross se hallaban de vacaciones en Norfolk y su criada no dio mayor importancia a que Ursula apareciera en la puerta trasera diciendo que había ido a hojear un libro.

La enciclopedia explicaba la mecánica del «acto sexual», algo que parecía tener lugar solo dentro de «los amorosos confines del lecho conyugal» y no en escaleras traseras cuando se iba en busca de un pañuelo o un libro. La enciclopedia también detallaba las consecuencias de no lograr recuperar el pañuelo o el libro en cuestión: retrasos en la menstruación, náuseas, aumento de peso. La cosa duraba nueve meses, por lo visto. Y ya estaban casi a mediados de julio. Dentro de nada se embutiría de nuevo en el uniforme azul y cogería el autobús del colegio cada mañana con Millie.

Ursula empezó a dar largos y solitarios paseos. No tenía a Millie para confiarle el secreto (¿lo habría hecho, en cualquier caso?) y Pamela se había largado a Devon con la patrulla de girl scouts. A Ursula nunca le habían hecho mucha gracia las scouts, y ahora lo lamentaba, pues era posible que con ellas hubiera aprendido a tener agallas para manejar a Howie. Una scout habría recuperado aquel pañuelo, aquel libro, sin verse en dificultades por el camino.

—¿Te ocurre algo, cariño? —le preguntó Sylvie mientras zurcían medias juntas.

Sylvie solo conseguía centrarse en sus hijos cuando los veía de uno en uno. Juntos formaban un rebaño difícil de manejar, por separado tenían personalidad.

Ursula imaginó qué podía decir: «¿Te acuerdas del amigo de Maurice, Howie? Parece que voy a ser la madre de su hijo». Miró de soslayo a Sylvie, que remendaba plácidamente el agujero en el dedo gordo de un calcetín de lana de Teddy. No parecía una mujer a quien le hubieran desgarrado las partes pudendas. (La «vagina», por lo visto, según la enciclopedia de la señora Shawcross, aunque no era una palabra que hubiese oído pronunciar en casa de los Todd.)

—No, nada —contestó—. Estoy bien, perfectamente.

Aquella tarde fue andando a la estación, se sentó en un banco en el andén y contempló arrojarse bajo el expreso cuando pasara a toda velocidad, pero el tren siguiente resultó tener destino Londres y soltó lentos resoplidos hasta detenerse ante ella de un modo que le pareció tan familiar que sintió ganas de llorar. Vio a Fred Smith bajarse de la cabina, con un mono grasiento y la cara tiznada de polvo de carbón. Cuando la vio, se acercó a ella.

—Vaya coincidencia, ¿vas a coger nuestro tren?

—No tengo billete —contestó Ursula.

—No pasa nada —dijo Fred—, yo me ocupo; solo le tengo que hacer un gesto con la cabeza y un guiño al revisor para que sepa que eres amiga mía.

¿Era amiga de Fred Smith? Le consolaba pensar que sí. Por

supuesto, si supiera lo de su estado ya no sería amigo suyo. Nadie lo sería.

—Sí, vale, gracias. —No tener billete parecía ahora un problema insignificante.

Observó cómo volvía a subir Fred a la cabina de la locomotora. El jefe de estación recorrió con paso enérgico el andén, cerrando las puertas de los vagones con una vehemencia que sugirió que jamás volverían a abrirse. Salió un chorro de vapor por la chimenea y Fred Smith asomó la cabeza en la cabina y exclamó:

—Espabila, señorita Todd, o te quedarás atrás.

Ursula, obediente, abordó el tren.

El jefe de estación hizo sonar el silbato, brevemente primero, y luego con mayor insistencia, y el tren emprendió poco a poco la marcha hasta salir de la estación. Ursula se instaló en la afelpada calidez de los asientos y pensó en el futuro. Supuso que podría perderse entre las mujeres disipadas que se lamentaban de su desgracia en las calles de Londres. Podía hacerse un ovillo en el banco de un parque y morir congelada de la noche a la mañana, solo que estaban en pleno verano y era poco probable que se congelara. O podía internarse en el Támesis y dejarse llevar con suavidad más allá de Wapping, Rotherhithe y Greenwich, hasta llegar a Tilbury e ir a parar al mar. Qué desconcertada quedaría su familia si su cuerpo ahogado se rescataba de las profundidades. Imaginó a Sylvie frunciendo el entrecejo sobre su labor de zurcido. «Pero si solo salió a dar un paseo, dijo que iba a buscar frambuesas en el sendero.» Se sintió un poco culpable al pensar en el cuenco de porcelana blanca que había abandonado en el seto, con la intención de recogerlo a la vuelta. Estaba lleno a medias de frambuesas pequeñas y amargas, y ella aún tenía los dedos manchados de rojo.

Pasó la tarde recorriendo los grandes parques de Londres: cruzó los de Saint James's y Green, atravesó los jardines del palacio y se internó en Hyde Park, y de ahí llegó a los jardines de Kensington. Qué extraordinario que pudiera llegarse tan lejos en Londres sin apenas pisar una acera o cruzar una calle. No llevaba dinero encima, obviamente (un error absurdo, ahora se daba cuenta) y ni siquiera podía tomarse una taza de té en Kensington. Allí no había ningún Fred Smith para ocuparse de ella. Tenía calor, estaba cansada y cubierta de polvo y se sentía tan sedienta como la hierba reseca en Hyde Park.

¿Se podía beber el agua del Serpentine? La primera mujer de Shelley se había ahogado en ese lago, pero supuso que en un día como ese, con montones de gente disfrutando del sol, sería casi imposible evitar que apareciera otro señor Winton para rescatarla.

Sabía adónde se dirigía, por supuesto. De algún modo, era inevitable.

—Madre de Dios, pero ¿qué te ha pasado? —le preguntó Izzie abriendo la puerta de par en par como si esperase a alguien más interesante—. Estás hecha un adefesio.

—Llevo caminando toda la tarde —repuso Ursula, y añadió—: No tengo dinero. Y creo que voy a tener un bebé.

—Pues será mejor que entres —concluyó Izzie.

Y allí estaba, sentada en una silla incómoda en una gran casa en Belgravia, en lo que antaño habría sido el comedor. Ahora, despojada de cualquier otra función que no fuera esperar, resultaba anodina. El bodegón holandés sobre la chimenea y el jarrón de crisantemos un poco polvorientos sobre una mesita con alas abatibles no daban la más mínima pista acerca de lo que ocurría en otras partes de la casa. Costaba relacionar todo eso con el desagradable encuentro con Howie en las escaleras de atrás. Quién habría dicho que fuera tan fácil pasar de una vida a otra. Se preguntó qué pensaría el doctor Kellet del aprieto en que se hallaba.

Tras su inesperada llegada a Melbury Road, Izzie la metió en la cama en la habitación de invitados, donde se arrebujó sollozando bajo la brillante colcha de satén, tratando de no oír las inverosímiles mentiras que Izzie contaba por teléfono en el pasillo.

—¡Sí, lo sé! Sencillamente ha aparecido en la puerta, la pobrecita…, tenía ganas de verme…, de visitar museos y todo eso, el teatro, nada *risqué*…, vamos, no te pongas como una fiera, Hugh…

Menos mal que Izzie no había hablado con Sylvie, porque la habría despachado con cajas destempladas. La cosa quedó en que le permitían quedarse allí unos cuantos días para «visitar museos y todo eso».

Cuando acabó de hablar por teléfono, Izzie entró en la habitación con una bandeja.

—Brandy —anunció—. Y una tostada con mantequilla. Es cuanto he podido improvisar, me temo. Qué tonta eres. Hay medios, cosas que una puede hacer, ¿sabes? Más vale prevenir que curar, ya sabes.

Ursula no tenía ni idea de qué hablaba Izzie.

—Y tienes que deshacerte de él —continuó—. En eso estaremos de acuerdo, ¿verdad?

La pregunta tuvo como efecto un sentido «sí» por parte de Ursula.

Una mujer con uniforme de enfermera abrió la puerta de la sala de espera de Belgravia y asomó la cabeza. El uniforme estaba tan almidonado que se habría aguantado de pie sin ella dentro.

—Por aquí —indicó con rigidez sin dirigirse a Ursula por su nombre.

Ursula la siguió, tan dócil como un cordero de camino al matadero.

Izzie, más eficaz que comprensiva, la había dejado allí con el coche («Buena suerte»), con la promesa de que volvería «después». Ursula no tenía ni idea de qué pasaría en el intervalo entre el «buena suerte» y el «después» pero suponía que sería desagradable. Un jarabe de sabor asqueroso o una bandejita con forma de riñón llena de grandes pastillas, quizá. Y un buen sermón sobre su moral y su personalidad, seguro. No le importaba gran cosa, siempre y cuando pudiera retrasarse el reloj. Se preguntó qué tamaño tendría el bebé. Su breve búsqueda en la enciclopedia de los Shawcross no le había dado muchas pistas. Suponía que lo sacarían con ciertas dificultades y lo envolverían en un chal y luego lo meterían en una cuna y lo cuidarían mucho hasta que estuviera listo para dárselo a una pareja simpática que quisiera tanto tener un bebé como ella deseaba no tenerlo. Y luego podría coger el tren y volver a casa, recorrer Church Lane y recuperar el cuenco de porcelana blanca con su cosecha de frambuesas, y entrar en la Guarida del Zorro como si no hubiera pasado nada aparte de «visitar museos y todo eso».

En realidad era una habitación como cualquier otra. Los altos ventanales tenían cortinas drapeadas y con borlas que parecían haber dejado atrás los antiguos habitantes de la casa, al igual que la chimenea de mármol que ahora albergaba un fuego de gas y, sobre la repisa, un reloj de esfera sencilla con grandes números. El linóleo verde en el suelo y la mesa de operaciones en el centro de la habitación resultaban asimismo incongruentes. Olía como el laboratorio de ciencias en el colegio. Se preguntó para qué serviría la brutal colección de brillantes instrumentos metálicos dispuestos sobre un paño en un carrito. Parecían guardar más relación con una carnicería que con bebés. No había ni rastro de una cuna en ningún sitio. El corazón empezó a aletearle en el pecho.

Un hombre, mayor que Hugh y con larga bata blanca de médico, entró corriendo en la habitación como si fuera de camino a otro sitio y le ordenó que se tendiera en la mesa con los pies «en los estribos».

—¿Los estribos? —repitió Ursula. No habría caballos por ahí, ¿no? La petición la dejó perpleja, hasta que la enfermera almidonada la tendió de un empujón y le encajó los pies—. ¿Van a operarme? —protestó—. Si no estoy enferma.

La enfermera le puso una mascarilla en la cara.

—Cuenta de diez hasta uno.

—¿Por qué? —intentó preguntar ella, pero las palabras apenas se habían formado en su cerebro cuando la habitación y todo lo que contenía desaparecieron.

Lo siguiente que supo fue que estaba en el asiento del pasajero del Austin de Izzie, mirando atontada a través del parabrisas.

—Dentro de nada estarás como una rosa —dijo Izzie—. No te preocupes, te han drogado. Te encontrarás mal un ratito.

¿Cómo sabía tanto Izzie sobre ese proceso tan atroz?

De vuelta en Melbury Road, Izzie la ayudó a meterse en la cama, donde durmió profundamente bajo la colcha de satén brillante de la habitación de invitados. Ya estaba oscuro fuera cuando Izzie entró con una bandeja.

—Sopa de rabo de buey —anunció alegremente—. Es de lata.

Izzie olía a alcohol, a algo dulce y empalagoso, y bajo el maquillaje y la actitud vivaracha, se veía agotada. Ursula supuso que debía de ser una carga terrible para ella. Se esforzó en incorporarse. De pronto no pudo soportar el olor del alcohol y de la sopa y vomitó por toda la colcha de satén.

—Ay, madre —soltó Izzie llevándose una mano a la boca—. La verdad es que no estoy hecha para estas cosas.

—¿Qué le ha pasado al bebé? —quiso saber Ursula.

—¿Cómo?

—¿Qué le ha pasado al bebé —repitió—. ¿Se lo han dado a alguien agradable?

Despertó en plena noche y devolvió otra vez; volvió a dormirse sin limpiar el vómito ni llamar a Izzie. Cuando despertó por la mañana, estaba caliente. Muy caliente, demasiado. El corazón le palpitaba en el pecho y le costaba mucho respirar. Trató de levantarse pero la cabeza le daba vueltas y las piernas se negaban a sostenerla. Después todo se volvió confuso. Izzie debía de haber llamado a Hugh, porque sintió una mano fría en la frente y, cuando abrió los ojos, él le sonreía con expresión tranquilizadora. Estaba sentado en la cama, todavía con el abrigo puesto. Ursula le vomitó encima.

—Vamos a llevarte a un hospital —dijo Hugh, sin alterarse ante aquel desastre—. Tienes una pequeña infección.

Al fondo, en algún sitio, Izzie protestaba enérgicamente.

—Van a llevarme a juicio por esto —le siseó a Hugh.

—Estupendo —contestó él—, espero que te metan en una celda y tiren la llave. —Cogió en brazos a Ursula—. Creo que llegaremos más deprisa en el Bentley.

Ursula se sentía muy liviana, como si fuera a salir volando. Cuando volvió en sí se encontraba en una cavernosa sala de hospital y Sylvie estaba con ella, con expresión tensa y horrible.

—¿Cómo has podido hacerlo? —le preguntó.

Ursula se alegró cuando cayó la noche y Hugh reemplazó a Sylvie.

Era Hugh quien estaba con ella cuando llegó el murciélago negro. La noche le tendió la mano, y Ursula se incorporó para cogérsela. Se sintió aliviada, casi contenta; sentía cómo la llamaba el mundo brillante y luminoso que había más allá, el lugar donde todos los misterios le serían revelados. La oscuridad la envolvió, una amiga de terciopelo. Había nieve en el aire, tan fina como talco, tan gélida como el viento del este en la piel de un bebé. Pero entonces Ursula volvió a desplomarse en la cama del hospital; le habían soltado la mano.

Un haz de luz radiante cruzaba el verde pálido del cubrecama de hospital. Hugh dormía, con el rostro flojo y cansado. Estaba sentado en una postura incómoda en una silla junto a la cama. Se le había subido un poco una pernera del pantalón, y Ursula vio un arrugado calcetín de hilo gris y la piel lisa de la espinilla de su padre. Se dijo que antaño habría sido como Teddy y que, algún día, Teddy sería como él. El niño en el interior del hombre, el hombre en el interior del niño. Pensar eso le dio ganas de llorar.

Hugh abrió los ojos y, cuando la vio, sonrió débilmente.

—Hola, osita. Por fin has vuelto.

Agosto de 1926

«La pluma debe sostenerse con suavidad, de forma que permita trazar con facilidad los caracteres taquigráficos. No se debe permitir que la muñeca se apoye sobre el cuaderno o el escritorio.»

El resto del verano fue espantoso. Se sentaba bajo los manzanos del huerto tratando de leer un manual de instrucciones de taquigrafía de Pitman. Se había decidido que haría un curso de mecanografía y taquigrafía en lugar de volvèr a la escuela.

—No puedo volver. Sencillamente, no puedo.

Era casi imposible huir de la frialdad que emanaba de Sylvie cada vez que entraba en una habitación y veía en ella a Ursula. Bridget y la señora Glover estaban perplejas; no entendían por qué la «grave enfermedad» que Ursula había contraído en Londres mientras estaba con su tía parecía haber distanciado tanto a Sylvie de su hija cuando habría cabido esperar lo contrario. Por supuesto Izzie quedó excluida para siempre. *Persona non grata in perpetuam*. Nadie sabía la verdad sobre lo ocurrido, excepto Pamela, que le había sonsacado la historia a Ursula, poquito a poco.

—Sin embargo, fue él quien te forzó —dijo, echando chispas—, ¿cómo puedes pensar que fue culpa tuya?

—Pero las consecuencias… —musitó Ursula.

Sylvie la culpaba solo a ella, cómo no.

—Has echado por la borda tu virtud, tu personalidad, la buena opinión que todos pudieran tener de ti.

—Pero nadie lo sabe.

—Yo sí.

—Pareces salida de una de las novelas de Bridget —le decía Hugh a Sylvie. ¿Habría leído él una de las novelas de Bridget? No parecía muy probable—. De hecho, me recuerdas a mi propia madre.

(«Ahora parece horroroso —dijo Pamela—, aunque esto también pasará.»)

Hasta Millie se dejó engañar por las mentiras de Ursula.

—¡Septicemia! Eso es sangre infectada, ¿no? Qué espectacular. ¿Era muy horrible el hospital? Nancy dice que Teddy le contó que casi te mueres. Estoy segura de que a mí nunca me pasará nada tan emocionante.

Qué diferencia tan abismal había entre morirse y estar a punto de morirse. Toda tu vida, de hecho. Ursula tenía la impresión de que la vida para la que se había salvado no le servía de nada.

—Me gustaría volver a ver al doctor Kellet —le dijo a Sylvie.

—Creo que se ha jubilado —contestó ella con indiferencia.

Ursula seguía llevando el cabello largo, sobre todo por complacer a Hugh, pero un día se dirigió a Beaconsfield con Millie e hizo que se lo cortaran. Fue un acto de penitencia que hizo que se sintiera como una mártir o una monja. Supuso que era así como viviría el resto de su vida, en algún punto entre las dos cosas.

Más que triste, Hugh pareció sorprendido. Ursula supuso que un corte de pelo era una ridiculez comparado con lo de Belgravia.

—¡Santo cielo! —exclamó Hugh cuando ella se sentó a cenar unas chuletas *à la russe* poco apetitosas.

(«Parece la comida del perro», comentó Jimmy, aunque era un niño con un apetito magnífico que se habría zampado encantado la comida de Jock.)

—Pareces una persona completamente distinta —dijo Hugh.

—Eso solo puede ser bueno, ¿no? —repuso Ursula.

—Pues a mí me gustaba la Ursula de antes —intervino Teddy.

—Bueno, pues por lo visto eres el único a quien le gusto —musitó Ursula.

Sylvie profirió un ruido que no se concretó en una palabra, y Hugh le dijo a Ursula:

—Oh, vamos, yo creo que eres…

Pero nunca descubrió qué pensaba Hugh de ella porque el insistente repiqueteo del llamador de la puerta anunció la llegada de un comandante Shawcross bastante angustiado que quería saber si Nancy estaba con ellos.

—Lamento interrumpirles la cena —dijo, vacilando en el umbral del comedor.

—Aquí no está —repuso Hugh, aunque la ausencia de Nancy era obvia.

El comandante Shawcross frunció el entrecejo al observar las chuletas en los platos.

—Ha salido al camino a recoger hojas, para su álbum. Ya sabes cómo es. —Esto último lo dijo dirigiéndose a Teddy, alma gemela de Nancy.

A Nancy le encantaba la naturaleza y siempre andaba recogiendo ramitas y piñas, conchas, piedras y huesos, como si fueran objetos totémicos de una religión ancestral. «Está asilvestrada»,

decía la señora Shawcross («Como si eso fuera bueno», comentaba Sylvie).

—Buscaba hojas de roble —comentó el comandante—, y en nuestro jardín no hay robles.

Siguió una breve discusión sobre la desaparición del roble inglés, seguida por un pensativo silencio. El comandante Shawcross se aclaró la garganta.

—Según Roberta, lleva fuera más o menos una hora. He recorrido el sendero de arriba abajo llamándola a gritos. No se me ocurre dónde puede estar. Winnie y Millie también están ahí fuera buscándola.

El comandante Shawcross empezaba a parecer un poco mareado. Sylvie sirvió un vaso de agua y se lo tendió.

—Siéntese.

El comandante siguió de pie. Ursula se dijo que estaba pensando en Angela, por supuesto.

—Habrá encontrado algo interesante —sugirió Hugh—, el nido de un pájaro o una gata con gatitos. Ya conocéis a Nancy.

Todos estuvieron de acuerdo en que conocían a Nancy.

El comandante Shawcross cogió una cuchara de la mesa del comedor y la miró distraído.

—Se ha saltado la cena.

—Le ayudaré a buscarla —se ofreció Teddy levantándose de golpe. Él también conocía a Nancy, y sabía que nunca se saltaba la cena.

—Yo también —dijo Hugh abandonando su chuleta, y le dio una palmada de ánimo en la espalda al comandante.

—¿Voy yo también? —quiso saber Ursula.

—No —zanjó Sylvie—. Y Jimmy tampoco. Quedaos aquí, la buscaremos nosotros por el jardín.

En esta ocasión no hubo una fresquera. Nancy fue a parar a la morgue de un hospital. Aún estaba caliente cuando la encontraron en el fondo de un antiguo comedero para reses.

—Han abusado de ella —le contó Hugh a Sylvie mientras Ursula acechaba como una espía al otro lado de la puerta del saloncito—. Dos niñas en tres años, no puede ser una coincidencia, ¿no? Y la han estrangulado, como a Angela.

—Hay un monstruo viviendo entre nosotros —repuso Sylvie. Fue el comandante quien la encontró.

—Gracias a Dios que esta vez no ha sido nuestro pobre Ted —dijo Hugh—. No lo habría soportado.

De todas formas, Teddy no fue capaz de soportarlo. Pasó semanas sin apenas pronunciar palabra. Cuando por fin habló, dijo que le habían arrancado el alma.

—Las heridas cicatrizan —repuso Sylvie—. Incluso las peores.

—¿De verdad crees eso? —le preguntó Ursula pensando en el papel de glicinias y la sala de espera en Belgravia.

—Bueno, no siempre —admitió Sylvie sin molestarse en mentir.

Oyeron los alaridos de la señora Shawcross durante aquella primera noche. Después su cara nunca volvió a ser la misma, y el doctor Fellowes les contó que había sufrido «una pequeña apoplejía».

—Vaya, pobre mujer —dijo Hugh.

—Nunca sabe dónde andan esas niñas —soltó Sylvie—. Las deja corretear libremente por ahí. Ahora está pagando por su negligencia.

—Ay, Sylvie —repuso Hugh con tristeza—. ¿No tienes corazón?

Pamela se marchaba a Leeds. Hugh iba a llevarla en el Bentley. El baúl era demasiado grande para el maletero y se tuvo que enviar en tren.

—Es lo bastante grande para esconder un cadáver —comentó Pamela.

Se marchaba a una residencia de estudiantes para mujeres y la habían informado ya de que compartiría una pequeña habitación con una chica llamada Barbara, de Macclesfield.

—Será como estar en casa —comentó Teddy para animarla—, solo que Ursula será otra persona.

—Pues entonces no será en absoluto como estar en casa —repuso Pamela.

Abrazó a Ursula con mayor fervor del que tocaba, y luego subió al coche para sentarse junto a Hugh.

La última noche, en la cama, Pamela le dijo a Ursula:

—Me muero de ganas de irme, pero me siento mal por dejarte aquí.

Cuando Ursula no volvió al colegio en otoño, después de las vacaciones, nadie cuestionó su decisión. Millie estaba demasiado desolada por la muerte de Nancy para que nada le importase gran cosa.

Ursula iba en tren todas las mañanas a High Wycombe para asistir a una escuela superior privada de secretariado. Lo de «escuela superior» le quedaba un poco grande a dos habitaciones, una gélida cocina y un armario más gélido incluso que albergaba un retrete, todo ello sobre una verdulería en la calle mayor. El director de la escuela era un tal señor Carver, cuyas pasiones de siempre eran el esperanto y la taquigrafía de Pitman, esta última más útil que la anterior. A Ursula le gustaba la taquigrafía, se parecía a un código secreto, con todo un nuevo vocabulario (gramálogos, contracciones, consonantes compuestas), un lenguaje que no era de los muertos ni de los vivos sino de los extrañamente inertes. Era en cierto modo tranquilizador escuchar la monótona entonación del señor Carver con sus listas de palabras: iteración, iterativo, reiteración, reiterado, reiterativo, príncipe, principesco, príncipes, princesa, princesas...

Las demás integrantes del curso eran muy simpáticas y agradables, muchachas optimistas y prácticas que nunca olvidaban sus cuadernos y reglas de taquigrafía ni llevaban menos de dos tintas de colores distintos en el bolso.

Si hacía mal tiempo a la hora de comer se quedaban en la escuela y compartían sus almuerzos traídos de casa y zurcían medias entre las hileras de máquinas de escribir. Habían pasado el verano haciendo excursiones, nadando y de acampada, y Ursula se preguntaba si sabrían, con solo mirarla, lo distinto que había sido el suyo. «Belgravia» se había convertido en su expresión taquigráfica de lo ocurrido. («Un aborto —dijo Pamela—. Un aborto ilegal.» Pamela nunca evitaba hablar sin pelos en la lengua. Ursula deseaba que sí lo hiciera.) Envidiaba las vidas corrientes que llevaban las otras chicas. (Cómo despreciaría Izzie semejante idea.) Ella parecía haber perdido para siempre la posibilidad de ser una chica corriente.

¿Y si se hubiera arrojado al tren expreso o hubiera muerto después de lo de Belgravia? O, de hecho, ¿y si abría simplemente la ventana de su habitación y se arrojaba por ella de cabeza? ¿Sería de verdad capaz de volver y empezar de nuevo? ¿O todo aquello estaba solo en su cabeza, como todos le decían y ella debía creer? Y qué si lo estaba, pues ¿no era real también lo que había en su cabeza? ¿Y si no había una realidad demostrable? ¿Y si no había nada más allá de la mente? Como el doctor Kellet le había contado con cierto cansancio, los filósofos habían «luchado a brazo partido» con ese problema mucho tiempo atrás; fue una de las primeras cuestiones que se plantearon, de manera que no tenía mucho sentido que ella se preocupara por eso. Pero ¿no era lógico que, dada su naturaleza, todo el mundo se enfrentara a ese dilema como si fuera la primera vez?

(«Olvida la mecanografía —le escribió Pamela desde Leeds—. Deberías aprender filosofía en la universidad, tienes la mente perfecta para eso. Eres como un terrier con un hueso terriblemente aburrido.»)

Al final fue en busca del doctor Kellet, para encontrarse con su consulta ocupada por una mujer de cabello y gafas grises, que la informó de que el doctor Kellet se había jubilado, en efecto, y le preguntó si quería pedir hora con ella. No, dijo Ursula, no quería. Era la primera vez que iba a Londres desde lo de Belgravia y sufrió un ataque de pánico en la línea de Bakerloo a la vuelta de Harley Street, y tuvo que salir corriendo de la estación en Marylebone, respirando con dificultad.

—¿Se encuentra bien, señorita? —le preguntó un vendedor de periódicos.

—Sí, sí, estoy bien, gracias.

Al señor Carver le gustaba tocar a las chicas («mis chicas») en el hombro, con suavidad, acariciando la angora de una rebeca o la lana de un jersey, como si fueran animales por los que sentía cariño.

Por las mañanas hacían prácticas de mecanografía en las grandes máquinas Underwood. A veces, el señor Carver las hacía escribir con los ojos vendados, pues aseguraba que era el único medio de que no mirasen las teclas y redujesen por tanto la velocidad. Tener los ojos vendados hacía que Ursula se sintiera como un soldado al que estuviesen a punto de fusilar por desertor. En esas ocasiones, muchas veces oía al señor Carver proferir extraños ruidos, resuellos y gruñidos amortiguados, pero prefería no levantarse la venda de los ojos para ver qué hacía.

Por las tardes se dedicaban a la taquigrafía y realizaban soporíferos ejercicios de dictado que abarcaban toda clase de cartas comerciales. «Estimado señor, sometí su escrito a la consideración de la junta directiva durante la reunión celebrada ayer, pero, tras ciertas deliberaciones, se vieron obligados a posponer el estudio de la cuestión hasta la próxima reunión de directivos, que tendrá lugar el último martes...» El contenido de dichas cartas era aburridísimo y suponía un curioso contraste con el furibundo fluir de la tinta en sus cuadernos mientras se esforzaban en no perder palabra.

Una tarde, mientras les dictaba («Mucho nos tememos que aquellos que pongan objeciones al nombramiento no tendrán posibilidades de éxito»), el señor Carver pasó por detrás de Ursula y le acarició la nuca, expuesta ahora que no llevaba el cabello largo. Ella sintió un escalofrío en todo el cuerpo. Se quedó mirando las teclas de la Underwood en la mesa ante sí. ¿Había algo en ella que atraía esa clase de atención? ¿No era buena persona?

Junio de 1932

Pamela había elegido un brocado blanco para ella y satén amarillo para sus damas de honor. El amarillo era más bien verdoso y hacía que las damas se vieran un poco biliosas. Eran cuatro: Ursula, Winnie Shawcross (la prefería a ella que a Gertie) y las dos hermanas pequeñas de Harold. Este procedía de una familia numerosa y bulliciosa de Old Kent Road que Sylvie consideraba «inferior». El hecho de que Harold fuese médico no parecía mitigar su posición (Sylvie sentía una curiosa aversión por la profesión médica).

—Pensaba que tu propia familia era algo *déclassé*, ¿no? —le dijo Hugh a Sylvie.

A él le caía bien su futuro yerno, lo encontraba «estimulante». Y la madre de Harold, Olive, también le gustaba.

—Dice lo que piensa —le dijo a Sylvie—. Y piensa lo que dice, no como algunos.

—En el muestrario me pareció que se veía bonito —dijo Pamela no muy convencida ante la tercera y definitiva prueba de Ursula en el salón de una modista en Neasden, nada menos.

A Ursula, el vestido cortado al bies le apretaba en el vientre.

—Ha engordado desde la última prueba —dijo la modista.

—¿De verdad?

—Sí —coincidió Pamela.

Ursula pensó en la última vez que había engordado. Belgravia. Esta vez no era por la misma razón, desde luego. Estaba de pie sobre una silla y la modista se movía a su alrededor, con un alfiletero sujeto a la muñeca.

—Pero sigues estando guapa —añadió Pamela.

—Me paso el día sentada en el trabajo —comentó Ursula—. Supongo que debería caminar más.

Qué fácil era ser perezosa. Vivía sola, pero nadie lo sabía. Hilda, la chica con quien supuestamente compartía el piso, un último piso en Bayswater, se había mudado a otro sitio, aunque todavía pagaba el alquiler, gracias a Dios. Hilda residía ahora en Ealing, en un «verdadero palacete del placer» con un hombre llamado Ernest cuya esposa le negaba el divorcio, y tenía que fingir ante sus padres que aún estaba en Bayswater llevando la vida de una mujer soltera y virtuosa. Ursula suponía que solo era cuestión de tiempo que los padres de Hilda aparecieran de manera inesperada en la puerta y ella tuviera que contar una mentira, o varias, para justificar la ausencia de su hija. Hugh y Sylvie se habrían quedado horrorizados de saber que Ursula vivía sola en Londres.

—¿Bayswater? —preguntó una dudosa Sylvie cuando anunció que se marchaba de la Guarida del Zorro—. ¿De verdad es necesario?

Hugh y Sylvie inspeccionaron el piso, y también a Hilda, que salió bien parada del examen de Sylvie. Aun así, a esta le pareció que tanto el piso como Hilda tenían ciertas carencias.

«Ernest de Ealing», como Ursula pensaba en él, era quien pagaba el alquiler («Soy una mantenida», comentaba Hilda de buen humor), pero la propia Hilda aparecía cada quince días para recoger el correo y entregar el dinero.

—Puedo buscar a otra persona con quien compartir el piso —propuso Ursula, aunque detestaba semejante idea.

—Esperemos un poco —repuso Hilda—, a ver si las cosas acaban de salirme bien. He ahí lo que tiene de bueno vivir en pecado, siempre puedes limitarte a largarte.

—También puede hacerlo Ernest (de Ealing).

—Tengo veintiún años y él cuarenta y dos, no va a largarse, créeme.

El hecho de que Hilda se mudara a otro sitio había supuesto un alivio. Ursula podía pasearse toda la tarde en bata con los rulos puestos, comiendo naranjas y chocolate y escuchando la radio. Cierto que Hilda no habría puesto objeciones a esas costumbres; incluso le habrían gustado, pero Sylvie les había inculcado el decoro en presencia de otras personas desde muy pequeños, y costaba quitárselo de encima.

Cuando llevaba un par de semanas sola, se le ocurrió que apenas contaba con amigas, y que las pocas que tenía nunca parecían preocuparse lo suficiente por ella para mantener el contacto. Millie se había convertido en actriz y casi siempre andaba de gira con una compañía de teatro. Le enviaba alguna que otra postal desde sitios que nunca habría visitado en otras circunstancias —Stafford, Gateshead, Grantham— e incluía divertidas viñetas de sí misma en distintos papeles («¡Yo de Julieta, para morirse de risa!»). Lo cierto era que su amistad no había sobrevivido a la muerte de Nancy. La familia Shawcross se encerró en sí misma con su dolor, y cuando Millie empezó por fin a vivir otra vez su propia vida, se encontró con que Ursula había dejado de vivir la suya. Ursula deseaba muchas veces poder explicarle el episodio de Belgravia, pero no quería poner en peligro lo poco que quedaba de su frágil amistad.

Ursula trabajaba ahora para una gran empresa de importaciones, y cuando oía a las chicas de la oficina charlar sobre lo que hacían y con quién, se preguntaba cómo lo harían para conocer a toda esa gente, a todos esos Gordons, Charlies, Dicks, Mildreds, Eileens y Veras, una multitud alegre e inquieta con quienes frecuentaban teatros de variedades y cines, iban a patinar, nadaban en piscinas al aire libre y casas de baños y hacían excursiones en coche al bosque de Epping y a Eastbourne. Ella no hacía ninguna de esas cosas.

Ursula ansiaba estar sola pero detestaba la soledad, un enigma que era incapaz de resolver. En el trabajo, las chicas le daban un trato distinto, como si fuera mayor y superior a ellas en todos los sentidos, aunque no lo era. De vez en cuando, alguna de la camarilla de la oficina le preguntaba:

—¿Quieres salir con nosotras después del trabajo?

Lo hacían con amabilidad; a Ursula le parecía que por caridad, y quizá estaba en lo cierto. Nunca aceptaba esos ofrecimientos. Sospechaba…, no, sabía que hablaban de ella a sus espaldas, aunque era pura curiosidad, en realidad no decían nada desagradable. Imaginaban que había cosas de ella que desconocían. Era «una incógnita». «Las apariencias engañan.» Les habría decepcionado saber que no había más bajo esa superficie, que hasta los clichés eran más interesantes que la vida que ella llevaba. Nada de incógnitas ni misteriosos trasfondos (en el pasado, quizá, pero no en el presente). A menos que tuvieran en cuenta su afición a la bebida. Y suponía que lo harían.

El trabajo era una lata: interminables facturas de mercancías, formularios de aduanas y balances contables. Las mercancías en sí —ron, cacao, azúcar— y sus exóticos lugares de procedencia no estaban en consonancia con el habitual aburrimiento en la oficina. Ursula suponía que ella era un diente pequeñito en el gran engranaje del imperio.

—Ser un diente no tiene nada de malo —decía Maurice, que ahora era un gran engranaje en el Ministerio del Interior—. La rueda del mundo necesita dientes.

Ella no quería ser un diente, pero Belgravia parecía haber puesto fin a cualquier proyecto más ambicioso.

Ursula sabía cómo empezó a beber. No hubo un motivo dramático sino que fue por algo tan simple como un *boeuf bourguignon* que planeó prepararle a Pamela durante su visita de fin de semana de unos meses atrás. Su hermana todavía trabajaba en el laboratorio de Glasgow y quería hacer algunas compras para su boda. Harold aún no se había mudado; tenía que ocupar su puesto en el hospital Royal London al cabo de unas semanas.

—Pasaremos un fin de semana genial, las dos solas —dijo Pamela.

—Hilda no está —mintió Ursula sin esfuerzo—. Se ha ido a Hastings a pasar el fin de semana con su madre.

No había razón para no contarle la verdad a Pamela sobre su arreglo con Hilda, pues su hermana había sido siempre la única persona con quien podía ser sincera, y sin embargo algo la hizo contenerse.

—Estupendo —repuso Pamela—. Arrastraré el colchón de Hilda hasta tu habitación y será como en los viejos tiempos.

—¿Tienes muchas ganas de estar casada? —le preguntó Ursula cuando estaban en la cama. Lo cierto es que no se parecía en nada a los viejos tiempos.

—Claro que sí, ¿por qué no iba a tenerlas? La idea del matrimonio me atrae. Me transmite algo liso, redondo, sólido.

—¿Como un guijarro?

—Como una sinfonía. Bueno, un dúo, más bien, supongo.

—Lo de ponerte poética no va contigo.

—Me gusta lo que hay entre nuestros padres —dijo Pamela llanamente.

—¿De verdad?

Hacía bastante que Pamela no pasaba tiempo con Hugh y Sylvie. Quizá no sabía qué había entre ellos últimamente. Disonancia, más que armonía.

—¿Has conocido a alguien? —le preguntó Pamela con cautela.

—No, a nadie.

—Todavía no —repuso Pamela con su tono más alentador.

Para el *boeuf bourguignon* hacía falta borgoña, como es natural, y a la hora de comer Ursula entró en la vinatería ante la que pasaba todos los días de camino al trabajo en la City. Era un local antiquísimo; la madera del interior daba la impresión de llevar varios siglos empapada en vino, y las oscuras botellas con sus preciosas etiquetas parecían prometer algo más que su contenido. El vinatero eligió una botella para ella; algunas personas utilizaban vino de baja calidad para cocinar, aseguró, pero el de baja calidad solo debería usarse como vinagre. Era un hombre mordaz y un poco abrumador. Prodigó a la botella la misma ternura que se le dedicaría a un bebé, envolviéndola con sumo cuidado en papel de seda para tendérsela a Ursula, que la metió en el capazo, donde permanecería oculta toda la tarde, no fuera a sospechar alguien en la oficina que era una borrachina.

Compró el borgoña antes que la carne, y aquella noche se dijo que abriría la botella y probaría una copita, ya que el vinatero lo puso por las nubes. Había tomado alcohol con anterioridad, por supuesto, pues no era una abstemia, pero nunca había bebido sola. Jamás había descorchado una cara botella de borgoña y servido una copa solo para ella (en bata, con rulos y un acogedor fuego de gas). Fue como meterse en una bañera caliente en una noche fría; el vino, intenso y añejo, se le antojó de pronto un consuelo enorme. Aquella era la «copa llena del cálido sur» de Keats, ¿no? Su desaliento habitual pareció evaporarse ligeramente, de modo que se tomó otra copa. Cuando se puso en pie sintió un leve mareo, y se rió de sí misma. «Qué achispada», dijo sin dirigirse a nadie en particular.

De pronto se encontró planteándose conseguir un perro. Así tendría con quien hablar. Un perro como Jock la recibiría todos los días con alegre optimismo, y quizá una parte se le contagiaría. Jock ya había muerto, de un ataque al corazón, según el veterinario. «Con ese corazoncito tan fuerte que tenía», dijo Teddy, con su propio corazón hecho pedazos. Lo sustituyeron por un galgo inglés de ojos tristes que parecía demasiado delicado para los bruscos avatares de una vida perruna.

Ursula lavó la copa y volvió a ponerle el corcho a la botella, dejando vino suficiente para la carne del día siguiente, antes de tambalearse hacia la cama.

Durmió profundamente y no despertó hasta que sonó la alarma del reloj, lo que supuso un cambio con respecto a la agitación habitual. «Beber, y sin ser visto, abandonar el mundo.» Una vez despierta, comprendió que no podría cuidar de un perro.

Al día siguiente, en el trabajo, el tedio de pasarse la tarde garabateando en los libros de contabilidad se vio animado por la idea de la botella a medias sobre la encimera de la cocina. Después de todo, podía comprar otra botella para la carne.

—Quedó buena, ¿eh? —comentó el vinatero cuando Ursula volvió a aparecer dos días después.

—No, no —respondió ella riendo—, todavía no he preparado la carne. Se me ha ocurrido que podría conseguir un vino igual de bueno para acompañarla.

Comprendió que no podría volver a aquella tienda tan encantadora, pues el número de *boeuf bourguignons* que alguien decidiría preparar tenía un límite.

Para Pamela, preparó un abstemio pastel de carne con puré, seguido por manzanas al horno con crema.

—Te he traído un regalo de Escocia —anunció Pamela, y sacó una botella de whisky de malta.

Tras beberse el whisky, encontró otra vinatería, una que trataba sus mercancías con menos veneración.

—Es para un *boeuf bourguignon* —explicó, aunque el hombre no mostró interés en el uso que le daría al vino—. Me llevaré dos, de hecho. Voy a cocinar para un montón de gente.

Se hizo con un par de botellas de Guinness en el bar de la esquina.

—Para mi hermano, que ha aparecido sin avisar.

Teddy ni siquiera tenía dieciocho años, y dudaba que fuera bebedor. Un par de días después, hizo lo mismo.

—¿Ha aparecido su hermano otra vez, señorita? —preguntó el dueño del bar. Le guiñó un ojo y Ursula se ruborizó.

Un restaurante italiano en Soho por el que pasaba «por casualidad» le vendió un par de botellas de Chianti sin rechistar. «Jerez directamente del barril»; podía llevar una jarra a la cooperativa al fondo de la calle y se la llenaban de la barrica. («Para mi madre.») Ron de bares que quedaban muy lejos de su casa («Para mi padre»). Era como una científica experimentando con distintas formas de alcohol, pero sabía qué le gustaba más: aquella primera botella de una ruborosa Hipocrene, el vino rojo como la sangre. Planeó cómo conseguir que le mandaran una caja («para una celebración familiar»).

Se había convertido en una bebedora en secreto. Era un acto privado, íntimo y solitario. Solo con pensar en una copa, el corazón le palpitaba tanto de temor como de expectación. Por desgracia, entre la restrictiva legislación para la venta de bebidas alcohólicas y el espanto de verse humillada, una joven de Bayswater podía tener considerables dificultades para satisfacer su adicción. A los ricos les resultaba más fácil; Izzie tenía una cuenta en algún sitio, en Harrods, probablemente, y le mandaban los pedidos a casa.

Había sumergido un dedo del pie en las aguas del Leteo, y al cabo de un instante, sin saber cómo, se estaba ahogando; pasó de la sobriedad a ser una borracha en cuestión de semanas. Era vergonzoso y al mismo tiempo una manera de aniquilar la vergüenza. Cada mañana al despertar se decía: «Esta noche no, esta noche no beberé», y cada tarde anhelaba más y más hacerlo al imaginar que llegaba al piso al final de la jornada para abandonarse a la inconsciencia. Había leído relatos sensacionalistas sobre los fumaderos de opio de Limehouse, y se preguntaba si serían ciertos. El opio sonaba mejor que el borgoña para eclipsar el dolor de la existencia. Tal vez Izzie podría facilitarle la ubicación de algún fumadero chino, pues había «dado sus buenas chupadas por ahí», como confesó alegremente, pero Ursula no se veía capaz de preguntarle algo así. Y eso podía llevarla no al nirvana (después de todo, había resultado una discípula aventajada del doctor Kellet), sino a una nueva Belgravia.

A Izzie se le permitía volver en ocasiones al redil familiar («Solo en bodas y funerales —puntualizó Sylvie—. En bautizos, no»). Estaba invitada a la boda de Pamela, si bien, para el inmenso alivio de Sylvie, envió sus excusas por no poder asistir. «Pasaré el fin de semana en Berlín.» Un conocido suyo tenía un avión («qué emocionante») e iba a llevarla hasta allí. Ursula visitaba a Izzie de vez en cuando. Tenían en común el espanto de Belgravia, un recuerdo que las uniría para siempre, aunque nunca hablaban de ello.

En su lugar, Izzie mandó un regalo de boda, una caja de tenedores de postre de plata, un obsequio que divirtió a Pamela.

—Qué mundano —le comentó a Ursula—. Izzie nunca deja de sorprenderme.

—Ya casi he terminado —anunció la modista de Neasden con un puñado de alfileres entre los dientes.

—Supongo que me estoy poniendo rellenita —admitió Ursula contemplando en el espejo el satén amarillo que se tensaba para acomodar su vientre—. Quizá debería apuntarme a la Asociación Femenina de Salud y Belleza.

Sin haber bebido una sola gota, tropezó en el camino de regreso a casa desde el trabajo. Ocurrió una deprimente tarde de noviembre, lluviosa y oscura, unos meses después de la boda de Pamela, y sencillamente no vio el borde levantado de una baldosa de la acera por culpa de una raíz de árbol. Tenía las manos ocupadas, con libros de la biblioteca y la compra, que había conseguido a toda prisa a la hora de comer; su instinto fue proteger los alimentos y los libros y no a sí misma. El resultado fue que cayó de cara contra la acera y la peor parte se la llevó la nariz.

El dolor la dejó aturdida; jamás había experimentado nada ni remotamente parecido. Se incorporó hasta quedar de rodillas y se abrazó el cuerpo, con la compra y los libros abandonados en la acera mojada. Se oyó gimotear y lamentarse, y no pudo hacer nada por impedirlo.

—¡Caramba! —exclamó una voz de hombre—. Qué mala suerte. Deje que la ayude. Se ha llenado de sangre toda esa bonita bufanda de color melocotón. ¿Es de ese color, o es salmón?

—Melocotón —murmuró Ursula, educada pese al dolor.

Nunca se había fijado mucho en la bufanda de mohair que llevaba al cuello. Parecía haber un montón de sangre. Sentía cómo se le hinchaba toda la cara y el olor denso y acre de la sangre en la nariz, aunque el dolor se había mitigado un poco.

El hombre era bastante apuesto, no muy alto pero con el cabello rubio rojizo, los ojos azules y una piel clara y lozana sobre unos bonitos pómulos. La ayudó a levantarse. La mano que le tendió se notaba firme y seca.

—Me llamo Derek. Derek Oliphant.

—¿Oli… qué?

—Oliphant.

Tres meses después, estaban casados.

Derek era oriundo de Barnet, y a Sylvie le pareció tan poco digno de interés como Harold antes que él. Ahí, por supuesto, residía su encanto en lo que a Ursula concernía. Daba clases de historia en Blackwood, una escuela pública de poca monta para chicos («los hijos varones de aspirantes a tenderos», dijo Sylvie con desdén) y cortejaba a Ursula con conciertos en Wigmore Hall y paseos por Primrose Hill. Hacían largos recorridos en bicicleta que acababan en pubs agradables de las afueras, donde él tomaba media pinta de cerveza y ella una limonada.

Resultó que se había roto la nariz. («Ay, pobrecita —escribió Pamela—, con esa nariz tan bonita que tenías.») Antes de escoltarla a un hospital, Derek la llevó a un bar allí cerca para que se lavara un poco.

—Deje que le pida un brandy —se ofreció él cuando Ursula se hubo sentado.

—No, no, estoy bien, solo quiero un vaso de agua. No soy gran bebedora —contestó, aunque la noche anterior había caído redonda en el suelo de su dormitorio en Bayswater tras beberse una botella de ginebra que le había birlado a Izzie.

No tenía mala conciencia por robarle a Izzie, ya que ella le había quitado muchas cosas. El asunto de Belgravia, por ejemplo.

Ursula dejó de beber casi tan de repente como había empezado. Suponía que se había creado un vacío en su interior a raíz del episodio de Belgravia. Intentó llenar ese vacío con la bebida, pero ahora lo llenaba con sus sentimientos por Derek. ¿Qué sentimientos eran esos? Sobre todo alivio por que alguien quisiera cuidar de ella, alguien que desconocía su vergonzoso pasado. «Estoy enamorada», le escribió como loca a Pamela. «Hurra», le contestó su hermana.

—A veces —fue el comentario de Sylvie—, uno confunde la gratitud con el amor.

La madre de Derek aún vivía en Barnet, pero su padre había muerto, al igual que una hermana más pequeña que él.

—Sufrió un accidente terrible —contó Derek—. Se cayó al fuego cuando tenía cuatro años.

Sylvie siempre había hecho mucho hincapié en colocar pantallas para la chimenea. El propio Derek había estado a punto de ahogarse cuando era niño, como dijo después de que Ursula le contara su incidente en Cornualles. Era una de las pocas aventuras de su vida en la que tenía la sensación de haber desempeñado un papel casi enteramente inocente. ¿Y Derek? Una ola tremenda, un bote volcado, un heroico recorrido a nado hasta la costa. No hizo falta ningún señor Winton.

—Me rescaté a mí mismo.

—Entonces no es un hombre del todo corriente —dijo Hilda ofreciendo un cigarrillo a Ursula.

Ella titubeó, pero lo rechazó, pues no estaba dispuesta a embarcarse en otra adicción. Se encontraba en plena tarea, empaquetando sus pertenencias. Se moría de ganas de dejar atrás Bayswater. Derek vivía en una habitación alquilada en Holborn, aunque estaba a punto de formalizar la compra de una casa para los dos.

—Por ciento, le he escrito al casero —dijo Hilda—. Le he dicho que nos vamos las dos. La mujer de Ernie va a darle el divorcio, ¿te lo había dicho? —Bostezó—. Me ha pedido que me case con él. Y creo que voy a decirle que sí. Las dos seremos mujeres casadas y respetables. Puedo ir a visitarte a… ¿dónde era?

—Wealdstone.

Los invitados a la boda, en un juzgado de paz, quedaron limitados, según los deseos de Derek, a la madre del novio y Hugh y Sylvie. Pamela se quedó desconcertada al enterarse de que no la habían invitado.

—No queríamos esperar —dijo Ursula—. Y a Derek no le apetecía tener mucho jaleo.

—¿Y tú no querías jaleo? ¿No es esa la gracia de una boda?

No, ella no quería jaleo. Iba a pertenecer a alguien, por fin estaría a salvo, era cuanto contaba. Ser una novia no significaba nada, ser una esposa lo era todo.

—Queríamos que fuera todo muy sencillo —insistió con decisión. («Y barato, por cómo pinta la cosa», dijo Izzie, que envió otro juego de tenedores de postre de plata.)

—A mí me parece un tipo simpático —comentó Hugh en lo que hizo las veces de banquete de bodas, una comida a base de tres platos en un restaurante cercano al juzgado de paz.

—Sí, lo es —dijo Ursula—. Muy simpático.

—Aun así, es una celebración un poco rara, mi querida osita —repuso Hugh—. No se parece en nada a la boda de Pammy, ¿eh? Parecía que media Old Kent Road estuviese allí presente. Y al pobre Teddy le ha molestado bastante que no lo invitarais. Pero lo más importante es que seáis felices —añadió con tono animoso.

Ursula se puso un traje de chaqueta gris perla para la ceremonia. Sylvie llevó ramilletes para todos, para vestidos y solapas, elaborados con rosas de invernadero de una floristería.

—No son mis rosas, por desgracia —le dijo a la señora Oliphant—. Las mías son de la variedad Gloire des Mousseux, por si le interesa.

—Estoy segura de que son muy bonitas —repuso la señora Oliphant con un tono que no sonó demasiado a cumplido.

—Cásate demasiado pronto y te arrepentirás demasiado tarde —murmuró Sylvie, sin dirigirse a nadie en particular, antes de un comedido brindis con jerez por los novios.

—¿Y tú? —le preguntó Hugh—. ¿Estás arrepentida?

Sylvie fingió no oírlo. Estaba de un humor especialmente discordante.

—Es un cambio de vida, creo yo —le susurró Hugh a Ursula, un poco avergonzado.

—Yo también —musitó ella.

Hugh le cogió la mano y le dio un apretón.

—Esa es mi niña.

—¿Y sabe Derek que no estás intacta? —le preguntó Sylvie cuando se quedó a solas con Ursula en el tocador de señoras.

Estaban sentadas en pequeños taburetes acolchados, retocándose el pintalabios en el espejo. La señora Oliphant se había quedado en la mesa, pues no llevaba pintalabios que retocar.

—¿Intacta? —repitió Ursula mirando a su madre a través del espejo. ¿Qué significaba eso, que era defectuosa? ¿Que estaba rota?

—Que no eres doncella —insistió Sylvie, y al ver la cara inexpresiva de Ursula, añadió con impaciencia—: Que te han desflorado. Para no ser inocente ni mucho menos, me pareces increíblemente ingenua.

«Antes Sylvie me quería —se dijo ella—. Pero ya no.»

—Intacta —repitió Ursula. Ni se le había pasado por la cabeza semejante cuestión—. ¿Cómo va a saberlo él?

—Por la sangre, por supuesto —contestó Sylvie con cierta irritación.

Ursula pensó en el papel pintado de glicinias. Y en su desfloración. No se le había ocurrido que hubiese una relación entre ambas cosas. Creyó que la sangre era fruto de una herida, no de la rotura del himen.

—Bueno, a lo mejor no se da cuenta —concluyó Sylvie con un suspiro—. Estoy segura de que no será el primer marido a quien engañan en su noche de bodas.

—¿Ya os habéis retocado la pintura de guerra? —preguntó alegremente Hugh cuando volvieron a la mesa.

Ted había heredado la sonrisa de Hugh. Derek y la señora Oliphant fruncían el entrecejo de la misma manera. Ursula se preguntó cómo habría sido el señor Oliphant, pues rara vez lo mencionaban.

—Vanidad, tienes nombre de mujer —soltó Derek con una alegría que pareció un poco forzada.

Ursula advirtió que no se sentía tan cómodo en situaciones sociales como había creído al principio. Le sonrió, sintiendo un nuevo vínculo con él. Se dio cuenta de que se casaba con un desconocido. («Todo el mundo se casa con un desconocido», decía Hugh.)

—La palabra correcta es «fragilidad», de hecho —dijo Sylvie con tono amable—. «Fragilidad, tienes nombre de mujer.» Es de Hamlet. Por alguna razón, mucha gente lo cita mal.

El rostro de Derek se ensombreció momentáneamente, pero luego se rió.

—Me inclino ante sus superiores conocimientos, señora Todd.

Habían elegido la casa de Wealdstone por su situación, relativamente cerca de donde Derek daba clases. Disponía de una herencia, «una suma muy pequeña» procedente de las inversiones de aquel padre al que rara vez mencionaba. Era una «sólida» casa adosada en Masons Avenue de estilo Tudor, con entramado de madera en la fachada, cristales emplomados y un vitral en la puerta de entrada en el que se representaba un galeón a toda vela, aunque Wealdstone parecía muy lejos de cualquier mar. La casa contaba con todas las comodidades modernas; además había tiendas cercanas, un médico, un dentista y un parque para que jugaran los niños; de hecho, todo lo que una joven esposa (y madre, «algún día, muy pronto», según Derek) podía desear.

Ursula se imaginaba desayunando con Derek por las mañanas antes de despedirlo con un ademán cuando se fuera al trabajo; se imaginaba empujando a los niños en cochecitos primero, sillitas de paseo después y por fin columpios, bañándolos por las noches y leyéndoles cuentos en su precioso dormitorio. Durante las veladas, Derek y ella se sentarían a escuchar tranquilamente la radio en el salón. Él podría trabajar en el libro que estaba escribiendo, un libro de texto: «De los Plantagenet a los Tudor». («Caray —decía Hilda—. Suena muy emocionante.») Wealdstone quedaba muy lejos de Belgravia. Gracias a Dios.

Las habitaciones donde se desarrollaría esa vida suya de casada permanecieron en su imaginación hasta después de la luna de miel, puesto que Derek había comprado y amueblado la casa sin que ella la hubiese visto nunca.

—Eso es un poco raro, ¿no crees? —le dijo Pamela.

—No —contestó Ursula—. Es una sorpresa. Es su regalo de boda para mí.

Cuando Derek por fin traspuso torpemente con ella en brazos el umbral de Wealdstone (un porche de baldosas rojas que no habría merecido la aprobación de Sylvie ni de William Morris), Ursula no pudo evitar una punzada de decepción. La casa resultó más vacía y anticuada que la de su imaginación, y supuso que la sosería que imperaba era fruto de la falta de una mano femenina en la decoración, de modo que se llevó una sorpresa cuando Derek dijo:

—Mi madre me ha ayudado.

Pero, cómo no, reinaba una cerrazón similar en Barnet, donde el sombrío ambiente impregnaba un poco a la propia viuda Oliphant.

Sylvie había pasado su luna de miel en Deauville, y la de Pamela consistió en caminatas por Suiza, pero Ursula comenzó su matrimonio con una lluviosa semana en Worthing.

Se casó con un hombre («un tipo simpático») y despertó junto a otro, un hombre tan rígido e implacable como el reloj de sobremesa de Sylvie.

Derek cambió casi de inmediato, como si la luna de miel en sí fuera una transición, un rito iniciático por adelantado para pasar de pretendiente solícito a esposo desencantado. Ursula culpó de ello al espantoso tiempo que hacía. La casera de la pensión donde se alojaban esperaba que dejaran libre la habitación entre el desayuno y la cena a las seis, de manera que pasaban las largas jornadas refugiándose en cafés o en la galería de arte y los museos o luchando contra el viento en el muelle. Las veladas se dedicaban a jugar al whist por parejas con otros huéspedes (menos alicaídos) antes de retirarse a la gélida habitación. A Derek no se le daba bien jugar a las cartas, en varios sentidos, y perdían prácticamente todas las manos. Casi parecía malinterpretar a propósito los intentos que hacía Ursula de indicarle qué cartas tenía.

—¿Por qué has salido de triunfo? —le preguntó una vez, con genuina curiosidad, cuando se desvestían con decoro en el dormitorio.

—No me digas que te parecen importantes esas tonterías —repuso él con tanto desprecio en el semblante que ella se dijo que más valdría evitar cualquier clase de juego con Derek en el futuro.

En su noche de bodas, la sangre, o la falta de ella, pasó inadvertida, para el alivio de Ursula.

—Me parece que deberías saber que tengo alguna experiencia —anunció Derek con cierta arrogancia cuando se metían juntos en la cama por primera vez—. Creo que un marido tiene el deber de conocer un poco el mundo. ¿Cómo si no va a proteger la pureza de su esposa?

A Ursula le pareció un argumento algo engañoso, pero difícilmente estaba en situación de discutir.

Derek se levantaba pronto por las mañanas y hacía incesantes series de flexiones, como si estuviera en un barracón del ejército y no en su luna de miel. «Mens sana in corpora sana», decía. Ella pensaba que más valía no corregirlo. Se sentía orgulloso de su latín, así como de sus rudimentarios conocimientos de griego clásico. Su madre había hecho grandes economías para asegurarse de que él tuviera una buena educación, no se lo habían «puesto todo en bandeja como a algunos». A Ursula se le daba bien el latín, y el griego también, pero prefería no pavonearse de ello. Aquella era otra Ursula, por supuesto. Una Ursula distinta, sin la huella de Belgravia.

El método de Derek para tener relaciones conyugales era muy similar a su método de ejercicio, incluida la misma expresión de dolor y esfuerzo en el rostro. Por lo que parecía importarle, Ursula podría haber formado parte del colchón. Pero ¿acaso tenía con quién compararlo? ¿Con Howie? Ojalá le hubiera preguntado a Hilda qué ocurría en su «palacete del placer» en Ealing. Pensó en los efusivos coqueteos de Izzie y en el cálido afecto que se tenían Pamela y Harold. Todo parecía indicar diversión, si no absoluta felicidad. «¿Qué sentido tiene la vida si no puedes divertirte un poco?», solía decir Izzie. Ursula tenía la impresión de que en Wealdstone andaba un poco corta de diversiones.

Por rutinario que hubiese sido su empleo, no podía compararse con la pesadísima tarea de llevar una casa un día tras otro. Había que lavar, fregar, quitar el polvo, abrillantar y barrer continuamente, por no mencionar lo que suponía planchar, doblar y colgar la ropa y poner orden. Y los «retoques». Derek era un hombre de líneas y ángulos rectos. Toallas, trapos de cocina, cortinas y alfombras precisaban retoques constantes para quedar perfectamente rectos. (Al igual que la propia Ursula, por lo visto.) Pero se trataba de su obligación, eran los retoques constantes que requería el matrimonio en sí, ¿no? Sin embargo, no podía quitarse de encima la sensación de que la ponían a prueba de manera permanente.

Era más sencillo rendirse a la incuestionable creencia de Derek en el orden doméstico que buscar el enfrentamiento. («Hay un sitio para todo y todo tiene que estar en su sitio.») Había que fregar bien la vajilla para quitarle las manchas, sacar brillo a la cubertería y disponerla bien ordenada en los cajones, con los cuchillos como soldados en un desfile y las cucharas bien encajadas unas con otras. Según él, un ama de casa debía ser la más fiel devota en el altar de lares y penates. Ursula pensaba que lo de «altar» no era muy acertado, visto el tiempo que se pasaba barriendo chimeneas y sacando escoria de la caldera.

Derek era muy puntilloso con el orden. Según él, era incapaz de pensar si las cosas estaban fuera de sitio o torcidas. «Casa ordenada, mente ordenada», decía. Ursula empezaba a percatarse de que le gustaban lo suyo los aforismos. Desde luego no podía trabajar en «De los Plantagenet a los Tudor» en medio del desbarajuste que Ursula parecía provocar con solo entrar en una habitación. Necesitaban los ingresos que proporcionaría el libro de texto, el primero de Derek, que publicaría William Collins, y con ese fin había hecho suyo el diminuto comedor (mesa, aparador y todo lo demás) del fondo de la casa para convertirlo en su «estudio», del que Ursula se veía desterrada la mayoría de las veladas para que él pudiera escribir. Donde come uno comen dos, solía decir Derek, y sin embargo ahí estaban, apenas capaces de pagar las facturas por culpa de la incapacidad de Ursula para la economía doméstica, de manera que al menos podía dejarlo un poco en paz para intentar ganarse una migaja extraordinaria. Y no, gracias, no quería su ayuda para mecanografiar el manuscrito.

Ursula tenía ahora la sensación de que su antigua rutina doméstica había sido bastante desastrosa. En Bayswater, muchas veces dejaba la cama sin hacer y los platos sin lavar. Un buen desayuno consistía en pan con mantequilla y, por lo que sabía, tomar un huevo duro para cenar no tenía nada de malo. En Wealdstone, el desayuno tenía que estar listo y servido en la mesa a una hora precisa de la mañana. Derek no podía llegar tarde a la escuela, y el desayuno, una letanía de gachas de avena, huevos y tostadas, era para él una solemne (y solitaria) comunión. Los huevos se preparaban de forma rotativa a lo largo de la semana, revueltos, fritos, duros, pasados por agua, y los viernes tocaba la gran emoción de un arenque ahumado. Los fines de semana, a Derek le gustaba tomar panceta, salchichas y morcilla junto con los huevos. Estos últimos no procedían de una tienda, sino de una granja a tres millas de distancia, a la que Ursula tenía que ir a pie cada semana porque Derek había vendido las bicicletas cuando se mudaron a Wealdstone «para ahorrar».

La cena constituía una clase distinta de pesadilla, puesto que Ursula tenía que pensar constantemente en nuevos menús. La vida era una sucesión interminable de costillas, filetes, pasteles salados, estofados y asados, por no mencionar el pudin que debía figurar todos los días con gran variedad. «¡Soy una esclava de los libros de cocina!», le escribió con fingida alegría a Sylvie, aunque distaba mucho de sentirse alegre en el cotidiano hojear de sus exigentes páginas. Llegó a sentir respeto por la señora Glover. Claro que la señora Glover se beneficiaba de una cocina grande, un presupuesto considerable y una *batterie de cuisine* completa, mientras que la cocina de Wealdstone estaba muy justa de cacharros y Ursula nunca conseguía que el dinero de que disponía para la casa le alcanzara para toda la semana, de modo que Derek siempre le regañaba por gastar de más.

En Bayswater nunca le había preocupado mucho el dinero; si

no le llegaba, comía menos e iba andando en lugar de coger el metro. Si de verdad necesitaba llegar a fin de mes siempre podía recurrir a Hugh o Izzie, pero difícilmente podía salir corriendo a pedirles dinero ahora que tenía un marido. Derek se habría sentido mortificado con semejante afrenta a su hombría.

Tras varios meses de interminables tareas domésticas, Ursula se dijo que se volvería loca si no encontraba algún pasatiempo con el que aliviar las largas jornadas. Todos los días, de camino a las tiendas, pasaba ante un club de tenis. Solo veía la alta tela metálica que se alzaba tras una valla de madera y una puerta verde en una pared de guijarros que daba a la calle, pero oía los familiares sonidos de las pelotas contra las raquetas; un día se encontró llamando a la puerta verde y preguntando si podía apuntarse.

—Me he apuntado al club de tenis del barrio —le dijo a Derek esa noche cuando volvió a casa.

—No me lo has preguntado —contestó él.

—No sabía que jugaras al tenis.

—Y no juego. Quiero decir que no me has preguntado si podías apuntarte.

—No sabía que tuviera que preguntártelo.

Algo nubló el rostro de Derek, lo mismo que Ursula había visto brevemente el día de su boda cuando Sylvie lo corrigió al pronunciar la cita de Shakespeare. Esta vez tardó más en pasar y pareció transformarlo de un modo indefinible, como si una parte de él se hubiese encogido.

—Bueno, ¿puedo o no? —le preguntó ella, pensando que sería mejor mostrarse dócil y mantener la paz. ¿Le habría hecho Pammy una pregunta así a Harold? ¿Habría esperado Harold que le hiciera una pregunta así? No estaba muy segura. Se percató de que no sabía nada sobre el matrimonio. Y, por supuesto, la alianza que formaban Sylvie y Hugh continuaba siendo un enigma.

Se preguntó qué argumento podía tener Derek para que ella no jugase al tenis. Él parecía estar debatiendo lo mismo.

—Supongo que sí. Siempre y cuando te quede tiempo para hacer las tareas de la casa.

A media cena —estofado de cordero y puré de patatas—, Derek se levantó de pronto de la mesa, cogió el plato y lo arrojó al otro extremo de la estancia, y luego salió de la casa sin pronunciar palabra. No volvió hasta que Ursula se disponía a acostarse. Todavía esbozaba la misma expresión hosca que cuando se había ido, y le ladró un «buenas noches» antes de meterse en la cama.

En plena noche, la despertó al ponerse encima de ella y penetrarla sin decir palabra. Ursula se acordó de la glicinia.

La expresión hosca («esa cara», pensaba ella) empezó a hacer apariciones regulares, y Ursula se sorprendió de lo lejos que era capaz de llegar ella para aplacarla. Pero no servía de nada, pues cuando Derek estaba de tan mal humor, ella lo ponía nervioso sin importar lo que hiciera o dijese; de hecho, si algo hacían sus intentos de apaciguarlo era empeorar la situación.

Se organizó una visita a la señora Oliphant en Barnet, la primera desde la boda. Habían pasado brevemente por allí —té con bollos medio secos— para anunciar el compromiso, pero no habían vuelto desde entonces.

En esta ocasión, la señora Oliphant les sirvió una mustia ensalada con jamón y les dio un poco de conversación. Había «reservado» unos cuantos trabajitos en la casa para Derek, quien desapareció armado con sus herramientas y dejó que las mujeres recogieran la mesa. Cuando acabaron de fregar los platos, Ursula propuso:

—¿Preparo una taza de té?

—Como quieras —repuso la señora Oliphant sin mucho entusiasmo.

Se sentaron en el saloncito, un poco tensas, a tomar el té. Colgada en la pared había una fotografía enmarcada, un retrato de estudio de la señora Oliphant y su flamante marido el día de su boda, muy puritanos con sus atuendos de finales de siglo.

—Qué bonita —comentó Ursula—. ¿Tiene alguna foto de Derek de pequeño? ¿O de su hermana? —añadió, pues no le parecía bien excluir a la niña de la historia familiar solo porque estuviese muerta.

—¿Su hermana? —repitió la señora Oliphant frunciendo el ceño—. ¿Qué hermana?

—La hermana que murió.

—¿Murió? —repuso la señora Oliphant con expresión asustada.

—Su hija —insistió Ursula—. La que cayó a la chimenea —añadió, sintiéndose tonta, pues no era un detalle que se olvidada fácilmente.

Se preguntó si la señora Oliphant sería un poco simplona. Parecía confusa, como si tratara de recordar a su hija olvidada.

—Yo solo tuve a Derek —concluyó con firmeza.

—Bueno, da igual —dijo Ursula, como si se tratara de un asunto trivial que pudiera descartarse a la ligera—. Tiene que venir usted a visitarnos a Wealdstone, ahora que estamos instalados. Estamos muy agradecidos por el dinero que dejó el señor Oliphant, ¿sabe?

—¿Cómo? ¿Dejó dinero?

—Tengo entendido que dejó unas acciones en el testamento —repuso Ursula. Quizá la señora Oliphant no había participado en la formalización de las últimas voluntades de su esposo.

—¿Testamento? No dejó más que deudas cuando se fue. No está muerto —añadió, como si la simplona fuese Ursula—. Vive en Margate.

Ursula se preguntó qué otras mentiras y verdades a medias le habrían contado. ¿Era cierto que Derek había estado a punto de ahogarse de pequeño?

—¿De ahogarse?

—Volcó con un bote de remos y fue nadando hasta la orilla, ¿no?

—¿De dónde has sacado una cosa así?

—Bueno —dijo Derek apareciendo en el umbral y dándoles un susto a ambas—, ¿qué andáis cotilleando?

—Has adelgazado —comentó Pamela.

—Sí, supongo que sí. Últimamente juego al tenis.

Qué normal parecía su vida al oír eso. Se empeñaba en asistir al club de tenis, pues era el único alivio de su claustrofóbica vida en Masons Avenue, aunque tenía que afrontar constantes interrogatorios al respecto. Todas las tardes cuando volvía a casa, Derek le preguntaba si ese día había jugado al tenis, aunque solo jugaba dos veces por semana. Siempre le preguntaba con insistencia por su pareja, una tal Phyllis, la mujer de un dentista. Derek parecía despreciar a Phyllis aunque ni siquiera la conocía.

Pamela había ido a visitarla desde Finchley.

—Es la única manera de verte, está claro. —Y añadió entre risas—: Debe de gustarte mucho la vida de casada, o Wealdstone. Mamá dice que le has dado largas.

Ursula había dado largas a todo el mundo desde la boda, rechazando las propuestas de Hugh de «pasar» a tomar una taza de té y las insinuaciones de Sylvie de que los invitaran a comer un domingo. Jimmy estaba fuera, en la escuela, y Teddy cursaba su primer año en Oxford pero le escribía cartas largas y encantadoras, y Maurice, cómo no, no se sentía inclinado a visitar a ningún miembro de su familia.

—Estoy segura de que no le apetece demasiado visitarnos, porque vivimos en Wealdstone y todo eso. Este sitio no le entusiasma mucho.

Las dos se rieron. Ursula casi había olvidado cómo era reír. Se sintió al borde de las lágrimas y tuvo que volverse y enfrascarse en los preparativos del té.

—Cómo me alegro de verte, Pammy.

—Bueno, ya sabes que estaremos encantados de que vengas a Finchley, cuando quieras. Deberías instalar un teléfono, y así podríamos hablar constantemente.

Derek creía que el teléfono era un lujo, pero Ursula sospechaba que no quería que hablase con nadie. Difícilmente podía expresar dicha sospecha (¿y a quién iba a decírselo? ¿A Phyllis? ¿Al lechero?) porque la gente pensaría que estaba chiflada. Deseaba con ansia la visita de Pamela, como quien desea unas vacaciones. El lunes le dijo a Derek:

—El miércoles por la tarde vendrá Pamela.

—No me digas —contestó él.

Pareció indiferente, y ella se alegró de que no apareciera su expresión hosca.

En cuanto acabaron, Ursula se apresuró a recoger las tazas de té, lavarlas y secarlas y colocarlas de nuevo en su sitio.

—Caray —dijo Pamela—, ¿desde cuándo eres una impecable *Hausfrau*?

—Casa ordenada, mente ordenada —sentenció Ursula.

—El orden está sobrevalorado —comentó Pamela—. ¿Te ocurre algo? Se te ve terriblemente alicaída.

—Estoy con la regla.

—Ay, qué mala pata. Yo voy a librarme de ese problema unos cuantos meses. Adivina por qué.

—¿Vas a tener un bebé? ¡Oh, qué noticia tan maravillosa!

—Sí, ¿verdad? Nuestra madre va a ser abuela otra vez. (Maurice ya había puesto en marcha la siguiente generación de los Todd.) ¿Tú crees que le hará gracia?

—Quién sabe. Últimamente está bastante impredecible.

—¿Qué tal la visita de tu hermana, ha sido agradable? —quiso saber Derek cuando llegó a casa aquella noche.

—Sí, muchísimo. Va a tener un bebé.

—No me digas.

A la mañana siguiente, a Ursula no le quedaron bien los huevos escalfados. Incluso ella tuvo que admitir que el que le sirvió a Derek para desayunar tenía un aspecto desagradable, pues semejaba una medusa depositada sobre la tostada para dejarla morir allí. En el rostro de Derek apareció una sonrisa maliciosa, una expresión que parecía indicar triunfo al encontrar un defecto. Era una nueva expresión. Peor que la de antes.

—¿De verdad esperas que me coma esto?

A Ursula se le pasaron varias respuestas por la cabeza, pero las rechazó todas por ser demasiado provocativas.

Puedo prepararte otro —dijo.

—Tengo que invertir todas las horas del mundo en un trabajo que desprecio, solo para mantenerte, ¿sabes? Tú no te preocupas de nada. No haces nada en todo el día..., ay, no —añadió con sarcasmo—, perdona, se me olvidaba que juegas al tenis..., y ni siquiera eres capaz de prepararme un huevo como Dios manda.

Ursula no sabía que Derek despreciara su trabajo. Se quejaba mucho del comportamiento de los alumnos de tercero y hablaba sin parar de que el director no se hacía cargo de lo dura que era su labor, pero no se le había ocurrido que detestara dar clases. Derek parecía al borde de las lágrimas, y Ursula sintió una lástima inesperada.

—Te prepararé otro huevo —dijo.

—No te molestes.

Ursula supuso que lanzaría el huevo contra la pared, pues Derek tenía tendencia a arrojar comida desde que ella se había apuntado al club de tenis, pero lo que hizo fue propinarle un tremendo manotazo en un lado de la cabeza que la hizo tambalearse hasta dar contra la cocina y caer por fin al suelo, donde se quedó arrodillada, como si rezara. El dolor, más que el golpe en sí, la había pillado por sorpresa.

Derek cruzó la cocina y se plantó ante ella con el plato que contenía el huevo culpable. Durante un instante, Ursula pensó que lo estrellaría contra ella, pero lo que hizo fue deslizar el huevo en el plato hasta que le cayó en la coronilla. Luego salió hecho una furia de la cocina, y un momento después Ursula lo oyó salir de la casa dando un portazo. El huevo le resbaló por el pelo y luego por la cara y cayó al suelo, donde se reventó en un silencioso estallido de amarillo. Se puso en pie con esfuerzo y cogió un trapo.

Aquella mañana pareció desatar algo en Derek. Ursula empezó a contravenir normas cuya existencia ni siquiera conocía: ponía demasiado carbón en el fuego, abusaba del papel higiénico, se dejaba una luz encendida sin querer. Derek comenzó a revisar todos los recibos y las facturas, y ella tenía que dar cuentas de cada penique y nunca disponía de dinero de más.

Resultó que su marido era capaz de despotricar como un loco ante las cosas más insignificantes, y una vez que empezaba no parecía que pudiese parar. Estaba siempre irritado. Era ella quien lo hacía enfadar en todo momento. Ahora todas las noches le exigía una descripción exacta de su jornada. Preguntaba cuántos libros había intercambiado en la biblioteca, qué le había dicho el carnicero y si había pasado alguien por la casa. Ursula dejó el tenis. Fue más sencillo.

No volvió a pegarle, pero la violencia parecía bullir constantemente en su interior, como un volcán dormido que Ursula hubiese despertado de manera inesperada. En opinión de su marido, ella metía la pata todo el tiempo, de manera que nunca disponía de un instante para desentrañar lo que le ofuscaba el cerebro. Su mera existencia parecía irritarlo. ¿Acaso se tenía que vivir la vida como un castigo continuo? (¿Por qué no? ¿No era lo que merecía?)

Ursula empezó a vivir presa de un malestar constante, como si tuviera la cabeza llena de niebla. Supuso que era una cuestión de «con tu pan te lo comas». Quizá se trataba de otra versión del *amor fati* del doctor Kellet. ¿Qué opinaría él del aprieto en que estaba metida? Para ser más precisos, ¿qué pensaría de la peculiar personalidad de Derek?

Iba a asistir a la jornada del deporte. Era una fecha señalada en el calendario de Blackwood y se esperaba la asistencia de las esposas de los maestros. Derek le había dado dinero para que se comprara un sombrero nuevo.

—Asegúrate de estar bien elegante.

Ursula fue a una tienda de ropa para mujer y niño del barrio que se llamaba À La Mode (aunque en realidad no lo estaba). Era allí donde adquiría medias y ropa interior. No se había comprado nada más desde la boda. Su aspecto no le preocupaba lo suficiente para darle la lata a Derek pidiéndole dinero.

Era una tienda sin lustre en una hilera de establecimientos de aspecto deslucido: una peluquería, una pescadería, una verdulería, una oficina de correos. No tenía ánimos ni valor (ni presupuesto) para molestarse en ir a unos grandes almacenes elegantes de Londres (¿y qué le diría Derek de semejante excursión?). Cuando trabajaba en Londres, antes del hito que había supuesto el matrimonio, pasaba mucho tiempo en Selfridges y Peter Robinson. Ahora esos sitios le parecían tan distantes como países extranjeros.

El contenido del escaparate quedaba protegido del sol por una pantalla de un naranja amarillento, una suerte de grueso filtro de celofán que le recordaba al envoltorio de una botella de Lucozade y quitaba atractivo a los modelos expuestos.

No era lo que se decía un sombrero precioso, pero supuso que serviría. De mala gana, inspeccionó su reflejo en el espejo que cubría la pared del suelo al techo, en tres partes. En aquel tríptico se veía tres veces peor que en el espejo del baño (el único de la casa que no podía evitar). Ya no se reconocía. Había tomado la senda errónea, había abierto la puerta equivocada, y no conseguía encontrar el camino de regreso.

De pronto, se asustó al oírse proferir horribles gemidos, sonidos del desaliento más absoluto. El dueño de la tienda salió corriendo de detrás del mostrador.

—Vamos, vamos, querida, no se altere. Está con esos días del mes, ¿no es eso?

La hizo sentarse y le dio una taza de té y una galleta; Ursula no fue capaz de expresar la gratitud que sentía ante aquel simple gesto de amabilidad.

La escuela quedaba a una parada de tren y luego había que caminar un poco por una carretera tranquila. Ursula se unió a la marea de padres que fluía a través de las puertas de Blackwood. Era emocionante, y un poco aterrador, encontrarse de pronto en una aglomeración. Llevaba menos de seis meses casada, pero había olvidado qué se sentía en medio de una multitud.

Nunca había estado en la escuela y se llevó una sorpresa ante la fachada de ladrillo corriente y los simplones parterres; era muy distinta a la antiquísima escuela a la que habían asistido los hombres de la familia Todd. Teddy y Jimmy habían seguido los pasos de Maurice y asistido al antiguo internado de Hugh, un precioso edificio de suave piedra gris, tan bonito como una facultad de Oxford. (Aunque dentro era «despiadado», según Teddy.) Los jardines eran especialmente hermosos y hasta Sylvie admiraba la profusión de flores en los arriates. «Una decoración floral bastante romántica», decía. En la escuela de Derek no había ningún romanticismo, ya que el énfasis se había puesto en los campos de deportes. Los chicos de Blackwood no eran especialmente académicos, al menos según Derek, y los mantenían ocupados con rutinas interminables de rugby y críquet. Más mentes sanas en cuerpos sanos. ¿Tenía Derek una mente sana?

Era demasiado tarde para preguntarle por su hermana y su padre, pues Ursula sospechaba que haría entrar en erupción el Krakatoa. ¿Por qué iba alguien a inventar algo así? El doctor Kellet lo sabría.

En un extremo de la pista de atletismo se habían dispuesto mesas plegables con un refrigerio para los padres. Té, sándwiches y finas porciones del típico pastel de almendras de Dundee. Ursula se quedó junto a la tetera buscando con la mirada a Derek. Le había dicho que no podría hablar mucho con ella porque tendría que «echar una mano», y cuando por fin lo vio en el otro extremo de la pista, llevaba diligentemente en los brazos un montón de grandes aros cuyo propósito le pareció un misterio.

Todos los reunidos en torno a las mesas parecían conocerse, en especial las mujeres de los profesores, y Ursula se dijo que en Blackwood debía de haber muchos más actos sociales de los que Derek mencionaba.

Un par de maestros de cierta edad, que parecían murciélagos con sus togas, se instalaron cerca de la mesa del té, y Ursula captó el apellido «Oliphant». Se acercó un poco más a ellos con discreción, fingiendo sentir profunda fascinación por la pasta de cangrejo del sándwich que tenía en el plato.

—He oído decir que el joven Oliphant ha vuelto a meterse en líos.

—¿De verdad?

—Creo que le ha pegado a un niño.

—No hay nada malo en pegarles a los niños. Yo lo hago constantemente.

—Pero por lo visto la cosa ha sido fea esta vez. Los padres amenazan con ir a la policía.

—Nunca ha sido capaz de controlar a una clase. Como profesor no vale un pimiento, desde luego.

Con los platos llenos de pastel, los dos hombres empezaron a alejarse, y Ursula fue tras ellos.

—Está de deudas hasta las orejas, ¿sabes?

—A lo mejor saca algo de dinero de su libro.

Ambos rieron con ganas, como si acabaran de oír un buen chiste.

—Tengo entendido que su mujer está aquí hoy.

—¿De veras? Pues más vale que estemos pendientes. He oído decir que es muy inestable.

Esto último también era un chiste estupendo, por lo visto. Un repentino disparo que señalaba la salida de una carrera de vallas la hizo dar un respingo. Dejó que los maestros se alejaran. Se le habían quitado las ganas de escuchar a hurtadillas.

Vio a Derek dirigirse a grandes zancadas hacia ella; en lugar de aros ahora llevaba un cargamento de pesadas jabalinas. A gritos pidió a un par de chicos que lo ayudaran, y estos se acercaron trotando, obedientes. Cuando pasaban junto a Ursula, uno de ellos se burló por lo bajo:

—Sí, señor Elefante, ahora vamos, señor Elefante.

Derek soltó las jabalinas en la hierba, que cayeron con gran estrépito.

—Llevadlas al otro extremo del campo —les dijo—. Vamos, espabilad.

Se acercó a Ursula y le dio un leve beso en la mejilla.

—Hola, cariño.

Ella se echó a reír, no pudo evitarlo. Era lo más agradable que le decía en semanas, y no lo había dicho por ella sino para que lo oyeran dos mujeres de maestros que había allí cerca.

—¿Qué te divierte tanto? —le preguntó Derek mirándola tan intensamente, que hizo que se sintiera intranquila.

Ursula notó que estaba furioso. Por toda respuesta meneó la cabeza. Le preocupaba ponerse a gritar, sentía su propio volcán burbujeando dentro de sí, dispuesto a entrar en erupción. Supuso que estaba histérica. «Inestable.»

—Tengo que ir a ver el salto de altura de los de último curso —dijo Derek frunciendo el entrecejo—. Nos vemos luego.

Se alejó, todavía ceñudo, y ella se echó a reír otra vez.

—¿Señora Oliphant? Es usted la señora Oliphant, ¿verdad?

Las dos mujeres saltaron sobre ella como leonas que hubiesen captado la presencia de una presa herida.

También volvió sola a casa, pues Derek, según dijo, tenía que supervisar el estudio de la tarde y comería en la escuela. Se preparó una cena a base de sobras, consistente en arenque frito y patatas frías, y de pronto tuvo ganas de tomarse una buena botella de tinto. De hecho, una botella tras otra, hasta matarse bebiendo. Arrojó al cubo de basura la espina del arenque. «Extinguirse sin pena, a medianoche.» Cualquier cosa era mejor que esa vida tan absurda.

Derek era un hazmerreír, para los muchachos, para el personal. «Señor Elefante.» Imaginaba a los rebeldes alumnos de tercero volviéndolo loco de ira. Y su libro, ¿qué pasaba con su libro?

A Ursula le traía bastante sin cuidado el contenido del «estudio» de Derek. Nunca había tenido mucho interés en los Plantagenet o los Tudor, ya puestos. Tenía instrucciones estrictas de no tocar sus papeles o libros cuando quitaba el polvo o sacaba brillo en el comedor (como aún le gustaba considerarlo), pero de todas formas no le interesaba hacerlo y apenas si observaba el progreso del voluminoso tomo.

Últimamente, Derek había trabajado de manera febril y la mesa estaba cubierta de un revoltijo de notas y pedazos de papel. No eran más que frases y pensamientos inconexos («una creencia divertida si bien algo primitiva», «*planta genista*, la retama común nos proporciona el nombre de los angevinos», «salidos del infierno, y al infierno volverán»). Había pocos indicios de un manuscrito en sí; solo había correcciones y más correcciones, el mismo párrafo escrito una y otra vez con minúsculos cambios, e interminables páginas de prueba, escritas en cuadernos pautados con el emblema y el lema de Blackwood (*A posse ad esse*, «De la posibilidad a la realidad») en la portada. No era de extrañar que no hubiese querido que ella mecanografiara el manuscrito. Comprendió que se había casado con un Casaubon.

La vida entera de Derek era una farsa. Desde las primeras palabras que le había dirigido («¡Caramba! Qué mala suerte. Deje que la ayude»), fue un falso. ¿Qué quería de ella? ¿Quería a alguien más débil que él, o una esposa, una madre para sus hijos, alguien que le llevara la casa?, quería todo lo que la *vie quotidienne* implicaba pero sin el caos que entrañaba. Ella se casó con él para estar a salvo de ese caos. Derek se casó con ella por la misma razón, ahora lo entendía. Eran las dos personas más incapaces del mundo para salvar a alguien de lo que fuera.

Ursula rebuscó en los cajones del aparador y encontró un fajo de cartas, la primera de ellas con el membrete de William Collins e Hijos, quienes lamentaban «muy a su pesar» tener que rechazar su idea para un libro «sobre un tema ya muy trillado en los libros de texto de historia». Había cartas similares de otros editores de textos educativos y, peor incluso, facturas por pagar y avisos de pago con tono amenazador. En una carta especialmente áspera se exigía la devolución inmediata del préstamo que, por lo visto, se había pedido para pagar la casa. Era una carta amarga como las que solía mecanografiar al dictado en la escuela de secretariado: «Estimado señor, ha llegado a mi conocimiento que…».

Oyó abrirse la puerta de la casa y el corazón le dio un vuelco. Derek apareció en el umbral del comedor, un invasor godo en el escenario.

—¿Qué haces?

Ursula blandió la carta de William Collins.

—Eres un mentiroso de tomo y lomo. ¿Por qué te casaste conmigo? ¿Por qué nos has vuelto a los dos tan infelices?

Vaya expresión tenía Derek. Era aquella cara. Ursula estaba jugándose que la matara, pero ¿no era más fácil eso que hacerlo ella misma? Ya no le importaba, ya no le quedaban ganas de luchar.

Esperaba aquel primer golpe, pero aun así la pilló por sorpresa. Derek le encajó un puñetazo en plena cara, como si quisiera borrarla.

Se quedó dormida, o quizá perdió el conocimiento, en el suelo de la cocina, y despertó un poco antes de las seis. Se sentía mareada y aturdida y le dolía cada pulgada del cuerpo, como si lo tuviera de plomo. Estaba desesperada por beber un poco de agua, pero no se atrevía a abrir el grifo por miedo a despertar a Derek. Apoyándose primero en una silla y luego en la mesa, se incorporó hasta ponerse en pie. Encontró los zapatos y salió con sigilo al vestíbulo, donde cogió el abrigo y un pañuelo de cabeza del perchero. La cartera de Derek estaba en el bolsillo de su chaqueta, y cogió un billete de diez chelines, más que suficiente para el billete de tren y el taxi de después. Sentía agotamiento ante la perspectiva del duro viaje; ni siquiera estaba segura de poder llegar andando hasta Harrow y la estación de Wealdstone.

Se puso el abrigo y se tapó la cara con el pañuelo, evitando el espejo del perchero. Tendría un aspecto demasiado horroroso. Dejó la puerta principal ligeramente entreabierta para que el ruido al cerrarla no lo despertara. Pensó en la Nora de Ibsen dando un portazo detrás de sí. Nora no habría optado por gestos dramáticos si huyera de Derek Oliphant.

Fue el trayecto más largo que hacía caminando en toda su vida. El corazón le palpitaba tan fuerte que pensó que iba a fallarle. Durante el camino temió oír las pisadas de Derek, corriendo tras ella y gritando su nombre. En la ventanilla de venta de billetes tuvo que musitar «Euston» con la boca llena de sangre y dientes rotos. El empleado le echó un vistazo y apartó enseguida la mirada al ver en qué estado se hallaba. Ursula supuso que no estaba acostumbrado a atender pasajeras con pinta de recién salidas de una pelea a puñetazos.

Tuvo que esperar el primer tren del día otros diez dolorosos minutos en los lavabos de señoras, pero al menos pudo beber un poco de agua y lavarse parte de la sangre que tenía en la cara.

En el vagón, se sentó con la cabeza gacha y protegiéndose el rostro con un mano. Los hombres con traje y bombín pusieron mucho empeño en ignorarla. Cuando esperaba a que el tren emprendiera la marcha, se arriesgó a echar un vistazo al andén, y sintió un alivio inmenso al comprobar que no había rastro de Derek. Con un poco de suerte, aún no la habría echado de menos y estaría haciendo sus flexiones en el suelo del dormitorio, presumiendo que ella estaba en la cocina preparándole el desayuno. Era viernes, tocaba arenque. Y el arenque seguía en el estante de la despensa, envuelto en papel de periódico. Derek se pondría furioso.

Cuando bajó del tren en Euston casi se le doblaron las piernas. La gente evitaba acercarse a ella, y le preocupó que el taxista se negara a llevarla, pero accedió a hacerlo cuando le enseñó el dinero. Transitaron en silencio por las calles de Londres, empapadas por la lluvia de la noche; los primeros rayos de sol arrancaban ahora destellos a la piedra de los edificios y el suave amanecer teñía las nubes de opalescentes tonos de rosa y azul. Había olvidado cuánto le gustaba Londres. Se le levantó el ánimo. Decidió vivir, y ahora lo deseaba muchísimo.

El taxista la ayudó a bajar al final del trayecto.

—¿Está segura de que es aquí, señorita? —preguntó mirando la gran casa de ladrillo en Melbury Road, no muy convencido.

Ursula asintió en silencio.

Era un destino inevitable.

Llamó al timbre y la puerta se abrió. Izzie se llevó una mano a la boca, horrorizada al verle la cara.

—Ay, Dios mío. Pero ¿qué te ha pasado?

—Mi marido ha intentado matarme.

—Pues será mejor que entres —concluyó Izzie.

Las magulladuras sanaron muy despacio.

—Heridas de batalla —dijo Izzie.

El dentista de Izzie le arregló los dientes, y tuvo que llevar un tiempo el brazo derecho en cabestrillo. La nariz estaba rota otra vez y tenía fisuras en los pómulos y en la mandíbula. Había sufrido daños, ya no estaba «intacta». Por otra parte, se sentía como si la hubiesen frotado hasta dejarla limpia. El pasado ya no era un peso tan tremendo sobre el presente. Mandó un mensaje a la Guarida del Zorro para decir que pasaba el verano fuera, «de vacaciones recorriendo las Tierras Altas con Derek». Sabía que Derek no se pondría en contacto con la Guarida del Zorro. Estaría lamiéndose las heridas en algún sitio. En Barnet, quizá. No tenía ni idea de dónde vivía Izzie, gracias a Dios.

Izzie se mostró sorprendentemente comprensiva.

—Quédate todo el tiempo que quieras. Supondrá un cambio agradable no andar sola todo el día en la casa. Y sabe Dios que tengo dinero de sobra para mantenerte. Tómate tu tiempo, no hay prisa. Y solo tienes veintitrés años, por el amor de Dios.

Ursula no supo qué le sorprendía más, si la sincera hospitalidad de Izzie o el hecho de que supiera qué edad tenía. Quizá Belgravia también la había cambiado a ella.

Ursula estaba sola en la casa una tarde cuando apareció Teddy en el umbral.

—Cómo cuesta encontrarte —dijo, dándole un enorme abrazo.

El corazón de Ursula dio un vuelco de alegría. De algún modo, Teddy siempre parecía más real que el resto de la gente. Se veía bronceado y fuerte de haber pasado las largas vacaciones de verano trabajando en la granja de la mansión. Había anunciado poco antes que quería ser granjero.

—Tendrás que devolverme el dinero que he invertido en tu educación —dijo Sylvie, pero sonriendo, porque Teddy era su favorito.

—De hecho, me parece que era mi dinero —intervino Hugh. (¿Tenía Hugh un favorito? «Tú, me parece», decía Pamela.)

—¿Qué te ha pasado en la cara? —le preguntó Teddy.

—Un pequeño accidente, tendrías que haberla visto antes —contestó Ursula riendo.

—No estás en las Tierras Altas.

—Eso parece, ¿no?

—¿Lo has abandonado, entonces?

—Sí.

—Bien. —Teddy, al igual que Hugh, no era de los que gastaban saliva innecesaria—. Bueno, ¿y dónde está el trasto de nuestra tía?

—Pues trasteando por ahí. En el Embassy Club, me parece.

Tomaron un poco del champán de Izzie para celebrar la libertad de Ursula.

—Supongo que mamá pensará que eres una deshonra —dijo Teddy.

—No te preocupes, creo que ya lo pensaba.

Se prepararon una tortilla y una ensalada de tomate y cenaron con el plato en las rodillas escuchando a Ambrose y su orquesta en la radio. Cuando acabaron de comer, Teddy encendió un cigarrillo.

—Qué mayor estás —comentó Ursula, riendo.

—Tengo músculos —contestó él enseñando los bíceps como un forzudo de circo.

Teddy asistía a clases de literatura inglesa en Oxford y decía que era un alivio dejar de pensar y «trabajar la tierra». También escribía poesía. Sobre la tierra, no sobre «sentimientos». La muerte de Nancy le había roto el corazón, y cuando algo se quebraba, según él nunca podía repararse a la perfección.

—Un poco jamesiano, ¿verdad? —dijo con tono tristón.

(Ursula pensó en sí misma.)

El afligido Teddy llevaba sus heridas dentro, una cicatriz le cruzaba el corazón donde le habían arrancado a la pequeña Nancy Shawcross.

—Es como si entraras en una habitación —le contó a Ursula— y tu vida se acabara pero siguieras viviendo.

—Creo que lo entiendo, sí.

Ursula se durmió con la cabeza apoyada en el hombro de Teddy. Aún sentía un cansancio tremendo. («El sueño lo cura todo», decía Izzie cuando le llevaba el desayuno en una bandeja cada mañana.)

Finalmente, Teddy exhaló un suspiro y se desperezó.

—Supongo que debería volver ya a la Guarida del Zorro. ¿Cómo va la historia, te he visto o no? ¿O sigues en Brigadoon? —Se llevó los platos hacia la cocina—. Voy recogiendo mientras piensas la respuesta.

Cuando llamaron al timbre, Ursula supuso que se trataba de Izzie. Ahora que ella vivía en Melbury Road, su tía no se preocupaba gran cosa de las llaves. «Si siempre estás aquí, cariño», decía cuando Ursula tenía que levantarse de la cama a las tres de la mañana para abrirle la puerta.

No era Izzie, era Derek. Se quedó tan sorprendida que no pudo ni hablar. Lo había dejado tan firmemente atrás que pensaba en él como en alguien que ya no existía. Su sitio no estaba en la casa de Holland Park, sino en algún oscuro rincón de la imaginación.

Derek le retorció un brazo hasta inmovilizárselo en la espalda y la empujó pasillo abajo hasta el salón. Allí echó un vistazo a la mesita de café, un pesado mueble de madera tallada de estilo oriental. Sobre ella vio las copas de champán vacías y el gran cenicero de ónice con las colillas de Teddy.

—¿Quién ha estado aquí contigo? —siseó. Estaba incandescente de ira—. ¿Con quién has estado fornicando?

—¿Fornicando? —repitió Ursula, sorprendida por la palabra. Qué bíblica sonaba.

Teddy entró en la habitación con un trapo al hombro.

—¿Qué pasa aquí? —quiso saber, y añadió—: Quítale las manos de encima.

—¿Es este? —le preguntó Derek a Ursula—. ¿Es este el hombre con quien andas como una fulana por todo Londres?

Y, sin esperar respuesta, le estrelló la cabeza contra la mesita de café. Ursula resbaló hasta el suelo. El dolor en la cabeza era terrible y empeoraba cada vez más en lugar de remitir, como si se la hubieran metido en un torno de banco que no parasen de girar. Derek asió el pesado cenicero de ónice y lo alzó como si fuera un cáliz sin preocuparse por las colillas que cayeron en la alfombra. Ursula supo que el cerebro no le funcionaba correctamente, porque debería estar encogida y presa del terror, pero solo conseguía pensar que aquello se parecía bastante al incidente del huevo escalfado y que la vida era absurda.

Teddy le gritó algo a Derek, y este le arrojó el cenicero en lugar de abrirle la cabeza a Ursula con él. Ella no vio si el cenicero le daba o no a Teddy porque Derek la agarró del cabello, le levantó la cabeza y volvió a estrellársela contra la mesita. Ursula vio el fogonazo de un relámpago ante sus ojos, pero el dolor empezó a mitigarse.

Cayó sobre la alfombra y allí se quedó, incapaz de moverse. Tenía tanta sangre en los ojos que apenas veía. Con el segundo golpe de su cabeza contra la mesa notó que algo cedía, quizá el instinto de seguir viva. Por la torpe danza sobre la alfombra y los gruñidos en torno a ella sabía que Derek y Teddy se encontraban en plena pelea. Al menos Teddy estaba en pie y no inconsciente en el suelo, pero Ursula no quería que peleara, quería que huyera de allí y se pusiera a salvo. No le importaba morirse, de veras que no, siempre y cuando Teddy estuviera a salvo. Trató de decir algo, aunque solo brotaron sonidos guturales e incomprensibles. Tenía mucho frío y estaba muy cansada. Recordó haberse sentido así en el hospital, después del suceso de Belgravia. Hugh la acompañaba; la cogió de la mano y la mantuvo en esta vida.

Ambrose seguía sonando en la radio, Sam Browne cantaba «The Sun Has Got His Hat On». Vaya canción tan alegre para despedirse de la vida. No era lo que se esperaba.

El murciélago negro venía en su busca. Ursula no quería irse. La negrura empezó a cernirse en torno a ella. «La apacible Muerte.» Qué frío hacía. Esta noche nevará, se dijo, aunque todavía no haya llegado el invierno. Ya nevaba, caían fríos copos que se disolvían en su piel como pompas de jabón. Ursula tendió una mano para que Teddy se la cogiera, pero esta vez nada pudo impedir que se sumiera en la noche oscura.

11 de febrero de 1926

—¡Ay! ¿Por qué has hecho eso? —chilló Howie frotándose la mejilla donde Ursula le había propinado un puñetazo nada propio de una señorita. Y, casi con admiración, añadió—: Para ser una cría tienes un gancho impresionante.

Hizo otro intento de agarrarla, que ella evitó con la agilidad de un gato. Y al hacerlo, vio la pelota de Teddy en las profundidades de una mata de durillo. Una patada con muy buena puntería dio en la espinilla de Howie y le proporcionó tiempo suficiente para rescatar la pelota de las protectoras garras del arbusto.

—Solo quería un beso —dijo Howie con tono ridículamente dolido—. Tampoco es que pretendiera violarte o algo así.

Aquella palabra brutal pendió en el aire gélido. Ursula podría haberse ruborizado, debería haberse ruborizado, pero tuvo cierta sensación de posesión sobre esa palabra. Intuyó que eso era lo que los chicos como Howie les hacían a las chicas como ella. Todas las chicas, en especial las que celebraban su decimosexto cumpleaños, tenían que ser cautelosas cuando recorrían bosques oscuros y agrestes. O, en este caso, los arbustos al fondo del jardín en la Guarida del Zorro. Howie la recompensó con una expresión cariacontecida.

—¡Howie! —oyeron gritar a Maurice—. ¡Que nos vamos sin ti, chico!

—Será mejor que vayas —dijo Ursula. Un pequeño triunfo para su feminidad recién estrenada.

—He encontrado tu pelota —le dijo a Teddy.

—Fantástico —dijo él—. Gracias. ¿Tomamos un poco más de tu pastel de cumpleaños?

Agosto de 1926

Il se tenait devant un miroir long, appliqué au mur entre les deux fenêtres, et contemplait son image de très beau et très jeune homme, ni grand ni petit, le cheveu bleuté comme un plumage de merle.

Apenas conseguía mantener los ojos abiertos para leer. Hacía un calor delicioso y el tiempo se deslizaba como melaza día tras día, sin otra cosa que hacer que leer y dar largos paseos, sobre todo con la vana esperanza de toparse con Benjamin Cole, o de hecho con cualquiera de los chicos Cole, que se habían convertido en jóvenes morenos y apuestos. «Podrían pasar por italianos», decía Sylvie. Pero ¿por qué querrían ser otra cosa que ellos mismos?

Cuando Sylvie la encontró tendida bajo los manzanos, con Chéri abandonado con gesto soñoliento sobre la cálida hierba, comentó:

—Nunca más en tu vida volverá a haber días largos e indolentes como estos. Creerás que sí, pero nunca volverán.

—A menos que llegue a ser increíblemente rica —repuso Ursula—. Así podré estar sin hacer nada el día entero.

—Es posible —admitió Sylvie de mala gana, pues no quería

renunciar a la pose desasosegada que solía lucir desde hacía poco—. Aun así, el verano llegará a su fin algún día.

Se dejó caer en la hierba junto a Ursula. Tenía la piel pecosa de trabajar en el jardín. Siempre se levantaba al alba. Ursula habría estado encantada de dormir el día entero. Sylvie hojeó perezosamente el libro de Colette.

—Deberías hacer algo más con tu francés —dijo.

—Podría vivir en París.

—Bueno, quizá eso no.

—¿Te parece que debería solicitar el ingreso en una universidad cuando acabe la escuela?

—Ay, cariño, ¿qué sentido tendría hacer eso? No van a enseñarte a ser buena esposa y madre.

—¿Y si no quiero ser esposa y madre?

Sylvie se echó a reír.

—Ahora estás diciendo tonterías solo para provocarme. —Acarició la mejilla de Ursula—. Siempre fuiste una niñita muy divertida. —Incorporándose con cierta desgana, añadió—: En el jardín hay té. Y pastel. Y, por desgracia, también está Izzie.

—Cariño —dijo Izzie cuando vio a Ursula cruzar el jardín hacia ella—. Has crecido desde la última vez que te vi. Ya eres toda una mujer, ¡y qué guapa!

—Yo no diría tanto —repuso Sylvie—. Estábamos hablando de su futuro.

—¿Ah, sí? —dijo Ursula—. Pensaba que hablábamos de mi francés. —Y, dirigiéndose a Izzie, añadió—: Necesito una educación como Dios manda.

—Uy, qué seriedad —comentó Izzie—. A los dieciséis, deberías estar perdidamente enamorada de algún chico que no te conviene.

«Lo estoy —se dijo Ursula—. Estoy enamorada de Benjamin Cole.» Suponía que no le convenía mucho. («¿Un judío?», imaginaba que diría Sylvie. O un católico, o un minero —o cualquier extranjero—, un dependiente, un oficinista, un mozo de cuadra, un conductor de tranvía, un maestro de escuela. La lista de pretendientes que no convenían era interminable.)

—¿Lo estabas tú? —le preguntó a Izzie.

—¿Si estaba qué? —quiso saber Izzie, desconcertada.

—¿Estabas enamorada a los dieciséis?

—Oh, profundamente.

—¿Y tú? —le preguntó Ursula a Sylvie.

—Madre mía, no.

—Pero a los diecisiete sí tenías que estar enamorada —dijo Izzie.

—¿Tenía que estarlo?

—Cuando conociste a Hugh, por supuesto.

—Por supuesto.

Izzie se inclinó hacia Ursula y bajó la voz hasta convertirla en un susurro conspirador.

—Yo me fugué cuando tenía tu edad.

—Tonterías —le dijo Sylvie a Ursula—. No hizo nada semejante. Ah, aquí llega Bridget con la bandeja del té. —Se volvió hacia Izzie—. ¿Has venido a vernos por una razón en particular o solo para fastidiar?

—Pasaba por aquí cerca con el coche, y he decidido haceros una visita. Hay algo que quiero pedirte.

—Ay, madre —dijo Sylvie con tono cansino.

—He estado pensando —continuó Izzie.

—Ay, madre.

—Para ya de decir eso, Sylvie.

Ursula sirvió té y cortó el pastel. Intuía que se avecinaba una pelea. Un bocado de pastel dejó temporalmente muda a Izzie. No era uno de los más esponjosos de la señora Glover.

—Como decía —tragó con dificultad—, he estado pensando... y no digas nada, Sylvie. *Las aventuras de Augustus* siguen teniendo muchísimo éxito, ahora escribo un libro cada seis meses. Es una locura. Y tengo la casa en Holland Park, y tengo dinero, pero no tengo marido, claro. Y tampoco tengo un hijo.

—No me digas —repuso Sylvie—. ¿Estás segura?

Izzie la ignoró.

—No tengo a nadie con quien compartir mi buena fortuna. O sea que estaba pensando... ¿y si adopto a Jimmy?

—¿Perdona?

—Qué increíble es esta Izzie —le siseó Sylvie a Hugh.

Izzie seguía en el jardín, distrayendo a Jimmy con la lectura de un manuscrito sin terminar que llevaba en el enorme bolso. «Augustus en la playa.»

—¿Por qué no quiere adoptarme a mí? —quiso saber Teddy—. Después de todo, se supone que yo soy Augustus.

—¿Quieres que Izzie te adopte? —preguntó un perplejo Hugh.

—Ay, madre, no —repuso Teddy.

—Nadie va a adoptar a nadie —intervino Sylvie, furiosa—. Ve y habla con ella, Hugh.

Ursula fue a la cocina en busca de una manzana y se encontró a la señora Glover aporreando tajadas de carne de ternera con la maza.

—Imagino que son las cabezas de los alemanes —dijo.

—¿De verdad?

—Los que arrojaron aquel gas que acabó con los pulmones del pobre George.

—¿Qué hay de cenar? Estoy muerta de hambre.

Ursula se había vuelto bastante insensible cuando se trataba de los pulmones de George Glover; había oído hablar tanto de ellos que parecían tener vida propia, al igual que los pulmones de la madre de Sylvie, unos órganos que semejaban tener más personalidad que su propietaria.

—Chuletas de ternera *à la russe* —contestó la señora Glover dándole la vuelta a la carne para aporrearla otra vez—. Y esos dichosos rusos son igual de malos, por cierto.

Ursula se preguntó si la señora Glover habría conocido alguna vez a alguien de otro país.

—Bueno, en Manchester hay un montón de judíos —repuso la cocinera.

—¿Conoció a alguno?

—¿Yo? ¿Por qué iba a conocer a alguno?

—Pero los judíos no son necesariamente extranjeros, ¿no? Los Cole, los vecinos de al lado, son judíos.

—No seas tonta, son tan ingleses como tú y yo.

La señora Glover les tenía cierto cariño a los chicos Cole, a causa de sus excelentes modales. Ursula se preguntó si valía la pena discutir. Cogió otra manzana y la señora Glover volvió a sus golpes de maza.

Ursula se comió la manzana sentada en un banco en un apartado rincón del jardín, uno de los escondrijos favoritos de Sylvie. Las palabras «chuletas de ternera *à la russe*» vagaban soñolientas por su cabeza. Y entonces, de pronto, estaba en pie, con el corazón desbocado en el pecho, y sentía un terror repentino y familiar aunque largo tiempo olvidado..., pero ¿de qué tenía miedo? Aquello no estaba en consonancia con el tranquilo jardín, la calidez de la tarde en su rostro, y Hattie, la gata, lamiéndose perezosamente en el sendero lleno de sol.

No había terribles presagios de muerte, nada que sugiriese que algo no marchaba bien en el mundo, pero, aun así, arrojó el corazón de la manzana a unos arbustos y huyó corriendo del jardín, cruzó la verja y salió a la carretera, con los viejos demonios pisándole los talones. Hattie hizo una pausa en su acicalado y observó con desdén cómo se mecía la puerta de la verja.

Quizá era un trágico accidente de tren, quizá tendría que desgarrarse las enaguas como las niñas de *Los niños del tren* para hacerle señas al maquinista, pero no, cuando llegó a la estación, el tren de las 17.30 a Londres avanzaba con lentitud junto al andén bajo el seguro control de Fred Smith y su maquinista.

—¿Señorita Todd? —dijo levantándose la visera de la gorra de ferroviario—. ¿Te encuentras bien? Pareces preocupada.

—Estoy bien, Fred, gracias por tu interés. —Solo tengo un miedo mortal, nada por lo que inquietarse.

Fred Smith no tenía pinta de haber tenido un instante de miedo mortal en toda su vida.

Volvió sobre sus pasos, todavía empapada de aquel miedo indescriptible. A medio camino se encontró con Nancy Shawcross.

—Hola, ¿qué andabas haciendo?

—Oh —repuso Nancy—, solo estoy buscando cosas para mi álbum de la naturaleza. Tengo unas hojas de roble y unas piñas diminutas.

El miedo empezó a desvanecerse en el cuerpo de Ursula.

—Pues vamos, volveré a casa contigo.

Cuando se acercaban al campo del ganado lechero, un hombre se encaramó a los travesaños horizontales de la puerta de la verja y aterrizó pesadamente sobre el perejil de monte. Se levantó la gorra ante Ursula.

—Buenas tardes, señorita —musitó, y desapareció en dirección a la estación.

Cojeaba, y eso lo hacía caminar de manera un poco cómica, como Charlie Chaplin. Otro veterano de guerra, quizá, se dijo Ursula.

—¿Y ese quién era? —preguntó Nancy.

—No tengo ni idea —contestó Ursula—. Oh, mira, ahí, en la carretera…, un escarabajo errante. ¿Te sirve?

Mañana será un día maravilloso

2 de septiembre de 1939

—Dice Maurice que en unos meses habrá acabado. —Pamela apoyó el plato en la cúpula perfecta que contenía su siguiente bebé. Confiaba en que fuese niña.

—Vas a seguir y seguir hasta que tengas una, ¿verdad? —dijo Ursula.

—Hasta el día del juicio final —admitió Pamela alegremente—. Bueno, pues resulta que nos invitaron, para mi enorme sorpresa. Comida de domingo en Surrey, y a cuerpo de rey. Y esos niños raritos que tienen, Philip y Hazel…

—Creo que solo los he visto dos veces.

—Seguramente los has visto más, pero ni te has fijado en ellos. Según Maurice, nos invitaron para que los primos pudieran «conocerse mejor», pero a mis chicos no les cayeron muy bien. Philip y Hazel ni siquiera saben cómo se juega. Su madre se limitó a dejarse martirizar por el rosbif y el pastel de manzana. Edwina también se deja martirizar por Maurice. El martirio le va muchísimo, desde luego, porque mira que es violentamente cristiana para ser en realidad anglicana.

—A mí me horrorizaría estar casada con Maurice, no sé cómo lo aguanta la pobre.

—Yo creo que se siente agradecida. Él le ha dado Surrey. Una pista de tenis, amigos en el gabinete, toneladas de rosbif. Tienen invitados constantemente, y siempre gente importante. Hay mujeres que se sacrificarían por eso, hasta el punto de aguantar a Maurice.

—Supongo que Maurice es toda una prueba para su tolerancia cristiana.

—Y también lo es para las creencias de Harold en general. Se peleó con él cuando tocaron el tema de la asistencia social, y luego con Edwina cuando hablaban sobre la predestinación.

—¿Ella cree en eso? Pensaba que era anglicana.

—Ya, pero no tiene una pizca de lógica. Es bastante estúpida, supongo que por eso se casó con ella. ¿Por qué crees que Maurice anda diciendo que la guerra solo durará unos meses? ¿Serán únicamente bravuconadas del departamento? ¿Creemos acaso todo lo que dice? ¿Creemos algo de lo que dice, de hecho?

—Bueno, en general, no —repuso Ursula—. Pero es un pez gordo en Interior, de manera que, en principio, debería saber esas cosas. Está en Seguridad Nacional, un nuevo departamento creado esta semana.

—¿Y tú también?

—Sí, yo también. Precauciones frente a Ataques Aéreos es ahora un ministerio, aún estamos todos acostumbrándonos a la idea de ser adultos.

A los dieciocho, al acabar la escuela, Ursula no se había ido a París, y tampoco, pese a las exhortaciones de varios de sus profesores, solicitó el ingreso en Oxford o Cambridge para estudiar la lengua que fuera, viva o muerta. De hecho, no llegó más allá de High Wycombe y una pequeña escuela superior de secretariado.

Más que encerrarse en otra institución, ansiaba «seguir adelante» con su vida y ganarse la independencia.

—«El carro alado del tiempo» y todo eso —les dijo a sus padres.

—Bueno, todos seguimos delante de un modo u otro —dijo Sylvie—, y al final llegamos al mismo sitio. No acabo de ver que importe mucho cómo llegamos.

A Ursula le parecía que la cuestión consistía precisamente en cómo se llegaba, pero no servía de nada discutir con Sylvie los días en que lo veía todo negro.

—Así podré conseguir un empleo interesante —insistió, haciendo caso omiso de las objeciones de sus padres—, en las oficinas de un periódico o quizá en una editorial.

Imaginaba un ambiente bohemio, hombres con trajes de tweed y fulares, mujeres que fumaban con sofisticación sentadas ante sus máquinas de escribir Royal.

—Pues que te vaya bien —le dijo Izzie a Ursula ante un té superior en el Dorchester, adonde las había invitado a ella y Pamela («Algo querrá», comentó esta)—. ¿Y quién quiere ser una intelectual? —añadió.

—Yo —contestó Pamela.

Resultó que Izzie sí guardaba un as en la manga. Augustus tenía tantísimo éxito que su editor le había pedido que escribiera «algo similar» para chicas.

—Pero no quieren libros basados en una chica «mala». Eso no sirve, por lo visto. Quieren una chica entusiasta, del estilo capitana del equipo de hockey, que ande bromeando y metiéndose en líos, pero siempre acatando las normas, nada que asuste al gallinero. —Se volvió hacia Pamela y añadió con tono dulce—: De manera que he pensado en ti, cariño.

El director de la escuela de secretariado era un tal señor Carver, gran discípulo tanto del sistema de Pitman como del esperanto, un hombre que intentaba que sus «chicas» llevaran los ojos vendados durante las prácticas de mecanografía. Ursula, sospechando que pretendía algo más que supervisar la velocidad con que tecleaban, se erigió en líder de una revuelta de las «chicas» de Carver.

—Qué rebelde eres —comentó con admiración una de ellas, Monica.

—No creas —contestó Ursula—. Solo es pura sensatez.

Y lo era. Se había convertido en una chica sensata.

En la escuela del señor Carver, Ursula había dado muestras de sorprendentes aptitudes para la mecanografía y la taquigrafía, aunque los hombres que la entrevistaron para el empleo en el Ministerio de Interior, hombres a quienes no volvería a ver, pensaron claramente que su dominio de los clásicos le sería de gran utilidad cuando abriera y cerrara archivadores y llevara a cabo búsquedas interminables en un mar de carpetas beige. No era exactamente el «empleo interesante» que había imaginado, pero mantuvo su interés, y a lo largo de los diez años siguientes fue ascendiendo poco a poco y con esa contención que solían mostrar las mujeres. («Algún día habrá una primera ministra —decía Pamela—. Quizá incluso lo veremos nosotras.») Ahora, Ursula tenía sus propias administrativas para buscar por ella en las carpetas beige. Se suponía que eso era progreso. Trabajaba en el Departamento de Precauciones frente a Ataques Aéreos desde 1936.

—¿Así que no te han llegado rumores? —preguntó Pamela.

—Solo soy una humilde mujer, no oigo otra cosa que rumores.

—Maurice no puede contar lo que hace —gruñó Pamela—. Le resulta imposible hablar de lo que pasa entre esos «sagrados muros». Lo dice con esas palabras, sagrados muros. Cualquiera diría que ha firmado la Ley de Secretos Oficiales con su sangre y puesto su alma como garantía.

—Bueno, la verdad es que todos tenemos que hacer eso —repuso Ursula cogiendo un poco de pastel—. Es *de rigueur*, ¿sabes? Personalmente, sospecho que lo único que hace Maurice es llevar la cuenta de algunas cosas.

—Además de sentirse muy satisfecho de sí mismo. Esto de la guerra le va a encantar: mucho poder y ningún peligro personal.

—Y habrá montones cosas de las que llevar la cuenta.

Las dos rieron. Ursula pensó de pronto que estaban muy contentas para hallarse al borde de un conflicto espantoso. Se encontraban en el jardín de la casa de Pamela en Finchley, una tarde de sábado, con el té servido en una mesa de bambú de patas largas. Tomaban un pastel almendrado con pedacitos de chocolate, una antigua receta que la señora Glover había escrito en un papel lleno de huellas grasientas. En algunos sitios, el papel estaba tan transparente como el cristal sucio de una ventana.

—Disfrútalo bien —dijo Pamela—, porque supongo que no habrá más pasteles. —Le dio un trocito a Heidi, una perra feúcha rescatada de la perrera de Battersea—. ¿Sabías que la gente está sacrificando a sus mascotas, a miles de ellas?

—Qué horror.

—Como si no formaran parte de la familia —añadió Pamela acariciando la cabeza de Heidi—. Es mucho más simpática que los chicos. Y se porta mejor.

—¿Cómo estaban tus evacuados?

—Llenos de mugre. —Pese al embarazo, Pamela se había pasado casi toda la mañana colaborando en la organización de evacuados mientras Olive, su suegra, cuidaba de los chicos.

—Tú serías de mucha más ayuda para el esfuerzo de guerra que alguien como Maurice —comentó Ursula—. Si de mí dependiera, te nombraría primera ministra. Lo harías muchísimo mejor que Chamberlain.

—Pues sí, es verdad. —Pamela dejó el platillo del té y cogió la labor de punto, algo rosa y con encaje—. Si es un niño, me limitaré a fingir que es una niña.

—¿Y no pensáis marcharos? No irás a dejar a los niños en Londres, ¿no? Podrías irte una temporada a la Guarida del Zorro, no creo que los alemanes se tomen la molestia de bombardear Sleepy Hollow.

—¿Y quedarme con mamá? ¡Por Dios! Tengo una amiga de la universidad, Jeanette, la hija de un párroco, aunque supongo que eso no es relevante. Dispone de una casita que era de su abuela, en Yorkshire, en Hutton-le-Hole, un puntito en el mapa. Va a instalarse allí con sus dos niños y me ha sugerido que fuera yo también con los míos. —Pamela había alumbrado en rápida sucesión a Nigel, Andrew y Christopher. Se había embarcado en la maternidad con verdadero entusiasmo—. Y a Heidi también le encantará. Por lo visto es un sitio absolutamente rústico, sin electricidad ni agua corriente. Será maravilloso para los niños, podrán correr por ahí como salvajes. No es fácil ser un salvaje en Finchley.

—Me parece que hay gente que se las apaña para serlo —repuso Ursula.

—¿Cómo está «nuestro hombre»? —quiso saber Pamela—. Nuestro hombre en el Almirantazgo.

—Puedes pronunciar su nombre —dijo Ursula sacudiéndose migajas de la falda—. Las dragonarias no tienen orejas.

—Hoy en día, nunca se sabe. ¿Te ha dicho algo?

Ursula llevaba un año (lo contaba desde Munich) saliendo con Crighton, «nuestro hombre del Almirantazgo». Se habían conocido en una reunión interdepartamental. Le llevaba quince años a Ursula y era muy atractivo y con cierto aire rapaz apenas contrarrestado por su matrimonio con una mujer muy laboriosa (Moira) y sus tres niñas, todas en una escuela privada. «No voy a dejarlas, pase lo quc pase», le dijo a Ursula después de que hicieran el amor por primera vez en el emplazamiento algo básico de su «refugio de emergencia».

—Pero yo no quiero que las dejes —contestó Ursula, aunque, como declaración de intenciones, le pareció que habría sido mejor que Crighton la hubiese hecho antes del acto y no como colofón.

El «refugio» (sospechaba que no era la primera mujer que había visto su interior por invitación de Crighton) era un piso que el Almirantazgo había proporcionado a Crighton para las noches en las que se quedaba en la ciudad en lugar de «pegarse la excursión» de vuelta a Wargrave, junto a Moira y las niñas. El refugio no era de uso exclusivo suyo, y cuando no estaba disponible, emprendía «la caminata» hasta el piso de Ursula en Argyll Road, donde pasaban largas veladas en su cama individual (hacía gala de la práctica actitud de un navegante ante los espacios reducidos) o en el sofá, dedicados a «los placeres de la carne», como decía él, antes de que emprendiera «el arduo camino» de vuelta a Berkshire. Cualquier trayecto por tierra, aunque solo consistiera en un par de paradas en metro, tenía para Crighton visos de expedición. Ursula suponía que era marinero de corazón, y habría sido más feliz remando en un esquife hasta los condados de la periferia de Londres que cubriendo el trayecto por tierra. En cierta ocasión habían navegado en una pequeña embarcación hasta Monkey Island y tomaron un picnic en la ribera del río. «Como una pareja normal», comentó él con tono de disculpa.

—¿Qué es entonces, si no es amor? —quiso saber Pamela.

—Me gusta y ya está.

—A mí me gusta el tipo que me trae la compra —repuso Pamela—, pero no comparto mi cama con él.

—Bueno, lo que sí puedo asegurarte es que significa mucho más para mí que un repartidor. —Estaban al borde de una discusión, y Ursula añadió a la defensiva—: Y no es un jovencito inmaduro. Es un hombre hecho y derecho, ¿sabes?

—Ya, hecho y derecho y con familia —concluyó Pamela con un tono algo malhumorado. Esbozó una mueca burlona—: Dime, ¿no te late un poco más deprisa el corazón cuando lo ves?

—Quizá un poquito, sí —admitió Ursula con generosidad, evitando la discusión, pues sospechaba que nunca podría explicarle a Pamela la mecánica más escabrosa del adulterio—. Quién iba a decir que, de todos los miembros de la familia, la romántica acabarías siendo tú.

—Ay, no, yo creo que es Teddy —repuso Pamela—. Sencillamente me gusta creer que hay tornillos y tuercas que mantienen nuestra sociedad en su sitio, sobre todo ahora, y que el matrimonio forma parte de eso.

—Los tornillos y las tuercas no son muy románticos.

—La verdad es que te admiro —dijo Pamela—. Porque eres

tú misma, porque no sigues al rebaño y esas cosas. Es solo que no quiero que te hagan daño.

—Yo tampoco quiero, créeme. ¿En paz?

—En paz —repuso Pamela enseguida. Riendo, añadió—: Qué aburrida sería mi vida sin tus lascivas noticias desde primera línea. No sabes la emoción indirecta que me proporciona tu vida amorosa, o como quiera que la llames.

La excursión a Monkey Island no había tenido nada lascivo: se sentaron castamente sobre una manta a cuadros escoceses a comer pollo frío y beber vino tinto caliente.

—La ruborosa Hipocrene —comentó Ursula.

Crighton se rió.

—Eso suena sospechosamente literario. La poesía no es lo mío, deberías saberlo.

—Sí, lo sé.

Si algo tenía Crighton era que siempre parecía ser más de lo que revelaba. Ursula había oído a alguien en la oficina referirse a él como «la esfinge», y desde luego transmitía cierto aire de reticencia que insinuaba profundidades inexploradas y secretos ocultos, alguna clase de daño cuando era niño, alguna espléndida obsesión. Ese era su yo más enigmático, se dijo mientras pelaba un huevo duro y lo mojaba en un pequeño cucurucho de papel que contenía sal. ¿Quién había preparado ese picnic? No habría sido Crighton, ¿no? Ni Moira, Dios no lo quisiera.

Él sentía ciertos remordimientos por la naturaleza clandestina de su relación. Ursula prestaba un poco de emoción a una vida que se había vuelto aburrida, según él. Había estado en Jutlandia con Jellicoe, había visto «muchas cosas» y ahora se sentía «poco más que un burócrata». Estaba inquieto, decía.

—O estás a punto de declararme tu amor —dijo Ursula—, o de decirme que todo ha terminado.

Había fruta, unos melocotones envueltos en papel de cocina.

—Es un equilibrio complicado —comentó él con una sonrisa compungida—, me tambaleo como un funámbulo.

Ursula se rió; aquella palabra no era nada propia de él.

Crighton se embarcó en una historia sobre Moira, algo relacionado con su vida en el pueblo y su necesidad de trabajar para la comunidad, y Ursula desconectó, más interesada en el descubrimiento de una tarta Bakewell al parecer salida por arte de magia de una cocina en lo más recóndito del Almirantazgo. («Nos cuidan bien», decía. Como Maurice, pensó Ursula. Los privilegios de los hombres en puestos de poder, inaccesibles para quienes se hallaban a la deriva en el mar de casacas de uniforme.)

Si alguna de las colegas mayores que Ursula se hubiera enterado de su aventura amorosa, habría habido una estampida en busca de las sales, sobre todo si hubiesen sabido con qué miembro del Almirantazgo andaba coqueteando (Crighton se encontraba muy arriba en el escalafón). A Ursula se le daba bien, muy bien, guardar secretos.

—Tiene usted reputación de ser muy discreta, señorita Todd —le dijo Crighton cuando los presentaron.

—Madre mía —contestó Ursula—, eso me suena a aburrida.

—Enigmática, más bien. Sospecho que sería una buena espía.

—Bueno, ¿y cómo estaba Maurice en sí? —quiso saber Ursula.

—Maurice «en sí» estaba muy bien, en el sentido de siendo él mismo y que nunca cambiará.

—A mí nunca me invitan a comer un domingo en Surrey.

—Pues considérate afortunada.

—La verdad es que apenas lo veo. Cualquiera diría que no trabajamos en el mismo ministerio. Él se dedica a recorrer los etéreos pasillos del poder…

—Los sagrados muros.

—Los sagrados muros, sí. Y yo me dedico a corretear por un búnker.

—¿De veras? ¿Estás en un búnker?

—Bueno, no bajo tierra. Es en South Ken, ya sabes…, frente al Museo de Geología. Pero Maurice no, él prefiere su despacho en el gobierno que nuestra sala del Gabinete de Guerra.

Cuando había solicitado un empleo en Interior, Ursula supuso que Maurice daría buenas referencias de ella, pero lo que hizo fue despotricar sobre el nepotismo y asegurar que no debía despertar la menor sospecha de favoritismo. «Lo de la mujer del César y todo eso», dijo.

—Y supongo que en ese ejemplo Maurice es el César, y no la mujer del César, ¿no? —comentó Pamela.

—Ay, no, ni me sugieras una idea como esa —repuso Ursula, riendo—. Maurice de mujer, imagínate.

—Ah, pero una mujer romana, nada menos. Eso ya le gustaría más. ¿Cómo se llamaba la madre de Coriolano?

—Volumnia.

—Ay, ya sé qué tenía que contarte… Maurice invitó a un amigo a la comida. De sus tiempos en Oxford, aquel yanqui grandote. ¿Te acuerdas de él?

—¡Sí! —Ursula se esforzó en recordar el nombre—. Ay, jolín, cómo se llamaba…, era algo muy norteamericano. Trató de darme un beso el día que cumplí los dieciséis.

—¡El muy cerdo! —exclamó Pamela con una risotada—. No me lo habías contado.

—Bueno, no era el primer beso que una habría soñado; más bien pareció un placaje de rugby. Vaya patán estaba hecho. —Se echó a reír—. Creo que herí su orgullo…, o quizá algo más que su orgullo.

—Howie —dijo Pamela—. Solo que ahora es Howard… Howard S. Landsdowne Tercero, por ponerle el título completo.

—Howie —repitió Ursula, divertida—. Se me había olvidado. ¿Qué hace ahora?

—Algo relacionado con la diplomacia. Lo lleva con más secretismo incluso que Maurice. Está en la embajada, Kennedy es un dios para él. Y tengo la sensación de que Howie siente cierta admiración por el viejo Adolf.

—Maurice probablemente también lo admiraría, si no fuera tan… extranjero. Lo vi una vez en una reunión de camisas negras.

—¿A Maurice? ¡Jamás! Quizá solo estaba espiando, me lo imagino muy bien como *agent provocateur*. ¿Y tú qué hacías allí?

—Bueno, pues espiar, como Maurice. No, la verdad es que fue pura casualidad.

—Cuántas revelaciones sorprendentes para un solo té. ¿Va a haber más? ¿Preparo otra tetera?

Ursula se echó a reír.

—No, creo que ya está.

Pamela exhaló un suspiro.

—Es espantoso, ¿verdad?

—¿Por qué lo dices, por Harold?

—Pobrecito, supongo que tendrá que quedarse aquí. No pueden llamar a filas a los médicos de los hospitales, ¿no? Los necesitarán si nos bombardean y nos gasean. Y va a pasar, van a bombardearnos y gasearnos, lo sabes, ¿verdad?

—Sí, por supuesto —contestó Ursula, tan a la ligera como si estuvieran hablando del tiempo.

—Pues qué idea tan terrible. —Pamela volvió a suspirar; dejó las agujas y estiró los brazos en alto—. Qué día tan maravilloso hace. Cuesta creer que probablemente será el último día corriente que tendremos en mucho tiempo.

A Ursula le tocaban los días de permiso anual a partir de ese lunes. Había planeado una semana de relajadas excursiones de un día, a Eastbourne y Hastings y quizá hasta Bath o Winchester, pero con la inminente declaración de guerra parecía imposible ir a ningún sitio. De pronto sentía apatía ante lo que podía depararles el futuro. Se había pasado la mañana en la High Street de Kensington aprovisionándose: pilas para la linterna, una nueva bolsa de agua caliente, velas, cerillas, cantidades interminables de papel negro, así como latas de judías y patatas y envases al vacío de café. También se había comprado ropa: un vestido de lana buena por ocho libras, una chaqueta de terciopelo verde por seis, medias y un par de zapatos bajos de piel curtida que parecían hechos para durar. Se sintió satisfecha consigo misma al resistirse a comprar un vestido de *crêpe de Chine* amarillo con estampado de diminutas golondrinas.

—Mi abrigo de invierno solo tiene dos años —le contó a Pamela—, confío en que dure hasta el fin de la guerra.

—Dios quiera que sí.

—Qué horroroso es todo esto.

—Sí, lo sé —repuso Pamela cortando más pastel—. Es repugnante. Me pone furiosa. Entrar en guerra es una absoluta locura.

Toma un poco más de pastel, ¿quieres? Más vale que lo hagas, mientras los niños están en casa de Olive. Cuando vengan arrasarán con todo como langostas. Sabe Dios cómo nos las apañaremos con el racionamiento.

—Estaréis en el campo, podéis cultivar cosas. Y tener gallinas. Y un cerdo. Estaréis bien. —La idea de que Pamela se fuera hacía que se sintiera muy desdichada.

—Deberías venir.

—Me temo que tengo que quedarme aquí.

—Mira qué bien, ha llegado Harold —dijo Pamela cuando apareció su marido, cargado con un gran ramo de dalias envueltas en papel de periódico mojado.

Pamela se incorporó a medias para saludarlo y él le plantó un beso en la mejilla.

—No te levantes. —Besó también a Ursula y le ofreció las dalias a Pamela.

—Las vendía una muchacha en la esquina, en Whitechapel. Parecía salida de *Pigmalión*. Según ella, son del huerto urbano de su abuelo.

Crighton le había ofrecido unas rosas a Ursula en una ocasión, pero se marchitaron muy deprisa. Sintió cierta envidia de las robustas flores de huerto urbano de Pamela.

—Bueno —dijo Harold tras servirse una taza de té tibio—, ya estamos evacuando a los pacientes que están suficientemente bien para trasladarse. Ya es seguro que declararán la guerra mañana. Por la mañana. Es probable que lo hagan así para que todo el país pueda arrodillarse en la iglesia y rezar por la liberación.

—Ay, sí, qué cristiana es siempre la guerra, ¿verdad? —comentó Pamela con sarcasmo—. Sobre todo cuando eres inglés.

—Y añadió, dirigiéndose a Ursula—: Tengo varios amigos en Alemania, buena gente.

—Ya lo sé.

—¿Y ahora son el enemigo?

—No te alteres, Pammy —dijo Harold—. ¿Por qué está todo tan tranquilo, qué has hecho con los niños?

—Los he vendido —contestó Pamela, más animada—. Tres por el precio de dos.

—Deberías quedarte a pasar la noche, Ursula —ofreció con amabilidad Harold—. Mañana no deberías andar por ahí sola. Será un día horroroso. Son órdenes del médico.

—Gracias, pero ya tengo planes.

—Pues bien hecho —concluyó Pamela retomando la labor de punto—. No debemos comportarnos como si fuera a acabarse el mundo.

—¿Aunque sí vaya a acabarse? —preguntó Ursula. Deseó haberse comprado el vestido de *crêpe de Chine* amarillo.

Noviembre de 1940

Estaba boca arriba, tendida en un charco de agua, un hecho que al principio no le preocupó gran cosa. Lo peor era aquel olor tan espantoso; una combinación de distintas sustancias, todas malas, y Ursula trataba de separarlas y distinguirlas. Por un lado, estaba el fétido olor a gas (doméstico); por otro, el hedor a alcantarilla, asquerosamente acre, que le producía náuseas. Había que añadir un complejo cóctel de yeso viejo y mojado y polvo de ladrillo, mezclados con los restos de habitación humana —papel pintado, ropa, libros, comida— y el olor amargo y ajeno de los explosivos. En pocas palabras, la esencia de una casa destrozada.

Tenía la sensación de estar en el fondo de un pozo profundo. A través de un borroso velo de polvo, como niebla, distinguía un pedazo de cielo negro y la luna creciente que recordaba haber visto unas horas antes al mirar por la ventana. Parecía que hiciese muchísimo tiempo de eso.

La ventana en sí, o el marco al menos, seguía allí, muy por encima de ella, donde no debiera estar. Sin duda era su ventana: reconocía las cortinas, ahora harapos chamuscados, ondeando en la brisa. Eran, o habían sido, de grueso brocado de jacquard, compradas en John Lewis; Sylvie la había ayudado a elegirlas. Había alquilado el piso de Argyll Road amueblado, pero Sylvie declaró que las cortinas y las alfombras eran «absolutamente burdas» y le dejó dinero para comprar unas cuando se mudara.

Por entonces Millie le sugirió que se instalara con ella en Phillimore Gardens. Seguía interpretando papeles de ingenua y, según ella, esperaba pasar de repente de Julieta al ama. «Sería divertido compartir cuchitril», dijo, pero Ursula no tenía muy claro que el concepto de diversión de Millie coincidiera con el suyo. A veces se sentía aburrida y sobria ante el halo resplandeciente de Millie. Como un simple gorrión en compañía de un martín pescador. Y a veces Millie irradiaba demasiada luz.

Aquello fue justo después de Munich; Ursula se había embarcado ya en su aventura con Crighton, y le pareció más práctico vivir sola. Al mirar atrás, comprendía que se había adaptado mucho más a las necesidades de Crighton que él a las suyas, como si Moira y las niñas anularan de algún modo su propia existencia.

«Piensa en Millie —se dijo—; piensa en las cortinas, piensa en Crighton si hace falta.» En cualquier cosa que no fuera el apuro en que se encontraba. En el gas, sobre todo. Parecía tener una importancia especial tratar de no pensar en el gas.

Tras comprar las cosas para la casa, Sylvie y Ursula se tomaron el té en el restaurante de los almacenes John Lewis, servidas por una camarera adusta pero eficiente.

—Siempre me alegro de no tener que convertirme en otra persona.

—Ser tú misma se te da muy bien —repuso Ursula, consciente de que no sonaba necesariamente a cumplido.

—Bueno, es que tengo años de práctica.

Tomaron un té muy bueno, de esos que ya no se sirven en los grandes almacenes. Después John Lewis quedó destruido, pasó a ser la calavera desdentada y negra de un edificio. («Qué horror», escribió Sylvie, más afectada al parecer que por los espantosos bombardeos del East End.) Sin embargo, en cuestión de días, los almacenes volvían a estar en pie y funcionando; «Así se reacciona a un bombardeo», dijeron todos, pero ¿qué alternativa había en realidad?

Sylvie estaba de muy buen humor aquel día y se habían sentido unidas hablando de cortinas y de la estupidez de la gente que pensaba que el absurdo pedazo de papel de Chamberlain significa algo.

Había mucho silencio, y Ursula se preguntó si le habrían reventado los tímpanos. ¿Cómo había llegado hasta allí? Recordaba haber mirado por la ventana de Argyll Road, por esa ventana que ahora estaba tan lejos, y haber visto la luna creciente. Y antes había estado sentada en el sofá, cosiendo un poco, dándole la vuelta al cuello gastado de una blusa, con la radio sintonizada en una emisora alemana de onda corta. Asistía a clases de alemán por las tardes («conoce a tu enemigo»), pero le costaba descifrar lo que no fuera un violento sustantivo ocasional (*Luftangriffe, Verluste*) en aquella transmisión. Desesperada ante su poco dominio de la lengua, apagó la radio y puso a Ma Rainey en el gramófono. Antes de marcharse a Estados Unidos, Izzie le había legado su colección de discos, un archivo impresionante de cantantes de blues norteamericanas. «Ya no escucho todo eso, está muy *passé* —comentó—. El futuro consiste en algo un poco más *soigné*.» Ahora la casa de Izzie en Holland Park estaba cerrada, y todos los muebles cubiertos con fundas. Se había casado con un famoso dramaturgo y en verano se largó con él a California.

(—Vaya par de cobardes —dijo Sylvie.

—Pues no sé qué decirte —repuso Hugh—. Estoy seguro de que si pudiera pasarme la guerra en Hollywood, lo haría.)

—Esa música que oye es muy interesante —le dijo la señora Appleyard un día cuando se cruzaron en las escaleras.

La pared entre sus casas era como papel de fumar, de modo que Ursula contestó:

—Lo siento, no era mi intención molestarla —aunque podría haber añadido que oía berrear a su bebé día y noche y eso sí que era molesto. El bebé, de cuatro meses, era grande para su edad, rollizo y rubicundo, como si le hubiese chupado la vida a su madre.

La señora Appleyard, con el peso muerto del bebé en los brazos, con la cabeza en el hombro, hizo un ademán despreciativo.

—No se preocupe, no me molesta.

Era una mujer algo sombría de Europa del Este, quizá una refugiada, suponía Ursula, aunque su inglés era muy correcto. El señor Appleyard había desaparecido meses atrás, tal vez para ser soldado, pero Ursula no preguntaba, pues el suyo era un matrimonio clara y audiblemente infeliz. La señora Appleyard estaba embarazada cuando su marido se fue, y por lo que Ursula sabía (u oía), él nunca volvió para conocer a su crío berreón.

La señora Appleyard debía de haber sido guapa en su día, pero ahora cada vez estaba más flaca y tristona; daba la impresión de que solo la (muy) sólida carga del bebé y sus necesidades la mantenían amarrada a la vida.

En el cuarto de baño que compartían en el primer piso, siempre había una palangana esmaltada con hediondos pañales del bebé en remojo, que luego la señora Appleyard hervía en una olla en la cocina de dos fogones. En el fogón vecino solía haber un cazo con repollo, y como resultado de esa doble cocción, su persona siempre desprendía un leve perfume a verdura pasada y ropa húmeda. Ursula reconocía ese olor, era el olor de la pobreza.

Las señoritas Nesbit, que anidaban en el último piso, se preocupaban mucho por la señora Appleyard y el bebé, del modo en que tendían a hacerlo antaño las viejas criadas. Las Nesbit, Lavinia y Ruth, solteronas, vivían en las habitaciones de la buhardilla («bajo el alero, como golondrinas», cotorreaban). Eran tan parecidas que podrían haber sido gemelas, y Ursula tenía que hacer tremendos esfuerzos para distinguirlas.

Estaban jubiladas hacía mucho tiempo —ambas habían sido telefonistas en Harrods— y eran muy frugales; su único lujo parecía ser una impresionante colección de bisutería, adquirida en su mayor parte en Woolworths a la hora de comer durante sus «años laborales». Su piso olía muy distinto del de la señora Appleyard, a agua de lavanda y cera para muebles Mansion House, el aroma de las señoras mayores. A veces Ursula hacía la compra tanto para las Nesbit como para la señora Appleyard. Esta última siempre la esperaba en la puerta con el dinero exacto que le debía (conocía los precios de todos los productos) y un educado «gracias», pero las Nesbit intentaban engatusarla para que pasara a tomar un té aguado con galletas rancias.

Debajo de ellas, en el segundo piso, se encontraba el señor Bentley («un tipo raro», coincidían todas), cuya casa olía al eglefino ahumado que cocía en leche para cenar, y, en la puerta de al lado, a la distante señorita Hartnell (cuyo piso no despedía olor alguno), que trabajaba de gobernanta en el hotel Hyde Park y era muy severa, como si nada estuviera nunca a la altura de lo que esperaba. Hacía que Ursula se sintiera inferior.

—Yo creo que ha tenido desengaños amorosos —le decía Ruth Nesbit a Ursula para disculparla, mientras se llevaba una mano huesuda al pecho, como si su propio y frágil corazón estuviese a punto de arrojarse por la borda para unirse a alguien del todo inadecuado. Las dos señoritas Nesbit tenían una visión muy romanticona del amor, pues nunca habían experimentado sus rigores. En cuanto a la señorita Hartnell, parecía más proclive a provocar desengaños que a padecerlos.

—Yo también poseo algunos discos —dijo la señora Appleyard con el fervor de una conspiradora—. Pero ¡ay!, no tengo gramófono. —Su «¡Ay!» parecía traer consigo toda la tragedia de un continente deshecho. Casi no podía con el peso que se le pedía que acarreara.

—Pues estaré encantada de que venga a ponerlos en el mío —repuso Ursula, aunque confiaba en que la esclavizada señora Appleyard no aceptase el ofrecimiento. Se preguntó qué clase de música tendría; le pareció imposible que fuese algo alegre.

—Brahms —dijo la señora Appleyard en respuesta a la pregunta que no se había formulado—. Y Mahler.

El bebé se revolvió como si lo perturbara la perspectiva de oír a Mahler. Siempre que Ursula se encontraba a su madre en las escaleras o en el rellano, el bebé estaba dormido. Era como si hubiera dos críos: el de dentro del piso, que no paraba de llorar, y el de fuera, que nunca lo hacía.

—¿Le importaría coger a Emil un momento mientras busco las llaves? —le pidió la señora Appleyard, y le tendió al enorme bebé sin esperar respuesta.

—Emil —musitó Ursula.

No se le había ocurrido que el bebé tuviera un nombre. Como de costumbre, Emil iba preparado para un invierno en el Ártico, envuelto en pañales, ranitas de plástico y peleles, y con toda clase de complementos tejidos y con cintas. Ursula tenía cierta práctica con los críos pequeños, ya que Pamela y ella habían mimado a Teddy y Jimmy con el mismo entusiasmo que prodigaban a cachorritos de perro, gato y conejo, y era la viva imagen de la tía cariñosa con los niños de Pamela, pero el bebé de la señora Appleyard parecía de un orden menos atrayente. Los bebés Todd desprendían un dulce aroma a leche y polvos de talco y al aire fresco bajo el que se secaba su ropa, mientras que de Emil emanaba cierto olor a presa.

La señora Appleyard hurgó en busca de las llaves en su bolso grandote y maltrecho, que parecía haber cruzado también media Europa desde un país lejano (del cual, a todas luces, Ursula nada sabía). Por fin, con un gran suspiro, localizó las llaves en el fondo del bolso. El crío, quizá sintiendo la proximidad del umbral, se revolvió en brazos de Ursula, como preparándose para la transición. Abrió los ojos y su expresión fue rebelde.

—Gracias, señorita Todd —dijo la señora Appleyard reclamando para sí al bebé—. Ha sido agradable hablar con usted.

—Ursula, por favor.

La señora Appleyard titubeó, casi con timidez, antes de decir:

—Eryka. —Y deletreó—: E-r-y-k-a.

Llevaban un año viviendo puerta con puerta, pero ese era el máximo grado de intimidad al que habían llegado.

Casi en cuanto se cerró la puerta, el bebé empezó a dar sus alaridos de costumbre. «¿Lo pincha con alfileres?», escribió Pamela. Ella traía al mundo bebés plácidos. «No suelen volverse unos bestias antes de los dos años», decía. Había dado a luz a otro varón, Gerald, justo antes de Navidad. «Tendrás más suerte la próxima vez», le dijo Ursula cuando la vio. Tomó un tren para visitar al recién nacido, un largo y arriesgado viaje hacia el norte cuya mayor parte pasó en el furgón del jefe de tren, pues los vagones iban atestados de soldados de camino a un campo de instrucción. Se vio sometida a un aluvión de insinuaciones sexuales, que empezó siendo divertido para transformarse en pesado.

—No eran perfectos caballeros exactamente —le comentó a Pamela cuando por fin llegó, tras cubrir la última etapa del viaje en un carro tirado por un burro, como si el tiempo se hubiese desplazado a otro siglo, a otro país incluso.

La pobre Pammy estaba harta de la guerra ilusoria y de permanecer encerrada con tantos críos «como la supervisora de un colegio de varones». Eso sin mencionar a Jeanette, que resultó ser «un poco vaga» (además de quejica y de que roncaba). «Esperaba algo mejor de la hija de un párroco —escribió—, aunque vete a saber por qué.» Pamela levantó el campamento y regresó a Finchley en primavera, pero al comenzar los bombardeos nocturnos se batió en retirada con su prole a la Guarida del Zorro, «hasta el final de la guerra» pese a sus anteriores recelos ante la posibilidad de vivir con Sylvie. Harold, ahora en el hospital de Saint Thomas, trabajaba en la primera línea de fuego. Un par de semanas antes habían bombardeado la residencia de enfermeros y cinco de ellos murieron. «Cada noche es un infierno», informaba Harold. Eran las mismas noticias que llegaban de Ralph desde los sitios en los que caían las bombas.

¡Ralph! Por supuesto, Ralph. Ursula se había olvidado de él. También estuvo en Argyll Road. ¿Estaba allí cuando explotó la bomba? Se esforzó en volver la cabeza para mirar alrededor, como si fuera a encontrarlo entre los escombros. No había nadie, estaba sola. Sola y acorralada en una jaula de vigas destrozadas, con el polvo posándose por todas partes, en su boca, las ventanillas de la nariz, los ojos. No, Ralph se había marchado cuando sonaron las sirenas.

Ursula ya no se acostaba con su hombre del Almirantazgo. La declaración de guerra había provocado en su amante un repentino aluvión de culpabilidad. Debían poner fin a su aventura, dijo Crighton. Por lo visto, las tentaciones de la carne tenían menor importancia que las actividades militares; como si ella fuese Cleopatra a punto de destruir a su Marco Antonio por amor. Al parecer, ahora había bastantes emociones en el mundo sin el riesgo añadido de «tener una amante».

—¿Soy eso, una amante? —preguntó Ursula.

Nunca había pensado que luciera una letra escarlata, pues semejante distintivo era propio de una mujer más ligera de cascos, ¿no?

La balanza se había inclinado. Crighton se tambaleó, y por lo visto, había estado a punto de caer.

—Muy bien —dijo ella con serenidad—, si es eso lo que quieres…

A esas alturas, Ursula empezaba a sospechar que no había en realidad un Crighton distinto y más interesante bajo la enigmática superficie. Después de todo, no era tan inescrutable. Crighton era Crighton: Moira, las niñas, Jutlandia, si bien no necesariamente en ese orden.

Aunque él había decidido poner fin al romance, estaba muy afectado. ¿Ella no?

—Tienes mucha sangre fría —le dijo a Ursula.

Ella le dijo que nunca había estado «enamorada» de él.

—Y espero que sigamos siendo amigos.

—Me temo que no, no creo que podamos —repuso Crighton, que ya sentía nostalgia de algo que era agua pasada.

Aun así, Ursula se pasó el día siguiente llorando sumisamente por haberlo perdido. La atracción que sentía por él no era una emoción tan negligente como parecía pensar Pamela. Después se secó las lágrimas, se lavó el pelo y se fue a la cama con un plato de tostadas con Bovril y una botella de Château Haut-Brion de 1929 que había birlado de la excelente bodega de Izzie, que había dejado como si tal cosa en Melbury Road. Ursula tenía llaves de su casa. «Coge lo que quieras, lo que encuentres», le dijo Izzie antes de irse. Y eso hizo Ursula.

Se dijo que era una pena, sin embargo, no tener más citas con Crighton. La guerra volvía más fácil la indiscreción. Los apagones para evitar ataques constituían la pantalla perfecta para mantener relaciones ilícitas, y los trastornos ocasionados por los bombardeos, cuando por fin empezaron, le habrían proporcionado excusas de sobra para no estar en Wargrave con Moira y las niñas.

En cambio, Ursula tenía una relación totalmente legítima con un compañero del curso de alemán. Después de la clase inicial (*Guten Tag. Mein Name ist Ralph. Ich bin dreizig Jahre alt*), los dos se refugiaron en el Kardomah en Southampton Road, por aquel entonces casi invisible tras un muro de sacos de arena. Resultó que Ralph trabajaba en el mismo edificio que ella, en la sección de mapas de los daños causados por los bombardeos.

Solo cuando salieron de la clase, que se impartía en una habitación mal ventilada en una tercera planta en Bloomsbury, Ursula reparó en la cojera de Ralph. Herido en Dunkerque, dijo él antes de que se lo preguntara. Había recibido un tiro en la pierna mientras esperaba en el agua para subir a uno de los botes que iban y venían entre la orilla y los barcos. Lo subió a bordo un pescador de Folkestone a quien le pegaron un tiro en el cuello minutos después.

—Ya está —le dijo a Ursula—, no es necesario que volvamos a hablar del tema.

—No, supongo que no —respondió ella—. Pero me parece terrible.

Ursula había visto los informativos, por supuesto. «Jugamos bien nuestras cartas con una mala mano», comentó Crighton. Ursula se topó con él en Whitehall poco después de la evacuación de las tropas. Dijo que la echaba de menos. (Ella pensó que volvía a tambalearse.) Ursula dio decididas muestras de indiferencia; aferrando unas carpetas beige contra el pecho a modo de coraza, dijo que debía llevar sin falta unos informes al Gabinete de Guerra. Ella también lo echaba de menos. Y le pareció importante que él no lo advirtiera.

—¿Actúas de enlace para el Gabinete de Guerra? —le preguntó él; parecía impresionado.

—Solo para el ayudante de un subsecretario. Bueno, la verdad es que ni siquiera para el ayudante, solo para otra «chica» como yo.

Ursula pensó que la conversación ya había durado bastante. Crighton la miraba de una forma que hacía que deseara que la abrazara.

—Tengo que irme —dijo alegremente—. Hay una guerra en marcha, ¿sabes?

Ralph procedía de Bexhill y era ligeramente sarcástico, de izquierdas y utópico. («¿No son utópicos todos los socialistas?», comentó Pamela.) Ralph no se parecía en nada a Crighton, quien, al mirar atrás, a Ursula se le antojaba demasiado poderoso.

—¿Te está tirando los tejos un rojo? —le preguntó Maurice cuando se topó con Ursula entre los sagrados muros; ella tuvo la sensación de que había ido en su busca—. Quizá no te convenga, si alguien se entera.

—No es exactamente un comunista con carnet del partido.

—Aun así —repuso Maurice—, claro que al menos no revelará posiciones de batalla en sus conversaciones de alcoba.

¿Qué significaba eso? ¿Sabía Maurice lo de Crighton?

—Tu vida personal no es personal, al menos mientras haya una guerra en marcha —añadió él con expresión de repugnancia—. Y por cierto, ¿para qué estás aprendiendo alemán? ¿Esperas la invasión? ¿Te preparas para dar la bienvenida al enemigo?

—Pensaba que me acusabas de comunista, no de fascista —repuso Ursula con irritación.

(«Qué imbécil es —dijo Pamela—. Solo le aterroriza cualquier cosa que le haga causar mala impresión. Y no lo estoy defendiendo, Dios me libre.»)

Desde donde se hallaba en el fondo del pozo, Ursula alcanzaba a ver que la mayor parte de la finísima pared entre su piso y el de la señora Appleyard había desaparecido. Al alzar la mirada a través de los fracturados tablones del suelo y las vigas destrozadas, vio también un vestido que pendía mustio de una percha, que pendía a su vez de una moldura para colgar cuadros. Era la moldura del salón de los Miller en la planta baja; reconocía el papel pintado de rosas amarillentas y muy abiertas. Aquella misma tarde había visto a Lavinia Nesbit en las escaleras con ese vestido puesto, cuando era del color de la sopa de guisantes (e igualmente mustio). Ahora tenía un tono gris polvo y había emigrado al piso de abajo. A unos pasos de su cabeza veía su propia tetera, un trasto grande y marrón que estaba de más en la Guarida del Zorro. La reconoció por el grueso cordel con el que la señora Glover había rodeado el asa un día de hacía mucho tiempo. Todo estaba ahora fuera de lugar, incluida ella.

Sí, Ralph había estado en Argyll Road. Comieron pan con queso, regados con una botella de cerveza. Luego ella hizo el crucigrama, el del *Telegraph* del día anterior. Hacía poco se había visto obligada a comprarse unas gafas para ver de cerca, unas bastante feas. Hasta que llegó a casa no se dio cuenta de que eran casi idénticas a las que llevaba una de las señoritas Nesbit. ¿Sería ese también su destino, contemplar su reflejo con gafas en el espejo sobre la chimenea? ¿Acabaría ella también como una solterona? «Objeto de eterna burla para muchachos y muchachas.» ¿Y podías ser una solterona cuando habías lucido la letra escarlata? El día anterior, había aparecido de manera misteriosa un sobre en su escritorio mientras tomaba un sándwich a toda prisa en el parque de Saint James. Vio su nombre escrito con la letra de Crighton (una cursiva sorprendentemente bonita); rompió el sobre en pedacitos y lo arrojó a la papelera sin leer la carta que iba dentro. Más tarde, cuando todas las oficinistas se apiñaban como palomas en torno al carrito del té, recuperó los pedazos y volvió a unirlos.

No sé dónde he puesto mi pitillera de oro. Ya sabes a cuál me refiero, la que me regaló mi padre después de Jutlandia. ¿No la habrás encontrado por casualidad?

Tuyo afectísimo,

C.

Pero él nunca había sido suyo, ¿no? Ni mucho menos, pues pertenecía a Moira. (O quizá al Almirantazgo.) Tiró los pedazos de papel a la papelera. La pitillera estaba en su bolso. La había encontrado debajo de la cama unos días después de que él se la dejara.

—Un penique por tus pensamientos —dijo Ralph.

—No lo valen, créeme.

Ralph estaba tendido a su lado, con la cabeza apoyada en el brazo del sofá y los pies enfundados en calcetines en su regazo. Aunque parecía dormido, murmuraba una respuesta cada vez que ella le hacía una pregunta del crucigrama.

—¿«Un Roldán por un Oliveros»? ¿Qué tal «paladín»? ¿Qué te parece?

El día anterior le había pasado una cosa rara. Fue en el metro; no le gustaba el metro, antes de los bombardeos se desplazaba en bicicleta a todas partes, aunque ahora era complicado con tantos cristales y escombros. Iba haciendo el crucigrama del *Telegraph*, tratando de fingir que no estaba bajo tierra. La mayoría de la gente se sentía a salvo allí abajo, pero a Ursula no le gustaba la idea de estar encerrada. Se había producido un incidente solo un par de días antes. Cayó una bomba en una boca de metro; la onda expansiva recorrió los túneles y el resultado fue espantoso. No estaba segura de que hubiese salido en los periódicos; esa clase de sucesos hundían la moral.

En el metro, un hombre sentado a su lado se inclinó de pronto hacia ella (que se encogió y apartó).

—Se le da muy bien —dijo el tipo indicando con la cabeza la cuadrícula a medio rellenar—. ¿Puedo darle mi tarjeta? Pásese por mi oficina, si quiere. Ando reclutando chicas listas.

«Apuesto a que sí», se dijo ella. El tipo se bajó en Green Park saludándola con el sombrero. En la tarjeta figuraba una dirección en Whitehall, pero Ursula la tiró.

Ralph sacó dos cigarrillos del paquete y los encendió. Le pasó uno a Ursula.

—Eres una chica lista, ¿no?

—Sí, bastante. Por eso estoy en el Departamento de Inteligencia y tú en la Sala de Mapas.

—Ja, ja, lista y graciosa.

Entre ellos había una camaradería sin complicaciones, más de amigos que de amantes. Ambos respetaban la personalidad del otro y tenían pocas exigencias. Que ambos trabajaran en el Gabinete de Guerra ayudaba lo suyo; había muchas cosas que nunca tenían que contarse.

Ralph le acarició el dorso de la mano.

—¿Cómo estás?

—Muy bien, gracias.

Aún tenía las manos del arquitecto que era antes, la guerra no las había estropeado. Había permanecido lejos del combate, a salvo en su papel de topógrafo en el Cuerpo de Ingenieros, estudiando mapas y fotografías, y por tanto no esperaba convertirse en combatiente y encontrarse vadeando las aguas sucias, grasientas y sanguinolentas mientras le disparaban desde todas partes. (Pues al final había hablado un poco más de aquello.)

Aunque los bombardeos fueran espantosos, decía, era capaz de ver que saldría algo bueno de ellos. Era optimista con respecto al futuro (a diferencia de Hugh o Crighton). Decía que «todos esos tugurios», Woolwich, Silvertown, Lambeth y Limehouse, estaban siendo arrasados, y después de la guerra tendrían que reconstruirse. Según él, era una oportunidad para construir desde cero casas limpias y modernas con todas las comodidades, una comunidad de cristal y acero que se elevara en el cielo en lugar de barriadas victorianas. «Una especie de San Gimignano para el futuro.»

A Ursula no la convencía demasiado aquella visión de torres modernas; si de ella dependiera, el futuro reconstruido consistiría en ciudades verdes, en cómodas casitas con jardines tradicionales bien cuidados.

—Vaya conservadora estás hecha —le decía Ralph con cariño.

Y sin embargo él adoraba también el viejo Londres («¿Qué arquitecto no lo haría?»), con las iglesias de Wren, las magníficas mansiones y los elegantes edificios públicos; «las piedras angulares de Londres», decía. Un par de noches por semana formaba parte de la patrulla de vigilancia de Saint Paul, hombres dispuestos a trepar hasta las vigas «de ser necesario» para mantener a salvo de bombas incendiarias la vieja iglesia. Era una trampa en caso de incendio, según él, con toda aquella madera vieja, plomo por todas partes, tejados planos, montones de escaleras y rincones recónditos y oscuros. Había respondido a un anuncio en la revista del Real Colegio de Arquitectos en el que solicitaban arquitectos voluntarios para actuar de vigilantes contraincendios porque ellos «comprenderían los planos y esa clase de cosas».

«Es posible que tengamos que ser bastante ágiles», le dijo a Ursula, y ella se preguntó cómo lo sería con su cojera. Tuvo visiones de Ralph sitiado por las llamas en todas aquellas escaleras y en los sitios recónditos y oscuros. La guardia en sí se llevaba a cabo en un ambiente de camaradería: jugaban al ajedrez y mantenían largas conversaciones sobre filosofía y religión. Ella imaginaba que aquello le iba muy bien a Ralph.

Hacía solo unas semanas habían contemplado juntos, embelesados y horrorizados, cómo ardía Holland House. Venían de Melbury Road, donde saquearon la bodega.

—¿Por qué no te alojas en mi casa? —había dicho Izzie como si tal cosa antes de embarcar hacia América—. Puedes ser mi vigilante. Aquí estarás a salvo. No creo que los alemanes quieran bombardear Holland Park.

Ursula pensó que Izzie sobrestimaba un poco la precisión de la Luftwaffe con las bombas. Y si aquel sitio era tan seguro, ¿por qué salía ella huyendo con el rabo entre las piernas?

—No, gracias —respondió. La casa era demasiado grande y estaba muy vacía. Pero tenía la llave y a veces iba en busca de cosas que resultaban de utilidad. Aún quedaban latas de comida en los armarios, que reservaba para una emergencia desesperada, y la bodega llena, por supuesto.

Ralph y ella buscaban en los estantes botelleros con las linternas —la electricidad se había cortado en cuanto se fue Izzie— y Ursula acababa de coger una botella de Pétrus con muy buena pinta y de preguntarle a Ralph «¿Crees que esto combinará bien con buñuelos de patata y cerdo en conserva?» cuando se produjo una tremenda explosión; pensando que le habían dado a la casa, se arrojaron al duro suelo de piedra de la bodega con las manos en la cabeza. Esto último era un consejo de Hugh: «Protégete siempre la cabeza»; se lo inculcó a Ursula en una visita reciente a la Guarida del Zorro. Hugh había pasado una guerra, y ella a veces lo olvidaba. Todas las botellas de vino se sacudieron y estremecieron en sus botelleros y, mirando atrás, Ursula pensó con terror en el daño que todos esos Château Latour y Château d'Yquem podrían haber causado de haber llovido sobre ellos, con el cristal roto como metralla.

Salieron corriendo y vieron cómo Holland House se convertía en una hoguera, con las llamas devorándolo todo, y Ursula pensó «Dios mío, no dejes que muera en un incendio. Que sea algo rápido, por favor».

Le tenía un cariño tremendo a Ralph. No era un amor obsesivo como les pasaba a algunas mujeres. Con Crighton, se había visto acosada sin tregua por esa idea de amor, pero con Ralph mantenía una relación más franca. No era amor, sino más bien el sentimiento que una abrigaría por su perro favorito (y no, jamás le habría dicho a él algo así. Había gente, mucha gente, que no entendía hasta qué punto podías llegar a sentirte unido a un perro).

Ralph encendió otro pitillo.

—Harold dice que fumar es malísimo. Dice que ha visto pulmones en el quirófano que parecían chimeneas sin barrer.

—Pues claro que no es bueno —comentó Ralph encendiéndole otro a ella—. Pero tampoco es bueno que los alemanes te bombardeen y te peguen tiros.

—¿No te preguntas a veces qué habría pasado si se hubiese cambiado un pequeño detalle en el pasado? Quiero decir, si Hitler hubiera nacido muerto, o si alguien lo hubiese raptado de pequeñito para criarlo…, no sé, en una casa de cuáqueros, por ejemplo; seguro que las cosas habrían sido distintas.

—¿Y tú crees que los cuáqueros raptarían a un bebé? —le preguntó Ralph sin mucho entusiasmo.

—Bueno, si supieran qué iba a pasar, quizá sí.

—Pero nadie sabe qué va a pasar. Además, Hitler podría haber salido igual, con cuáqueros o sin ellos. Tal vez habrías tenido que matarlo. ¿Serías capaz de algo así? ¿De matar a un bebé con una pistola? Y si no tuvieras pistola, ¿qué me dices de hacerlo con tus propias manos? A sangre fría.

«Si creyera que con eso salvaría a Teddy, sí —se dijo Ursula—. Y no solo a Teddy, por supuesto, sino al resto del mundo.» Teddy solicitó el ingreso en la RAF el día después de que se declarara la guerra. Trabajaba en una pequeña granja en Suffolk. Tras dejar Oxford, pasó un año en una escuela de agronomía; luego trabajó en pequeñas granjas y minifundios por todo el país. Decía que quería saberlo todo antes de tener sus propias tierras. («¿Vas a ser granjero?», seguía preguntando Sylvie.) Teddy no quería ser uno de esos idealistas que cantaban las alabanzas de la vuelta a la tierra para acabar hundidos hasta la rodilla en barro, con vacas enfermas y corderos muertos y cultivos que no valía la pena cosechar. (Por lo visto, había trabajado en uno de esos sitios.)

Teddy seguía escribiendo poesía. «Un granjero poeta, ¿eh? —decía Hugh—. Como Virgilio. Esperamos que escribas unas nuevas *Geórgicas*.» Ursula se preguntaba cómo se sentiría Nancy siendo la esposa de un granjero. Era increíblemente lista y estaba en Cambridge investigando sobre algún arcano y desconcertante aspecto de las matemáticas. («Un puro galimatías para mí», decía Teddy.) Y ahora el sueño de la infancia de Teddy de convertirse en piloto estaba de pronto a su alcance. En aquel momento se encontraba a salvo en Canadá, en una escuela de instrucción del imperio, aprendiendo a volar; mandaba cartas a casa sobre la cantidad de comida que había, sobre lo maravilloso que era el tiempo, que ponían a Ursula verde de envidia. Deseaba que Teddy pudiera quedarse allí para siempre, a salvo.

—¿Cómo hemos acabado hablando de asesinar bebés a sangre fría? —le preguntó a Ralph—. Pensándolo bien… —Ladeó la cabeza hacia la pared y el ulular de sirena de los berridos de Emil.

Ralph se echó a reír.

—Esta noche no es tan terrible. Pensándolo bien, si mis hijos armaran un barullo como ese acabaría en el manicomio.

A Ursula le pareció interesante que hubiese dicho «mis hijos» y no «nuestros hijos». Qué extraño era, de hecho, pensar siquiera en tener hijos en unos tiempos en que la misma existencia del futuro estaba en tela de juicio. Se puso en pie con cierta brusquedad.

—Los bombardeos no tardarán en empezar.

En los inicios de los bombardeos sobre la ciudad habría dicho «No pueden producirse todas las noches», pero ahora sabían que sí podía ser así. («¿La vida va a consistir en esto para siempre? —le escribió a Teddy—. ¿En verse hostigado sin tregua por las bombas?») Ya llevaban cincuenta y seis noches seguidas, de manera que empezaba a parecer posible que no hubiera un final.

—Pareces un perro —dijo Ralph—. Tienes un sexto sentido para los ataques aéreos.

—Bueno, pues será mejor que me creas y te vayas. O tendrás

que bajar al agujero negro de Calcuta, y ya sabes que no va a gustarte un pelo.

La extensa familia de los Miller —Ursula había contado al menos cuatro generaciones de ellos— vivían en la planta baja y el semisótano de la casa de Argyll Road. Asimismo tenían acceso a un nivel inferior, un sótano que los residentes del edificio utilizaban como refugio antiaéreo. Era un laberinto, un espacio mohoso y desagradable, lleno de arañas y escarabajos, y cuando estaban todos allí dentro, la sensación era de un espantoso hacinamiento, en especial cuando los Miller hacían bajar de mala gana por las escaleras al perro de la familia, una bola informe de pelo que se llamaba Billy, para que se uniera a ellos. Y, por supuesto, tenían que aguantar también las lágrimas y lamentaciones de Emil, a quien los ocupantes del sótano se iban pasando como un paquete no deseado en un inútil intento de apaciguarlo.

Con la intención de darle un toque «hogareño» al sótano (algo que nunca se conseguiría), el señor Miller había pegado algunas reproducciones de «grandes obras de arte inglesas», como él las llamaba, en las paredes forradas de sacos de arena. Dichas láminas en color —*El carro de heno*, *El señor y la señora Andrews*, de Gainsborough (qué pagados de sí mismos se veían), y *Burbujas* (el cuadro más feo de Millais, en opinión de Ursula)— tenían la sospechosa pinta de haber sido birlados de caros libros de arte. «Cultura», decía el señor Miller con cara de sabihondo. Ursula se preguntó qué habría elegido ella para representar las «grandes obras de arte inglesas». A Turner, quizá; sus obras tardías, con esos temas difuminados, efímeros. Sospechaba que no les gustarían una pizca a los Miller.

Cosió el cuello de la blusa. Apagó el *Sturm und Drang* de la emisión de radio y escuchó a Ma Rainey cantando «Yonder Come the Blues», un antídoto contra todo el sentimentalismo facilón que empezaba a brotar del transistor. Comió pan con queso con Ralph y trató de completar el crucigrama; luego lo hizo salir a toda prisa por la puerta con un beso. Entonces apagó la luz y levantó el estor opaco para vislumbrarlo alejándose Argyll Road abajo. Pese a la cojera (o quizá a causa de ella), tenía un andar ligero, como si esperase que algo interesante fuera a cruzarse en su camino. Le recordaba a Teddy.

Él sabía que Ursula lo observaba, pero no miró atrás, se limitó a levantar un brazo en un saludo silencioso, y luego lo engulló la oscuridad. Sin embargo, había un poco de luz de una finísima luna creciente y unas cuantas estrellas aquí y allá que titilaban tenuemente, como si alguien hubiese arrojado en la negrura un puñado de polvo de diamante. La «Luna Reina» rodeada por «el enjambre de estrellas, sus hadas», aunque Ursula sospechaba que Keats escribía sobre una luna llena, y la luna sobre Argyll Road parecía más una dama de honor que una reina. De pronto la invadió una vena poética, si bien no muy inspirada. Se dijo que era por la magnitud de la guerra, que te hacía buscar formas desesperadas de pensar en ella.

Bridget siempre decía que daba mala suerte ver la luna a través de un cristal, y Ursula dejó caer de nuevo el estor y corrió las cortinas.

Ralph se tomaba a la ligera su propia seguridad. Después de Dunkerque, decía, se sentía protegido contra una muerte violenta y repentina. A Ursula le parecía que en tiempos de guerra, cuando alrededor de una persona se producía una cantidad inmensa de muertes repentinas y violentas, las probabilidades estaban alteradas y se hacía imposible estar protegido contra nada.

Como ella sabía que ocurriría, comenzaron los aullidos de las sirenas, seguidos enseguida por las baterías antiaéreas en Hyde Park y el estruendo de las bombas, que una vez más caían en el puerto, por cómo sonaban. Se puso en movimiento, arrancó la linterna de su colgador junto a la puerta de la calle, donde moraba cual reliquia sagrada, y cogió el libro, que también esperaba en la entrada. Era su «libro del refugio», *Du côté de chez Swann*. Ahora que parecía que la guerra duraría eternamente, Ursula decidió embarcarse en Proust.

Los aviones bramaron en lo alto, y luego Ursula oyó el temible silbido de una bomba que descendía y el sordo topetazo cuando aterrizó cerca de allí. A veces, una explosión parecía mucho más próxima de lo que lo estaba en realidad. (Qué rápido adquiría una nuevos conocimientos en los temas más improbables.) Buscó su traje de protección. Llevaba puesto un vestido, ligero para el tiempo que hacía, y en el sótano hacía un frío y una humedad terribles. El traje lo había comprado con Sylvie, quien acudió a pasar un día en la ciudad antes de que empezaran los bombardeos. Fueron a dar un paseo por Piccadilly y Sylvie vio un anuncio en el escaparate de Simpson's de «trajes de protección a medida» e insistió en que entraran a probarse uno. Ursula no lograba imaginar a su madre en un refugio, y mucho menos con un traje de protección, pero era claramente una prenda, un uniforme incluso, que le resultaba atractivo. «Irá muy bien para limpiar el gallinero», dijo, y compró uno para cada una.

La siguiente detonación tuvo un tono imperioso, y Ursula abandonó la búsqueda del maldito traje y cogió en cambio la manta de retazos de lana que Bridget había tejido a ganchillo. («Iba a hacer un paquete con ella y mandarla a la Cruz Roja —escribió la criada con su letra redonda de colegiala—, pero entonces pensé que usted podía necesitarla más.»

«Ya ves, incluso en mi propia familia encajo en la categoría de refugiada», le escribió Ursula a Pamela.)

Se encontró a las hermanas Nesbit en las escaleras.

—Ay, qué mala suerte, señorita Todd —dijo Lavinia con una risita—. Lo de cruzarse en las escaleras, ya sabe.

Ursula bajaba y las hermanas subían.

—Van en la dirección equivocada —dijo Ursula, sin mucho sentido.

—He olvidado mi calceta —repuso Lavinia. Llevaba un broche de esmalte con la forma de un gato negro. Una pequeña cuenta de estrás hacía las veces de ojo.

—Está tejiendo unos leotardos para el bebé de la señora Appleyard —comentó Ruth—. En su piso hace mucho frío.

Ursula se preguntó cuántas prendas tejidas más podían ponerle al pobre niño antes de que pareciera una oveja. Una oveja, no un cordero. El crío de la señora Appleyard no tenía nada que ver con un cordero. Emil, se recordó.

—Bueno, pues dense prisa.

—Pasen, pasen, ya casi estamos todos —exclamó el señor Miller cuando desfilaron uno por uno hacia el refugio.

Un batiburrillo de sillas y camas improvisadas llenaba el húmedo espacio. Había dos antiguos catres del ejército que el señor Miller había sacado de algún sitio y sobre los que se había convencido a las Nesbit de que diesen descanso a sus ancianos huesos. En aquel momento en que las hermanas estaban ausentes, Billy el perro se instaló en uno de ellos. Había también un pequeño infiernillo y una estufa de queroseno Aladdin, y a Ursula le parecía extraordinariamente peligroso estar tan cerca de dos objetos como esos cuando lanzaban bombas encima. (A los Miller no les costaba ningún esfuerzo ser optimistas ante el peligro.)

La lista estaba casi completa: la señora Appleyard y Emil, el raro del señor Bentley, la señorita Hartnell y los Miller al completo. La señora Miller expresó su preocupación ante el paradero de las Nesbit, y el señor Miller se ofreció voluntario para ir a meterles prisa («con la maldita calceta incluida»), pero justo entonces una explosión tremenda hizo estremecerse el sótano. Ursula sintió el temblor de los cimientos mientras la onda expansiva recorría la tierra debajo de ellos. Obedeciendo el mandato de Hugh, se arrojó al suelo y se llevó las manos a la cabeza, agarrando al crío Miller que tenía más cerca («Eh, quítame las manos de encima») por el camino. Se agachó con torpeza sobre él, pero el niño se revolvió hasta liberarse.

Se hizo un silencio.

—No ha sido nuestra casa —dijo el crío con desdén, irguiéndose con arrogancia para recuperar su dignidad viril herida.

La señora Appleyard también se había arrojado al suelo, con el bebé encajado debajo de sí. La señora Miller no había agarrado a ningún miembro de su prole, sino la vieja lata de tofes de Farrah's Harrogate que contenía sus ahorros y sus pólizas de seguros.

El señor Bentley, con voz un poco más trémula de lo normal, preguntó:

—¿Hemos sido nosotros?

«No —pensó Ursula—; si lo hubiésemos sido, estaríamos

muertos.» Volvió a sentarse en una de las desvencijadas sillas de madera alabeada proporcionadas por el señor Miller. Notaba cómo le palpitaba el corazón, demasiado fuerte. Empezó a temblar y se envolvió en la manta de ganchillo de Bridget.

—No, el chico tiene razón —repuso el señor Miller—, por cómo sonaba, ha sido en Essex Villas.

El señor Miller siempre pretendía saber dónde caían las bombas. Por sorprendente que fuera, acertaba con frecuencia. Todos los Miller eran expertos en el lenguaje de tiempos de guerra, así como en el espíritu de guerra; y eran capaces de adoptarlo. («Nosotros también somos capaces de transmitirlo, ¿no? —escribió Pamela—. Cualquiera diría que no tenemos las manos manchadas de sangre.»)

—Son la columna vertebral de Inglaterra, sin duda —le dijo Sylvie a Ursula cuando los vio en persona por primera (y última) vez.

La señora Miller había invitado a Sylvie a tomar una taza de té en su cocina, pero Sylvie seguía enfadada por el estado de las cortinas y las alfombras de Ursula, del cual culpaba a la señora Miller, dando por sentado que era la casera y no otra simple inquilina. (Hizo oídos sordos a las explicaciones de Ursula.) Sylvie se comportó como si fuera una duquesa que visitara la cabaña de uno de sus patanes arrendatarios. Ursula imaginó a la señora Miller diciéndole después al señor Miller: «Vaya mujer tan engreída.»

De lo alto les llegaba el estruendo de un bombardeo constante; oían los timbales de grandes bombas, el silbar de los obuses y el retumbar de una unidad móvil de artillería cercana. De vez en cuando los cimientos del sótano se estremecían con el estallido de las bombas que arreciaban sobre la ciudad. Emil aullaba, Billy el perro aullaba, un par de los pequeñines Miller aullaban. Y todos lo hacían de forma discordante, en un desagradable contrapunto al *Donner und Blitzen* de la Luftwaffe. Una tormenta terrible, interminable. «La desesperanza detrás y la muerte delante.»

—Caray, el viejo Fritz intenta darnos un buen susto esta noche —comentó el señor Miller ajustando una lámpara con la misma tranquilidad que si estuviera en una acampada.

Era el responsable de la moral en el sótano. Al igual que Hugh, había sobrevivido a las trincheras y aseguraba ser inmune a las amenazas de los alemanes. Había todo un club de ellos: Crighton, Ralph, el señor Miller, incluso Hugh; hombres que habían padecido las ordalías del fuego, el barro y el agua y suponían que se trataba de una experiencia por la que se pasaba una sola vez en la vida.

—Qué andará tramando el viejo Fritz, ¿eh? —añadió el señor Miller con tono tranquilizador, dirigiéndose a uno de los más pequeños y aterrorizados—. Trata de dejarme sin mi sueño reparador, ¿a que sí? —El señor Miller siempre se refería a los alemanes en singular, en la persona de Fritz o Jerry, de Otto, Hermann o Hans; a veces hasta el mismísimo Adolf estaba a cuatro millas por encima de ellos lanzando sus bombas.

La señora Miller (Dolly), la personificación del triunfo de la experiencia sobre la esperanza (a diferencia de su cónyuge), repartía «refrigerios» a base de té, cacao, galletas y pan con margarina. Los Miller, una familia de moral generosa, nunca andaban cortos de raciones gracias a Renee, su hija mayor, quien tenía «contactos». Renee contaba dieciocho años, estaba plenamente formada en todos los sentidos y parecía una muchacha ligera de cascos. La señorita Hartnell dejaba bien claro que consideraba muy inferior a Renee, aunque no ponía reparos a la hora de compartir las provisiones que llevaba a casa. Ursula tenía la impresión de que uno de los críos más pequeños de los Miller era en realidad de Renee y que la familia, de forma pragmática, se había limitado a acogerlo en su seno.

Los «contactos» de Renee eran ambiguos, pero, unas semanas atrás, Ursula la había visto en la cafetería del primer piso del hotel Charing Cross dando delicados sorbitos a una ginebra en compañía de un tipo de aspecto acicalado y próspero, a todas luces un mafioso.

—Anda que no tiene mala pinta el caballero —comentó Jimmy riendo.

Jimmy, el bebé traído al mundo para celebrar la paz tras la guerra que acabaría con todas las guerras, estaba a punto de combatir en otra. Tenía unos días de permiso del campamento de instrucción, y los dos se refugiaron en el hotel Charing Cross mientras en el Strand se ocupaban de una bomba que no había estallado. Se oía el estruendo de la artillería naval emplazada en cureñas entre Vauxhall y Waterloo —bum-bum-bum—, pero los bombarderos andaban en busca de otros objetivos y parecían haber pasado de largo.

—¿Esto no se acaba nunca? —quiso saber Jimmy.

—Por lo visto, no.

—Se está más seguro en el ejército —repuso él riendo.

Jimmy se había alistado como soldado raso a pesar de que el ejército le había ofrecido el grado de oficial. Quería ser uno más de los chicos, según dijo. («Pero alguien tiene que ser oficial, ¿no? —dijo un desconcertado Hugh—. Y más vale que sea alguien con un poco de inteligencia.»)

Jimmy deseaba tener esa experiencia. Quería ser escritor, y ¿había algo mejor que una guerra para revelarle las cumbres y las simas de la condición humana? «¿Un escritor? —soltó Sylvie—. Mucho me temo que la mano del hada mala meció su cuna.» Ursula supuso que se refería a Izzie.

Había sido estupendo pasar un tiempo con Jimmy. Estaba arrebatador en su uniforme de combate y conseguía entrar en todas partes: locales subidos de tono en Dean Street y Archer Street, en el Boeuf sur le Toit en Orange Street (hasta tal punto subido de tono que rayaba en lo peligroso), sitios que la hicieron cuestionarse quién era Jimmy. Todo sea por saber lo máximo sobre la condición humana, fue su explicación. Se emborracharon y dijeron tonterías, lo que supuso un alivio en comparación con encogerse de miedo en el sótano de los Miller.

—Prométeme que no te morirás —le dijo Ursula a Jimmy cuando daban tumbos como una pareja de ciegos por Haymarket mientras oían cómo otra parte de Londres era borrada del mapa.

—Haré todo lo que pueda —repuso Jimmy.

Tenía frío. El charco sobre el que yacía aún hacía que sintiera más frío. Tenía que moverse. ¿Podía moverse? No, por lo visto. ¿Cuánto tiempo llevaba ahí? ¿Diez minutos? Diez años. El tiempo se había detenido. Todo parecía haberse detenido. Solo quedaba aquella espantosa mezcla de olores. Estaba en el sótano. Lo sabía porque veía *Burbujas*, todavía milagrosamente sujeto con cinta adhesiva a un saco de arena junto a su cabeza. ¿Iba a morir contemplando aquella imagen tan banal? Y de pronto la banalidad le pareció muy grata en comparación con la visión fantasmal que apareció a su lado. Un fantasma terrible, con ojos negros en una cara gris y el pelo revuelto, que la arañaba con sus garras.

—¿Has visto a mi bebé? —preguntó el fantasma.

Ursula tardó unos instantes en comprender que no era ningún fantasma. Era la señora Appleyard, con el rostro cubierto de mugre y polvo y con churretones de sangre y lágrimas.

—¿Has visto a mi bebé? —repitió.

—No —musitó Ursula, con la boca seca a causa de los escombros que habían caído sobre ella.

Cerró los ojos, y cuando volvió a abrirlos, la señora Appleyard ya no estaba. Quizá la había imaginado, quizá deliraba. O quizá era realmente el fantasma de la señora Appleyard y ambas se encontraban atrapadas en algún limbo desolado.

El vestido de Lavinia Nesbit que pendía del colgador de cuadros de los Miller volvió a llamar su atención. Pero no era el vestido de Lavinia Nesbit. Un vestido no tenía brazos. No mangas, sino brazos. Con manos. Algo en el vestido le hizo un guiño a Ursula, el ojo del broche de gato cuando incidió en él la luna creciente. Lo que pendía del colgador de los Miller era el cuerpo sin cabeza y sin piernas de la propia Lavinia Nesbit. Resultaba tan absurdo que en el interior de Ursula empezó a brotar una carcajada. No llegó a soltarla porque algo se movió, una viga o una parte de la pared, y se encontró rociada por una lluvia de polvo como talco. El corazón le palpitaba descontrolado en el pecho. Lo sentía dolorido, una bomba de relojería a punto de explotar.

Por primera vez, sintió pánico. Nadie acudiría en su ayuda. Desde luego, no el fantasma trastornado de la señora Appleyard. Moriría allí sola, en el sótano de Argyll Road, sin otra compañía que el *Burbujas* y el cuerpo sin cabeza de Lavinia Nesbit. Si Hugh estuviese allí, o Teddy o Jimmy, o incluso Pamela, se esforzarían en sacarla, en salvarla. Se preocuparían por ella. Pero no había nadie para preocuparse por ella. Se oyó maullar como un gato herido. Qué lástima sintió, como si la sintiera por otra persona.

—Bueno, creo que a todos nos sentaría bien una taza de cacao —había dicho la señora Miller—, ¿no les parece?

El señor Miller seguía preocupado por las Nesbit, y Ursula, que no soportaba más el claustrofóbico sótano, anunció:

—Voy a buscarlas. —Y se levantó de la silla.

En aquel preciso instante, un sonoro silbido anunció la llegada de una bomba potentemente explosiva. Hubo un estruendo gigantesco, un crujido inmenso, como si la pared del infierno se partiera en dos y dejara salir a todos los demonios, y luego vinieron una succión y una compresión tremendas, como si le absorbieran las entrañas, los pulmones, el corazón y el estómago, y hasta los globos oculares. «Saluda a este día postrero y perpetuo.» «Se acabó —se dijo—. Voy a morir.»

Una voz quebró el silencio casi junto a su oreja, una voz de hombre.

—Venga, señorita, a ver si conseguimos sacarla de aquí, ¿de acuerdo?

Ursula le veía la cara, mugrienta y sudorosa, como si hubiera abierto un túnel para llegar hasta ella. (Supuso que en efecto lo había hecho.) Se sorprendió al reconocerlo. Era uno de los voluntarios de Precauciones frente a Ataques Aéreos, uno nuevo.

—¿Cómo se llama, señorita? ¿Puede decírmelo?

Ursula intentó pronunciar su nombre, pero se dio cuenta de que no lo conseguía.

—¿Cómo? —preguntó el voluntario—. ¿Qué ha dicho…, Mary? ¿Susie?

Ursula no quería morir llamándose Susie. Pero ¿importaba acaso?

—Bebé —consiguió musitar.

—¿Bebé? —repitió él con aspereza—. ¿Tiene un bebé?

El voluntario retrocedió un poco y le gritó algo a alguien invisible. Ursula oyó otras voces y comprendió que ahora había mucha gente allí. Como si lo confirmara, el voluntario dijo:

—Estamos todos aquí para sacarla. Los chicos del gas ya lo han cortado, y la moveremos en un santiamén. No se preocupe. Ahora hábleme de su bebé, Susie. ¿Lo tenía en brazos? ¿Es muy pequeñín?

Ursula pensó en Emil, tan pesado como una bomba (¿a quién habían pillado con él en brazos cuando se paró la música y volaron la casa?), y trató de hablar, pero se encontró maullando otra vez.

Algo crujió y gimió en lo alto, y el voluntario le cogió la mano.

—Tranquila, estoy aquí.

Ursula sintió un agradecimiento enorme, tanto hacia el voluntario como hacia cuantos se esforzaban en sacarla de allí. Pensó en lo agradecido que se sentiría también Hugh. Pensar en su padre la hizo echarse a llorar.

—Vamos, vamos, Susie —dijo el voluntario—, todo va a salir bien, no tardaremos en sacarla de aquí, como a un mejillón de su concha. ¿Le traigo una taza de té? ¿Qué tal suena eso? Estupendo, ¿verdad? A mí también me apetece una.

Parecía estar nevando, en copos como diminutas agujas contra su piel.

—Frío —musitó.

—No se preocupe, la sacaremos de aquí en menos que canta un gallo, ya lo verá —dijo el voluntario.

Se quitó el abrigo que llevaba y la tapó con él. No había espacio para una maniobra generosa como esa y derribó algo, provocando una lluvia de escombros sobre los dos.

—Oh —soltó Ursula, porque sintió de pronto unas ganas violentas de vomitar, pero se le pasaron y se quedó más tranquila.

Ahora caían hojas mezcladas con el polvo y las cenizas y las escamas de los muertos. De pronto se encontró cubierta por un montón de finas hojas de haya. Olían a setas y a hogueras y a algo dulce. Al pan de jengibre de la señora Glover. Un olor mucho más agradable que el de las aguas negras y el gas.

—Venga, muchacha —dijo el voluntario—. Venga, Susie, no se me duerma…

Le sujetó la mano con más fuerza, pero Ursula miraba algo que lanzaba destellos y daba vueltas bajo el sol. ¿Un conejo? No, una liebre. Una liebre plateada, que giraba lentamente ante sus ojos. Era fascinante. Era lo más bonito que había visto en su vida.

Se precipitaba desde un tejado para internarse en la noche. Estaba en un campo de maíz con el sol cayendo a plomo. Recogía frambuesas en el sendero. Jugaba al escondite con Teddy. «Qué niñita tan salada», dijo alguien. Pero no fue el voluntario, ¿no? Y entonces empezó a nevar. El cielo nocturno ya no estaba en lo alto; ahora la rodeaba, como un mar cálido y oscuro.

Se internaba flotando en la negrura. Trató de decirle algo al voluntario. «Gracias.» Aunque ya no importaba. Ya nada importaba. Se hizo la oscuridad.

Mañana será un día maravilloso

2 de septiembre de 1939

—No te alteres, Pammy —dijo Harold—. ¿Por qué está todo tan tranquilo, qué has hecho con los niños?

—Los he vendido —contestó Pamela, más animada—. Tres por el precio de dos.

—Deberías quedarte a pasar la noche, Ursula —ofreció con amabilidad Harold—. Mañana no deberías andar por ahí sola. Será un día horroroso. Son órdenes del médico.

—Gracias, pero ya tengo planes.

Se probó el vestido de *crêpe de Chine* amarillo que se había comprado unas horas antes en la High Street de Kensington, en un alocado arrebato derrochador en la víspera de la guerra. El vestido tenía un estampado de diminutas golondrinas negras en pleno vuelo. Lo admiró, o más bien se admiró hasta donde pudo en el espejo del tocador, pues tenía que subirse a la cama para verse de cintura para abajo.

A través de las finas paredes de Argyll Road, oía a la señora Appleyard peleándose en inglés con un hombre, supuestamente el misterioso señor Appleyard, cuyas idas y venidas a cualquier hora del día o la noche no seguían un horario normal. Ursula lo había visto en persona una sola vez, cuando se cruzaron en las escaleras y él la miró de mal talante y se alejó precipitadamente y sin saludarla. Era un hombre grandote, rubicundo y de aspecto algo porcino. Ursula se lo imaginaba tras el mostrador de una carnicería o trajinando con sacos en una fábrica de cerveza, pese a que, según las señoritas Nesbit, era un empleado en una empresa de seguros.

En cambio, la señora Appleyard era flaca y cetrina y, cuando su marido no estaba en casa, Ursula la oía canturrear para sí con tono lastimero y en una lengua que no conseguía situar. De Europa del Este, por cómo sonaba. Qué útil sería el esperanto del señor Carver, se decía. (Si lo hablara todo el mundo, claro.) En especial en los tiempos que corrían, con tantos refugiados llegando a Londres. («Es checa —le revelaron por fin las Nesbit—. Antes ni sabíamos dónde estaba Checoslovaquia, ¿no? Ojalá siguiéramos sin saberlo.») Ursula suponía que la propia señora Appleyard era quizá una refugiada que, buscando protección en los brazos de un caballero inglés, se topó con el belicoso señor Appleyard. Ursula se decía que, si alguna vez oía que el señor Appleyard le pegaba a su mujer, tendría que llamar a la puerta e impedirlo de algún modo, aunque no tenía ni idea de cómo.

La disputa de al lado subió de tono, y entonces se oyó un decisivo y concluyente portazo y se hizo el silencio. Luego se oyó al señor Appleyard, muy aficionado a entradas y salidas ruidosas, pisando fuerte en las escaleras mientras dejaba una estela de irreverencias contra las mujeres y los extranjeros, categorías ambas en las que encajaba la esclavizada señora Appleyard.

La avinagrada aura de insatisfacción que se colaba a través de las paredes, junto con el olor menos apetitoso incluso a repollo hervido, resultaba de lo más deprimente. Ursula deseaba que los refugiados fueran conmovedores y románticos, gente que huía para salvar su vida cultural, y no mujeres víctimas de maltratos de empleados de seguros. Lo cual era ridículamente injusto por su parte.

Se bajó de la cama y describió un giro ante el espejo. Pensó que el vestido le sentaba bien; aún lucía buena figura, incluso con casi treinta años. ¿Tendría algún día el voluminoso contorno de matrona de Sylvie? Empezaba a parecer poco probable que tuviera hijos alguna vez. Se acordó de cuando tenía en brazos a los bebés de Pamela, y a Teddy y Jimmy también, de lo abrumadores que eran los sentimientos de amor y terror, del desesperado deseo de protección. Cuánto más intensos habrían de ser esos sentimientos si se tratara de tu propio hijo, ¿no? Quizá demasiado intensos para soportarlos.

Mientras tomaban el té en John Lewis, Sylvie le preguntó:

—¿Nunca se te despierta el instinto maternal?

—¿Como a tus gallinas?

—Una «mujer de carrera» —dijo Sylvie, como si las dos palabras no tuvieran sitio en la misma frase—. Una solterona —añadió, considerando el término.

Ursula se preguntó por qué se esforzaba tanto su madre en irritarla.

—Tal vez no te cases nunca —añadió Sylvie, como si fuera una conclusión, como si la vida de Ursula hubiese llegado a su fin.

—¿Tan malo sería eso? La hija soltera —dijo ella hincándole el diente a una pastita glaseada—. A Jane Austen le bastaba.

Se quitó el vestido por la cabeza y, en combinación y medias, se dirigió a la pequeña despensa y llenó un vaso de agua del grifo antes de coger una galleta salada. Comida de recluso, se dijo; una buena práctica para lo que estaba por llegar. El pastel de Pamela era cuanto había comido desde las tostadas del desayuno. Confiaba en que Crighton la llevara esa noche a cenar bien, como mínimo. Le había pedido que se encontrase con él en el Savoy; rara vez tenían esas citas en público, y se preguntó si habría drama, o si la sombra de la guerra era drama suficiente y Crighton quería hablarle de ella.

Ursula sabía que la guerra se declararía al día siguiente, aunque se hubiera hecho la tonta con Pammy. Crighton le contaba muchas cosas que no debería, partiendo de la base de que «ambos habían firmado la Ley de Secretos Oficiales». (Ella, por su parte, no le contaba casi nada.) Últimamente, él se había tambaleado otra vez, y Ursula no estaba nada segura de hacia qué lado caería, ni de hacia qué lado quería ella que cayera.

Crighton le había pedido que tomara una copa con él, una petición transmitida en una nota del Almirantazgo que llegó de manera misteriosa cuando ella salió un momento de la oficina. Ursula se preguntó, y no por primera vez, quién llevaría esas notas que parecían aparecer en su escritorio como si las entregaran los elfos. «Creo que corresponde llevar a cabo una auditoría en su departamento», rezaba. A Crighton le gustaban los códigos. Ella confiaba en que los mensajes cifrados de la marina no fueran tan rudimentarios como los de Crighton.

La señorita Fawcett, una de sus oficinistas, vio la nota allí en medio y puso cara de pánico.

—¡Caramba! —exclamó—. ¿De verdad? ¿Nos toca una auditoría?

—Es lo que alguien considera una broma —contestó Ursula, consternada al notar que se ruborizaba.

Había algo muy poco propio de Crighton en aquellos mensajes lascivos (si no directamente guarros) pero en apariencia inocentes. «Creo que andamos cortos de lápices.» O: «¿Están bien de cargas de tinta?». Ursula deseaba que aprendiera taquigrafía, o a ser más discreto. O, mejor incluso, que parase de hacer aquello.

Cuando un portero la hizo pasar al interior del Savoy, Crighton la estaba esperando en el amplio vestíbulo, y en lugar de escoltarla hasta el American Bar, la hizo subir por las escaleras hasta una suite en el segundo piso. La cama parecía dominar la habitación, enorme y llena de almohadas. «Ah, de manera que por esto estamos aquí», se dijo.

El vestido de *crêpe de Chine* resultaba poco adecuado para la ocasión, y al final se puso el de satén azul real —uno de los tres vestidos de noche que tenía—, una decisión que ahora lamentaba, pues a juzgar por las apariencias Crighton estaba a punto de despojarla de él en lugar de invitarla a una comilona.

A él le gustaba desvestirla, le gustaba mirarla.

—Como a un Renoir —decía, aunque sabía muy poco de arte.

Mejor un Renoir que un Rubens, pensaba ella. O que un Picasso, ya puesta. Crighton le había hecho el gran obsequio de contemplarse desnuda y encontrar pocos defectos o ninguno. Por lo visto, Moira era una mujer de franela de algodón hasta los pies y luces apagadas. A veces, Ursula se preguntaba si Crighton no exageraría cuando decía que su mujer no era nada refinada. En un par de ocasiones se le había pasado por la cabeza ir hasta Wargrave para echarle un vistazo a la agraviada esposa y comprobar si en efecto no tenía ninguna gracia. Por supuesto, el problema con la Moira real (más un Rubens que un Renoir, imaginaba) sería que le costaría mucho traicionar a una persona real en lugar de a un enigma.

(—Pero sí que es una persona real —comentó una desconcertada Pamela—. Es un argumento engañoso.

—Sí, soy muy consciente de ello.

Este último intercambio se produjo en primavera, en la celebración de los sesenta años de Hugh, una ocasión bastante quejumbrosa.)

La suite tenía unas vistas magníficas del río, desde el puente de Waterloo al Parlamento y el Big Ben, todos envueltos en sombras ahora que se cernía el crepúsculo. («La hora violeta.») Ursula distinguía apenas la aguja de Cleopatra, un dedo oscuro que señalaba al cielo. No había rastro del titilante resplandor de las luces de Londres. Ya habían comenzado los apagones como defensa antiaérea.

—¿Qué pasa, que el refugio de emergencia no estaba disponible? ¿Estamos al raso? —preguntó Ursula mientras Crighton abría una botella de champán que los esperaba en una húmeda cubitera plateada—. ¿Celebramos algo?

—Nos despedimos —contestó Crighton acercándose a la ventana para tenderle una copa.

—¿Esto es una despedida? —le preguntó Ursula, desconcertada—. ¿Me traes a un buen hotel y me sirves champán para poner fin a lo nuestro?

—Le decimos adiós a la paz —respondió Crighton—. Es una despedida del mundo que conocemos. —Levantó la copa ante la ventana, hacia Londres, en su umbría gloria—. Por el principio del fin —dijo con tristeza y, como si fuera una ocurrencia de última hora, algo sin importancia, añadió—: He dejado a Moira.

Aquello pilló a Ursula por sorpresa.

—¿Y a las niñas? (Solo lo comprobaba.)

—A todas. La vida es demasiado valiosa para ser infeliz.

Ursula se preguntó cuánta gente en Londres estaría diciendo lo mismo aquella noche. Quizá lo harían en entornos menos salubres. Y por supuesto habría quienes dirían esas mismas palabras para aferrarse a lo que ya tenían, no para desecharlo por antojo.

De pronto, presa de un pánico inesperado, Ursula soltó:

—No quiero casarme contigo. —No se había percatado de la intensidad de sus sentimientos hasta que esas palabras salieron de su boca.

—Yo tampoco quiero casarme contigo —repuso Crighton, y ella se sintió perversamente decepcionada—. He alquilado un piso en Egerton Gardens. He pensado que a lo mejor te vendrías conmigo.

—¿A vivir juntos? ¿A vivir en pecado en Knightsbridge?

—Sí, si quieres.

—Caray, qué atrevido eres. ¿Y tu carrera?

Crighton soltó un bufido desdeñoso. De modo que era ella, y no la guerra, quien sería su nueva Jutlandia.

—¿Vas a decir que sí, Ursula?

Ella miraba hacia el Támesis a través de la ventana. El río ya era casi invisible.

—Deberíamos hacer un brindis —dijo—. ¿Cómo es eso que dicen en la marina, «Por que tu amada y tu esposa nunca se encuentren»? —Entrechocó su copa con la de Crighton—. Estoy muerta de hambre, comeremos algo, ¿no?

Abril de 1940

El claxon de un coche en la calle quebró el silencio de la mañana de domingo en Knightsbridge. Ursula echaba de menos el tañido de las campanas de las iglesias. Cuántas cosas había dado por sentadas antes de la guerra. Deseó poder volver atrás y apreciarlas como era debido.

—¿Por qué toca el claxon —quiso saber Crighton— si tenemos un timbre como Dios manda? —Se asomó a la ventana—. Ya está aquí, si es un joven con traje y chaleco y más presuntuoso que el petirrojo de una tarjeta de Navidad.

—Pues la descripción encaja, sí. —Aunque Ursula no consideraba «joven» a Maurice, nunca se lo había parecido, pero supuso que para Crighton lo era.

Hugh cumplía sesenta años, y Maurice se había ofrecido de mala gana a llevarla a la celebración en la Guarida del Zorro. Sería una novedad, y no necesariamente buena, pasar un tiempo encerrada en un coche con Maurice. Rara vez estaban a solas.

—¿Tiene gasolina? —le preguntó Crighton enarcando una ceja, aunque fue más una afirmación que una pregunta.

—Tiene chófer —contestó Ursula—. Sabía que Maurice le sacaría el máximo partido a la guerra.

«¿Qué guerra?», habría dicho Pamela. Estaba «aislada» en Yorkshire con seis críos pequeños por toda compañía, y con Jeanette, que no solo resultó ser una quejica sino también «una *fainéante*. Esperaba algo mejor de la hija de un párroco. Es tan gandula que me paso el día corriendo no solo detrás de mis niños sino también de los suyos. Ya estoy harta de este rollo de la evacuación, creo que no tardaremos en volver a casa».

—Supongo que no podía aparecer en casa con un coche sin haberme llevado —dijo Ursula—. Maurice no querría que lo vieran comportarse mal, ni su propia familia. Ha de mantener su reputación. Además, tiene a los suyos allí y esta noche los traerá de vuelta a Londres.

Maurice había mandado a Edwina y los niños a pasar las vacaciones de Pascua en la Guarida del Zorro. Ursula se preguntaba si su hermano sabría algo sobre la guerra que no se había hecho público; ¿sería la Pascua una época especialmente peligrosa? Tenía que haber muchas cosas que Maurice sabía y otros no, pero la Pascua transcurrió sin incidentes, y Ursula supuso que solo se trataba de unos nietos que visitaban a sus abuelos. Philip y Hazel eran niños muy poco imaginativos, y se preguntaba cómo se llevarían con los bravucones evacuados de Sylvie.

—Cuando regresemos iremos muy apretados, con Edwina y los niños. Eso sin mencionar al chófer. Pero bueno, es lo que toca.

El claxon volvió a sonar. Ursula lo ignoró por pura cuestión de principios. Qué maliciosamente satisfactorio resultaría aparecer con Crighton, se dijo, con todas sus galas de la marina (todas esas medallas, todos esos galones dorados), tan por encima de Maurice en todos los sentidos.

—Podrías venir conmigo, ¿sabes? Nos limitaríamos a no mencionar a Moira, ni a las niñas.

—¿Es tu casa?

—¿Cómo dices?

—Antes has dicho que Maurice no podía aparecer «en casa». ¿Y tu casa no es esta? —quiso saber Crighton.

—Sí, claro —contestó Ursula.

Maurice se paseaba de aquí para allá por la acera, impaciente; ella dio golpecitos en la ventana para llamar su atención y levantó el dedo índice al tiempo que vocalizaba «un minuto». Maurice la miró frunciendo el entrecejo.

—Es una forma de hablar —continuó ella volviéndose de nuevo hacia Crighton—. Lo normal es referirte a la casa de tus padres como «tu casa».

—¿Ah, sí? Yo no lo hago.

«No —pensó Ursula—, tú no.» La «casa» de Crighton estaba en Wargrave, aunque solo fuera en sus pensamientos. Y tenía razón, por supuesto; ella no consideraba su hogar el piso de Egerton Gardens. Era un punto en el tiempo, una parada temporal en un viaje más que la guerra había interrumpido.

—Podemos discutir ese punto si quieres —dijo de buen talante—. Pero es que…, bueno, Maurice está ahí, marchando acera arriba y abajo como un soldadito de plomo.

Crighton se echó a reír. Nunca buscaba discutir.

—Me encantaría ir contigo y conocer a tu familia, pero voy a la Ciudadela.

El Almirantazgo estaba construyendo una fortaleza subterránea, la Ciudadela, en Horse Guards Parade, y Crighton se encontraba en plena tarea de traslado de su oficina.

—Entonces nos veremos después —dijo Ursula—. Mi carruaje aguarda y Maurice está piafando.

—El anillo —le recordó Crighton.

—Ay, sí, casi se me olvida.

Ursula había empezado a llevar una alianza «por las apariencias» cuando no estaba en el trabajo, «por los tenderos y demás». El chico que repartía la leche, la mujer que acudía a limpiar dos veces por semana; no quería que pensaran que la suya era una relación ilícita. (Se había sorprendido a sí misma con aquella timidez.)

—Imagínate cuántas preguntas me habrían hecho si lo hubiesen visto —dijo Ursula quitándose el anillo del dedo para dejarlo sobre la mesa del recibidor.

Crighton le dio un beso en la mejilla.

—Que lo pases bien.

—No te lo garantizo.

—¿Todavía no has conseguido un hombre? —le preguntó Izzie a Ursula. Y, volviéndose hacia Sylvie, añadió animadamente—: Claro que ya tienes… ¿cuántos nietos? ¿Siete, ocho?

—Seis. Y es posible que tú también seas ya abuela, Izzie.

—¿Qué? —intervino Maurice—. ¿Cómo va a ser abuela?

—Bueno, en cualquier caso —dijo Izzie como quien no quiere la cosa—, le quita la presión a Ursula de producir más.

—¿Producir? —repitió Ursula con el tenedor lleno de salmón en gelatina cuando se lo llevaba a la boca.

—Por lo visto te has quedado para vestir santos —dijo Maurice.

—¿Cómo dices? —El tenedor volvió al plato.

—La eterna dama de honor…

—Una vez —repuso Ursula—. He sido dama de honor una sola vez, de Pamela.

—Ya me como yo eso si no vas a hacerlo tú —intervino Jimmy, y le birló el salmón.

—Pues sí que iba a comérmelo.

—Pues aún peor —continuó Maurice—. Nadie te quiere siquiera como dama de honor, solo tu hermana. —Soltó una risita, más de colegial que de hombre hecho y derecho.

A Ursula le dio rabia que estuviese sentado demasiado lejos para darle un puntapié bajo la mesa.

—Compórtate, Maurice —murmuró Edwina.

Ursula se preguntó cuántas veces al día te decepcionaría Maurice si estuvieras casada con él. Si se trataba de encontrar argumentos en contra del matrimonio, le parecía que la existencia de Maurice era el mejor de todos. Cómo no, a Edwina se le habían bajado bastante los humos a causa del «chófer», que era una chica bastante atractiva con el uniforme del Voluntariado de Mujeres. Para bochorno de la muchacha (se llamaba Penny pero todos lo olvidaron de inmediato), Sylvie insistió en que se sentara a la mesa, cuando era obvio que se habría sentido más cómoda en el coche o en la cocina con Bridget. La metieron con calzador en el extremo de la mesa, entre los evacuados, y era objeto del examen gélido y constante de Edwina. Por su parte, Maurice ponía buen cuidado en ignorarla. Ursula trataba de verle algún significado a su actitud. Deseó que Pamela estuviese allí, se le daba muy bien descifrar a la gente, aunque quizá no tanto como a Izzie. («Bueno, ya veo que Maurice ha sido un niño malo. La verdad es que es monísima. ¿Y qué hombre puede resistirse a una mujer de uniforme?»)

Philip y Hazel se sentaban entre sus padres, muy pasivos. Sylvie nunca había dado muestras de un cariño especial por los hijos de Maurice, mientras que parecía encantada con sus evacuados, Barry y Bobby («mis dos hormiguitas»), que en ese momento gateaban bajo la mesa de estilo neorregencia y soltaban risitas un poco maníacas. «Son unos traviesos», decía Sylvie con tono indulgente. Los evacuados, que era como los demás se referían a ellos, como si su condición los definiera, habían sido objeto de una limpieza a fondo por parte de Bridget y Sylvie, pero nada podía disimular su pícara naturaleza. («Vaya par de diablillos», comentó Izzie con un leve estremecimiento.) A Ursula le caían bien, le recordaban a los pequeños Miller. De haber sido perros, habrían meneado la cola constantemente.

Sylvie tenía ahora un par de cachorritos de verdad, dos excitables labradores negros que también eran hermanos. Se llamaban Hector y Hamish, pero por lo visto todos se referían a ellos sin hacer distinciones con el colectivo «los perros». Los perros y los evacuados parecían haber contribuido a que todo se viera ahora más desaliñado en la Guarida del Zorro. La propia Sylvie parecía más resignada a esta guerra de lo que nunca lo había estado a la anterior. Hugh no tanto. Lo habían «convencido» para instruir al equipo local de voluntarias y aquella misma mañana, tras el oficio religioso, les enseñó a «las damas» de la iglesia cómo utilizar la bomba de mano.

—¿Es adecuado hacer algo así un domingo? —quiso saber Edwina—. Estoy segura de que Dios está de nuestra parte, pero... —Se interrumpió, incapaz de defender un argumento teológico pese a ser «una cristiana devota», lo cual, según Pamela, significaba que les daba buenos sopapos a los niños y los hacía comerse en el desayuno lo que se habían dejado en la cena.

—Claro que es adecuado —repuso Maurice—. En mi papel como organizador de la defensa civil…

—Yo no considero que esté «para vestir santos», como has tenido la simpatía de señalar —lo interrumpió Ursula con irritación.

Una vez más, deseó fugazmente que Crighton estuviera presente con sus medallas y sus galones. Qué horrorizada se quedaría Edwina si supiera lo de Egerton Gardens. («¿Y cómo está el almirante?», le preguntó Izzie más tarde en el jardín, por lo bajo como una conspiradora, pues, cómo no, ella lo sabía. Izzie lo sabía todo, y si no lo sabía, te lo sacaba con facilidad. Al igual que Ursula, tenía condiciones para el espionaje. «No es almirante —respondió ella—, pero está bien, gracias.»)

—Te las apañas bien sola —le dijo Teddy a Ursula—. «Tú, que en tus propios ojos callas», etcétera.

Teddy tenía fe en la poesía, como si el simple hecho de citar a Shakespeare fuera capaz de calmar los ánimos. Ella pensaba que ese soneto hablaba en realidad del egoísmo, pero no lo dijo, pues Teddy tenía buena intención. A diferencia de los demás, por lo visto, que parecían obsesionados con su condición de soltera.

—Por el amor de Dios, si solo tiene treinta años —volvió a meter baza Izzie. («Ojalá se callaran todos de una vez», pensó Ursula.)—. Después de todo, yo tenía más de cuarenta cuando me casé.

—¿Y dónde está ese marido tuyo? —le preguntó Sylvie paseando la vista por la mesa de estilo neorregencia, cuyas alas se habían abierto para dar cabida a los comensales de ese día. Fingió estar perpleja (no le pegaba nada)—. No lo veo por aquí.

Izzie eligió la ocasión para dejarse caer («Sin que la invitaran, como siempre», dijo Sylvie) y felicitar a Hugh por sus seis décadas. («Un hito.») Las demás hermanas de Hugh consideraban «demasiado duro» el viaje hasta la Guarida del Zorro.

—Vaya puñado de arpías están hechas —le dijo Izzie después a Ursula. A pesar de ser la benjamina, Izzie nunca fue la favorita—. Hugh siempre ha sido muy bueno con ellas.

—Siempre ha sido bueno con todo el mundo —repuso Ursula, sorprendida, incluso alarmada, cuando se encontró con los ojos llenos de lágrimas al pensar en lo sensato y digno de confianza que era su padre.

—Ay, no hagas eso —dijo Izzie, y le tendió un pedacito de encaje que por lo visto hacía las veces de pañuelo—. Vas a hacerme llorar a mí también.

Parecía poco probable, no había pasado nunca.

Izzie eligió asimismo aquella ocasión para anunciar su inminente partida hacia California. A su marido, el famoso dramaturgo, le habían ofrecido trabajo como guionista en Hollywood.

—Todos los europeos se van para allá.

—Ah, conque ahora eres europea, ¿no es eso? —dijo Hugh.

—¿No lo somos todos?

Se había reunido la familia entera, con excepción de Pamela, para quien el viaje era en efecto demasiado duro. Jimmy consiguió un par de días de permiso, y Teddy se llevó consigo a Nancy. Cuando ella llegó, le dio un encantador abrazo a Hugh, dijo «Feliz cumpleaños, señor Todd» y le puso en las manos un paquete en un bonito envoltorio del antiguo papel pintado de la casa de los Shawcross. Era un ejemplar de *El custodio*.

—Es una primera edición. Dice Ted que le gusta Trollope.

(Un hecho del que, por lo visto, ningún otro miembro de la familia estaba al corriente.)

—El bueno de Ted —repuso Hugh besándola en la mejilla. Y añadió dirigiéndose a él—: Vaya tesoro de chica tienes. ¿Cuándo piensas proponerle matrimonio?

—Oh —soltó Nancy ruborizándose, y añadió entre risas—: Hay tiempo de sobra para eso.

—Eso espero —dijo una sombría Sylvie.

Teddy se había graduado ya en la Escuela Elemental de Vuelo («¡Tiene alas! —exclamó Nancy—. ¡Como un ángel!») y estaba a la espera de zarpar hacia Canadá para las prácticas de pilotaje. Cuando tuviera el título, regresaría y ocuparía un puesto en la Unidad Operativa de Instrucción.

—Bueno, pues qué gran consuelo —dijo Sylvie.

—¡Ay! —chilló un evacuado debajo de la mesa—. Quién ha sido el cabrón que me ha dado una patada.

Instintivamente, todos miraron a Maurice.

Algo frío y húmedo le subía a Ursula por la falda. Confió en que fuera el hocico de un perro y no la nariz de un evacuado. Jimmy la pellizcó en el brazo (bastante fuerte) y dijo:

—No paran, ¿eh?

La pobre voluntaria —definida por su condición, como los evacuados y los perros— parecía a punto de llorar.

—¿Te encuentras bien? —le preguntó Nancy, siempre solícita.

—Es hija única —comentó Maurice como si tal cosa—. O sea que no entiende las alegrías de la vida familiar.

Que Maurice estuviera al corriente de los orígenes de la voluntaria pareció enfurecer especialmente a Edwina, que aferraba el cuchillo de la mantequilla como si planeara atacar a alguien, a

Maurice o a la voluntaria, o a cualquiera que tuviera a tiro para asestarle una cuchillada, por cómo pintaba la cosa. Ursula se preguntó cuánto daño podría causar un cuchillo para mantequilla. El suficiente, supuso.

Nancy se levantó de un brinco de la mesa y le dijo a la voluntaria:

—Ven, vamos a dar un paseo, hace un día precioso. En el bosque se habrán abierto las campanillas, si te apetece caminar un poco. —La agarró del brazo y la sacó de la sala casi a rastras.

Ursula se planteó correr tras ellas.

—«El cortejo es al matrimonio lo que un prólogo muy ingenioso a una obra muy aburrida» —declaró Izzie como si no hubiese habido interrupción—. Eso dijo alguien.

—Congreve —repuso Sylvie—. ¿Qué diantre tiene que ver con nada?

—Solo lo comentaba —dijo Izzie.

—Claro…, y tú estás casada con un dramaturgo, ¿no? —le recordó Sylvie—. Ese a quien nunca vemos.

—El viaje es distinto para todos —sentenció Izzie.

—Ay, por favor —repuso Sylvie—. No nos vengas con tu filosofía de pacotilla.

—Para mí, el matrimonio consiste en la libertad —dijo Izzie—. Para ti, siempre ha consistido en las tribulaciones de la reclusión.

—¿De qué demonios hablas? —quiso saber Sylvie. (Y el resto de la mesa compartió su desconcierto.)—. Qué tonterías dices.

—¿Y qué vida habrías tenido si no? —continuó alegremente Izzie (o implacablemente, dependiendo del punto de vista)—. Creo recordar que tenías diecisiete años y eras más pobre que las ratas, la hija de un artista en bancarrota y muerto. Sabe Dios qué habría sido de ti de no haber acudido Hugh en tu rescate.

—Tú no recuerdas nada, en aquel tiempo aún llevabas pañales.

—No exactamente. Y yo, por supuesto…

—Oh, cállate ya —zanjó Hugh con tono de cansancio.

Bridget alivió la tensión (con frecuencia ese era su papel estelar en la Guarida del Zorro ahora que ya no estaba la señora Glover) cuando entró en el comedor llevando en alto un pato asado.

—Pato *à la surprise* —dijo Jimmy, pues, cómo no, todos esperaban pollo.

Nancy y la voluntaria («Penny», les recordó Nancy a todos) volvieron a tiempo de que les tendieran sendos platos recalentados.

—Tendrás suerte si ahí queda algo de pato —le dijo Teddy a Nancy cuando le pasó el plato—. Al pobre bicho lo han dejado limpio.

—Un pato es muy poca comida —comentó Izzie encendiendo un cigarrillo—. Apenas da para dos, no consigo imaginar en qué estabas pensando.

—Estaba pensando en que hay una guerra en marcha —replicó Sylvie.

—De haber sabido que pretendías ponernos pato —continuó Izzie—, me habría hecho con algo un poco más generoso. Conozco a un hombre que puede conseguir cualquier cosa.

—Apuesto a que sí —ironizó Sylvie.

Jimmy le ofreció a Ursula el hueso de la suerte y los dos expresaron en voz alta el deseo de que Hugh tuviera un feliz cumpleaños.

Se declaró una amnistía con la llegada del pastel, una creación ingeniosa a base de huevos principalmente, cómo no. Bridget lo llevó hasta la mesa. Lo de convertir un acto cualquiera en memorable no era lo suyo, y lo dejó caer sin ceremonias delante de Hugh. Este la convenció de sentarse a la mesa. Ursula oyó musitar a la voluntaria: «Yo de ti no lo haría».

—Formas parte de la familia, Bridget —insistió Hugh.

Ursula se dijo que nadie más en la familia trabajaba como un burro de sol a sol como hacía Bridget. Tras jubilarse, la señora Glover se fue a vivir con una hermana, un paso inducido por la muerte repentina aunque no inesperada de George.

Justo cuando Hugh llenaba de aire los pulmones, con bastante dramatismo puesto que había una única vela que soplar, se oyó un gran alboroto procedente del vestíbulo. Uno de los evacuados salió a investigar y volvió corriendo con la noticia:

—¡Una mujer y montones de puñeteros críos!

—¿Cómo ha ido? —quiso saber Crighton cuando ella volvió por fin a casa.

—Ha vuelto Pammy, y al parecer para quedarse —respondió Ursula, decidiéndose por el plato fuerte—. Se la veía agotada. Venía en tren, con tres críos pequeños y un bebé en brazos, ¿te imaginas? Ha tardado horas.

—Vaya pesadilla —repuso Crighton con entusiasmo.

(—¡Pammy! —exclamó Hugh. Parecía contentísimo.

—Feliz cumpleaños, papá. Me temo que no traigo regalos, solo a nosotros.

—Más que suficiente —contestó Hugh sonriendo de oreja a oreja.)

—Y con maletas, y con el perro. Vaya fortachona está hecha. Mi trayecto de vuelta, por cierto, ha supuesto otra clase de pesadilla. Maurice, Edwina, sus aburridos retoños y el chófer, que era una chica muy mona del Voluntariado de Mujeres.

—Madre mía —repuso Crighton—, ¿cómo lo hará ese tipo? Llevo meses tratando de echarle el guante a una chica de la marina.

Ursula se rió y rondó por la cocina mientras él preparaba cacao caliente para los dos. Mientras se lo tomaban en la cama, lo obsequió con anécdotas de la jornada, embelleciéndolas un poco (se sentía en la obligación de entretenerlo). ¿Qué los distinguía, después de todo, de cualquier pareja casada?, se preguntó. Quizá la guerra. Quizá no.

—Creo que voy a tener que alistarme o algo así —dijo Ursula. Pensaba en la voluntaria—. Poner mi granito de arena, como suele decirse. Ensuciarme las manos. Leo informes todos los días sobre gente que hace cosas muy valientes y yo sigo con las manos limpias.

—Tú ya pones tu granito de arena.

—¿Cómo? ¿Con mi apoyo a la marina?

Crighton se rió y rodó sobre sí para estrecharla entre sus brazos. Le hundió la nariz en la nuca y, allí tendida, Ursula se dijo de pronto que era posible que fuera feliz. O por lo menos, pensó, matizándolo un poco, tan feliz como era posible ser con esa vida.

En el tortuoso trayecto de vuelta a Londres, se le había ocurrido que su casa, su hogar, no estaba en Egerton Gardens, ni siquiera en la Guarida del Zorro. El hogar era solo un concepto, y, como la Arcadia, se había perdido en el pasado.

Señaló el día en sus recuerdos como «el sesenta cumpleaños de Hugh», una entrada más en una lista de celebraciones familiares.

Más adelante, cuando comprendió que sería la última vez que estuvieran todos reunidos, deseó haber prestado más atención.

Por la mañana, Crighton la despertó con una bandeja con té y tostadas. Ursula tenía que agradecer esa domesticidad suya más a su condición de reservista que a Wargrave.

—Gracias —dijo Ursula. Se incorporó con esfuerzo, pues aún estaba agotada del día anterior.

—Malas noticias, me temo —dijo él mientras descorría las cortinas.

Ursula pensó en Teddy y Jimmy, aunque sabía que, esa mañana al menos, estarían a salvo en sus camas en la Guarida del Zorro, compartiendo su habitación de la infancia, que antaño fuera de Maurice.

—¿Qué malas noticias son esas? —quiso saber.

—Noruega ha caído.

—Pobre Noruega —dijo ella, y dio un sorbo de té caliente.

Noviembre de 1940

Pamela envió un paquete con ropita que se le había quedado pequeña a Gerald, y Ursula pensó en la señora Appleyard. Podía no haber pensado en ella puesto que no mantenía el contacto con los residentes de Argyll Road desde que se había mudado a Egerton Gardens, algo que lamentaba porque les tenía cariño a las señoritas Nesbit y se preguntaba muchas veces cómo les iría con los incesantes bombardeos. No obstante, unas semanas atrás se había encontrado por casualidad con Renee Miller.

Ursula estaba «en la ciudad», como lo expresaba él, con Jimmy, que pasaba un par de días de permiso en la capital. Se quedaron varados en el hotel Charing Cross, a causa de una bomba que no había estallado —a veces le parecía que esas bombas causaban más molestias que las que sí explotaban—, y se refugiaron en la cafetería de la primera planta.

—Ahí hay una chica un poco putilla, toda pintalabios y sonrisas, que parece conocerte —dijo Jimmy.

—Ay, madre, si es Renee Miller —soltó Ursula cuando la vio hacerle señas con insistencia—. ¿Y quién demonios es ese tipo que está con ella? Parece un gángster.

Renee se mostró efusiva, como si hubiese sido la mejor amiga de Ursula en otra vida («Es una chica muy alegre», comentó Jimmy riendo cuando consiguieron escapar), e insistió en que tomaran una copa con ella y Nicky. Al propio Nicky no pareció entusiasmarle la idea, pero aun así les dio un apretón de manos y llamó con un ademán al camarero.

Renee puso al corriente a Ursula de las «actividades» en Argyll Road, aunque no parecían haberse producido muchos cambios desde que ella se había ido a Egerton Gardens hacía un año, excepto que el señor Appleyard estaba ahora en el ejército y su mujer había tenido un bebé.

—Un niño —dijo Renee—. Un pequeñín bastante feo.

Jimmy soltó una carcajada.

—Me gustan las chicas que llaman a las cosas por su nombre.

La afable presencia de Jimmy tenía un poco mosqueado a Nicky, en especial cuando Renee ya se había metido entre pecho y espalda otra ginebra aguada y empezaba a coquetear (casi como una profesional, por lo visto) con él.

Ursula oyó decir a alguien que ya se había resuelto lo de la bomba sin estallar, y cuando Renee soltó «Pídenos otra ronda, Nicky» y Nicky puso cara de pocos amigos, se dijo que sería prudente irse. Nicky se negó a dejarles pagar, como si fuera una cuestión de principios. Ursula no tuvo muy claro que quisiera estar en deuda con alguien de semejante calibre. Renee la abrazó y la besó.

—Ven a ver a nuestras viejecitas, les encantará.

Ursula le prometió que lo haría.

—Madre mía, pensaba que me iba a comer —dijo Jimmy cuando caminaban evitando escombros por Henrietta Street.

Cumplió la promesa que le había hecho a Renee, inducida por el paquete de ropita de Gerald. Llegó a Argyll Road no mucho después de las seis, tras haber escapado pronto del trabajo, por una vez. No vestía todavía uniforme alguno, pues le parecía que apenas tenía tiempo para comer y respirar entre el trabajo y los bombardeos.

—Tu empleo ya supone un esfuerzo de guerra —señaló Crighton—. Diría que ya llevas bastante sobre los hombros. ¿Qué tal os va últimamente en ese tenebroso gabinete vuestro?

—Oh, ya sabes. Mucho ajetreo.

Había muchísima información que procesar. Cada incidente individual —la clase de bomba, los daños causados, el número de muertos o heridos (la cifra aumentaba de forma horrorosa)— pasaba por sus escritorios.

En ocasiones, Ursula abría una carpeta beige para encontrarse con lo que consideraba «material en bruto» —informes mecanografiados o incluso escritos a mano del equipo de Precauciones frente a Ataques Aéreos en los que se basaba esa información— y se preguntaba cómo sería estar en el fragor de la batalla, pues los bombardeos no dejaban de constituir una batalla, ¿no? A veces veía mapas de los daños causados por las bombas; en cierta ocasión, fue uno que había trazado Ralph. En el dorso aparecía su firma a lápiz, casi indescifrable. Ursula y él eran amigos, se habían conocido en las clases de alemán, aunque él dejó claro que le gustaría que fueran algo más. «Tu otro hombre», lo llamaba Crighton, divertido.

—Qué amable —dijo la señora Appleyard cuando Ursula apareció ante su puerta con el paquete de ropa—. Pase, por favor.

Ursula cruzó el umbral, no muy convencida. El habitual olor

de repollo hervido se mezclaba ahora con los olores más desagradables que pueden acompañar a un crío pequeño. Tristemente, la descripción de Renee de la hermosura, o la falta de ella, del bebé de la señora Appleyard resultaba exacta; era «un pequeñín bastante feo».

—Emil —dijo la señora Appleyard, y se lo tendió para que lo cogiera.

Ursula lo notó mojado a través de la ranita de plástico. Estuvo a punto de devolverlo al instante.

—¿Emil? —le dijo al bebé mientras ponía una carota y le sonreía con alegría forzada.

El bebé la miró fijamente con expresión hosca y agresiva; no había duda alguna sobre su paternidad.

La señora Appleyard le ofreció un té, y Ursula se excusó y se escabulló escaleras arriba, hacia el nido de águila de las Nesbit.

Seguían tan benévolas como siempre. Debe de ser muy agradable vivir con tu hermana, se dijo Ursula. A ella no le importaría pasar el resto de sus días con Pamela.

Ruth le cogió un dedo con uno de los suyos, que parecían ramitas.

—¡Se ha casado! Qué maravilla.

Ay, madre; se le había olvidado quitarse la alianza.

—Bueno… —empezó, pero entonces, viendo lo complicado que era poner reparos, añadió con modestia—: Sí, supongo que sí.

Las dos mujeres la felicitaron de manera efusiva, como si el suyo fuera un logro espectacular.

—Qué lástima que no lleve un anillo de compromiso —comentó Lavinia.

Ursula recordó su afición a la bisutería y deseó haberles llevado algo. Tenía una cajita de antiguos broches y hebillas de estrás que le había regalado Izzie, y estaba segura de que les habría gustado.

Lavinia llevaba un broche de esmalte con la forma de un gato negro. Una pequeña cuenta de estrás hacía las veces de ojo. Ruth lucía un pesado pedrusco de topacio sujeto en el pecho de gorrión. Parecía capaz de hacer volcar su frágil cuerpecito.

—Somos como urracas —comentó Ruth entre risas—. Nos apasiona todo lo que brilla.

Habían puesto la tetera y revoloteaban encantadas en busca de algo de comer que ofrecerle —tostadas con Marmite o tostadas con mermelada— cuando la sirena empezó con su cántico infernal. Ursula miró por la ventana. No había ni rastro de bombarderos, pero un reflector ya barría el cielo negro. Acababa de salir una luna preciosa que estampó un gajo de luz en la negrura.

—Venga, querida, baje con nosotras al sótano de los Miller —dijo Lavinia con sorprendente alegría.

—Cada noche es una aventura —añadió Ruth mientras reunían montones de cosas: chales y tazas, libros y ropa para zurcir.

—¡La linterna! ¡No olvides la linterna! —exclamó Lavinia.

Cuando llegaron a la planta baja, se oyó el estruendo de una bomba a un par de calles de distancia.

—¡Oh, no! —soltó Lavinia—. Me he dejado mi labor de punto.

—Pues volvemos a buscarla, querida —dijo Ruth.

—No, tienen que refugiarse —repuso Ursula.

—Estoy tejiendo unos leotardos para el bebé de la señora Appleyard —comentó Lavinia, como si fuera motivo suficiente para jugarse la vida.

—No se preocupe por nosotras, querida —dijo Ruth—, no te darás ni cuenta y ya habremos vuelto.

—Por el amor de Dios, si tienen que ir, yo también voy —dijo Ursula, pero las dos viejecitas ya se alejaban escaleras arriba y el señor Miller le metía prisa para que bajara al sótano.

—Renee, Dolly, todo el mundo… ¡Mirad quién ha vuelto con sus antiguos compañeros! —anunció a sus ocupantes como si Ursula fuera un número de music hall.

Ursula había olvidado cuántos Miller había, hasta qué punto podía ser estirada la señorita Hartnell y lo bicho raro que era el señor Bentley. En cuanto a Renee, parecía haber olvidado el fervor de su anterior encuentro.

—Ay, Dios, uno más para consumir el aire en este agujero de mala muerte —se limitó a decir.

A su pesar, Renee sostenía en brazos a un quisquilloso e inquieto Emil. Tenía razón, aquello era un agujero de mala muerte. En Egerton Gardens disponían de un refugio muy decente, aunque Ursula (y Crighton también, cuando estaba) muchas veces corría el riesgo de quedarse en su propia cama.

Se acordó de la alianza de boda y pensó en cuánto confundiría a Hugh y Sylvie vérselo puesto si moría en un bombardeo. ¿Acudiría Crighton a su funeral y daría explicaciones? Renee le impidió quitárselo al ponerle de pronto a Emil en los brazos, justo antes de que una tremenda explosión sacudiera el edificio.

—Caray, el viejo Fritz intenta darnos un buen susto esta noche —dijo el señor Miller alegremente.

Por lo visto se llamaba Susie. No tenía ni idea, la verdad, no se acordaba de nada. En medio de la oscuridad, un hombre no paraba de hablarle.

—Venga, Susie, no se me duerma... ¿Qué me dice de una buena taza de té cuando salgamos de aquí, eh, Susie?

Se estaba ahogando con las cenizas y el polvo. Sentía que algo en su interior se había desgarrado sin remedio. Se había quebrado. Era un cuenco dorado. «Un poco jamesiano, ¿verdad?», oyó decir a Teddy. (¿Había dicho algo así?) Era un árbol enorme (qué extraño). Tenía mucho frío. El hombre le aferraba la mano con fuerza.

—Venga, Susie, tiene que permanecer despierta.

Pero no podía, porque la dulce negrura le hacía señas, con la promesa del sueño, del sueño eterno, y empezó a nevar suavemente hasta que quedó envuelta en una mortaja blanca y todo fue oscuridad.

Mañana será un día maravilloso

Septiembre de 1940

Echaba de menos a Crighton, más de lo que había admitido nunca ante él o ante Pamela. Crighton reservó una habitación en el Savoy la víspera de que se declarara la guerra e hizo que se pusiera el vestido de noche de satén azul real solo para anunciarle que debían ponerle fin al asunto («debemos decirnos adiós»).

—Las cosas van a ponerse muy sangrientas —añadió, y ella no supo muy bien si se refería a la guerra o a ellos dos.

A pesar de aquel adiós, o quizá gracias a él, se acostaron y él se pasó mucho tiempo diciéndole que echaría de menos «este cuerpo», las «facetas de tu piel», «este bonito rostro», etcétera, hasta que acabó harta y le dijo:

—Bueno, eres tú quien quiere acabar con esto, no yo.

Ursula se preguntó si le haría el amor a Moira de la misma manera, con indiferencia y pasión en igual medida, pero era una de esas cosas que más valía no preguntar, no fueran a decirte la verdad. Qué más daba, pues Moira lo recuperaría. Una posesión de segunda mano, quizá, pero suya al fin y al cabo.

A la mañana siguiente desayunaron en la habitación y luego escucharon el discurso de Chamberlain. En la suite había una radio. No mucho después sonó una sirena, pero, curiosamente, ninguno de los dos fue presa del pánico. Todo parecía muy irreal.

—Supongo que es una prueba —dijo Crighton.

Ursula supuso que quizá a partir de entonces todo sería una prueba.

Dejaron el hotel y recorrieron el Embankment hasta el puente de Westminster, donde los voluntarios de incursiones aéreas hacían sonar sus silbatos y gritaban que la amenaza de bombardeo había pasado. Otros pasaban en bicicleta con letreros de «¡Vía libre!».

—Por Dios, temo por nosotros si esto es todo lo que somos capaces de hacer ante una incursión.

Estaban amontonando sacos de arena en el puente y por todas partes, y Ursula pensó que menos mal que había tanta arena en el mundo. Trató de recordar los versos de «La morsa y el carpintero». «Si siete fregonas con siete escobas…», pero ya habían llegado a Whitehall y Crighton interrumpió sus pensamientos cuando le cogió ambas manos.

—Ahora debo irme, cariño —dijo, y durante un instante pareció una estrella de cine de medio pelo y sentimental.

Ursula decidió que sería una monja durante el resto de la guerra. Sería mucho más sencillo.

Cuando lo observó alejarse por Whitehall se sintió de pronto terriblemente sola. Quizá, después de todo, regresaría a Finchley.

Noviembre de 1940

Del otro lado de la pared le llegaban los quejidos de Emil y los reproches tranquilizadores de la señora Appleyard; luego la mujer se embarcó en una canción de cuna en la que Ursula supuso que sería su lengua materna. Era una canción increíblemente triste, y ella se prometió que si alguna vez tenía un hijo (un poco difícil cuando habías decidido ser una monja), solo le cantaría cosas ligeras y alegres.

Se sentía sola. Le habría gustado sentir el consuelo que ofrecía un cuerpo caliente; en noches como aquella, tener un perro sería mucho mejor que estar sola. Una presencia viva, respirando a su lado.

Apartó un poco el estor de la ventana. Aún no había rastro de bombarderos, solo el largo dedo de un solitario reflector que se hundía en la negrura. La luna pendía en el cielo, una fina luna creciente. «Pálida y lánguida», según Shelley, pero «reina y cazadora, casta y hermosa» para Ben Jonson. Para Ursula, transmitía una indiferencia que hizo que se estremeciera.

Siempre había un segundo antes de que sonase la sirena en que captaba un sonido que no había oído todavía. Era como un eco, o más bien lo contrario de un eco. Un eco venía después, pero ¿había una palabra para lo que venía antes?

Oyó el silbido de un avión en lo alto y el tableteo de las primeras bombas al caer, y estaba a punto de dejar caer de nuevo el estor y correr hacia el sótano cuando vio un perro agazapado en el portal de enfrente; fue como si sus propios deseos lo hubieran hecho materializarse allí.

Incluso desde donde estaba, era capaz de captar su terror. Ursula titubeó unos instantes, y luego pensó «qué diablos» y corrió escaleras abajo.

Se encontró con las hermanas Nesbit.

—Ay, qué mala suerte, señorita Todd —dijo Ruth con una risita—. Lo de cruzarse en las escaleras, ya sabe.

Ursula bajaba y las hermanas subían.

—Van en la dirección equivocada —dijo Ursula, sin mucho sentido.

—He olvidado mi calceta —repuso Lavinia. Llevaba un broche de esmalte con la forma de un gato negro. Una pequeña cuenta de estrás hacía las veces de ojo.

—Está tejiendo unos leotardos para el bebé de la señora Appleyard —explicó Ruth—. En su piso hace mucho frío.

En la calle había un ruido tremendo. Oyó el estruendo de bombas incendiarias al caer por un tejado, como si estuvieran vaciando un gigantesco cubo para el carbón. El cielo ardía. Una bengala descendió en su paracaídas, tan elegante como unos fuegos artificiales, iluminando cuanto había debajo.

Una retahíla de bombarderos rugía en lo alto cuando Ursula cruzó corriendo la calle hasta el perro. Era alguna clase de terrier, y gimoteaba y temblaba. Al cogerlo en brazos, oyó un aterrador silbido y supo que lo tenía crudo, que los dos lo tenían crudo. Un estruendo colosal fue seguido por el estallido más tremendo que había oído hasta entonces en los bombardeos. Se acabó, se dijo. Voy a morir.

Algo le golpeó la frente, un ladrillo o algo así, pero no perdió el conocimiento. Una fortísima bocanada de aire, como un huracán, la arrancó del suelo. Sintió un dolor espantoso en los oídos; solo captaba un pitido muy agudo y cantarín, y supo que debía de haberse quedado sin tímpanos. Los escombros llovían sobre ella, provocándole tajos y golpeándola. Daba la impresión de que la explosión se producía en oleadas sucesivas y sentía vibrar y retumbar el suelo bajo sus pies.

Desde la distancia, una explosión parecía concluir casi de inmediato, pero cuando una estaba en su centro era como si durase para siempre, como si su naturaleza cambiara y se desarrollara sobre la marcha, de modo que no tenías ni idea de cómo acabaría, de cómo acabarías tú. Estaba incorporada a medias en el suelo y trataba de agarrarse a algo, aunque no podía soltar al perro (por alguna razón era lo primordial) y se encontró deslizándose lentamente por la fuerza de la onda expansiva.

La presión empezó a reducirse un poco, si bien seguían lloviendo tierra y polvo y la onda no había remitido todavía. Entonces algo le dio en la cabeza y todo se volvió negro.

La despertó el perro lamiéndole la cara. Costaba entender lo ocurrido, pero al cabo de un rato comprendió que el portal donde había cogido al perro ya no existía. La puerta había volado hacia el interior, y ellos dos con ella; ahora estaban tendidos sobre escombros en el pasillo de una casa. La escalera que tenían detrás, enterrada en ladrillos rotos y madera astillada, no conducía a ningún sitio porque las plantas superiores habían desaparecido.

Todavía aturdida, se incorporó con esfuerzo hasta quedar sentada. Sentía la cabeza embotada pero no parecía tener nada roto y no veía que sangrara por ningún sitio, aunque debía de estar cubierta de cortes y magulladuras. El perro también parecía ileso, aunque estaba muy callado.

—Con la suerte que tienes, deberías llamarte Lucky —le dijo, pero había tanto polvo en el aire que apenas le salió un hilo de voz.

Se puso en pie con cuidado y recorrió el pasillo hasta la calle.

Su casa también había desaparecido y allí donde miraba había grandes montones de escombros humeantes y paredes esqueléticas. La luna creciente brillaba lo suficiente, incluso a través del velo de polvo, para iluminar el horror. Si no hubiese corrido a salvar al perro, ahora estaría reducida a cenizas en el sótano de los Miller. ¿Estaban todos muertos? ¿Las Nesbit, la señora Appleyard y Emil? ¿El señor Bentley? ¿Todos los Miller?

Salió dando tumbos a la calle, donde dos bomberos desenrollaban una manguera. Cuando la enroscaban en la boca de riego, uno de ellos la vio.

—¿Se encuentra bien, señorita? —gritó.

Qué curioso, era clavado a Fred Smith. Y entonces el otro bombero exclamó:

—¡Cuidado! ¡La pared se viene abajo!

Y así era. Despacio, increíblemente despacio, como en un sueño, la pared entera se inclinaba hacia ellos sobre un eje invisible y sin soltar un solo ladrillo, como si hiciera una elegante reverencia, y cayó así, de una pieza, trayendo consigo la oscuridad.

Agosto de 1926

Als er das Zimmer verlassen hatte wusst, was sie aus dieser Erscheinung machen solle...

Las abejas zumbaban, entonando su canción de cuna estival y vespertina, y Ursula, a la sombra de los manzanos, abandonó *Die Marquise von O*, soñolienta. Con los ojos entrecerrados observó a un conejito mordisquear encantado la hierba a unas yardas de distancia. O no se había percatado de su presencia o era muy valiente. A esas alturas, Maurice ya le habría pegado un tiro. Estaba en casa tras su graduación, a la espera de comenzar las prácticas en derecho, y se había pasado todas las vacaciones presa del más absoluto y ruidoso aburrimiento. («Podría haberse conseguido un empleo para el verano —comentó Hugh—. No es algo insólito que los jóvenes vigorosos se pongan a trabajar.»)

Tan aburrido estaba Maurice, de hecho, que había accedido a darle clases de tiro a Ursula y hasta a utilizar botellas y latas como dianas en lugar de los muchos animalitos a los que andaba siempre disparando al tuntún: conejos, zorros, tejones, palomas, faisanes, y en una ocasión hasta un pequeño corzo, algo que ni Pamela ni Ursula le perdonarían nunca. Siempre y cuando fueran inanimadas, a Ursula le gustaba disparar a las cosas. Utilizaba la vieja escopeta de cazar patos de Hugh, pero Maurice tenía una espléndida Purdey, regalo de su abuela cuando cumplió veintiún años. Adelaide llevaba varios años amenazando con morirse pero nunca había «cumplido sus promesas», según Sylvie. Se aferraba a la vida en Hampstead, «como una araña gigante», decía Izzie horrorizada, a las chuletas de ternera *à la russe*, o quizá eran las chuletas en sí las que causaban semejante reacción. No era uno de los mejores platos en el repertorio de la señora Glover.

Una de las pocas cosas, quizá la única, que Sylvie e Izzie tenían en común era la antipatía hacia la madre de Hugh.

—También es tu madre —le recordó Hugh a Izzie.

—No, qué va, a mí me encontró en una cuneta. Me lo dijo muchas veces. Era tan mala que ni los gitanos me querían.

Hugh fue a ver las prácticas de tiro de Maurice y Ursula.

—Vaya, osita —comentó—, si estás hecha toda una Annie Oakley.

—¿Sabes? —Sylvie apareció de pronto y le dio un susto a Ursula que la despertó del todo—. Nunca más en tu vida volverá a haber días largos e indolentes como estos. Creerás que sí, pero nunca volverán.

—A menos que llegue a ser increíblemente rica —repuso Ursula—. Así podré estar sin hacer nada el día entero.

—Es posible —admitió Sylvie—. Aun así, el verano llegará a su fin algún día. —Se dejó caer en la hierba junto a Ursula y cogió el volumen de Kleist—. Un romántico suicida —comentó con desdén—. ¿De verdad piensas estudiar lenguas modernas? Tu padre dice que podría serte más útil el latín.

—¿Cómo va a serme útil? Si nadie lo habla —repuso Ursula con cierta razón. Se trataba de un argumento al que llevaban dando remilgadas vueltas todo el verano—. Me iré a vivir un año a París y no hablaré otra cosa que francés. Eso sí que será útil allí.

—Oh, París —dijo Sylvie, y se encogió de hombros—. París tiene más fama de la que merece.

—Berlín, entonces.

—Alemania está hecha un desastre.

—Viena.

—A tope.

—Bruselas —dijo Ursula—. Nadie puede ponerle objeciones a Bruselas.

Era verdad, a Sylvie no se le ocurrió nada que decir sobre Bruselas, y la gran gira que habían hecho por Europa llegó a un abrupto final.

—Cuando acabe la universidad, en cualquier caso —añadió Ursula—. Y aún faltan años, puedes dejar de preocuparte.

—La universidad no te enseñará a ser esposa y madre —dijo Sylvie.

—¿Y si no quiero ser esposa y madre?

Sylvie se echó a reír.

—Ahora estás diciendo tonterías solo para provocarme. —Se levantó, con cierta desgana—. En el jardín hay té. Y pastel. Y, por desgracia, también está Izzie.

Antes de cenar, Ursula fue a dar un paseo por el sendero, con Jock trotando encantado unos pasos por delante. (Era un perro con una alegría desbordante, costaba creer que Izzie pudiera haber hecho tan buena elección.) Hacía una de esas tardes de verano en que a Ursula le daban ganas de estar sola. «Oh, es que a tu edad una chica se ve sencillamente consumida por lo sublime», decía Izzie. Ursula no sabía muy bien qué quería decir con eso («Nadie sabe nunca muy bien qué quiere decir Izzie», decía Sylvie) pero creía entenderlo un poquito. En el aire reluciente había algo extraño, cierta sensación de inminencia que le colmaba el pecho, como si le estuviera creciendo el corazón. Era una suerte de bienaventuranza extrema; no se le ocurría otra forma de describirlo. Quizá se trataba del futuro, se dijo, que se acercaba cada vez más.

Tenía dieciséis años, estaba al borde de todo. Hasta la habían besado, el día en que los cumplía además; había sido aquel amigo norteamericano de Maurice un poco inquietante. «Solo un beso», le dijo ella, pero luego lo apartó de un empujón cuando se pasó un poco de la raya. Por desgracia, el chico tropezó con sus enormes pies y cayó de espaldas contra los arbustos de las mariposas, para quedar en una postura que parecía bastante incómoda y desde luego muy poco digna. Ursula se lo contó a Millie, que se partió de la risa. Aun así, como dijo Millie, un beso era un beso.

El paseo la llevó hasta la estación, donde saludó a Fred Smith, que se quitó la gorra de ferroviario ante ella como si ya fuera adulta.

La inminencia siguió siendo inminente, y hasta retrocedió, mientras observaba cómo resoplaba y emprendía la marcha hacia Londres el tren de Fred.

Ursula volvió sobre sus pasos y se encontró con Nancy, que andaba buscando cosas para su colección de naturaleza, y emprendieron el regreso juntas hasta que las alcanzó Benjamin Cole en su bicicleta. El joven se detuvo y desmontó.

—¿Quieren estas damiselas que las escolte hasta casa? —preguntó, como habría hecho Hugh, y Nancy soltó una risita.

Ursula se alegró de que el calor de la tarde ya le hubiese encendido las mejillas, porque sintió cómo se ruborizaba. Cogió un poco de perejil de monte y se abanicó (sin mucho éxito) con él. Después de todo, no andaba tan equivocada con lo de la inminencia.

Benjamin («Oh, llamadme Ben, ahora solo mis padres me llaman Benjamin») las acompañó hasta la puerta del jardín de los Shawcross.

—Bueno, pues adiós —dijo, y volvió a montar en la bicicleta para cubrir el corto trayecto hasta su casa.

—Oh —musitó Nancy, sintiéndolo por Ursula—. Pensaba que igual te acompañaba a casa y os quedabais los dos solos.

—¿Tanto se me nota? —le preguntó Ursula con abatimiento.

—Pues sí. Pero no te preocupes. —Nancy le dio unas palmaditas en el brazo como si fuera ella quien le llevara cuatro años y no al revés, y añadió—: Ay, me parece que es tarde, y no quiero perderme la cena.

Asiendo sus tesoros, recorrió dando brincos el sendero hacia su casa mientras canturreaba «tralará». Nancy era una niña de las que canturreaban «tralará», desde luego. Ursula deseó ser una niña así. Se volvió para irse, suponiendo que también ella llegaba tarde a cenar, pero entonces oyó el insistente tintineo de un timbre de bicicleta que anunciaba a Benjamin (¡Ben!) dirigiéndose como un bólido hacia ella.

—Se me ha olvidado decirte que celebramos una fiesta la semana que viene, el sábado por la tarde. Mi madre me dijo que os invitara. Es el cumpleaños de Dan, y quiere algunas chicas para diluir a los chicos, creo que lo dijo así. Pensaba que quizá vendríais tú y Millie. Nancy es un poco pequeña, ¿no?

—Sí, un poco —se apresuró a contestar Ursula—. Pero estaré encantada de ir, y Millie también, seguro. Gracias.

La inminencia había regresado al mundo.

Lo observó alejarse en la bici, silbando. Al volverse, casi chocó con un hombre que parecía haber salido de la nada y que estaba allí plantado, esperándola. Se levantó un poco la gorra.

—Buenas tardes, señorita.

Era un tipo de aspecto muy tosco, y Ursula dio un paso atrás.

—¿Me dice cómo se llega a la estación, señorita?

Ursula señaló camino abajo.

—Por ahí.

—¿Le importaría enseñarme el camino, señorita? —insistió el tipo, acercándose otra vez.

—No —contestó ella—. No, gracias.

La mano del hombre salió disparada y la agarró del antebrazo. Ursula dio un tirón y consiguió soltarse, y echó a correr, sin atreverse a mirar atrás hasta que llegó a casa.

—¿Todo bien, osita? —le preguntó Hugh cuando la vio abalanzarse hacia el porche—. Pareces sin aliento.

—No, estoy bien, de verdad. —Hugh no haría más que preocuparse si le contaba lo de aquel hombre.

—Chuletas de ternera *à la russe* —anunció la señora Glover mientras dejaba una gran fuente de porcelana blanca sobre la mesa—. Lo digo porque la última vez que las preparé alguien dijo que no conseguía imaginar qué podían ser.

—Los Cole celebran una fiesta —le dijo Ursula a Sylvie—. Millie y yo estamos invitadas.

—Qué bien —contestó Sylvie, distraída con el contenido de

la fuente de porcelana blanca, gran parte del cual se le daría más tarde a un menos exigente (o, como lo habría expresado la señora Glover, «menos maniático») terrier west highland.

La fiesta fue decepcionante. Consistió en una celebración de considerables proporciones con interminables charadas (Millie estaba en su elemento, cómo no) y adivinanzas cuyas respuestas Ursula sabía en su mayor parte, pero no conseguía hacerse oír, derrotada por la feroz velocidad competitiva de los chicos Cole y sus amigos. Ursula se sintió invisible y la única intimidad que compartió con Benjamin (ya no le parecía Ben) fue cuando él le preguntó si le apetecía un zumo de frutas y luego se olvidó de llevárselo. No hubo baile pero sí montañas de comida, y Ursula se consoló eligiendo qué servirse de una impresionante selección de postres. La señora Cole, que patrullaba ante la comida, le comentó:

—Madre mía, con lo poquita cosa que eres, ¿dónde metes toda esa comida?

Sí, pensó Ursula mientras volvía a casa con el ánimo por los suelos, soy tan poquita cosa que nadie ha reparado siquiera en mi presencia.

—¿Te han dado pastel? —le preguntó un ansioso Teddy cuando entró por la puerta.

—Un montón.

Se sentaron en la terraza y compartieron el enorme pedazo de pastel que le había dado la señora Cole antes de irse, y del que Jock recibió su ración correspondiente. Cuando un gran zorro apareció trotando en el jardín a la luz del crepúsculo, Ursula le arrojó un trozo, pero el animal lo observó con el desdén de un carnívoro.

Un país que renace de sus cenizas

Agosto de 1933

—*Er kommt! Er kommt!* —exclamó una de las chicas.

—¿Ya viene? ¿Por fin? —dijo Ursula, y miró de soslayo a Klara.

—Sí, por lo visto. Menos mal, antes de que nos muramos de hambre y aburrimiento —respondió ella.

A las dos les parecían divertidas y desconcertantes por igual las tonterías de las chicas más jovencitas cuando se trataba de adorar a su héroe. Llevaban esperando al borde de la carretera buena parte de la calurosa tarde, sin nada de comer o beber aparte del cubo de leche que dos de las chicas habían acarreado desde una granja cercana. Algunas habían oído el rumor de que el Führer llegaría ese día a su refugio en la montaña, y a esas alturas hacía horas que lo esperaban pacientemente. Unas cuantas habían dormido la siesta en el arcén cubierto de hierba, pero ninguna tenía la más mínima intención de abandonar sin haberle echado un vistazo al Führer.

Se oyeron vítores procedentes de unas curvas más abajo en la escarpada carretera que subía hasta Berchtesgaden, y todas se pusieron en pie al instante. Un coche grande y negro pasó de largo y algunas chicas chillaron de emoción, pero «él» no iba dentro. Luego apareció un segundo coche, un magnífico Mercedes descapotable negro, con un banderín con la esvástica ondeando sobre el capó. Pasó más despacio que el coche anterior, y en él sí viajaba el nuevo canciller del Reich.

El Führer les brindó una versión abreviada de su saludo, un pequeño ademán hacia atrás, de forma que pareció que se llevara una mano a la oreja para oírlas mejor mientras le gritaban. Hilde, la chica que estaba junto a Ursula, se limitó a soltar un «Oh» cuando lo vio, confiriéndole a aquella única sílaba un éxtasis religioso. Y entonces se acabó, tan rápido como había empezado. Hanne cruzó las manos sobre el pecho, con pinta de santa estreñida.

—Mi vida ya tiene pleno sentido —dijo, y se echó a reír.

—Tiene mejor pinta en las fotos —murmuró Klara.

Todas las chicas estaban de un humor excelente, llevaban el día entero así, y, siguiendo órdenes de su *Gruppenführerin* (Adelheid, una amazona rubia, admirablemente competente a sus dieciocho años), formaron a toda prisa un pelotón y emprendieron con alegría la larga marcha de vuelta al albergue juvenil, cantando. («No paran de cantar —le escribió Ursula a Millie—. Es todo un poco *lustig* para mi gusto. Me siento como si estuviera en el coro de una ópera popular dicharachera.»)

El repertorio era variado: canciones populares, curiosas baladas de amor e himnos patrióticos entusiastas y algo violentos sobre banderas mojadas en sangre, así como las obligatorias piezas improvisadas en torno a la hoguera. Les gustaba sobre todo *schunkeln*: entrelazar los brazos y mecerse al son de las canciones. Cuando le insistieron a Ursula en que interpretara una canción, eligió la solemne «Auld Lang Syne», perfecta para *schunkeln*.

Hilde y Hanne eran las hermanas pequeñas de Klara, miembros entusiastas de la BDM, la Bund Deutscher Mädel o Liga de

Muchachas Alemanas, el equivalente femenino de las Hitlerjugend o Juventudes Hitlerianas («Los llamamos Ha Jot», dijo Hilde, y ella y Hanne prorrumpieron en risitas al pensar en chicos guapos vestidos de uniforme).

Antes de su llegada a casa de los Brenner, Ursula nunca había oído hablar de las Juventudes Hitlerianas ni de la Liga de Muchachas Alemanas, pero en las dos semanas que llevaba allí, Hilde y Hanne casi no hablaban de otra cosa.

—Es una afición muy saludable —comentó su madre, frau Brenner—. Fomenta la paz y el entendimiento entre los jóvenes. Se acabaron las peleas. Y las mantiene alejadas de los chicos.

A Klara, que al igual que Ursula acababa de licenciarse —había estudiado bellas artes en la *Akademie*—, la obsesión de sus hermanas le era indiferente, pero se había ofrecido a hacerles de acompañante en el *Bergwanderung*, el campamento de verano, que consistía en ir de un *Jugendherberge* al siguiente en las montañas bávaras.

—Vendrás, ¿no? —le dijo Klara a Ursula—. Seguro que nos divertiremos y así podrás ver un poco el campo. Y si no vienes te quedarás encerrada en la ciudad con *Mutti* y *Vati*.

«Creo que es más o menos como las girl scouts», le escribió Ursula a Pamela.

«No exactamente», contestó Pamela.

Ursula no tenía previsto pasar mucho tiempo en Munich. Alemania no suponía más que un rodeo en su vida, una parte de su intrépido año en Europa.

—Será mi gira estelar particular —le dijo a Millie—, aunque me temo que va a ser un poco de segunda fila, y no tan «estelar».

El plan consistía en ir a Bolonia en lugar de a Roma o Florencia, a Munich y no a Berlín, y a Nancy en vez de a París (a Nancy Shawcross le divirtió mucho esta última elección); todas ellas eran ciudades donde sus tutores de la universidad sabían de buenos hogares en los que podía alojarse. Para mantenerse daría unas cuantas clases, aunque Hugh se había ocupado de que le enviaran una cantidad modesta pero regular de dinero. A Hugh le produjo alivio que fuera a pasar el tiempo «en provincias», donde «la gente, en general, se comporta mejor». («Quiere decir que son más aburridos», le dijo ella a Millie.) Hugh había prohibido terminantemente París; sentía una aversión particular por esa ciudad, y Nancy no le entusiasmaba mucho más puesto que seguía siendo francesa a ultranza. («Será porque está en Francia», señaló Ursula.) Hugh ya había visto suficiente de la Europa continental durante la Gran Guerra, decía, y no conseguía ver por qué se armaba tanto barullo al respecto.

Pese a las reservas de Sylvie, Ursula había estudiado lenguas modernas: francés, alemán y un poco de italiano (muy poco). Recién licenciada, como no se le ocurría nada más, solicitó y obtuvo una plaza en un curso de formación para profesores. Lo postergó un año, diciendo que quería tener la oportunidad de ver un poco de mundo antes de «acomodarse» en una vida entera ante la pizarra. Esa era al menos su lógica, la que mostraba ante sus padres, mientras que su verdadera esperanza era que ocurriese algo durante el tiempo que pasaría en el extranjero que supusiera que nunca le hiciera falta ocupar ese puesto. No tenía ni idea de qué era ese «algo». («El amor, quizá», dijo Millie con tono nostálgico.) Cualquier cosa, en realidad, que no significara acabar como una solterona amargada en una escuela secundaria para chicas, abriéndose paso en la conjugación de verbos extranjeros, con polvo de tiza cayéndole de la ropa como caspa. (Basaba dicho retrato en sus propias maestras.) Y tampoco era una profesión que hubiese despertado mucho entusiasmo en su círculo más inmediato.

«¿Que quieres ser maestra?», dijo Sylvie.

—Francamente, si hubiese arqueado más las cejas, le habrían llegado a la estratosfera —le contó Ursula a Millie.

—Pero ¿de verdad quieres? ¿Dar clases?

—¿Por qué todo el mundo que conozco me hace esa pregunta con el mismo tono de voz? —le preguntó Ursula, ofendida—. ¿Tan claro está que no sirvo para esta profesión?

—Sí.

Millie había hecho un curso en una academia de arte dramático en Londres y ahora trabajaba en una compañía de repertorio en Windsor, en obritas para complacer al público y melodramas de segunda fila.

—Estoy esperando a que alguien me descubra —anunció, adoptando una pose muy teatral.

Todo el mundo parece estar esperando algo, pensó Ursula. «Más vale no andar esperando —decía Izzie—. Más vale hacer las cosas.» A ella le resultaba más fácil decir algo así.

Millie y Ursula se sentaron en las sillas de mimbre en el jardín de la Guarida del Zorro, confiando en que los zorros acudieran a jugar en la hierba. Últimamente se veía en el jardín a una zorra y su camada. Sylvie le dejaba sobras, y la zorra estaba ahora medio domesticada y se sentaba sin miedo en medio del césped, como un perro que aguardara la cena, mientras sus cachorros, que en junio ya se veían delgaduchos y con las patas largas, se peleaban y hacían cabriolas en torno a ella.

—¿Y qué quieres que haga? —le preguntó con tono de desamparo (y de desesperación). Apareció Bridget con una bandeja con té y pastel, que dejó en la mesa entre ambas—. ¿Que aprenda taquigrafía y mecanografía y trabaje en la administración? También me suena bastante deprimente. Quiero decir, ¿qué más hay para una mujer que no quiera ir de casa de sus padres al hogar conyugal sin hacer nada mientras tanto?

—Una mujer culta —corrigió Millie.

—Una mujer culta, sí.

Bridget murmuró algo incomprensible.

—Gracias, Bridget —dijo Ursula.

(—Tú has visto Europa —le dijo a Sylvie con tono ligeramente acusador—. Estuviste allí de joven.

—No fui sola, sino con mi padre.

Pero, por sorprendente que fuera, esa discusión pareció causar efecto y, al final, fue Sylvie quien defendió el viaje ante las objeciones de Hugh.)

Antes de su marcha a Alemania, Izzie la llevó a comprar ropa interior y bufandas de seda, preciosos pañuelos bordeados de encaje, «un buen par de zapatos», dos sombreros y un bolso.

—No se lo digas a tu madre.

En Munich se alojaría con la familia Brenner —padres, tres hijas (Klara, Hildegard y Hannelore) y un hijo, Helmut, ahora en un internado— en un piso en Elisabethstrasse. Hugh había mantenido ya una prolongada correspondencia con herr Brenner para cerciorarse de que fuera un anfitrión adecuado.

—Voy a causarle una tremenda decepción —le contó ella a Millie—. Herr Brenner estará esperando el Segundo Advenimiento, vistos los preparativos que se han hecho.

Herr Brenner era profesor en la Deutsche Akademie y había dispuesto que Ursula impartiera clases de inglés a principiantes; tenía previsto presentarle además a ciertas personas que andaban en busca de clases particulares. Todo eso se lo contó cuando fue a buscarla al tren. Ursula se sintió un poco abatida; todavía no se había hecho a la idea de ponerse a trabajar y estaba agotada tras un viaje largo y decididamente duro en ferrocarril. El *Schnellzug* que salía de la Gare de l'Est en París era cualquier cosa menos *schnell* y viajó en el compartimento, entre otros, con un hombre que alternaba entre fumar un puro y darle bocados a un salami entero, actos ambos que la dejaron bastante confusa. («Y de París no he visto más que el andén de una estación», le escribió a Millie.)

El hombre del salami la siguió cuando salió al pasillo en busca del lavabo de señoras. Ursula pensó que se dirigía al vagón restaurante, pero al llegar ante la puerta del pequeño aseo, el tipo, para su alarma, intentó colarse dentro con ella. Dijo algo que Ursula no entendió, aunque le pareció subido de tono (el puro y el salami parecieron extraños preludios).

—*Lass mich in Ruhe* —«Déjeme en paz», dijo ella con firmeza.

Pero el hombre siguió empujándola, y ella a él. Ursula supuso que aquel forcejeo, más educado que violento, le habría parecido cómico a un observador. Deseó que hubiera alguien en el pasillo a quien pudiera recurrir. No quería ni imaginar qué le haría aquel hombre si conseguía encerrarla en el diminuto lavabo. (Después se preguntaría por qué no se había limitado a gritar. Vaya tontaina estaba hecha.)

Su «salvación» llegó en la forma de una pareja de oficiales, muy elegantes con sus uniformes negros y sus insignias plateadas, que se materializaron de la nada y agarraron al hombre. Le soltaron una severa reprimenda, aunque ella no reconoció la mitad del vocabulario, y luego, muy galantes, le encontraron otro vagón, uno ocupado solo por mujeres, cuya existencia ella desconocía. Cuando los oficiales se marcharon, sus compañeras de viaje parlotearon sin cesar sobre lo apuestos que eran los oficiales de las SS. («Schutzstaffel —murmuró una con tono de admiración—. No como esos patanes con camisas pardas.»)

El tren llegó tarde a la estación de Munich. Se había producido alguna clase de incidente, comentó herr Brenner; un hombre había caído del tren.

Pese a que era verano, hacía mucho frío y llovía a cántaros. El lúgubre ambiente no mejoró con su llegada al enorme piso de los Brenner, donde no se habían encendido luces para mitigar la oscuridad y la lluvia arreciaba contra las ventanas con cortinas de encaje como si estuviera decidida a entrar por la fuerza.

Ursula y herr Brenner subieron su pesado baúl por las escaleras, un acto algo ridículo. Sin duda había alguien que podía ayudarlos, ¿no?, se dijo ella con irritación. Hugh habría empleado a «un mozo» —o dos— y no esperado que lo subiera ella. Pensó en los dos oficiales de las SS del tren, con cuánta eficacia y cortesía se habrían ocupado del baúl.

Resultó que las mujeres de la casa estaban ausentes.

—Oh, todavía no han vuelto —comentó con indiferencia herr Brenner—. Creo que han ido de compras.

El piso estaba lleno de pesados muebles, alfombras raídas y frondosas plantas que le daban cierto aspecto de jungla. Ursula se estremeció; parecía inhóspito y frío para aquella época del año.

Maniobraron hasta meter el baúl en la habitación que le habían asignado.

—Esta era la habitación de mi madre —comentó herr Brenner—. Estos son sus muebles. Murió el año pasado, por desgracia.

La forma en que miró la cama, un trasto enorme y gótico que parecía hecho para provocar pesadillas en su ocupante, dejó bastante claro que el fallecimiento de frau Brenner había tenido lugar bajo su sedosa colcha. La cama parecía dominar la habitación y Ursula sintió un repentino nerviosismo. Su experiencia en el tren con el hombre del salami aún era vergonzosamente vívida, y ahora volvía a encontrarse sola en un país extranjero con un completo desconocido. Acudieron a su cabeza los escabrosos relatos de Bridget sobre la trata de blancas.

Para su alivio, oyeron abrirse la puerta de la casa y un gran alboroto procedente del vestíbulo.

—Ah —dijo herr Brenner con una sonrisa radiante—, ¡ya están aquí!

Las hijas entraron en tropel en el piso, empapadas por la lluvia, riendo y cargadas con paquetes.

—Mirad quién ha llegado —dijo herr Brenner, provocando enorme excitación en las dos pequeñas. (Hilde y Hanne resultarían las dos niñas más excitables que Ursula había conocido nunca.)

—¡Ya estás aquí! —exclamó Klara cogiéndole ambas manos con las suyas heladas y mojadas—. *Herzlich willkommen in Deutschland.*

Mientras las dos pequeñas hablaban por los codos, Klara se movió por el piso encendiendo lámparas y el sitio se vio transformado de pronto: las alfombras estaban un poco gastadas pero eran suntuosas, los antiguos muebles brillaban de tan pulidos, la fría jungla de plantas resultó ser una bonita enramada de helechos. Herr Brenner encendió una gran *Kachelofen* de porcelana en la sala de estar («es como tener un animal grandote y calentito en la habitación», le escribió ella a Pamela) y le aseguró que al día siguiente el clima volvería a ser normal, cálido y soleado.

Pusieron enseguida la mesa, con un mantel bordado, y apareció la cena: una bandeja con queso, salami, rodajas de salchicha, ensalada y un pan moreno que olía como el pastel de semillas de la señora Glover, así como una especie de macedonia de frutas, deliciosa, que le confirmó que estaba en un país extranjero. («¡Macedonia fría de frutas! —le escribió a Pamela—. ¡Lo que diría la señora Glover de algo así!»)

Hasta la habitación de la madre muerta de herr Brenner se le hizo más confortable. La cama era blanda e invitadora, las sábanas lucían un embozo de ganchillo hecho a mano y la lamparita de la mesilla de noche tenía una bonita pantalla de cristal rosa que arrojaba una luz muy cálida. Alguien —Klara, sospechaba— había puesto un ramito de margaritas en un pequeño jarrón sobre el tocador. Cuando se encaramó a la cama (tan alta que requería un pequeño escabel) se caía de agotamiento y se sumió agradecida en un sueño profundo y sin pesadillas, sin que la inquietara el fantasma de la anterior ocupante.

—Pero tendrás un poco de tiempo libre, por supuesto —dijo frau Brenner a la mañana siguiente, durante el desayuno (extrañamente similar a la cena de la víspera).

Klara andaba «sin saber muy bien qué hacer». Había acabado el curso de bellas artes y no se decidía sobre el siguiente paso. Estaba impaciente por marcharse de casa y «ser una artista», pero se quejaba de que en Alemania no había «mucho dinero que dedicarle al arte». Tenía algunas de sus obras en su habitación, grandes lienzos toscos y abstractos que no casaban bien con su carácter amable y comedido. Ursula no conseguía imaginar que pudiera ganarse la vida con ellos.

—Es posible que tenga que dar clases —comentó Klara con abatimiento.

—Un destino peor que la muerte —convino Ursula.

En ocasiones, Klara se dedicaba a enmarcar fotografías para un estudio en Schellingstrasse. La hija de unos conocidos de frau Brenner trabajaba allí y la había recomendado. Klara y la hija, Eva, habían ido juntas al parvulario.

—Pero enmarcar no es precisamente un arte, ¿no? —dijo Klara.

El fotógrafo, Hoffmann, era el «fotógrafo personal» del nuevo canciller, «de manera que conozco múy de cerca sus facciones», añadió Klara.

Los Brenner no tenían mucho dinero (Ursula suponía que por eso le alquilaban una habitación) y todos los conocidos de Klara eran pobres; si bien en 1933 todo el mundo en todas partes era pobre.

Pese a la falta de fondos, Klara estaba decidida a que le sacaran el mejor partido a lo que quedaba del verano. Iban al salón de té Carlton o al café Heck junto al Hofgarten a tomar *Pfannkuchen* y *Schokolade* hasta acabar con indigestión. Paseaban durante horas por el Englischer Garten y luego tomaban helados o bebían cerveza, con las caras sonrosadas por el sol. También salían en barca o iban a nadar con amigos de Helmut, el hermano de Klara, un carrusel de Walters, Werners, Kurts, Heinzes y Gerhards. El propio Helmut estaba en Potsdam y era cadete, *Jungmann*, en una nueva clase de escuela militar que había fundado el Führer.

—Le entusiasma el partido —comentó Klara en inglés. Lo hablaba bastante bien y disfrutaba practicándolo con Ursula.

—Los partidos —corrigió esta última—. Nosotros diríamos «le entusiasman los partidos».

Klara se echó a reír y meneó la cabeza.

—No, no, el partido, los nazis. ¿No sabías que desde el mes pasado es el único permitido?

«Cuando Hitler llegó al poder —escribió Pamela con cierta pedantería—, aprobó la Ley de Autorización, que en Alemania se llama *Gesetz zur Behebung der Not von Volk und Reich*, que se traduce más o menos por "Ley para Remediar la Penuria del Pueblo y el Reich". Es un título muy extravagante para el derrocamiento de la democracia.»

Ursula respondió alegremente: «Pero la democracia volverá a imperar como hace siempre. Esto de ahora también pasará».

«Sin ayuda, no», repuso Pamela.

Pamela era una gruñona en lo que respectaba a Alemania y no costaba mucho ignorarla cuando se podía pasar las largas y calurosas tardes tomando el sol con los Walters, Werners, Kurts, Heinzes y Gerhards, apoltronada junto a la piscina o el río. Ursula se quedó impresionada al ver que esos chicos andaban casi desnudos con sus cortísimos shorts y sus bañadores, desconcertantes de tan pequeños. Descubrió que los alemanes, en general, no tenían problema en quitarse la ropa delante de los demás.

Klara conocía también a un grupo distinto, más cerebral, sus amigos de bellas artes. Tendían a preferir los interiores oscuros y llenos de humo de los cafés o sus propios y desastrados apartamentos. Bebían y fumaban un montón y hablaban mucho sobre arte y política. («De manera que, en general —le escribió a Millie—, ¡mi educación está siendo muy completa entre estos dos grupos de gente!») Esos amigos de bellas artes de Klara eran gente andrajosa y disidente a los que parecía desagradar Munich, un nido de «provincialismo pequeñoburgués» por lo visto, y que no paraban de hablar de mudarse a Berlín. Ursula advirtió que hablaban por los codos de hacer cosas pero en realidad hacían bien pocas.

Klara era presa de una clase distinta de inercia. Su vida se hallaba en «un punto muerto»; estaba enamorada de un profesor de la escuela, un escultor, pero él se encontraba ahora de vacaciones con la familia en la Selva Negra. (De mala gana, admitió que esa «familia» la formaban en realidad su mujer y sus dos hijos.) Klara decía que estaba a la espera de que su vida se resolviera por sí sola. Más evasivas, se dijo Ursula. Aunque tampoco ella pudiera hablar mucho.

Ursula seguía siendo virgen, por supuesto; estaba «intacta», como habría dicho Sylvie. No por razones morales, sino simplemente porque aún no había conocido a nadie que le gustara lo suficiente.

—Pero si no tiene que gustarte —dijo Klara, riendo.

—Ya, pero quiero que sea así.

En lugar de eso, parecía ser un imán para tipos desagradables —el hombre del tren, el hombre del sendero—, y le preocupaba que fueran capaces de ver algo en ella que ella misma no veía. Se sentía muy rígida e inglesa en comparación con Klara y sus amigos artistas o los colegas del ausente Helmut (quienes hacían gala en realidad de una conducta intachable).

Hanne y Hilde convencieron a Klara y Ursula para que las acompañaran a un espectáculo en el estadio deportivo de la zona.

Ursula pensó que se trataría de un concierto, pero resultó un mitin de las Juventudes Hitlerianas. Pese al optimismo de frau Brenner, la Liga de Muchachas Alemanas no había conseguido mitigar el interés de Hilde y Hanne por los chicos.

A Ursula todos aquellos chicos efusivos y saludables le parecían iguales, pero Hilde y Hanne invirtieron mucho tiempo en señalar animadamente a los amigos de Helmut, los mismos Walters, Werners, Kurts, Heinzes y Gerhards que haraganeaban junto a la piscina muy escasos de ropa. Ahora, comprimidos en sus inmaculados uniformes (más shorts muy cortos), parecían boy scouts muy rectos y temibles.

Hubo mucho marchar de aquí para allá y muchos cánticos al son de una banda y varios oradores que trataban de imitar el estilo declamatorio del Führer (sin conseguirlo), y luego todos se pusieron en pie y entonaron el *Deutschland über alles*. Como Ursula no se sabía la letra cantó en voz baja «Glorious Things of Thee Are Spoken» al son de la preciosa melodía de Haydn, un himno que habían cantado con frecuencia en la escuela. Cuando acabaron de cantar todos exclamaron «Sieg Heil!» y saludaron con el brazo en alto, y Ursula casi se sorprendió al imitarlos. Klara se desternilló de risa, pero Ursula advirtió que también tenía el brazo alzado.

—No me queda otra —dijo con toda tranquilidad—. No quiero que me agredan en el camino a casa.

No, gracias, Ursula no quería quedarse con *Vati* y *Mutti* en la calurosa y polvorienta Munich, de manera que Klara rebuscó en el armario hasta dar con una falda azul marino y una blusa blanca que cumplían los requisitos, y la líder del grupo, Adelheid, le consiguió una guerrera caqui. Un pañuelo de tres puntas sujeto por un nudo cabeza de turco de hebras trenzadas completaba el atuendo. Ursula se dijo que estaba muy elegante. Se sorprendió lamentando no haber sido nunca una girl scout, aunque supuso que consistía en algo más que en llevar el uniforme.

La edad máxima para pertenecer a la Liga de Muchachas Alemanas era de dieciocho años, de modo que Klara y Ursula no podían afiliarse; según Hanne, eran «señoras mayores», *alte Damen*. A Ursula no le parecía que hiciera ninguna falta que escoltaran al grupo, pues Adelheid era tan eficaz como un perro pastor con sus chicas. Con su escultural figura y las trenzas rubias y nórdicas, podría haber sido una joven Freya llegada de Fólkvangr. Era la propaganda perfecta. Con sus dieciocho años, no tardaría en ser demasiado mayor para la Liga de Muchachas Alemanas, ¿y qué haría entonces?

—Pues me alistaré en la Unión de Mujeres Nacionalsocialistas, por supuesto —dijo. Ya llevaba prendida en el proporcionado pecho una pequeña esvástica, la runa que simbolizaba la pertenencia al partido.

Hicieron el trayecto en tren, con las mochilas en las rejillas portaequipajes, y al caer la tarde llegaron a un pequeño pueblo alpino cerca de la frontera con Austria. Desde la estación, marcharon en formación (cantando, cómo no) hasta el *Jugendherberge*. La gente se paraba a verlas pasar y algunos aplaudían.

El dormitorio que les asignaron estaba lleno de literas, la mayoría de ellas ya ocupadas por otras chicas, y tuvieron que hacinarse como sardinas en lata. Klara y Ursula decidieron compartir un colchón en el suelo.

Les dieron de cenar en el comedor, sentadas a largas mesas

con caballetes; les sirvieron sopa y *Knäckebrot* con queso, que resultaría el menú habitual. Por la mañana desayunaban pan moreno con queso y mermelada y té o café. El aire límpido de la montaña les abría el apetito y se zampaban todo lo que les ponían delante.

El pueblo y sus alrededores eran idílicos, y hasta había un pequeño castillo que se les permitió visitar. Era frío y húmedo y estaba lleno de armaduras, banderas y escudos heráldicos. Parecía un sitio muy incómodo donde vivir.

Daban largos paseos alrededor del lago o por el bosque y luego hacían autoestop y volvían al albergue en camiones agrícolas o carros de heno. Un día las llevaron bordeando el río hasta una magnífica cascada. Klara había llevado consigo su cuaderno de bocetos y sus rápidos y vivaces dibujos al carbón resultaron mucho más interesantes que sus pinturas.

—Ay, no —exclamó—. Son *gemütlich*. Solo son cuatro rayas. Mis amigos se reirían de ellos.

El pueblo en sí era un lugar soñoliento y acogedor con las ventanas de las casas llenas de geranios. Junto al río había una taberna donde tomaban cerveza y ternera con fideos hasta la saciedad. Ursula nunca mencionaba la cerveza en sus cartas a Sylvie, pues ella no habría entendido hasta qué punto era habitual beberla allí. Y aunque lo hubiese entendido, no lo habría aprobado.

Al día siguiente se pondrían en marcha, pues vivirían en tiendas de campaña durante unos días, en un gran campamento de chicas, y Ursula lamentó dejar atrás el pueblo.

En su última noche allí hubo una feria, una combinación de mercado agrícola y festival de la cosecha, incomprensible en gran medida para Ursula. («Para mí también —dijo Klara—. Soy una chica de ciudad, no lo olvides.») Todas las mujeres llevaban el traje tradicional de la región y se exhibían animales de granja con variopintos adornos a los que se les otorgaban premios. El campo estaba decorado con banderas, una vez más con esvásticas. Corría la cerveza y una banda interpretaba música. En medio del campo se había instalado una gran plataforma de madera y, acompañados por un acordeón, unos chicos en *Lederhosen* daban una demostración de *Schuhplattler*, batiendo palmas, pisando fuerte y dándose palmadas en muslos y talones al son de la música.

Klara se burló de ellos, pero a Ursula le parecieron habilidosos. Se dijo que le gustaría bastante vivir en un pueblo de los Alpes («Como Heidi», le escribió a Pamela. Ahora le escribía menos, pues la nueva Alemania cada vez sacaba más de quicio a su hermana. Pamela, incluso en la distancia, era la voz de su conciencia, pero lo cierto era que se hacía fácil tener una conciencia cuando estabas lejos.)

El acordeonista ocupó su lugar en la banda y la gente empezó a bailar. Ursula se encontró con que la sacaba a bailar una sucesión de muchachos granjeros increíblemente tímidos con una torpe y extraña forma de moverse por la pista de baile que reconoció como el ritmo de compás tres por cuatro de la *Schuhplattler*. Entre la cerveza y el baile empezaba a estar un poco mareada, de modo que se quedó aturdida cuando apareció Klara arrastrando a un hombre muy guapo que sin duda no era de la zona.

—¡Mira a quién acabo de encontrarme!

—¿A quién? —quiso saber Ursula.

—Nada menos que al primo del primo de nuestro primo segundo —contestó alegremente Klara—. Te presento a Jürgen Fuchs.

—Dejémoslo en primo segundo —repuso él, sonriendo.

—Encantada de conocerte.

El joven hizo entrechocar los talones y le besó la mano, y Ursula se acordó del príncipe de *Cenicienta.*

—Es el prusiano que llevo dentro —comentó él entre risas.

Las Brenner también se rieron.

—No tenemos ni una gota de sangre prusiana —dijo Klara.

Jürgen tenía una preciosa sonrisa, divertida y meditabunda al mismo tiempo, y los ojos de un azul extraordinario. Sin duda era guapo, un poco a lo Benjamin Cole, solo que Benjamin era su polo opuesto en oscuro, el negativo donde Jürgen Fuchs era el positivo.

Una Todd y un Fuchs; ambos apellidos significaban «zorro». ¿Habría intervenido el destino en su vida? El doctor Kellet habría valorado aquella coincidencia.

«Es guapísimo», le escribió a Millie tras el encuentro. Se le pasaron por la cabeza todas esas espantosas palabras que aparecían en las noveluchas rosas: «irresistible, impresionante». Había leído suficientes novelas de Bridget en las ociosas tardes de lluvia para conocerlas.

«Ha sido amor a primera vista», añadió, atolondrada. Pero lo que sentía no era verdadero «amor», por supuesto (eso era lo que sentiría algún día por un hijo), sino tan solo el falso esplendor de la locura. «*Folie à deux* —respondió Millie—. Qué delicioso.»

«Te hará mucho bien», escribió Pamela.

«El matrimonio se basa en una clase de amor más duradero», advirtió Sylvie.

«Pienso mucho en ti, osita —escribió Hugh—, tan lejos de aquí.»

Cuando cayó la noche hubo una procesión con antorchas por el pueblo y luego fuegos artificiales desde las almenas del pequeño castillo. Fue emocionante.

—*Wunderschön, nicht wahr?* —comentó Adelheid con el rostro radiante a la luz de las antorchas.

Sí, coincidió Ursula, es precioso.

Agosto de 1939

Der Zauberberg. La montaña mágica.

—*Aaw. Sie ist so niedlich.*

Clic, clic, clic. Eva estaba loca por su Rolleiflex. Eva estaba loca por Frieda. «¡Es monísima!», declaraba. Estaban en la enorme terraza del Berghof, que inundaba el sol alpino, mientras esperaban a que les llevasen la comida. Era muchísimo más agradable comer ahí fuera, al fresco, y no en el enorme y sombrío comedor, por cuyo enorme ventanal solo se veían montañas. A los dictadores les gustaba todo a lo grande, incluso los paisajes. *Bitte lächeln!* Una gran sonrisa. Frieda obedeció. Era una niña obediente.

Eva convenció a Frieda para que se quitara su vestidito inglés hecho a mano, tan cómodo (de Bourne and Hollingsworth, Sylvie lo había mandado para el cumpleaños de la niña), y la atavió con un traje bávaro: vestidito tirolés, delantal, calcetines blancos hasta la rodilla. A Ursula, con su mirada inglesa (cada vez más inglesa, o eso le parecía), aún le daba la impresión de que habían sacado el traje de un baúl de los disfraces, o de que quizá formaba parte de la función teatral de un colegio. En cierta ocasión, en su escuela (cuánto tiempo parecía haber pasado desde entonces), habían puesto en escena *El flautista de Hamelín*; Ursula interpretaba el papel de una niña del pueblo y le pusieron una vestimenta que no se diferenciaba mucho de la que Frieda llevaba ahora.

A Millie le tocó el personaje del rey de las ratas y estuvo sobresaliente en el escenario, según Sylvie: «Las Shawcross dan lo mejor de sí cuando son el centro de atención, ¿verdad?». Había algo en Eva que le recordaba a Millie: una animación inquieta y vacía que debía ser alimentada continuamente. Pero es que Eva también era actriz, e interpretaba el papel de su vida. De hecho, su vida era su papel, las dos cosas no se diferenciaban.

Frieda, la preciosa y pequeña Frieda, de solo cinco años, ojos azules y con aquellas trenzas cortas y rubias. La piel de la niña, tan pálida y demacrada al llegar, ahora lucía rosada y dorada gracias al sol de los Alpes. Cuando el Führer vio a la niña, Ursula advirtió un brillo fanático en los ojos también azules, fríos como el Königsee, el lago que había más abajo, y supo que aquel hombre estaba viendo cómo el futuro del *Tausendjähriges Reich* se extendía ante sí, *Mädchen* tras *Mädchen*.

—No se parece a usted, ¿verdad? —le comentó Eva sin malicia; era una persona sin malicia.

Cuando Ursula era pequeña (una época de su vida que, por lo visto, rememoraba de forma compulsiva durante aquellos días), leía cuentos de hadas sobre princesas injustamente tratadas que conseguían huir de padres depravados y madrastras celosas embadurnándose la cara con jugo de nuez e impregnándose los cabellos de ceniza para disfrazarse, con el fin de asumir la identidad de una gitana, del forastero, del rechazado. Ursula se preguntó cómo se obtendría el jugo de nuez, no parecía algo que pudiera encontrarse fácilmente en una tienda. Y ahora era peligroso convertirse en el forastero de piel teñida de jugo de nuez, sobre todo si uno quería sobrevivir en aquel lugar, en Obersalzberg (*Der Zauberberg*), en el reino de la fantasía, «el Berg», como se referían a aquella zona con la intimidad de los elegidos.

¿Qué diablos hacía allí, se preguntó Ursula, cuando podía marcharse? Frieda ya se había recuperado bastante, su convalecencia casi había terminado. Decidió comentarle algo a Eva aquel mismo día. Al fin y al cabo no eran prisioneros, podían irse cuando quisieran.

Eva encendió un cigarrillo. El Führer no estaba y la ratoncita se divertía. A él no le gustaba que fumara ni bebiera, ni que se maquillara. Ursula admiraba mucho esos pequeños actos de rebeldía de Eva. El Führer había llegado y se había vuelto a marchar dos veces desde la llegada de Ursula al Berghof junto a Frieda dos semanas antes; como era de esperar, esas llegadas y partidas constituían momentos intensamente dramáticos para Eva. Según la conclusión a la que había llegado Ursula hacía mucho tiempo, el Reich era todo pantomima y espectáculo. «Una historia narrada por un idiota, llena de ruido y furia —le escribió a Pamela—. Aunque, desgraciadamente, algún significado sí tiene.»

A instancias de Eva, Frieda hizo una pirueta y soltó una carcajada. La niña era el núcleo más profundo del corazón de Ursula y desempeñaba un papel fundamental en todo lo que hacía o decía. Estaba dispuesta a caminar sobre cuchillos durante el resto de su vida si con eso protegía a la pequeña. A arder en el infierno para salvarla. A ahogarse en las aguas más profundas si con eso ella flotaba. (Se había planteado muchas posibilidades extremas. Convenía estar preparada.) No tenía la menor idea (Sylvie no le había comentado nada al respecto) de que el amor de una madre podía ser algo tan dolorosamente visceral, tan dolorosamente físico.

—Ah, desde luego —dijo Pamela, como si fuera lo más trivial del mundo—, te convierte en una loba de los pies a la cabeza.

Ursula no se consideraba una loba; era, al fin y al cabo, una osa.

Sí había lobas de verdad que merodeaban por todo el Berg: Magda, Emmy, Margarete, Gerda, esposas y madres de las proles de los altos cargos del partido. Todas ellas competían por ver quién conseguía una pequeña parcela de poder y sus vientres fecundos daban a luz a un niño tras otro, para el Reich, para el Führer. Esas lobas eran peligrosas, depredadoras, y odiaban a Eva, la «vaca estúpida» (*die blöde Kuh*) que, sin que supieran muy bien cómo, había logrado vencerlas a todas.

Ellas, no cabía duda, habrían dado cualquier cosa por ser la compañera del glorioso líder, en lugar de la insignificante Eva. ¿Acaso un hombre de su talla no merecía una Brunilda, o, al menos, una Magda o una Leni? O quizá a la propia valkiria, «la Mitford», *das Fräulein Mitford*, como la llamaba Eva. El Führer admiraba Inglaterra, sobre todo la Inglaterra aristocrática e imperial, aunque Ursula dudaba de que ese sentimiento le impidiera tratar de destruir el país si llegaba el momento.

A Eva le inspiraban rechazo todas las valkirias que podían competir con ella por conseguir la atención del Führer; sus emociones más intensas nacían del miedo. La mayor antipatía la sentía por Bormann, la *éminence grise* del Berg. Era él quien controlaba el dinero, quien le compraba a Eva los regalos que le hacía el líder y quien daba ciertas cantidades de dinero para que consiguiese los abrigos de piel y los zapatos de Ferragamo, y quien le recordaba, de muchas y sutiles maneras, que apenas era una cortesana. Ursula se preguntó por la procedencia de esos abrigos, ya que casi todos los peleteros que había visto en Berlín eran judíos.

Menudo resentimiento colectivo debía de crear entre las lobas el hecho de que la consorte del Führer fuera dependienta. Cuando lo conoció, le contó Eva a Ursula, trabajaba en la *Photohaus* de Hoffmann, y se dirigió a él con el apelativo de «herr Lobo».

—Adolf significa «lobo noble» en alemán —le aclaró.

A él debió de encantarle aquello, pensó Ursula. Nunca había oído a nadie llamarlo Adolf. (¿Lo llamaba Eva *mein Führer* incluso en la cama? Parecía perfectamente posible.)

—¿Y sabes cuál es su canción preferida? —añadió Eva—. «¿Quién teme al lobo feroz?»

—¿De la película de Disney *Los tres cerditos*? —le preguntó una incrédula Ursula.

—¡Sí!

Ay, pensó Ursula, qué ganas de contárselo a Pamela.

—Y ahora una con *Mutti* —pidió Eva—. Cógela en brazos. *Sehr schön*. ¡Sonríe!

Ursula había observado cómo Eva acosaba alegremente al Führer con la cámara, cómo lograba una imagen suya cuando no se escabullía del objetivo o se bajaba el ala del sombrero hasta un punto tan bajo que resultaba cómico, como si fuera un espía mal disfrazado. Al Führer no le gustaba que ella le hiciera fotos; prefería los favorecedores focos de un estudio o una pose más heroica de la que ofrecía en las instantáneas que a Eva le gustaban. A ella, en cambio, le encantaba que la retratasen. No solo quería salir en las fotografías, también en una película. «*Ein* película.» Pensaba ir a Hollywood («algún día») e interpretarse a sí misma, «la historia de mi vida», declaraba. (En cierto sentido, para Eva todo se volvía real gracias a la cámara.) Al parecer, el Führer se lo había prometido. Evidentemente, el Führer prometía muchas cosas. Así había conseguido la posición que ocupaba en aquel momento.

Eva volvió a enfocar la Rolleiflex. Ursula se alegró de no haber llevado su vieja Kodak, que habría salido muy mal parada en comparación.

—Pediré que te hagan copias —dijo Eva—. Las puedes enviar a Inglaterra, a tus padres. Salen muy bonitas con las montañas ahí detrás. Ahora, sonríe mucho, por favor. *Jetzt lach doch mal richtig!*

Esa vista de las montañas constituía el fondo de todas las imágenes que allí se tomaban, el fondo de todo. Al principio a Ursula le parecieron preciosas; ahora su magnificencia se le empezaba a antojar opresiva. Los enormes riscos cubiertos de hielo y el torrente de las cascadas, los infinitos pinos…, la naturaleza y el mito se fundían y daban una forma sublimada al alma germánica. A Ursula le parecía que el romanticismo alemán se caracterizaba por la enormidad y lo místico; a su lado, los lagos ingleses se convertían en algo anodino. Y el alma inglesa, de encontrarse en algún sitio, estaba sin duda en los jardines de las casas, desprovistos de todo heroísmo: una franja de césped, un macizo de rosas, una hilera de judías pintas.

Tenía que volver a casa. No a Berlín, a Savignyplatz, sino a Inglaterra. A la Guarida del Zorro.

Eva colocó a Frieda en el parapeto y Ursula la quitó inmediatamente de allí.

—Las alturas la marean —adujo.

Eva siempre estaba con medio cuerpo inclinado de forma precaria por encima del mismo parapeto, o poniendo en él a perros o niños pequeños. Al otro lado, la pendiente daba vértigo: llegaba hasta el Königsee y pasaba por el pueblo de Berchtesgaden. A Ursula le inspiró lástima ese pueblecito, en el que se veían aquellas inocentes macetas de alegres geranios en las ventanas, y cuyos arroyos bajaban sinuosos al lago. Le daba la impresión de que había pasado mucho tiempo desde que estuvo allí con Klara, cuyo profesor se había divorciado por fin; ahora Klara estaba casada con él y tenían dos hijos.

—Ahí viven los *Nibelungen* —le aseguró Eva a Frieda mientras señalaba las cumbres que los rodeaban—, y también hay demonios, brujas y perros maléficos.

—¿Perros maléficos? —repitió la niña, no muy convencida.

A Frieda ya le daban miedo los irritantes Negus y Stasi, los insoportables terriers escoceses de Eva, y no le hacía ninguna falta que además le hablaran de enanos y demonios.

Por lo que sé, pensó Ursula, fue Carlomagno quien se ocultó en el Untersberg, donde duerme en una cueva mientras aguarda a que lo despierten para librar la batalla definitiva entre el bien y el mal. Se preguntó cuándo llegaría ese día. Quizá no faltaba mucho.

—Y una más —pidió Eva—. ¡Sonreíd!

La Rolleiflex lanzaba destellos incesantes bajo el sol. Eva también tenía una cámara de cine, un regalo muy caro de su señor Lobo particular, y Ursula supuso que debía alegrarse de que no los estuvieran inmortalizando en color y en movimiento; imaginó que en el futuro alguien se pondría a hojear los (muchos) álbumes de Eva y se preguntaría quién era Ursula, que quizá la confundiría con Gretl, la hermana de Eva, o con su amiga Herta, personajes muy secundarios de la historia.

Un día, de eso no cabía duda, todo aquello quedaría para siempre sepultado bajo el peso de la historia, incluso las montañas; al fin y al cabo, la arena era el futuro de las rocas. La mayoría de las personas vivían confusamente los acontecimientos y solo al considerarlos de forma retrospectiva se percataban de su importancia. El Führer era distinto: él, de manera consciente, estaba creando la historia para el futuro. Solo un auténtico narcisista podía hacer eso. Y Speer diseñaba unos edificios para Berlín que presentaran un aspecto espléndido al volverse ruinas dentro de mil años, eran su regalo al Führer. (¡Pensar según esos parámetros! Ursula vivía al día, lo cual era otra consecuencia de la maternidad; el futuro estaba tan teñido de misterio como el pasado.)

Speer era el único que se mostraba simpático con Eva, y por eso Ursula se permitió ciertas libertades con él y le dijo lo que pensaba, algo que quizá él no merecía. El hombre también era el único guapo de entre esos aspirantes a caballero teutón, el único que no era paticorto, que no tenía cuerpo de sapo ni parecía un cerdo corpulento, o, algo que acababa resultando peor, que no parecía un burócrata de rango inferior. («¡Y todos van de uniforme! —le escribió a Pammy—. Pero todo es de mentira. Esto es como estar viviendo en las páginas de *El prisionero de Zenda*. Las paparruchas se les dan muy bien.» Lamentó no tener a Pammy a su lado; le habría encantado analizar los personajes del Führer y de sus secuaces, y habría llegado a la conclusión de que eran unos charlatanes adeptos a la palabrería.)

En privado, Jürgen afirmaba que todos le parecían «llenísimos de defectos», pero en público actuaba como cualquier buen servidor del Reich. *Lippenbekenntnis*, decía. Repetía lo que le convenía repetir. (No queda otro remedio, habría declarado Sylvie.) Así se abría uno camino en la vida, aseguraba Jürgen. Ursula suponía que en ese aspecto se parecía bastante a Maurice, quien decía que había que colaborar con necios y burros para progresar profesionalmente. Claro que Maurice era abogado. En esa época había alcanzado una posición bastante destacada en el Ministerio del Interior. Si entraban en guerra, ¿supondría eso un problema? ¿Bastaría la armadura de la ciudadanía alemana (que con tan pocas ganas había asumido) para protegerla? (¡Si entraban en guerra! ¿Realmente podía permitir que eso le sucediera mientras estaba en el continente?)

Jürgen era abogado. Si quería ejercer como tal tenía que ingresar en el partido, no había otra. *Lippenbekenntnis*. Trabajaba en el Ministerio de Justicia, en Berlín. En la época en que le pidió que se casara con él («ha sido un cortejo bastante precipitado», le escribió ella a Sylvie), hacía poco que Jürgen había dejado de ser comunista.

Ahora el abogado había renunciado a sus posturas izquierdistas y defendía a ultranza todo lo que se había conseguido: el país funcionaba de nuevo, había pleno empleo, comida, salud, amor propio. Nuevos trabajos, nuevas carreteras, nuevas fábricas, nueva esperanza; ¿acaso había otra forma de conseguir todo eso, decía él? Pero eso se había logrado recurriendo a una falsa religión eufórica y a un falso y rabioso mesías. «Todo tiene un precio», argumentaba Jürgen. Aunque quizá no tan alto como el que habían pagado ellos. (A Ursula le llamaba la atención, con frecuencia, cómo lo habían conseguido. Mediante el miedo y una buena puesta en escena, fundamentalmente. Pero el dinero y los puestos de trabajo

¿de dónde habían salido? Quizá gracias a la fabricación de banderas y uniformes, había cantidad suficiente de unas y de otros para salvar casi todas las economías. «De todas formas, la economía ya se estaba recuperando —le escribió Pamela—; para los nazis ha sido una casualidad afortunada que hayan podido apropiarse de esa recuperación.») Sí, reconocía él, era verdad que había violencia, pero no era más que un espasmo, una oleada, una forma de liberar tensiones llevada a cabo por las Sturmabteilung. Todo, todos, se comportaban ahora con mayor sensatez.

En abril asistieron al desfile organizado para celebrar el quincuagésimo cumpleaños del Führer en Berlín. A Jürgen le asignaron tres asientos en el palco de invitados. «Un honor, supongo», comentó el abogado. ¿Qué habría hecho, se preguntó ella, para merecer ese «honor»? (¿Había mostrado Jürgen alegría por esa distinción? A veces costaba saberlo.) No había conseguido entradas para las Olimpiadas de 1936, y, sin embargo, ahora estaban codeándose con los peces gordos del Reich. En esa época el letrado siempre andaba ocupado. «Los abogados nunca duermen», aseguraba. (Sin embargo, por lo que Ursula veía, todos estaban preparados para pasarse los mil años durmiendo.)

El desfile duró una eternidad; fue la mayor expresión vista hasta el momento de la maestría escénica de Goebbels. Mucha música marcial y después la obertura interpretada por la Luftwaffe: una impresionante y estruendosa exhibición aérea que sobrevoló el Eje Este-Oeste y la puerta de Brandeburgo, integrada por una formación de escuadrones de aviación, oleada tras oleada. Más ruido y furia. «Heinkels y Messerschmitts», aclaró Jürgen. ¿Cómo lo sabía? Todos los muchachos conocían los tipos de avión, repuso.

A continuación hubo un desfile de regimientos, una sucesión en apariencia interminable de soldados que avanzaban a paso de oca por la calzada. A Ursula le recordaron a las integrantes del cabaret Tiller, que tanto levantaban las piernas.

—*Stechschritt* —dijo Ursula—, ¿se puede saber a quién se le ha ocurrido eso?

—A los prusianos —contestó Jürgen con una carcajada—, a quién si no.

Sacó una tableta de chocolate, partió un pedazo y se lo ofreció a Jürgen. Él torció el gesto y dijo que no con la cabeza, como si ella hubiera demostrado poco respeto por aquella congregación de gerifaltes del ejército. Ursula se comió otro trozo. Pequeños actos de rebeldía.

Él se acercó para que ella lo oyera (el gentío estaba armando un barullo tremendo) y le dijo: «Con independencia de todo lo demás, no queda más remedio que admirar su precisión». En efecto, Ursula la admiraba. Era extraordinaria. De una perfección robótica, como si cada miembro de cada regimiento fuera idéntico al vecino, como si los hubiesen fabricado en una cadena de montaje. Aquello no era del todo humano, pero lo importante en un ejército no era que pareciera humano, ¿verdad? («Todo resultó sumamente masculino», le informó a Pamela.) ¿Sería el ejército británico capaz de llevar a cabo esos ejercicios mecánicos a tal escala? Quizá los soviéticos sí, aunque en cierto sentido el compromiso de los británicos era menor.

Frieda, a la que tenía en el regazo, ya se había dormido, y aquello no había hecho más que empezar. Hitler no dejaba de saludar a las tropas, de mantener el gesto rígido y el brazo inmóvil delante de sí (ella alcanzaba a verlo de refilón desde donde estaban, solo el brazo, como un atizador). Resultaba evidente que el poder procuraba una clase especial de vigor. Si hoy yo cumpliera cincuenta años, pensó Ursula, me gustaría pasar el día a orillas del Támesis, en Bray o Henley o en las inmediaciones, con un almuerzo campestre, un almuerzo muy inglés: un termo de té, pastelillos de salchicha, emparedados de huevo y berro, un bizcocho y bollitos. En esa imagen aparecía toda su familia, pero ¿formaba parte Jürgen de aquella estampa idílica? Podía integrarlo perfectamente, tendido en la hierba con los típicos pantalones de franela de un club de remo, hablando de críquet con Hugh. Se conocían y se llevaban bien. Jürgen y Ursula habían llegado a Inglaterra en 1935 y se presentaron en la Guarida del Zorro para hacer una visita. «Parece un tipo simpático», dijo Hugh, aunque se mostró menos entusiasmado al enterarse de que ella había adquirido la nacionalidad alemana, lo cual fue un tremendo error, Ursula se daba cuenta ahora.

—Lo de entender las cosas *a posteriori* está muy bien —dijo Klara—. Si todos las entendiéramos en su momento no habría que escribir libros de historia.

Ursula tendría que haberse quedado en Inglaterra. En la Guarida del Zorro, con el prado y la arboleda y el arroyo que atravesaba el bosque de las campanillas.

Empezó a avanzar por delante de ellos la maquinaria bélica. «Aquí vienen los tanques», anunció Jürgen en inglés cuando apareció el primer Panzer, transportado en la parte posterior de un camión. Hablaba bien inglés, ya que había pasado un año en Oxford (por eso sabía de críquet). Luego vieron otro Panzer que avanzaba por sus propios medios, motos con sidecares, carros acorazados, la caballería trotando con elegancia (algo que agradaba especialmente a los espectadores; Ursula despertó a Frieda para que viera los caballos) y después la artillería, desde cañones de combate ligeros a enormes cañones antiaéreos.

—Son del modelo K-3 —comentó Jürgen con admiración, como si eso quisiera decir algo para ella.

Aquel desfile denotaba un apego al orden y la geometría que a Ursula le resultaba incomprensible. En ese aspecto no difería del resto de los desfiles y paradas (de todo aquel teatro), pero este parecía estar imbuido de un espíritu muy belicoso. Tanto armamento resultaba abrumador: ¡el país estaba armado hasta los dientes! Ursula no se había dado cuenta hasta entonces. No era de extrañar que todo el mundo tuviera trabajo. «Para salvar una economía hace falta una guerra, o eso dice Maurice», le decía Pamela en una carta. ¿Y para qué hacía falta el armamento, si no era para una guerra?

—Modernizar el equipamiento de nuestras Fuerzas Armadas nos ha salvado el alma —le aseguró Jürgen—, nos ha permitido volver a sentirnos orgullosos de nuestro país. Cuando, en mil novecientos dieciocho, los generales se rindieron...

Ursula dejó de atender; era un razonamiento que ya había oído demasiadas veces.

«Fueron ellos quienes iniciaron la última guerra —le escribió irritada a Pamela—. Y la verdad es que da la impresión de que han sido los únicos que lo han pasado mal después, que nadie más ha vivido la pobreza ni el hambre ni la desgracia.» Frieda volvió a despertarse, de mal humor. Ella le dio chocolate. Ursula también estaba de mal humor. Entre las dos se terminaron la tableta.

Hubo que reconocer que el final del espectáculo resultó muy

conmovedor. El sinfín de estandartes de los regimientos se unieron en una franja de varias hileras de profundidad delante del podio de Hitler, una formación tan precisa que parecía que los bordes estaban cortados a cuchillo, y después dichos estandartes tocaron el suelo para honrar al líder. La muchedumbre enloqueció.

—¿Qué te ha parecido? —le preguntó Jürgen cuando salían de la tribuna con paso cansado, mientras él llevaba a Frieda a hombros.

—Espléndido —contestó Ursula—. Magnífico.

Notaba el inicio de un dolor de cabeza hormigueándole en las sienes.

La enfermedad de Frieda empezó una mañana, varias semanas después, con fiebre alta.

—Estoy malita —dijo la niña.

Cuando Ursula le tocó la frente, la tenía húmeda, y le dijo:

—Hoy no tienes que ir al parvulario, te puedes quedar en casa conmigo.

—Un resfriado veraniego —dictaminó Jürgen al volver a casa.

Siempre había sido una chiquilla propensa a enfriarse («Lo ha heredado de mi madre», dictaminó Sylvie en tono sombrío) y estaban acostumbrados a que moqueara, a que le doliera la garganta, pero este resfriado empeoró a ojos vistas y Frieda se quedó sin fuerzas, con fiebre alta. Daba la impresión de que su piel estuviera a punto de arder.

—Hagan que le baje la temperatura —ordenó el médico.

Ursula le aplicó toallas frías y húmedas en la frente y le leyó cuentos pero, por mucho que lo intentara, Frieda no conseguía mantener el interés. Luego empezó a delirar; el médico le acercó el oído a los pulmones, de los que salía un estertor, y dictaminó:

—Bronquitis; tienen que esperar a que se le pase.

Esa noche, muy tarde, la niña se puso mucho peor repentina, terriblemente; envolvieron el cuerpecillo casi inanimado en una manta y la llevaron a toda prisa al hospital más cercano, que era católico. Le diagnosticaron neumonía.

—Esta pequeña está muy enferma —dijo el médico, como si ellos tuvieran cierta culpa.

Ursula estuvo al lado de la cama de Frieda dos días y dos noches, dándole la manita para que no se fuera de este mundo.

—Si pudiera tenerla yo en vez de ella —se lamentaba Jürgen entre susurros, al otro lado de las sábanas blancas y almidonadas que, pegadas a la niña, también la mantenían en este mundo.

Unas monjas pululaban por el pabellón como galeones con sus enormes y complejas tocas. ¿Cuánto tiempo, se preguntó Ursula en un momento de distracción en que no tenía toda la atención centrada en Frieda, tardan en ponerse esos chismes por la mañana? Estaba segura de que ella nunca lo habría conseguido sin que le quedara hecha un desastre. Ese tocado le parecía un motivo suficiente para no ser monja.

Con fuerza de voluntad, animaron a la niña a que siguiera viviendo y ella lo hizo. *Triumph des Willens*. Pasó la crisis y Frieda inició el lento camino de la recuperación. Pálida y débil, necesitaría un período de convalecencia y, una noche, cuando Ursula volvió del hospital, encontró un sobre que un mensajero les había dejado en su casa.

—Es de Eva —le anunció a Jürgen mientras le enseñaba la carta, cuando él regresó del trabajo.

—¿Quién es Eva? —le preguntó él.

—¡Sonreíd!

Clic, clic, clic. Bueno, cualquier cosa con tal de que Eva estuviera entretenida, pensó Ursula. A ella no le importaba. Eva había sido muy amable al invitarlas para que la niña respirara el aire puro de las montañas y para que comiera las verduras y los huevos frescos de la Gutshof, la granja modelo de las laderas a los pies del Berghof.

—¿Es una orden real? —le preguntó Jürgen—. ¿Se puede negar uno? ¿Te quieres negar? Espero que no. Y también te vendrá bien para los dolores de cabeza.

Recientemente Ursula se había dado cuenta de que cuanto más ascendía él en el escalafón del ministerio, más se parecían las conversaciones entre ambos a un monólogo. Jürgen hacía afirmaciones, preguntas, se respondía a las preguntas y sacaba conclusiones sin que le hiciera falta que ella participara. (Quizá aquello era típico de los abogados.) Ni siquiera parecía ser consciente de su comportamiento.

—De modo que al fin el viejo verde se ha buscado una compañera, ¿no? ¡Quién lo iba a decir! ¿Tú lo sabías? No, me lo habrías comentado. Y pensar que la conoces… Esto solo puede beneficiarnos, ¿verdad? Estar tan cerca del trono. Para mi carrera, que equivale a decir para nosotros. *Liebling* —añadió, de forma mecánica.

A Ursula le parecía que estar tan cerca de un trono era algo bastante peligroso.

—A Eva no la conozco —le respondió—. Nunca la había visto. Es frau Brenner quien la conoce, y a su madre, a frau Braun. Klara trabajaba a veces en Hoffmann, con Eva. Fueron juntas al jardín de infancia.

—Impresionante —declaró Jürgen—, de la *Kaffeeklatsch* al centro mismo del poder en tres sencillos pasos. ¿Sabe fräulein Eva Braun que su antigua amiga del jardín de infancia, Klara, está casada con un judío?

Ella nunca le había oído pronunciar esta última palabra con un tono tan despectivo y degradante, y fue como si le hundieran un clavo en el corazón.

—No tengo ni idea —respondió—, pero no suelo frecuentar la *Kaffeeklatsch*, como tú la llamas.

El Führer ocupaba tanto espacio en la vida de Eva que, cuando él no estaba, ella era un recipiente vacío. Eva montaba guardia todas las noches junto al teléfono cuando su amante se hallaba ausente y se comportaba como un perro, aguzaba inquieta el oído para enterarse de cuando llegara la llamada que le llevaba la voz de su amo.

Y allá en las alturas no había casi nada que hacer. Al cabo de cierto tiempo, recorrer penosamente los senderos forestales y darse un baño en el (gélido) Königsee se convirtió en algo que producía más nerviosismo que vigor. Recoger flores silvestres también acababa resultando aburrido, y lo mismo pasaba al tomar el sol en las tumbonas de la terraza; cualquiera acababa volviéndose algo loco. En el Berg había batallones de institutrices y niñeras, todas más que dispuestas a quedarse con Frieda, y Ursula acabó sumida en la misma ociosidad que Eva. Había cometido la tontería de llevarse un solo libro, que al menos era largo *Der Zauberberg*, *La montaña mágica* de Mann. No se percató de que estaba en la lista de lecturas prohibidas. Un oficial de la Wehrmacht la vio leyéndolo y comentó:

—Es usted muy atrevida, es uno de los libros que han prohibido.

Ella supuso que, con aquel «que han prohibido», el hombre quería dar a entender que él no era uno de ellos. ¿Qué era lo peor que podían hacerle? ¿Quitarle el libro y tirarlo a la estufa de la cocina?

El oficial de la Wehrmacht era simpático. Le contó que su abuela era escocesa, que él había pasado muchas vacaciones felices en «las Tierras Altas».

Im Grunde hat es eine merkwürdige Bewandtnis mit diesem Sicheinleben an fremden Orte, dieser... sei es auch... mühseligen Anpassung und Umgewöhnung, leyó, y tradujo aplicadamente y bastante mal: «Hay algo extraño en el fenómeno de establecerse en un sitio nuevo, la laboriosa adaptación y familiarización...». Cuánta verdad, pensó. Costaba leer a Mann. Habría preferido toda una colección de novelas góticas de Bridget. No le cabía ninguna duda de que no estaban *verboten*.

A ella, el aire de las montañas no le disminuyó los dolores de cabeza (y tampoco Thomas Mann). En todo caso, le empeoraron. *Kopfschmerzen*: la mera palabra le ponía la cabeza como un bombo.

—No encuentro nada anormal en usted —le dijo el médico en el hospital—. Será cosa de los nervios.

Y le recetó veronal.

Eva carecía de la inteligencia suficiente para servirle de estímulo, pero lo cierto era que el Berg tampoco era precisamente una corte caracterizada por la intelectualidad. La única persona a la que se podía haber calificado de pensador era Speer. Aunque Ursula sospechaba que Eva no vivía sin hacerse preguntas. Se notaban la depresión y las neurosis ocultas bajo toda esa *Lebenslust*, pero la ansiedad no era lo que un hombre buscaba en una amante.

Ursula suponía que para hacerlo bien como amante (aunque ella nunca lo había sido de nadie, ni bien ni mal), una mujer tenía que procurar consuelo y alivio, una almohada cómoda para la cabeza cansada. *Gemütlichkeit.* Eva era agradable, hablaba de temas sin importancia y no intentaba demostrar inteligencia ni astucia. Los hombres poderosos necesitaban que sus mujeres no les plantearan ningún reto; el hogar no debía ser escenario de debates intelectuales. «Mi propio marido me lo ha dicho, ¡así que tiene que ser verdad», le escribió a Pamela. Él no se lo había asegurado refiriéndose a sí mismo: no era un hombre poderoso. «Todavía no, al menos», añadió con una carcajada.

El entorno político solo preocupaba a Eva en la medida en que alejaba de ella al objeto de su devoción. La habían apartado con toda grosería del escrutinio público, no le habían concedido ninguna posición oficial, ninguna posición, de hecho; era fiel como un perro pero recibía menos reconocimiento que un perro. Blondi ocupaba en la jerarquía un lugar más elevado que Eva. Lo que más lamentaba, le comentó Eva, era que no le hubieran permitido conocer a la duquesa cuando los Windsor visitaron el Berghof.

Ursula torció el gesto al escuchar aquello. «Pero ¿no sabías que es una nazi?», le soltó sin pensar. («¡Supongo que debería tener más cuidado al abrir la boca!», le escribió a Pamela.) Eva se limitó a responder: «Sí, pues claro que lo es», como si fuera lo más natural del mundo que la consorte del antiguo rey de Inglaterra, que nunca volvería a serlo, fuera hitleriana.

La gente debía ver que el Führer seguía un noble y solitario camino de castidad; no podía casarse porque su esposa era Alemania. Se había sacrificado en aras del destino de su país; al menos, esa era la situación explicada en dos palabras, y en ese momento Ursula pensó que más le convenía callar y asentir. (Estaban inmersos en uno de los infinitos monólogos de después de cenar de Hitler.) Igual que nuestra Reina Virgen, pensó, pero no lo dijo, porque no creía que al Führer le gustara especialmente que lo compararan con una mujer, aunque fuera inglesa, aristócrata y con el corazón y el estómago de un rey. En el colegio, Ursula había tenido una profesora de historia aficionada a citar frases de Isabel I: «No cuenten secretos a aquellos cuya fe y cuyo silencio no hayan puesto previamente a prueba».

Eva habría sido más feliz si no se hubiera movido de Munich, si se hubiera quedado en la casita burguesa que el Führer le había comprado, en la que podía llevar una vida social normal. Aquí, en su jaula dorada, se veía obligada a entretenerse, a hojear revistas, a comentar los últimos peinados y detalles de la vida amorosa de las estrellas de cine (como si Ursula supiera algo de ese asunto) y a lucir un modelo tras otro, como si fuera una transformista. Ursula había entrado varias veces a su dormitorio, una estancia bonita y femenina que no guardaba parecido alguno con la austera decoración del resto del Berghof, y que solo estropeaba el retrato del Führer, que ocupaba el lugar más destacado de la pared. El héroe de Eva. Hitler no la había correspondido colgando un retrato de su amante en sus aposentos; en vez de encontrarse con el risueño rostro de Eva en la pared, se topaba con los rasgos adustos e inquisitivos de su querido héroe, Federico el Grande. *Friedrich der Grosse*.

«Siempre que oigo lo de "grosse" pienso sin querer que van a decir "grosero"», le escribió a Pamela. Resultaba curioso mezclar las ideas de conquista y guerra con la de grosería. ¿Y dónde había aprendido la grandeza el Führer? Eva esbozó un gesto de indiferencia; no lo sabía.

—Él siempre ha sido político. Nació siendo político.

No, pensó Ursula, nació siendo un bebé, como todo el mundo. Y esto es lo que él ha elegido ser.

El dormitorio del Führer, situado al lado del aseo de Eva, no se podía visitar. Pero Ursula lo había visto dormido, no en ese cuarto sacrosanto sino bajo la luz de la sobremesa, en la terraza del Berghof; la boca del gran guerrero se abría exangüe en una *lèse-majesté*. Ofrecía un aspecto vulnerable, pero en el Berg no había asesinos. Muchas pistolas, pensó Ursula; no le costaría nada coger una Luger y pegarle un tiro en el corazón o la cabeza. Pero entonces ¿qué le pasaría a ella? Peor aún: ¿qué le pasaría a Frieda?

Eva estaba sentada al lado de él y lo contemplaba con el cariño con que se miraría a un niño. Cuando dormía, él era solo de ella.

Eva no era, en esencia, más que una joven simpática. No podía juzgarse necesariamente a una mujer en virtud del hombre con quien se acostaba. (¿O sí?)

Tenía una maravillosa figura atlética que inspiraba bastante envidia a Ursula. Era una muchacha sana, amante de la actividad física: nadaba, esquiaba, patinaba, bailaba, hacía gimnasia; le encantaba estar al aire libre, le encantaba el movimiento. Sin embargo, se había pegado como una lapa a un hombre indolente y de mediana edad, una criatura de la noche, literalmente, que no se levantaba antes de mediodía (y que aun así, podía echarse una siesta por la tarde), que no bebía ni fumaba ni bailaba ni cometía ningún exceso, de hábitos espartanos aunque su vigor no lo fuera. Un hombre al que nadie había visto con menos ropa que unos *Lederhosen* (una prenda cómicamente carente de atractivo para una persona ajena a Baviera), cuya halitosis repugnó a Ursula la primera vez que lo vio y que tomaba pastillas, como si fueran caramelos, para tratarse un «problema de gases». («Me han dicho que se tira pedos —dijo Jürgen—. Ten cuidado. Será de tanta verdura.») Le preocupaba su dignidad pero en realidad no era un hombre vanidoso. «Solo megalómano», escribió Ursula a Pamela.

Les mandaron un coche con chófer y, al llegar al Berghof, el Führer en persona los recibió en la gran escalinata en la que daba la bienvenida a los dignatarios, donde el año anterior había recibido a Chamberlain. Cuando este regresó a Inglaterra, declaró que «ahora sabía lo que tenía herr Hitler en la cabeza». Ursula no creía que nadie lo supiera, ni siquiera Eva. Eva, la que menos.

—Es usted muy bienvenida, *gnädiges Frau* —le dijo—. Quédese hasta que la *liebe Kleine* esté mejor.

«Le gustan las mujeres, los niños y los perros, ¿qué se le puede reprochar? —le escribió Pamela—. Es una pena que sea un dictador que no respeta la ley ni las nociones más básicas de humanidad.» Pamela tenía bastantes amigos en Alemania de la época de la universidad, muchos de los cuales eran judíos. En casa tenía un full (bueno, un trío) de ruidosos muchachos (la pequeña Frieda, tan callada, se habría sentido abrumada en Finchley) y ahora le contaba que estaba embarazada de nuevo, «y cruzo los dedos para que sea una niña». Ursula echaba de menos a Pammy.

A Pamela no le iría nada bien en aquel régimen. La indignación moral que habría sentido sería demasiado grande para que se callara. No se habría podido morder la lengua como hacía Ursula (que se pasaba la vida con un bozal puesto). «También sirven quienes solo aguantan y esperan.» ¿Servía asimismo esa frase para la ética personal? Se preguntó si aquella frase podía justificar su propio comportamiento. Quizá era mejor cambiar algunas palabras de una frase de Edmund Burke que de una de Milton: «Para que las fuerzas del mal venzan en el mundo basta con que un número suficiente de buenas mujeres no haga nada».

El día después de que llegaran se organizó una merienda infantil para celebrar un cumpleaños, el de un pequeño Goebbels o Bormann, Ursula no sabía muy bien de quién, había muchísimos niños y eran todos iguales. Se acordó de las filas de militares del desfile de aniversario del Führer. Bañados y relucientes, todos ellos recibieron una palabra especial del tío Lobo antes de que les dejaran deleitarse con la tarta que habían colocado en una larga mesa. A la pobre Frieda, tan golosa (sin duda, en ese aspecto había salido a la madre) le pesaban demasiado los párpados por el cansancio para probarla. Siempre había tarta en el Berghof, *Streusel* con semillas de amapola y *Tortes* de canela y ciruela, bollos rellenos de crema, bizcochos de chocolate, las grandes cúpulas que formaba la *Schwarzwälder Kirschtorte*… Ursula se preguntó quién se comería todos esos dulces. Ella, desde luego, hacía todo lo posible por ayudar en la tarea.

Si un día con Eva podía llegar a ser tedioso, aquello no era nada comparado con una velada en la que el Führer estaba presente. Horas interminables de la sobremesa de la cena transcurrían en el Gran Salón, una sala enorme y fea en la que escuchaban el gramófono o veían películas (o, muchas veces, las dos cosas). El líder, por supuesto, elegía las obras. En lo musical, senría predilección por *Die Fledermaus* o *Die lustige Witwe*. La primera noche, Ursula creyó que le costaría olvidar la imagen de Bormann, Himmler, Goebbels (y sus salvajes secuaces), todos luciendo unas sonrisas de serpiente, con los labios apretados (más bien *Lippenbekenntnis*, quizá), mientras escuchaban *Die lustige Witwe*. Ursula había visto una representación estudiantil de *La viuda alegre* en la universidad. Era una buena amiga de la chica que interpretaba el papel de Hanna, la protagonista. Jamás se le habría ocurrido que la siguiente ocasión en que escucharía las palabras: «¡Oh, Vilja! ¡La bruja del bosque!», sería en alemán y en la más extraña de las compañías. La representación universitaria la había visto en 1931, momento en que no sospechó lo que el futuro le deparaba a ella, y menos aún a Europa.

Casi todas las noches se ponían películas en el Gran Salón. Llegaba el proyeccionista y enrollaban mecánicamente el gran tapiz gobelino de una de las paredes, como si fuera una persiana; entonces quedaba al descubierto la pantalla que se escondía tras él. A continuación tenían que soportar alguna espantosa cursilada romántica o una aventura estadounidense o, aún peor, un filme de montañismo. Ursula había visto así *King Kong*, *Tres lanceros bengalíes* y *La gran conquista*. En la primera velada les había tocado *La montaña sagrada* (más montañas, más Leni). La película preferida del Führer, según le confesó Eva, era *Blancanieves*. Ursula se preguntó cuál sería el personaje con el que se identificaba Hitler: ¿la bruja malvada, los enanitos? ¡No sería Blancanieves! Llegó a la conclusión de que seguramente era el príncipe (¿Tenía nombre? ¿Alguna vez lo tenían o bastaba con ser ese personaje?) El príncipe que despertaba a la joven dormida, del mismo modo en que Hitler había despertado a Alemania. Aunque no con un beso.

Cuando nació Frieda, Klara le regaló una preciosa edición de *Schneewittchen und die sieben Zwerge*, *Blancanieves y los siete enanitos*, con ilustraciones de Franz Jüttner. Hacía ya mucho que al profesor de Klara le habían prohibido dar clase en la escuela de arte. Planearon marcharse en 1935 y luego en 1936. Después de la *Kristallnacht*, Pamela escribió directamente a Klara, pese a que no la conocía en persona, para ofrecerle una casa en Finchley. Pero esa inercia, esa maldita tendencia que todos parecían tener a limitarse a esperar… Y al profesor lo detuvieron en una redada y se lo llevaron al este para que trabajase en una fábrica, según habían declarado las autoridades.

—Con las preciosas manos de escultor que tiene… —se lamentaba Klara.

(«Bueno, en realidad fábricas no son», escribió Pamela.)

Ursula recordaba que de niña leía cuentos de hadas con fervor, y que aprendió a confiar enormemente no tanto en los finales felices como en el triunfo de la justicia en el mundo. Sospechaba que *die Brüder* Grimm le habían tomado el pelo. *Spieglein, Spieglein an der Wand / Wer ist die Schönste im ganzen Land?* No es nadie de este grupito, desde luego, se dijo mientras recorría el Gran Salón con la mirada en esa primera y aburrida velada en el Berg.

El Führer era un hombre que prefería la opereta a la ópera, los dibujos animados a la alta cultura. Al observarlo mientras le daba la mano a Eva y tarareaba la música de Lehar, a Ursula le sorprendió lo vulgar (incluso necio) que era, más cercano a Mickey Mouse que a Sigfrido. Sylvie lo habría considerado un don nadie. Izzie se lo habría comido y habría escupido los restos. La señora Glover…, ¿qué habría hecho la señora Glover, pensó Ursula? Aquel era su nuevo juego favorito, imaginarse cómo habrían reaccionado sus conocidos ante los oligarcas nazis. Llegó a la conclusión de que la señora Glover seguramente le habría dado una buena paliza con la maza de la carne. (¿Y Bridget? Seguro que lo habría ignorado por completo.)

Cuando terminó la película, el líder empezó a hablar (durante horas) sobre sus temas predilectos: el arte y la arquitectura alemanes (se consideraba un arquitecto frustrado), su camino noble y solitario (volvía a salir el lobo). Él era el salvador de Alemania, de la pobre Alemania, su *Schneewittchen*, a la que él salvaría, lo quisiera ella o no. Siguió perorando sobre el arte y la música sanos de Alemania, sobre Wagner, *Die Meistersinger*, su frase preferida del libreto, *Wacht auf, es nahet gen den Tag*, o «Despertad, ha llegado la mañana» (y tanto que llegaría si él seguía hablando de aquella manera, pensó ella). Luego sobre el destino, el suyo, y cómo estaba indisolublemente unido al del *Volk. Heimat, Boden*, victoria o caída («¿Qué victoria? —pensó Ursula—. ¿Contra quién?»). Luego añadió algo sobre Federico el Grande que ella no acabó de entender, algo sobre la arquitectura romana, después sobre el país natal. (Los rusos lo llamaban «la madre patria», Ursula pensó que quizá eso se podía interpretar de alguna manera. ¿Qué decían los ingleses? Seguramente «Inglaterra» y ya está. Como muchísimo, el «Jerusalén» de Blake.)

A continuación volvió a centrarse en el destino y en los *Tausendjähriges*. Sin cesar, sin cesar, de modo que el dolor de cabeza que se le había manifestado de forma leve antes de la cena se transformó a esas alturas en una corona de espinas. Imaginó que Hugh decía: «Ande, cállese ya, herr Hitler», y de repente sintió tanta añoranza que estuvo a punto de echarse a llorar.

Quería volver a casa. Quería estar en la Guarida del Zorro.

Igual que sucedía con los reyes y sus cortesanos, no se podían marchar hasta que se lo permitieran, hasta que el propio monarca decidiera ascender a sus aposentos. En determinado momento Ursula pilló a Eva dirigiéndole a Hitler un bostezo exageradísimo, como si le quisiera decir: «Ya está bien, lobito» (su imaginación estaba adquiriendo tintes bastante morbosos, lo sabía, aunque aquello resultaba disculpable dadas las circunstancias). Y luego, al fin, gracias a Dios, el Führer se puso en pie y los agotados acompañantes se levantaron sin apenas hacer ruido.

Daba la impresión de que al Führer lo querían especialmente las mujeres. Le escribían miles de cartas, le preparaban bizcochos, le bordaban esvásticas en cojines y almohadones y, como hacían Hilde y Hanne, de la Liga de Muchachas Alemanas, formaban una fila por toda la empinada carretera que llevaba al Obersalzberg para atisbarlo, presas del delirio, cuando él pasaba en un Mercedes enorme y negro. Muchas le decían a gritos que querían tener un hijo suyo. «Pero ¿qué es lo que le ven?», se sorprendía Sylvie. Ursula la había llevado a un desfile, uno de esos que se celebraban en Berlín, interminables, en los que ondeaban banderas y estandartes, porque quería «descubrir por mí misma a qué se debe tanto alboroto». (Qué británico por parte de Sylvie reducir el Tercer Reich a un «alboroto».)

La calle era un bosque de rojo, negro y blanco.

—Utilizan unos colores muy agresivos —comentó Sylvie, como si se estuviera planteando la posibilidad de pedir a los nacionalsocialistas que le decoraran el salón.

A medida que el Führer se acercaba, la excitación de la muchedumbre se convertía en un enloquecido paroxismo de *Sieg Heils* y *Heil Hitlers*.

—¿Soy la única a la que esto no le conmueve? —quiso saber Sylvie—. ¿A ti qué te parece que es esto, histeria colectiva de un tipo u otro?

—Sí, es como lo del traje nuevo del emperador —contestó Ursula—. Somos las únicas que ven que va desnudo.

—Es un payaso —aseguró una desdeñosa Sylvie.

—Chitón —advirtió Ursula. La palabra era la misma en inglés y en alemán y no quería despertar la hostilidad de quienes las rodeaban. Añadió—: Deberías poner el brazo en alto.

—¿Yo? —replicó la indignada representante de la feminidad británica.

—Sí, tú.

A regañadientes, Sylvie levantó el brazo. Ursula pensó que recordaría toda la vida aquella imagen de su madre haciendo el saludo nazi. Desde luego, se diría más tarde, aquello sucedió en 1934, cuando el miedo no había mermado y confundido la conciencia de la gente, cuando ella todavía estaba ciega respecto a lo que de veras se avecinaba. Ciega de amor, quizá, o a lo mejor solo era una necia y una obtusa. (Pamela se había dado cuenta, a ella nada le había impedido ver.)

Sylvie había viajado a Alemania para echarle un buen vistazo al inesperado marido de Ursula. Esta se preguntaba qué habría hecho si Jürgen no le hubiera parecido adecuado: ¿drogarla y raptarla y llevársela en el *Schnellzug*? En aquella época seguían en Munich, Jürgen no había empezado a trabajar en el Ministerio de Justicia en Berlín, no se habían instalado en Savignyplatz ni habían tenido a Frieda, aunque a Ursula ya le pesaba el embarazo.

—Qué gracia que vayas a ser madre —comentó Sylvie, como

si aquello fuera algo que nunca se había esperado—. De un alemán —añadió con gesto reflexivo.

—De un niño —la corrigió Ursula.

—Qué bien estar alejada unos días —comentó Sylvie.

¿Alejada de qué?, se preguntó Ursula.

Quedaron para comer un día con Klara, quien después le comentó: «Tu madre es de lo más chic». Ursula nunca había considerado a su madre una mujer con mucho estilo, pero suponía que, si la comparaba con la madre de Klara, frau Brenner, suave y esponjosa como una hogaza de *Kartoffelbrot*, Sylvie parecía sacada de una ilustración de moda.

Al volver de la comida, su madre le dijo que quería pasar por Oberpollingers y comprarle un regalo a Hugh. Cuando llegaron a los grandes almacenes vieron que habían pintado en los escaparates unos eslóganes contra los judíos, y Sylvie comentó: «Caramba, qué desastre». La actividad comercial continuaba en el establecimiento, pero una pareja de sonrientes patanes que llevaban uniformes de las SA deambulaban ante las puertas, lo cual desanimaba a la gente a entrar. No fue el caso de Sylvie, que avanzó por delante de los camisas pardas mientras Ursula la seguía con desgana y subía por la gruesa alfombra de las escaleras. Al verse delante de los uniformes, esbozó un caricaturesco gesto de impotencia y adujo, bastante avergonzada: «Es inglesa». Después pensó que Sylvie no comprendía lo que suponía vivir en Alemania, pero, al considerarlo en retrospectiva, se dijo que quizá su madre lo había entendido perfectamente.

—Ah, aquí llega la comida —dijo Eva dejando la cámara, y le dio la mano a Frieda.

Condujo a la niña a la mesa y le colocó un cojín suplementario antes de llenarle el plato de comida. Pollo, patatas asadas y ensalada, todo el Gutshof. Qué bien comían allí. De postre, para Frieda, un *Milchreis*, con una leche ordeñada aquella misma mañana a las vacas del Gutshof. (Para Ursula un *Käsekuchen* menos infantil, un cigarrillo para Eva.) Ursula se acordó del pudin de arroz de la señora Glover, con una franja amarilla, cremosa y pegajosa debajo de la cubierta crujiente y marrón. Le llegó el olor de la nuez moscada, aunque sabía que en el plato de Frieda no había. No recordaba cómo se llamaba esa especia en alemán y le pareció demasiado complicado explicárselo a Eva. La comida sería lo único que echaría de menos del Berghof, así que más le valía disfrutarla mientras pudiera, pensó, y se sirvió más *Käsekuchen*.

La comida se la servía un pequeño contingente que procedía del ejército de empleados que prestaban servicio en el Berghof. El Berg constituía una curiosa combinación de un chalet de vacaciones alpino y un campo de entrenamiento militar. En realidad era un pueblecito; contaba con un colegio, una oficina de correos, un teatro, un enorme barracón de las SS, un campo de tiro, una bolera, un hospital de la Wehrmacht y mucho más; en realidad, tenía de todo menos iglesia. También había un montón de apuestos y jóvenes oficiales de la Wehrmacht que habrían sido mejores pretendientes para Eva.

Después de comer fueron a la *Teehaus* de Mooslahner Kopf, mientras los perros de Eva soltaban agudos ladridos y saltaban en torno a ellos. (Ojalá uno de ellos se cayera por el parapeto o por el mirador.) Ursula empezaba a notar un dolor de cabeza y se hundió agradecida en una de las butacas de tapicería de lino con flores verdes que le resultaban especialmente ofensivas a la vista. De la cocina les llevaron té (y unos pasteles, como era natural). Ursula se tomó un comprimido de codeína con el té y declaró:

—Creo que Frieda ya está lo bastante bien para que volvamos a casa.

Ursula se acostó todo lo temprano que pudo. Se deslizó entre las frías sábanas blancas de la cama que compartía con Frieda en la habitación de invitados. Demasiado cansada para dormir, a las dos de la mañana seguía despierta, de manera que encendió la lámpara de la mesita de noche —Frieda estaba sumida en el profundo sueño de los niños, solo la enfermedad era capaz de despertarla—; sacó papel y estilográfica y le escribió a Pamela.

Por supuesto, ninguna de esas cartas a Pamela se envió nunca. No podía tener la absoluta seguridad de que no las leería alguien. Sencillamente no se sabía, eso era lo peor de todo (y cuánto peor debía de ser para otros). Se dijo que ojalá no estuvieran en plena canícula, cuando la *Kachelofen* de la habitación de invitados estaba apagada y fría, pues habría sido más seguro quemar la correspondencia. Más seguro sería no haberla escrito nunca. Ya no se podía expresar lo que se pensaba de verdad. «A fin de cuentas, lo cierto es cierto.» ¿De dónde era eso? ¿De *Medida por medida*? Pero quizá lo cierto, la verdad, se había sumido en el sueño hasta el fin de las cuentas. Y, llegado el momento, habría que hacer un verdadero montón de cuentas.

Quería irse a casa. Quería volver a la Guarida del Zorro. Había planeado regresar en mayo, pero Frieda se puso enferma. Lo tenía todo previsto, las maletas hechas y metidas bajo la cama, donde solían guardarse vacías, de modo que Jürgen no tenía motivos para mirar en su interior. Tenía los billetes de tren, los del tren que enlazaba con el barco, y no se lo había dicho a nadie, ni siquiera a Klara. Prefería no tocar los pasaportes —el de Frieda, por suerte, todavía estaba vigente desde el viaje que habían hecho a Inglaterra en 1935— de la caja de púas de puercoespín en la que guardaban todos los documentos. Comprobaba que siguieran allí casi todos los días, pero entonces, el día anterior a la partida, miró en la caja y no estaban. Pensó que se había confundido, rebuscó entre certificados de nacimiento, de fallecimiento y de matrimonio, entre pólizas de seguros y pagarés, el testamento de Jürgen (era abogado, después de todo) y toda clase de papeles, pero lo que buscaba no estaba allí. Presa del pánico, vació el contenido sobre la alfombra y revisó los papeles uno por uno, una y otra vez. Los pasaportes de ellas no estaban, solo el de Jürgen. Desesperada, rebuscó en todos los cajones de la casa, miró dentro de cada armario y caja de zapatos, bajo los cojines del sofá y los colchones. Nada.

Cenaron como de costumbre. Ursula apenas era capaz de tragar.

—¿Te encuentras mal? —le preguntó Jürgen, solícito.

—No —contestó, le pareció que con voz chillona. ¿Qué podía decir? Él lo sabía, claro que lo sabía.

—He pensado que podíamos tomarnos unas vacaciones —dijo Jürgen—. En Sylt.

—¿Sylt?

—Sí, Sylt. Para ir allí no necesitaremos pasaporte.

¿Había sonreído? ¿Sí o no? Y entonces Frieda cayó enferma y solo importó eso.

—*Er kommt!* —exclamó alegremente Eva a la mañana siguiente durante el desayuno. El Führer estaba en camino.

—¿Cuándo? ¿Ahora?

—No, esta tarde.

—Qué pena, ya nos habremos ido —repuso Ursula. «Gracias a Dios», se dijo—. Pero dale las gracias, ¿quieres?

Las llevaron a casa en uno de los Mercedes negros del garaje de Platterhof, y el chófer era el mismo que las había llevado al Berghof.

Al día siguiente, Alemania invadió Polonia.

Abril de 1945

Llevaban meses viviendo en el sótano, como ratas. Cuando los británicos los bombardeaban durante el día y los estadounidenses por la noche, no les quedaba otra. El sótano bajo el edificio de apartamentos en Savignyplatz era húmedo y repugnante, con una lamparita de parafina por toda iluminación y un cubo a modo de retrete, y sin embargo era mejor que los búnkers en la ciudad. En cierta ocasión un ataque diurno las había sorprendido a ella y Frieda cerca del zoológico, y se refugiaron en la torre antiaérea de la estación del Jardín Zoológico, donde había miles de personas hacinadas y se medía el suministro de aire con una vela (como si fueran canarios). Si la vela se apaga, le dijo alguien, todo el mundo tiene que salir al aire libre aunque haya un ataque aéreo en marcha. Cerca de donde se encontraban aplastadas contra una pared, un hombre y una mujer se abrazaban (un término educado para lo que estaban haciendo), y cuando se fueron tuvieron que pasar por encima de un anciano que había muerto durante el bombardeo. Lo peor de todo, peor incluso que todo eso, era que, además de un refugio, la enorme ciudadela de cemento era una gigantesca batería antiaérea, con varios cañones escupiendo fuego en el techo constantemente y haciendo estremecerse todo el refugio con cada retroceso. Era lo más cerca del infierno que Ursula esperaba llegar jamás.

Una enorme explosión zarandeó la estructura, una bomba había caído cerca del zoo. Ursula notó el efecto de succión de la onda expansiva en el cuerpo y le aterrorizó que a Frieda le estallaran los pulmones. El instante pasó. Varias personas vomitaron, aunque por desgracia solo podía hacerse en tus propios pies o, peor incluso, en los pies de otro. Ursula juró que no volvería a entrar jamás en una torre antiaérea. Prefería morir en plena calle y deprisa, se dijo, y con Frieda. Últimamente no paraba de pensar en eso. En una muerte rápida y limpia, con Frieda arrebujada en sus brazos.

Quizá era Teddy quien estaba allí arriba, lanzando bombas sobre ellas. Confió en que fuera él, pues significaría que seguía vivo. Un día llamaron a su puerta, cuando aún tenía puerta, antes de que los británicos empezaran con sus implacables bombardeos en noviembre del 43. Al abrir, se encontró con un jovencito flaco, de unos quince o dieciséis años. Tenía un aire de desesperación y Ursula se preguntó si buscaría dónde esconderse, pero lo que hizo fue ponerle un sobre en la mano y salir corriendo antes de que ella pudiera pronunciar palabra.

El sobre estaba arrugado y sucio. En él aparecían su nombre y su dirección, y se le saltaron las lágrimas al reconocer la letra de Pamela. En finas hojas de papel azul apergaminado, fechadas varias semanas atrás, le contaba con detalle las idas y venidas de su familia: Jimmy en el ejército, Sylvie y su lucha en el frente doméstico («una nueva arma: ¡las gallinas!»). Pamela estaba bien; según decía, ahora vivía en la Guarida del Zorro y tenía cuatro hijos varones. Teddy estaba en la RAF, era jefe de escuadrón con una medalla de Vuelo Distinguido. Era una carta larga y preciosa, y la última página era casi una posdata: «He dejado las noticias tristes para el final». Hugh había muerto. «En el otoño de 1940, plácidamente, de un ataque al corazón.» Ursula deseó no haber recibido aquella carta, deseó poder pensar en Hugh todavía vivo, en Teddy y Jimmy en papeles que no fueran de combatientes, pasando la guerra en una mina de carbón o en la defensa civil.

«Pienso en ti constantemente», decía Pamela. No le recriminaba nada, no decía «Ya te lo dije» ni «¿Por qué no volviste a casa cuando aún podías hacerlo?». Ursula lo había intentado, pero demasiado tarde, por supuesto. El día después de que Alemania le declarase la guerra a Polonia recorrió la ciudad, haciendo las cosas que se suponía que se debían hacer cuando la guerra era inminente. Hizo acopio de pilas, linternas y velas; compró comida en lata y tela para hacer estores con que oscurecer las ventanas; fue a los grandes almacenes Wertheim en busca de ropa para Frieda, de una y dos tallas más por si la guerra se alargaba mucho tiempo. No adquirió nada para ella, pasó de largo todos aquellos abrigos y botas calentitos, medias y vestidos decentes, algo que ahora lamentaba con amargura.

Oyó a Chamberlain en la BBC, aquellas fatídicas palabras suyas: «Este país está en guerra con Alemania», y durante varias horas se sintió extrañamente petrificada. Trató de llamar por teléfono a Pamela, pero todas las líneas estaban saturadas. Luego, hacia el anochecer (Jürgen había pasado todo el día en el ministerio), volvió de pronto a la vida, como Blancanieves. Tenía que irse, tenía que volver a Inglaterra, con pasaporte o sin él. Hizo una maleta a toda prisa y se llevó a Frieda a coger un tranvía hasta la estación. Si conseguían subirse a un tren, todo saldría bien. No había trenes, le dijo un jefe de estación. Las fronteras estaban cerradas.

—Estamos en guerra, ¿no lo sabía?

Ursula corrió a la embajada británica en Wilhelmstrasse, llevando casi a rastras a la pobre Frieda. Eran ciudadanas alemanas, pero se pondría a merced del personal de la embajada; sin duda podrían hacer algo, ella seguía siendo inglesa de nacimiento. A esas alturas ya era casi de noche y se encontraron con la verja cerrada con candado y el edificio a oscuras.

—Se han ido —le dijo un transeúnte—, no ha llegado usted a tiempo.

—¿Que se han ido?

—Han vuelto a Gran Bretaña.

Ursula tuvo que llevarse una mano a la boca para contener el gemido que brotaba de su interior. ¿Cómo podía haber sido tan estúpida? ¿Por qué no había visto lo que se le venía encima? «Un necio advierte el peligro demasiado tarde, cuando ya ha pasado», dijo en cierta ocasión Isabel I.

Después de recibir la carta de Pamela se pasó dos días llorando de forma intermitente. Jürgen se mostró comprensivo y le llevó un poco de café auténtico; ella no le preguntó de dónde lo había sacado. Una buena taza de café (por milagroso que fuera conseguirla) difícilmente mitigaría la pena que sentía por su padre, por Frieda, por sí misma. Por todo el mundo. Jürgen murió en un ataque aéreo estadounidense en el 44. Ursula se avergonzó del alivio que sintió cuando le dieron la noticia, sobre todo por lo afectada que pareció Frieda. Quería a su padre y él a ella, lo cual suponía algo muy valioso que salvar de todo el lamentable asunto que había constituido su matrimonio.

Frieda se encontraba enferma. Su rostro estaba tan demacrado y pálido como el de la mayoría de la gente que se veía en las calles, pero tenía los pulmones llenos de mucosidad y tremendos ataques de tos que no parecían acabarse nunca. Cuando le ponía la oreja contra el pecho era como oír un galeón en el mar, cabeceando y soltando crujidos al hendir las olas. Ojalá pudiera sentarla junto a un buen fuego, darle un cacao caliente, un estofado, unas empanadillas, unas zanahorias. ¿Seguirían comiendo bien en el Berg?, se preguntó. ¿Quedaría alguien en el Berg?

Encima de ellas, el bloque de pisos seguía en pie, aunque una bomba le había arrancado casi toda la fachada. Todavía subían a revolver por ahí en busca de cualquier cosa que resultase útil. Se había librado del saqueo debido a la dificultad casi insalvable de subir por las escaleras, que estaban llenas de escombros. Frieda y ella se ataban pedazos de cojín con trapos en las rodillas y se ponían gruesos guantes de piel que habían pertenecido a Jürgen, y trepaban así sobre las piedras y los ladrillos, como un par de monos muy torpes.

Lo único que no había en el piso era precisamente lo único que les interesaba: comida. El día anterior habían hecho cola durante tres horas para conseguir una barra de pan. Cuando se la comieron, les pareció que no llevaba harina, aunque se hacía difícil saber qué llevaba…, ¿cemento y yeso en polvo? Al menos sabía a eso. Se acordó de la panadería de Rogerson en su pueblo, de cómo el olor a pan flotaba hasta la calle y del escaparate lleno de preciosos panes blancos y blanditos con un glaseado broncíneo y pegajoso. O de la cocina de la Guarida del Zorro los días en que la señora Glover horneaba pan: las grandes barras de pan moreno y «sano» en las que insistía Sylvie, pero también los bizcochos, las tartas y los panecillos. Se imaginó comiéndose una rebanada caliente de pan moreno, con una gruesa capa de mantequilla y mermelada elaborada con frambuesas y grosellas de la Guarida del Zorro. (Se atormentaba constantemente con recuerdos de comida.) Ya no habría más leche, le dijo alguien en la cola del pan.

Por la mañana, fräulein Farber y su hermana frau Meyer, que antes vivían juntas en la buhardilla pero ahora rara vez salían del sótano, le dieron dos patatas y un pedazo de salchicha cocida para Frieda, «Aus Anstand», según ellas, por pura decencia. Herr Richter, residente a su vez en el sótano, le contó a Ursula que las hermanas habían decidido dejar de comer. (Algo que no costaba mucho hacer cuando no había comida, se dijo ella.) Según él, ya no podían más. No eran capaces de enfrentarse a lo que ocurriría cuando llegaran los rusos.

Les llegó el rumor de que en el este la gente se había visto rebajada a comer hierba. Pues qué suerte, pensó Ursula, ya que en Berlín no había hierba, solo el esqueleto ennegrecido de una ciudad orgullosa y hermosa. ¿Estaba Londres así también? No parecía probable, pero sí posible. Speer ya tenía sus nobles ruinas, con mil años de antelación.

El pan incomible de ayer y dos patatas medio crudas el día anterior era cuanto Ursula tenía en el estómago. Todo lo demás, por poco que fuera, se lo había dado a Frieda. Pero ¿de qué le serviría a Frieda si se moría? No podía dejarla sola en aquel mundo tan terrible.

Después del ataque al zoológico, acudieron allí a ver si quedaban animales que pudieran comerse, pero se les había adelantado mucha gente. (¿Podía pasar algo así en su país? ¿Que los londinenses buscaran carroña en el zoo de Regent's Park? ¿Por qué no?)

Todavía veían un pájaro de vez en cuando que claramente no era nativo de Berlín, sobreviviendo contra todo pronóstico, y, en cierta ocasión, se encontraron un animal sarnoso y encogido de miedo que tomaron por un perro y después se dieron cuenta de que era un lobo. Frieda insistió en que se lo llevaran de regreso al sótano y lo convirtieran en su mascota. Ursula no pudo ni imaginar la reacción de su anciana vecina frau Jaeger ante una cosa así.

Su apartamento era como una casa de muñecas, abierta al mundo, con todos los detalles íntimos de su vida doméstica a la vista: camas y sofás, los cuadros en las paredes, incluso un par de adornos que habían sobrevivido a la explosión. Se habían llevado ya cualquier cosa verdaderamente útil, pero aún quedaban algunas prendas de ropa y unos cuantos libros, y el día anterior Ursula encontró un alijo de velas bajo un montón de loza hecha añicos. Confiaba en hacer un trueque con ellas por medicinas para Frieda. Aún quedaba un retrete en el cuarto de baño y a veces, quién sabía cómo, todavía salía agua. Una de las dos sostenía en alto una vieja sábana para proteger el pudor de la otra. ¿Acaso importaba tanto el pudor a aquellas alturas?

Ursula tomó la decisión de volver a vivir en el piso. Hacía frío allí dentro pero el aire no era fétido y le parecía que, a fin de cuentas, sería mejor para Frieda. Aún tenían mantas y colchas con las que envolverse y compartían un colchón en el suelo, tras una barricada formada por la mesa y las sillas del comedor. Pensaba constantemente en las comidas que habían servido en aquella mesa y sus sueños estaban llenos de carne, de cerdo y ternera, grandes tajadas a la parrilla, asadas y fritas.

El apartamento estaba en una segunda planta, y ese hecho, combinado con las escaleras parcialmente inaccesibles, quizá bastara para disuadir a los rusos. Por otra parte, serían muñecas en exhibición en la casa de muñecas, una mujer y una niña listas para convertirse en carnaza. Frieda no tardaría en cumplir once años, pero si una décima parte de los rumores que llegaban del este eran ciertos, su edad no la salvaría de los rusos. Frau Jaeger no paraba de hablar con nerviosismo sobre cómo los rusos se abrían camino hacia Berlín violando y asesinando. Ya no había radio, solo rumores y de vez en cuando algún boletín de noticias. El nombre de Nemmersdorf estaba casi siempre en boca de frau Jaeger («¡Una masacre!»)

—Ay, cállese ya —le espetó Ursula un día.

Lo dijo en inglés, una lengua que la mujer no entendía, por supuesto, aunque debió de captar la acritud en su tono. Frau Jaeger se acobardó visiblemente al oír que se dirigían a ella en la lengua del enemigo, y Ursula se arrepintió; no era más que una anciana asustada, se recordó.

El este se acercaba más y más. Hacía mucho que se había perdido todo interés en el frente occidental, ahora solo les preocupaba el oriental. El estruendo distante de la artillería se veía reemplazado por un fragor constante. No había nadie que pudiera salvarlos. Ochenta mil soldados alemanes para defenderlos de millón y medio de soviéticos, y la mayoría de esos soldados alemanes parecían ser niños o viejos. Quizá a la pobre frau Jaeger le haría falta rechazar al enemigo con un palo de escoba. En cuestión de días, de horas incluso, aparecería el primer ruso.

Corría el rumor de que Hitler había muerto.

—Pues ya era hora —comentó herr Richter.

Ursula recordó haberlo visto dormido en su tumbona en la terraza del Berg. Había sido un pobre actor contoneándose en el escenario. ¿Y para qué? Una suerte de Armagedón. La muerte de Europa.

Era a la vida misma a la que Shakespeare había hecho contonearse en escena, se corrigió. «La vida es una sombra que camina, un pobre actor que se arrebata y contonea y nunca más se le oye.» En Berlín todos eran sombras que caminaban. La vida había sido importantísima una vez, y ahora era lo más barato que había en oferta. Pensó vagamente en Eva, siempre tan indiferente ante la idea del suicidio; ¿habría acompañado a su líder al infierno?

Frieda estaba muy pachucha; tenía escalofríos y fiebre y se quejaba casi constantemente de dolor de cabeza. De no haber estado enferma quizá habrían formado parte del éxodo de gente que se dirigía hacia el oeste, huyendo de los rusos, pero no había posibilidad de que sobreviviera a un viaje así.

—No puedo más, mamá —susurró, en un terrible eco de las hermanas de la buhardilla.

Ursula la dejó sola mientras corría a la farmacia, abriéndose paso sobre los escombros que alfombraban la calle y algún que otro cadáver; ya no sentía nada por los muertos. Se agazapaba en los umbrales cuando el fuego de artillería sonaba muy cerca, y luego correteaba hasta la esquina siguiente. La farmacia estaba abierta, pero no había medicamentos. El farmacéutico ni siquiera quiso sus preciosas velas o su dinero. Ursula volvió, dándose por vencida.

Todo el tiempo que pasó lejos de Frieda sintió angustia de que le ocurriera algo durante su ausencia, y se prometió no volver a apartarse de su lado. Vio un tanque ruso a dos calles de distancia y sintió terror, ¿y cuánto más sentiría Frieda? El ruido del fuego de artillería era constante. Tuvo la sensación de que el mundo llegaba a su fin. Si era así, Frieda debía morir en sus brazos, no sola. Pero ¿en brazos de quién moriría ella? Anheló la seguridad que le transmitía su padre, y pensar en Hugh hizo que se echara a llorar.

Después de trepar por la escalera en ruinas, estaba completamente exhausta. Encontró a Frieda delirando, y se tendió a su lado en el colchón en el suelo. Acariciándole el cabello mojado, le habló en voz baja sobre otro mundo. Le habló de las campanillas en primavera en el bosque cercano a la Guarida del Zorro, de las flores que crecían en el prado más allá del bosquecillo: lino y consuelda, ranúnculo, amapolas silvestres, borbonesas y margaritas. Le habló del olor de la hierba recién segada en un jardín inglés, del aroma de las rosas de Sylvie, del sabor agridulce de las manzanas del huerto. Le habló de los robles en el sendero, de los tejos en el cementerio y de la haya en el jardín de la Guarida del Zorro. Le habló de los zorros, los conejos, los faisanes, las liebres, las vacas y los grandes caballos de tiro. Del sol que arrojaba sus amistosos rayos sobre los campos de maíz y de verduras. Del alegre canto del mirlo, de la lírica alondra, del suave arrullo de las palomas torcaces, del ulular de la lechuza en la oscuridad.

—Tómate esto —le dijo, metiéndole una pastilla en la boca—. La he conseguido en la farmacia, te ayudará a dormir.

Le contó a Frieda que sería capaz de caminar sobre cuchillos por protegerla, de arder en las llamas del infierno para salvarla, de ahogarse en las aguas más profundas si eso la hacía flotar a ella, y le contó que iba a hacer una última cosa por ella, la más difícil de todas.

Abrazó a su hija, la besó y le murmuró al oído, hablándole de

Teddy cuando era pequeño, de la fiesta de cumpleaños sorpresa, de lo lista que era Pamela y lo pesado que era Maurice y lo divertido que había sido Jimmy de pequeñito. Del tictac del reloj en el vestíbulo y del traqueteo del viento en el tubo de la chimenea y de cómo encendían un enorme fuego en Nochebuena y colgaban los calcetines de la repisa y al día siguiente comían ganso asado y pudin de ciruelas, y de que eso harían todos las próximas navidades, todos ellos juntos.

—Todo saldrá bien ahora, ya lo verás.

Cuando tuvo la seguridad de que Frieda se había dormido, cogió la pequeña cápsula de cristal que le había dado el farmacéutico, la metió con suavidad en la boca de Frieda y le cerró las delicadas mandíbulas. La cápsula se rompió con un diminuto crujido. Cuando mordía su propia ampolla de cristal recordó unos versos de los *Sonetos sacros* de Donne. «Corro hacia la muerte, y la muerte me encuentra, presurosa, y todos mis placeres son pasado.» Abrazó con fuerza a Frieda y no tardaron en verse envueltas por las alas de terciopelo del murciélago negro, y aquella vida se tornó irreal y se desvaneció.

Nunca había elegido la muerte en lugar de la vida, y cuando abandonaba esta última, Ursula supo que algo se había agrietado y se había hecho añicos y que el orden de las cosas había cambiado. Entonces la oscuridad borró todos sus pensamientos.

Una guerra larga y dura

Septiembre de 1940

«Ved cómo corre la sangre de Cristo a través del firmamento», dijo una voz allí cerca. «Por el firmamento —pensó Ursula—, no a través.» El rojo resplandor de un falso amanecer indicaba que se había producido un enorme incendio en el este. La artillería de Hyde Park chisporroteaba y lanzaba llamaradas; las baterías antiaéreas que había más cerca de casa tampoco se quedaban atrás y formaban una gran cacofonía; los proyectiles salían disparados, en medio de silbidos, como si fueran fuegos artificiales, y formaban un atronador estruendo cuando explotaban en lo alto. Y por debajo de todo eso se oía el terrible y palpitante zumbido de los motores desacompasados de los bomberos, un sonido que siempre le revolvía el estómago.

Una mina lanzada en paracaídas fue cayendo con lenta elegancia y una cesta de bombas incendiarias desparramó ruidosamente su contenido por lo que quedaba de la calle, provocando ramilletes de fuego. Un voluntario, cuyo rostro Ursula no pudo distinguir, se acercó corriendo a los explosivos con una bomba de mano. Si no hubiera existido todo aquel ruido, aquello podría haber sido un hermoso paisaje nocturno, pero vaya si había ruido, una burda disonancia que hacía pensar que alguien había abierto de par en par las puertas del infierno dejando salir los aullidos de los condenados.

«Porque esto es el infierno y no estoy fuera de él», volvió a decir la voz, como si estuviera leyéndole el pensamiento. Estaba tan oscuro que apenas veía al dueño de esa voz, aunque sabía sin ninguna duda que se trataba del señor Durkin, un miembro de la patrulla de voluntarios de su puesto, un profesor de literatura inglesa jubilado, muy dado a soltar frases célebres. También a citarlas mal. La voz —o el señor Durkin— dijo otra cosa, quizá asimismo perteneciente a *Fausto*, pero las palabras se desvanecieron en el tremendo estallido de una bomba que cayó a un par de calles de distancia.

El suelo tembló y otra voz, de alguien que se afanaba en el terraplén, exclamó:

—¡Cuidado!

Ella oyó que algo se movía y luego un estrépito parecido al de un desprendimiento de piedras precipitándose por una montaña, el preludio de una avalancha. Escombros, no piedras; que formaban un montículo, no una montaña. Los escombros que componían ese montículo era cuanto quedaba de una casa, o más bien de varias casas que ahora estaban derruidas y amontonadas. Media hora antes esos escombros eran hogares; ahora esos mismos hogares se habían convertido en una infernal mezcolanza de ladrillos, vigas y tablas partidas, muebles, cuadros, alfombras, ropa de cama, libros, vajilla, linóleo, vidrio. Personas. Fragmentos aplastados de vidas que jamás se recompondrían.

El ruido sordo fue perdiendo intensidad y acabó por cesar; se frenó la avalancha y la misma voz gritó:

—¡Muy bien! ¡Continúen!

Era una noche sin luna; la única luz procedía de las linternas cubiertas del equipo de salvamento de emergencia, unos espectrales fuegos fatuos que se iban moviendo por encima del montículo. El otro motivo de que reinase esa inmensa y traicionera oscuridad era la densa nube de humo y polvo que pendía en el aire como un velo de gasa infame. El hedor, como siempre, resultaba espantoso. No solo era el olor del gas de carbón y de los fuertes explosivos, sino también la pestilencia insoportable que se extiende cuando un edificio queda reducido a cascotes. Ursula no conseguía desprenderse de ese olor. Se había tapado la boca y la nariz con un viejo pañuelo de seda, como una bandolera, pero apenas impedía que el polvo y el hedor se le metieran en los pulmones. La muerte y la descomposición se le pegaban a la piel, al cabello, a la nariz, se le colaban en los pulmones y bajo las uñas, continuamente. Se habían convertido en parte de ella.

Les acababan de repartir unos monos, de color azul marino y muy poco favorecedores. Hasta entonces, Ursula solía ponerse un traje de protección que le había comprado Sylvie, casi como si fuera un artículo de última moda, en Simpson's, poco después de que se declarara la guerra. Ella le añadió un viejo cinturón de cuero de Hugh, del que colgaban sus «accesorios»: una linterna, la máscara antigás, un paquete de primeros auxilios y un cuaderno. En un bolsillo llevaba una navaja y un pañuelo; en el otro, unos gruesos guantes de piel y una barra de carmín. «Ah, qué buena idea», comentó la señorita Woolf al ver la navaja. Hay que reconocer, pensó Ursula, que por mucho que haya un sinfín de normativas, en realidad lo están improvisando todo.

El señor Durkin, pues en efecto era él, salió de entre las tinieblas y el humo neblinoso. Enfocó su cuaderno con la linterna; la débil luz apenas iluminaba el papel.

—En esta calle vive mucha gente —declaró mientras consultaba la lista de nombres y portales que ya no guardaban relación alguna con el caos circundante—. Los Wilson ocupan el número uno —continuó, como si empezar por el principio pudiera ayudar en algo.

—El número uno ya no existe —dijo Ursula—. Ya no quedan números.

La calle estaba irreconocible; todo aquello que era familiar había quedado aniquilado. Incluso a plena luz del día habría sido irreconocible. Ya no era una calle; se había convertido en «el montículo». De veinte pies de altura, quizá más, con tablones y escaleras apoyados contra los costados para que el equipo de salvamento pudiera avanzar a rastras por encima de él. Había algo rudimentario en la cadena humana que habían formado, para transportar cestas de escombros de mano en mano, desde lo alto del montículo hasta la parte inferior. Podrían haber sido unos esclavos construyendo las pirámides, o, en este caso, excavándolas. Ursula se acordó de pronto de las hormigas podadoras del zoo de Regent's Park: cada una llevaba obedientemente su pequeña carga. ¿Habrían evacuado a las hormigas junto al resto de animales o se habrían limitado a liberarlas en el parque? Eran insectos tropicales, así que cabía la posibilidad de que no pudieran sobrevivir a los rigores del clima de Regent's Park. Allí había visto a Millie en una puesta en escena al aire libre, interpretando *Sueño de una noche de verano*, en el verano de 1938.

—¿Señorita Todd?

—Sí, perdone, señor Durkin, estaba en las nubes.

Últimamente le sucedía con frecuencia: se encontraba en medio de esas escenas espantosas y, sin darse cuenta, empezaba a recordar momentos agradables del pasado. Pequeñas esquirlas de luz en la oscuridad.

Avanzaron con precaución hacia el montículo. El señor Durkin le pasó la lista de los habitantes de la calle y empezó a echar una mano en la cadena de cestos. En realidad nadie cavaba en el terraplén, sino que iban quitando los escombros a mano, como si fueran cuidadosos arqueólogos.

—Lo que se ve ahí arriba impresiona bastante —le dijo un miembro del equipo de salvamento que estaba casi al final de la cadena.

Habían abierto un hueco en medio del montículo (que por tanto era más bien un volcán, se dijo Ursula). Muchos de los hombres del equipo procedían del ramo de la construcción (albañiles, peones, etcétera), y Ursula pensó que quizá les parecía extraño estar desplegándose por encima de aquellos edificios derruidos, como si, en cierto sentido, el tiempo hubiera retrocedido. Pero también eran hombres pragmáticos, con recursos y no propensos a esa clase de fantasías.

De vez en cuando alguna voz pedía silencio, algo imposible cuando el ataque seguía su curso encima de ellos, pero, aun así, todo se detenía mientras los que estaban en lo más alto aguzaban el oído por si les llegaba alguna señal de vida del interior del montículo. Parecía no haber esperanza; sin embargo, si algo les habían enseñado los bombardeos alemanes de Londres era que la gente vivía (y moría) en las circunstancias más inverosímiles.

Ursula aguzó la vista en la oscuridad para ver dónde estaban las tenues luces azules que señalaban la localización del puesto del oficial de incidencias, pero a quien distinguió fue a la señorita Woolf, que se le acercaba con gesto decidido y pisando ladrillos rotos.

—La cosa está muy fea —aseguró en tono neutro cuando llegó donde estaba Ursula—. Necesitan a una persona menuda.

—¿Menuda? —repitió Ursula. La palabra, por algún motivo, le pareció carente de significado.

Se había presentado voluntaria para llevar a cabo labores de vigilancia durante los ataques aéreos después de la invasión de Checoslovaquia en marzo de 1939, cuando, de pronto, le pareció evidente que Europa estaba abocada a la perdición. («Menuda pesimista y menuda agorera estás hecha», le soltó Sylvie, pero Ursula trabajaba ahora en el Departamento de Precauciones frente a Ataques Aéreos del Ministerio de Interior, y podía ver el futuro.) Durante el extraño crepúsculo que había supuesto la llamada «guerra ilusoria» que precedió a los bombardeos, las patrullas de voluntarios parecían un poco ridículas, pero ahora constituían «la columna vertebral de las defensas de la ciudad», según Maurice.

Los otros voluntarios eran de lo más variopinto. La señorita Woolf, una enfermera jefe jubilada, los supervisaba a todos. Delgada y tiesa como un palo, con el cabello de color acero recogido en un moño, toda ella desprendía una autoridad natural. Después estaban su ayudante, el ya mencionado señor Durkin, el señor Simms, que trabajaba en el Ministerio de Suministros, y el señor Palmer, director de un banco. Estos dos últimos habían participado en la guerra anterior y ya eran demasiado mayores para esta (al señor Durkin le habían expedido un «certificado de exención médica», según declaraba con actitud defensiva). También estaba el señor Armitage, que era cantante de ópera y, como ya no había óperas en las que cantar, los entretenía entonando «La donna è mobile» y «Largo al factotum». «Solo las arias populares —le confesó a Ursula—. A la gente no le gustan las cosas exigentes.»

—Yo me quedo con las canciones de Al Bowlly —declaró el señor Bullock.

Este último, llamado John, era un hombre corpulento en quien, según la señorita Woolf, «no se podía confiar del todo». De constitución más que robusta, era luchador profesional y levantaba pesas en un gimnasio de la zona; también frecuentaba algunos de los clubes nocturnos menos recomendables. Mantenía relaciones con varias «bailarinas» bastante sofisticadas. Un par de ellas se habían «pasado» por el refugio a visitarlo, pero la señorita Woolf las espantó como si fueran gallinas. («¿Bailarinas? ¡Ja!», dijo.)

Y en último lugar, aunque no por ello menos importante, estaba herr Zimmerman («Llámenme Gabi, por favor», les pidió, aunque nadie le hizo caso), que era violinista en una orquesta de Berlín y a quien denominaban «nuestro refugiado» (Sylvie tenía evacuados, también designados en virtud de sus circunstancias). Se había «fugado» en 1935 mientras estaba de gira con su orquesta. La señorita Woolf, que lo conoció a través del Comité de Refugiados, hizo un sinfín de gestiones para cerciorarse de que ni a herr Zimmerman ni a su violín los internasen o, peor incluso, para que no los metieran en un barco que fuera a cruzar las aguas letales del Atlántico. Todos seguían el ejemplo de la señorita y no lo llamaban «señor», sino «herr». Ursula sabía que la enfermera empleaba ese apelativo para que él se sintiera como en casa, pero así únicamente conseguía hacer hincapié en su condición de extranjero.

La señorita Woolf había conocido a herr Zimmerman cuando trabajaba en la Fundación Británica para los Judíos Alemanes. («Un nombre demasiado pomposo, me temo.») Ursula no tenía muy claro si la señorita Woolf gozaba de cierta influencia o si, sencillamente, lo que pasaba era que se negaba a aceptar un no por respuesta. Quizá las dos cosas.

—Pues sí que somos cultos aquí, ¿no? —comentó el señor Bullock en tono sarcástico—. Podríamos dedicarnos a montar espectáculos en vez de luchar en esta guerra.

(«El señor Bullock es un hombre de emociones intensas», le dijo a Ursula la señorita Woolf. Y de intenso consumo de alcohol, pensó ella. Intenso en todo, de hecho.)

Les habían requisado un pequeño salón de actos a unos metodistas para establecer su puesto en él, algo de lo que se encargó la señorita Woolf (que también era metodista), y lo amueblaron con un par de catres, un infiernillo con todo lo necesario para preparar el té y varias sillas, tanto de respaldo duro como blando. Comparado con algunos puestos, comparado con muchos, en ese imperaba el lujo.

El señor Bullock se presentó una noche con una mesita de cartas provista de un tapete verde y la señorita Woolf manifestó públicamente su afición al bridge. En la época tranquila que se vivió entre la caída de Francia y los primeros ataques aéreos a principios de septiembre, el señor Bullock los enseñó a todos a jugar al póquer. «Este nos quiere desplumar jugando a las cartas», comentaba el señor Simms. Tanto él como el señor Palmer perdieron varios chelines por haber apostado con el señor Bullock. La señorita Woolf, por otro lado, llevaba dos libras de ganancias cuando empezaron los bombardeos sobre Londres. El señor Bullock dijo, entre divertido y perplejo, que le sorprendía que los metodistas no tuvieran prohibido el juego. Gracias a las victorias de la mujer consiguieron también una diana de dardos, con lo que el señor Bullock no podía quejarse de nada, aseguró ella. Un día, mientras ordenaban un caótico montón de cajas que había en una esquina de la sala, descubrieron un piano que llevaba oculto todo ese tiempo, y resultó que la señorita Woolf (que estaba demostrando ser una mujer con muchas habilidades) lo tocaba muy bien. Aunque prefería obras de compositores como Chopin y Liszt, no le importaba nada lanzarse a interpretar «algunas cancioncillas facilonas» (en palabras del señor Bullock) que todos pudieran cantar.

Habían fortificado el puesto con sacos de arena, pese a que ninguno de ellos creía que fueran a servir de algo si les caía un proyectil. Aparte de Ursula, que pensaba que las precauciones constituían una esencial muestra de sensatez, los demás estaban bastante de acuerdo con el señor Bullock, que declaraba que «si te toca, te toca», con una especie de indiferencia budista que el doctor Kellet habría admirado. En el verano había aparecido la necrológica en el *Times*. Ursula se alegraba mucho de que el médico no hubiera tenido que pasar por otra guerra, porque le habría obligado a pensar en lo inútil que había sido que Guy lo perdiera todo en Arras.

Todos eran voluntarios a tiempo parcial menos la señorita Woolf, que recibía un sueldo, pasaba allí todo el día y se tomaba sus obligaciones muy en serio. Los sometía a rigurosos entrenamientos y se cercioraba de que cumplieran con la instrucción militar para que supieran utilizar las máscaras antigás, desactivar explosivos, entrar en edificios en llamas, colocar a los heridos en las camillas, poner tablillas, vendar extremidades. Les hacía preguntas para comprobar si conocían el contenido de los manuales que les había mandado leer y se mostraba sumamente interesada en que aprendieran a etiquetar cuerpos, tanto vivos como muertos, para que se pudieran mandar como si fueran paquetes al hospital o al depósito de cadáveres junto con la información pertinente. Habían hecho varios ejercicios al aire libre en un simulacro de bombardeo. («Esto no hay quien se lo crea», soltó un burlón señor Bullock, que no adoptó precisamente la actitud adecuada.) A Ursula le tocó dos veces asumir el papel de persona herida: en una ocasión tuvo que simular que se había roto una pierna y, en otra, que se había desvanecido por completo. También le tocó estar «en el otro lado» haciendo de voluntaria y tuvo que tratar al señor Armitage, que encarnaba a alguien que sufría un ataque de histeria. Supuso que la experiencia teatral del hombre lo ayudó a ofrecer una interpretación inquietantemente auténtica. Le costó bastante sacarlo del personaje al final del ejercicio.

Tenían que conocer a los habitantes de todos los edificios del sector, si estos contaban con refugio propio, si acudían a uno público o si también eran fatalistas y les daba todo igual. Tenían que saber si alguien se había marchado o mudado, si alguien se había casado o si había tenido un hijo, o si alguien había muerto. Tenían que saber dónde estaban las bocas de riego, los callejones sin salida, los pasajes angostos, los sótanos, los centros de descanso.

«Patrullar y vigilar» era el lema de la señorita Woolf. Normalmente patrullaban las calles por parejas hasta medianoche, momento en que solía producirse un período de calma, y, si no habían caído bombas en su sector, mantenían una educada discusión para decidir quién ocupaba los catres. Evidentemente, si había un ataque aéreo «en sus calles», entonces a todos les tocaba ponerse a «bombear sin parar», según la expresión de la señorita Woolf. A veces llevaban a cabo la vigilancia desde el apartamento de esta, situado dos pisos más arriba y que contaba con una ventana en una esquina con una vista espléndida.

La señorita Woolf hacía asimismo con ellos ejercicios de primeros auxilios suplementarios. Aparte de haber trabajado como enfermera jefe, también había sido la encargada de un hospital de campaña en la guerra anterior y les explicó («Como ya sabrán los caballeros aquí presentes que prestaron servicio activo en esa espantosa contienda») que los heridos de una guerra no tenían nada que ver con los que sufrían accidentes rutinarios en tiempos de paz. «Esto es mucho peor —declaró—. Tenemos que estar preparados para ver imágenes muy perturbadoras.» Desde luego, ni siquiera ella se había imaginado lo perturbadoras que serían esas imágenes cuando afectaran a civiles y no a soldados del campo de batalla, cuando vieran grandes palas que recogían pedazos de carne sin identificar o que sacaban extremidades minúsculas y desgarradoras de un niño de entre los escombros.

—No podemos mirar hacia otro lado —le dijo a Ursula—. Debemos hacer nuestro trabajo y convertirnos en testigos.

Ursula quiso saber a qué se refería.

—Pues a que tenemos que recordar a esas personas —le aclaró la señorita Woolf— cuando llegue el futuro y haya pasado el peligro.

—¿Y si nos matan a nosotras?

—Entonces otros tendrán que recordarnos.

El primer incidente grave que presenciaron se produjo en una casa enorme situada en medio de una hilera de viviendas adosadas que había recibido el impacto directo de un proyectil. El resto de la calle no sufrió daños, como si la Luftwaffe hubiera elegido precisamente a aquellos ocupantes: dos familias con abuelos, varios niños, dos bebés. Todos sobrevivieron a la explosión al refugiarse en el sótano, pero tanto la cañería de suministro de agua como otra de aguas residuales se rompieron y antes de que se pudieran cortar, los que estaban en el sótano se ahogaron en medio de la inmundicia.

Una de las mujeres consiguió trepar y quedarse pegada a una de las paredes del sótano, donde la vieron a través de un hueco; la señorita Woolf y el señor Armitage se sujetaron agarrándose del cinturón de cuero de Hugh mientras Ursula quedaba casi suspendida por encima del borde de lo que quedaba del sótano; le tendió una mano a la mujer y, durante un instante, le pareció que lograría cogerla, pero esta enseguida desapareció y se sumergió bajo el líquido sucio que iba subiendo hasta llenar el sótano.

Cuando al fin llegaron los bomberos para achicar el agua sacaron quince cadáveres, siete de ellos de niños, y los colocaron delante de la casa, como para que se secaran. La señorita Woolf ordenó que los amortajaran con la mayor celeridad posible y que los ocultaran detrás de un muro hasta que llegara el carro del depósito.

—Resulta desmoralizante ver imágenes así —declaró.

A esas alturas, ya hacía mucho que Ursula había vomitado toda la cena. Le pasaba después de casi todos los incidentes. Al señor Armitage y al señor Palmer también; al señor Simms, antes. Al parecer, solo la señorita Woolf y el señor Bullock tenían estómago y no les afectaba la muerte.

Después Ursula intentó no pensar en los niños pequeños ni en la expresión de terror de aquella pobre mujer que había intentado en vano cogerle la mano (y había otra expresión en su cara, quizá incredulidad, como si aquello no pudiera estar pasando).

—Piensen que ahora están en paz —les dijo después la señorita Woolf en tono firme mientras les repartía un té abrasador y azucarado—. Ya se han librado de todo esto; solo se han ido un poco antes.

—«Todos se han marchado al mundo de luz» —intervino el señor Durkin.

Ursula pensó: «No es así, es "Todos se han ido al mundo de luz"», aunque ella no tenía muy claro que los muertos accedieran a ningún sitio que no fuera un vacío negro e infinito.

—Pues espero que a mí no me toque morir cubierto de mierda —apuntó el señor Bullock, de forma más prosaica.

A Ursula le pareció que no podría sobreponerse a ese primer y terrible incidente, pero el recuerdo que tenía de él ya había quedado sepultado por muchos otros y ahora apenas se acordaba.

—La cosa está muy fea —aseguró la señora Woolf sin alterar el tono de voz—. Necesitan a una persona menuda.

—¿Menuda? —repitió Ursula.

—Poco voluminosa —aclaró la señorita Woolf pacientemente.

—¿Para que se meta entre los escombros? —preguntó ella contemplando horrorizada lo alto del volcán.

No estaba muy segura de tener las agallas necesarias para que la bajaran a las mismas fauces del infierno.

—No, por ahí no —le dijo la supervisora—. Venga.

Empezó a llover a cántaros; a Ursula le costó enormemente seguir a la señorita Woolf y avanzar por el terreno desigual y destrozado, en el que había un sinfín de obstáculos desparramados. La linterna casi no daba luz. Se pilló el pie en una rueda de bicicleta y se preguntó si la montaba alguien al caer la bomba.

—Aquí —anunció la señorita Woolf.

Se hallaban delante de otro montículo, tan grande como el anterior. ¿Se trataba de otra calle o de la misma? Ursula estaba completamente desorientada. ¿Cuántos montículos había? Imaginó brevemente una posibilidad de pesadilla: que toda la ciudad hubiera quedado reducida a un único y gigantesco montón.

Este no era un volcán; los miembros del equipo de salvamento estaban entrando en él a través de un hueco horizontal en uno de los lados. Con mayor vigor esta vez, quitaban los escombros con picos y palas.

—Aquí hay una especie de agujero —dijo la señorita mientras cogía con firmeza la mano de Ursula, como si fuera una niña remolona y tuviese que tirar de ella. Ursula no vio un agujero por ningún lado—. Creo que no existe ningún peligro, solo tiene que conseguir pasar.

—¿Es un túnel?

—No, un agujero, nada más. Al otro lado ha quedado un espacio más profundo, creemos que ahí abajo hay alguien. No muy profundo —aclaró para darle ánimos—. Túnel no hay —repitió—. Entre de cabeza.

Los del equipo de salvamento dejaron de apartar escombros y se quedaron esperando, con gran impaciencia, a Ursula.

Tuvo que quitarse el casco para conseguir colar el cuerpo en el agujero, mientras sostenía la linterna con torpeza y por delante. A pesar de lo que la señorita le había dicho, esperaba encontrarse con un túnel, pero enseguida vio un espacio cavernoso, como si estuviera haciendo espeleología. Sintió alivio al notar que cuatro manos invisibles la sujetaban del viejo cinturón de cuero de Hugh. Apuntó con la linterna en varias direcciones para ver algo, a alguien.

—¡Hola! —gritó mientras iluminaba el profundo hueco.

Delante del vacío se había formado un entramado desigual de tuberías de gas dobladas y madera astillada, reducida al tamaño de cerillas. Se fijó en un hueco que se abría en medio de la caótica mezcolanza mientras intentaba distinguir algo en las tinieblas del fondo. Un rostro vuelto hacia arriba, de un hombre, pálido y espectral, parecía surgir de la oscuridad como una visión, como un prisionero en una mazmorra. Cabía la posibilidad de que ese rostro estuviera unido a un cuerpo, pero no estaba segura.

—Hola —repitió, como si el hombre pudiera responder, aunque ahora había visto que le faltaba parte de la cabeza.

—¿Hay alguien? —preguntó la señora Woolf en tono esperanzado cuando Ursula salió del agujero a gatas y de espaldas.

—Un muerto.

—¿Es fácil sacarlo?

—No.

La lluvia lo volvía todo aún más repulsivo, si es que eso era posible, al convertir el polvillo mojado de los ladrillos en una especie de mugre pegajosa. Tras pasar un par de horas trabajando duramente en esas condiciones, acabaron todos cubiertos de pies a cabeza de aquella sustancia. Era algo demasiado asqueroso para pensar en ello.

Había escasez de ambulancias, el tráfico avanzaba muy lento a causa de un incidente ocurrido en Cromwell Road y se habían retrasado el médico y la enfermera que tendrían que haber estado presentes; las nociones suplementarias de primeros auxilios que la señorita Woolf les había impartido resultaron de lo más provechosas. Ursula entablilló un brazo roto, vendó una herida en la cabeza, puso un parche en un ojo y le inmovilizó el tobillo al señor Simms, que se lo había torcido al pisar el terreno desigual; también les puso etiquetas a dos supervivientes que estaban inconscientes (lesiones en la cabeza, fémur roto, clavícula rota, costillas rotas, algo que seguramente era una pelvis aplastada) y a varios muertos (que presentaban menos complicaciones, estaban muertos y ya está); después los revisó a todos para comprobar que no se hubiesen puesto las etiquetas al revés, por si acababan mandando a los muertos al hospital y a los vivos al depósito de cadáveres. También envió a muchos supervivientes al centro de descanso y a numerosos heridos que deambulaban por ahí al puesto de primeros auxilios que dirigía la señorita Woolf, quien, al ver a Ursula, le pidió:

—A ver si encuentra por ahí a Anthony, por favor. Necesitamos una cantina móvil.

Ursula envió a Tony a hacer el recado. Solo la señorita Woolf lo llamaba Anthony. Tenía trece años, era boy scout y el mensajero del servicio de defensa civil del grupo; se dedicaba a recorrer a toda velocidad y en bicicleta las calles abarrotadas de escombros y cristales. Si Tony fuera hijo suyo, pensó Ursula, lo habría mandado a algún sitio muy lejos de aquella pesadilla en vez de forzarlo a internarse en ella. Evidentemente, él estaba encantado con toda la situación.

Después de hablar con Tony, Ursula volvió a pasar por el agujero porque a alguien le daba la impresión de haber oído un ruido, pero el hombre pálido y muerto estaba tan muerto como antes.

—Hola otra vez —le dijo.

Pensó que podía tratarse del señor McColl, de la calle de al lado.

A lo mejor había ido a visitar a alguien. Mala suerte. Estaba agotada; los muertos, en su descanso eterno, casi inspiraban envidia.

Cuando salió de nuevo del agujero la cantina móvil había llegado. Se enjuagó la boca con té y escupió el polvo de los ladrillos.

—Seguro que antes era toda una dama —le dijo el señor Palmer entre risas.

—Me ofende usted —contestó Ursula con una carcajada—. Creo que sí escupo como toda una dama.

La operación de rescate en el montículo seguía activa aunque sin indicios de que se hubieran obtenido resultados, pero, por lo demás, la tranquilidad se iba apoderando de la noche y la señorita Woolf le dijo a Ursula que volviera al puesto y descansara. Desde lo alto del montón pidieron una cuerda, para bajar a alguien, supuso ella, o para subir a alguien, o las dos cosas.

—Creen que es una mujer —le comentó el señor Durkin.

Ella estaba exhausta, le costaba incluso caminar. Evitaba los escombros en la medida de lo posible; apenas había avanzado unas pocas yardas cuando alguien la agarró del hombro y le dio un tirón hacia atrás con tanta fuerza que se habría caído si esa misma persona no la hubiera sujetado con firmeza para que no perdiera el equilibrio.

—Cuidado, señorita Todd —gruñó una voz.

—¿Señor Bullock?

En los confines del puesto, aquel hombre le producía un poco de inquietud, pero, curiosamente, en ese lugar arrasado le parecía inofensivo.

—¿Qué pasa? —le preguntó—. Estoy un poco cansada.

Él dirigió la linterna hacia delante y dijo:

—¿Es que no lo ve?

—No veo nada.

—Porque no hay nada.

Ella aguzó la vista. Un cráter, enorme: un hoyo sin fondo.

—De entre veinte y treinta pies —añadió el señor Bullock—. Y ha estado usted a punto de caer en él. —La acompañó al puesto y aseguró—: Está demasiado cansada.

Fue agarrándola del brazo durante todo el camino; ella notaba la fuerza de los músculos que la sostenían.

Ya en el puesto, se desplomó en un catre y, más que quedarse dormida, se desvaneció. Se despertó cuando se oyó la sirena que señalaba el final del peligro, a las seis de la mañana. Le pareció que llevaba días durmiendo, pero solo habían sido tres horas.

También andaba por allí el señor Palmer, que trajinaba preparando el té. Ella se lo imaginó en su casa, con pantuflas y una pipa, leyendo el periódico. Le parecía absurdo que estuviera ahí.

—Aquí tiene —le dijo tendiéndole una taza—. Debería irse a casa, querida —añadió—. Ya no llueve.

Como si hubiera sido la lluvia la que le había complicado la noche, y no la Luftwaffe.

No se fue directamente, sino que antes pasó por el montículo para ver cómo avanzaban las labores de rescate. Bajo la luz del día todo parecía distinto; la forma de la mole le resultaba extrañamente familiar. Le recordó algo pero, aunque le hubiera ido la vida en ello, no consiguió saber qué.

Vio una estampa de destrucción absoluta; prácticamente había desaparecido toda la calle, pero el montículo, el original, seguía bullendo de actividad. Pensó que aquel habría sido un buen tema para un artista especializado en imágenes de guerra. *Los excavadores del montículo* sería un buen título. Bea Shawcross había estudiado bellas artes y se licenció justo cuando empezaba la guerra. Ursula se preguntó si se habría sentido impelida a plasmar la guerra o si intentaba trascenderla.

Fue subiendo por la pendiente con suma cautela. Un miembro del equipo de salvamento le tendió una mano para ayudarla. Habían llegado los integrantes de un nuevo turno pero, por lo que se veía, eran los del turno anterior quienes seguían trabajando. Ursula los entendió. Costaba irse del sitio en que se había producido un incidente si, en cierto sentido, te daba la sensación de que era «tuyo».

Se extendió un repentino alboroto de emoción en torno al cráter del volcán cuando al fin llegó el fruto de las delicadas y pesadas labores nocturnas. Estaban sacando a una mujer, con una cuerda atada bajo las axilas (a estas alturas todo rastro de delicadeza ya había desaparecido), sencillamente tirando de ella por la estrecha abertura. Ya en el montículo, se la fueron pasando de unos a otros.

Ursula vio que estaba casi negra de mugre y consciente solo a ratos. Destrozada pero viva, aunque fuera por los pelos. La metieron en una ambulancia que la esperaba pacientemente en la parte inferior.

Ursula bajó también. En el suelo, un cadáver amortajado aguardaba la llegada de la furgoneta del depósito. Ella destapó la cara y reconoció al hombre de rostro pálido de la noche anterior. A plena luz del día vio que, desde luego, era el señor McColl, del número diez.

—Hola, qué tal —le dijo.

Dentro de poco se convertiría en un viejo amigo. En esa situación, la señorita Woolf le habría pedido que lo etiquetara, pero, al buscar el cuaderno, descubrió que lo había perdido y que no tenía dónde escribir. Al hurgar en un bolsillo encontró el lápiz de labios. «Qué remedio», oyó decir a la voz de Sylvie.

Se le pasó por la cabeza escribir algo en la frente del señor McColl, pero le pareció un acto humillante (aunque se dijo: «¿Más humillante que la muerte?»), así que le destapó el brazo, escupió en un pañuelo y le limpió parte de la mugre, como si fuera un niño. Escribió el nombre y la dirección del hombre con el lápiz de labios. De color rojo sangre, lo cual, en realidad, se le antojó de lo más apropiado.

—Bueno, pues adiós. No creo que volvamos a vernos.

Tras evitar el traicionero cráter de la noche anterior, se encontró con la señorita Woolf sentada a una mesa de comedor que habían salvado del desastre, como si estuviera en una oficina dando instrucciones a la gente, diciéndole dónde podían encontrar comida y un techo, dónde conseguir ropa, cartillas de racionamiento y cosas por el estilo. La supervisora de voluntarios seguía animada, aunque a saber cuándo era la última vez que había dormido. La mujer tenía un temple de hierro, de eso no cabía duda. Ursula le había cogido muchísimo cariño, la respetaba casi más que a cualquier otra persona de las que conocía, sin contar a Hugh, quizá.

La cola la formaban los ocupantes de un refugio enorme, muchos de los cuales estaban todavía saliendo del interior y guiñaban los ojos al toparse con la luz, como si fueran animales nocturnos; entonces descubrían que se habían quedado sin un hogar al que volver. Ursula pensó que el refugio no estaba donde debiera, y la calle tampoco. Tardó unos instantes en reorientar el pensamiento y en darse cuenta de que había pasado toda la noche pensando que estaba en otra calle distinta.

—Han sacado a la mujer —le dijo a la señorita Woolf.

—¿Viva?

—Más o menos.

Cuando al fin volvió a Phillimore Gardens vio que Millie estaba despierta y vestida.

—¿Ha ido bien el día? —le preguntó—. Hay té hecho —añadió mientras lo servía y le daba una taza a Ursula.

—Bueno, te lo puedes imaginar —respondió esta cogiendo la taza. El té estaba tibio. Esbozó un gesto de indiferencia—. Bastante espantoso. ¿Ya es esa hora? Me tengo que ir al trabajo.

Al día siguiente le sorprendió encontrar una entrada en las hojas de incidencias de la señorita Woolf, escrita con la caligrafía clara de la supervisora. A veces una carpeta beige acababa convirtiéndose en un misterioso tostón. Ursula no tenía muy claro por qué ciertas cosas acababan llegando a su mesa. «05.00 Informe provisional de incidente. Informe de situación. Víctimas: 55 hospitalizados, 30 muertos, 3 desaparecidos. Siete casas completamente derruidas, unas 120 personas sin hogar; 2 brigadas de bomberos, 2 ambulancias, 2 operaciones de rescate, 2 operaciones de alto riesgo, un perro todavía activo. Las labores continúan.»

Ursula no había visto ningún perro. Aquel solo había sido uno de los muchos incidentes ocurridos en todo Londres esa noche; cogió un fajo de papeles y dijo:

—Señorita Fawcett, esto ya se puede archivar.

Estaba impaciente por que llegara el carrito con el té y el tentempié de las once.

Tomaron el almuerzo al aire libre, en la terraza. Ensalada de patata y huevo, rábano, lechuga, tomate, incluso un pepino.

—Todo cultivado y recogido por la hermosa mano de nuestra madre —dijo Pamela. La verdad era que se trataba de la mejor comida de Ursula desde hacía mucho—. Y para terminar creo que hay una carlota de manzana.

Estaban solas en la mesa. Sylvie había ido a abrir la puerta y Hugh aún no había vuelto de su expedición a examinar una bomba sin estallar que, por lo visto, había caído en un campo del otro lado del pueblo.

Los chicos también comían al fresco, repantigados en el césped, un estofado de ternera y un guiso de judías y maíz (más bien, en el mundo real, unos emparedados de carne de lata y huevos duros). Habían montado un mohoso y viejo tipi que habían descubierto en el cobertizo e iniciado un juego sin reglas de indios y vaqueros, hasta la llegada del carro de la comida (es decir, Bridget con una bandeja).

Los hijos de Pamela eran los vaqueros y a los evacuados no les importaba en absoluto ser los apaches.

—Creo que casa mejor con su carácter —declaró Pamela, que les había hecho unas diademas de cartón a las que pegó unas plumas de gallina.

Los vaqueros tuvieron que conformarse con atarse al cuello unos pañuelos de Hugh. Los dos perros labradores correteaban sumidos en un estado de canino frenesí al captar el bullicio circundante, mientras que Gerald, que solo tenía diez meses, dormía ajeno a todo en una manta al lado de la perra de Pamela, Heidi, demasiado amodorrada para formar parte de la algarabía.

—Al parecer, han decidido que Gerald es una niña india —dijo Pamela—. Al menos, gracias al juego están callados. Lo cual parece un milagro. Y menos mal que todavía hace buen tiempo y pueden jugar fuera. Seis chicos en una casa. Gracias a Dios, ya ha empezado el colegio. Los niños no se cansan nunca, hay que tenerlos entretenidos todo el día. Imagino que tu visita será fugaz, ¿no?

—Eso me temo.

Un valioso domingo para ella sola que había sacrificado para ver a Pammy y los pequeños. Encontró a Pamela agotada, mientras que la guerra parecía animar a Sylvie. Se había convertido en una sorprendente y acérrima defensora del Voluntariado de Mujeres.

—No me lo explico. Las otras mujeres no suelen caerle bien —comentó Pamela.

Sylvie tenía ahora muchísimas gallinas y había subido el nivel de producción de huevos para adecuarlo a los tiempos de guerra.

—Obliga a los pobres bichos a pasarse día y noche poniendo —añadió Pamela—. Cualquiera diría que mamá está al frente de una fábrica de armamento.

A Ursula le parecía complicado conseguir que las gallinas hicieran horas extraordinarias.

—Las convence con su labia —contestó Pamela con una carcajada—. Está hecha toda una criadora de gallinas.

Ursula no mencionó que la habían llamado para actuar en un incidente, en el que un proyectil había caído en una casa cuyos habitantes tenían gallinas en un corral improvisado en el jardín trasero y que, a su llegada, se encontraron a las gallinas, casi todas vivas, sin una sola pluma. «Anda, ya vienen desplumadas», soltó el señor Bullock con una cruel carcajada. Ursula había visto cómo una explosión le arrancaba la ropa a la gente y dejaba los árboles sin hojas en pleno verano, pero tampoco comentaba tales experiencias. Ni mencionaba que se internaba en aguas negras de cañerías rotas, ni, desde luego, que había gente ahogada en esas aguas. Tampoco hablaba del asco que se sentía cuando ponías la mano en el pecho de un hombre y advertías de pronto que tu mano estaba dentro de ese pecho, que habías metido la mano en el interior del pecho. (Era de agradecer que estuviese muerto, suponía Ursula.)

¿Le contaba Harold a Pamela lo que había visto? Ursula no se lo preguntó; sacar el tema en un día tan agradable parecía fuera de lugar. Se acordó de todos los soldados de la guerra anterior que volvieron al hogar y que no comentaban nada de lo que habían visto en las trincheras. El señor Simms, el señor Palmer, y también su propio padre, claro está.

La producción de huevos de Sylvie parecía desempeñar un papel fundamental en una especie de mercado negro rural. Nadie sufría ningún tipo de escasez en particular.

—Aquí se ha impuesto la economía del trueque —le dijo Pamela—. Y vaya si hacen trueques. Seguro que ahora la tenemos en la puerta dedicada a eso.

—Por lo menos aquí no corréis mucho peligro —comentó Ursula.

Aunque ¿era cierto aquello? Se acordó de la bomba sin estallar que Hugh había ido a examinar. Y de lo sucedido la semana anterior, cuando otra bomba cayó en un prado municipal y dejó a las vacas hechas pedazos.

—En esta zona mucha gente ha comido ternera con gran discreción —le contó Pamela—. Incluidos nosotros, me alegra decir.

Por lo visto, Sylvie, que ya había vuelto, consideraba que ese «terrible episodio» los había puesto al mismo nivel que Londres con sus sufrimientos. Encendió un cigarrillo en vez de terminar de comer. Ursula se comió lo que su madre dejó en el plato mientras Pamela cogía un pitillo de la cajetilla de Sylvie y lo encendía.

Salió Bridget y empezó a recoger los platos; Ursula se puso en pie bruscamente y dijo:

—No, no, ya me encargo yo.

Ni Pamela ni Sylvie se levantaron; siguieron fumando en silencio mientras observaban cómo los que estaban en el tipi intentaban defenderse ante una partida de atacantes formada por evacuados. Ursula se sintió desairada. Tanto Sylvie como Pamela hablaban como si lo estuvieran pasando muy mal, mientras que ella trabajaba día tras día, casi todas las noches en una patrulla y presenciaba las imágenes más espantosas. El día anterior, sin ir más lejos, habían tenido que liberar a una persona mientras les iba goteando sangre en la cabeza, perteneciente a un cadáver en el dormitorio del piso superior, al que no podían llegar porque en la escalera había un amasijo de vidrios, que llegaba hasta la rodilla, de una enorme claraboya en lo alto.

—Me estoy planteando volver a Irlanda —le anunció Bridget mientras enjuagaban los platos—. En este país nunca me he sentido acogida.

—Yo tampoco —confesó Ursula.

Al final la carlota de manzana no consistió más que en unas manzanas asadas, porque Sylvie se negó a utilizar el valioso pan rancio para hacer un pudin cuando podía ser más útil si se les daba a las gallinas. En la Guarida del Zorro no se desperdiciaba nada. Los restos de comida eran para las gallinas («Sylvie está pensando en conseguir un cerdo», reveló un desesperado Hugh); los huesos con los que ya se había hecho caldo, al igual que todas las latas y frascos de cristal que no se llenaban de mermelada o conservas agridulces o judías o tomate, se donaban para su reutilización. Los libros de la casa se habían empaquetado para llevarlos a la oficina de correos y mandárselos a los equipos de voluntarios.

—Nosotros ya los hemos leído —dijo Sylvie—. ¿Qué sentido tiene guardarlos?

Hugh regresó y Bridget volvió a salir, refunfuñando, para llevarle un plato.

—¡Oh! —exclamó Sylvie al verlo, y añadió con tono educado—: ¿Vive usted aquí? Oiga, ¿por qué no se sienta con nosotros?

—Sylvie, de verdad… —replicó Hugh, con mayor acritud de la acostumbrada—. A veces eres tan infantil…

—Si lo soy, es por culpa del matrimonio —repuso ella.

—Recuerdo haberte oído decir que para una mujer no había mejor vocación que el matrimonio —dijo él.

—¿Ah, sí? Debió de ser en nuestros años mozos.

Pamela enarcó las cejas mirando a Ursula y esta se preguntó cuándo habrían empezado sus padres a pelearse tan abiertamente; iba a preguntarle su padre por la bomba pero entonces Pamela soltó, muy animada, para cambiar de tema:

—¿Cómo está Millie?

—Bien —contestó Ursula—. Resulta muy fácil compartir casa con ella. Aunque casi nunca la veo en Phillimore Gardens. Se ha metido en una organización de artistas que colaboran en la guerra. Está en no sé qué compañía que recorre las fábricas para entretener a los trabajadores a la hora de la comida.

—Pobrecillos —comentó Hugh con una carcajada.

—¿Con obras de Shakespeare? —preguntó Sylvie con gesto dubitativo.

—Creo que ahora no le hace ascos a nada. Cancioncillas aquí y allá, comedias, ya te imaginas.

No parecía que Sylvie se lo imaginara.

—Me estoy viendo con un chico —soltó Ursula.

Los pilló a todos desprevenidos, incluso a sí misma. Lo había hecho más que nada para darle un poco de vida a la conversación. Pero tendría que haber sido más lista.

Se llamaba Ralph. Vivía en Holborn y era un amigo nuevo, un «compañero» que había conocido en clase de alemán. Antes de la guerra era arquitecto, y Ursula suponía que después de ella volvería a serlo. Si alguien seguía vivo, claro. (¿Podría Londres quedar borrado del mapa, como Cnosos o Pompeya? Seguramente los cretenses y los romanos habían ido por ahí repitiendo «Esto lo superaremos» en medio de la catástrofe.) Ralph tenía muchas ideas para reconstruir los barrios pobres erigiendo en ellos modernas torres. «Una ciudad para las personas», repetía, añadiendo que sería un lugar «que surgiría de las cenizas de la antigua como el ave fénix, modernista hasta la médula».

—Parece todo un iconoclasta —dijo Pamela.

—No le va la nostalgia, como a nosotros.

—Ah, ¿a nosotros nos va la nostalgia?

—Pues sí —afirmó Ursula—. La nostalgia se basa en algo que

nunca ha existido. Nosotros nos imaginamos una Arcadia del pasado, Ralph la ve en el futuro. Las dos son igual de irreales, desde luego.

—¿Palacios coronados por nubes?

—Algo así.

—Pero ¿el chico te gusta?

—Sí.

—¿Y habéis...? Bueno, eso.

—¡Pero bueno! ¿Qué pregunta es esa?

Ursula soltó una carcajada. Sylvie había vuelto a la puerta; Hugh estaba en el césped, con las piernas cruzadas, simulando que era el gran jefe Toro Veloz.

—Una pregunta muy buena —repuso Pamela.

Pues resultó que no lo habían hecho. Quizá si él hubiera sido más ardiente... Ella se acordó de Crighton.

—En cualquier caso casi no queda tiempo para...

—¿El sexo? —la interrumpió Pamela.

—Iba a decir para un noviazgo, pero sí.

Sylvie volvió e intentaba separar a los dos grupos que mantenían un conflicto armado en el jardín. Como enemigos, los evacuados demostraban un espíritu muy poco deportivo. A Hugh lo habían atado con una vieja cuerda de tender la ropa.

—¡Socorro! —le dijo a Ursula moviendo los labios pero sin emitir ningún sonido, aunque en realidad sonreía como un colegial.

A ella le alegró verlo tan feliz.

Antes de la guerra, el cortejo por parte de Ralph (o por parte de ella, quién sabe) se habría traducido en bailes, salidas al cine, agradables cenas *à deux*, pero ahora, normalmente, acababan en lugares arrasados por una bomba, como curiosos que contemplan unas ruinas antiguas. Habían descubierto que las vistas que se disfrutaban desde el piso superior del autobús número 11 resultaban en especial indicadas para ese propósito.

Era posible que esto se debiera más a cierta perversión presente en las personalidades de ambos que a la guerra en sí. Al fin y al cabo, otras parejas conseguían mantener los rituales.

Habían «visitado» la galería Duveen del Museo Británico, Hammonds, al lado de la Galería Nacional, y el enorme cráter de la estación de metro de Bank, tan grande que habían tenido que construir un puente temporal por encima de él. Los grandes almacenes John Lewis, que todavía ardían cuando llegaron: los maniquíes ennegrecidos de los escaparates estaban desparramados por toda la acera, las prendas arrancadas.

—¿Te parece que somos morbosos? —le preguntó Ralph.

—No, somos testigos —respondió Ursula.

Seguramente al final acabaría acostándose con él. Tampoco había grandes motivos para no hacerlo.

Bridget salió con el té y un bizcocho.

—Creo que debería ir desatando a papá —dijo Pamela.

—Toma una copa —le dijo Hugh mientras le servía un vaso de whisky de malta de una licorera de cristal tallado que guardaba en su despacho—. Últimamente vengo aquí cada vez más —añadió—. Este es el único sitio donde me siento en paz. Los perros y los evacuados tienen la entrada estrictamente prohibida. Por cierto, me preocupo por ti.

—Yo también me preocupo por mí.

—¿Hay mucha sangre?

—Muchísima. Pero creo que es lo que hay que hacer. Creo que no nos equivocamos.

—¿Una guerra justa? Ya sabes que casi toda la familia de los Cole sigue en Europa. El señor Cole me ha contado cosas espantosas, cosas que les están pasando a los judíos. Creo que aquí nadie quiere enterarse. Bueno —añadió mientras alzaba la copa y trataba de animar el ambiente—, ¡a meterse esto entre pecho y espalda! Brindo por el final.

Ya había caído la noche para cuando Ursula se marchó, y Hugh la acompañó hasta la estación.

—Me temo que estamos sin gasolina, tendrías que haberte ido antes —comentó pesaroso. Llevaba una linterna potente y nadie iba a decirle a gritos que la apagara—. Tampoco creo que esto vaya a servir para alertar de nuestra presencia a un Heinkel.

Ursula le contó que las fuentes de luz causaban un pavor casi supersticioso a los equipos de salvamento, incluso cuando estaban en medio de un ataque aéreo, rodeados de edificios incendiados, de explosivos y llamaradas. Como si una pequeña linterna fuera a cambiar algo.

—En las trincheras conocí a uno —le contó Hugh— que encendió una cerilla y, hala, así, de repente, un francotirador alemán le voló la cabeza. Era un buen hombre —añadió con semblante reflexivo—; se apellidaba Rogerson, como los panaderos del pueblo. Aunque no eran parientes.

—No me lo habías contado.

—Te lo estoy contando ahora —contestó Hugh—. Que te sirva de lección; no asomes la cabeza del parapeto, mantén tu luz bajo un fanal.

—No hablas en serio, ¿verdad?

—Pues sí. Te prefiero cobarde que muerta, osita. Y a Teddy y Jimmy también.

—Eso tampoco lo dices en serio.

—Sí. Ya hemos llegado: está tan oscuro que podrías tropezarte con la estación sin llegar a verla. Ah, mira, aquí está Fred. Buenas noches, Fred.

—Hola, señor Todd, señorita Todd. Este es el último tren de la noche —dijo Fred Smith, que hacía mucho tiempo que había ascendido de fogonero a maquinista.

—No es exactamente un tren —repuso Ursula, perpleja: había locomotora, pero no vagones.

Fred volvió la cabeza y miró más allá del andén hacia donde deberían haber estado los vagones, como si se le hubiera olvidado su ausencia.

—Ah, sí, es verdad; la última vez que los vieron, colgaban del puente de Waterloo. Es una larga historia —añadió, aunque era evidente que no le apetecía contarla.

Ursula no pudo explicarse que estuviera allí la locomotora sin los vagones, pero la expresión de Fred era algo hosca.

—Entonces no podré volver a casa esta noche —aventuró ella.

—Bueno —dijo Fred—, tengo que volver a la ciudad con la locomotora, el vapor funciona y voy con un fogonero, el bueno de Willie, así que si quieres subir, señorita Todd, creo que podemos llevarte.

—¿De veras?

—Será un poco más sucio que en los asientos acolchados, pero si estás dispuesta…

—Desde luego.

La locomotora parecía impaciente por salir, así que la joven abrazó brevemente a Hugh.

—Hasta pronto.

Dicho lo cual, subió los peldaños que llevaban a la plataforma del maquinista y se acomodó en el asiento del fogonero.

—Ten mucho cuidado en Londres, osita, ¿eh? —le pidió Hugh, que levantó la voz para que no la ahogara el silbido del vapor—. ¿Me lo prometes?

—¡Te lo prometo! —exclamó ella—. ¡Hasta pronto!

Cuando el tren emprendió la marcha entre resoplidos, se volvió en el asiento e intentó distinguir a su padre en el andén a oscuras. Sintió una repentina punzada de culpabilidad por haberse puesto a jugar al escondite con los chicos después de cenar. Lo que tendría que haber hecho, como había apuntado Hugh, era marcharse cuando aún había luz. Ahora su padre tendría que volver solo por aquel camino oscuro. (De repente se acordó de la pobre Angela, tantos años antes.) Hugh no tardó en desaparecer envuelto en la oscuridad y el humo.

—Vaya, sí que es emocionante esto —le dijo a Fred.

Ni se le pasó por la cabeza que jamás volvería a ver a su padre.

Emocionante era, en efecto, pero también algo aterrador. La locomotora era una tremenda bestia de metal que avanzaba rugiendo en la oscuridad, con el poder en bruto de una máquina que ha cobrado vida; temblaba y se mecía como si tratara de echar a Ursula de sus entrañas. La joven nunca se había parado a pensar en cómo funcionaba la sala de máquinas. La había imaginado, si es que lo había hecho alguna vez, como un lugar más o menos sosegado: el maquinista concentrado en las vías que se extendían ante él mientras el fogonero iba echando paletadas de carbón alegremente. Sin embargo, lo que vio fue una actividad incesante, una conversación continua entre el fogonero y el maquinista relativa a las pendientes y la presión, unas paletadas frenéticas que se detenían abruptamente, un estruendo perpetuo, el calor casi insoportable de la caldera, el mugriento hollín de los túneles cuya entrada, por lo visto, no impedían las láminas de metal que se habían colocado para que hubiera más luz en la cabina. ¡Hacía muchísimo calor!

—Más que en el infierno —admitió Fred.

Pese a las limitaciones de velocidad propias de tiempos de guerra, daba la impresión de que iban al menos el doble de deprisa que cuando ella había viajado en un vagón (en «los asientos acolchados», pensó; debía recordar la expresión para repetírsela a Teddy, quien, aunque ahora era piloto, no había abandonado su sueño de la infancia de convertirse en maquinista).

A medida que se aproximaban a Londres fueron distinguiendo unos incendios en el este y les llegó el lejano repiqueteo de las armas de fuego, pero cuando se acercaron a la zona de clasificación de vagones y a las cocheras reinaba un silencio casi fantasmal. Frenaron hasta quedar inmóviles y de pronto, por suerte, reinó la calma.

Fred la ayudó a bajar de la cabina.

—Ya estamos, señorita —le dijo—. Hogar, dulce hogar. Bueno, no del todo, me temo. —De repente pareció titubear—. Debería acompañarte a casa pero tenemos que dejar en su sitio esta locomotora. ¿Puedes volver sola a partir de aquí?

Daba la impresión de que estuvieran en medio de la nada,

solo había vías y señales y las sombras amenazadoras de las locomotoras.

—Ha caído una bomba en Marylebone. Estamos en la parte posterior de la estación de King's Cross —comentó Fred, como si le hubiera leído el pensamiento—. La cosa no es tan complicada como parece. —Encendió una linterna de luz más que tenue, que apenas iluminaba un poco más allá—. Hay que tener cuidado —añadió—, este sitio constituye un objetivo militar muy importante.

—No me va a pasar absolutamente nada —aseguró ella, con un optimismo más acentuado del que sentía—. No te preocupes por mí, y gracias. Buenas noches, Fred.

Echó a andar con actitud decidida, pero un instante después tropezó con un riel y soltó un gritito de dolor al darse un fuerte golpe en la rodilla contra los afilados bloques de piedra de la vía.

—Dame la mano, señorita Todd —dijo el maquinista mientras la ayudaba a ponerse en pie—. No podrás orientarte en la oscuridad. Vamos, te acompaño hasta la entrada.

La cogió del brazo y se puso en marcha, guiándola tan tranquilamente como si estuvieran dando un paseo dominical por el Embankment. Ella se acordó de que, cuando era más joven, Fred le gustaba bastante. Y le pareció que no le costaría demasiado que le volviera a gustar.

Llegaron a dos enormes puertas de madera; él abrió una más pequeña que quedaba enmarcada en una de ellas.

—Creo que ya sé dónde estoy —declaró Ursula. En realidad no tenía la menor idea, pero no quería causarle más molestias a Fred—. Pues muchas gracias de nuevo, quizá volvamos a vernos la próxima vez que me pase por la Guarida del Zorro.

—No creo —repuso él—. Mañana ingreso en el cuerpo auxiliar de bomberos del ejército. Hay muchos vejetes como Willie que pueden llevar los trenes.

—Me alegro por ti —dijo ella, aunque pensaba en lo peligroso que era el cuerpo de bomberos.

Era el apagón más negro de todos los tiempos. Ursula avanzaba con una mano extendida ante sí y acabó chocándose con una mujer que le reveló dónde estaban. Continuaron juntas alrededor de media milla. Después de seguir sola unos minutos más, oyó unos pasos detrás y dijo «Hola» para que el dueño de esos pasos no se diera un topetazo contra ella. Era un hombre, apenas una silueta en la oscuridad que se convirtió en su acompañante hasta Hyde Park. Antes de la guerra a nadie se le habría ocurrido cogerse del brazo de un completo desconocido, menos aún si era hombre, pero ahora el peligro que venía del cielo parecía mucho mayor que cualquier cosa que pudiera sucederle a una de resultas de esa extraña intimidad.

Le pareció que debía de faltar poco para el amanecer cuando llegó a Phillimore Gardens, pero apenas era medianoche. Millie, de punta en blanco, acababa de llegar de pasar la noche fuera.

—¡Ay, Dios! —exclamó al ver a Ursula—. ¿Qué te ha pasado? ¿Te ha caído una bomba encima?

Ursula se contempló en el espejo y advirtió que estaba embadurnada de hollín y polvo de carbón de la cabeza a los pies.

—Vaya, con esta pinta doy miedo.

—Pareces una minera —aseguró Millie.

—Más bien una maquinista —repuso ella, tras lo cual le contó en dos palabras las aventuras de esa noche.

—Vaya —exclamó Millie—, conque Fred Smith, el hijo del carnicero. Estaba de muy buen ver.

—Seguramente aún lo está. Traigo huevos de la Guarida del Zorro —anunció mientras sacaba del bolso la caja de cartón que Sylvie le había dado.

Los huevos estaban rodeados de paja, pero se habían resquebrajado y roto por culpa de las sacudidas de la vía, o como resultado de su caída en la cochera.

Al día siguiente se las apañaron para preparar una tortilla con los que pudieron salvar.

—Qué buenos —alabó Millie—. Deberías pasar por tu casa más a menudo.

Octubre de 1940

—Una noche ajetreada, qué duda cabe —declaró la señorita Woolf.

Esas palabras se quedaban más que cortas. Estaban en medio de un monumental ataque aéreo, con bombarderos que cruzaban zumbando el firmamento y lanzaban un destello de vez en cuando, cuando incidía en ellos un reflector. Las bombas HE emitían resplandores y rugidos y las enormes baterías producían un estrépito puntuado por crujidos; la algarabía de siempre. Los obuses silbaban o aullaban en su ascenso a una milla por segundo hasta que titilaban y despedían un brillo intermitente, como estrellas, antes de extinguirse. Los fragmentos caían en medio de un ruido tremendo. (Pocos días antes, el primo del señor Simms había muerto a causa de varios impactos de metralla procedente de la artillería antiaérea de Hyde Park. «Es una pena que maten a los tuyos —reflexionó el señor Palmer—. No tiene ningún sentido.») Un resplandor rojizo por encima de Holborn indicaba dónde había caído una bomba de gasolina. Ralph vivía allí, pero Ursula supuso que en una noche como aquella habría ido a la catedral de Saint Paul.

—Casi parece un cuadro, ¿verdad? —comentó la señorita Woolf.

—Del Apocalipsis, quizá —respondió Ursula.

Delante del telón que formaba la noche negra, los incendios que se habían desatado ardían en un sinfín de tonalidades: escarlata y oro y naranja, índigo y un tono amarillo enfermizo. De vez en cuando unos verdes y azules muy intensos salían despedidos al cielo allí donde el fuego había prendido en algún producto químico. Unas llamaradas de color naranja y un denso humo negro se elevaban formando volutas de un almacén.

—Esto hace que las cosas se vean con una perspectiva distinta, ¿verdad? —reflexionó la señorita Woolf.

En efecto, eso pasaba. Aquello parecía tanto imponente como terrible al lado de sus mugrientas e insignificantes labores.

—Me siento orgulloso —declaró el señor Simms en voz baja—. De que estemos luchando así, me refiero. Completamente solos.

—Y con todas las de perder —añadió la supervisora.

Veían todo lo que sucedía a orillas del Támesis. Unos globos de defensa formaban puntos en el cielo, como si fueran ballenas ciegas que subían y bajaban en medio de un elemento que no era el suyo. Salían del tejado de la Shell-Mex House, edificio que ahora ocupaba el Ministerio de Suministros, donde trabajaba el señor Simms, que había invitado a Ursula y la señorita Woolf a que «contemplaran la vista desde lo alto».

—Espectacular, ¿eh? Brutal pero a la vez extrañamente espléndido —comentó el señor Simms, como si estuvieran por encima de una de las cataratas del Distrito de los Lagos y no en un edificio del Strand en medio de un ataque aéreo.

—Bueno, no sé si lo de espléndido me convence mucho —objetó la señorita Woolf.

—Churchill subió la otra noche —añadió el funcionario—. Desde aquí se ve todo perfectamente. Se quedó fascinado.

Después, cuando Ursula y la señorita Woolf se quedaron solas, esta última le dijo:

—La verdad es que tenía la impresión de que el señor Simms ocupaba un puesto de rango inferior en el ministerio, por lo tímido que es, pero debe de tener un nivel importante si ha estado con Churchill en el tejado.

(Uno de los auxiliares de incendios que estaban de guardia lo había saludado diciendo: «Buenas noches, señor Simms», con ese respeto que la gente consideraba necesario demostrarle a Maurice, aunque, en el caso del señor Simms, se le brindaba con menos reticencias.)

—Es modesto —añadió la señorita Woolf—. Eso me gusta en un hombre.

«Pues a mí me gustan los que no lo son», pensó Ursula.

—Desde luego, es todo un espectáculo —reconoció la supervisora.

—¿Verdad que sí? —confirmó un entusiasmado señor Simms.

Ursula supuso que todos advertían lo raro que resultaba que estuvieran admirando el «espectáculo» cuando eran tan dolorosamente conscientes de lo que aquello implicaba en la calle.

—Es como si los dioses hubieran organizado una fiesta especialmente ruidosa —dijo el funcionario.

—Una a la que preferiría que no me invitaran —apostilló la señorita Woolf.

Un conocido y aterrador sonido sibilante los llevó a ponerse a cubierto, pero las bombas estallaron a cierta distancia, y, aunque oyeron las explosiones de forma atronadora, no vieron dónde habían dado. A Ursula se le antojaba muy extraño pensar que tenían encima unos bombarderos alemanes pilotados por unos hombres que en lo esencial eran iguales que Teddy. No eran malos, solo hacían lo que su país les había pedido. La maldad estaba en la guerra, no en los hombres. Aunque en el caso de Hitler hacía una excepción.

—Ah, sí —convino la señorita Woolf—. Yo creo que ese hombre está loco de remate.

En ese momento, para su sorpresa, una cesta llena de bombas incendiarias apareció bajando en picado y se estrelló, con toda su ruidosa carga, contra el techo del ministerio. Los explosivos estallaron soltando chispas y los dos voluntarios se acercaron a ellos a toda prisa cargados con bombas de agua. La señorita Woolf cogió un cubo de arena y se les adelantó.

(«Qué rapidez para una mujer de su edad», solía ser el comentario del señor Bullock cuando veía a la supervisora sometida a situaciones acuciantes.)

—¿Y si esta fuera la última noche del mundo? —dijo una voz conocida.

—Ah, señor Durkin, ha conseguido venir —respondió el señor Simms en tono afable—. ¿No ha tenido problemas con el portero?

—No, no, sabía que me esperaban —respondió el señor Durkin, como haciendo hincapié en su propia importancia.

—¿Qué pasa, no queda nadie en el puesto? —farfulló la señorita Woolf, sin dirigirse a nadie en concreto.

De repente, Ursula se sintió impelida a corregir al recién llegado:

—¿Y si la actual fuera la última noche del mundo? —puntualizó—. La palabra «actual» lo cambia todo, ¿no les parece? Transmite la sensación de que, de algún modo, se está en medio de la situación, como nosotros, en vez de contemplando un concepto teórico y ya está; no hay vuelta atrás, se ha acabado todo, se terminaron las vacilaciones.

—Madre mía, cuánto lío por una sola palabra —dijo el señor Durkin con tono de fastidio—. Pero me he equivocado, evidentemente.

A Ursula le parecía que esa única palabra podía cambiar mucho el significado. Si había un poeta que se mostrara puntilloso con las palabras era Donne, a quien, después de haber sido el deán de la catedral de Saint Paul, lo habían enterrado en un lugar humillante en el sótano del templo. Ya muerto, había sobrevivido al gran incendio de Londres, ¿sobreviviría también a este? La tumba de Wellington era demasiado voluminosa para desplazarla, así que la cubrieron con ladrillos. Ralph había hecho una visita guiada con Ursula; era vigilante nocturno de la catedral, y lo sabía todo sobre ella. No era tan iconoclasta como Pamela había supuesto.

Cuando salieron a la claridad de la tarde, él le propuso:

—¿Intentamos tomar un té en algún sitio?

—No, vamos a Holborn, a tu casa, a acostarnos juntos —respondió Ursula.

Eso hicieron, y ella se sintió fatal porque no pudo evitar acordarse de Crighton mientras Ralph acoplaba con gentileza su cuerpo al de ella. Después la vergüenza pareció apoderarse de él, como si ya no supiera cómo estar a su lado.

—Soy la misma persona que era antes de que lo hiciéramos —afirmó Ursula.

—Pues yo no estoy seguro de serlo —replicó él.

Y ella pensó: «Ay, Dios mío, era virgen», pero él soltó una carcajada y aseguró que no, que no, que no lo era, en absoluto, lo único que pasaba era que estaba enamoradísimo de ella «y ahora me siento..., no sé..., sublimado».

—¿Sublimado? —repitió Millie—. Eso parecen paparruchas sentimentales. Te ha puesto en un pedestal, ya verás cuando descubra que tienes los pies de barro.

—Muchas gracias.

—¿He mezclado las metáforas o se me ha ocurrido una imagen de lo más inteligente?

Millie, cómo no, siempre había...

—¿Señorita Todd?

—Lo siento. Se me ha ido la cabeza.

—Deberíamos volver a nuestro sector —dijo la señorita Woolf—. Es extraño, pero da la impresión de que aquí nos encontramos a salvo.

—Sin embargo, estoy segura de que no lo estamos —aseguró Ursula.

Y tenía razón, pues al cabo de pocos días la Shell-Mex House sufrió graves desperfectos al recibir el impacto de una bomba.

Estaba montando guardia junto a la señorita Woolf en su apartamento. Sentadas ante la gran ventana del rincón, tomaban té con galletas; podrían haber sido dos mujeres cualesquiera que pasaban juntas la tarde, de no haberse oído el estruendo y el repiqueteo de las descargas de artillería. Ursula se enteró de que la señorita Woolf se llamaba Dorcas (un nombre que nunca le había gustado) y de que su prometido (Richard) había muerto en la Gran Guerra.

—Todavía la sigo llamando así —le confesó—, aunque esta es más grande. Por lo menos en esta ocasión luchamos por la causa justa, o eso espero.

La señorita Woolf creía en la guerra, pero su fe religiosa había empezado a «tambalearse» desde el inicio de los bombardeos.

—Sin embargo, debemos aferrarnos a lo bueno y a lo verdadero. Aunque lo azaroso parece imperar. Me surgen dudas sobre los designios divinos y todo eso.

—Más parece un desastre que un designio —convino Ursula.

—Y los pobres alemanes..., dudo que entre ellos haya muchos que estén a favor de la guerra, aunque, sin duda, cosas así no se pueden decir en presencia de personas como el señor Bullock. No obstante, si hubiéramos sido nosotros los perdedores de la Gran Guerra, si hubiésemos tenido que soportar la losa de una deuda inmensa mientras la economía mundial se venía abajo, entonces a lo mejor también nos habríamos convertido en un polvorín a la espera de la chispa..., de alguien como Mosley, o algún otro personaje igualmente espantoso. ¿Más té, querida?

—Es verdad —dijo Ursula—, aunque también es cierto que intentan matarnos, no es por nada.

Como si alguien quisiera ilustrar esa afirmación, oyeron los silbidos que anunciaban que una bomba se acercaba a ellas, y se escondieron con notable celeridad detrás del sofá. No parecía muy probable que aquello bastara para salvarlas, y, sin embargo, apenas dos noches antes habían sacado a una mujer, casi ilesa, de debajo de un sofá volcado en una casa que, por lo demás, quedó prácticamente destruida.

La bomba hizo que temblaran las jarritas para la leche de porcelana de Staffordshire del aparador de la señorita Woolf, pero ambas coincidieron en que había caído fuera de su sector. En aquella época, las dos sabían interpretar con precisión los sonidos que emitían las bombas.

También estaban sumamente desanimadas porque el señor Palmer, el director de banco, había muerto al estallar una bomba de efecto retardado durante un incidente en el que intervenían. Al explotar, la bomba se lo llevó por los aires, y el hombre fue arrojado a cierta distancia; lo encontraron medio enterrado y debajo de un armazón de cama de hierro; no tenía las gafas, si bien no parecía haber sufrido grandes heridas.

—¿Le nota el pulso? —le preguntó la señorita Woolf.

A Ursula le dejó bastante perpleja que se lo preguntara, cuando la supervisora era mucho más capaz que ella de tomarle el pulso a alguien; pero se dio cuenta de que la señorita estaba muy afectada.

—Las cosas son distintas cuando conoces a la persona —aseguró la dama mientras acariciaba la frente del señor Palmer—. ¿Dónde estarán sus gafas? Sin ellas tiene un aspecto raro, ¿no?

Ursula no le notó el pulso.

—¿Lo movemos? —propuso.

Lo agarró por los hombros y la señorita Woolf por los tobillos y el cuerpo del señor Palmer se desmigajó como una galleta.

—Puedo poner más agua caliente en la tetera —propuso la señorita Woolf.

Para animarla, Ursula le contó anécdotas de la infancia de Jimmy y Teddy. De la de Maurice ni se molestó. A la dama le gustaban mucho los niños, lo único que lamentaba en la vida era no haberlos tenido.

—Si Richard no hubiera muerto, quizá… Pero no podemos mirar atrás, solo hacia el futuro. Lo pasado, pasado está. ¿Cómo era aquello que decía Heráclito? ¿Que nadie puede bañarse dos veces en el mismo río?

—Más o menos. Creo que la idea se expresa mejor con la frase «Una persona puede meterse dos veces en el mismo río pero el agua siempre será distinta».

—Es usted una joven muy inteligente —aseguró la señorita Woolf—. No eche a perder su vida, ¿eh? Si sobrevive.

Ursula había visto unas semanas antes a Jimmy, que pasó dos días de permiso en Londres y pernoctó en el sofá que Millie y ella tenían en Kensington.

—Tu hermano pequeño se ha convertido en un hombre de lo más guapo —le dijo su amiga.

Millie tendía a considerar a todos los hombres guapos, en un sentido u otro, y propuso que salieran esa noche a divertirse; Jimmy accedió enseguida y declaró que ya llevaba demasiado tiempo encerrado. «Es hora de que disfrute un rato.» A Jimmy siempre se le había dado bien divertirse. Aunque la juerga estuvo a punto de acabar antes de empezar porque había una bomba sin explotar en el Strand, y se refugiaron en el hotel Charing Cross.

—¿Qué? —le preguntó Millie a Ursula cuando se sentaron.

—¿Qué de qué?

—Tienes un gesto curioso, ese que pones cuando intentas acordarte de algo.

—U olvidarte de algo —añadió Jimmy.

—No estaba pensando en nada —dijo Ursula.

Era algo insignificante, un recuerdo fugaz apenas esbozado. Una tontería, como siempre: un arenque ahumado en un estante de la despensa, una sala con linóleo verde, un aro de juguete de los de antes que rodaba sin hacer ruido. Momentos envueltos en una neblina, imposibles de aprehender.

Ursula fue al aseo de señoras, donde se encontró con una chica que lloraba ruidosamente hecha un pequeño desastre. Iba muy maquillada y el rímel se le había corrido por las mejillas. Ursula ya se había fijado en la muchacha: estaba tomando una copa con un hombre mayor que ella, a quien Millie calificó de «baboso». De cerca, la chica parecía mucho más joven. La ayudó a arreglarse el maquillaje y a secarse las lágrimas, pero no quiso entrometerse para enterarse de la causa del llanto.

—Esto es por culpa de Nicky —le contó la muchacha voluntariamente—. Es un cabrón. El joven que la acompaña a usted parece estupendo, ¿le apetece que nos montemos un cuarteto? Puedo conseguir que nos dejen entrar en el Ritz, en el bar Rivoli, conozco a uno de los porteros.

—Bueno —contestó Ursula con semblante de duda—, es que ese joven en realidad es mi hermano, y no creo que...

La muchacha le dio un codazo bastante fuerte en las costillas y soltó una carcajada.

—Lo decía en broma. Disfrútenlo ustedes dos, ¿eh?

Le ofreció a Ursula un cigarrillo, que esta rechazó. La joven llevaba una pitillera de oro que parecía valiosa.

—Es un regalo —le dijo cuando la pilló mirándola.

La cerró con brusquedad y se la tendió para que la contemplara. En la tapa había un espléndido grabado de un buque de guerra, y debajo se veía únicamente la palabra «Jutlandia». Si la abría otra vez, Ursula sabía que en la parte interior de la tapa se encontraría con las iniciales A y C entrelazadas, el anagrama de Alexander Crighton. De forma instintiva, acercó la mano para cogerla, pero la chica la apartó de un tirón y dijo:

—Bueno, tengo que irme. Ya estoy hecha un primor. Parece usted buena persona —declaró, como si alguien hubiera puesto en duda la bondad del carácter de Ursula. Le tendió la mano y añadió—: Por cierto, me llamo Renee, por si nos volvemos a ver por ahí, aunque dudo que frecuentemos los mismos *endroits*, como se suele decir.

Su pronunciación en francés era perfecta. Qué extraño, pensó Ursula. Estrechó la mano que le ofrecía, caliente y tersa, como si la chica tuviera fiebre.

—Encantada. Me llamo Ursula.

La joven (Renee) se contempló en el espejo por última vez, con semblante de aprobación.

—Hala, pues *au revoir* —dijo, y salió.

Cuando Ursula volvió a la cafetería, Renee no le hizo el menor caso.

—Qué chica tan rara —le comentó a Millie.

—Lleva toda la noche haciéndome ojitos —intervino Jimmy.

—Pues la pobrecita ha cogido el pimiento por las hojas, ¿verdad, cariño? —dijo Millie mientras lo miraba pestañeando de forma ridícula e histriónica.

—Rábano —la corrigió Ursula—. Lo que se coge por las hojas es el rábano.

Estuvieron tomando copas, formando un trío de lo más alegre, en antros extraños que, por lo visto, Jimmy conocía perfectamente. Incluso Millie, experta conocedora de los clubes nocturnos, manifestó su sorpresa al ver algunos de los sitios en los que acabaron.

—¡Madre mía! —exclamó la chica cuando salieron de un local de Orange Street, ya de regreso—. Nunca había visto nada igual.

—Un *endroit* diferente —dijo Ursula con una carcajada.

Estaba bastante borracha. Era una palabra tan propia de Izzie que le resultaba raro habérsela oído a aquella joven, a Renee.

—Prométeme que no te morirás —le dijo Ursula a Jimmy mientras caminaban dando tumbos como ciegos.

—Haré todo lo que pueda —repuso Jimmy.

Octubre de 1940

«Todo hombre nacido de mujer tiene una vida corta y llena de zozobras. Es como una flor que brota y luego se marchita; pasa como una sombra y no permanece.»

Lloviznaba. Ursula sintió el impulso de sacar el pañuelo y secar la mojada tapa del ataúd. Al otro lado de la tumba abierta Pamela y Bridget hacían las veces de columnas: sostenían a Sylvie, tan devastada por el dolor que apenas se tenía en pie. Ursula sentía que se le endurecía y encogía el corazón con cada sollozo que brotaba del pecho de su madre. Durante los meses anteriores Sylvie había tratado a Hugh con una impertinencia innecesaria, y ahora esa gran congoja se le antojaba falsa.

—Eres demasiado dura con ella —le dijo Pamela—. Nadie sabe lo que pasa en la intimidad de un matrimonio, y cada pareja es distinta.

Jimmy, a quien habían mandado al norte de África la semana anterior, no consiguió que le dieran un permiso por asuntos familiares, pero Teddy apareció en el último momento. Radiante y elegante de uniforme, había vuelto de Canadá con sus «alas» prendidas («Como un ángel», dijo Bridget) y lo destinaron a Lincolnshire. Nancy y él permanecieron fuertemente abrazados durante el entierro. Nancy no dio detalles sobre su trabajo («cosas administrativas»), y a Ursula le pareció reconocer las estrategias de disimulo dictadas por la Ley de Secretos Oficiales.

La iglesia estaba atestada; casi todo el pueblo acudió a despedir a Hugh. Sin embargo, el funeral resultó algo frío, como si el invitado de honor no hubiera podido ir; algo que no había hecho, evidentemente. A Hugh no le habría gustado que se armara revuelo. En cierta ocasión le había dicho a su hija: «A mí me podéis sacar a la calle con la basura, no me importará».

El servicio religioso no tuvo nada de especial: recuerdos y lugares comunes intercalados con fuertes dosis de doctrina anglicana, aunque a Ursula le sorprendió lo bien que el pastor parecía conocer a Hugh. El comandante Shawcross leyó un fragmento de las Bienaventuranzas, de forma muy conmovedora, y Nancy «uno de los poemas preferidos del señor Todd», lo cual sorprendió a todas las mujeres de la familia, que no sabían que Hugh fuera aficionado a la poesía. Nancy declamaba bien (en realidad, mejor que Millie, que se pasaba de dramática).

—Es de Robert Louis Stevenson —añadió la joven—. Cuyas palabras pueden resultar pertinentes en estos tiempos tan duros.

En la tempestad y la aflicción, en la tribulación
venid a mí porque yo os daré reposo y descanso.
No temáis ni dudéis; abandonad la preocupación;
oíd la voz del redentor y ved cómo despunta el alba.

Aquí sufrís y lucháis, pecáis, sangráis y morís,
pero en la mansión de mi padre pronto reposaréis.

Aguantad un poco más la carga que arrostráis,
pues ya llega el salvador, ya está aquí la libertad.

—Menudas paparruchas —musitó Pamela—, pero unas paparruchas extrañamente consoladoras.

Junto a la tumba, Izzie dijo en voz baja:

—Tengo la sensación de que estoy esperando a que pase algo terrible y luego me doy cuenta de que ya ha sucedido.

Izzie había vuelto de California pocos días antes de la muerte de Hugh. Tras tomar, de forma bastante admirable, un agotador vuelo de la Pan Am de Nueva York a Lisboa, allí cogió otro de la BOAC a Bristol.

—Vi dos cazas alemanes por la ventana —contó—. Juro que creí que nos iban a atacar.

Añadió que había llegado a la conclusión de que, en cuanto británica, estaba mal pasar tranquilamente la guerra entre naranjales. La indolencia no era para ella, afirmó (pese a que Ursula habría dicho que era precisamente su especialidad). Esperaba, al igual que su marido, el famoso dramaturgo, que le encargaran guiones en la industria cinematográfica, pero solo le llegó una oferta, un drama histórico «muy tonto» que fue abortado antes de que pasara del papel a la realidad. A Ursula le dio la impresión de que el guión no estaba a la altura («demasiado ingenioso»). En cambio, no abandonó las historias de Augustus: *Augustus en la guerra*, *Augustus y el rescate*, etcétera. Tampoco ayudaba, comentaba Izzie, que aspirantes a estrella de Hollywood rodearan al famoso dramaturgo y que él fuera lo bastante vacuo para que le parecieran fascinantes.

—La verdad es que nos hemos acabado aburriendo el uno del otro, ya está —confesó—. Pasa en todas las parejas, es inevitable.

Fue Izzie quien encontró a Hugh. «Estaba en una tumbona del jardín.» Los muebles de mimbre se habían descompuesto hacía mucho tiempo y los sustituyeron por tumbonas más resistentes. A Hugh no le gustó en absoluto la irrupción de la madera plegable y la lona. Habría preferido morirse en un diván de mimbre. Ursula no paraba de pensar en esos detalles intrascendentes. Le pareció que era más fácil ocuparse de aquellas cosas que asumir la cruda realidad de la muerte de su padre.

—Yo creía que se había dormido ahí fuera —contó Sylvie—, así que no lo molesté. El médico dijo que fue un ataque al corazón.

—Parecía sosegado —le dijo Izzie a Ursula—. Como si en el fondo no le importara irse de este mundo.

Ursula creía que seguramente le importaba muchísimo, pero eso no consolaría a ninguna de las dos.

Con su madre habló poco. Sylvie siempre parecía estar a punto de marcharse de la habitación, y decía: «No me puedo estar quieta». Llevaba una vieja chaqueta de lana de Hugh. «Tengo frío, mucho frío», repetía, como alguien que acabara de sufrir un trauma. La señorita Woolf habría sabido cómo tratarla. Seguramente le habría dado un té caliente y dulzón y le habría dicho unas palabras, aunque ni a Ursula ni a Izzie les apetecía hacer ni una cosa ni otra. A Ursula le pareció que estaban actuando de forma bastante vengativa, pero también tenían que ocuparse de su propia pena.

—Me quedaré con ella unos cuantos días —anunció Izzie.

A Ursula le pareció muy mala idea y se preguntó si Izzie solo pretendía evitar las bombas.

—Pues entonces más le vale irse buscando una cartilla de racionamiento —le soltó Bridget—. Porque se está usted comiendo todo lo que tenemos en casa.

A la criada la había afectado mucho la muerte de Hugh. Ursula se la había encontrado llorando en la despensa; le dijo «Lo siento mucho», como si el muerto fuera pariente de la empleada y no suyo. Bridget se secó las lágrimas vigorosamente con el delantal y le respondió:

—Tengo que preparar el té del funeral.

Ursula solo se quedó dos días más y pasó casi todo el tiempo ayudando a Bridget a ordenar las cosas de Hugh. («Yo no puedo», declaró Sylvie. «Ni yo», añadió Izzie. «Entonces nos toca a usted y a mí», le dijo Bridget a Ursula.) Las prendas de Hugh eran tan reales que parecía absurdo que el hombre a quien habían pertenecido hubiera desaparecido. Ursula sacó un traje del armario y lo abrazó. Si Bridget no se lo hubiera quitado de las manos y no hubiese afirmado: «Es muy bueno, alguien agradecerá tenerlo», podría haberse metido en el armario y haber renunciado a seguir viviendo. A esas alturas Bridget ya había reprimido por completo sus emociones, gracias a Dios. Demostraba una entereza muy encomiable en esos momentos trágicos. No cabía duda de que su padre lo habría valorado.

Metieron la ropa de Hugh en paquetes de papel de estraza atados con cordel, y el lechero los recogió con el carro y se los llevó al Voluntariado de Mujeres.

El dolor volvió a Izzie muy vulnerable; deambulaba por la casa siguiendo a Ursula e intentaba recordar a Hugh y evocar así su presencia. Ursula supuso que todos hacían lo mismo; tan imposible era asimilar que ya no lo verían más, que todos empezaban a reconstituir la figura del padre como por arte de magia, sobre todo Izzie.

—No recuerdo qué fue lo último que me dijo. Ni lo que yo le dije a él.

—Da exactamente igual —respondió Ursula.

¿Quién sentía un pesar mayor, la hija o la hermana? Entonces se acordó de Teddy.

Ursula trató de recordar cuáles eran las últimas palabras que ella le había dicho a su padre. Llegó a la conclusión de que lo último fue un despreocupado «Hasta pronto». Menuda ironía.

—Nunca sabemos cuándo será la última vez —le dijo a Izzie, aunque esas palabras sonaron trilladas incluso para sus propios oídos.

A esas alturas había visto a tanta gente angustiada que ya era insensible a ese sentimiento. Con excepción del momento en que se abrazó al traje de su padre (que consideraba un incidente ridículo, como si hubiera sentido el capricho de llevar esa prenda), había confinado la muerte de Hugh a algún recóndito rincón de su cabeza para volver después a ella y examinarla. Quizá cuando todos los demás hubieran terminado de hablar.

—Y la verdad es que… —empezó a decir Izzie.

—Por favor —la interrumpió Ursula—. Tengo un dolor de cabeza tremendo.

Ursula estaba recogiendo huevos de los ponederos cuando Izzie entró en el gallinero, arrastrando los pies. Las aves cloqueaban sin cesar; daba la impresión de que echaban de menos las atenciones de Sylvie, la gallina clueca.

—La verdad es que —repitió— hay una cosa que me gustaría contarte.

—Ah —dijo Ursula, distraída por culpa de una gallina especialmente fértil.

—Tuve un hijo.

—¿Cómo?

—Que soy madre —respondió Izzie, sin poder resistirse, por lo visto, a darles un matiz dramático a sus palabras.

—¿Has tenido un hijo en California?

—No, no —aclaró su tía con una carcajada—. Fue hace mucho tiempo. Era prácticamente una niña. Tenía dieciséis años. Lo tuve en Alemania; me mandaron al extranjero con gran oprobio, como puedes imaginar. Un niño.

—¿En Alemania? ¿Y lo diste en adopción?

—Sí. Bueno, más bien lo dieron otros en mi lugar. Hugh se encargó de todo; estoy segura de que encontró una familia estupenda. Pero convirtió al crío en un rehén del destino, ¿no? Pobre Hugh; en esa época era como el pilar de la familia. Mi madre no quiso saber nada del asunto. Pero él tuvo que enterarse de cuál era el apellido de la familia, de dónde vivían y todo eso.

Las gallinas empezaban a montar un tremendo alboroto.

—Vamos fuera —propuso Ursula.

—Siempre he pensado —continuó Izzie cogiéndose del brazo de Ursula para salir con ella al jardín— que algún día hablaría con Hugh de lo que había hecho con el niño, y que quizá intentaría dar con él. Con mi hijo —añadió; pronunció la palabra como si fuera la primera vez que la decía. Empezaron a caerle lágrimas por las mejillas. Por una vez, sus emociones parecían sinceras—. Y ahora Hugh ya no está y nunca sabré qué fue del niño. Bueno, que ya no es un niño, claro, tiene la misma edad que tú.

—¿Que yo? —repitió Ursula, como si tratara de asimilar la idea.

—Sí. Pero es el enemigo. Puede que ande sobrevolando nuestro país. —De forma automática, ambas levantaron la vista y contemplaron el azul cielo otoñal, en el que no se veían ni amigos ni rivales—. Que haya ingresado en las fuerzas armadas. A lo mejor está muerto, o acaba muriendo si esta maldita guerra continúa. —Izzie ya sollozaba abiertamente—. Madre mía, cabe incluso la posibilidad de que se haya criado en una familia judía. Hugh no era antisemita, más bien lo contrario, era muy amigo de… tu vecino, ¿cómo se llama?

—El señor Cole.

—Sabes lo que les están haciendo a los judíos en Alemania, ¿verdad?

—¡Pero bueno! —exclamó Sylvie, quien se materializó de pronto, como una bruja mala—. ¿Se puede saber por qué estáis montando esta escena?

—Deberías venirte conmigo a Londres —le dijo Ursula a Izzie, a quien le resultaría más sencillo enfrentarse a las bombas de la Luftwaffe que a Sylvie.

Noviembre de 1940

La señorita Woolf los estaba deleitando con un pequeño recital de piano.

—Un poco de Beethoven —les dijo—. No es que yo sea Myra Hess, pero he pensado que podría gustarles.

Acertó en ambas afirmaciones. El señor Armitage, el cantante de ópera, le preguntó si podía acompañarlo mientras él cantaba «Non più andrai» de *Las bodas de Fígaro* y la supervisora, que aquella velada se mostraba en particular dispuesta a todo, le dijo que lo intentaría. Fue una ejecución emocionante («Inesperadamente viril», dictaminó la señorita), y nadie protestó cuando el señor Bullock (lo cual no sorprendió a los presentes) y el señor Simms (lo cual sí resultó sorprendente) participaron también ofreciendo una versión bastante subida de tono.

—¡Ah, esa me la sé! —exclamó Stella.

Lo cual resultó cierto en lo relativo a la melodía pero no a la letra, pues se dedicó a tararear con gran entusiasmo: «la, la, la, li, la, la», etcétera.

Poco antes habían asignado dos voluntarios más al puesto. El primero, el señor Emslie, era tendero y procedía de otro puesto, pues una bomba lo había dejado sin casa, sin tienda y sin sector.

Al igual que el señor Simms y, antes de él, el señor Palmer, también era veterano de la guerra anterior. La segunda incorporación venía con un pasado más exótico. Stella era una de las «coristas» del señor Bullock y confesó (sin el menor reparo) ser «artista de striptease», a lo que el señor Armitage, el cantante de ópera, replicó:

—Aquí todos somos artistas, cielo.

—Menudo mariposón está hecho ese hombre —farfulló el señor Bullock—; si hubiera ingresado en el ejército, se habría curado.

—Lo dudo —repuso la señorita Woolf.

(Por cierto que la cuestión planteaba la duda de por qué al fornido señor Bullock no lo habían llamado a filas.)

—Bueno —concluyó este—, tenemos a un judío, un marica y una putilla; parece el numerito gracioso de un musical.

—Es la intolerancia lo que nos ha llevado a la situación actual, señor Bullock —lo reprendió suavemente la señorita Woolf.

Desde la muerte del señor Palmer todos estaban bastante crispados, incluso la supervisora. Ursula pensaba que les convenía más dejar las discusiones para tiempos de paz. Aunque aquello no solo se debía a la muerte de su antiguo compañero, sin duda, sino también a la falta de sueño y a los incesantes ataques aéreos de las noches. ¿Cuánto tiempo podían seguir así los alemanes? ¿Siempre?

—Ah, pues no lo sé —dijo la señorita Woolf en voz baja mientras preparaba el té—. Lo peor es esta sensación de suciedad, como si fuera imposible volver a estar limpio, como si la pobre Londres tampoco pudiera volver a estar limpia otra vez. ¡Es que todo está tan desastrado…!

Por tanto, fue un alivio que reinara la armonía durante aquel pequeño e improvisado concierto; todos parecían estar de mejor humor del que habían mostrado últimamente.

Después de *Fígaro*, el señor Armitage les ofreció una interpretación a capela y tan apasionada de «O mio babbino caro» («Qué versátil es —comentó la señorita Woolf—, siempre había creído que era un aria para una mujer») que todos aplaudieron a rabiar. Entonces herr Zimmerman, el refugiado, dijo que para él sería un honor tocar algo ante ellos.

—Y después tú te desnudas, ¿verdad, cariño? —le preguntó el señor Bullock a Stella.

—Si quieren… —contestó esta haciéndole un guiño de complicidad a Ursula.

(«Vaya suerte la mía, siempre acabo rodeado de rojillas bolcheviques», se quejaba el señor Bullock, con frecuencia.)

—Pero ¿ha traído el violín? —preguntó la señorita Woolf con gesto de preocupación—. ¿Es seguro tenerlo aquí?

Era la primera vez que se presentaba en el puesto con el instrumento. Según la supervisora era muy valioso, y no solo desde un punto de vista económico, sino que, como el hombre había dejado a toda su familia en Alemania, el violín era lo único que le quedaba de su vida anterior. La señorita Woolf reveló que había mantenido una «charla» de madrugada «desgarradora» con herr Zimmerman sobre la situación alemana.

—Resulta que las cosas andan muy mal por allí.

—Ya lo sé —dijo Ursula.

—¿Ah, sí? —preguntó la señorita, reaccionando con interés—. ¿Tiene amigos allí?

—No, a nadie. Pero a veces esas cosas se saben sin más.

Herr Zimmerman sacó el violín y dijo:

—Deben perdonarme, no soy solista. —Después anunció, casi con semblante de disculpa—: Bach. *Sonata en sol menor.*

—Es curioso que escuchemos tanta música alemana —susurró la señorita Woolf al oído de Ursula—. La belleza sublime lo trasciende todo. Quizá después de la guerra también sirva como curación. Acuérdese de la *Novena sinfonía: Alle Menschen werden Brüder.*

Ursula no contestó porque herr Zimmerman había levantado el arco y estaba a punto de empezar su interpretación; un profundo silencio se apoderó del lugar, como si estuvieran en una sala de conciertos y no en un puesto destartalado. El silencio se debió en parte a la calidad de la ejecución («Sublime», dictaminó después la señorita Woolf. «Precioso», dijo Stella), y posiblemente al respeto que les inspiraba el rango de refugiado del músico; pero, además, la pieza transmitía cierta sensación de amplitud que hizo posible que todos sintieran que disponían del espacio suficiente para sumirse en sus propias cavilaciones. Sin darse cuenta, Ursula empezó a pensar en la muerte de Hugh; en su ausencia, más que en su muerte. Habían pasado quince días desde su fallecimiento y todavía esperaba volver a verlo. Esas eran las reflexiones que había dejado postergadas para un momento futuro, y ese futuro llegó de repente. Le alivió que las lágrimas no le dieran vergüenza; en cambio, se sumió en una espantosa melancolía. Como si notara esas emociones, la señorita Woolf extendió el brazo y le dio la mano con fuerza. Ursula percibió que también la supervisora casi vibraba de emoción.

Cuando terminó la música se produjo un momento de silencio puro y profundo, como si el mundo hubiera dejado de respirar, y después, en lugar de halagos y aplausos, lo que interrumpió el sosiego fue un aviso de alerta morada: «bombarderos dentro de veinte minutos». Se hacía extraño pensar que esos avisos los mandaban, desde la Sala de Guerra de la Región 5, las chicas que manejaban los teletipos.

—Vamos, vamos —dijo el señor Simms poniéndose en pie con un profundo suspiro—, hay que salir de aquí.

Cuando todos hubieron salido llegó la alerta roja. Con suertes, disponían de doce minutos para meter a la gente en los refugios mientras detrás de ellos aullaba la sirena.

Ursula nunca recurría a los refugios públicos; había algo en la aglomeración de cuerpos, algo claustrofóbico, que le ponía los pelos de punta. Habían vivido un incidente particularmente espeluznante cuando una mina con paracaídas cayó en un refugio de su sector. Ella pensó que prefería morir al aire libre antes que atrapada como un zorro en su madriguera.

Hacía una noche preciosa. Una luna creciente y su cortejo de estrellas horadaban el velo negro de la noche. Ursula se acordó del elogio de Romeo a Julieta: «Parece pender del rostro de la noche como una joya de la oreja de un etíope». Esa noche se sentía inclinada a la poesía; algunos habrían dicho, incluso ella, que se había puesto excesivamente poética como consecuencia de su profunda tristeza. El señor Durkin ya no estaba allí para equivocarse con las citas célebres, pues había sufrido un ataque al corazón en el transcurso de un incidente. Se estaba recuperando, «gracias a Dios», según la señorita Woolf, que hizo un hueco para ir a verlo al hospital; Ursula no se sentía culpable de no haberlo hecho. Hugh había muerto y el señor Durkin no; a ella no le quedaba en el alma mucho espacio para la compasión. El señor Simms cubrió el puesto de ayudante de la supervisora que ocupaba el enfermo.

Comenzó el estruendo de la guerra. El ruido atronador de la cortina de fuego y los motores de los bombarderos en el cielo marcaban un ritmo monótono y desigual que le daba náuseas. Las descargas de los cañones, los reflectores que hendían el cielo con sus dedos, la callada espera del horror; todo eso no tardó en echar por tierra cualquier atisbo de poesía.

Cuando llegaron al lugar de los hechos ya estaban allí los equipos del gas y el agua, la Brigada de Bombas, los equipos de rescate ligero y pesado, los camilleros, la furgoneta del depósito de cadáveres (que durante el día utilizaba un panadero). La maraña que formaban las mangueras del cuerpo auxiliar de bomberos alfombraba la calle, donde un edificio ardía con bastante intensidad, soltando chispas y lanzando ascuas. A Ursula le pareció ver de refilón a Fred Smith, con el rostro brevemente iluminado por las llamas, pero llegó a la conclusión de que se lo había imaginado.

El equipo de rescate mostró la misma prudencia de siempre al utilizar las linternas y los faroles, pese a que el incendio ardía con fuerza detrás de ellos. Sin embargo, todos sin excepción llevaban un cigarrillo en la comisura de la boca, pese a que los del gas no habían evacuado la zona y a que, para más inri, la presencia de la Brigada de Bombas indicaba que podía explotar una bomba en cualquier momento. Todos seguían cumpliendo con su cometido (qué remedio), displicentes ante la posibilidad de que se produjera un desastre. O quizá a algunos (y Ursula pensó que en aquellos días quizá ella pertenecía a ese grupo) ya les daba igual todo.

La invadió la incómoda sensación, una premonición tal vez, de que esa noche las cosas saldrían mal.

—Ha sido la música de Bach —la tranquilizó la señorita Woolf—, que perturba el ánimo.

Al parecer esa calle se extendía por dos sectores y el oficial de incidentes que estaba de servicio discutía con dos voluntarios que lo declaraban de su competencia. La supervisora no se sumó a la pelea porque resultó que aquello no había ocurrido en su sector. Sin embargo, la gravedad del incidente era tan evidente que la señorita anunció que su puesto debía colaborar, echar una mano y hacer caso omiso de lo que les dijeran.

—Estamos incumpliendo la ley —dijo el señor Bullock con semblante de satisfacción.

—De eso nada —replicó ella.

En la mitad de la calle que no ardía habían caído numerosos proyectiles, y el olor intenso y ácido de los ladrillos pulverizados y la cordita se les metió enseguida en los pulmones. Ursula intentó pensar en el prado al otro lado del bosquecillo en la Guarida del Zorro. Lino y consuelda, amapolas silvestres, borbonesas y margaritas. Pensó también en la fragancia del césped recién cortado y en el frescor de la lluvia estival: era un nuevo divertimiento estratégico para luchar contra los olores agresivos de una explosión.

—¿Y funciona? —le preguntó un curioso señor Emslie.

—Pues la verdad es que no —contestó Ursula.

—Yo antes pensaba en el perfume de mi madre. April Violets. Pero ahora, por desgracia, cuando intento acordarme de mi madre lo único que me viene a la cabeza es un bombardeo.

Ursula le ofreció un caramelo de menta al señor Emslie y le dijo:

—Esto ayuda un poco.

Cuanto más se acercaban al lugar de los hechos, más grave

parecía el incidente (según la experiencia de Ursula, lo contrario no sucedía casi nunca).

Lo primero con que se encontraron fue una estampa espeluznante: cuerpos revueltos y desparramados, muchos de los cuales no eran más que torsos sin extremidades, como maniquíes de sastre a los que la explosión hubiese arrancado la ropa. A Ursula le recordaron a los maniquíes que había visto con Ralph en Oxford Street después de la bomba en los grandes almacenes John Lewis. Como aún no había encontrado a ningún herido con vida, un camillero se dedicaba a recoger extremidades, brazos y piernas que sobresalían entre los escombros; daba la impresión de que pretendiera recomponer después a los muertos. Ursula se preguntó si alguien se dedicaría a eso en los depósitos de cadáveres, a tratar de ensamblar las piezas de los cuerpos, como si fueran macabros rompecabezas. A algunas personas ya resultaba imposible recomponerlas, evidentemente; dos hombres del equipo de salvamento se dedicaban a recoger con palas montones de carne y a echarlos en cestos; otro limpiaba algo de una pared con un cepillo.

Ursula se preguntó si conocería a alguna de las víctimas; el piso de Phillimore Gardens quedaba a dos calles escasas de aquel lugar. A lo mejor se había cruzado con alguna de ellas por la mañana, al ir al trabajo, o habían charlado en la carnicería o en la verdulería.

—Por lo que se ve, hay muchas personas en paradero desconocido —dijo la señorita Woolf, que había hablado con el oficial de incidencias, quien, en apariencia, agradecía poder hablar con una vigilante dotada de sentido común—. Le alegrará saber que ya no nos estamos saltando la ley.

Un piso por encima del hombre del cepillo (aunque ya no había pisos), un vestido colgaba de una percha colocada en un riel. Cada vez más y sin querer, esos detallitos de la vida cotidiana conmovían a Ursula (la tetera que seguía en el fogón, la mesa puesta para una cena que nadie se tomaría), más que las desgracias y la destrucción de mayor envergadura que los rodeaban. Aunque a continuación, al contemplar el vestido, se dio cuenta de que todavía lo llevaba puesto una mujer, que se había quedado sin cabeza y sin piernas pero no sin brazos. Lo caprichoso del efecto de los grandes explosivos no dejaba de sorprenderla. Daba la impresión de que, en cierto sentido, aquella mujer se hubiese fundido con la pared. El incendio era tan intenso que pudo distinguir un brochecito que seguía prendido en el vestido. Un gato negro, con una cuenta de estrás que hacía las veces de ojo.

Los escombros se movieron cuando avanzó sobre ellos para dirigirse al muro posterior de la misma casa. Había una mujer sentada y con la espalda apoyada en los cascotes, con los brazos y las piernas extendidos como si fuera una muñeca de trapo. Parecía que la hubieran tirado desde el aire y que hubiese aterrizado de cualquier manera, que, seguramente, era lo que había sucedido. Ursula trató de llamar la atención del camillero pero una hilera de bombarderos cruzaba el firmamento y, con el ruido que armaban, nadie la oyó.

La mujer estaba grisácea por culpa del polvo, de modo que resultaba casi imposible saber cuántos años tenía. En la mano se le veía una quemadura de aspecto espantoso. Ursula hurgó en el botiquín que llevaba, sacó el tubo de Burnol y le aplicó un poco de la pomada en la mano. No supo por qué lo hacía, porque daba la impresión de que la mujer estaba demasiado mal para una cura con Burnol. Lamentó no tener agua; era doloroso ver lo secos que tenía los labios. Inesperadamente, abrió los ojos oscuros, con las pestañas pálidas y puntiagudas por el polvo, e intentó decir algo, pero ese mismo polvo hizo que la voz le saliera tan ronca que Ursula no entendió nada. ¿Acaso era extranjera?

—¿Qué me dice? —le preguntó, aunque tenía la impresión de que la mujer estaba a punto de morir.

—Mi niño —dijo la mujer de repente, con gran dificultad—, ¿dónde está mi niño?

—¿Su niño? —le preguntó Ursula, mirando a su alrededor.

No vio a ningún niño por allí; podía estar en cualquier sitio por debajo de los escombros.

—Se llama… —añadió la desconocida de forma gutural y poco clara; estaba haciendo un tremendo esfuerzo por hacerse entender—. Emil.

—¿Emil?

La mujer asintió muy levemente, como si ya no pudiera hablar. Ursula volvió a pasear la mirada por los alrededores por si veía a algún niño pequeño.

Se volvió para preguntarle cuántos años tenía su niño, pero a la mujer le colgaba la cabeza y, cuando le tomó el pulso, no se lo encontró.

Dejó allí a la desconocida y se puso a buscar a los vivos.

—¿Puede llevarle un comprimido de morfina al señor Emslie? —le preguntó la señorita Woolf. Ambas oían cómo una mujer soltaba gritos e improperios como un carretero, y la supervisora añadió—: Para la señora que está montando ese escándalo.

Había una regla bastante infalible: cuanto más ruido hacía alguien, menos probable era que fuese a morirse. Esa mujer herida, en concreto, emitía tales sonidos que daba la impresión de estar en condiciones de salir por su propio pie de aquel desastre y cruzar corriendo todo Kensington Gardens.

El señor Emslie estaba en el sótano de la casa; a Ursula tuvieron que bajarla dos hombres del equipo de salvamento y luego se vio obligada a colarse a través de una barricada de vigas y ladrillo. Advirtió que una casa entera parecía apoyarse de forma precaria en esa precisa barricada. Encontró al señor Emslie tendido casi horizontalmente al lado de una mujer, que había quedado atrapada por completo en las ruinas de la casa de cintura para abajo, pero estaba consciente y daba rienda a su angustia con extrema elocuencia.

—No tardaremos en sacarla de aquí —le aseguró el señor Emslie—. Ahora le traemos una buena taza de té. ¿Le apetece? Mucho, ¿eh? A mí también. Y aquí está la señorita Todd, que le trae algo para el dolor —añadió con tono consolador.

Ursula le pasó el pequeño comprimido. Parecía que al hombre se le daba muy bien ese cometido, costaba imaginárselo con el delantal de tendero, pesando azúcar y cortando pedazos de mantequilla.

En una de las paredes del sótano habían colocado sacos de arena, si bien casi todo el contenido se había derramado a raíz de la explosión y, durante un alarmante segundo de alucinación, Ursula se vio en una playa, no sabía dónde: un aro rodaba a su lado, soplaba una fuerte brisa, las gaviotas graznaban en el cielo; pero con la misma celeridad volvió a encontrarse en el sótano. La falta de sueño, pensó, podía hacer estragos.

—¡Ya era hora, coño! —exclamó la mujer, y se tragó con avidez el comprimido—. Joder, cualquiera diría que andaban de paseo por aquí.

Ursula cayó en la cuenta de que era joven y de que le resultaba extrañamente familiar. Agarraba el bolso, enorme y negro, como si la mantuviera a flote en medio del mar de madera.

—¿Alguno de ustedes tiene un pitillo?

Con cierta dificultad, teniendo en cuenta lo constreñido del espacio en que estaban, el señor Emslie se sacó del bolsillo una cajetilla aplastada de Players y a continuación, todavía con mayor dificultad, una cajita de cerillas. Ella daba incesantes golpecitos con el dedo en el cuero del bolso.

—No tengo prisa, ¿eh? —soltó con sorna—. Lo siento —añadió después de dar una larga calada—. Estar en un *endroit* como este afecta a los nervios, la verdad.

—¿Renee? —preguntó una sorprendida Ursula.

—¿Y a usted qué más le da cómo me llame? —soltó la joven, volviendo a adoptar la actitud grosera de antes.

—Nos conocimos en los lavabos del hotel Charing Cross hace un par de semanas.

—Creo que me ha confundido con otra persona —aseguró ella muy ofendida—. Me pasa a menudo. Tendré una cara que se repite mucho.

Dio otra calada larga al cigarrillo; luego exhaló el humo lentamente y con un deleite extraordinario.

—¿Tienen más comprimidos de esos? —preguntó—. Seguro que en el mercado negro se pagan estupendamente.

Empezaba a parecer atontada; Ursula supuso que la morfina estaba haciendo efecto, pero entonces el pitillo se le cayó de los dedos, se le quedaron los ojos en blanco y empezó a tener convulsiones. El señor Emslie le cogió la mano.

Al dirigir la vista hacia su compañero, Ursula distinguió una reproducción en color del *Burbujas* de Millais, que alguien había colgado con un pedazo de cinta adhesiva de un saco de arena detrás del señor Emslie. No le gustaba aquel cuadro; no era nada aficionada a los prerrafaelitas, que pintaban a esas mujeres lánguidas y con cara de drogadas. No le pareció que fueran el momento ni el lugar indicados para hacer una crítica de arte. Ahora la muerte casi le inspiraba indiferencia. Su alma tierna había cristalizado. (Y menos mal, pensó.) Era como una espada templada al fuego. Volvió a verse en otro sitio, tuvo un atisbo del pasado. Estaba bajando por unas escaleras, la glicinia florecía y ella salía despedida por una ventana.

El señor Emslie le daba ánimos a Renee:

—Vamos, Susie, no te nos vayas ahora. Te sacaremos de aquí en un abrir y cerrar de ojos, ya verás. Los chicos están en ello. Y las chicas —añadió, para no olvidar a Ursula.

Renee dejó de tener convulsiones, pero entonces empezó a temblar de forma alarmante y el señor Emslie, ahora con mayor urgencia, dijo:

—¡Vamos, Susie! Vamos, no te duermas. Así, buena chica.

—Se llama Renee —objetó Ursula—, por mucho que lo niegue.

—Yo las llamo Susie a todas —reveló el hombre en voz baja—. Tuve una hija que se llamaba así; murió de difteria cuando aún era muy pequeñita.

Un último estremecimiento recorrió el cuerpo de Renee y la vida desapareció de sus ojos entreabiertos.

—Se acabó —dijo el señor Emslie con tristeza—. Seguramente han sido las heridas internas.

A continuación, escribió «Argyll Road» en una etiqueta, con su clara caligrafía de tendero, y la ató al dedo de la fallecida. Ursula le quitó el bolso a Renee, aunque le costó un poco, y lo volcó para sacar el contenido.

—Aquí está su documento de identidad —anunció, y lo mostró a su compañero para que lo viera.

En él se leía «Renee Miller», sin discusión; el señor Emslie añadió el nombre a la etiqueta.

Mientras su compañero iniciaba la compleja maniobra de darse la vuelta para salir del sótano, Ursula recogió la pitillera de oro que había caído al suelo, junto a la polvera, el carmín, los preservativos y el batiburrillo de objetos que conformaban el contenido del bolso de Renee. No era un regalo sino el fruto de un robo, estaba segura. Le costaba imaginarse a la chica y a Crighton en la misma habitación, y más aún en la misma cama. Sin duda la guerra producía extraños compañeros de cama. Seguramente él la había conocido en algún hotel, o en un *endroit* menos recomendable. ¿Dónde había aprendido Renee a hablar francés? Lo más probable era que solo supiera un par de palabras. No se las habría enseñado Crighton; él pensaba que el inglés bastaba para dominar el mundo.

Se metió la pitillera y el documento de identidad en un bolsillo.

Los escombros se movieron de una forma escalofriante cuando trataban de salir del sótano (después de que hubiesen desistido de dar la vuelta). Se quedaron inmóviles, agazapados como gatos, casi sin atreverse a respirar, durante lo que se les antojó una eternidad. Cuando les pareció que ya no corrían tanto riesgo si se movían, descubrieron que la nueva disposición de los cascotes impedía el paso a través de la barricada, y se vieron obligados a encontrar otra salida tortuosa, avanzando a cuatro patas por la base destrozada del edificio.

—Esta aventurilla me está dejando la espalda hecha polvo —farfulló el señor Emslie, detrás de ella.

—Y a mí las rodillas —añadió Ursula.

Continuaron con cautelosa perseverancia. Ella se animaba pensando en unas tostadas con mantequilla, aunque en Phillimore Gardens no quedaba mantequilla y, a no ser que Millie hubiera salido y hecho una cola (algo improbable), pan tampoco.

El sótano daba la impresión de ser un laberinto interminable; Ursula fue percatándose poco a poco de por qué había gente de cuyo paradero no se sabía nada arriba en la calle: estaban todos escondidos ahí abajo. Era evidente que los habitantes de la casa utilizaban esa parte del sótano como refugio. Los muertos que lo poblaban (hombres, mujeres, niños, incluso un perro) parecían haber quedado sepultados donde se habían acomodado. Estaban completamente envueltos en una capa de polvo y más bien semejaban esculturas o fósiles. Se acordó de Pompeya y Herculano. Había visitado ambos lugares en su ambiciosamente denominada «gran gira» de Europa. En Bolonia, donde se alojaba en una casa particular, se había hecho amiga de una estadounidense (Kathy, una chica que rebosaba optimismo) y ambas hicieron un recorrido apresurado por el país (Venecia, Florencia, Roma, Nápoles) antes de que Ursula se marchara a Francia, donde pasaría la última etapa de su año en el extranjero.

En Nápoles, una ciudad que las dejó espantadas, contrataron los servicios de un locuaz guía particular y pasaron el día más largo de sus vidas recorriendo decidida y penosamente las ruinas secas y polvorientas de las ciudades perdidas del Imperio romano bajo un implacable sol meridional.

—Madre mía —comentó Kathy mientras avanzaban a duras penas por un desierto Herculano—, ojalá nadie se hubiera tomado la molestia de desenterrar esto.

La amistad entre ambas atravesó un breve período de intensidad y se apagó con la misma brevedad cuando Ursula se fue a Nancy.

«He abierto las alas y he aprendido a volar —le escribió a Pamela después de marcharse de Munich y de casa de sus anfitriones, los Brenner—. Me he convertido en toda una sofisticada mujer de mundo», pese a que era poco más que una chiquilla. Si había aprendido algo ese año, era que, tras haber soportado a una sucesión de alumnos particulares, lo último a lo que quería dedicarse era a dar clase.

Así, al regresar (y considerando la posibilidad de lograr un puesto de funcionaria), hizo un curso intensivo de taquigrafía y mecanografía en High Wycombe, organizado por un tal señor Carver, a quien tiempo después detuvieron por exhibicionismo.

(—¿Uno de esos que van por ahí sacándose el nabo? —preguntó Maurice con una mueca de asco, y Hugh le dijo a gritos que saliera de allí y que nunca volviera a utilizar ese lenguaje en su casa.

—Qué infantil es —añadió el padre cuando Maurice salió al jardín dando un portazo—. ¿De verdad está preparado para casarse?

Maurice se había presentado allí para anunciar su compromiso matrimonial con una muchacha llamada Edwina, la hija mayor de un obispo.

—Cielo santo —comentó Sylvie—. ¿Tendremos que hacerle genuflexiones y esas cosas?

—No digas bobadas —replicó Maurice.

—¿Cómo te atreves a hablarle así a tu madre? —dijo Hugh.

En general, en aquella visita se dieron muestras de un mal genio muy acusado.)

En realidad, el señor Carver tampoco era tan mal tipo. Le entusiasmaba el esperanto, lo cual en su momento había parecido una excentricidad absurda, pero ahora Ursula pensaba que podía estar bien lo de tener un idioma universal, como en su época lo había sido el latín. «Oh, sí —dijo la señorita Woolf—, la idea de que exista un idioma universal es maravillosa, pero también constituye una utopía absoluta. Todas las buenas ideas lo son, añadió con tristeza.»

Ursula había subido al barco que la llevaba a Europa siendo virgen, pero al volver ya no lo era, algo que debía agradecerle a Italia. («Bueno, si no te sale un amante en Italia, ¿dónde te va a salir?», dijo Millie.) El joven en cuestión, Gianni, cursaba un doctorado de filosofía en la Universidad de Bolonia y era más serio y grave que los italianos que había imaginado Ursula. (En las novelas románticas de Bridget, estos siempre eran arrebatadores pero poco fiables.) Gianni aportó una académica solemnidad al acontecimiento y consiguió que aquel rito de iniciación resultara menos vergonzoso e incómodo de lo que Ursula temía.

—Caramba —le dijo Kathy—, qué atrevida eres.

A Ursula le recordaba a Pamela. En algunos aspectos, no en otros: en su sereno rechazo de Darwin no, por ejemplo. Kathy, que era baptista, había decidido esperar hasta el matrimonio; pocos meses después de su regreso a Chicago, su madre mandó una carta a Ursula para contarle que la joven había fallecido en un accidente de barco; debía de haber repasado todos los nombres de la agenda de direcciones de su hija y haberle escrito a todo el mundo, uno por uno. Qué espantosa tarea. En el caso de Hugh, se habían limitado a publicar una esquela en el *Times*. La pobre Kathy había esperado para nada. «La tumba es un lugar espléndido e íntimo, pero creo que allí nadie se abraza.»

—¿Señorita Todd?

—Perdone, señor Emslie. Esto es como estar en una cripta, ¿verdad? Un sitio lleno de muertos de hace mucho tiempo.

—Sí, y me gustaría salir antes de convertirme en uno de ellos.

Cuando avanzaba con cautela, la rodilla de Ursula chocó con algo suave y blando; dio un paso hacia atrás, se dio un golpe en la cabeza con una viga rota e hizo que cayera una nube de polvo.

—¿Está bien? —le preguntó el señor Emslie.

—Sí.

—¿Nos hemos detenido porque hay alguien más?

—Un momento.

Ursula ya había pisado un cuerpo con anterioridad y reconocía la sensación mullida y carnosa que producía. Supuso que tenía que mirar, aunque bien sabía Dios que no le apetecía. Iluminó con la linterna lo que parecía un polvoriento montón de tejidos y restos de cosas, ganchillo y lazos, lana, parcialmente incrustados en el suelo a consecuencia de la bomba. Podía haber sido el contenido de un cesto de costura. Pero no lo era, evidentemente. Ursula apartó una capa de lana y después otra, como si desenvolviera un paquete mal hecho o un repollo enorme y aparatoso. Al final una manita casi intacta, una pequeña estrella, apareció entre la masa apelmazada. Pensó que quizá había encontrado a Emil. Menos mal que su madre había muerto y no podía enterarse, pensó.

—Tenga cuidado al pasar por aquí, señor Emslie —le previno, mirando hacia atrás—. Hay un bebé, intente no pisarlo.

—¿Todo bien? —preguntó la señorita Woolf cuando al fin salieron, como topos. El incendio de la otra acera casi estaba extinguido y la calle se veía envuelta en tinieblas de noche, hollín y mugre—. ¿Cuántos?

—Bastantes —contestó Ursula.

—¿Será fácil sacarlos?

—Cuesta saberlo. —Le tendió el documento de identidad de Renee—. Hay un bebé, bastante destrozado, me temo.

—Hay té hecho. Tomen un poco.

Mientras se dirigía, junto al señor Emslie, a la cantina móvil, le sorprendió distinguir un perro, asustado y hecho un ovillo, en un portal de la calle.

—Enseguida lo alcanzo —le dijo a su acompañante—. ¿Me pone una taza, por favor? Dos azucarillos.

Se trataba de un terrier bastante anodino, que gemía y temblaba de miedo. Casi toda la casa de detrás de la puerta había desaparecido y Ursula pensó que quizá era el hogar del animal, que anhelaba encontrar cierto grado de seguridad o protección y que no se le ocurría ningún otro sitio al que ir. Sin embargo, cuando se acercó a él, el animal salió corriendo calle arriba. Dichoso perro, pensó mientras lo perseguía. Finalmente consiguió alcanzarlo y lo cogió en brazos antes de que pudiera escaparse de nuevo. Todo el cuerpo del terrier temblaba; lo abrazó y le habló con voz tranquilizadora, como el señor Emslie había hecho con Renee. Apretó la cara contra su pelaje (asqueroso y sucio, pero bueno, igual que ella). Qué animal tan pequeño e indefenso. «La matanza de los inocentes», había dicho la señorita Woolf pocos días antes cuando les llegó la noticia de que había caído un proyectil en un colegio del East End. Pero ¿no era inocente todo el mundo? (¿O eran todos culpables?)

«Ese bufón de Hitler no lo es, desde luego —dijo Hugh la última vez que hablaron—; todo es culpa suya, la guerra entera.»

¿De verdad no vería nunca más a su padre? Se le escapó un sollozo y el animal gimió de miedo o compasión, costaba saber cuál de las dos cosas. (No había ni un solo miembro de la familia Todd, sin contar a Maurice, que no atribuyera emociones humanas a los perros.)

En ese momento se produjo un gran estruendo detrás de ellos; el terrier trató de huir de nuevo pero ella lo agarró con firmeza. Al volverse vio que el muro hastial del edificio que había ardido se estaba viniendo abajo, casi entero; los ladrillos se precipitaron ruidosamente, de forma brutal, y llovieron sobre la cantina del Voluntariado de Mujeres.

Dos voluntarias resultaron muertas, así como el señor Emslie. Y Tony, el mensajero, que en aquel momento pasaba a toda velocidad en bicicleta, aunque, por desgracia, no con la velocidad suficiente. La señorita Woolf se arrodilló sobre los ladrillos rotos e irregulares, sin reparar en el dolor, y le cogió la mano al chico. Ursula se acuclilló a su lado.

—Ay, Anthony —se lamentó la señorita Woolf, incapaz de decir más. Se le habían soltado unos mechones del moño normalmente impecable, lo que le daba cierto aspecto desquiciado, de personaje de tragedia.

Tony estaba inconsciente y tenía una herida espantosa en la cabeza; lo habían sacado a rastras de debajo de la pared derruida, y Ursula tuvo la sensación de que debía decir algo para darle ánimos y para que no advirtiera lo preocupadas que estaban. Se acordó de que era boy scout, y empezó a hablarle de los placeres de la vida al aire libre, de plantar una tienda en el campo, oír cómo fluía un arroyo cercano, recoger leña pequeña para hacer un fuego, contemplar cómo se disipaba la niebla por la mañana mientras se cocinaba el desayuno al aire libre.

—Cómo vas a divertirte otra vez cuando haya acabado la guerra —le dijo.

—Y qué contenta estará tu madre cuando te vea llegar a casa esta noche —añadió la señorita Woolf sumándose a la pantomima. Ahogó un sollozo en la palma de la mano.

Tony no dio muestras de haberlas oído, y observaron cómo se iba poniendo mortalmente pálido, del color de la leche aguada. Había muerto.

—Ay, Dios —se lamentó la señorita Woolf—. No puedo soportarlo.

—Pero tenemos que soportarlo —repuso Ursula mientras se limpiaba los mocos, las lágrimas y la suciedad de las mejillas con el dorso de la mano y se decía que en otro momento aquel intercambio habría sido al revés.

—Malditos estúpidos —se indignó un airado Fred Smith—, ¿a quién se le ocurre aparcar ahí la dichosa cantina? Justo delante del muro hastial…

—No sabían que estaba ahí —adujo Ursula.

—Pues tenían que haberse dado cuenta, joder.

—Pues alguien tenía que habérselo dicho, joder —replicó la joven con un súbito acceso de rabia—. Algún maldito bombero, por ejemplo.

Ya empezaba a amanecer; les llegó el sonido de la sirena que indicaba el final del peligro.

—Me ha parecido verte antes, pero luego he llegado a la conclusión de que me lo había imaginado —añadió Ursula para hacer las paces.

Él estaba irritado porque habían muerto, no porque se hubieran comportado de forma estúpida.

Ursula tuvo la sensación de que estaba en un sueño y de que se alejaba de la realidad, y declaró:

—Estoy prácticamente muerta. Tengo que ir a dormir, si no me volveré loca. Vivo aquí al lado —añadió—. Ha sido una suerte que no haya caído en nuestro piso. Y también lo ha sido que me haya puesto a perseguir a este perro.

Un miembro del equipo de rescate le dio una cuerda para que la atara al cuello del animal, al que amarró a un poste chamuscado que sobresalía en el suelo. Se acordó de los brazos y las piernas que el camillero había recogido antes.

—Supongo que las circunstancias me obligan a ponerle el nombre de Lucky, por mucho que sea un lugar común llamarlo así. La verdad es que me ha salvado, si no me hubiera puesto a seguirlo habría estado tomando el té en la cantina.

—Malditos estúpidos —repitió él—. ¿Te acompaño a casa?

—Te lo agradecería —respondió ella.

Pero Ursula no lo condujo «al lado», a Phillimore Gardens, sino que avanzaron cansados y de la mano, como niños, mientras el perro correteaba detrás de ellos, por Kensington High Street, casi desierta a esa hora de la mañana; solo se desviaron ligeramente para no toparse con una cañería de gas que estaba ardiendo.

Ursula sabía adónde iban; en cierto sentido, resultaba inevitable.

En la pared del dormitorio de Izzie, enfrente de la cama, había una ilustración enmarcada: uno de los dibujos originales del primer libro de *Las aventuras de Augustus*, un boceto en el que salía un niño muy descarado con un perro. Prácticamente parecía una caricatura: la gorra de colegial, la mejilla manchada de babas de Augustus y el terrier west highland que no se parecía especialmente al Jock de la vida real.

Esa imagen no estaba en consonancia con el aspecto que Ursula recordaba del cuarto antes de que lo dejaran cerrado: un dormitorio femenino, lleno de sedas de color marfil y de satén de tonos claros, caros frascos de vidrio tallado y cepillos esmaltados. Habían enrollado una alfombra de Aubusson y la habían convertido en un cilindro prieto, atado con una cuerda gruesa, que estaba apoyado en una pared. En otro de los muros colgaba un cuadro de un impresionista menor, adquirido, sospechaba Ursula, más por la forma en que casaba con la decoración que por una verdadera apreciación de la obra del artista. Ursula pensó que quizá habían colocado allí a Augustus para que Izzie no olvidara sus triunfos. El cuadro impresionista lo habían guardado en un lugar seguro, pero daba la impresión de que se habían dejado olvidada la ilustración, o quizá Izzie ya no estaba especialmente apegada a ella. Fuera cual fuese el motivo, ahora una grieta diagonal recorría el cristal de una esquina a otra. La joven recordó la noche que Ralph y ella estuvieron en la bodega, la noche en que cayó la bomba en Holland House; quizá el desperfecto se produjo entonces.

Con toda sensatez, Izzie había decidido no quedarse en la Guarida del Zorro con «la viuda doliente», como definía a Sylvie, porque «vamos a andar todo el día a la gresca»; al final se instaló en Cornualles, en una casa situada en lo alto de un acantilado («parecida a Manderley, el no va más de lo agreste y romántico, aunque, por fortuna, sin una señorita Danvers»), y empezó a «crear a destajo» una viñeta cómica de *Las aventuras de Augustus* para un periódico popular. Habría sido muchísimo más interesante, pensó Ursula, que hubiera dejado que Augustus creciera, como lo había hecho Teddy.

Un sol de mantequilla e impropio de esas fechas pugnaba por abrirse paso entre las tupidas cortinas de terciopelo. «¿Por qué de esta manera, a través de ventanas, a través de cortinas nos visitas?», le vino a la cabeza. Si pudiera retroceder en el tiempo y escoger a un personaje histórico como amante, elegiría a Donne. A Keats no; saber que iba a morir prematuramente le daría un cariz espantoso a todo. Ese era el problema de los viajes en el tiempo, evidentemente (aparte de que eran imposibles): siempre desempeñarías el papel de Casandra y, al saber por adelantado lo que iba a pasar, irías creando un ambiente aciago. Resultaba incesantemente agotador, pero lo único que se podía hacer era seguir avanzando.

Oyó que un pájaro trinaba detrás de la ventana, aunque ya estaban en noviembre. Seguramente los bombardeos alemanes en Londres habían creado en las aves la misma confusión que en las personas. ¿Cómo les habían afectado las explosiones? Supuso que muchas habían muerto; quizá sus corazoncitos no soportaban las explosiones, o les estallaban los pequeños pulmones a causa de la onda expansiva. Seguro que caían del cielo como piedras livianas.

—Pareces pensativa —le dijo Fred Smith, que estaba tumbado, con un brazo por detrás de la cabeza, y fumaba un cigarrillo.

—Y tú pareces extrañamente cómodo.

—Lo estoy —confirmó él con una sonrisa mientras se incorporaba para abrazarle la cintura y darle un beso en la nuca.

Los dos estaban muy sucios, como si hubieran pasado la noche trabajando duramente en una mina de carbón. Ella recordó lo cubiertos de hollín que estaban la noche en que viajaron en la cabina de la locomotora. La última vez que vio a Hugh con vida.

En Melbury Road no había agua caliente, ni fría tampoco, ni luz, todo lo habían cortado indefinidamente. A oscuras, se habían metido debajo del guardapolvo que tapaba el colchón sin funda de Izzie y se sumieron en un sueño que imitaba a la muerte. Pocas horas después, los dos se despertaron al mismo tiempo e hicieron el amor. Fue el tipo de amor (de lujuria, por decirlo con toda sinceridad) que se ven impelidos a experimentar los supervivientes de las catástrofes (o también las personas que prevén vivir una catástrofe): libre de toda constricción, salvaje en ciertos momentos pero también extrañamente tierno y cariñoso, teñido de cierta melancolía. Al igual que la sonata de Bach que había tocado herr Zimmerman, aquel episodio la dejó agitada, le produjo una escisión entre cuerpo y alma. Intentó recordar otra frase de Marvell que aparecía en el *Diálogo entre el alma y el cuerpo*, algo relacionado con «listones de huesos» y grilletes y esposas, pero no lo consiguió: le pareció demasiado desagradable en un momento en que estaba rodeada por tanta piel y carne suave en aquella cama abandonada (en todos los sentidos).

—Estaba pensando en Donne —dijo—. En la frase esa: «Atareado y viejo necio, sol desobediente», ya sabes cuál te digo.

No, supuso que él no lo sabía.

—¿Eh? —preguntó con él con indiferencia; no, con algo peor que la indiferencia.

La pilló desprevenida un recuerdo repentino de los fantasmas grises del sótano, del momento en que se había arrodillado delante del bebé. Luego, durante un instante, se vio en otro sitio que no era el sótano de Argyll Road ni el dormitorio de Izzie en Holland Park, sino un limbo extraño, en el que estaba cayendo, cayendo…

—¿Un cigarrillo? —le ofreció Fred, que encendió otro con la colilla del primero y se lo pasó.

Ella lo cogió y dijo:

—La verdad es que no suelo fumar.

—Y yo la verdad es que no suelo ligar con desconocidas para después follármelas en una casa pija.

—Un término muy propio de Lawrence. Y no soy una extraña, nos conocemos desde que éramos pequeños, más o menos.

—De otra forma.

—Claro, ¿cómo íbamos a conocernos de este modo? —Ya empezaba a caerle mal—. No tengo ni idea de qué hora es —añadió—. Pero te puedo ofrecer un vino buenísimo para desayunar. Me temo que no tengo nada más.

Él miró el reloj de pulsera y dijo:

—Ya nos hemos saltado el desayuno. Son las tres de la tarde.

El perro abrió la puerta de un cabezazo para pasar; sus patas fueron repiqueteando levemente en los tablones de madera sin cubrir. El animal subió a la cama de un salto y se quedó mirando fijamente a Ursula, quien comentó:

—Pobrecito. Debe de estar muerto de hambre.

—¡Fred Smith! ¿Y qué tal ha sido la cosa? ¡Cuenta, cuenta!

—Una decepción.

—No me digas, ¿en la cama?

—No, no, qué va, no me refiero a eso. Nunca lo había..., bueno, hecho así. Seguramente creía que la situación sería romántica. No, esa no es la palabra adecuada, queda más bien tonta. Pensaba que habría más sentimiento, quizá.

—¿Que sería algo más trascendente? —propuso Millie.

—Justo. Aspiraba a vivir algo trascendente.

—Imagino que esas cosas no puedes forzarlas. Al pobre Fred le has pedido demasiado.

—Me había hecho una idea de cómo era —confesó Ursula—, pero esa idea no tenía nada que ver con él. A lo mejor lo que quería era enamorarme.

—Y, en cambio, has tenido un rato de cama espléndido. ¡Pobrecilla!

—Tienes razón, mis expectativas no eran justas. Ay, Dios, creo que lo he tratado como una imbécil y una esnob. Me he puesto a soltarle frases de Donne. ¿Tú me consideras una esnob?

—Muchísimo. Oye, hueles fatal —comentó Millie alegremente—. Tabaco, sexo, bombas, a saber qué más. ¿Te lleno la bañera?

—Sí, por favor, estaría muy bien.

—Y ya que estás —añadió su amiga—, podías bañar también

a ese maldito perro. Huele que alimenta. Aunque es mono —declaró, imitando un acento estadounidense (bastante mal).

Ursula suspiró, se estiró y declaró:

—La verdad es que estoy harta, hartísima, de las bombas.

—Pues me temo que todavía falta un poco para que termine la guerra —dijo Millie.

Mayo de 1941

Millie tenía razón. La guerra seguía y seguía. Llegó aquel invierno espantosamente frío sin que hubiera acabado, y luego se produjo el bombardeo en la City a finales de año. Ralph ayudó a que el fuego no llegara a la catedral de Saint Paul. Y todas aquellas preciosas iglesias de Wren, pensó Ursula, que se habían construido a raíz del último gran incendio, ahora habían desaparecido.

El resto del tiempo lo dedicaban a las actividades habituales de los de su clase: iban al cine, a bailar, a conciertos de mediodía en la Galería Nacional. Comían y bebían y hacían el amor. No «follaban». Ese no era en absoluto el estilo de Ralph. «Un término muy propio de Lawrence», le había dicho Ursula fríamente a Fred Smith; suponía que él no tenía ni idea de a qué se refería, pero esa palabra tan grosera le había producido una impresión espantosa. Estaba acostumbrada a oír palabrotas durante los incidentes bélicos, constituían un elemento fundamental del vocabulario de los equipos de salvamento, pero no a que las utilizasen para referirse a ella. Intentó pronunciar esa palabra delante del espejo del baño, pero sintió una gran vergüenza.

—¿Se puede saber de dónde la has sacado?

Ursula nunca lo había visto tan perplejo. Crighton manoseó la pitillera de oro.

—Creía que la había perdido para siempre —añadió.

—¿De verdad lo quieres saber?

—Pues claro —respondió él—. ¿A qué viene tanto misterio?

—¿El nombre de Renee Miller te dice algo?

Él contrajo el gesto mientras pensaba, pero luego negó con la cabeza.

—Me temo que no. ¿Debería sonarme?

—Seguramente le pagaste para acostarte con ella. O la invitaste a cenar en un buen restaurante. O te la llevaste de juerga y ya está.

—Ah… ¡esa Renee Miller! —soltó él con una carcajada. Tras unos instantes de silencio, añadió—: No, la verdad es que ese nombre no me dice nada. Y, en cualquier caso, creo que nunca he pagado a una mujer para que se acostara conmigo.

—Pero si estás en la marina —objetó ella.

—Bueno, pues no lo he hecho desde hace muchísimo tiempo. Pero gracias. Ya sabes que esta pitillera es muy importante para mí. Mi padre…

—Te la regaló después de lo de Jutlandia, ya lo sé.

—¿Te estoy aburriendo?

—No. ¿Nos vamos a dar una vuelta? ¿Al refugio? ¿Quieres que follemos?

Él no pudo reprimir la risa y contestó:

—Si quieres…

Crighton declaró que últimamente le importaban menos «las galanterías». Daba la impresión de que con ese término también se refería a Moira y las niñas, y ambos no tardaron en retomar su romance furtivo, aunque de furtivo ya tenía menos. Se parecía tan poco a Ralph que Ursula casi no creía que aquello fuera una infidelidad. («¡Oh, vaya excusa tan cautivadora!», comentó Millie.) En cualquier caso, ahora veía muy poco a Ralph y, por lo que parecía, la relación se estaba enfriando por ambas partes.

Teddy leyó la inscripción del Cenotafio de Whitehall:

—«Los gloriosos muertos». ¿De verdad crees que son eso, gloriosos? —preguntó.

—Bueno, muertos sí están, eso desde luego —respondió Ursula—. Pero lo de gloriosos supongo que lo pusieron para que nos sintamos mejor.

—Pues yo no creo que a los muertos les importen mucho las cosas —repuso Teddy—. Si estás muerto, estás muerto. No creo que haya nada más allá, ¿tú sí?

—Antes de la guerra es posible que lo creyera —contestó Ursula—, cuando todavía no había visto un montón de cadáveres. Pero solo parecen desperdicios tirados por ahí. —Recordó el momento en que Hugh había dicho: «A mí me podéis tirar a la calle cuando saquéis la basura»—. No da la sensación de que las almas hayan subido al cielo.

—Seguramente daré la vida por Inglaterra —declaró Teddy—. Y existe la posibilidad de que tú también. ¿Es una causa que merezca la pena?

—Yo creo que sí. Papá decía que nos prefería vivos y cobardes antes que héroes y muertos. Pero me parece que no iba en serio, no asumir la responsabilidad no era propio de él. ¿Qué pone en el monumento conmemorativo de la guerra que hay en el pueblo?

«Dimos nuestro hoy por vuestro mañana.» Eso es lo que estáis haciendo vosotros, dándolo todo, y no creo que esté bien.

Ursula pensó que preferiría morir por la Guarida del Zorro que por «Inglaterra». Por el prado y la arboleda y el arroyo que discurría por el bosquecillo de las campanillas. Bueno, todo aquello también era Inglaterra, ¿no? Esa tierra tan privilegiada.

—Yo soy una patriota. Y me sorprende que lo sea, aunque no sé muy bien por qué. ¿Qué pone en la estatua de Edith Cavell, la que hay en la iglesia de Saint Martin?

—«No basta con el patriotismo» —dijo Teddy.

—¿Tú piensas que es así? Personalmente, creo que es más que suficiente.

Ursula se echó a reír y se cogieron del brazo mientras recorrían Whitehall. Se veían muchos daños causados por las bombas. Le señaló a Teddy las salas del Gabinete de Guerra.

—Conozco a una chica que trabaja ahí dentro. Prácticamente duerme en un armario. A mí no me gustan los búnkers y los sótanos.

—Me preocupas un montón —dijo Teddy.

—Pues a mí me preocupas tú. Y toda esa preocupación no nos ha hecho ningún bien a ninguno de los dos. —Estaba hablando como la señorita Woolf.

Teddy («oficial piloto Todd») había sobrevivido a una Unidad Operativa de Instrucción en Lincolnshire, pilotando bombarderos Whitley, y al cabo de una semana más o menos pasaría a formar parte de una Unidad de Conversión de bombarderos pesados para aprender a volar los nuevos Halifax y empezar su primer período de servicio.

Según la chica del Ministerio del Aire, solo la mitad de los tripulantes de bombarderos sobrevivían a su primer período de servicio.

(—¿No tienen las mismas probabilidades cada vez que suben? —le preguntó Ursula—. ¿No funcionan así las probabilidades?

—Cuando se trata de las tripulaciones de bombarderos, no —contestó la chica del Ministerio del Aire.)

Teddy la acompañaba de regreso a la oficina después de comer. Ursula se había cogido una hora entera. La actividad ya no era tan frenética como antaño.

Tenían previsto comer en algún sitio chic pero acabaron en un comedor comunitario ante un rosbif y un pastel de ciruelas con crema. Las ciruelas eran de lata, cómo no, pero disfrutaron del menú.

—Todos esos nombres —dijo Teddy ante el Cenotafio—. Todas esas vidas. Y ahora, otra vez. Me parece que algo no anda bien con la raza humana. Se dedica a socavar aquello en lo que nos gustaría creer, ¿no?

—Ponerse a pensar no tiene sentido —repuso ella alegremente—, tienes que limitarte a seguir adelante con tu vida. —(Desde luego se estaba convirtiendo en la señorita Woolf.)—. Después de todo, solo tenemos una; tenemos que intentar vivirla lo mejor que sepamos. Nunca nos saldrá bien del todo, pero debemos intentarlo. —(La transformación era completa.)

—¿Y si tuviéramos la oportunidad de vivir una y otra vez —preguntó Teddy— hasta que nos saliera bien? ¿A que sería maravilloso?

—Pues yo creo que sería agotador. Te citaría a Nietzsche, pero supongo que me darías un tortazo.

—Probablemente. Es un nazi, ¿no?

—No exactamente. ¿Aún escribes poemas, Teddy?

—Ya no encuentro las palabras. Todos mis intentos me parecen pura sublimación, como si convirtiera la guerra en imágenes bonitas. No consigo encontrar su verdadero corazón.

—¿El corazón palpitante, sombrío y sangrante de la guerra?

—Igual eres tú quien debería escribir —comentó él con una carcajada.

No participaría en las patrullas mientras Teddy estuviera allí, así que la señorita Woolf la quitó de la lista de turnos. Los ataques aéreos eran más esporádicos ahora. Se habían producido bombardeos terribles en marzo y abril que aún parecieron peores por el pequeño respiro de las bombas del que se había disfrutado.

—Es curioso —comentó la señorita Woolf—, cuando son implacables tienes los nervios tan a flor de piel que casi se hace más fácil sobrellevarlos.

En el puesto de Ursula había tenido lugar un claro período de calma.

—Creo que a Hitler le interesan más los Balcanes —dijo la señorita Woolf.

—Va a volverse contra Rusia —le reveló Crighton a Ursula con cierta autoridad. Millie estaba en otra gira de la compañía, actuando para los soldados, y tenían el piso de Kensington para ellos solos.

—Pero eso sería una locura.

—Bueno, el tipo es un chiflado, ¿qué esperabas? —Crighton exhaló un suspiro—. No hablemos más de la guerra.

Estaban tomando whisky del Almirantazgo y jugando a las cartas, como un matrimonio de ancianos.

Teddy la acompañó hasta Exhibition Road y la oficina.

—Imaginaba que tu «sala de guerra» sería un poco más lujosa, con pórticos y columnas, y no un búnker.

—Los pórticos los tiene Maurice.

En cuanto estuvo dentro se abalanzó sobre ella Ivy Jones, una de las operadoras del teletipo que entraba de servicio.

—Es usted toda una incógnita, señorita Todd —dijo—. Mira que mantener en secreto a un hombre guapísimo como ese…

«Esto es lo que le pasa a alguien cuando se pasa de simpática con el personal», pensó Ursula.

—Tengo que irme corriendo —dijo—, soy una esclava del informe de situación cotidiano.

Sus «chicas», la señorita Fawcett y las demás, archivaban y cotejaban datos y le mandaban a ella las carpetas beige para que pudiera formular compendios, diarios o semanales, y a veces hasta por horas. Diarios, listas de daños, informes de situación; el trabajo no se acababa nunca. Luego había que mecanografiarlo todo y meterlo en más carpetas beige, y ella tenía que firmarlo antes de que las carpetas emprendieran su camino hacia otra persona, alguien como Maurice.

—No somos más que dientes en un engranaje, ¿no? —le dijo la señorita Fawcett.

—Pero no lo olvide, sin dientes no hay engranaje —repuso Ursula.

Teddy la llevó a tomar una copa. La noche era cálida y los árboles estaban llenos de flores, de modo que tuvieron la momentánea sensación de que la guerra había terminado.

Teddy no quería hablar de aviones, no quería hablar sobre la guerra, ni siquiera quería hablar de Nancy. ¿Dónde estaba? Al parecer, haciendo algo sobre lo que no podía hablar. Por lo visto ya nadie quería hablar sobre nada.

—Bueno, hablemos de papá —propuso Teddy, y eso hicieron, y les dio la sensación de que Hugh había tenido por fin el velatorio que merecía.

A la mañana siguiente, Teddy cogería el tren a la Guarida del Zorro. Se alojaría allí varias noches.

—¿Llevarás contigo a otro evacuado? —preguntó Ursula, y le tendió a Lucky.

El perro pasaba todo el día en el piso mientras ella estaba en el trabajo, pero muchas veces lo llevaba al puesto cuando estaba de servicio y todos lo trataban como una especie de mascota. Hasta el señor Bullock, que no parecía muy aficionado a los perros, aparecía con restos y huesos para él. A veces, a Ursula le parecía que el perro comía mejor que ella. Aun así, Londres en tiempos de guerra no era lugar para un perro, le dijo a Teddy.

—Con todo el ruido que hay, tiene que ser muy desquiciante para él.

Fue a Marylebone a despedirlo. Teddy se puso al perro bajo el brazo y le hizo un saludo militar, dulce e irónico a un tiempo, y subió a bordo del tren. A Ursula casi le dio tanta pena ver marchar al perro como a Teddy.

Habían sido demasiado optimistas. En mayo hubo un ataque aéreo terrible.

Una bomba alcanzó el edificio de Phillimore Gardens. Ni Ursula ni Millie estaban allí, gracias a Dios, pero el tejado y la planta superior quedaron destrozados. Ursula se limitó a volver y acampó en el piso. Hacía buen tiempo y, en cierto extraño sentido, disfrutaba estando allí. Aún había agua, aunque no electricidad, y alguien del trabajo le prestó una vieja tienda de campaña para que no durmiera al raso. La última vez que había acampado estaba en Baviera, cuando acompañó a las hermanas Brenner a las montañas en su expedición estival de la Liga de Muchachas Alemanas y compartieron una tienda con Klara, la mayor. Llegaron a tenerse mucho cariño, pero no volvió a saber de Klara desde que se había declarado la guerra.

Crighton se mostró optimista con respecto a su alojamiento «al fresco» y dijo que era «como dormir en cubierta bajo las estrellas en el océano Índico». Ursula sintió una punzada de envidia: ella ni siquiera había estado en París. El eje Munich-Bolonia-Nancy había definido para ella los límites del mundo desconocido. Ella y su amiga Hilary —la chica que dormía en un armario en las Salas de Guerra— habían hecho planes para unas vacaciones recorriendo Francia en bicicleta, pero la guerra les había puesto fin. Estaban todos atrapados «en esta isla coronada, esta augusta tierra» de Inglaterra. Si uno le daba demasiadas vueltas, empezaba a sentir cierta claustrofobia.

Cuando Millie volvió de su gira declaró que Ursula se había vuelto loca e insistió en que buscaran otro piso, de modo que se mudaron a un sitio destartalado en Lexham Gardens. Ursula supo que nunca llegaría a gustarle. («Tú y yo podríamos vivir juntos si quisieras —dijo Crighton—. ¿Qué tal un pisito en Knightsbridge?» Ella puso reparos.)

Aquello no fue lo peor, por supuesto. El puesto fue el blanco directo de una bomba en el mismo ataque y tanto herr Zimmerman como el señor Simms resultaron muertos.

En el funeral de herr Zimmerman, un cuarteto de cuerda, de refugiados, interpretó a Beethoven. A diferencia de la señorita Woolf, Ursula pensaba que haría falta algo más que las obras del gran compositor para curar sus heridas.

—Los vi tocar en el Wigmore Hall antes de la guerra —susurró la señorita Woolf—. Son buenísimos.

Tras el funeral, Ursula fue al parque de bomberos en busca de Fred Smith, y cogieron una habitación en un hotelito de mala muerte cerca de Paddington. Después de haber hecho el amor de forma tan imperiosa como la otra vez, se durmieron mecidos por el ruido de los trenes que iban y venían, y ella se dijo que Fred debía de echar de menos aquel sonido.

Cuando despertaron, Fred dijo:

—Siento haberme comportado como un cabrón la última vez que estuvimos juntos.

Fred salió y consiguió dos tazas de té; ella supuso que habría camelado a alguien del hotel, pues no parecía la clase de sitio que contara con una cocina, y mucho menos con servicio de habitaciones. En efecto, Fred tenía un encanto natural, como el de Teddy, fruto en el caso de ambos de cierta rectitud de carácter. El encanto de Jimmy era distinto, más pillo quizá.

Se incorporaron en la cama para tomarse el té y fumar sendos pitillos. Ursula pensaba en un poema de Donne, «La reliquia», uno de sus favoritos —«en torno al hueso / un brazalete de cabello rubio»—, pero se contuvo y no lo citó, considerando lo mal que le había ido la última vez. Qué curioso sería sin embargo que cayera una bomba en el hotel y nadie supiera quiénes eran o qué hacían allí juntos, unidos en una cama que se había convertido en su tumba. Desde el episodio de Argyll Road estaba muy morbosa. Le había afectado de manera distinta que otros incidentes. ¿Qué querría ver escrito en su lápida?, se preguntó por pasar el rato. «Ursula Beresford Todd, inquebrantable hasta el final.»

—¿Sabes qué problema tienes, señorita Todd? —le preguntó Fred Smith mientras apagaba el cigarrillo.

Cogió la mano de Ursula y le dio un beso en la palma, y ella se dijo: ««Atesora este instante, porque es un instante dulce».

—No, ¿qué problema tengo?

Nunca lo supo, porque empezó a sonar la sirena.

—Joder, joder, joder, se supone que estoy de servicio —soltó Fred, y se puso a toda prisa la ropa, le dio un beso apresurado y salió pitando de la habitación.

Ursula no volvió a verlo nunca más.

Estaba leyendo el Diario de Guerra de Seguridad Nacional de las terribles primeras horas del 11 de mayo: «Hora de procedencia: 00.45. Medio de procedencia: teletipo. Estado: recibido. Asunto: Oficinas portuarias del suroeste de India destruidas por un obús». Y también la abadía de Westminster, el Parlamento, el cuartel general de De Gaulle, la Real Casa de la Moneda, el Tribunal de Justicia. Había visto con sus propios ojos la iglesia de Saint Clement Dane ardiendo como una monstruosa tea en el Strand. Y todas las personas corrientes que llevaba sus preciosas vidas corrientes en Bermondsey, en Islington, en Southwark. La lista seguía y seguía. La interrumpió la señorita Fawcett.

—Un mensaje para usted, señorita Todd —dijo, y le tendió un pedazo de papel.

Una chica a quien conocía y que conocía a su vez a una muchacha en el cuerpo de bomberos le mandaba la copia de un informe del cuerpo auxiliar, con una notita añadida: «Era amigo tuyo, ¿verdad? Lo siento».

«Frederick Smith, bombero, fallecido al caerle un muro encima mientras se ocupaba de un incendio en Earl's Court.»

Maldito estúpido, se dijo Ursula. Maldito, maldito estúpido.

Noviembre de 1943

Fue Maurice quien le dio la noticia. Su llegada coincidió con la del carrito del té con el tentempié de las once.

—¿Puedo hablar contigo un momento?

—¿Quieres un té? —le preguntó ella levantándose del escritorio—. Seguro que podemos permitirnos darte un poco del nuestro, por muy inferior que sea al Pekoe de naranja y el Darjeeling y qué se yo qué más que tomáis en tu oficina. Y supongo que nuestras galletas no pueden ni compararse con las vuestras.

La señora del té seguía esperando, nada impresionada por aquel intercambio con un intruso de las altas esferas.

—No, no me apetece té, gracias —respondió un Maurice sorprendentemente educado y contenido.

A Ursula se le ocurrió de pronto que Maurice casi siempre bullía de ira reprimida (vaya estado tan extraño en el que pasarse la vida), en cierto sentido le recordaba a Hitler (había oído decir que Maurice se despachaba a gusto con las secretarias. «¡Ay, qué injusto! —dijo Pamela—, pero la verdad es que me da risa»).

Maurice nunca se había ensuciado las manos. Nunca se había personado en un incidente, nunca había visto cómo se le desmigajaba un hombre como si fuera una galleta ni se había arrodillado sobre un montoncito de tela y carne que una vez había sido un bebé.

¿Qué estaba haciendo ahí, iba a ponerse a pontificar otra vez sobre su vida amorosa? Ni se le pasó por la cabeza que hubiese venido a decirle (como si fuera una comunicación oficial):

—Siento tener que contarte esto, pero se trata de Ted. Le han dado.

—¿Cómo? —Ursula no pudo desentrañar qué significaba aquello. ¿Que le habían dado qué?—. No entiendo qué quieres decir, Maurice.

—Ted. El avión de Ted se ha estrellado.

Teddy había estado a salvo. Había cumplido con sus horas de vuelo e instruía a pilotos en una unidad operativa. Era jefe de escuadrón, con una Cruz de Vuelo Distinguido (Ursula, Nancy y Sylvie habían asistido a la entrega en el palacio, rebosantes de orgullo). Y entonces solicitó volver al servicio. («Sentí que debía hacerlo.») La chica que Ursula conocía en el Ministerio del Aire —Anne— le contó que solo uno de cada cuarenta tripulantes sobrevivía a un segundo período de servicio.

—¿Ursula? ¿Comprendes lo que te estoy diciendo? Lo hemos perdido.

—Pues lo encontraremos.

—No. Oficialmente está «desaparecido en combate».

—Entonces no está muerto. ¿Dónde ha sido?

—En Berlín, hace un par de noches.

—Saltó en paracaídas, y lo han hecho prisionero —dijo Ursula como quien hace constar un hecho.

—No, me temo que no. Su avión cayó envuelto en llamas, nadie pudo salir.

—¿Cómo sabes eso?

—Lo vieron, hubo un testigo, un compañero piloto.

—¿Quién? ¿Quién lo vio caer?

—No lo sé. —Maurice empezaba a impacientarse.

—No —repitió ella.

No podía ser. El corazón empezó a palpitarle y sintió la boca seca. Se le nubló la vista y aparecieron puntitos, una pintura puntillista. Iba a desmayarse.

—¿Estás bien? —oyó preguntar a Maurice.

«¿Que si estoy bien? —pensó—. ¿Cómo voy a estar bien?»

La voz de Maurice sonaba muy, muy lejos. Lo oyó llamar a gritos a una de las chicas. Alguien acercó una silla, y luego un vaso de agua.

—Vamos, señorita Todd —dijo la chica—, agache la cabeza entre las rodillas.

La muchacha era la señorita Fawcett, una buena chica.

—Gracias, señorita Fawcett —musitó ella.

—Mamá también lo ha encajado muy mal —dijo Maurice, como si el dolor lo confundiera. Él nunca había querido a Teddy como lo querían los demás.

Maurice le dio unas palmaditas en el hombro, y ella trató de no encogerse.

—Bueno, será mejor que vuelva a la oficina —concluyó Maurice y, casi como quien no quiere la cosa, como si lo peor hubiese pasado y pudieran continuar charlando más relajadamente, añadió—: Supongo que nos veremos en la Guarida del Zorro.

—¿Por qué?

—¿Por qué qué?

Ursula se incorporó hasta quedar erguida en la silla. El agua en el vaso se estremeció ligeramente.

—¿Por qué vamos a vernos en la Guarida del Zorro? —Sintió que la señorita Fawcett aún andaba por ahí, solícita.

—Bueno —repuso Maurice—, una familia suele reunirse en ocasiones como esta. Después de todo, no habrá funeral.

—¿No lo habrá?

—No, claro que no. No hay cuerpo —añadió.

¿Se había encogido de hombros? ¿De verdad lo había hecho? Ursula estaba temblando, se dijo que iba a desmayarse, después de todo. Deseó que alguien la abrazara, pero no Maurice. La señorita Fawcett le quitó el vaso de la mano.

—Te llevaré, por supuesto —añadió Maurice—. Mamá me ha parecido afectadísima.

¿Se lo había dicho por teléfono? «Qué horror», se dijo Ursula. Aunque, supuso, difícilmente importaba cómo se diera la noticia. Pero que te la transmitiera Maurice con su traje mil rayas con chaleco, ahí apoyado como estaba contra su escritorio, inspeccionándose las uñas, aguardando a que ella dijera que estaba bien para poder marcharse…

—Estoy bien, puedes irte.

La señorita Fawcett le llevó un té calentito con azúcar.

—Lo siento muchísimo, señorita Todd. ¿Quiere que la acompañe a casa?

—Es muy amable por su parte, pero estaré bien. Eso sí, ¿le parece que podría traerme el abrigo?

Retorcía la gorra del uniforme en las manos. Lo estaban poniendo nervioso con su mera presencia. Roy Holt tomaba cerveza de una gran jarra de cristal con relieve, a grandes sorbos, como si tuviera mucha sed. Era amigo de Teddy, el testigo de su muerte.

El «compañero piloto». La última vez que Ursula había estado allí, visitando a Teddy, en el verano de 1942, se sentaron en la terraza del bar y tomaron sándwiches de jamón y huevos en escabeche.

Roy Holt era de Sheffield, donde el aire aún pertenecía a Yorkshire pero quizá no era tan bueno. Su madre y su hermana habían muerto en los terribles ataques aéreos de diciembre de 1940, y él decía que no descansaría hasta haber dejado caer una bomba directamente sobre la cabeza de Hitler.

—Bien hecho —dijo Izzie.

Ursula advirtió que su tía tenía una forma peculiar de tratar a los jóvenes, maternal y coqueta al mismo tiempo (donde antes solo había sido coqueta). Observarla resultaba un poco perturbador.

En cuanto se enteró de la noticia, Izzie volvió a toda prisa de Cornualles a Londres y le exigió a «un hombre que conocía» en el gobierno que le facilitara un coche y un puñado de cupones para gasolina, para llevarlas a las dos a la Guarida del Zorro y, desde allí, emprender viaje al aeródromo de Teddy. («Nunca conseguirías llegar en un tren, estás demasiado afectada.») Eso de «hombres que conocía» solía ser un eufemismo para referirse a sus ex amantes. («¿Qué ha hecho para conseguir esto?», le preguntó el hosco propietario de una gasolinera donde repostaron de camino al norte. «Me he acostado con alguien importantísimo», respondió Izzie con dulzura.)

Ursula no veía a Izzie desde el funeral de Hugh, cuando le hizo la asombrosa confesión de que tenía un hijo; se le ocurrió que quizá podría sacar de nuevo el tema en el trayecto a Yorkshire (sería complicado), teniendo en cuenta lo alterada que estaba Izzie y que supuestamente no tenía a nadie más con quien hablarlo. De modo que le preguntó:

—¿Quieres contarme algo más sobre lo de tu niño?

—Ah, ¿sobre eso? —dijo Izzie a la ligera como si fuera algo trivial—. Olvida lo que te dije, solo tenía el día morboso. Qué tal si paramos a tomar el té en algún sitio, yo desde luego me zamparía un bollito, ¿tú no?

Sí, se reunieron todos en la Guarida del Zorro, y no, no había «cuerpo». A esas alturas la situación de Teddy y su tripulación se había cambiado de «desaparecidos en combate» a «desaparecidos y dados por muertos». Maurice dijo que no había esperanza, debían dejar de pensar que la había.

—Siempre hay esperanza —dijo Sylvie.

—No —repuso Ursula—, hay veces en las que de verdad no la hay.

Pensó en aquel bebé. Emil. ¿Qué aspecto tendría Teddy? ¿Estaría ennegrecido y encogido como un pedazo de leña calcinada? Quizá no quedaba nada en absoluto, ningún resto del «cuerpo». Basta, basta ya. Inspiró profundamente. Piensa en él de pequeñito, jugando con sus aviones y trenes… No, eso era peor, en realidad. Mucho peor.

—No ha sido una sorpresa la verdad —dijo Nancy con gran seriedad.

Estaban sentadas en la terraza. Se les había ido un poco la mano con el buen whisky de malta de Hugh. Se hacía extraño beberse su whisky cuando el propio Hugh ya no estaba. Lo tenía en una licorera de cristal tallado sobre el escritorio de su estudio, y era la primera vez que Ursula lo tomaba sin que se lo hubiera servido su padre. («¿Te apetece un traguito de algo bueno de verdad, osita?»)

—Había volado ya en muchas misiones —prosiguió Nancy—, tenía pocas probabilidades de sobrevivir.

—Sí, lo sé.

—Él lo esperaba. Incluso aceptaba que fuera así. Tienen que hacerlo, todos esos muchachos —repuso Nancy, y continuó—: Ya sé que no parezco lo bastante abatida, pero tengo el corazón partido en dos. Lo quería muchísimo. No, lo quiero muchísimo. No sé por qué he usado el pasado, como si el amor muriese con tu amado. Lo quiero incluso más ahora, porque me da una lástima terrible. Nunca se casará, nunca tendrá hijos, nunca tendrá la maravillosa vida que le correspondía por derecho. No por todo esto —añadió, haciendo un ademán para indicar la Guarida del Zorro, la clase media e Inglaterra en general—, sino porque era un hombre muy bueno. Sólido y fiable, como una gran campana, creo. —Se echó a reír—. Ya sé que digo tonterías. Pero sé que si alguien me entiende eres tú. Y no puedo llorar, ni siquiera quiero llorar. Mis lágrimas nunca podrían compensar su pérdida.

Teddy le había dicho una vez que Nancy no quería hablar, y ahora no quería hacer otra cosa que hablar. La propia Ursula apenas pronunció una palabra, pero no paraba de llorar. No conseguía pasar ni una hora sin contener las lágrimas. Aún tenía los ojos hinchados y enrojecidos. Crighton se había portado de maravilla, estrechándola entre sus brazos para calmarla, preparándole infinitas tazas de té, un té birlado del Almirantazgo, suponía. No le soltó tópicos, no dijo que todo iría bien, que el tiempo lo curaría todo, que Ted estaba en un sitio mejor ahora; ninguna de esas sandeces. La señorita Woolf también estuvo increíble. Acudió a verla y se sentó con Crighton, sin cuestionarse un solo instante quién sería, y le cogió la mano, le acarició el cabello y le permitió ser una cría inconsolable.

Ahora todo eso había pasado ya, se dijo mientras apuraba el whisky. Ahora no quedaba nada, simplemente. Solo había un vasto y anodino paisaje de nada, que se extendía hasta el horizonte de su mente. «La desesperanza detrás y la muerte delante.»

—¿Querrás hacer algo por mí? —le preguntó Nancy.

—Sí, claro, lo que sea.

—¿Averiguarás si hay la más mínima esperanza de que siga vivo? Sin duda hay una posibilidad, por pequeña que sea, de que lo hayan hecho prisionero. Pensaba que quizá conocerías a alguien en el Ministerio del Aire…

—Bueno, sí, conozco a una chica.

—O quizá Maurice conoce a alguien, alguien que pueda dar… una respuesta definitiva. —Se puso en pie, tambaleándose un poco por el whisky, y añadió—: Tengo que irme.

—Yo la he visto antes —le dijo Roy Holt.

—Sí, vine de visita el año pasado —contestó Ursula—. Me alojé aquí, en el White Hart, que alquila habitaciones, aunque supongo que ya lo sabe. Este es su pub, ¿no? El de los tripulantes de aviones, quiero decir.

—Me acuerdo de que estuvimos tomando copas en el bar.

—Sí, fue una velada muy animada.

Maurice no sirvió de nada, cómo no, pero Crighton lo intentó. La historia era siempre la misma. El avión de Teddy había caído envuelto en llamas y nadie pudo saltar.

—Usted fue la última persona que lo vio —dijo Ursula.

—La verdad es que no pienso mucho en eso —repuso Roy Holt—. Ted era un buen tipo, pero es algo que pasa constantemente. No vuelven. Están aquí a la hora del té, y en el desayuno ya no están. Dedicas un minuto a lamentar su pérdida, y luego ya no le das más vueltas. ¿Está al corriente de las estadísticas?

—Pues sí, lo estoy.

Roy se encogió de hombros.

—No sé, quizá después de la guerra pensaré en ello. Y no sé qué quiere que le cuente.

—Solo queremos saber —intervino Izzie— que no saltó en paracaídas. Que está muerto. Estaban en pleno ataque aéreo y, en esas circunstancias extremas, es posible que usted no hubiera visto el desarrollo entero de la tragedia.

—Está muerto, créanme —contestó Roy Holt—. Toda la tripulación lo está. El avión estaba envuelto en llamas. Es probable que la mayoría hubiese muerto ya. Vi a Ted, nuestros aviones estaban muy cerca, todavía íbamos en formación. Se volvió y me miró.

—¿Que lo miró? —repitió Ursula.

Teddy en los últimos instantes de su vida, sabiendo que iba a morir. ¿En qué estaría pensando? ¿En el prado, la arboleda y el arroyo que discurría por el bosquecillo de las campanillas? ¿O en las llamas que iban a devorarlo, en que sería un mártir más por Inglaterra?

Izzie tendió una mano para oprimir la suya.

—Tranquila.

—A mí solo me preocupaba alejarme de ellos. Su pájaro estaba fuera de control, no quería que el muy cabrón se estrellara contra nosotros. —Roy se encogió de hombros. Parecía increíblemente joven y al mismo tiempo increíblemente viejo—. Deberían pasar página y seguir viviendo —dijo con cierta acritud, y luego, con tono un poco más amable, añadió—: He traído al perro. He pensado que quizá querrían recuperarlo.

Lucky estaba dormido a los pies de Ursula. Se volvió loco de alegría al verla. Teddy no lo había dejado en la Guarida del Zorro, sino que se lo llevó consigo al norte, a la base. «Con el nombre y la reputación que tiene, ¿qué otra cosa iba a hacer?», escribió. Le mandó a Ursula una fotografía de todos los miembros de su tripulación, repantigados en viejas butacas, con Lucky muy orgulloso sobre la rodilla de Teddy, en posición de firmes.

—Pero es su mascota de la suerte —protestó Ursula—. ¿No equivale eso a llamar a la mala suerte? Me refiero al dárnoslo a nosotras.

—Desde que Ted cayó no hemos tenido más que mala suerte —repuso Roy Holt con aire taciturno, y añadió, algo más simpático—: Era el perro de Ted, fiel hasta el final, como suele decirse. El pobre carga con algo funesto. Los muchachos no soportan verlo paseándose por el aeródromo, esperando a que vuelva Ted. Les recuerda que la próxima vez podría tocarles a ellos.

—Yo sí que no puedo soportarlo —le dijo ella a Izzie cuando se alejaban en el coche.

Recordó que era lo que había dicho la señorita Woolf cuando Tony murió. ¿Cuánto se suponía que tenías que soportar? El perro estaba en su regazo, satisfecho; quizá percibía algo de Ted en ella. O eso le gustaba pensar.

—¿Qué otra cosa se puede hacer? —quiso saber Izzie.

Bueno, pues puedes suicidarte. Y habría sido capaz de hacerlo, pero ¿cómo iba a abandonar al perro?

—¿No te parece ridículo? —le preguntó a Pamela.

—No, no es ridículo —repuso Pamela—. El perro es cuanto queda de Teddy.

—A veces me parece que es Teddy, de hecho.

—Eso sí que es ridículo.

Estaban sentadas en el jardín de la Guarida del Zorro, un par de semanas después del día de la Victoria Aliada. («Ahora viene lo más duro», comentó Pamela.) No lo habían celebrado. Sylvie lo convirtió en un día señalado tomándose una sobredosis de somníferos.

—Un gesto egoísta, en realidad —dijo Pamela—. Después de todo, los demás también somos hijos suyos.

Sylvie había abrazado la verdad a su inimitable manera, tendiéndose en la cama de la infancia de Teddy y tragándose un frasco entero de pastillas, que regó con lo que quedaba del whisky de Hugh. También era la habitación de Jimmy, pero no pareció que él contara para ella. Ahora, dos de los niños de Pamela dormían en esa habitación y jugaban con el viejo tren eléctrico de Teddy, montado en la antigua habitación de la señora Glover en la buhardilla.

Los niños, Pamela y Harold vivían en la Guarida del Zorro. Para sorpresa de todos, Bridget había cumplido su amenaza de regresar a Irlanda. Sylvie, enigmática hasta el final, dejó su propia versión de una bomba de acción retardada. Cuando se leyó el testamento, descubrieron que había algo de dinero —en acciones y bonos y esas cosas, para algo Hugh era banquero— que debía repartirse equitativamente, pero Pamela heredaría la Guarida del Zorro.

—Pero ¿por qué yo? —preguntó, desconcertada—. Yo no era más favorita que los demás.

—Ninguno de nosotros era su favorito —respondió Ursula—, solo Teddy. Supongo que si hubiera estado vivo se la habría dejado a él.

—Si hubiera estado vivo ella no estaría muerta.

Maurice se puso furioso. Jimmy no había vuelto de la guerra, y cuando volvió, no pareció que la cosa le preocupara mucho en un sentido u otro. Ursula no sintió una absoluta indiferencia ante el desaire (una palabra que se quedaba pequeña para lo que era una considerable traición), pero pensó que Pamela era la persona ideal para vivir en la Guarida del Zorro y se alegró de que quedara bajo su responsabilidad. Pamela quiso vender y repartir lo obtenido, pero para sorpresa de Ursula, Harold la convenció de que no lo hiciera. (Y costaba lo suyo convencer a Pamela de que no hiciera algo.) A Harold siempre le había caído mal Maurice, tanto por su política como por su forma de ser, y Ursula sospechó que era su forma de castigarlo por…, bueno, por ser Maurice. Todo parecía salido de una obra de Forster, y no habría costado mucho sentir rencor, pero Ursula decidió no hacerlo.

El contenido de la casa debía dividirse entre ellos. Jimmy no quiso nada, pues ya había reservado pasaje a Nueva York y tenía un empleo apalabrado allí en una agencia de publicidad, gracias a alguien con quien había trabado contacto durante la guerra; «un hombre que conozco», dijo, parafraseando a Izzie. Por su parte, Maurice, tras haber decidido que no impugnaría el testamento («aunque tendría éxito, por supuesto»), mandó una furgoneta de mudanzas y prácticamente desvalijó la casa. Nada de lo que se llevó la furgoneta apareció nunca en la casa del propio Maurice, de modo que supusieron que lo vendió todo, más por resentimiento que por otra cosa. Pamela lloró por los preciosos objetos de adorno y alfombras de Sylvie, por la mesa estilo neorregencia, unas sillas reina Ana muy buenas, el reloj de pared del vestíbulo, «cosas con las que crecimos», pero aquello pareció aplacar a Maurice e impedir el estallido de una guerra absoluta.

Ursula se llevó el reloj de sobremesa de Sylvie.

—No quiero nada más —dijo—, solo ser siempre bienvenida aquí.

—Y lo serás. Ya lo sabes.

Febrero de 1947

«¡Maravilloso! Ha sido como un paquete de la Cruz Roja», escribió, y dejó la vieja postal del pabellón de Brighton sobre la repisa de la chimenea junto al reloj de Sylvie y la fotografía de Teddy. Al día siguiente la echaría al correo por la tarde. Tardaría siglos en llegar a la Guarida del Zorro, cómo no.

Una tarjeta de felicitación por su cumpleaños había conseguido llegar hasta ella. El mal tiempo había impedido la celebración habitual en la Guarida del Zorro, y en su lugar, Crighton la había llevó a cenar al Dorchester, a la luz de las velas cuando hubo un corte de electricidad a media comida.

—Qué romántico —comentó él—. Como en los viejos tiempos.

—No recuerdo que lo nuestro fuera especialmente romántico —repuso Ursula.

Su aventura había acabado a la vez que la guerra, pero él se acordó de su cumpleaños, un hecho que la emocionaba más profundamente de lo que Crighton sospechaba. De regalo, le llevó una caja de bombones Milk Tray («No es gran cosa, me temo»).

—¿De las reservas del Almirantazgo? —quiso saber ella, y ambos se echaron a reír.

Cuando llegó a casa, se comió toda la caja de una sentada.

Las cinco en punto. Llevó el plato al fregadero y lo dejó con los otros platos sucios. La nevada cenicienta se había convertido en ventisca contra el cielo oscuro, y fue a correr la fina cortina de algodón en un intento de que desapareciera. Pero se enganchó sin remedio en la guía, y desistió antes de que todo el montaje se viniera abajo. La ventana era vieja y ajustaba mal, y dejaba entrar una corriente lacerante.

Se fue la luz, y tanteó en la repisa de la chimenea en busca de la vela. ¿Podían ir peor las cosas? Se llevó la vela y la botella de whisky a la cama, se acostó bajo las sábanas con el abrigo todavía puesto. Qué cansada estaba. Tener hambre y frío la dejaba a una terriblemente aletargada.

La llama en la pequeña estufa Radiant vaciló de un modo alarmante. ¿Tan mal iban a ponerse las cosas? «Extinguirse sin pena, a medianoche». Había formas mucho peores. Auschwitz, Treblinka. El Halifax de Teddy cayendo del cielo envuelto en llamas. La única manera de impedir las lágrimas era seguir bebiendo whisky. La buena de Pamela. La llama en la Radiant parpadeó y se apagó. Y la luz piloto también. Se preguntó cuándo volvería el gas, y si el olor la despertaría, si se levantaría para volver a encender la estufa. No había esperado morir como un zorro congelado en su guarida. Pammy vería la postal, sabría que le estaba agradecida. Ursula cerró los ojos. Se sentía como si hubiera pasado despierta cien años o más. De verdad que estaba muy cansada, cansadísima.

Empezó a hacerse la oscuridad.

Despertó con un respingo. ¿Ya era de día? La luz estaba encendida pero era de noche. Había soñado que estaba atrapada en un sótano. Se levantó de la cama; aún se sentía un poco borracha, y comprendió que la había despertado la radio. La electricidad había vuelto a tiempo para el pronóstico del tiempo en el mar.

Puso monedas en el contador y la pequeña estufa Radiant volvió a la vida con un pequeño estallido. Pues por lo visto no se había gaseado, después de todo.

Junio de 1967

Esa mañana los jordanos habían abierto fuego contra Tel Aviv, decía el reportero de la BBC, y ahora estaban bombardeando Jerusalén. El hombre aparecía de pie en una calle, Ursula suponía que en Jerusalén, la verdad es que no prestó mucha atención, con el estruendo de la artillería de fondo, demasiado lejos para que le supusiera algún peligro, y sin embargo su atuendo de traje de campaña corriente y su estilo periodístico —vehemente y sin embargo solemne— sugería una improbable heroicidad por su parte.

Benjamin Cole era ahora miembro del Parlamento israelí. Al final de la guerra combatió en la Brigada Judía para después formar parte de la Banda de Stern, en Palestina, que luchaba por crear una patria. Había sido un muchacho tan íntegro que se hacía extraño pensar que se hubiese convertido en un terrorista.

Ursula y él habían quedado para tomar una copa durante la guerra, pero fue un encuentro incómodo. Los impulsos románticos de cuando era jovencita habían perdido intensidad tiempo atrás, mientras que la relativa indiferencia que le provocaba antaño a Benjamin su pertenencia al sexo débil se había trastocado por completo. Ursula apenas había apurado la (floja) ginebra con limonada cuando él sugirió que fueran «a algún sitio».

Aquello le produjo indignación.

—¿Tan ligera de cascos parezco? —le preguntó a Millie después.

—Bueno, ¿por qué no? —repuso ella encogiéndose de hombros—. Podría matarnos una bomba mañana mismo. *Carpe diem* y todo eso.

—Esa parece ser la excusa de todo el mundo para portarse mal —se quejó Ursula—. Si la gente creyera en la condena eterna no andaría aprovechando el presente hasta este punto.

Había tenido un mal día en la oficina. Una administrativa recibió la noticia de que el barco de su novio se había ido a pique y tuvo un ataque de histeria, y se perdió un papel importante en el mar de carpetas beige, lo que produjo también mucha angustia, si bien de otro orden; de modo que Ursula no aprovechó el presente con Benjamin Cole pese a lo insistentemente que la cortejó.

—Siempre he tenido la sensación de que había algo entre nosotros, ¿tú no?

—Demasiado tarde, me temo —repuso ella cogiendo el bolso y el abrigo—. A ver si me pescas la próxima vez.

La BBC centró su atención en Downing Street. Alguien había dimitido. Ella había oído chismorreos al respecto en la oficina, pero no se tomó la molestia de escuchar.

Estaba cenando —una tostada con queso fundido— en una bandeja en las rodillas. Ahora solía cenar así. Le parecía ridículo poner la mesa con fuentes, platos y mantelitos y toda la parafernalia que acompañaba a una comida para una sola persona. ¿Y luego qué? ¿Cenar en silencio o encorvada sobre un libro? A algunos, las comidas delante de la tele les parecía el principio del fin de la civilización. (¿Indicaba acaso su acérrima defensa de ellas que en el fondo opinara lo mismo?) Era obvio que esas personas no vivían solas. Además, el principio del fin de la civilización había tenido lugar tiempo atrás. En Sarajevo, quizá, o en Stalingrado como muy tarde. Hasta había quienes dirían que el fin había empezado en el principio mismo, en el Jardín del Edén.

Además, ¿por qué era tan malo ver la tele? No podías ir al teatro o al cine (o al pub, ya puesta) todas las noches. Y cuando vivías sola, tu única conversación dentro de casa solías mantenerla con el gato, y tendía a ser una charla un poco desigual. Con los perros era distinto, pero no había vuelto a tener perro desde Lucky. Murió en el verano del 49, de viejo, según el veterinario. Para Ursula, cuando pensaba en él, siempre era joven. Lo enterraron en la Guarida del Zorro y Pamela compró un rosal, rojo intenso, y lo plantó a modo de lápida. El jardín de la Guarida del Zorro era un verdadero cementerio de perros. Fueras a donde fueses había un rosal con un perro debajo, aunque solo Pamela recordaba cuál era cuál.

Y, de todas formas, ¿qué otra alternativa había que ver la televisión? (No estaba dispuesta a dejar aquella discusión, aunque fuese consigo misma.) ¿Un rompecabezas? ¿De verdad? Estaba la lectura, por supuesto, pero no siempre tenías ganas de volver de una agotadora jornada de trabajo, llena de mensajes, informes y agendas, para cansarse la vista con más palabras. La radio y los discos también estaban bien, cómo no, pero seguían siendo «solipsistas» en cierto sentido. (Sí, estaba demasiado protestona.) Al menos con la televisión no había que pensar. Y eso no era mala cosa.

Cenaba más tarde de lo habitual porque había asistido a su fiesta de jubilación, lo cual se parecía bastante a asistir a tu propio funeral, con la diferencia de que luego salías por tu propio pie. Fue una celebración modesta, consistente en unas copas en un pub de la zona, pero muy agradable, y le produjo alivio que acabara temprano (donde otros podían haberse sentido injustamente tratados). No se jubilaba de manera oficial hasta el viernes, pero le pareció que al personal le resultaría más fácil dar el asunto por concluido entre semana. Era posible que no les hiciera gracia sacrificar una noche de viernes.

De antemano, en la oficina, le regalaron un reloj de sobremesa con la inscripción «Para Ursula Todd, en agradecimiento a sus muchos años de leales servicios». «Madre mía —se dijo—, vaya epitafio tan aburrido.» Era un regalo tradicional, y no tuvo valor para decir que ya tenía uno, y mucho más bueno, además. Pero también le regalaron un par de (buenas) entradas para el ciclo de conciertos de la BBC, para una interpretación de la Coral de Beethoven, lo cual le pareció todo un detalle; supuso que su secretaria, Jacqueline Roberts, había tenido mucho que ver.

—Has contribuido a allanarles el camino a las mujeres para el acceso a puestos de importancia en Defensa Civil —le dijo Jacqueline en voz baja mientras le tendía un Dubonnet, la bebida preferida de Ursula en esa época.

«Por desgracia, mi puesto no ha sido tan importante —se dijo—. Nunca he estado al mando.» Eso seguía siendo para los Maurices de este mundo.

—Bueno, salud —dijo, y entrechocó la copa contra el oporto con limón de Jacqueline.

Ahora no bebía mucho, aparte de un Dubonnet de vez en cuando y una botellita de borgoña el fin de semana. No como Izzie, que seguía habitando la casa de Melbury Road y vagaba por sus numerosas habitaciones como una dipsomaníaca señorita Havisham. Ursula iba a verla todas las mañanas de los sábados con una bolsa de comida, cuya mayor parte parecía acabar en la basura. Ya nadie leía *Las aventuras de Augustus*. Teddy habría sentido alivio y sin embargo ella lo lamentaba, como si el mundo hubiese olvidado otra pequeña parte de su hermano.

—Probablemente te darán alguna condecoración —dijo Maurice—, ahora que te has jubilado. Te harán miembro de la Orden del Imperio Británico o algo así.

A él lo habían nombrado caballero en la última ronda de honores. («Madre mía —comentó Pamela—, ¿adónde va a ir a parar este país?») Maurice mandó a cada miembro de su familia una fotografía suya enmarcada, inclinándose ante la espada de la reina en el salón de baile de palacio. «Cielos, vaya orgullo desmedido el de este hombre», comentó Harold.

La señorita Woolf habría sido la acompañante perfecta para la Coral en el Albert Hall. Ursula la había visto por última vez precisamente allí, en el concierto por el septuagésimo quinto aniversario del nacimiento de Henry Wood en el 44. Resultó muerta unos meses después en el ataque con un proyectil en Aldwych. Anne, la chica del Ministerio del Aire, murió en ese mismo ataque. Había subido al tejado del ministerio con varias colegas más, a tomar el sol y comerse allí el almuerzo. Hacía mucho tiempo de aquello. Y había pasado ayer.

Se suponía que Ursula tenía que encontrarse con ella en el parque de Saint James a la hora de comer. Por lo visto, la chica del Ministerio del Aire, Anne, tenía algo que contarle, y Ursula se preguntó si sería alguna clase de información sobre Teddy. Quizá habían encontrado restos del avión, o un cuerpo. Tiempo atrás había aceptado que Teddy se había ido para siempre, pues si estuviera prisionero de guerra o se las hubiese apañado para huir a Suecia ya se habrían enterado.

En el último momento intervino el destino en la persona del señor Bullock, que apareció en su puerta la noche anterior (¿cómo sabía su dirección?) para preguntarle si comparecería con él ante un tribunal para dar fe de su buen carácter. Lo juzgaban por alguna clase de fraude en el mercado negro, lo cual no supuso una sorpresa. Ursula era su segunda opción, por detrás de la señorita Woolf, pero a la señorita la habían nombrado supervisora de distrito y era responsable de las vidas de doscientas cincuenta mil personas, todas ellas más dignas de su estima que el señor Bullock. Al final, las «aventuras» de Bullock en el mercado negro la habían hecho volverse contra él. Ninguno de los voluntarios que Ursula conocía de su puesto de vigilancia seguía allí en el 44.

Le produjo cierta alarma enterarse de que el señor Bullock comparecería en el tribunal de lo penal en Londres, el Old Bailey; Supuso que la suya era una falta menor, digna de un simple juzgado de primera instancia. Esperó toda la mañana, en vano, a que la llamaran a declarar, y justo cuando se levantaba la sesión para comer, oyó el sonido sordo de una explosión, pero no imaginó que se tratara de un cohete V2 provocando una carnicería en Aldwych. Huelga decir que el señor Bullock fue declarado inocente de todos los cargos.

Crighton asistió con ella al funeral de la señorita Woolf. Fue como una roca, pero al final se quedó en Wargrave.

—«Sus cuerpos fueron sepultados en paz, pero sus nombres vivirán a través de las generaciones» —bramó el pastor como si la congregación fuese dura de oído—. Eclesiastés cuarenta y cuatro, catorce.

A Ursula no le parecía que aquello fuera del todo cierto. ¿Quién se acordaría de Emil o Renee? O del pobrecito Tony, de Fred Smith, de la propia señorita Woolf. Ella misma había olvidado ya los nombres de casi todos los muertos. Todos aquellos aviadores, todas aquellas jóvenes vidas perdidas. Cuando Teddy murió era el oficial al mando de su escuadrón con solo veintinueve años. El oficial más joven al mando tenía veintidós. El tiempo se había acelerado para aquellos muchachos, como había hecho con Keats.

Cantaron «Adelante, soldados de Cristo»; Crighton tenía una buena voz de barítono que Ursula no había oído antes. Tuvo la certeza de que la señorita Woolf habría preferido Beethoven que los enardecedores himnos de batalla de la Iglesia.

La señorita Woolf había tenido la esperanza de que Beethoven curase las heridas del mundo de la posguerra, pero los obuses que apuntaban hacia Jerusalén parecían la derrota definitiva de su optimismo. Ursula tenía ahora la misma edad que la supervisora cuando estalló la última guerra, y entonces a ella le había parecido vieja.

—Y ahora las viejas somos nosotras —le dijo a Pamela.

—Habla por ti misma. Y aún no tienes ni sesenta, eso no es ser vieja.

—Pues yo me siento así.

Cuando sus hijos crecieron y dejaron de precisar su supervisión constante, Pamela se convirtió en una de esas mujeres que se dedican a las buenas obras. (Ursula no pretendía criticarla, todo lo contrario.) Se convirtió en juez de paz y al final en magistrada, participaba activamente en comités benéficos y el año anterior había obtenido una plaza en el consejo local como independiente. Y tenía también que llevar al día la casa (aunque contaba con «una mujer que se ocupa») y el enorme jardín. En 1948, cuando se creó el Servicio Nacional de Salud, Harold se puso al mando de la antigua consulta del doctor Fellowes. El pueblo había crecido en torno a ellos, cada vez con más casas. El prado desapareció, la arboleda también, y muchos campos de la finca de Ettringham Hall se vendieron a una promotora inmobiliaria. (Corría el rumor de que habría un hotel.) Los recortes de Beeching en la red ferroviaria condenó a muerte a la pequeña estación, que había cerrado dos meses antes pese a la heroica campaña por que siguiera en marcha, encabezada por Pamela.

—Pero todo esto sigue siendo precioso. Cinco minutos andando y estás en campo abierto. Y el bosque sigue intacto, de momento.

Sarah. Llevaría a Sarah al concierto de la BBC. Era la recompensa de Pamela por su paciencia: su hija, nacida en 1949. Ingresaría en Cambridge pasado el verano, en el campo de las ciencias; era lista, una chica que podía con todo, como su madre. Ursula le tenía muchísimo cariño. Ser tía la había ayudado a sellar la caverna vacía que tenía en el corazón desde la muerte de Teddy. Últimamente pensaba con frecuencia que ojalá hubiese tenido un hijo... Había mantenido una serie de relaciones a lo largo de los años, si bien era cierto que ninguna muy emocionante (la culpa había sido sobre todo suya, cómo no, por no haber querido «comprometerse»), pero nunca se había quedado embarazada, nunca había sido madre ni esposa, y solo cuando cayó en la cuenta de que era demasiado tarde, de que ya nunca lo sería, comprendió qué se había perdido. La vida de Pamela continuaría cuando muriese, con sus descendientes desplegándose por el mundo como las aguas de un delta, pero cuando Ursula muriese sencillamente se acabaría. Un río que se había quedado seco.

También hubo flores, y Ursula supuso que de nuevo había sido idea de Jacqueline. Habían sobrevivido a la velada en el pub, gracias a Dios. Unos preciosos lirios rosa que ahora lucían sobre el aparador y perfumaban la habitación. La sala de estar daba al oeste y estaba inundada por el sol del atardecer. Fuera aún había mucha luz y los árboles mostraban sus mejores hojas nuevas en el jardín comunitario. Era un piso muy bonito, cerca del oratorio de Brompton, y había invertido en comprarlo todo el dinero que le dejó Sylvie. Tanto la pequeña cocina como el baño eran modernos, pero no quiso que la decoración lo fuera. Después de la guerra compró muebles y objetos antiguos sencillos y de buen gusto, cuando nadie quería esa clase de cosas. Todos los suelos estaban enmoquetados en verde pálido y las cortinas eran de la misma tela que las fundas del tresillo, con un estampado de Morris, uno de los más sutiles. La pintura al agua de las paredes, de un tono limón pálido, volvía el piso luminoso y aireado incluso los días de lluvia. Había varias piezas de porcelana de Meissen y Worcester —fuentes para dulces y un juego de jarrones—, también conseguidas a buen precio tras la guerra, y siempre tenía flores en casa; Jacqueline lo sabía.

El único toque ordinario lo proporcionaba una pareja de zorros de Staffordshire, de color naranja y bastante chabacanos que llevaban entre las fauces sendos conejos muertos. Los había comprado años atrás en Portobello Road, por una miseria. Le recordaron la Guarida del Zorro.

—Me encanta venir aquí —dijo Sarah—. Tienes cosas preciosas y todo está siempre impecable, no como en casa.

—Podrás permitirte tenerlo todo impecable cuando vivas por tu cuenta —repuso Ursula, aunque el cumplido la halagó.

Suponía que debería hacer testamento, dejarle todos sus bienes mundanos a alguien. Le gustaría que Sarah se quedara el piso, pero el recuerdo del descalabro con el legado de la Guarida del Zorro a la muerte de Sylvie la hacía titubear. ¿Se debía mostrar un favoritismo descarado como ese? Seguramente no. Debía dividir sus bienes entre sus siete sobrinos, incluidos aquellos que no le caían bien o a los que no veía. Jimmy, por supuesto, nunca se había casado ni tenía hijos. Ahora vivía en California.

—Es homosexual, ya lo sabías, ¿no? —dijo Pamela—. Siempre ha tenido esa tendencia.

Lo dijo a título informativo, sin intención de censurarlo, pero aun así hubo cierta salacidad en sus palabras y un levísimo toque de engreimiento, como si tener opiniones liberales se le diera mejor. Ursula se preguntó si Pamela estaría al corriente de las «tendencias» sexuales de Gerald.

—Jimmy es Jimmy y punto —concluyó.

Un día de la semana anterior, cuando volvió de almorzar, se encontró un ejemplar del *Times* sobre su escritorio. Estaba abierto y doblado por el sitio preciso para que solo se vieran las necrológicas. La de Crighton incluía una fotografía de uniforme, de antes de que ella lo conociera. Había olvidado lo guapo que era. La nota ocupaba lo suyo y mencionaba Jutlandia, cómo no. Ursula se enteró de que su esposa Moira había «fallecido» antes que él, de que lo habían hecho abuelo varias veces y de que tenía pasión por el golf. Crighton siempre había detestado el golf, y Ursula se preguntó cuándo habría tenido lugar aquella conversión. ¿Y quién diablos habría dejado el *Times* sobre su escritorio? ¿A quién se le habría ocurrido darle la noticia tantos años después? No tenía la menor idea y supuso que nunca lo sabría. Hubo un tiempo durante su relación en el que Crighton se dedicó a mandarle notas que alguien dejaba sobre el escritorio, mensajitos amorosos bastante subidos de tono que aparecían como por arte de magia. Quizá la misma mano invisible había entregado el *Times*, tantos años después.

—Nuestro hombre del Almirantazgo ha muerto —le contó a Pamela—. Todo el mundo se acaba muriendo, claro.

—Pues vaya topicazo —comentó Pamela con una carcajada.

—No, me refiero a que todas las personas a quienes has conocido, incluida tú misma, estarán muertas algún día.

—Sigue siendo un tópico.

—*Amor fati* —dijo Ursula—. Nietzsche no paraba de escribir sobre eso. Yo no lo entendí, pensé que el tipo me estaba llamando «amorfa». ¿Te acuerdas de que me mandaron a un psiquiatra, el doctor Kellet? En el fondo era todo un filósofo.

—¿Amor al destino?

—En realidad significa aceptación. Que debes aceptar lo que te pase, sea bueno o malo. La muerte es solo algo más que debe aceptarse, supongo.

—Pues parece salido del budismo. ¿Te he contado que Chris

se va a India, a alguna especie de monasterio? Un retiro espiritual, lo llama él. Le ha costado mucho centrarse en lo que sea desde que salió de Oxford. Por lo visto es un poco «hippy».

Ursula se dijo que Pamela era muy benevolente con su tercer hijo. A ella, Christopher le parecía un poco repulsivo. Trató de pensar en un término más amable para describirlo, pero no lo encontró. Era de esas personas que te miraban con una sonrisa elocuente en la cara, como si fuera intelectual y espiritualmente superior a ti, cuando en realidad solo era un inepto en el aspecto social.

El aroma de los lirios, tan delicioso cuando los había puesto en agua, empezaba a provocarle ligeras náuseas. El ambiente estaba cargado en la habitación. Debería abrir una ventana. Se puso en pie para llevar la bandeja a la cocina y sintió una repentina punzada de dolor cegador en la sien derecha. Tuvo que volver a sentarse y esperar a que pasara. Llevaba varias semanas con esas molestias. Una punzada intensa que luego remitía y le dejaba la cabeza como de corcho y un zumbido en las orejas. Y otras veces era directamente un dolor muy fuerte, terrible y sostenido. Le pareció que podía tener la presión alta pero, tras una serie de pruebas, el diagnóstico del hospital fue una «probable» neuralgia. Le administraron calmantes fuertes y le dijeron que se sentiría mejor una vez que se hubiese jubilado.

—Tendrá tiempo para relajarse, tómeselo con calma —le dijo el médico con el tono de voz que reservaba para la gente mayor.

El dolor pasó y volvió a ponerse en pie con cautela.

¿En qué emplearía el tiempo? Se preguntó si debería mudarse al campo, a una casita, y participar en la vida de algún pueblecito, quizá en algún sitio no muy lejos de Pamela. Se imaginó en el Saint Mary Mead de Agatha Christie, o en el Fairacre de la señorita Read. ¿Y si escribía ella una novela? Con eso ocuparía el tiempo, desde luego. Y un perro, ya era hora de tener otro perro. Pamela los tenía de la raza golden retriever, una sucesión de ellos que se iban reemplazando; a Ursula le resultaba difícil distinguir uno de otro.

Lavó los cuatro cacharros que había usado. Se dijo que se acostaría temprano; se prepararía un batido de soja y se llevaría el libro a la cama. Estaba leyendo *Los comediantes* de Graham Greene. Quizá le hacía falta descansar más, pero últimamente le daba un poco de miedo dormir. Tenía sueños tan vívidos que a veces le costaba aceptar que no fueran reales. Varias veces llegó a creer que le había ocurrido algo muy descabellado, cuando la lógica le decía que no era así. Y las caídas. En los sueños siempre caía, escaleras abajo o de acantilados; una sensación de lo más desagradable. ¿Eran acaso los primeros indicios de la demencia? El principio del fin. El fin del principio.

Desde la ventana de su habitación veía ascender una luna llena y redonda. La Luna Reina de Keats, se dijo. «Suave es la noche.» Volvía a dolerle la cabeza. Se sirvió un vaso de agua del grifo y se tomó un par de calmantes.

—Pero si hubiesen matado a Hitler, antes de que fuera canciller, se habría impedido todo este conflicto entre árabes e israelíes, ¿no? —La guerra de los Seis Días, pues así la llamaban, había concluido con una decisiva victoria israelí. Ursula continuó—: Entiendo muy bien que los judíos quisieran crear un estado independiente y defenderlo enérgicamente, claro que sí, y siempre he apoyado la causa sionista, incluso antes de la guerra, pero, por otra parte, entiendo que los estados árabes se sientan tan agraviados. Sin embargo, si Hitler no hubiese podido llevar a cabo el Holocausto…

—Porque lo habrían matado, ¿no?

—Eso, porque estaría muerto. En ese caso el apoyo a un estado judío habría sido mucho menos…

—La historia es un gran compendio de casos hipotéticos —zanjó Nigel.

Primogénito de Pamela, y sobrino varón favorito de Ursula, era profesor de historia en Brasenose, la antigua facultad de Hugh. Ursula lo había invitado a comer en Fortnum and Mason.

—Qué agradable es tener una conversación inteligente con alguien —comentó ella—. He estado de vacaciones en el sur de Francia con mi amiga Millie Shawcross, ¿la conoces? ¿No? Aunque ya no se llama así, lleva varios maridos, cada uno más rico que el anterior.

Millie, la novia de guerra, regresó pitando de Estados Unidos en cuanto pudo, pues su nueva familia era un «hatajo de vaqueros», según ella. Volvió a subirse al escenario y tuvo varias relaciones desastrosas antes de encontrar oro en la forma del vástago de una familia enriquecida con el petróleo que vivía en un paraíso fiscal.

—Ahora vive en Mónaco. No tenía ni idea de que fuera pequeño hasta ese extremo. La verdad es que últimamente se ha vuelto bastante estúpida. Ya me estoy poniendo pesada, ¿no?

—No, para nada. ¿Quieres más agua?

—La gente que vive sola tiende a parlotear. Vivimos sin control alguno, verbal por lo menos.

Nigel sonrió. Llevaba gafas muy formales y tenía la encantadora sonrisa de Harold. Cuando se quitó las gafas para limpiarlas con la servilleta, pareció jovencísimo.

—Qué joven se te ve —dijo Ursula—. Bueno, es que lo eres, claro. Ahora sí que parezco una tía chocha, ¿no?

—Qué va, si eres la persona más lista que conozco.

Ella untó con mantequilla un panecillo, bastante contenta con aquel cumplido.

—Una vez oí decir a alguien que la capacidad de ver las cosas en retrospectiva era algo maravilloso, que sin ella no existiría la historia.

—Y probablemente tenía razón.

—Pero piensa en lo distintas que podrían haber sido las cosas —insistió Ursula—. No habría existido el Telón de Acero, probablemente, y Rusia no habría sido capaz de zamparse toda Europa del Este.

—¿De zampársela?

—Bueno, aquello fue pura gula. Y los norteamericanos quizá no se hubieran recuperado tan rápido de la Gran Depresión sin una economía de guerra y por tanto no ejercerían tanta influencia en el mundo de la posguerra...

—Un montón increíble de gente seguiría viva.

—Pues sí, obviamente. Y los judíos harían que la fisonomía cultural de Europa fuese distinta. Piensa en toda esa gente desplazada que se arrastra de un país a otro. Gran Bretaña aún tendría un imperio, o al menos no lo habríamos perdido de forma tan precipitada..., no estoy diciendo que ser una potencia imperial sea buena cosa, por supuesto. Y no habríamos acarreado nuestra propia bancarrota ni lo habríamos pasado tan mal para recuperarnos, tanto en el aspecto financiero como en el psicológico. Y no habría Mercado Común...

—En el que de todas formas no nos dejan entrar.

—¡Piensa en lo fuerte que sería Europa! Aunque quizá Goering y Himmler habrían tomado cartas en el asunto. Y todo habría ocurrido exactamente igual.

—Es posible. Pero los nazis eran un partido casi marginal hasta que subieron al poder. Todos eran psicópatas fanáticos, pero ninguno tenía el carisma de Hitler.

—Ay, sí, ya lo sé —repuso Ursula—. Era extraordinariamente carismático. La gente habla del carisma como si fuese algo bueno, pero en realidad es una especie de hechizo en el sentido más antiguo del término, como una práctica de brujería, ¿sabes? Creo que era por los ojos, tenía unos ojos muy cautivadores. Si los mirabas fijamente tenías la sensación de correr el riesgo de creer…

—¿Lo conociste en persona? —interrumpió Nigel, atónito.

—Bueno —respondió Ursula—. No exactamente. ¿Te apetece algo de postre, querido?

Estaban en julio, y cuando volvía andando de Fortnum and Mason por Piccadilly hacía más calor que en el Hades. Hasta los colores parecían calientes. En los últimos tiempos todo le parecía radiante; radiante y joven. Había chicas en la oficina que llevaban faldas como volantes de cortina. Los jóvenes estaban entusiasmados consigo mismos, como si hubiesen inventado el futuro. Esa era la generación por la que se había librado la guerra, y ahora se dedicaban a pasear por ahí la palabra «paz» como si fuera un eslogan publicitario. No habían pasado por una guerra («Y eso es bueno —oyó decir a Sylvie—, por mediocres que salgan»). En palabras de Churchill, les habían entregado el título de propiedad de la libertad. Lo que hicieran ahora con ella era asunto suyo, suponía Ursula. (Vaya carca estaba hecha, se había convertido en la persona que siempre pensó que nunca sería.)

Se le ocurrió dar un paseo por los parques y cruzó la calle para entrar en Green Park. Siempre paseaba allí los domingos, pero ahora que estaba jubilada pensó que todos los días serían domingo. Pasó de largo el palacio y entró en Hyde Park, se compró un helado en un quiosco junto al Serpentine y decidió alquilar una tumbona. Estaba terriblemente cansada; el almuerzo parecía haberle minado las fuerzas.

Debía de haberse dormido, por culpa de toda aquella comida. Había barcas en el lago, gente que pedaleaba, reía y bromeaba. Ay, cielos, se dijo; notaba los inicios de un dolor de cabeza y no llevaba calmantes en el bolso. Quizá encontraría un taxi en Carriage Drive, pues no sería capaz de llegar a casa andando con ese calor y sintiendo dolor. Pero entonces el dolor disminuyó en lugar de volverse más severo, y no era esa la progresión habitual de sus dolores de cabeza. Volvió a cerrar los ojos, bajo un sol radiante que aún calentaba. Sentía una pereza maravillosa.

Se le hacía raro dormir rodeada de gente. Debería sentirse vulnerable, pero en cambio le proporcionaba cierto consuelo. ¿Cómo era aquella frase de Tennessee Williams, «la bondad de los extraños»? El canto de cisne de Millie en el escenario, el último jadeo del cisne moribundo, había consistido en interpretar a Blanche DuBois en una puesta de escena en Bath en 1955.

Dejó que los murmullos distantes del parque la adormecieran como una canción de cuna. La vida no consistía en convertirse en algo, ¿no? Consistía en ser algo. El doctor Kellet habría estado de acuerdo con esa idea. Todo era efímero y sin embargo eterno, se dijo, amodorrada. En algún lugar ladraba un perro. Una niñita lloraba. La niñita era suya, notaba su delicado peso en los brazos. La sensación era adorable. Soñaba. Estaba en un prado: lino y consuelda, ranúnculo, amapolas silvestres, borbonesas y margaritas, y campanillas de invierno fuera de temporada. Las rarezas del mundo de los sueños, se dijo, y captó el sonido del pequeño reloj de sobremesa de Sylvie que daba las doce de la noche. Alguien cantaba, una niña, con una vocecita aflautada: «Yo tenía un arbolito y otro fruto no daba que una nuez de plata y una pera dorada». *Muskatnuss*, pensó; nuez moscada en alemán. Llevaba siglos tratando de recordar esa palabra, y de pronto ahí estaba.

Ahora se encontraba en un jardín. Oía el delicado tintineo de tazas y platillos, el traqueteo de un cortacésped, y percibía el perfume dulzón y un poco picante de las clavelinas. Un hombre la lanzaba al aire y había terrones de azúcar desparramados por la hierba. Había otro mundo pero era este mismo. Se permitió una risita aunque opinaba que la gente que se reía sola en público probablemente estaba chiflada.

Pese al calor veraniego, empezó a nevar; después de todo, en los sueños pasaban esas cosas. La nieve le fue cubriendo la cara, una sensación muy agradable y fresca con el tiempo que hacía. Y de pronto estaba cayendo, precipitándose en la oscuridad negra y profunda…

Pero ahí estaba la nieve otra vez, blanca y acogedora, un rayo de sol hendía las cortinas cual reluciente espada, y alguien la cogía a ella para acunarla en sus suaves brazos.

—Voy a llamarla Ursula —dijo Sylvie—. ¿Qué te parece?

—Me gusta —contestó Hugh. Apareció su rostro, con el bigote y las patillas bien recortados, los ojos verdes llenos de ternura—. Bienvenida, osita.

El fin del principio

—Bienvenida, osita.

Su padre. Ella tenía los mismos ojos.

Hugh caminaba de aquí para allá, como dictaba la tradición, por la alfombra de Voysey del pasillo del piso de arriba, desterrado del sanctasanctórum en sí. Desconocía los detalles de lo que sucedía al otro lado de la puerta, más que agradecido de que no se le exigiese estar al tanto del proceso de un parto. Los alaridos de Sylvie denotaban tortura, cuando no una carnicería en toda regla. Las mujeres eran extraordinariamente valientes, pensó Hugh, que fumó varios cigarrillos para contener cualquier atisbo de aprensión, algo muy poco masculino.

La sosegada voz de bajo del doctor Fellowes le procuraba cierto alivio, pero la especie de parloteo celta de la criada suponía un desagradable contrapunto. ¿Dónde estaba la señora Glover? A veces, una cocinera podía prestar una gran ayuda en un momento semejante. La cocinera del hogar en el que Hugh había pasado la infancia, en Hampstead, demostraba una serenidad insuperable en momentos de crisis.

En determinado instante se oyó un considerable alboroto que señalaba una gran victoria o una gran derrota en la batalla que se estaba librando al otro lado de la puerta del dormitorio. Hugh decidió no entrar a no ser que lo llamaran, algo que no sucedió. Por fin, el doctor Fellowes abrió de repente la puerta de la habitación del nacimiento y anunció:

—Ha tenido usted una pequeña preciosa y pizpireta. Ha estado a punto de morir —añadió, como si acabara de ocurrírsele.

Gracias a Dios, pensó Hugh, que había conseguido volver a la Guarida del Zorro antes de que la nieve dejara impracticables las carreteras. Había arrastrado a su hermana consigo para cruzar el canal de la Mancha; ella se comportó como un gato después de una noche de parranda. A Hugh se le veía la marca de un doloroso mordisco en la mano, que también lo llevó a preguntarse de dónde habría sacado su hermana aquella vena salvaje. De la niñera Mills y de los cuartos de los niños de Hampstead, seguro que no.

Izzie seguía llevando el falso anillo de casada, producto de la vergonzosa semana que había pasado en un hotel de París con su amante, aunque Hugh dudaba que a los franceses, un hatajo de inmorales, les importaran esos detalles. La hermana se había ido al continente con unos pantalones cortos y un sombrerito de paja (su madre le dio una descripción detallada, como si Izzie fuera una delincuente), pero volvió con un vestido de Worth (como ella misma no paraba de repetir, como si aquello fuera a impresionarlo). También estaba claro que el granuja llevaba cierto tiempo aprovechándose de ella antes de la fuga, por las tiranteces que revelaban las costuras del vestido, por muy de Worth que fuera.

Finalmente había conseguido llevarse a su hermana fugitiva del Hôtel d'Alsace, situado en Saint Germain, un *endroit* degenerado en opinión de Hugh y escenario de la muerte de Oscar

Wilde, lo cual señalaba todo lo que había que señalar respecto a ese sitio.

Había habido una pelea muy poco edificante, no solo con Izzie sino también con el sinvergüenza de cuyos brazos Hugh la arrancó antes de llevársela a rastras, con ella pataleando y chillando, y de meterla en un precioso taxi Renault de dos puertas a cuyo taxista él había pagado para que estuviera esperando en la puerta del hotel. A Hugh le pareció que sería espléndido tener un automóvil. ¿Podía permitirse uno con su sueldo? ¿Aprender a conducir? ¿Sería muy difícil?

En el barco comieron un cordero sonrosado bastante decente, de origen francés; Izzie pidió champán, algo que él le permitió por lo agotadísimo que estaba después del asunto de la fuga; no tenía ganas de enzarzarse en otra pelea. Sintió la tentación de arrojarla por la borda, a las aguas oscuras y grisáceas del canal.

Había telegrafiado a su madre, Adelaide, desde Calais, para informarle de la desgracia de Izzie, pues le parecía aconsejable que estuviera preparada antes de ver a su hija menor, cuyo estado resultaba más que evidente para cualquiera que posara la mirada en ella.

Los otros comensales del barco los tomaron por una pareja de casados y felicitaron con profusión a Izzie por su inminente maternidad. Hugh pensó que seguramente convenía más que lo creyeran así, por espantosa que fuera la posibilidad, que permitir que aquellos completos desconocidos averiguaran la verdad. Y así, se vio inmerso en una absurda pantomima que duró tanto como la travesía, durante la cual tuvo que obviar la existencia de su esposa y de sus hijos reales y fingir que Izzie era su mujer, aunque se llevaran bastantes años. A ojos del mundo, se convirtió en un granuja que había seducido a casi una niña (aunque olvidaba, quizá, que su mujer solo tenía diecisiete años cuando él le propuso matrimonio).

Como era de esperar, Izzie se prestó entusiasmada a aquella comedia, y se vengó de Hugh haciendo que se sintiera todo lo incómodo que pudo, llamándolo «mon cher mari» y otras irritantes cursiladas.

—Qué mujer tan joven y encantadora tiene usted —le dijo entre risas un belga mientras Hugh tomaba el aire en una tumbona y disfrutaba de un cigarrillo después de comer—. Apenas ha salido de la cuna y ya va a ser madre. Es lo mejor, conseguirlas jóvenes; así se las puede moldear.

—Habla usted un inglés magnífico, señor —lo felicitó Hugh antes de arrojar la colilla al mar y alejarse.

Un hombre menos íntegro la habría emprendido a puñetazos. Si lo obligaban, podía llegar a pelear por el honor de su país, pero ni loco lo haría por el mancillado honor de la atolondrada de su hermana. (Aunque supondría un indudable placer moldear a una mujer para que cumpliera al dedillo con las expectativas de uno, como le pasaba con los trajes a medida de su sastre de Jermyn Street.)

Le había costado dar con las palabras adecuadas para redactar el telegrama que le envió a su madre, y al final puso: LLEGARÉ A HAMPSTEAD A MEDIODÍA STOP ISOBEL CONMIGO STOP ESTÁ EMBARAZADA STOP. Era un mensaje bastante audaz; quizá tendría que haber invertido algo más de dinero en incluir algunos adverbios que rebajaran el tono. «Desgraciadamente» podía haber sido uno de ellos. El telegrama (desgraciadamente) tuvo un efecto opuesto al deseado y, al desembarcar en Dover, lo esperaba una respuesta. NO LA TRAIGAS A MI CASA PASE LO QUE PASE STOP; aquel STOP transmitía una firmeza plúmbea que no se podía cuestionar. Lo cual dejó a Hugh bastante desconcertado en cuanto a qué hacer con Izzie, quien, pese a las apariencias, no era más que una niña de dieciséis años; no podía dejarla abandonada en la calle. Como estaba muy impaciente por llegar a la Guarida del Zorro lo antes posible, acabó llevando consigo a su hermana.

A medianoche, cuando al fin llegaron, helados y blancos como muñecos de nieve, fue una alterada Bridget quien abrió la puerta para decirle:

—Ay, no, creía que sería el médico, ay, ay.

Por lo visto, Hugh estaba a punto de ser padre de un tercer niño. De una niña, pensó ahora con cariño, mientras le miraba la carita arrugada. A Hugh le gustaban mucho los críos.

—Pero ¿se puede saber qué vamos a hacer con ella? —le preguntó una inquieta Sylvie—. Me niego a que dé a luz bajo mi techo.

—Nuestro techo.

—Tendrá que darlo en adopción.

—Ese niño es parte de nuestra familia —le recordó Hugh—. Tiene la misma sangre que mis hijos.

—Nuestros hijos.

—Diremos que lo hemos adoptado nosotros —propuso él—, que es un pariente huérfano. La gente no lo pondrá en duda, ¿por qué iba a hacerlo?

Al final la criatura sí nació bajo el techo de la Guarida del

Zorro, y fue un niño; cuando lo vio, Sylvie se sintió incapaz de desprenderse de él.

—Qué precioso es, la verdad —declaró.

A Sylvie todos los bebés le parecían preciosos.

Izzie pasó el resto del embarazo sin que la dejaran ir más allá del jardín. La habían hecho prisionera, aseguró, «como al conde de Montecristo». Entregó al pequeño en cuanto nació y ya no se interesó más por él, como si todo el episodio (el embarazo, la reclusión) hubiera sido una tarea molesta que le habían impuesto, como si ahora ya hubiera cumplido su parte del trato y pudiera marcharse a donde quisiera. Al cabo de un par de semanas en la cama, atendida por una malhumorada Bridget, la metieron en un tren de vuelta a Hampstead, desde donde la enviaron a una academia para señoritas de Lausana.

Hugh tenía razón: a nadie le extrañó la aparición repentina de aquel niño de más. La señora Glover y Bridget juraron guardar el secreto, una promesa que se reforzó, sin que Sylvie llegara a saberlo, con dinero contante y sonante. Hugh conocía el valor del dinero, no en vano se dedicaba a la banca. Y esperaba poder confiar en la discreción profesional del doctor Fellowes.

—Roland —propuso Sylvie—, siempre me ha gustado ese nombre, me recuerda al caballero francés de *La chanson de Roland*.

—Supongo que moriría en el campo de batalla, ¿no? —preguntó Hugh.

—¿No les pasa eso a casi todos los caballeros?

La liebre plateada daba vueltas y brillaba y lanzaba destellos ante ella. Las hojas del haya se mecían, y en el jardín brotaban capullos, flores y frutos sin que ella interviniera en absoluto. «Duérmete, niño —cantaba Sylvie—. Duérmete ya. Que vendrá el coco y te llevará.» Ursula no hacía caso de semejante amenaza y continuaba con sus pequeños pero valientes progresos junto a Roland, su compañero.

Era un niño de muy buen carácter y Sylvie tardó algún tiempo en percatarse de que era «un poco simplón», tal como le expresó a Hugh una noche cuando volvió tras una jornada difícil en el banco. Él sabía que no tenía sentido contarle esos problemas económicos a Sylvie, pero a veces le gustaba imaginarse que, al volver del trabajo, lo recibía una esposa que sentía fascinación por los libros de contabilidad y las hojas de cálculo, el precio al alza del té, la inestabilidad del mercado de la lana. Una esposa «moldeada» según sus expectativas y no la mujer bella, inteligente y bastante terca con la que estaba casado.

Se encerró en su despacho, se sentó al escritorio con un generoso whisky de malta y un purito y esperó que lo dejaran en paz. No sirvió de nada; Sylvie entró como un vendaval, se sentó ante él, como un cliente del banco que quisiera un crédito, y le anunció:

—Creo que el hijo de Izzie es un poco simplón.

Hasta entonces siempre había sido Roland; ahora que al parecer presentaba una tara, volvía a ser de Izzie.

Hugh rechazó esa opinión pero, a medida que pasaba el tiempo, resultaría innegable que Roland no avanzaba al ritmo de los otros pequeños. Le costaba aprender y no hacía gala de la curiosidad natural que el mundo despierta en los niños. Si alguien lo dejaba sentado en la alfombra, delante de la chimenea, con un libro infantil y un juego de piezas de madera, al cabo de media hora seguía en la misma postura, contemplando muy satisfecho el fuego (del que los niños estaban suficientemente protegidos), o con Queenie, la gata, lamiéndose junto a él (aunque de aquel animal era imposible estar protegido, tenía muy mala idea). A Roland se le podía encomendar alguna tarea sencilla, y pasaba gran parte del tiempo llevándoles cosas a las niñas o a Bridget; incluso la señora Glover le encargaba a veces algún recado sencillo, como que le trajera un saquito de azúcar de la despensa o una cuchara de madera de un tarro con cubiertos. No parecía muy probable que asistiera al antiguo colegio de Hugh ni que llegara a su antigua universidad, y, por algún motivo, Hugh le cogió todavía más cariño justo debido a eso.

—A lo mejor habría que conseguirle un perro —propuso—. Un perro siempre saca a la luz lo mejor de un niño.

Así llegó Bosun, un animal grandote y simpático con instinto de pastor y que percibió enseguida que le habían asignado algo importante.

Al menos el niño era tranquilo, pensó Hugh, a diferencia de la condenada madre del pequeño o de sus dos hijos mayores, que se peleaban continuamente. Ursula, desde luego, era distinta al resto. Muy observadora, como si quisiera asimilar el mundo entero a través de esos ojos verdes que eran como los suyos. La actitud de la niña era a veces desconcertante.

*

El señor Winton había plantado el caballete delante del mar. Estaba muy contento con lo que llevaba hecho hasta el momento, los azules, y los verdes, y los blancos (y los marrones sucios) de la costa de Cornualles. Varios paseantes se detuvieron en su avance por la arena para observar el cuadro a medias. Estuvo esperando, en vano, a que hicieran comentarios elogiosos.

Una flotilla de barquitos de velas blancas recorría la línea del horizonte; estaban compitiendo en alguna carrera, supuso el señor Winton. Aplicó cierta cantidad de blanco de China en su horizonte pintado y dio un paso atrás para admirar el resultado. Donde él veía veleros, otros podrían haber visto pegotes de pintura blanca. Se dijo que unas figuras en la orilla proporcionarían un buen contraste. Aquellas dos niñitas que construían muy concentradas un castillo de arena serían perfectas. Mordisqueó la punta del pincel mientras contemplaba el lienzo. ¿Cuál sería la mejor manera de plasmarlo?

El castillo de arena fue sugerencia de Ursula. Le dijo a Pamela que tenían que construir el mejor castillo de arena que se hubiese hecho jamás. Había conjurado una imagen tan vívida de su ciudadela de arena —con fosos, torrecillas y almenas— que Pamela casi veía a damas medievales tocadas con griñones saludando a los caballeros que se alejaban por el puente levadizo entre el chacolotear de los cascos de sus caballos (hubo que buscar un pedazo de madera dejada por la corriente para dicho propósito). Habían emprendido la tarea con gran energía pese a hallarse todavía en la fase de ingeniería pesada, que consistía en cavar un doble foso que a la larga, cuando subiera la marea, se llenaría de agua para proteger a las damas de los griñones de asedios violentos (que inevitablemente llevaría a cabo alguien como Maurice). Roland, su siempre atento servidor, fue despachado a la orilla en busca de guijarros decorativos y el importantísimo puente levadizo.

Más allá en la orilla se encontraban Sylvie y Bridget, inmersas en sus libros mientras el nuevo hermanito, Teddy, dormía sobre una manta en la arena bajo la protección de una sombrilla. Maurice dragaba charcos en las rocas en el otro extremo de la playa. Había hecho nuevos amigos, toscos niños de la zona con quienes iba a nadar y a trepar por los acantilados. Para Maurice, los niños eran simplemente niños. Aún no había aprendido a valorarlos por su acento y su posición social.

Maurice era un crío de apariencia indestructible y nadie parecía preocuparse nunca por él, mucho menos su madre.

A Bosun, por desgracia, lo habían dejado con los Cole.

Siguiendo una larga tradición, la arena extraída del foso formaba ahora un montículo central, que se convertiría en material de construcción para la fortaleza planeada. Las dos niñas, a esas alturas acaloradas y sudorosas por el esfuerzo, se concedieron un momento para contemplar el informe montón. Pamela tenía ahora sus dudas con respecto a torrecillas y almenas, y las damas de griñón parecían aún más improbables. A Ursula aquel montículo le recordaba a algo, pero ¿a qué? Algo familiar pero nebuloso e indefinible, una mera forma en su mente. Era proclive a tener esas sensaciones, como si tironeara de un recuerdo que no quería salir de su escondrijo. Suponía que aquello le pasaba a todo el mundo.

De pronto, la sensación se vio reemplazada por el miedo y por la sombra de una emoción, como la que producía una tormenta que se avecinaba o una niebla marina que avanzaba con sigilo hacia la costa. El peligro podía estar en cualquier parte, en las nubes, en las olas, en los pequeños veleros en el horizonte, en el hombre que pintaba ante su caballete. Emprendió un decidido trote para comentarle sus temores a Sylvie, quien los aplacaría.

En opinión de Sylvie, Ursula era una niña peculiar, llena de ideas problemáticas. Se pasaba la vida respondiendo a sus ansiosas preguntas: ¿Qué haremos si se nos incendia la casa? ¿Si nuestro tren descarrila? ¿Si el río se desborda? Sylvie había descubierto que funcionaba mejor ofrecer consejos prácticos para acallar esos temores que descartarlos por su improbabilidad («Pues lo que haremos, cariño, será recoger todas nuestras pertenencias y subir al tejado hasta que las aguas se retiren»).

Entretanto, Pamela volvió a centrarse con estoicismo en cavar en el montículo. El señor Winton estaba completamente absorto en los trazos precisos necesarios para el sombrerito de Pamela. Qué afortunada coincidencia que aquellas dos niñitas hubiesen decidido construir su castillo de arena en medio de su composición. Pensó que podía titularla *Niñas que cavan*. O *Las escultoras de arena*.

Sylvie dormitaba sobre *El agente secreto* y le molestó un poco que la despertaran.

—¿Qué pasa?

Miró playa abajo y vio a Pamela cavando con afán. Unos gritos y vítores desenfrenados sugirieron la presencia de Maurice más allá.

—¿Dónde está Roland? —quiso saber Sylvie.

—¿Roland? —preguntó Ursula mientras miraba alrededor en busca de su servicial esclavo y no conseguía encontrarlo—. Ha ido a buscar un puente levadizo.

—¿Un qué?

—Un puente levadizo.

La conclusión fue que el niño debía de haber visto un pedazo de madera en el agua y fue obedientemente en su busca. No tenía la menor conciencia del peligro y, por supuesto, no sabía nadar. De haber estado Bosun de vigilante en la playa, se habría internado en las olas, ajeno al peligro, y pescado a Roland. En su ausencia, «Archibald Winton, un acuarelista aficionado de Birmingham», como se refirió a él el periódico local, intentó rescatar al niño («Roland Todd, de cuatro años, de vacaciones con su familia»). Soltó el pincel y nadó hasta donde estaba el niño para sacarlo del agua, «pero, lamentablemente, en vano». El artículo en cuestión fue cuidadosamente recortado y conservado para contar con el reconocimiento de Birmingham. En el pequeño espacio ocupado por tres columnas, el señor Winton se había convertido en héroe y artista. Se imaginó diciendo con modestia «Bueno, no fue para tanto», y desde luego no había sido para tanto porque no había salvado a nadie.

Ursula observó al señor Winton mientras volvía del rompiente con el cuerpecito flácido de Roland en los brazos. Pamela y Ursula habían creído que la marea bajaba, pero estaba subiendo y ya llenaba el foso y lamía el montículo de arena, que no tardaría en desaparecer para siempre. Un aro de juguete sin dueño pasó rodando, impelido por la brisa. Ursula miró hacia el mar mientras a sus espaldas, en la playa, una serie de desconocidos trataban de reanimar a Roland. Pamela se situó a su lado y se cogieron de la mano. Las olas se acercaban poco a poco, lamiéndoles los pies. Ojalá no hubiesen estado tan inmersas en el castillo de arena, pensó Ursula. Y mira que había parecido buena idea.

*

—Siento mucho lo de su niño, señora Todd —musitó George Glover. Se llevó la mano a una gorra invisible.

Sylvie organizó una expedición para ver cómo cosechaban el trigo. Según ella, tenían que salir de aquel letárgico duelo. Por supuesto, el verano había perdido toda su alegría después de que Roland muriese ahogado. El crío parecía más importante en su ausencia de lo que lo había sido nunca estando presente.

—¿Cómo que tu niño? —murmuró Izzie cuando dejaron a George Glover dedicado a sus tareas.

Izzie había llegado a tiempo para el funeral de Roland, muy elegante de luto cerrado, y exclamó entre sollozos: «Hijo mío, hijo mío» ante el pequeño ataúd.

—Sí, era mi niño —fue la vehemente respuesta de Sylvie—, y no te atrevas a decir que era tuyo.

Sin embargo, era consciente de que su dolor por Roland era menor del que habría sentido de haber perdido a uno de sus hijos. Eso hacía que se sintiera culpable, pero era natural, ¿no? Ahora que Roland se había ido, todos parecían asegurar que era de su propiedad. (Hasta la señora Glover y Bridget lo habrían reclamado para sí de haberles prestado alguien atención.)

Hugh quedó muy afectado por la pérdida del «pequeñín», pero sabía que, por el bien de su familia, debía seguir adelante.

Para la irritación de Sylvie, Izzie no volvió a marcharse. A sus veinte años, estaba «aparcada» en casa a la espera de que un marido al que aún tenía que conocer la liberase de las «garras» de Adelaide. El nombre de Roland estaba prohibido en Hampstead, y Adelaide declaró ahora que su muerte había sido «una bendición». Hugh sentía lástima por su hermana, mientras que Sylvie invertía el tiempo en rastrear la campiña en busca de un terrateniente buen partido y lo bastante paciente y cabeza de chorlito para soportar a Izzie.

Marchaban campo a través, cruzando vallas entre los campos y vadeando arroyos bajo un calor insoportable. Sylvie llevaba ceñido al bebé contra el pecho con un chal a modo de cabestrillo. El crío pesaba lo suyo, aunque quizá no tanto como la cesta de picnic que acarreaba Bridget. Bosun caminaba obedientemente a su lado; no era de esos perros que abren la marcha, sino que tendía más bien a cerrar la retaguardia. Todavía estaba desconcertado por la desaparición de Roland y no tenía intención de perder a nadie más. Izzie iba rezagada, pues su entusiasmo original por la bucólica salida había menguado hacía rato. Bosun hacía todo lo posible por animarla a seguir.

En la excursión imperó el mal humor, y el picnic al final de la misma no fue mucho mejor, pues resultó que Bridget se había dejado los sándwiches.

—¿Cómo te las has apañado para hacer algo así? —inquirió Sylvie con indignación.

Como consecuencia, tuvieron que comerse el pastel de cerdo que la señora Glover le mandaba a George. («Ni se os ocurra contárselo a ella, por Dios», dijo Sylvie.) Pamela se arañó con una zarza, Ursula se cayó sobre unas ortigas. Hasta Teddy, normalmente contento, estaba acalorado y fastidioso.

George apareció con dos conejitos diminutos para que los vieran.

—¿Os los queréis llevar a casa?

—No, gracias, George —espetó Sylvie—. Se van a morir o a multiplicarse, y ninguna de las dos cosas me parece buen resultado.

Pamela tuvo un gran disgusto y hubo que prometerle un gatito. (Para sorpresa de la propia Pamela, la promesa se cumplió y le consiguieron un gatito de la granja de la finca. Una semana más tarde tuvo un ataque y murió. Se celebró un pequeño funeral. «Soy víctima de una maldición», declaró Pamela con un dramatismo nada propio de ella.)

—Es muy guapo, ese labrador, ¿verdad? —comentó Izzie.

—Ni se te ocurra, bajo ningún concepto —soltó Sylvie.

—No sé de qué hablas —repuso Izzie.

No refrescó a medida que avanzaba la tarde y no les quedó otra opción que emprender el camino a casa con el mismo calor con que habían salido. Pamela, que ya se sentía desdichada por lo de los conejos, se clavó un pincho en el pie, y una rama le dio un porrazo a Ursula en la cara. Teddy lloraba, Izzie soltaba tacos, Sylvie echaba chispas y Bridget dijo que si no fuera pecado mortal se ahogaría en el arroyo siguiente.

—Qué bien se os ve —comentó Hugh cuando entraron en casa dando traspiés—. Doradas y acariciadas por el sol.

—Oh, por favor —soltó una exasperada Sylvie apartándolo de su camino—. Voy a echarme un rato arriba.

—Creo que esta noche va a haber truenos —dijo Hugh.

Y así fue. Ursula, que tenía el sueño ligero, se despertó. Bajó de la cama, se acercó a la ventana de la buhardilla y se subió a una silla para asomarse.

Los truenos retumbaban como fuego de artillería en la distancia. El cielo, purpúreo y henchido de presagios, se vio de pronto desgarrado por un rayo. En el jardín, un zorro que merodeaba en torno a alguna pequeña presa quedó brevemente iluminado, como bajo el flash de un fotógrafo.

Ursula se olvidó de contar y el trueno, explosivo y casi encima de su cabeza, la pilló por sorpresa.

Se dijo que la guerra sonaba así.

*

Ursula fue derecha al grano. Bridget, que cortaba cebolla en la mesa de la cocina, ya parecía al borde de las lágrimas. Ursula se sentó a su lado.

—He estado en el pueblo.

—Vaya —repuso Bridget; aquella información no le interesaba en lo más mínimo.

—He ido a comprar caramelos —continuó Ursula—, a la tienda de caramelos.

—¿No me digas? ¿Caramelos en una tienda de caramelos? Quién iba a decirlo.

En la tienda se vendían muchas cosas más, pero ninguna de ellas tenía interés para los niños de la Guarida del Zorro.

—He visto a Clarence.

—¿A Clarence? —Bridget dejó de cortar cebolla ante la mención de su amado.

—Compraba caramelos —dijo Ursula, y para que sonara más auténtico, añadió—: de esos de menta de rayas. ¿Conoces a Molly Lester?

—Claro —contestó Bridget con cautela—, trabaja en esa tienda.

—Pues Clarence le estaba dando un beso.

Bridget se levantó de la silla, con el cuchillo todavía en la mano.

—¿Un beso? ¿Por qué iba Clarence a darle un beso a Molly Lester?

—¡Eso mismo ha dicho Molly Lester! Ha dicho «¿Por qué me besas, Clarence Dodds, cuanto todo el mundo sabe que estás comprometido con esa criada de la Guarida del Zorro?

Bridget estaba habituada a melodramas y novelas escabrosas. Aguardó la revelación que sin duda seguiría.

Ursula se la proporcionó.

—Y Clarence ha dicho: «Oh, te refieres a Bridget. No significa nada para mí. Es una chica muy fea, solo le estoy tomando el pelo».

Ursula, una lectora precoz, había leído también las novelas de Bridget y aprendido el lenguaje del romance.

El cuchillo cayó al suelo al tiempo que se oía un chillido de alma en pena. Siguió un torrente de maldiciones irlandesas.

—El muy cabrón.

—Sí, un granuja de lo más ruin —admitió Ursula.

Bridget le devolvió a Sylvie el anillo de compromiso, el de piedras engarzadas («una baratija»). Se hizo caso omiso de las protestas de inocencia de Clarence.

—Podrías ir a Londres con la señora Glover —le dijo Sylvie a Bridget—. Ya sabes, a la celebración del armisticio. Creo que los trenes circularán hasta tarde.

La señora Glover dijo que no pensaba acercarse a la capital con la epidemia de gripe que había, y Bridget comentó que esperaba que Clarence fuera, preferiblemente con Molly Lester, y que los dos pillaran la gripe española y murieran.

Molly Lester, que nunca había cruzado una palabra con Clarence aparte de algún inocente «Buenos días, señor, ¿qué le pongo?», asistió a una pequeña celebración callejera en el pueblo, pero Clarence sí fue a Londres con un par de amigos y, en efecto, murió.

—Pero al menos no ha habido que empujar a nadie escaleras abajo —soltó Ursula.

—¿Qué quieres decir con eso? —quiso saber Sylvie.

—No lo sé. —Y era verdad, no lo sabía.

Ursula estaba preocupada. No paraba de soñar que volaba y caía. A veces, cuando se subía a una silla para asomarse a la ventana de su habitación, tenía el impulso de arrojarse al vacío. No caería al suelo con un ruido sordo ni se espachurraría como una manzana demasiado madura, sino que la cogerían en pleno vuelo. (Se preguntaba qué o quién.) Se contuvo y no puso a prueba semejante teoría, a diferencia de la pobrecita dama del miriñaque de Pamela, a quien un malévolo y aburrido Maurice arrojó por esa misma ventana un invierno a la hora de cenar.

Al oírlo acercarse por el pasillo —con su llegada anunciada por estridentes gritos de guerra indios—, Ursula se apresuró a meter su muñeca favorita, Reina Solange, bajo la almohada, donde permaneció a salvo mientras la desafortunada dama del miriñaque se veía defenestrada y acababa hecha añicos contra las tejas de pizarra.

—Solo quería ver qué pasaba —le dijo Maurice después a Sylvie con tono lastimero.

—Bueno, pues ya lo sabes.

La histérica reacción de Pamela ante el incidente puso a prueba la paciencia de Sylvie.

—Estamos en medio de una guerra. En este momento hay cosas peores que un adorno roto.

Para Pamela no las había.

Si Ursula hubiese permitido que Maurice cogiera la muñeca de tejer, que era de madera irrompible, la dama del miriñaque se habría salvado.

Bosun, que no tardaría en morir por culpa del moquillo, empujó la puerta de la habitación con el hocico aquella noche y apoyó una pesada pezuña sobre la colcha de Pamela para mostrarle su apoyo, y luego gruñó hasta quedarse dormido sobre la alfombra entre las dos camas.

Al día siguiente, Sylvie, reprochándose lo despiadada que había sido con sus hijos, consiguió otro gatito en la granja de la mansión. Los gatitos siempre abundaban en la granja, se habían convertido en una especie de moneda de cambio en el vecindario, y los padres los trocaban por toda clase de pesares y satisfacciones: una muñeca perdida, un examen aprobado.

Pese a los mejores intentos de Bosun de tener vigilado al gatito, solo hacía una semana que lo tenían cuando Maurice lo pisó durante un enérgico episodio cuando jugaba a los soldados con los chicos Cole. Sylvie se apresuró a recoger el cuerpecito y se lo dio a Bridget para que se lo llevara a algún sitio donde pudiera agonizar lejos del escenario.

—¡Ha sido un accidente! —chilló Maurice—. ¡No sabía que ese bicho estúpido estaba ahí!

Sylvie le pegó un bofetón, y el niño se echó a llorar. Fue terrible verlo tan alterado, pues realmente había sido un accidente, y Ursula trató de consolarlo, lo cual solo consiguió ponerlo más furioso, y Pamela, por supuesto, ya estaba más allá de cualquier actitud civilizada y trataba de arrancarle el pelo de la cabeza a su hermano. Hacía rato que los chicos Cole se habían escabullido de vuelta a su casa, donde la calma emocional era el régimen de vida habitual.

A veces se hacía más difícil cambiar el pasado que el futuro.

*

—Dolores de cabeza —dijo Sylvie.

—Soy psiquiatra —repuso el doctor Kellet—, no neurólogo.

—Y sueños y pesadillas —lo tentó Sylvie.

A Ursula aquella habitación le parecía reconfortante. El revestimiento de paneles de roble en las paredes, el fuego que ardía en la chimenea, la gruesa alfombra con motivos en rojo y azul, las butacas de piel y hasta aquella tetera tan rara le resultaban familiares.

—¿Sueños? —repitió el doctor Kellet debidamente intrigado.

—Sí. Y es sonámbula, además.

—¿Ah, sí? —preguntó Ursula, sorprendida.

—Y siempre tiene una sensación de *déjà vu* —añadió Sylvie pronunciando esas palabras con cierto desagrado.

—¿No me diga? —repuso el doctor mientras cogía una elaborada pipa de espuma de mar y le daba golpecitos contra la rejilla de la chimenea para vaciar la ceniza. La cazoleta era de cabeza turca y a Ursula le resultaba tan familiar como una vieja mascota.

—¡Anda, yo he estado aquí antes!

—¡Ya lo ve! —exclamó Sylvie con tono triunfal.

—Humm… —murmuró el doctor Kellet, pensativo. Se volvió hacia Ursula—. ¿Has oído hablar de la reencarnación?

—Oh, sí, claro —contestó ella con entusiasmo.

—Estoy segura de que no ha oído hablar de eso —intervino Sylvie—. ¿No es de la doctrina católica? —Le llamó la atención la estrafalaria tetera—. ¿Y eso qué es?

—Es un samovar, de Rusia, aunque no soy ruso ni mucho menos, soy de Maidstone, pero estuve de visita en San Petersburgo antes de la revolución. —Volvió a dirigirse a Ursula—. ¿Te gustaría dibujarme algo? —le preguntó, y empujó hacia ella papel y lápiz—. Y a Sylvie, que aún miraba el samovar con cara de pocos amigos, le ofreció—: ¿Le apetece un té?

Sylvie declinó el ofrecimiento; desconfiaba de cualquier infusión salida de una tetera china.

Ursula acabó el dibujo y se lo tendió al doctor.

—¿Qué es? —quiso saber Sylvie mirando por encima del hombro de la niña—. ¿Alguna clase de anillo o de aro? ¿Una corona?

—No —contestó el doctor Kellet—, es una serpiente que se muerde la cola. —Asintió con gesto de aprobación y se dirigió a Sylvie—. Es un símbolo que representa la circularidad del universo. El tiempo es un constructo, en realidad todo fluye y no hay pasado ni presente, solo el ahora.

—Vaya aforismo —dijo Sylvie con rigidez.

El doctor Kellet juntó las manos formando un campanario y apoyó la barbilla en la punta.

—¿Sabes una cosa? —le dijo a Ursula—. Creo que tú y yo vamos a llevarnos muy bien. ¿Te apetece una galleta?

Había una cosa que la desconcertaba. La fotografía de «Guy, perdido en Arras» ya no estaba en la mesita. Sin pretenderlo, pues era una cuestión que daba pie a otras muchas, le preguntó al doctor Kellet:

—¿Dónde está la fotografía de Guy?

—¿Quién es Guy? —quiso saber el doctor.

Por lo visto, una no podía fiarse ni de la inestabilidad del tiempo.

*

—Solo es un Austin —dijo Izzie—. Un turismo de carretera, pero tiene cuatro puertas. Muchísimo más barato que un Bentley, eso sí; un coche para la plebe si lo comparamos con los caprichos que te das tú, Hugh.

—Te lo habrán fiado —soltó el.

—De eso nada, ya lo he pagado todo, y en efectivo. Tengo editor, tengo dinero, Hugh. No hace falta que te preocupes por mí.

Mientras todos admiraban el vehículo de intenso tono cereza, Millie anunció:

—Me voy ya, que esta noche tengo un espectáculo de baile. Muchas gracias por la estupenda merienda, señora Todd.

—Vamos, te acompaño —dijo Ursula.

De regreso a casa, evitó el trillado atajo al fondo del jardín y volvió por el camino más largo, apartándose cuando Izzie pasó como un bólido en su coche. Izzie le hizo un ademán despreocupado de despedida.

—¿Y esa quién era? —quiso saber Benjamin Cole, que había tenido que derrapar con la bicicleta hasta dar contra el seto para evitar que lo atropellara el Austin.

Al verlo, el corazón le dio varios vuelcos a Ursula. ¡Si era nada menos que el objeto de su amor! La razón de que hubiese cogido el camino más largo había sido la improbable posibilidad de tener un encuentro «fortuito» con Benjamin Cole. ¡Y lo tenía delante! Qué suerte.

—Me han perdido la pelota —le dijo un desconsolado Teddy cuando ella volvió al comedor.

—Ya lo sé —repuso Ursula—. Luego te ayudo a buscarla.

—Oye, estás toda roja y acalorada. ¿Ha pasado algo?

«¿Que si ha pasado algo? —se dijo ella—. Pues que el chico más guapo del mundo entero me ha besado, y el día en que cumplo los dieciséis, encima.» Benjamin la acompañó, empujando la bicicleta, y en un punto sus manos se rozaron y los dos se ruborizaron.

—Ya sabes que me gustas, Ursula —dijo él.

Y entonces, allí mismo, en la verja de entrada (donde cualquiera podía verlos), Benjamin apoyó la bicicleta contra el muro y la atrajo hacia sí. ¡Y vaya beso! Fue dulce y largo y mucho mejor de lo que ella esperaba, aunque sí hizo que se sintiera…, bueno, sí, acalorada. Benjamin sintió lo mismo; se separaron un poco y se quedaron allí plantados, un poco perplejos.

—Vaya —soltó él—. Nunca había besado a una chica, no tenía ni la menor idea de que pudiera ser tan… excitante. —Sacudió la cabeza como un perro, como si le asombrara su propia escasez de vocabulario.

Ese, se dijo Ursula, sería para siempre el mejor momento de su vida, no importaba qué otras cosas le ocurrieran. Le dio la impresión de que se habrían besado más, pero en aquel momento apareció el carro del trapero en la curva del camino, y el pregón del trapero, que parecía una sirena y era casi incomprensible, interrumpió aquel romance en ciernes.

—No, no ha pasado nada —le dijo a Teddy—. Me estaba despidiendo de Izzie. Te has perdido su coche, te habría gustado.

Teddy se encogió de hombros y empujó *Las aventuras de Augustus* hasta que cayó de la mesa al suelo.

—Qué rollo —soltó.

Ursula cogió una copa de champán medio llena, cuyo borde ornaba una mancha de carmín; vertió la mitad del contenido en un vasito y se lo pasó a Teddy.

—Salud —brindó.

Entrechocaron los vasos y los apuraron.

—Feliz cumpleaños —dijo Teddy.

*

¡Qué mágica la vida que llevo aquí!
Rojas manzanas caen en torno a mí
y exquisitos racimos de las viñas
exprimen ricos vinos en mi boca.

—¿Qué estás leyendo? —le preguntó Sylvie con suspicacia.

—Marvell.

Sylvie le quitó el libro de las manos y estudió los versos.

—Qué extravagantes —concluyó.

—¿Cómo que «extravagantes»? ¿Qué clase de crítica es esa? —Ursula se rió y le dio un mordisco a una manzana.

—Intenta no ser precoz —repuso Sylvie con un suspiro—. No es algo agradable en una muchacha. ¿Qué piensas hacer cuando vuelvas a la escuela al acabar las vacaciones? ¿Latín? ¿Griego? No irás a estudiar literatura inglesa, ¿no? No le veo sentido.

—¿No le ves sentido a la literatura inglesa?

—No le veo sentido a estudiarla. Hay que leerla y punto, ¿no? —Sylvie volvió a exhalar un suspiro. Ninguna de sus hijas se parecía a ella. Durante un instante se encontró en el pasado, bajo un límpido cielo londinense, oliendo el frescor que la lluvia de primavera había dejado en las flores, oyendo el tranquilizador tintineo de los arreos de Tiffin.

—Es posible que estudie lenguas modernas. No lo sé, no estoy segura. Aún no he trazado un plan.

—¿Un plan?

Guardaron silencio. La zorra apareció como si tal cosa en medio de ese silencio, indiferente. Maurice siempre trataba de dispararle. O no era tan buen tirador como le gustaba creer o la zorra era más lista que él. Ursula y Sylvie se inclinaban por la segunda opción.

—Qué bonita es —dijo Sylvie—. Y tiene una cola magnífica.

La zorra se sentó, un perro esperando la cena, con la vista clavada en Sylvie.

—No tengo nada —le dijo esta mostrando las palmas vacías.

Ursula arrojó el corazón de manzana, sin levantar el brazo para no alarmar al animal, y la zorra salió trotando en su busca; lo cogió torpemente entre las fauces y luego dio la vuelta y desapareció.

—Se come cualquier cosa —comentó Sylvie—. Como Jimmy.

Apareció Maurice, dándoles un susto a las dos. Empuñaba la flamante Purdey y preguntó con impaciencia:

—¿Dónde está ese puñetero zorro?

—Ese lenguaje, Maurice —lo regañó Sylvie.

Estaba en casa tras su graduación, a la espera de comenzar las prácticas de derecho, y era presa de un irritante aburrimiento. Sylvie le sugirió que trabajara en la granja de la finca, pues siempre andaban buscando jornaleros.

—¿En el campo, como un palurdo? ¿Para eso me habéis dado

una educación tan cara? —(¿Por qué le habremos dado una educación tan cara?», preguntó Hugh.)

—Pues enséñame a disparar —propuso Ursula. Se puso en pie y se sacudió la falda—. Vamos, puedo usar la vieja escopeta de cazar patos de papá.

Maurice se encogió de hombros.

—Como quieras, pero las chicas no saben disparar, lo sabe todo el mundo.

—Las chicas son unas absolutas inútiles —admitió Ursula—. No sirven para nada.

—¿Ahora te pones sarcástica?

—¿Yo?

—Se te da bien para ser novata —admitió Maurice de mala gana. Practicaban el tiro con botellas sobre un muro como blanco, y Ursula acertaba más veces que él—. ¿Seguro que no has hecho esto antes?

—¿Qué quieres que te diga? Aprendo deprisa.

Maurice dirigió de pronto el cañón de su escopeta hacia el bosquecillo, y antes de que Ursula pudiera ver siquiera a qué apuntaba había apretado el gatillo para borrar del mapa a algún animal.

—Por fin le he dado a ese puñetero bicho —declaró con tono triunfal.

Ursula echó a correr, pero vio el montón de pelaje marrón rojizo mucho antes de llegar hasta él. La punta blanca de la preciosa cola se estremeció un poquito, pero la zorra de Sylvie había pasado a mejor vida.

Encontró a Sylvie en la terraza, hojeando una revista.

—Maurice le ha pegado un tiro a la zorra.

Sylvie apoyó la cabeza contra el respaldo de la tumbona de mimbre y cerró los ojos.

—Algún día tenía que pasar —dijo con resignación.

Cuando abrió los ojos, los tenía llenos de lágrimas. Ursula nunca había visto llorar a su madre.

—Algún día lo desheredaré —declaró Sylvie, y el mero hecho de pensar en la fría venganza empezó a secarle las lágrimas.

Pamela apareció en la terraza y arqueó una inquisitiva ceja mirando a Ursula, que dijo:

—Maurice le ha pegado un tiro a la zorra.

—Pues espero que tú le hayas pegado un tiro a él —repuso Pamela. Hablaba en serio.

—Creo que iré a esperar el tren de papá —dijo Ursula cuando Pamela entró otra vez en la casa.

En realidad no iba a encontrarse con Hugh. Llevaba viéndose en secreto con Benjamin Cole desde su cumpleaños. Ben, lo llamaba ahora. En el prado, en la arboleda, en el sendero. (En cualquier sitio al aire libre, por lo visto. «Es una suerte para vuestros besuqueos que haga buen tiempo», comentó Millie con sonrisitas de payasa y mucho arquear de cejas.)

Ursula descubrió que se le daba de maravilla mentir. (Pero ¿no lo había sabido siempre?) «¿Necesitas algo de la tienda?» o «Voy al sendero a coger frambuesas». ¿Tan terrible sería que la gente se enterara?

—Bueno, creo que tu madre haría que me mataran —dijo Ben. (Ursula imaginaba que Sylvie diría: «¿Un judío?».)

—Y mis padres también —añadió Ben—. Somos demasiado jóvenes.

—Como Romeo y Julieta. Dos amantes desventurados y todo eso.

—Solo que nosotros no moriremos por amor —puntualizó Ben.

—¿Tan malo sería morir por algo así? —se preguntó Ursula.

—Sí.

Las cosas se estaban poniendo muy «candentes» entre ellos, con muchos manoseos y gemidos (por parte de Ben). No creía que pudiera «aguantar» mucho más, decía, pero Ursula no tenía muy claro qué tenía que aguantar exactamente. ¿No consistía el amor en dárselo todo al otro? Suponía que acabarían casándose. ¿Tendría que convertirse? ¿Tendría que ser «una judía»?

Habían ido al prado, y una vez allí habían yacido uno en brazos del otro. Fue muy romántico, se dijo Ursula, sin contar con el fleo de los prados que le hacía cosquillas y las margaritas que la hacían estornudar. Por no mencionar la forma en que Ben se movió de pronto para ponérsele encima, y tuvo la sensación de que estaba en un ataúd lleno de tierra. Ben sufrió una especie de espasmo que a ella le pareció el preludio de la muerte por apoplejía, y le acarició el cabello como si fuera un inválido.

—¿Estás bien?

—Perdona —contestó él—. No pretendía hacer eso. —(Pero ¿qué había hecho?)

—Debería volver —dijo Ursula.

Se pusieron en pie y se quitaron mutuamente briznas de hierba y flores de la ropa antes de volver a casa.

Ursula preguntó si llegaba tarde al tren de Hugh. Ben miró el reloj.

—Ay, están en casa desde hace siglos. —(Hugh y el señor Cole cogían el mismo tren de vuelta de Londres.)

Salieron del prado a través de los peldaños en la valla que daba al campo de las vacas lecheras, que discurría junto al sendero. No había rastro de las vacas porque aún las estaban ordeñando.

Ben le dio la mano cuando bajó por los peldaños y volvieron a besarse. Cuando se soltaron, vieron a un hombre que cruzaba el campo desde el otro extremo, el que daba a la arboleda. Era un tipo andrajoso, un vagabundo quizá, e iba hacia el sendero todo lo deprisa que le permitía su cojera. Se volvió y, al verlos, cojeó más rápido todavía. Tropezó con una mata de hierba, pero se recuperó enseguida y continuó a grandes zancadas hacia la valla.

—Vaya pinta tan sospechosa que tiene ese tipo —comentó Ben con una carcajada—. Me pregunto en qué andará metido.

—La cena está en la mesa, llegas muy tarde —dijo Sylvie—. ¿Dónde estabas? La señora Glover ha vuelto a hacer esas horribles chuletas *à la russe*.

—¿Maurice ha matado a la zorra? —preguntó Teddy con cara de desilusión.

Y de ahí arrancó la cosa, una discusión muy acalorada entre todos los comensales solo por un zorro muerto, se dijo Hugh. Tuvo ganas de decir que eran unas alimañas, si bien no quiso alimentar la oleada de emociones que se había desatado.

—Por favor, no hablemos de esto durante la cena —dijo—. Ya cuesta lo suyo tratar de digerir esta bazofia.

Pero insistían en hablar del tema. Hugh intentó ignorarlos y continuó batallando con las chuletas de ternera (¿las habría probado alguna vez la señora Glover?). Sintió alivio cuando se vieron interrumpidos por alguien que llamaba a la puerta.

—Ah, comandante Shawcross —dijo Hugh—. Pase, pase.

—Ay, no tenía intención de interrumpirles la cena —repuso el comandante, que parecía incómodo—. Solo me preguntaba si Teddy habría visto a nuestra Nancy.

—¿A Nancy? —preguntó Teddy.

—Sí. No aparece por ninguna parte.

No volvieron a encontrarse en la arboleda, ni en el sendero ni en el prado. Hugh impuso un estricto toque de queda después de que se encontrara el cadáver de Nancy; además, tanto Ursula como Ben se sentían culpables y horrorizados. Si hubieran vuelto a casa a su hora, o si hubieran cruzado el campo cinco minutos antes, quizá la habrían salvado. Pero cuando volvieron, tranquilamente, Nancy ya estaba muerta y yacía en el comedero para reses en el extremo superior del campo. Y así, como para Romeo y Julieta, la muerte había hecho por fin su aparición. Nancy, sacrificada por su amor.

—Es espantoso —le dijo Pamela a Ursula—, pero tú no eres responsable de lo que ha pasado. ¿Por qué te comportas como si lo fueras?

Porque sí lo era. Ahora lo sabía.

Algo se había desgarrado y roto, un rayo había abierto en dos un cielo abigarrado.

En octubre, durante las vacaciones de medio trimestre, fue a pasar unos días con Izzie. Estaban tomando algo en el Salón de Té Ruso en South Kensington.

—La clientela de este sitio es muy de derechas —comentó Izzie—, pero preparan unas tortitas absolutamente maravillosas.

Había un samovar. (¿Sería el samovar lo que lo puso en marcha, con sus reminiscencias del doctor Kellet? Habría sido un poco absurdo que fuera eso.) Ya habían acabado de tomar el té cuando Izzie dijo:

—Espérame un segundito, voy a empolvarme la nariz. Pide la cuenta, ¿quieres?

Ursula esperaba pacientemente a que volviera cuando de pronto un gran temor se abatió sobre ella, veloz como un halcón. Era un miedo a algo desconocido que aún estaba por llegar, pero tremendamente amenazador. Venía a por ella, allí mismo, entre el educado tintinear de cucharillas y platillos. Se puso en pie, y al hacerlo volcó la silla. Se sentía aturdida y había un velo de niebla ante sus ojos. Se dijo que era como la polvareda que dejan las bombas, aunque ella no había estado nunca en un bombardeo.

Se abrió paso a través de aquel velo y salió del salón de té a Harrington Road. Echó a correr sin parar hasta llegar a Brompton Road, y luego siguió corriendo para internarse, a ciegas, en Egerton Gardens.

Había estado antes ahí. Nunca había estado ahí.

Todo el rato había algo que casi alcanzaba a ver, justo antes de que volviera la esquina, algo a lo que nunca podría dar caza; algo que la perseguía a ella. Era cazador y presa al mismo tiempo. Como el zorro. Siguió adelante y tropezó con algo, cayó de cara y la peor parte se la llevó la nariz. El dolor fue tremendo. Había sangre por todas partes. Se sentó en la acera y lloró de pura agonía. No se había fijado en que hubiese alguien en la calle, pero oyó decir a una voz de hombre detrás de sí:

—¡Caramba! Qué mala suerte. Deje que la ayude. Se ha llenado de sangre toda esa bonita bufanda turquesa. ¿Es de ese color, o es aguamarina?

Conocía esa voz. No conocía esa voz. El pasado parecía filtrarse en el presente, como si hubiera una gotera en algún sitio. ¿O era el futuro el que se derramaba en el pasado? Fuera como fuese, era una pesadilla, como si su más oscuro paisaje interior se hubiera manifestado. Las entrañas se habían convertido en la capa exterior. El tiempo se había dislocado, eso seguro.

Se puso en pie con esfuerzo, pero no se atrevió a mirar atrás. Ignorando el terrible dolor, echó a correr, de nuevo sin parar. Cuando ya no pudo más, se encontró en Belgravia. Aquí también, se dijo. Había estado antes ahí. Nunca había estado ahí. Me rindo, pensó. Sea lo que sea, soy toda suya. Se dejó caer de rodillas en la dura acera y se hizo un ovillo. Un zorro sin guarida.

Debió de desmayarse, porque cuando abrió los ojos estaba en una cama en una habitación pintada de blanco. Había un gran ventanal, y al otro lado veía un gran castaño de Indias cuyas hojas no habían caído todavía. Volvió la cabeza y vio al doctor Kellet.

—Tienes la nariz rota. Pensamos que te habría atacado alguien.

—No, me caí.

—Te encontró un párroco. Te llevó en un taxi al hospital Saint George.

—Pero ¿qué hace usted aquí?

—Tu padre se puso en contacto conmigo —respondió el doctor Kellet—. No sabía muy bien a quién recurrir.

—No lo comprendo.

—Bueno, es que cuando llegaste al Saint George no parabas de gritar. Pensaron que te habría ocurrido algo terrible.

—Esto no es el Saint George, ¿verdad?

—No —repuso él con tono amable—. Es una clínica privada. Reposo, buena comida y todo eso. Tienen unos jardines preciosos. Siempre pienso que un jardín bonito ayuda, ¿no crees?

—El tiempo no es circular —le dijo al doctor Kellet—. Es como un… palimpsesto.

—Madre mía, suena de lo más preocupante.

—Y los recuerdos están a veces en el futuro.

—Tienes un alma vieja —dijo el doctor—, y eso no puede ser fácil. Pero aún tienes la vida por delante, y hay que vivirla.

Él no era su médico, se había jubilado, comentó; solo estaba «de visita».

El sanatorio hacía que se sintiera como si fuera una enferma leve de tisis. Durante el día se sentaba en la soleada terraza y leía incontables libros, y los enfermeros le llevaban comida y bebida. Paseaba por los jardines, mantenía educadas conversaciones con médicos y psiquiatras, hablaba con los demás internos (con los de su planta, al menos; los locos de verdad estaban en el desván, como la señora Rochester). Incluso había flores frescas en su habitación y un cuenco con manzanas. Se decía que debía de costar una fortuna tenerla ahí.

—Esto debe de ser muy caro —le dijo a Hugh en una de sus frecuentes visitas.

—Lo paga Izzie. Insistió en hacerlo.

El doctor Kellet encendió su pipa de espuma de mar con gesto pensativo. Estaban sentados en la terraza. Ursula pensaba que le gustaría pasar el resto de su vida en ese sitio. Era una delicia lo poco que le exigía.

—«Y aunque tenga el don de la profecía y conozca todos los misterios y toda la ciencia…» —dijo el doctor Kellet.

—«… y aunque tenga toda la fe, una fe capaz de mover montañas, si no tengo amor, no soy nada» —añadió Ursula.

—Dice «caritas», pero significa amor, por supuesto. Pero eso ya lo sabrás.

—A mí caridad no me falta —repuso Ursula—. ¿Por qué citamos a los corintios? Pensaba que era usted budista.

—Oh, yo no soy nada —respondió el doctor, y entonces, de manera un poco elíptica en opinión de Ursula, añadió—: Y soy de todo, claro.

»La cuestión es, ¿has tenido suficiente?

—¿Suficiente qué?

La conversación se le había ido un poco de las manos, pero el doctor Kellet estaba ocupado en las exigencias de su pipa y no contestó. El té los interrumpió.

—El pastel de chocolate que tienen aquí es excelente —comentó el doctor Kellet.

*

—¿Estás mejor?, osita —dijo Hugh mientras la ayudaba amablemente a subirse al coche.

Había cogido el Bentley para ir a recogerla.

—Sí —dijo ella—. Mucho mejor.

—Bien. Vamos a casa. Nada es lo mismo sin ti.

*

Había desperdiciado un tiempo muy valioso, pero ahora tenía un plan, pensó Ursula cuando yacía en la oscuridad, en su propia cama en la Guarida del Zorro. El plan entrañaría que hubiese nieve, eso seguro. La liebre plateada, las hojas verdes que se mecían. Y todo lo demás. Alemán, y no lenguas clásicas, y después un curso de taquigrafía y mecanografía, y quizá algunas clases de esperanto por si la utopía llegaba a materializarse. Se apuntaría a un club de tiro en la zona y buscaría un empleo de oficina en algún sitio; trabajaría un tiempo, para ahorrar un poco de dinero, nada muy digno de mención. No quería llamar demasiado la atención; seguiría el consejo de su padre, aunque no se lo hubiese dado todavía, de no asomar la cabeza del parapeto y mantener su luz bajo un fanal. Y entonces estaría preparada, tendría suficiente con lo que vivir para penetrar en lo más hondo del corazón de la bestia, de donde arrancaría el negro tumor que crecía allí y se volvía cada día más grande.

Y entonces, un día, estaría recorriendo Amalienstrasse y se detendría ante la tienda de fotografía Hoffmann y observaría las Kodak, Leica y Voigtländer en el escaparate; abriría la puerta y oiría el tintineo de la campanilla que le anunciaba su llegada a la chica que estaba tras el mostrador, quien probablemente le diría «Guten Tag, gnädiges Fräulein», o quizá la saludaría con un «Grüss Gott», porque estaban en 1930 y la gente todavía podía dirigirse a ti con un «Grüss Gott» y un «Tschüss» en lugar de con aquellos interminables «Heil Hitler» y los absurdos saludos marciales.

Y Ursula le tendería a la chica su vieja cámara Brownie de cajón y diría: «No consigo ponerle el carrete», y una chispeante Eva Braun de diecisiete años le contestaría: «Deje que le eche un vistazo».

Su cometido parecía tan elevado que le henchía el corazón. La inminencia la rodeaba por doquier. Era guerrera y lanza reluciente al mismo tiempo. Era una espada que refulgía en lo más profundo de la noche, una saeta de luz que atravesaba la oscuridad. Esta vez no cometería ningún error.

Cuando todos dormían y la casa se había sumido en el silencio, Ursula se levantó de la cama y se subió a la silla ante la ventana abierta de la pequeña habitación de la buhardilla.

Ha llegado la hora, se dijo. Un reloj dio una campanada en algún lugar, como si le mostrara su apoyo. Pensó en Teddy y la señorita Woolf, en Roland y la pequeña Angela, en Nancy y Sylvie. Pensó en el doctor Kellet y en Píndaro. «Debes llegar a ser tú mismo, una vez que hayas comprendido quién eres.» Ella ya lo sabía. Era Ursula Beresford Todd y era una testigo.

Le abrió los brazos al murciélago negro y volaron uno hacia el otro para abrazarse en el aire como almas separadas tiempo atrás. Esto es amor, se dijo Ursula. Y practicarlo lo vuelve perfecto.

Sed valientes y preparaos para luchar

Diciembre de 1930

Ursula lo sabía todo sobre Eva. Sabía cuánto le gustaban la moda, los cosméticos y los cotilleos. Sabía que patinaba y esquiaba bien y que adoraba bailar. Y así, Ursula admiraba con ella los caros vestidos en Oberpollinger, para luego ir con ella a una cafetería a tomar café y pastel, o un helado en el Englischer Garten, donde se sentaban a observar a los niños en el tiovivo. Iba a la pista de patinaje con Eva y su hermana Gretl. La invitaban a cenar en la mesa de los Braun. «Tu amiga inglesa es muy simpática», le dijo frau Braun a Eva.

Les contó que estaba mejorando su alemán antes de instalarse en su país para dar clases. Eva bostezó de aburrimiento ante semejante idea.

A Eva le encantaba que la fotografiaran, y Ursula le tomó muchas, muchas fotos con su Brownie de cajón, y después se pasaban las veladas pegándolas en álbumes y admirando las distintas poses de Eva. «Deberías aparecer en películas», le decía Ursula, y Eva se sentía ridículamente halagada. Ursula estaba muy al corriente de todos los personajes famosos, tanto de Hollywood y Gran Bretaña como de Alemania, y se conocía las canciones y los bailes más de moda. Era mayor que Eva y le interesaba tener una novata a su cargo. Asumió la tutela de Eva, y esta quedó entusiasmada por su nueva y sofisticada amiga.

Ursula sabía asimismo lo enamorada que estaba Eva de su «hombre mayor», a quien seguía incansablemente por restaurantes y cafés, donde se veía relegada a un rincón mientras él mantenía sus interminables conversaciones sobre política. Eva empezó a llevarla a ella a esas reuniones; después de todo, Ursula era su mejor amiga. El mayor deseo de Eva era estar cerca de Hitler. Y eso era también lo que Ursula quería.

Y Ursula conocía también la existencia del Berg y del búnker. Y la verdad es que le estaba haciendo un gran favor a aquella muchacha frívola al involucrarse en su vida.

Y así, al igual que se habían habituado a ver a Eva pululando alrededor, llegaron a acostumbrarse a ver también a su amiga inglesa. Ursula era agradable, era una chica, no era nadie importante. Tanto se familiarizaron con ella que a nadie le sorprendía que apareciera sola y sonriera como una tonta, admirada ante aquel hombre aspirante a magnífico. Él se dejaba adorar como si tal cosa. Qué increíble debía de ser tener tan pocas dudas con respecto a uno mismo, se decía ella.

Pero qué aburrido era todo aquello, madre mía. Tanto aire caliente elevándose de las mesas en el café Heck o en la Osteria Bavaria, como humo de los hornos. Desde aquella perspectiva, costaba creer que Hitler fuera a arrasar el mundo al cabo de unos años.

Hacía más frío del habitual para la época del año. La noche anterior había caído una fina capa de nieve, como el glaseado del pastel de carne de la señora Glover, sobre la ciudad de Munich. Había un enorme árbol de Navidad en Marienplatz y el delicioso aroma a pino y a castañas asadas flotaba por todas partes. La decoración navideña hacía que Munich pareciera más de cuento de hadas de lo que llegaría a ser nunca Inglaterra.

El aire gélido era tonificante y Ursula se dirigía al café con paso brioso y gran determinación, pensando en una taza de *Schokolade* muy espeso y cremoso.

El interior del café, lleno de humo, era desagradable en comparación con el frío chispeante de fuera. Las mujeres llevaban abrigos de pieles, y Ursula deseó haberse llevado el visón de Sylvie. Su madre nunca se lo ponía y estaba permanentemente colgado en el armario con bolas de naftalina.

Él estaba en una mesa al fondo, rodeado por sus discípulos habituales. Vaya puñado de gente fea formaban, se dijo, y rió para sí.

—*Ah, Unsere Englische Freundin* —dijo él cuando la vio—. *Guten Tag, gnädiges Fräulein.* —Con un levísimo gesto con un dedo, le indicó a un acólito con pinta de imberbe que se levantara de la silla de enfrente, y ella ocupó su lugar. Parecía irritado.

—*Es schneit* —dijo Ursula. «Nieva.»

Él miró por la ventana, como si no se hubiera fijado en qué tiempo hacía. Tomaba *Palatschinken*. Tenían buen aspecto, pero cuando se acercó el camarero, Ursula pidió *Schwarzwälder Kirschtorte* para tomársela con el chocolate caliente. Estaba deliciosa.

—*Entschuldigung* —murmuró ella, y hurgó en el bolso para sacar un pañuelo. Tenía las esquinas bordadas y llevaba sus iniciales, «UBT», Ursula Beresford Todd; era un regalo de cumpleaños de Pammy.

Se dio educados toquecitos en los labios para limpiarse las migajas y volvió a inclinarse para dejar el pañuelo en el bolso y sacar el pesado objeto que anidaba en él: el viejo revólver de servicio de su padre en la Gran Guerra, un Webley Mark V. Le imprimió firmeza a su corazón de heroína.

—*Wacht auf*—dijo Ursula en voz baja. Esas palabras atrajeron la atención del Führer, y entonces añadió—. *Es nahet gen dem Tag.*

Un movimiento ensayado cien veces. Un solo disparo. La rapidez lo era todo, y sin embargo hubo un instante, una burbuja suspendida en el tiempo cuando ya empuñaba el arma apuntándole al corazón, en el que todo pareció detenerse.

—*Führer* —dijo, rompiendo el hechizo—. *Für Sie.*

Por toda la mesa se desenfundaron pistolas para apuntarla a ella. Un aliento. Un disparo.

Ursula apretó el gatillo.

Se hizo la oscuridad.

Nieve

11 de febrero de 1910

Toc, toc, toc. Los golpecitos en la puerta del dormitorio de Bridget se colaron en sus sueños. Estaba en la casa de su infancia en el condado de Kilkenny, y quien llamaba a la puerta era el fantasma de su pobre padre muerto, que trataba de volver con su familia. Toc, toc, toc. Despertó con lágrimas en los ojos. Toc, toc, toc. Había alguien al otro lado de la puerta.

—¿Bridget? ¿Bridget? —le llegó el urgente susurro de la señora Todd.

Bridget se santiguó; ninguna noticia que llegara en plena noche podía ser buena. ¿Habría sufrido el señor Todd un accidente en París? ¿Habrían caído enfermos Maurice o Pamela? Salió de la cama al frío tremendo de la pequeña habitación de la buhardilla. Captó el olor a nieve en el aire. Cuando abrió la puerta, se encontró a Sylvie casi doblada en dos, tan turgente como una vaina a punto de reventar.

—El bebé llega antes de hora. ¿Puede ayudarme?

—¿Yo? —chilló Bridget.

Bridget solo tenía catorce años pero sabía mucho de bebés, aunque mucho de lo que sabía no era bueno. Había visto morir de parto a su propia madre, pero nunca se lo había contado a la señora Todd. Claramente, no era el momento de mencionarlo. Ayudó a Sylvie a bajar por las escaleras de regreso a su habitación.

—No tiene sentido que mandemos a llamar al doctor Fellowes —dijo Sylvie—. No conseguirá llegar con tanta nieve.

—Madre de Dios —exclamó Bridget cuando Sylvie cayó a cuatro patas y gruñó, como un animal.

—Mucho me temo que el bebé ya viene. Ya está aquí.

Bridget la convenció de volver a la cama, y comenzó la larga y solitaria noche del alumbramiento.

—Ay, señora —exclamó de repente Bridget—, pero si está toda azul.

—¿Es una niña?

—Trae una vuelta de cordón. Madre mía, se ha estrangulado, la pobrecita.

—Tenemos que hacer algo, Bridget. ¿Qué podemos hacer?

—Ay, señora Todd, no hay nada que hacer, se nos ha ido. Ha muerto sin tener la posibilidad de vivir.

—No, no puede ser.

Sylvie se incorporó hasta quedar sentada en el campo de batalla de sábanas ensangrentadas, rojo y blanco, con la niña todavía sujeta por el cordón. Mientras Bridget se lamentaba, abrió de un tirón el cajón de la mesita de noche y hurgó con furia en su interior.

—Ay, señora Todd —gimió Bridget—, échese, no se puede hacer nada. Ay, ojalá estuviera aquí el señor Todd.

—Chist —la acalló Sylvie, y sostuvo en alto su trofeo: unas tijeras quirúrgicas, que brillaron a la luz de la lámpara—. Hay que estar preparada. Acerca a la niña a la luz para que la vea bien. Rápido, Bridget. No hay tiempo que perder.

Tris, tris.

La práctica hace la perfección.

Las tierras altas bañadas por el sol

Mayo de 1945

Estaban sentados a una mesa de un pub en Glasshouse Street. Un sargento del ejército estadounidense, que los había recogido cuando los vio haciendo autoestop en la carretera a las afueras de Dover, los dejó en Piccadilly. En El Havre, se habían embutido en un barco estadounidense de transporte de tropas en lugar de esperar dos días para un vuelo. Era posible que, técnicamente, estuvieran ausentándose sin permiso, pero a ninguno de los dos le importó un comino.

Aquel era su tercer pub desde Piccadilly, y estaban de acuerdo en que llevaban una buena borrachera aunque ambos eran capaces de beber aún bastante más. Era una noche de sábado y el sitio estaba a reventar. Como llevaban uniforme no habían pagado una sola copa en toda la velada. El alivio de la victoria, si no la euforia, aún se palpaba en el aire.

—Bueno —dijo Vic levantando la copa—, por la vuelta a casa.

—Salud —repuso Teddy—. Por el futuro.

Lo habían abatido en noviembre del 43, y lo llevaron al campo de prisioneros Stalag Luft VI, en el este. No había sido tan malo, en el sentido de que podría haber sido peor: podría haber sido ruso, y a los rusos los trataban como animales. Pero entonces, a primeros de febrero, en plena noche, los hicieron levantarse de los catres al familiar grito de «Raus! Raus!» y marchar hacia el oeste para alejarse del avance de los rusos. Un par de días más y los habrían liberado; pareció un giro especialmente cruel del destino. Siguieron semanas de marcha, medio muertos de hambre y con un frío atroz de veinte bajo cero la mayor parte del tiempo.

Vic era un sargento de vuelo menudo y bastante arrogante, el navegante de un Lancaster abatido en el Ruhr. La guerra forjaba extrañas amistades. Se habían apoyado mutuamente durante la marcha. Y esa camaradería fue lo que les salvó la vida, aparte de un paquete de la Cruz Roja muy de vez en cuando.

A Teddy lo habían abatido cerca de Berlín, y solo consiguió salir de la carlinga en el último momento. Intentó mantener el avión nivelado para darle a su tripulación la posibilidad de saltar en paracaídas. Un capitán no abandonaba el barco hasta que hubiesen salido todos los que iban a bordo. La misma norma tácita se aplicaba a un bombardero.

El Halifax estaba en llamas del morro a la cola, y había aceptado ya que todo había acabado para él. Empezó a sentirse más ligero y con el corazón henchido, y de pronto tuvo la certeza de que todo iría bien, de que la muerte, cuando llegara, velaría por él. Pero la muerte no llegó porque su operador de radio australiano reptó hasta la carlinga, le enganchó el paracaídas en la espalda y le soltó: «Sal de aquí, cabrón estúpido». Nunca volvió a verlo, nunca volvió a ver a ningún miembro de su tripulación, no sabía si estaban vivos o muertos. Saltó en el último momento; apenas se le había abierto el paracaídas cuando dio contra el suelo, y tuvo suerte de fracturarse tan solo un tobillo y una muñeca. Lo llevaron a un hospital y la Gestapo de la zona acudió a la sala a arrestarlo con las inmortales palabras: «Para ti la guerra ha terminado», la fórmula de bienvenida que habían oído prácticamente todos los soldados de la fuerza aérea cuando los hacían prisioneros.

Teddy rellenó con sus datos la ficha de cautivo y esperó que llegara una carta de casa, pero en vano. Pasó dos años preguntándose si la Cruz Roja lo tendría en su lista de prisioneros, si alguien en casa sabría que seguía vivo.

Cuando la guerra terminó, estaban en algún lugar a las afueras de Hamburgo. Vic se dio el gran gusto de decirles a los guardias: «Ach so, mein Freund, für sie der Krieg ist zu ende».

—Y bien, Ted ¿has conseguido hablar con tu chica o no? —le preguntó Vic cuando Teddy volvía de la barra de convencer a la dueña de que le permitiera utilizar el teléfono público.

—Pues sí —contestó él riendo—. Por lo visto me habían dado por muerto. No sé si ha creído que era yo.

Media hora y un par de copas después, Vic dijo:

—Eh, mira eso, Ted. Por la sonrisa que tiene en la cara, diría que esa mujer que acaba de entrar por la puerta te pertenece.

—Nancy —dijo Teddy en voz baja, casi para sí.

—Te quiero —vocalizó Nancy en silencio a través del barullo.

—Anda, y se ha traído una amiguita para mí, qué detalle —añadió Vic.

Teddy se rió y dijo:

—Cuidadito, que estás hablando de mi hermana.

Nancy aferraba la mano de Ursula tan fuerte que le hacía daño, pero el dolor no significaba nada para ella. Teddy estaba ahí, estaba de veras ahí, sentado a una mesa de un pub de Londres tomándose una pinta de cerveza inglesa, tan real como la vida misma. Nancy profirió un ruido raro, como si se ahogara, y ella se contuvo para no gritar. Parecían las dos Marías, sin habla ante la Resurrección.

Entonces Teddy las vio y una gran sonrisa le iluminó la cara. Se puso en pie de un salto y a punto estuvo de tirar los vasos que había en la mesa. Nancy se abrió paso entre la multitud y se arrojó en sus brazos, pero Ursula se quedó donde estaba, temerosa de pronto de que todo desapareciera si se movía, de que la feliz escena se hiciera añicos ante sus ojos. Pero no, se dijo; esto es real, esto es de verdad, y soltó una carcajada de pura alegría cuando Teddy se soltó de Nancy el tiempo suficiente para ponerse firmes y hacerle a ella un elegante saludo militar.

Teddy le gritó algo a través del pub, pero lo que dijo se perdió en el barullo. Ursula pensó que había sido «Gracias», pero quizá estuviera equivocada.

Nieve

11 de febrero de 1910

La señora Haddock daba sorbitos a un vaso de ron caliente con gesto elegante, o eso esperaba. Era el tercero, y empezaba a notar el calor en las entrañas irradiándose hacia fuera. Iba de camino a ayudar en un parto cuando la nieve la había obligado a refugiarse en el reservado del Blue Lion, a las afueras de Chalfont Saint Peter. No era la clase de lugar donde habría considerado entrar si no fuera por necesidad, pero había un buen fuego en el reservado y la compañía estaba resultando sorprendentemente cordial. Había jaeces de latón y jarras de cobre que brillaban y lanzaban destellos. La zona pública del bar, donde la bebida parecía fluir con especial libertad, era muchísimo más bulliciosa. Alguien se había lanzado a cantar, y la señora Haddock se sorprendió al descubrir que daba golpecitos con el pie para acompañar la melodía.

—Debería ver la nevada —comentó el dueño inclinándose a través de la pulida superficie de la gran barra de latón—. Podríamos quedarnos aquí incomunicados durante días.

—¿Durante días?

—Yo de usted me tomaría otra copita de ron. Esta noche no va a poder salir corriendo a ningún sitio.

Agradecimientos

Quisiera darles las gracias a las siguientes personas:

Andrew Janes (del Archivo Nacional en Kew)
Doctora Juliet Gardiner
Teniente coronel M. Keech del Royal Corps of Signals, Medalla del Imperio Británico
Doctor Pertti Ahonen (Departamento de Historia de la Universidad de Edimburgo)
Frederike Arnold
Annette Weber

Gracias también a mi agente, Peter Straus, y a Larry Finlay, Marianne Velmans, Alison Barrow y el personal de Transworld Publishers, así como a Camilla Ferrier y el personal de Marsh Agency.

Índice

TAMBIÉN EN

VINTAGE ESPAÑOL

EL JUEGO DE RIPPER

de Isabel Allende

Tal como predijo la astróloga más reputada de San Francisco, una oleada de crímenes comienza a sacudir la ciudad. En la investigación sobre los asesinatos, el inspector Bob Martín recibirá la ayuda inesperada de un grupo de internautas especializados en juegos de rol, Ripper. "Mi madre todavía está viva, pero la matarán el Viernes Santo a medianoche", le advirtió Amanda Martín al inspector jefe y éste no lo puso en duda, porque la chica había dado pruebas de saber más que él y todos sus colegas del Departamento de Homicidios. La mujer estaba cautiva en algún punto de los dieciocho mil kilómetros cuadrados de la bahía de San Francisco, tenían pocas horas para encontrarla con vida y él no sabía por dónde empezar a buscarla".

Ficción

EL CUADERNO DE MAYA

de Isabel Allende

Un pasado persiguiéndola. Un futuro aún por construir. Y un cuaderno para escribir toda una vida. "Soy Maya Vidal, diecinueve años, sexo femenino, soltera, sin un enamorado, por falta de oportunidades y no por quisquillosa, nacida en Berkeley, California, pasaporte estadounidense, temporalmente refugiada en una isla al sur del mundo. Me pusieron Maya porque a mi Nini le atrae la India y a mis padres no se les ocurrió otro nombre, aunque tuvieron nueve meses para pensarlo. En hindi, maya significa 'hechizo, ilusión, sueño'. Nada que ver con mi carácter. Atila me calzaría mejor, porque donde pongo el pie no sale más pasto".

Ficción

EL PAÍS DE LAS MUJERES

de Gioconda Belli

En las elecciones de Faguas –país imaginario que aparece en las novelas de Gioconda Belli– ha triunfado el PIE (Partido de la Izquierda Erótica). Sus atrevidas integrantes tienen un propósito inclaudicable: cambiar el rumbo de su país, limpiarlo como si se tratara de una casa descuidada, barrerlo hasta sacarle brillo. Pero nada de esto resulta fácil para la presidenta Viviana Sansón y sus ministras, sometidas a constantes ataques por parte de sus enemigos. ¿Podrán sobrellevarlo y sobrevivir? ¿Será Faguas, al final de su administración, un país mejor? El país de las mujeres es una novela divertida y audaz, por la que la reconocida autora nicaragüense obtuvo el Premio Hispanoamericano de la Novela La Otra Orilla.

Ficción

LA ERA DE LOS HUESOS

de Samantha Shannon

En el año 2059, un siniestro régimen totalitario domina el planeta y los pocos clarividentes son perseguidos por delincuentes. Lo que no saben las masas es que sus dirigentes se han aliado con una fuerza aún más insidiosa, asentada en una ciudad secreta. Paige Mahoney, de 19 años, trabaja para una poderosa organización del hampa londinense. Paige es fuerte, rápida y tiene un don excepcional: es capaz de entrar en los pensamientos de los demás. En esta sociedad represiva cualquier acto de espiritismo ya es ilegal. Pero Paige comete alta traición por el simple hecho de respirar. En un mundo en el que los sueños están prohibidos, una joven luchará por su libertad, su vida y el futuro de la humanidad.

Ficción

LA ÚLTIMA LÁGRIMA

de Lauren Kate

Una sola lágrima de amor puede cambiar el destino del mundo. Existe una antigua leyenda, hoy casi olvidada, que habla de una joven cuyas lágrimas de desamor hundieron un continente entero. Ahora Eureka tiene en sus manos un libro que cuenta esa fascinante historia: lo heredó de su madre, que desapareció arrollada por una ola gigantesca. Poco a poco, a través de sus páginas, descubrirá que las coincidencias entre su vida y la leyenda son demasiadas para ser fruto del azar... Además, la inesperada llegada de Ander, el extraño chico de ojos turquesa que huele a mar y sabe todo sobre ella, le enseñará que las casualidades raramente existen y que su llanto tiene un poder tan inmenso que puede incluso cambiar el curso de la humanidad.

Ficción

LA ETERNIDAD Y UN DÍA

de Lauren Kate

El amor eterno de Luce y Daniel es emblemático, pero no es el único tipo de amor posible... Este es un libro inspirado por ustedes, mis lectores, que han compartido conmigo sus historias de amor desde el principio y me han mostrado las distintas formas que puede adoptar el más elevado de los sentimientos. *Oscuros: La eternidad y un día* es un grand tour de romanticismo que atraviesa el tiempo y los corazones. Acércate un poco más a la eternidad de Luce y Daniel y descubre los derroteros amorosos de Miles, Shelby, Roland, Arriane.

Ficción

LIBERACIÓN

de Allie Condie

¿Es posible el amor sin libertad para amar? Cassia y Ky creen que no. Por ello, tras tanto tiempo luchando por estar juntos, cuando por fin lo logran... vuelven a separarse. Y es que, ahora, deben combatir por un fin superior: la libertad. Cassia y Ky abandonaron la Sociedad tras la promesa de un mundo más libre en el que poder estar juntos, lejos de las Autoridades y de sus tiránicas normas. Pero ahora que lo han encontrado deben volver a separarse: a Cassia el Alzamiento le ha asignado un puesto como infiltrada en el corazón de la Sociedad; mientras que Ky deberá trabajar en la rebelión desde el otro lado de la frontera. Sin embargo, nada saldrá como estaba previsto y pronto se darán cuenta de que la libertad es una peligrosa arma de doble filo...

Ficción